我行让我上

Take the Crown

酱子贝 著

上

长江出版社
CHANGJIANG PRESS

图书在版编目（CIP）数据

我行让我上 / 酱子贝著 .-- 武汉 : 长江出版社，2024.12.--ISBN 978-7-5492-9710-8
Ⅰ .I247.5
中国国家版本馆 CIP 数据核字第 2024N750V8 号

我行让我上

酱子贝 著

WOXINGRANGWOSHANG

出　版	长江出版社 （武汉市解放大道 1863 号）
选题策划	小　鱼
市场发行	长江出版社发行部
网　址	http://www.cjpress.cn
责任编辑	陈　辉
封面设计	莫意闲
印　刷	长沙鸿发印务实业有限公司
版　次	2024 年 12 月第 1 版
印　次	2024 年 12 月第 1 次印刷
开　本	710mm×1000mm　1/16
印　张	60
字　数	800 千字
书　号	ISBN 978-7-5492-9710-8
定　价	164.80 元（全三册）

电话：027-82926557（总编室）　027-82926806（市场营销部）

谁不服你，你就打赢他，
再过去和他握手。

目录 contents

VS

LOADING.......

大门被打开。简茸闻声抬头，看清门后的人，
那句『你好』生生卡在了喉咙里。

Take the Crown

只要让我上.
我就可以赢.

第一章 中单替补

Take the Crown

十一月二日下午五点，S 市下了一场细密的小雨。

S 市体育中心外挤满了人，他们手上拿着印有电竞战队 logo（标志）的手幅或灯牌，正井然有序地排队入场，每个人脸上都是兴奋和期待的神情，这场雨似乎对他们没有丝毫影响。

今天，《英雄联盟》全球总决赛的半决赛将在这里举行。参加比赛的两支队伍分别是来自 H 国赛区的 HT 战队和来自本国赛区的 TTC 战队。

在这场比赛中获胜的队伍，将获得参加下个礼拜全球总决赛的机会。

因为占有主场优势，放眼看去，粉丝们手上拿的“周边”几乎都印着 TTC 的皇冠队标。

一辆大巴车在体育馆右侧停下，乌黑锃亮的车身上印着白色的皇冠队标，保安见状，连忙起身，拦住所有想上前堵车门的媒体和粉丝。

大巴车门缓缓打开，TTC 成员一一下车，他们在粉丝的尖叫声中微笑着挥手点头。

当最后一位成员下车时，周围的尖叫声明显变大，粉丝们挥舞灯牌更加卖力。

人流量大难免发生意外。一块写着“TTC”的应援牌忽然落在地上，紧跟着响起的是女生的尖叫声和保安的喝止声。

女生焦急道：“抱歉，我被推了一下，实在抱歉，你能帮我把灯牌拿回来吗？拜托你了。”

保安说：“我一会儿再帮你捡，你往后退一退。”

保安话音刚落，就有人弯腰把灯牌捡起，再递还过去。

捡起灯牌的男人穿着黑白队服，头发随意，仔细看还能发现他狭长的眼尾有一道靠在某处睡觉时留下的印子，再往下是高挺的鼻梁和微抿的薄唇。

女生一脸呆滞，看了他几秒，才低头去看对方递过来的灯牌。

他五指修长，拇指和食指中间有颗不明显的痣。

女生呆呆地接过灯牌：“谢谢。”

男人小幅度地点了点头，转身走进了比赛场馆。

直到看不见对方的背影了，女生才后知后觉地回神。

她抱紧自己的灯牌，猛地转身去抓身边好友的衣服，激动地尖叫：“是Road！是路神！路神朝我点头了！他还摸了我的灯牌，啊啊啊——”

TTC众人到了后台休息室，神情明显放松许多。

TTC的辅助小白往椅子上一坐，拿出镜子看了看自己出门前抓了半天的发型：“刚刚那个姑娘的嗓门太大了，我魂都要吓没了。”

领队兼教练用笔记本不轻不重地拍了一下小白的脑袋：“你别疯言疯语。”

说完，教练回头看了眼刚落座的路柏沅，也就是Road。对方左手拿着手机在滑动屏幕，右手随意搭在扶手上，正轻微地舒展手指。

比赛开始前半小时，教练开始给大家做赛前指导。

说到最后，教练看向队里的中单，冷不防点名：“Kan，我之前说的都记得吧？”

被叫到的人半秒后才反应过来：“啊……哦，我当然记得，一定不犯之前的错误。”

路柏沅扫了Kan一眼，待教练全部交代完毕后起身，说：“我去下厕所。”

水浇在路柏沅手上，带起一阵刺骨的凉意。

“你还好吗？”

听见声音，路柏沅抬头，从镜子里看向站在自己身后的教练。

几秒后，路柏沅关掉水龙头，抽出纸巾把手擦干，平静地对上教练的视线：“只要让我上，我就可以赢。”

星空 TV 英雄联盟直播频道，此时官方转播的房间观众人数已经高达八亿，稳稳地占据英雄联盟频道第一名，再往后是退役之后开直播的前职业选手们。

一眼望去，直播间的名字都是“半决赛”“激情解说”“TTC 必胜”之类的字眼。

第一页里，排名最末的直播间名字比较特别。

“今天偷懒——Soft”，直播间热度一亿三千万。

简茸拿了外卖回来，看见直播间里还是主持人在唠嗑，便顺手打开外卖包装。

外面下雨，外卖迟了快半小时，他饿得前胸贴后背。

“不是吧？不是吧？你让大家伙在这儿看你吃外卖？”

“消极直播，举报了。”

“吃的啥啊？”

“炸酱面。”简茸刚睡醒没多久，调子懒洋洋的，“我不吃饱，哪有力气给你们解说？”

“嗯嗯，你多吃点，我怕你一会儿没力气喷人。”

“我退坑多年，想问一下，这名主播是谁？人气为什么这么高？也是退役选手吗？长得这么帅？”

“这位是英雄联盟频道知名气人主播。”

“嘴臭主播。”

“菜鸟主播。”

“房管把这个说我菜的封了……算了，我自己封。”简茸放下筷子，给那个说他是菜鸟的人安排禁言套餐。

简茸跟观众们随便聊了一会儿，两个战队的选手终于上场做准备了。

简茸盘腿坐在电竞椅上，一只手托着外卖盒底，咀嚼的动作慢了一点，目光不自觉地往左侧第二人那里瞟。

TTC 的打野（游走在野区，及时支持各路队友）Road 已经落座，此时正在调试设备。他似乎刚洗过脸，前额的发尾有点湿。

导播开始给各位选手特写镜头，轮到 Road 时，镜头停留的时间明显比其他人要长一点，解说立刻把话题转到了 Road 身上。

解说甲介绍道：“接下来镜头给到的是 TTC 乃至我们的王牌打野（游走在野区，及时支持各路队友）TTC · Road！路神今天一如既往地帅气啊。”

解说乙：“是，而且他看起来一点也不紧张。”

“他不愧是 TTC 的定海神针，往那儿一坐，我就觉得特别安心。”解说丙笑了一下，随着镜头转移道，“不过中单（中路单人，占据地图中央兵线）Kan 今天看起来好像蛮紧张的。”

解说乙：“是有点，按理说不会啊，他都打了四次 S 赛了。希望他赶快调整一下，争取在进入游戏之前放松下来。”

简茸扫了眼弹幕，咽下面条，回答：“我觉得谁会赢？不知道，看双方状态。TTC 赢了发不发红包？我又不是 TTC 的推广大使，他们赢了，我为什么要发红包？……Kan 厉害还是我厉害？我。”

老粉立刻刷起一堆“棒棒棒”，他们早就习惯了 Soft 的风格。

Soft 是两年多前入驻直播平台的，刚进平台几个月就爆火。其中原因众多，要真挑出几个来说，一是实力强劲，直播质量高；二是他性格狂妄，十分敢说。

但也有一些新观众看不惯他。

“你也就只能在直播间里耍耍嘴皮子了。”

“你以为击杀过 Kan 几次就了不起了？ Kan 是发育团战型选手，跟你这种技术菜鸟的‘憨憨’肯定不一样。”

“我不知道什么是‘发育团战型选手’，我只知道线上能把对手击杀回家就是赢家。”简茸说，“上次是谁剪了我排位赛里击杀 Kan 的视频合集？给这位粉丝发一份。”

“这个主播这么狂的吗？是‘Kan 黑’？”

“别，你千万别误会，他对谁都这样，不只对你们家 Kan，不过 Kan 这个赛季打得是真烂。”

“我一时间竟然想不出哪个知名选手没被 Soft 毒舌过。”

“有的！他没毒舌过 Road！”

“行了，比赛开始了。”简茸打乱弹幕上的节奏，移动着自己视频界面的位置，“这视频窗口是不是遮到比赛界面了？我关一会儿。”

“别啊！我就是来看你的脸的！你要是关了，我还不如去看比赛直播！”

“别关，我就靠你这头蓝色玩意儿提神了。”

简茸刚开播时，曾经因为长得太好看，被直播间管理者分到了“颜值区”。

他皮肤白，睫毛又长又密，眼睛比女生还水灵，鼻尖右侧有一颗小小的痣，这长相完全是颜值区的门面担当。

但简茸被分到“颜值区”的关键原因，还是他染了一头蓝发。

水蓝色把他衬得更白，往耳朵上挂个麦克风就能左转出道。

不过简茸没在颜值区待多久。他因为辱骂观众被投诉，连着投诉几十次后，管理者老老实实把他放回了英雄联盟区，毕竟颜值区的弟弟妹妹们心理承受能力还是太弱。

简茸这句话显然不是在征求他们的意见，说完之后他就麻利地把视频关了。

他开着视频，吃饭都不自在。

他无视弹幕上的抗议，直接把比赛视频最大化，专心看起了比赛。

比赛是 BO5 赛制，五局三胜，这不仅考验选手的实力，更考验选手的心态和耐心。不过场上坐着的都不是职业新人了，每个人的状态都非常稳定。

第一局，TTC 针对敌方上路（上路单人，占据边路兵线），成功反蹲敌方打野两次，三十五分钟就轻松拿下了比赛。

第二局，TTC 开局下路（物理输出的核心位置）就创造了极大优势，率先破掉了敌方的下路高地塔，却因为 Kan 连续被敌方偷袭两次给了机会，在第四十五分钟遗憾输掉比赛。

比分来到 1∶1。

弹幕刷得厉害，全是说 Kan 技术菜的，还有人问简茸为什么不骂 Kan 了。

“我骂累了。”简茸看着上场比赛的数据，说，“8300 点伤害（对目标造成的影响）……四十五分钟，他就打了 8300 点伤害。我往中路放一只河蟹（游戏中的一种非史诗级野怪），河蟹的伤害都比他高。”

“你整天就知道在直播间里瞎叨叨，你行你上啊！”

“你行你上”这句话，简茸一天能在弹幕上看到千八百回。

他懒得搭理，靠在椅子上专心看起第三局比赛。

如果说前两局 Kan 技术平平的话，这一局第五分钟 Kan 一次闪现失误，白白送了一分就实在是离谱了。

不过好在 Road 一如既往站了出来，中后期利用青钢影的抓人（对敌方的英雄进行偷袭、包抄、围杀等动作）优势，带着上单（上路单人，占据边路兵线）连续逮住对方好几次，十分艰难地取得了胜利。

第四局更加漫长。

Kan 前期终于正常发挥了一次，对线期（游戏开始后的初期阶段）没有出事，可到了中后期的团战期，他竟然半血（角色的血量只剩下一半）坑了队友两次。

一些水平不够的玩家或许会觉得 Kan 这两次逃跑情有可原，但简茸非常明白，这两场团战 Kan 如果后续伤害给足，完完全全可以换掉对方两至三个人。

别说职业选手，这团战就是放个业余玩家上去打，都不可能抛弃队友逃跑。

第五十二分钟，TTC 输掉第四场比赛，比分来到了 2∶2，双方都拿下了赛点。

第四局比赛结束的一瞬间，Road 率先起身，头也不回地走进后台，一个眼神都未给自己身边的 Kan。

“主播怎么不说话了？”

“代入感太强，我已经帮 Road 捶爆了 Kan 的头。”

“主播竟然已经足足两局没有骂 Kan 了！”

简茸短暂地安静了一会儿，直到比赛镜头给到 Kan。

Kan 是一个有点胖的大高个，长相老实，非常随和，此刻他低垂着头，表情十分愧疚。

“你们猜他在想什么？”简茸忽然开口。

“难过吧，毕竟他年纪大了，今年都二十四岁了，手速和脑子都比不上年轻人了。”

“Kan 年轻的时候也没有很厉害，OK？估计队里最拖后腿的就是他了。”

“大家留点口德，Kan 也帮战队取得过不少胜利。”

弹幕吵得热闹，最终被简茸一句话打断：“我猜他在想……‘我这两局演得这么好，一会儿要让庄家多给我分点钱’。”

这话一出，无论是“黑粉”还是“粉丝”都愣住了，屏幕瞬间被问号充斥。

简茸话里的意思很明白，暗讽 Kan 是在配合开赌局的庄家演戏。

英雄联盟联赛发展到现在这个规模，自然躲不掉被搬上赌桌的命运。很多战队都被质疑过“打假赛”，不过都是观众们私底下吐槽，不会搬到台面上说。

简茸话音刚落，屏幕上几乎全是攻击他的弹幕。

“你平时说选手可以当作开玩笑，现在污蔑别人清白就有点过分了。”

“我已经打电话举报了，主播真恶心。”

“无凭无据说这种话不好吧？”

简茸懒得和弹幕吵，这四场比赛看得他头疼，干脆起身去冰箱拿一瓶冰咖啡。

他再回来时，双方战队第五场的上场人员名单出来了。

TTC 连上两名替补，一名替补中单，换下“状态不佳”的 Kan。

一名替补打野，换下了队伍支柱 Road。

看见两位面生选手穿着 TTC 的队服上场，简茸拿着刚打开的罐装咖啡，一时间忘了喝。直播间弹幕疯狂刷起了问号，简茸的电脑都被刷得卡顿了几秒。

别说观众了，就连刚上场的两位 TTC 替补选手——尤其是代替 Road 上场的那位，眼底仿佛也带着些许迷惘。

三位解说脸上挂着尴尬又疑惑的笑，互相对视几眼。

“TTC 这应该是有什么战术吧？”解说甲僵硬地抛出话题。

另一人接收到同事的信号，忙点头：“他们肯定是练了什么绝招，不过如果我没有记错的话，TTC 的打野替补应该是第一次上场吧？”

“对，这位打野实力也很强劲，是非常擅长开团的选手。”

比赛还没正式开始，简茸不想听解说们“尬聊”，关掉比赛直播的声音，问：“TTC 什么时候有替补打野的？”

其实 TTC 这位替补打野已经不是第一次掀起话题了。

早在报名阶段时粉丝们就发现 TTC 名单最末有一个陌生名字，据说是青训队直升上来的打野。因为这件事，TTC 的官方微博还被粉丝们爆料过——准确来说，是被 Road 的粉丝爆料过。

毕竟 TTC 手握王牌打野 Road，Road 入队以后，TTC 的替补名单从来没有安排过打野选手。

“这名替补好像夏季赛就在了。”

“上一场如果让替补中单上，或许 TTC 的胜率会更大。”

“这名替补打野终于来了，坐了一个赛季的冷板凳，再不上场，我都要以为他是 TTC 拿来凑数的。”

“TTC 到底有什么绝招？好奇。”

简茸挑了挑眉，没说话。

就算 TTC 真有什么神秘招数，那也不该放着 Road 不用，让一个从没上过场的替补上来打配合。

手机响了一声，简茸重新打开直播声音，光明正大地拿起手机偷懒。

石榴：“大哥，你怎么什么都敢说啊？”

石榴是简茸为数不多的好友之一，也是星空 TV 的一名男主播，以前玩英雄联盟，现在改道去别的频道混了。

艹耳：“干吗？”

石榴：“你居然在几十上百万人面前说 Kan 打假赛，难道不怕他的粉丝针对你啊？”

艹耳：“我连他本人都不怕，还会怕他粉丝？”

石榴本想回一句“你真厉害”，又想起他这朋友似乎一直这么有个性。

石榴：“你就少说两句吧，我真怕哪天那些英雄联盟选手要联合起来对付你。”

艹耳：“我没骂 Kan，我刚才是在夸他。”

石榴：“怎么说？”

艹耳：“以前他虽然也菜，但好歹还在钻石水平。但他今天那几次操作，没十年脑血栓都打不出来，我说他打假赛，不是变相夸他的实力应该远在他的发挥之上吗？”

石榴木着脸收起手机，心想：罢了，不与键盘侠争长短。

简茸的想法没错，TTC 没有准备什么“绝招”，至少这一局没有。

第五分钟，TTC 的打野在野区逛街被击杀。

第十二分钟，TTC 的打野去中路抓人，被敌方反蹲，敌方拿下双杀。

主心骨不在，两名首发队员下场，队里另外三名首发选手也明显不在状态，再加上打不出队伍配合，比赛第二十分钟爆发的第一场大团战，TTC 被打得团灭。

简茸看了一眼双方的差距，知道这局 TTC 翻盘无望，懒得浪费口水去解说了。他点开直播间的弹幕助手，想跟“水友（和主播一起玩游戏的玩家）们”来一些“友爱互动”。

“TTC 是真的打得烂呀。”

“主播怎么不喷人？”

“我总算知道这名替补打野为什么一个赛季都没上场了。TTC 有病吧，在半决赛把他放上来恶心人？ Road 前几把打得那么好，为什么要换人？”

“得了吧，Road 的水平也不咋样，TTC 全员技术不在线。你们看看 Road 这几年打的都是些什么比赛，赶紧退役吧！”

简茸动动手指头，把后面那骂人的号封了，那人很快开小号卷土重来。

“只是骂两句你就封我？你不也天天点评游戏选手，怎么不把你自己封了？”

“我看你不爽就封你，不服憋着。”简茸懒得解释。键盘侠之间的对决不需要讲道理，能气到对方就完事儿了。

简茸靠在椅子上，挑了一个舒服的姿势才继续往下说：“替补打野的确有失水准，但他第一次上场就打半决赛的决胜局，打得不好也情有可原吧，能看出他私底下应该很少和首发队员练配合。况且队里其他人打得也不怎么样，当钻石排位局看就得了。”

“替补中单倒还行，勉强比前四局的Kan有点用……当然还是没我强，别问这种废话。”

比赛第三十二分钟，万众期待的第五局决胜局终于接近尾声。

这一场游戏里，TTC几乎完败。

比赛最后，HT的队员逼到TTC的泉水前，对TTC进行了近三十秒的“虐泉”（将敌方逼到泉水内，持续攻击甚至击杀）。

此时此刻，TTC的休息室里一片死寂。

赛方工作人员受了氛围影响，大气儿都不敢出，敬业地扛着摄像机进行拍摄，并连着给了坐在沙发上的Road好几个特写。

Road平静地看着屏幕，右手随意搭在沙发扶手上。他的队服外套穿得松垮，衣袖把他整个手掌都套了进去。

Kan坐在角落里，他反复咬了几次下唇，终于在自己队友被敌人虐泉时忍不住了，看向路柏沅，道：“队长，我都说了这局我可以打。”

路柏沅仿佛听不见他的话，甚至瞧都没瞧他一眼。

Kan：“虽然我前面发挥得不好，但是……”

“行了。”教练沉着脸打断他，“你别说了。”

几分钟后，TTC的队员们回到休息室。他们垂头望地，每个人都像脖子上被勒了一根看不见的绳索，心情压抑得说不出话，也迸发不出其他的情绪。

他们不是没输过比赛，但是这次输得太彻底、太丢人，饶是有几次S赛经验的老队员也忍不住红了眼眶。

教练做了几次深呼吸，简单安慰了他们几句，就赶紧走去阳台打电话联系队车了。现在粉丝情绪很激动，他必须让赛方多安排几名保安来维持秩序。

在这死水般的沉默中，路柏沅终于有了动作。

他拿起身旁的棒球帽随意戴上，帽檐压得有些低，说："回去了。"

队员们依着他的话起身，木然地往门外走。

TTC 的替补打野是一个面容青涩的大男孩，刚到官方许可参赛的条件就被管理层从青训生里提了出来。他失魂落魄地走在人群末端，右手紧紧攥着外设包的肩带，用力地抿着嘴唇。

他离后门出口还有一段距离，却已经能听见场馆外粉丝的吵闹声。这一瞬间，他忽然觉得那些模糊的话语里全部掺杂着自己的 ID，还有一些嘲笑讥讽的话语，他甚至幻想着自己此刻已经走出后门，然后被印有"TTC"字样的灯牌砸得头破血流。

当他快要忍不住停下脚步时，肩膀被不轻不重地拍了两下。

"辛苦。"路柏沅说，"回去加练。"

男孩的情绪仿佛被这两下拍出了一道口子,眼泪在这一瞬间汹涌而出。他先是重重地点了点头，然后用衣袖捂住脸，忍不住呜咽出声。

TTC 的队车直接开回基地。

下车后，教练再三嘱咐其他队员卸载论坛贴吧和微博，之后跟着 Road 一起进了会议室。

"我已经跟联盟的人联系了，他们正在来基地的路上。"教练接了一杯开水，放在路柏沅面前，沉默几秒后问，"如果事情真是你想的那样，怎么办？"

路柏沅说："照规矩办。"

教练紧皱着眉头，办事一向干脆利落的他此刻一脸犹豫："Kan 他……他在 TTC 待了七年，比你和我待的时间还长。"

路柏沅"嗯"了一声："所以？"

"我明白了。"教练看到桌上没被动过的纸杯，眉头皱得更紧了，问，

“你的情况怎么样？医生那边我催过了，他马上到，啧……我就该让他跟着一块儿去现场的。”

路柏沅伸直胳膊，把右手露出衣袖：“好多了。”

教练看了一眼：“都这么久了，它还在抖？”

路柏沅说：“中间两局打太久。”

“你少诓我！你以前一天训练十几个小时，现在跟我说五十分钟的比赛时间长？你肯定偷偷加练了！”教练看得心疼，“这几天你别训练了，游戏都别开，听见没？”

路柏沅心里有数，他训练的时间确实超出了医生规定的时长，还超了不少。

左右最近自己没比赛要打，路柏沅点头：“我知道了。找中单的事有进展了吗？”

“你都这样了，能不能少操点心？”教练说教完，还是老实道，“有。团队最近从青训生、国服积分排名榜和马上合约到期的中单里挑出了几个人，还得一个一个考察筛选才有结果。”

路柏沅说：“名单也给我一份。”

“当然会给你。”教练想起什么，忍不住皱起鼻子，“但是有些话我得说在前面，咱们是在找队友，你别那么挑剔，要给别人一点成长进步的机会……上次你否掉的那几个人，现在都被其他战队瓜分走了，心疼死我了。”

路柏沅表面冷淡地“嗯”了一声。

翌日下午，简茸刚睡醒，就看到手机上有几条消息。

石榴：“醒了没，大哥？”

石榴：“我听说平台又要大整改了，你最近直播收敛点，少骂人。”

简茸揉揉眼，回了一句“知道”，没太放在心上。

直播间整来整去也就那几件事，他一不涉黄，二不开挂，应该整改不到他头上。

还没到开播时间，简茸打算上微博随便逛逛，没想到一打开微博就被同一个名字刷了屏。

他微博关注的都是与电竞相关的博主，被刷屏的自然也是与电竞相关的话题，有几个甚至已经爬到了微博热搜上，居高不下："据传 Road 将退役。""回顾 Road 五年职业生涯。""Road 传奇落幕？"

简茸眨眨眼，睡意散了一些。

他翻了个身，慢吞吞地滑动屏幕。

"Road 退役"这个话题此时已经爬到了热搜第一，甚至把昨晚的半决赛话题都压下去了，热度高得惊人。

不过这也正常。Road 是谁，他刚入队就带着在次级联赛凑数多年的 TTC 战队打进 LPL（英雄联盟职业联赛），次年拿了全国冠军，后来连续两年获得"最受欢迎选手"奖项，是 TTC 战队的支柱，也是 LPL 如今人气最高的明星选手。

平时关于 Road 的一个小采访都能上热搜，更别说退役这种大事。

几个电竞营销号已经发文章述起了情怀，评论里满屏哭泣和心碎的表情包，粉丝都表示自己不愿相信。

简茸也不太相信。

职业选手会退役无非就几种情况：成绩不好、实力不够、手速退步。从 Road 昨天的操作来看，这三种情况都可以直接排除了。

简茸去逛了逛 TTC 的官博，官博最后一条发的还是昨晚半决赛的赛报。

Road 的微博就更平静了，最新一条动态是广告，一个月前发的。

石榴："你刷微博没？都说 Road 要退役了。"

艹耳："我看了。这是哪儿来的消息？"

石榴："好像是内部消息，听说 Road 有手伤。"

简茸边刷牙边回想昨晚 Road 在比赛里的表现。

那是有手伤的人能打出来的操作？

他随便翻了几条 Road 的微博。虽然本人还没发声，但评论区里已经全是粉丝的留言，当然，其中还掺杂了不少黑粉的抨击。

“Road 早该退役了，打得本来就不好，昨晚还占着首发位置缺席决胜局，是想输了好甩锅？粉丝都是看脸才粉他的吧？这两年起来的新人打野不知道比他强多少。”

简茸吐出泡沫，直接点了转发。

Soft：“谁比他强，你数出来我看看。”

路柏沅醒来才知道自己“被退役”了。

他简单洗漱完，开门就看见一个微胖的小身影守在他房门外，背影看起来还有些可怜。

那人听见动静，立刻回过头来，是队伍里的辅助（确保下路生存和顺利发展，协助下路杀死敌人）小白，和路柏沅同一年进队的队友。

“哥。”小白咬着嘴唇，一副想哭又忍着的模样，支支吾吾地问，“你要退役啊？”

路柏沅手受伤是队里人都知道的事，虽然医生说还没到不能打的程度，但大家还是整天都悬着一颗心。

路柏沅说：“嗯。”

小白蒙了，脑海中飞过无数句挽留的话，最后只憋出一句：“那……那你什么时候退？”

路柏沅拉上大衣的拉链：“两三年后？”

小白：“……”

“行了，你别吓唬他。”教练从楼上下来，手里拿着万年不离身的笔记本。

路柏沅一只手插兜：“这消息是怎么传的？”

“一开始是传你手受伤，后来有人爆料昨晚联盟的人来过基地……就演变成你要退役了。”教练说，“我让阿姨做了早餐，你先下去吃。”

基地请的阿姨已经习惯了他们的作息时间，在下午三点麻利地给路柏沅做了一份早餐。

教练将小白赶去客厅后，开口道：“Kan 给我发消息了。”

路柏沅切火腿的动作未停，他收到的几十条消息里就有 Kan 的，他只看了一条消息预览，没点进去看：“联盟那边怎么说？”

“还在查，没这么快的。”教练说，“唉，万一是我们想多了……”

路柏沅没说话。这种事情宁可错杀，不能放过。再说如果 Kan 真的没做，联盟也不可能随便给他定罪。

“不说这个了。”教练问，“打完比赛有一周假期，你有什么打算？”

路柏沅说：“留基地。”

他最近都要针灸，回家不方便，他不想让爸妈知道自己手受伤的事。

教练点头：“行，那我让阿姨准时准点过来给你做饭。”

“不用，我随便应付一下。”路柏沅抽出纸巾擦了擦嘴，“名单拿来了？”

教练从本子里抽出一张纸：“这里。”

名单上只有六个人，ID 旁边写着他们排位赛积分分数、直播间号码和曾经在战队里的成绩，还有管理团队给他们的各项评分。

教练说：“团队还汇总了一些他们的游戏视频，我看过了，觉得前面两个还不错，一会儿发你邮箱里。”

路柏沅的视线停留在白纸最下方，那里有一个被人用黑笔画掉的名字。

教练察觉到路柏沅的目光，解释道：“这人叫 Soft，我排除掉了。他是一个主播，我觉得不太合适。”

路柏沅问：“哪里不合适？”

“各方面都不合适，我都怀疑团队里混进了他的粉丝。”教练想了想，随便挑了一个原因说，“他最擅长的英雄都是些什么……劫、亚索、男刀，反正比赛坐冷板凳的那些英雄，他都喜欢玩。”

《英雄联盟》每个英雄都有属于他们的背景和输出定位，教练列出来的三个英雄都是刺客定位，优势是灵活、爆发高。

这三个角色是路人局的热门选择，玩得好能控制全场，玩得不好能坑到队友怀疑人生。

一旦放在比赛里，他们的弱点就会被无限放大——射程短，poke（远程消耗）能力弱，过分依赖前期优势，不好开团。

在本次S赛里，这三名刺客英雄从未登上比赛舞台。

路柏沅听见这几个名字，挑了一下眉。

玩好刺客流英雄，对使用者的手速和反应能力的要求非常高。

“英雄可以练。”他说。

“是这么说没错，但是……”教练摊牌，“我觉得这个主播本身不是打职业的苗子。”

路柏沅抬眼看他：“有污点？”

“算是吧。”教练说，“他其实就是一个娱乐主播，平时只打钻石分段，偶尔还会跑去打黄金局，对线的人水平参差不齐，根本看不出他的真实水平。而且他很喜欢骂人。”

那确实不能用。路柏沅问：“平台允许主播骂人？”

他记得上次小白直播时说了几句脏话，没几秒直播间就被超管暂时封停了。

“不允许，所以他骂人一般不带脏字。而且他不仅跟键盘侠互掐，还特别喜欢骂职业选手。”教练顿了一下，“这么说吧，LPL的选手里，除了你，都被他骂过。”

路柏沅：“哦。”

路柏沅拿着名单回到自己的机位，找出教练给他发的视频看了两场。

这两人相较之前那一批青训生是要好一点，但就是太中规中矩了，打得没什么大毛病，也没有亮点。

路柏沅又看了几分钟视频，抬手点了暂停，然后转头问坐在自己旁边的小白：“你认识 Soft 吗？”

小白正在吃红豆派，闻言停下咀嚼的动作：“刚开播错跑颜值区，又因为骂人被赶回英雄联盟区的那位蓝头发的主播？”

他一听就知道仇恨挺深。

路柏沅弯了一下唇：“是他。你知道得还挺详细。”

“哥，你还笑！你是不知道那主播有多气人。”小白直言道，“他招惹的选手太多了，有人创了一个专门骂他的贴吧，我都是在里面听来的。”

路柏沅“嗯”了一声：“你在里面几级了？”

“九……”小白刚吐出一个数字就闭了嘴，他咽下红豆派，咳了两声作掩饰，“你怎么问起 Soft 来了？”

路柏沅说：“我随便问问。”

小白吐槽：“不过最近那贴吧里的人越来越奇怪，我都不爱逛了。”

小白打开手机，翻出自己关注的贴吧，点进“Soft 吧”，然后把手机递到路柏沅面前。

路柏沅扫了一眼上面的讨论。

“今儿这主播怎么还没开播？我都在电脑前蹲他半小时了，我女朋友都没他这么爱迟到。”

“我也在等，一天不骂他都觉得心里空落落的。”

“我看不惯这菜鸟主播很久了，兄弟们看我做得对吗？”

图片里是星空 TV 的送礼截图，横幅上写着一行大字——“Soft 菜鸟主播在 Soft 直播间送出了一片星海”。

路柏沅：“……”

傍晚，路柏沅终于看完团队发来的所有游戏视频。

他揉揉眉心，关了播放器，顺手把那张名单塞进抽屉里。关抽屉之前，他的眼角余光瞄到了纸上的那抹黑色。

几分钟后，路柏沅打开星空 TV 的直播软件，在搜索栏里敲下“Soft”，顺利进入对方的直播间。

路柏沅一进直播间，就看见主播正低着头在敲字，视频的角度只能看见他的蓝发、睫毛，还有白皙的两颊。

噼里啪啦的敲击声不绝于耳，会发光的机械键盘被他敲成了夜店灯光。

路柏沅看向游戏界面。

不是吧你可真菜啊（影流之主）：“就这操作，辅助你也配？不看看自己多少 KDA(击杀率、死亡率、支援率)？野区梦游觉得自己很会？”

不是吧你可真菜啊（影流之主）：“一整局三十分钟都在野区奔腾，不知道的以为你在挑自己的坟。”

不是吧你可真菜啊（影流之主）：“挂机吧，别送了，让我这局玩得轻松一点。”

主播刚打完这行字，就在野区遇到了对面的辅助。他终于从键盘中抬头，几秒就操作熟练又快速地收割掉敌方辅助的人头。

“主播，别骂了，这是你的晋级赛！”

“我知道。”Soft 嫌头发遮睫毛，撩了一把自己额前的碎发，露出一双好看的眼睛，“切记，晋级赛输了可以再打，蠢队友错过了就再也骂不到了，明白吗？”

路柏沅：“……”

第二章 TTC·Road

路柏沅转了转手腕，刚要关掉直播间，手机先响了。

丁哥劈头问："你怎么跑到Soft直播间去了？"

路柏沅皱了一下眉，几秒后抬眼看向直播间界面的右上角。

只见登录用户那儿明晃晃写着几个大字母——TTC·Road。

路柏沅沉默两秒，简单解释："我忘了切号。"

"我都让你平时别登大号，你这段时间又不需要开直播……这是重点吗？"丁哥道，"现在营销号全在发微博带节奏！"

路柏沅说："有什么节奏？我看一场直播而已。"

"而已？你平时还看过谁的直播？你连队友的直播间都不进。"丁哥停顿了几秒，才有气无力地往下说，"而且Soft昨晚在直播间里解说了半决赛。"

路柏沅回想了一下昨晚队友的梦游操作，心里有了底，Soft解说时应该没说几句好话。

丁哥："这小子当着几十万人的面，说Kan被庄家买通了。"

路柏沅："……"

"他也真是胆大，Kan如果有心追究，那一告一个准。"丁哥面无表情地向他复述营销号发的内容，"现在这些营销号都说你要去给队友出头。"

营销号这个想法虽然有些离谱，但大家真想不出Road会出现在Soft

直播间里的其他原因了。

电话那头没了声音，丁哥叹了一口气，刚想开口，就听见一道很轻的低笑声。

他震惊："你笑什么？"

"没。"路柏沅收起笑，说，"那我现在退出，不就真像来示威的了吗？"

丁哥愣了一下："什么意思？你到底去他直播间干吗？"

"随便看看。"路柏沅说，"没事，我自己处理。挂了。"

简茸不知道发生了什么事，他只知道此刻直播间里弹幕爆炸，已经影响到他玩游戏了。

这台电脑是他爸留下来的东西，配置只能算是中上，勉强能开直播，但礼物特效过多就容易卡顿。

他不用看弹幕助手就知道这群人在嚷嚷什么："别问，不换电脑，没钱。"

队里的打野已经被骂到挂机，并在对话框里扬言要让简茸丢分。

简茸看见对方的话，讥讽地笑了一声："对付这种人，不仅要骂到他挂机，还要在他挂机的情况下让他赢，让他认清自己是废物的事实。"

"为了气死这个人，我暂时关一下弹幕助手，应该没人反对吧？好的，没有，我关了。"

简茸无视弹幕里无数个问号，快速地关了弹幕助手，开始专心打游戏。

简茸其实很少骂路人。

为了直播效果，他经常玩铂金、钻石段位的小号，遇到的本来就是水平一般的玩家。

偶尔队里有人阵亡次数过多，被其他三个队友针对时，他还会发一句"别骂了，这局我来带"。

但这局遇到的打野实在人品恶劣。

事情起因和简茸无关。他们队伍的辅助因为残血回城，团战时支援晚了一些。

团战的结果也尚能接受。他们这边阵亡一个打野、一个 ADC（物理伤害英雄），简茸击杀了对面三个，野区资源也没有丢。

然后打野就开始攻击辅助，“看到辅助资料性别是女就想退游戏。”“明知要打团还回城。”“什么年代版本还玩软辅露露，一看就是一个来上分的玩家。”

辅助回了几句嘴，女生骂不出什么狠话，打野看到她回复更来劲儿了，说的话一句比一句难听。

当拌嘴演变成人身攻击后，简茸一套连招把对面中单送回家，然后停留在原地，跟这位打野朋友开始“友好交流”，最终成了现在这个场面。

此时简茸是队里唯一有优势的人，队友的战绩都是 0/2/0、0/4/3（击杀 / 死亡 / 助攻），他的战绩是 7/2/0，因为击杀数较多，他身上还有赏金，这让他成了敌人针对的对象。

简茸操控英雄走到中路，看到敌方的中单卡萨丁正在清理兵线。

游戏中能获得金钱的方法不多，一是击杀敌人英雄，二是击杀野怪和敌方的小兵。

“他们打野来了。”简茸挑起眉，用理所当然的语气给水友们分析，“不然他哪敢碰我家的兵。”说是这么说，他还是往中路靠。

然后他在敌方打野的眼皮底下把对面中单卡萨丁单杀了。

卡萨丁的大招是位移技能，简茸像知道他什么时候逃跑似的，赶在他逃跑前的最后一刻用大招冲到了他身上，利用前两秒全中的技能引爆伤害，漂亮完成单杀。

简茸再钻进敌方野区逃跑。一系列操作行云流水，毫不拖沓。

没想到他刚进野区就遇到了敌方上单和辅助。敌方辅助是锤石，一个控制很强的辅助，能钩人能减速。他用位移技能轻松躲过对方的减速技能。对方杀意十足，直接丢闪现上来丢钩子，好不容易钩中了他。

谁承想钩子的拉扯特效都还没显示出来，简茸就用装备水银腰带瞬间解除了自己身上的控制，速度快得令人瞠目。

敌人和观众都还没有反应过来，他已经头也不回地逃掉了。

临走之前，他还熟练地给对面截了个图标炫耀。

[所有人]宝贝他打我(卡萨丁)：“？”

[所有人]宝贝他打我(卡萨丁)：“大哥给点面子，打野是我老婆，你在她面前击杀我三次了。”

[所有人]不是吧你可真菜啊(影流之主)：“行。”

说完，简茸还真就不杀卡萨丁了。

他转头入侵敌方野区，并反蹲敌方打野三次。

[所有人]宝贝他打我(卡萨丁)：“不是吧，她被你气得下线了！早知道是这样，你还不如来针对我！”

简茸边买装备边说：“这对情侣怎么这么难伺候？”

不知是不是简茸帮辅助出了头的缘故，自从打野挂机之后，小辅助时不时就跟在他的身后。

但是他玩的英雄非常灵活，可以冲进人群里秒杀敌方脆皮（防御力低的英雄）再毫发无损地出来，辅助跟着他没什么用。

几次之后，简茸忍不住打字。

不是吧你可真菜啊(影流之主)：“辅助去保护ADC，别管我。”

辅助却仿佛没看见，依旧跟在他屁股后面，打一个野怪都要给他加护盾。

第三十七分钟，简茸挂着16/2/0的战绩带队伍取得了胜利。

在推掉对方水晶的前两秒，简茸火速敲字。

不是吧你可真菜啊(影流之主)：“游戏的输赢跟你有关系吗？”

到了结算界面，打野一声不吭秒退了，看起来气得不轻。

简茸伸了个懒腰，刚要返回游戏大厅，右下角弹出一个好友申请。

是刚才的辅助。

他习惯性地点了拒绝，重新把弹幕助手打开。

弹幕数量实在太密集，简茸挑出能看清的弹幕回答。

“你为什么拒绝？”

“不加陌生人。”简茸说完，打开之前被他关闭的礼物列表，一一感谢过去。

简茸念完再看向弹幕，上面已经是别的话题。他稍微眯起眼，发现弹幕内容自己竟然看不太懂。

“你完了，Road 来制裁你了。”

“就是要教育一下这毒舌主播，让他成天乱喷人！”

“Road 带着 Kan 的律师函来找你了！”

“很遗憾以这种方式认识你。”

“路神真的要退役了吗？求求你说句话，生或者死给我一个痛快。”

“路神，你的直播间都起灰了。”

“全网保护柔弱宝贝 Soft（目前一人）。”

“又是什么新招数？以为这能吓着我？”简茸冷笑，“你们怎么不干脆说游戏创始人来找我给英雄联盟拍广告了？”

说完，他靠在椅子上捧着手机看外卖，偶尔抬起头来感谢新收到的礼物：“谢谢‘我是刚才那个辅助’的小星星，谢谢‘TTC · Road’的星……”

简茸：“嗯？”

意识到自己念出了哪个 ID 后，简茸嘲讽的笑容停在脸上。

星空 TV 为了防止水友被骗，每个职业选手的名字都是禁用的，只有选手本人认证之后才可以用。

简茸缓缓扭动脖子，看见自己直播间的大星使榜上坐着一个金灿灿的 ID“TTC · Road”，字母后面还有一个小小的黑白皇冠图标。

TTC 战队和星空 TV 有直播合约，战队所有队员都在这个平台直播。星空 TV 给足了选手牌面，每人的 ID 后面都有一长串的图标，其中就包含

TTC 的专属队标。

三个月没出现在星空 TV 任何一个角落的 Road，此时就在简茸的直播间里挂着，还挂在礼物榜上。

不仅简茸蒙了，直播间里近三十万的在线水友也蒙了。

“这人昨儿刚嘲讽你队友打假赛，你今天就来给他砸礼物？”

“盗号者？星空 TV 连选手账号都保护不好？”

“那这盗号者不仅得知道路神的登录密码，还要知道他的支付密码……”

“你手滑了？”

“什么情况？我不是来看 Soft 被喷的吗？”

Road 依旧坐在礼物榜上没说话，几秒后，直播间再次弹出一道礼物特效。

“水友”们还没来得及弄明白，又看到了匪夷所思的一幕——只见天天吊儿郎当跟水友们挑刺、抬杠的 Soft 忽然放下盘着的双腿，端正笔直地坐好，把一直挂得歪歪斜斜的头戴式耳机摆正，还抬手捋了一把凌乱的蓝毛。

“谢谢 Road 送的星海。”鼠标箭头在电脑桌面上没有目标地晃，简茸依旧镇定，就是眼睛乱瞟，声音比平时低两度，“Road 大气。”

TTC 基地难得安静了一天。昨天半决赛打得不好，大家都没心情玩闹，醒了也是窝在客厅或房间里看比赛回放或电影、综艺打发时间。

一阵急急忙忙的脚步声打破了短暂的宁静，小白抓着手机从客厅一路狂奔到训练室，喘着气尖叫：“哥，你的直播账号被盗了！”

他哥坐在机位前，坐姿稍显随意。

路柏沅听见动静，摘掉一边耳机，缓慢地回头：“嗯？”

“有人盗你直播号在刷礼物，还是刷给那个蓝毛傻——”小白的声音戛然而止。

窗外天色已暗，训练室没开灯，只有路柏沅面前的电脑显示屏亮着光。小白眯着眼扶门框，过了好半天才看清显示屏上的画面，后面那个字被他生生吞进了肚子里。

显示屏中是熟悉的直播间界面，上面飘着“星海”礼物才能触发的浮夸特效。

屏幕左下角有一个小小的视频框，小白看不清楚里面人的脸，只能看到他那一头比特效更浮夸的蓝毛。

小白：“……”

路柏沅扫了眼弹幕，那些说他是来找 Soft 算账的弹幕已经没了。

他听完 Soft 的感谢，动动手指头关闭直播间。

基地大门被推开，丁哥拎着几大袋夜宵进来，跟呆呆站在训练房门口的小白对上目光。

“过来吃夜宵。”他看了眼训练房的方向，一脸牙疼，“把 Road 叫上。”

每次比赛结束，俱乐部都会给选手放假。但此时 TTC 的首发队员除了 Kan 之外，全员留在基地里。

几人围坐在茶几边，中间摆着几大盒麻辣小龙虾。这段时间，为了比赛中不出意外，他们不知吃了多久的营养餐。

小白盯着自己身边男生手上的小龙虾，暗示道：“P 宝，你这只虾好肥。”

他身边坐的是队伍里的 ADC（物理伤害英雄操作者），Pine，今年二十岁，单眼皮男孩，样貌看上去有些冷，跟本人的性格一样。

Pine“嗯”了一声，剥干净虾壳后，把虾肉丢进了自己嘴里。

小白：“小气。”

丁哥接了一个电话回来，把手机往沙发上一丢，撸起衬衫袖子坐下：“平台打电话问我你是不是被盗号了，真有你的。”

路柏沅低头剥虾：“下次会切号。”

丁哥不太满意地“嗯”了一声，完了又察觉出不对劲：“下次？为什么还有下次？”

路柏沅说：“他反应很快。”

丁哥一愣：“嗯？”

“一整局下来，非指向性技能他只中过一次。”路柏沅说。

其实刚刚那局游戏里，他印象最深的还是Soft用水银解除敌方控制的时机，干脆利落，几乎可以称作是秒解。

这就算是放到职业赛场上，都是令人惊呼的操作。

不过只有一次，路柏沅分不清是他反应速度快还是他运气好。

“哥，你是不知道，”小白擦了擦嘴，“那小蓝毛成天待在黄金、铂金段位，排到的人都很菜的，到高段位估计被捶得满地找牙。”

“不会的。”一个男人拿着橙汁从厨房出来，是战队的上单袁谦，队里的老大哥，人好没脾气，体重常年超标。袁谦给每个人倒上橙汁，说：“我跟他打过。”

所有人都看向他。

小白一脸诧异：“谦哥，你还跟那小蓝毛一起打过游戏？”

袁谦说：“是啊，怎么了？”

“他在直播间骂过你！”小白立刻告状，“还骂过P宝和Kan，Kan都能称得上是他直播间的常驻嘉宾了。”

“我知道。”袁谦一点儿都不生气，反倒不好意思地笑了一下，“他说的那几场，我确实打得有问题。”

小白：“……”

丁哥的关注点不同，好奇道：“他还有能和你一起排位的号？”

英雄联盟排位赛积分分数有几大段位，黑铁、青铜、白银、黄金、铂金、钻石、大师、宗师和最强王者。两位玩家必须段位相近才可以打双排，最强王者以上只能单排。

职业队员平时都要训练，没办法分太多精力去打排位赛，TTC目前段位最高的是袁谦，H服王者五百分。

段位最低的是路柏沅，钻四。他长期没碰排位赛，系统自动扣分掉下去的。

“有，而且是在H服一起玩的，那时我一百多分吧，经常排到他。他好像不直播的时候都会打H服。”袁谦回想了一下，“两年前，他段位很高的，后来据说是高端局直播效果不好，他就打低分局去了。”

小白捏着小龙虾，过了半晌才吐出一句：“庸俗。”

路柏沅问：“他以前也喜欢玩刺客？”

“对，当时他在H服还挺出名的。”说到这儿，袁谦才终于反应过来，“怎么突然说起他了？”

丁哥道：“没。最近不是在招新中单吗？团队给出的考虑名单里有他。”

“不行！”小白一惊，“绝对不行！这个团队有他没我！有我没他！我跟他不共戴天！”

丁哥说：“你和战队的合同还有两年，由不得你。”

小白：“……”

袁谦摇摇头：“那你别想了，他应该不会来的。”

路柏沅问：“为什么？”

“以前有战队托我去带个消息，他直接拒绝了，连联系方式都没加上。”袁谦顿了顿，“他说新人的签约费太低了，没直播赚钱。”

小白：“庸俗至极！”

路柏沅垂眼点头，没再多问。

他原本就是心血来潮才去看一眼，还算不上非常想要这个人。

Road来去匆匆，他离开直播间后的半小时，闻讯而来的观众们还有大半没走。

“为什么 TTC 官方还没出盗号公告？”

“Road 可能是来做慈善的吧？关注孤儿的生活，由你我做起。”

“我下班来晚了。兄弟们，怎么回事，主播今天怎么坐得这么端正？”

简茸随意两口吃完晚饭，再用湿纸巾擦干净手。当水友们以为他要打开游戏时，他把鼠标挪到了自己今日的礼物贡献榜上。

简茸反复看了几眼贡献榜第一名的 ID 后，才若无其事地打开了游戏客户端。

“你到底要看几遍？”

“怎么，你一秒不看贡献榜 TTC · Road 这几个字母它就会跑吗？”

“还看！还看！”

简茸扫到这个弹幕，戴上耳机，面无表情地反击。

晚上十一点，简茸踩点下了直播。

他洗完澡出来，抓着浴巾有一下没一下地擦拭头发，低头翻直播时收到的消息。

石榴:“兄弟,厉害。你的直播间今晚的热度都超过那几个退役选手了。”

艹耳：“不是我厉害。”

石榴：“都一样，这波热度来得太舒服了。”

石榴是出了名的人脉广，简茸想了想，直接敲字。

艹耳：“Road 的号真的是他本人在上吗？”

石榴：“要不我帮你打电话问问？”

艹耳：“好。”

石榴：“好什么好，我开玩笑的，你以为 Road 的电话号码是这么容易拿到的吗？”

石榴：“不过我觉得应该是本人。Road 的号谁敢随便上啊？”

艹耳：“哦。”

石榴：“说到这儿，我今儿得到一个惊天大八卦！”

艹耳："什么？"

石榴："半决赛结束的那晚，联盟的人去了 TTC 的基地，好像把 Kan 带走了！"

石榴："我第一次听说这种事！你说带走 Kan 干吗？该不会真被你说中了吧？"

那头迟迟没回，石榴在输入框里又写了一大段分析，刚打出"打假赛对 Kan 来说弊大于利"的结论，手机便振了一下。

艹耳："不知道。"

艹耳："如果是本人在上，他为什么要给我送礼物啊？"

石榴："？"

石榴："我在跟你说 LPL 今年最刺激、最劲爆的八卦，别逼我扇你。"

艹耳："哦。"

艹耳："他是不是进直播间首页的时候手滑点错，才会进我直播间的？"

石榴无语了，分享八卦的紧张感顿时消失得无影无踪。他麻木地敲字回复。

石榴："不知道，可能他想拿礼物收买你，让你以后少骂两句 TTC 吧。"

石榴："我算是发现了，你是 Road 的真粉。"

简茸刚想解释，打了两个字又删了。

艹耳："嗯。"

半决赛打完的第四天，水友们对 TTC 战队的谩骂讥讽终于消停了一些——再过几天就是全球总决赛，LPL 的 PUD 战队将迎战 H 国赛区的 HT 战队。水友们的视线都投向了 PUD 战队。

这天深夜一点，TTC 基地灯火通明。

《英雄联盟》赛事大都是在下午或者晚上进行，职业选手们会调整自己的作息时间，让自己在下午至晚上的时间段里保持最好的状态。

大家习惯了这样的生物钟，就算在没有训练或比赛的日子，也还是会熬夜。

路柏沅披着一件大衣，坐在小白和袁谦的机位旁，看他们打排位赛。

大家刚打完比赛，心态已经逐渐放松下来。今天，两人都打的国服，小白开着自己的钻石号玩打野位，操作流畅，十分下饭。所以全程路柏沅都在看袁谦的显示屏。

又一局游戏结束，袁谦觉得钻石段位单排难打，随便拉了一个好友进队。他的好友列表里不是职业选手就是单排遇到的路人高手，谁来了都能玩。

一个 ID 叫“看我操作就行了”的玩家进入组队房间。

袁谦按下匹配按钮，没几秒又取消。

他捂着肚子打开好友的对话框，刚敲出“不好意思”四个字。

“怎么了？”路柏沅问。

袁谦表情痛苦：“肚子疼。”

路柏沅点点头。就在袁谦消息要发出去的前两秒，他从椅子上站了起来。

“我帮你打。”路柏沅说。

袁谦一愣，连忙摇头：“不用，又没排进去……而且丁哥知道了得骂我。”

丁哥明令禁止路柏沅打游戏，为了监督他，还时不时会搜一下他的战绩。

路柏沅已经快闲得冒烟了。

他站着没动：“我只是替你打一会儿，你回来了就还你。”

袁谦：“真不用。”

路柏沅说：“起来。”

袁谦：“……”

路柏沅成功坐到袁谦的位置，问：“队里的是谁？”

“我没仔细看，随手拉的。这人好像改过 ID，你瞧一眼备注。”袁谦说完，头也不回地冲去了厕所。

路柏沅打开好友列表看了一眼。

备注：Soft。

队里的人忽然说话了。

看我操作就行了："点错了，我单排。"

Q哥宇宙无敌："好的。"

看我操作就行了："你是哪位？我加个备注。"

袁谦虽然很久没打国服，但他的国服号ID不是什么秘密，网上一搜就能查到。

Q哥宇宙无敌："Qian。"

简茸退出队伍的动作一顿。

看我操作就行了："TTC的Qian？"

Q哥宇宙无敌："嗯。"

看我操作就行了："哦。"

路柏沅不想浪费时间，见Soft迟迟没走，他正想先退。

看我操作就行了："那不然一起打两局？你在爬王者吧？我带你上去。"他说得自信又猖狂。

Q哥宇宙无敌："可以。"

看我操作就行了："不过你得先回答我一个问题，兄弟。"

Q哥宇宙无敌："？"

看我操作就行了："前几天，就周一，Road的直播号是他本人在上吗？"

路柏沅的手搭在键盘上，过了半晌才敲字。

Q哥宇宙无敌："是吧。"

看我操作就行了："哦。"

看我操作就行了："那礼物是他点错了吗？"

看我操作就行了："我可以退钱的。"

路柏沅想起小白那天吐槽 Soft 的话，说他爱财如命，只要给他送礼物，不论多难听的 ID 他都会念出来感谢。

Q 哥宇宙无敌："不是。"

简茸再次打出一个问题，看了眼聊天框又觉得自己啰里啰唆的，于是忍了忍，删了。

看我操作就行了："你听得见声音吗？"

为了方便玩家开黑交流，《英雄联盟》里有内置语音，路柏沅扫了眼，Soft 的麦克风标识正在闪烁。

他换上手机耳机，刚戴好就听见那边敲键盘的声音，动静不小。

Q 哥宇宙无敌："听得见。"

"声音会大吗？我刚下直播，懒得调声卡了。"Soft 出声问。

路柏沅发现他骂人和聊天时的声音是不一样的，骂人的时候有股挑衅讽刺的劲儿，正常聊天时就顺耳多了。

Q 哥宇宙无敌："不会。"

简茸挑眉："你没麦？"

Q 哥宇宙无敌："坏了，介意吗？"

对简茸而言，单排、双排没什么区别，他开麦也只是懒得打字，对方能不能说话倒无所谓。

"不介意。"简茸说，"选位置吧。"

每个玩家在进入排位赛前都要先预选自己要玩的两个位置，以免玩家们为了抢位置引起纠纷。

简茸这个赛季就没怎么玩过国服大号，现在这号才刚刚钻三，排位时基本不用等，几秒之后就排进了新游戏。

刚进去是禁英雄环节，简茸什么英雄都没禁，这种行为就像在说"我没有怕的英雄"。

他一抬头，就看到他的队友直接禁掉了“劫”这个英雄。

你一玩上单的，选我中单英雄干什么？

简茸皱着眉刚想问，就看到Q哥宇宙无敌（盲僧）道：“ID下面写着两个字——打野。”

简茸问：“你不玩上单？”

Q哥宇宙无敌：“玩腻了。”

简茸“哦”了一声。几秒后，两方禁用的英雄全部显示出来。

劫、亚索、妖姬、男刀都被禁用了。

送头第一名：“四楼是Soft？”

简茸扫了一眼ID，眼生，不认识。

看我操作就行了：“？”

送头第一名：“你会的英雄都被禁了，不然你跟我换位置吧，你来打辅助？”

看我操作就行了：“我会的英雄比你玩过的都多。”

送头第一名：“……”

简茸是最后一个选英雄的，等待时间里他切出去回了一条消息，再回来时其他人已经全部选定英雄了。

他看了眼阵容，选了辛德拉。

送头第一名：“你拿辛德拉打小人鱼？对面把你克制得死死的。”

送头第一名：“你打了这么多低端局，还能打钻石排位吗？我晋级赛最后一把生死局，别坑我啊，兄弟。”

也许是晋级赛打到自闭了，这个辅助的话尤其多，别说简茸，就是其他人都觉得有些烦。

不过这辅助的话也不是完全不对，从英雄上看，辛德拉对线期的确不好打小人鱼。

但简茸是谁，玩了这么多年的中路，他对换血这一套研究得比别人都要细，一路发育到六级，他竟然一点亏都没吃，补兵甚至还比小人鱼多十来个。

又打了一套消耗，简茸下意识想叫打野来抓，刚开口就停住了。

他还是不为难他们家这位新晋打野了。

这时，一个信号声忽然响起。Q哥宇宙无敌(盲僧)："正在路上。"

在游戏中玩家能发出几道简单的信号，"××正在路上"就是其中之一，示意队友自己马上赶到。简茸这才发现，他们队伍的打野盲僧已经摸到了敌方一塔旁边的河道里。

在小人鱼的位移技能交出去的那一瞬间，盲僧从河道摸眼跳出，一脚把小人鱼踢到了简茸面前。同一时间，简茸快速利用推球技能使敌方晕眩，配合盲僧的伤害完成了击杀。

虽然是一套常规配合，但他们两人所有技能都放得恰到好处，丝毫不拖泥带水，没给敌方中单留一点后路。

三百金到手，简茸回家出了装备："继续来。你来我就能击杀。"

"袁谦"没有应他。不过在接下来的游戏里，队伍的聊天框被这几句话塞满——

Q哥宇宙无敌(盲僧)："正在路上。"

"看我操作就行了正在释放技能，连续击杀三人。"

Q哥宇宙无敌(盲僧)："正在路上。"

"看我操作就行了已经主宰比赛了，连续击杀六人。"

Q哥宇宙无敌(盲僧)："正在路上。"

"看我操作就行了已经超越神了，连续击杀八人。"

简茸又击杀掉对面一人，嚣张地在别人高地旁边回城。他看了眼左下角的对话框，忽然笑了一声："你是在模仿Road吗？"

粉丝们都知道，Road在开直播打排位赛时从来不跟队友打字交流，都是沉默地带动三路。唯一的互动，就是"正在路上"这个信号。所以有些粉丝叫他“路神”并不全是因为他名字里的“路”字。

而且 Road 的招牌英雄就是盲僧，他曾用这个英雄在世界赛上“秀”翻全场，每次他开团和逃跑，观众们都是把心吊在嗓子里看的。

Q 哥宇宙无敌（盲僧）：“？”

Q 哥宇宙无敌（盲僧）：“不是。”

简茸推敌方基地时，大方地夸赞：“你打野玩得很好。”

路柏沅刚要打字。

“比你上单玩得好。”简茸说，“不然你转型吧？”

路柏沅：“……”

“袁谦”安静了一会儿。

Q 哥宇宙无敌（盲僧）：“我考虑一下。”

这局游戏结束，简茸起身去了趟厕所。洗手时，他盯着水柱回想了一下盲僧的操作——他刚才不是胡说，虽然只是钻石局，但从越塔、开团各种细节能看出来，袁谦这盲僧有点东西。

他几乎每一次的 gank（抓人）技能都让简茸觉得特别给力，哪里需要他，他就在哪里，甚至还能做到抓人和入侵敌方野区两不误。

简茸从厕所回来，重新戴上耳机：“来了。今晚排通宵吗？”

“我这儿打不了了。”袁谦的声音传出来，有些不好意思，“小白找我双排，下一次吧？”

麦又好了？

简茸刚想应“嗯”，就听见耳机那头隐隐约约传来一道模糊的声音。

“你赶紧把那蓝毛喷子踢了，他一会儿肯定要划水（偷懒）的！”

简茸闻言，停下了刚要退出队伍的动作：“小白？”

另一头瞬间安静，那道声音也没再出现，明显袁谦此时正用着电脑外放，没连耳机。

“你们战队的 Bye？”简茸故意放慢语速，问，“那个常规赛里玩锤石反向 Q，玩猫咪野区迷路的辅助？”

小白：“……”

袁谦想帮队友说句话，可简茸说的都是事实，一句都反驳不过来，于是轻咳一声，含糊不清地说：“嗯。”

“那你保重吧。”简茸语带怜悯，“走了。”

小白：“……”

Soft 刚退出房间，小白就奓毛道：“这喷子是缠上我们战队了吗？怎么我们每场比赛他都看？烦不烦啊！”

Pine 头也不回地问：“这话你刚刚怎么不对他说？”

小白理直气壮：“废话！我又骂不过他！”

路柏沅已经回到自己的机位前，他把耳机插进自己机子里，再次打开星空 TV 软件。

他切换成小号，点进了 Soft 的直播间。对方果然已经下直播，界面上弹出对方的直播回放。

路柏沅把电竞椅调成一个舒服的角度，随便点开某段回放，安静地看了起来。

世界总决赛当天，简茸临时取消了原定的直播，下午五点准时到了体育馆入口。

他戴着一顶黑色棒球帽，帽子上印着皇冠队标，正低头一边玩手机一边等人。

他翻自己刚发的请假微博，下面有几百条评论，都在指责他的任性行为。

换作平时，简茸是要跟他们理论两句的，但今天他确实临时放了鸽子，不占理。

他挑了几条微博回复。

“我等了你两小时，你来一句不播了？我吐了。”

Soft 发了一个微笑的表情。

“你连总决赛都放鸽子？干吗，赶着去投胎？”

Soft 发了一个可爱的表情。

“你快滚回来开播啊，我给你送星海。”

Soft：“我不回，你自个儿看吧。”

水友们被他的回应“雷”得不轻，回复更加激烈了，他翻着都忍不住想笑。

“来了。”一个穿着黑色风衣的男人跑到他面前，喘着气说，“堵车，我居然在停车场堵了大半个小时。”

来人是石榴。

石榴刚和女朋友分手，手头多出一张总决赛门票，昨晚他临时问简茸要不要一起来看。

特殊渠道拿到的票，VIP 席好位置，有钱都买不到。简茸思考了两秒钟，爽快地放弃了今天的直播。

石榴看了看四周：“走，我们从另一个入口进，这票不用排队的。”

他们进场时观众席已经坐了不少人。简茸的票是大前排，能拿到这个位置票的人都有些门路。简茸粗略扫了一眼，看到了不少星空 TV 的大主播，甚至还有一些战队的职业选手。

石榴娴熟地跟那些人打招呼聊天，简茸平时就不爱参与这些交际，他把棒球帽往下压了压，低头继续回复粉丝的消息。

几分钟后，一行人悄无声息地进了场。

他们穿着厚实，都戴着帽子和口罩，根本看不清脸。不过他们遮得再严实还是被周围的人认了出来，大家窃窃私语的同时都忍不住朝他们所在的方向看。

小白落座后，忍不住打量了一下决赛会场，心想：真气派。

一想到这里原本有机会是自己的比赛场地，他就有些烦闷，把围巾拉到鼻子上说：“场地也就这样嘛……比赛还要多久开始啊？”

袁谦看了眼手表：“应该快了。”

小白“哦”了一声，看向自己右侧的人：“哥，你怎么还在看回放？哪场比赛的？”

路柏沅挂着一边耳机，头也不抬地随口胡扯：“八进四。”

游戏回放，“不是吧你可真菜啊”玩的是发条，这也是Soft直播里最少出现的英雄。

这一次，发条在自家防御塔下一打二，完虐对面中单和打野，完了还踩在别人的“尸体”上跳舞。

跳完舞，Soft点了回城，冷笑道：“这打野能抓死我一次，我管他叫爷。”

与此同时，坐在他右侧的观众正在聊天。

一个男人问：“你说决赛谁能赢？我觉得PUD的打野最近挺厉害的，他们都说快赶上Road了。”

另一个人沉默许久才开口：“是啊。”

也许因为刚吹了风，男生的嗓音有点低哑，但音色没变，和路柏沅耳机里的声音完美重合。

路柏沅挑了一下眉，缓慢地扭过头。

他身边坐着的男生把大衣拉链拉到了脖子，因为低着头，他只能看见对方高挺的鼻梁。

对方头上戴了一顶棒球帽，几撮压不住的蓝色毛发从帽子后面的扣子里露出来。

帽子上是TTC战队的队标，如果仔细看，还能看到队标下面有一个印上去的签名：Road。

路柏沅还没想起来这帽子是哪一年的比赛周边，男生又开了口，把话说完：“他再练八百年，就差不多能赶上了。”

第三章

Soft现身比赛现场

Take the Crown

男生看起来有点瘦，低头时从衣领露出的一小截后颈很白，本人跟直播间里没什么区别，明显在直播时也没乱开什么瘦脸、大眼或者滤镜功能。

不像小白，最初开直播的时候把美颜拉到最满，粉丝们在爆笑中还把他送上了热搜。

石榴听着笑了：“那也不至于，你是真欣赏 Road 啊。”

“我只是在说事实。”简茸皱眉，“PUD 打野的漏洞很明显，抓人、打团还行，入侵野区太弱，很依赖队友支援。队友如果没跟上，那他打野的节奏就断了。”

石榴想了想，好像真是。

他这次会找简茸一块儿来，就是因为喜欢听简茸分析这些。他又问：“那 Road 呢？”

简茸抬起头，安静地思考了几秒。

简茸说：“Road 的缺点……队友太弱了？”

石榴：“啊？”

“别的位置我没注意，但是中单太弱了，”简茸说，“只知道吃兵发育，不支援，自己也打不出优势，废物一个。”

石榴评价：“你这是同行相轻。”

简茸把帽檐往下拉了拉，说：“我在 H 服排到过 Kan，我补位到了辅助，他拿的中单位，对面中单是 HT 的首发中单。”

石榴知道他以前的 H 服号段位高，也不意外他能排到职业选手：“然后呢？”

“他被别人连续击杀了四次。”简茸说得云淡风轻，“我当时没注意看 ID，以为他是哪个区来的退役小兵。”

石榴：“……”

路柏沅收回视线，垂下的眼眸里带着一点无奈的笑意。他把手机里的视频关了，把耳机随意塞进了口袋里。

比赛即将开始，工作人员上台做最后的准备，解说也已经在解说席就位。决赛气氛正火速蔓延，场馆里沸沸扬扬。

丁哥去后台跟朋友打完招呼后才回来，他整理好西装落座，问一直低着头的人：“比赛都要开始了，你还在看什么？”

小白抬头道：“没，我去星空 TV 转了一圈。”

袁谦说：“现在主播们不都等着直播比赛吗，有啥好看的？”

小白“啧”了一声：“我想听听那个蓝毛喷子一会儿怎么喷 HT 或者 PUD，可他竟然没开播。”

“他本来就不经常解说比赛。”袁谦跟后排坐着的主播好友挥挥手，算是打了招呼，随口道，“没准他今天也来现场了。”

“他敢！我一点不夸张，今天来看比赛的几个战队，他全得罪干净了。”小白挺直腰，四处张望，“那头小蓝毛一认一个准，他如果敢出现在这儿，我非跟他好好算账不可。”

他话刚说完，就对上了他哥的视线。

路柏沅说：“坐好，要开始了。”

小白“哦”一声，乖乖坐了回去。

三位解说就位，总决赛直播正式开启，场馆观众席的灯光已经调暗。

解说三人自我介绍后，开始对两边队伍进行分析。

解说在平时英雄联盟赛事的直播里立场都是中立的，但遇上两个赛区的碰撞，解说们都会偏向自己赛区的选手。

“HT 战队虽然强，但突破口也是非常明显的。比如他们刚招进队的下路双新人，比赛经验不足，一到中后期就容易掉链子。反观我们 PUD 的选手阵容已经是非常成熟的了，我对他们很有信心！”

解说把 PUD 吹了一通之后，导播的镜头给到了现场的观众。

解说甲：“今年的总决赛主场就在 S 市，我们也算是占据了主场优势，能看到此时的比赛现场人山人海，粉丝们都非常热情！”

镜头给到现场前排。

解说乙：“是的。不只粉丝热情，今天现场更是来了许多熟面孔啊……战虎战队、MFG 战队全员到齐，还有鱿鱼战队……”

解说们每念到一个战队，后排的粉丝都要欢呼尖叫一次。

简茸觉得自己的耳膜都要被喊穿了。

他皱着眉把帽子脱掉，垂下头随便整理几下头发，抬手揉了揉耳朵。

这时，镜头给到了另一个战队。

观众们的声音一瞬间高了无数分贝，这阵势，说是哪位巨星出场都不为过。

解说丙：“还有我们的坦克战队，也到达了现场！”

简茸怔了几秒，才反应过来对方说的是哪个战队。

TTC 的官方寓意是“Take the Crown（拿下王冠）”。

由于这个战队刚打进英雄联盟就拿下了第一座 S 赛的冠军奖杯，势头太猛，粉丝们都戏称这个战队为“Tank Training Center（坦克训练中心）”。

再然后，TTC 就成了粉丝口中的“坦克战队”。

简茸抬头看向舞台上方的大荧幕，想知道 TTC 战队都来了谁。

镜头先是给到了 TTC 的下路双人组，Pine 依旧戴着口罩，看向镜头的眼神毫无波动；小白把脸上的遮挡物全脱了，朝镜头笑了一下，露出一口白牙。

然后是袁谦和丁哥，两人非常得体地挥了挥手，嘴边都挂着浅笑。

最后是一个单人镜头，男人刚出现在大荧幕上，尖叫声都快掀翻屋顶，不知道的人还以为PUD已经夺冠了。

英雄联盟最受欢迎选手Road把自己包得非常严实，帽子、口罩全部戴着，但仍旧逃不过导播的火眼金睛。

几秒后，见镜头还是没挪走，路柏沅无奈地把自己的帽檐往上抬了一些，露出眼睛来。

然后他对镜头点了点头。

解说们的麦克风已经开得很大声了，此刻却还是淹没在观众们的欢呼声中："我们路神也来了！今天比赛现场绝对是群英荟萃啊！在场的观众们，你们的票值了！"

换作平时，简茸已经要离场去买耳塞了，但他现在暂时顾不到这些。

他呆滞地看着大荧幕里Road右边不小心入镜的观众。

蓝色头发，黑色上衣，手里还拿着一顶棒球帽，脸上挂着茫然的表情，是他自己。

导播的镜头忽然挪了一下，简茸猝不及防全脸入了镜。

简茸仍然一脸蒙。

解说甲："路神旁边坐着的居然还是他的粉丝，大家看这位观众手上的帽子。"

简茸灵魂归位，动作僵硬地把帽子藏进了大衣里。

解说甲："哈哈哈，你别着急，我们这儿有保安，没人敢跟你抢帽子的。"

简茸："……"

其他两位解说都顿住了，几秒后才接上话。

"呃，是。"解说乙说，"其实这位粉丝我认识。"

解说甲："怎么说？"

解说丙:“他也是我们《英雄联盟》游戏的主播,直播内容非常有特色。”

解说甲疑惑:“什么特色?”

“非常擅长,那什么,”解说丙憋了半天,才挤出一句,“分析选手。”

解说甲:“啊?”

观众们哄然大笑,在他们看不见的官方直播间里,“哈哈哈”已经淹没了整个弹幕区。

导播的镜头很快给回解说席,三位解说游刃有余地进行到下一个话题。

台下的人就没他们这么镇定了。

简茸还保持着刚才藏帽子的动作,僵直着背脊迟迟没动。

他没有东张西望的习惯,坐下来后就专心看微博,压根没注意自己周围都坐了谁,但他现在知道了。

十来秒后,简茸慢吞吞地从怀里掏出帽子,重新戴上,头发被帽子压得乱七八糟。

TTC 这一边也陷入了短暂的沉默。

Pine 用肩膀撞了撞小白,冷冷开口:“你愣着干什么?算账啊。”

小白:“……”

小白偷偷看了那边一眼,蓝毛喷子此时冷着一张脸,嘴唇还抿着,虽然身材不壮实,但看上去依旧不好惹。

小白收回脑袋:“我……我先忍一忍,现场这么多人看着,我不好下手。”

Pine:“胆小鬼。”

最后是两方的“和平大使”打破了这个僵局。

袁谦弯下腰,隔着中间两人朝石榴挥挥手:“石榴,你也在这儿呢?”

石榴连忙笑着点头:“是啊,太巧了,谦哥,你们也来看比赛?”

“反正离基地近,我们就顺道来了。”袁谦看向他旁边的人,“你是 Soft 吧?我们游戏里一块玩过。”

简茸别过头,“嗯”了一声。

他戴着帽子，有帽檐遮着，看不到自己旁边的人。

袁谦说："我们好久没一块儿打了，下次有机会再排两把。"

简茸正在回想自己刚才和石榴的聊天内容，闻言脱口道："前两天不是刚玩过？"

袁谦愣了一下，随即解释："啊，那天……"

"那局是我在打。"夹在中间的人忽然出声。

男人的声音很轻，简茸像被定在原地，还保持着稍稍弯腰去跟袁谦聊天的姿势。

他感觉到一道目光从上面扫下来，直直地落在他的帽子上。

简茸开始回忆自己那天都干了什么。

他好像玩了一把辛德拉，问"袁谦"是不是在模仿Road，还追问"袁谦"那天送礼物的到底是不是Road本人。

简茸："……"

路柏沅看着他的帽子，说："那天我的手感不行，没坑到你吧？"

简茸已经听不清解说的声音了。他短暂地闭了闭眼，然后硬着头皮缓缓抬头，对上路柏沅的眼睛。

"哦。"他木着脸舔了舔唇，摇头，"没有。"

解说们聊完两队选手常用的英雄和阵容后，话题莫名其妙又转了回来。

"这次的比赛一定很精彩，但其实我心里还是有一点遗憾的。"解说甲道，"大家肯定更希望能在自家的主场看到LPL赛区的两个战队角逐冠军。"

解说乙点头："是，坦克战队真的很遗憾。不过他们也很努力了，毕竟打到了BO5，相信明年一定能调整好状态重新出发。"

解说在说这话的时候，路柏沅仍旧垂眼看简茸，仿佛他们说的与他无关。

路柏沅听见简茸的回答，“嗯”了一声，重新坐直，顺手把口罩和帽子都摘了。既然已经被摄像机抓到，他也没必要再遮掩。

简茸盯着他的下巴看了几秒，直到他别过头去跟袁谦说话，才猛地回神，飞快回身坐好。

周围的声音虽然嘈杂，但用心去听，还是能听见自己旁边的人在聊什么。

袁谦他们在讨论看完比赛后去“撸串”的事，顺便商量聚餐地点。

路柏沅只是听着，偶尔说一句“随便”或者“嗯”。

他的音量不大，嗓音跟比赛采访时差不多，比简茸几年前听见的要低沉一些。

石榴叫了他一声，没得到回应，又用手肘撞了他一下：“简茸？”

简茸骤然回神：“啊？”

“比赛开始了。”

舞台灯光效果开满，两个队伍不知何时已经上台，主持人正在向大家介绍每一位选手。

PUD战队是LPL另一支豪门战队，在TTC还未崛起之时人气就非常高了，去年更是新引进两名强势的外国选手，是人气仅次于TTC的战队。

十位选手分别落座，赛场气氛瞬间紧张起来。Ban（禁用）&Pick（选人）环节开始之后，现场更是被“PUD”三字淹没。

阵容选定后，石榴问：“你说谁会赢？”

简茸说：“不知道。”

“分析一波啊。PUD的打野拿了皇子，他的皇子胜率很高，这赛季他的皇子就输过一场。”石榴顿了一下，“当然，我知道他没Road强。”

“PUD阵容比HT好。”简茸打断他，“如果前期不乱打，中后期PUD胜率高。还有，你声音小一点，不要影响周围的人看比赛。”

解说的嗓门这么大，他能影响到谁？

石榴莫名其妙地“哦”了一声，压低了自己的音量。

袁谦看得正专注，旁边的小白忽然拽了一下他的衣袖。

“谦哥，”小白说，“要不你跟队长换一下位子吧？”

袁谦一脸奇怪道：“为什么？”

“你忍心让他跟那个蓝毛喷子坐在一起吗？”

袁谦闻言，忍不住往右边快速瞥了一眼：“还好吧，我觉得他看起来挺乖的啊，就一小弟弟，应该没事。”

小白瞪圆了眼睛。

他染头，他臭脸，他骂人，但他是一个乖弟弟？

最后袁谦还是去跟路柏沅说了这事。

“哥，要不咱俩换个位置？”

简茸心不在焉地看着大荧幕，冷不防听见这么一句。

他目视前方，偷偷地竖起耳朵。

路柏沅问：“怎么了？”

“没，”袁谦说，“我这个位置看得清楚一点。”

路柏沅没动：“我这儿也看得清。”

袁谦顿了两秒，又说：“小白让你坐过来一块儿看，他说想听你讲解比赛。”

简茸靠在椅子上，脸臭了几分。

“回去丁哥会安排复盘。”路柏沅道，“看比赛吧。”

PUD 和 HT 今天的状态都非常好，你来我往各赢两局后，比分又来到了胶着的 2∶2。

没想到连续两个星期的比赛都要打决胜局，现场的气氛攀升到顶峰，PUD 队员下场短暂休息时，观众们还在呼喊着他们的名字。

“又是决胜局，也太刺激了吧。”石榴起身道，“不行，我要去上个厕所，一会儿才能专心看比赛。你去不去？”

简茸点点头，跟着他一块儿站起来，下意识要往右边走。

石榴却先一步拦住他：“往左走，厕所在左边。”

简茸：“……”

他转过身，看到正低着头玩手机的路柏沅。

几秒后，路柏沅抬起头：“要出去？”

简茸：“嗯。”

他们这两排座位没有摆好，椅子间有些挤，路柏沅腿长，就算屈起来也只能勉强腾出一条狭窄的通道。

简茸低着头想快速走过，他刚迈出一步，路柏沅前面的观众忽然起身，椅子跟着往后一推，他只能生生停下脚步。

前面的人明显没注意到他们这边，已经跟着朋友出去了。简茸深吸一口气，刚想后退，路柏沅推开前面的椅子，说：“过吧。”

简茸丢下一句“谢谢”，加快速度越过路柏沅，头也不回地出去了。

简茸刚走，小白立刻夸张道：“这喷子竟然会说‘谢谢’！”

Pine：“这话你敢不敢在他面前说？”

“谁要和他说话！”小白道，“不过他好像真是我哥的粉丝。你们看到他的帽子没？上面还有我哥的签名。”

其他人纷纷看向路柏沅，路柏沅说：“不是签的，印的。”

袁谦顺口接道：“估计是哪年比赛的周边吧。”

“今天来的战队真多，我刚刚数了一下，包括我们起码来了四队人。”小白说完，像想到什么了，幸灾乐祸道，“现在全场观众都知道Soft在这儿了，他平时得罪了那么多人，那些选手的粉丝会不会找他算账啊？”

丁哥拍了一下他的脑袋：“行了，你别总说这些有的没的。我要去买水，你跟我一块儿去。”

小白和Pine被抓去当苦力，袁谦嫌坐着腰疼，刚想起身走两步，就被路柏沅叫住了。

简茸用凉水冲了两遍脸才回了观众席。

夜风吹在脸上，让人异常清醒。他回去时，第五局比赛正好开始。

五十一分钟，PUD 被 HT 反将一军，遗憾输掉了比赛。比赛结束的那一刻，前面坐着的女生捂脸痛哭，解说的声音也有一些哽咽。

“唉，可惜了，本来能赢的，最后一次团没打好。”准备离场时，石榴不断叹气，“第四局 PUD 的中野配合这么好，为什么不再拿一次那个阵容啊？”

简茸看得不用心，已经想不起来 PUD 第四局玩的什么东西了。

“石榴！”身后传来一声呼唤。

两人回头，看到 TTC 的人站在他们身后。

袁谦说：“现在每个出口都挤，我们能走后门，你俩要不要一起？”

小白不可思议地看向袁谦。

石榴也愣了一下：“好啊，正好我的车停在后门停车场。简茸，我开车送你回去。”

方便自然是好，简茸犹豫地“嗯”了一声，转身跟上了 TTC 战队的人。

后门离得不远，认识的工作人员带他们走了一段路就到了。丁哥跟对方道了谢后，几人往台阶下走。

比赛刚结束就下起了细雨，空气里混着冰冷的湿气，所有人都忍不住裹紧了大衣。

袁谦张望了一下：“小白呢？”

丁哥说：“他遇到熟人，聊着呢，马上就来了。”

后门连着很长的台阶，众人走下台阶后站定。

石榴说：“谢谢了，那我们先回去了。我车上有伞，要不要拿下来给你们？”

“不用，我们的车子马上到。”

袁谦说完，看到刚从后门出来，正快速走下台阶的小白，忍不住道：“小白，你慢点，刚下完雨，这台阶特别……”

小白还没等他把话说完，就在倒数第二个台阶原地打了滑，白着一张大脸朝面前站着的背影撞去：“完了。”

简茸觉得自己被陨石砸中了。

他毫无防备，被撞得踉跄一下，身体失去平衡往前摔。

前面的人闻声回头，简茸没来得及改变轨迹，直直撞到了那人身上。

路柏沅没拉大衣拉链，他里面穿的毛衣，质地柔软。简茸闻到了毛衣上的味道，香味很淡。

为了保持平衡，路柏沅抬手揽了一下他的后脖，两人才终于站稳。

没等简茸反应过来，路柏沅已经松开了手，问他：“你没事吧？”

简茸闻声，立刻后退了两步，先是摇头，几秒后又生硬地说：“没事。”

小白没人接，摔了个狗吃屎。还好中途有简茸给他缓冲了一下，不然估计得见血。

他站起来后立马去看简茸：“不好意思，不好意思！路太滑了，我没站稳。撞伤你没有？我带你去医院看看。”

简茸见他一副要上来查看自己伤势的模样，立刻往后退了两步。

“不用。”简茸说，“你离我远点。”

小白：“……”

简茸跟着石榴离开后，小白惊魂未定，拍了拍胸脯。

他缓过来后，苦着脸说：“我刚刚撞得这么狠，Soft 一定记仇了，以后绝对会使劲儿黑我的。”

袁谦安慰他：“不会的。”

“肯定会！你们看到他刚刚的样子没？”小白苦着脸道，“他的脸都被我气红了，像一个番茄似的……那些喷子天天在直播间骂他，他都没气红过脸！”

比赛刚结束，场馆旁的十字路口堵起长龙。

车子刚挪了几步又不动了。石榴干脆挂到停车挡，扭头去看副驾驶座上的人。

简茸手肘撑在窗边，手掌随意地搭在后脖，正盯着窗外。

石榴眯着眼凑近看他。他感觉到旁边人的视线，倏地回头："干什么？"

"你的脸怎么还这么红？"石榴打量他，说，"小白撞到你哪儿了？送你去医院看看？"

简茸捂着微微发烫的后颈，说："不用，我没伤着，坐久了，冻的。"

石榴"哦"了一声，收回身子："谦哥人真好，还愿意带我们走后门，我和他其实好久没联系了。"

简茸心不在焉地听他说，拿出手机瞄了一眼，屏幕已经被微博消息提示占满了。

车子发动前，石榴看着他手中攥着的帽子，笑道："你是不是不粉战队，只粉 Road 啊？"

简茸"嗯"了一声。

"你什么时候粉的？"石榴随口闲聊。

简茸说："看比赛。"

"哪场比赛？"石榴问，"粉多久了？这帽子哪儿来的？TTC 战队里我还是比较喜欢 Pine，他的厄斐琉斯和 EZ 是真的强……你一个玩中单的，怎么会粉 Road？"

石榴没得到回应，疑惑地转了一下头，发现对方也在看自己。

此时，简茸已经恢复到跟直播时一样欠揍的表情。

他说："专注自家，管好你自己。"

石榴："……"

到了小区门口，简茸拒绝了石榴递过来的伞，开门下车："谢了，下次我请你吃饭。”

石榴不跟他客气：“地点我挑。”

“好。”

“哎，等等。”石榴把人叫住，抬头看了眼旁边的破旧小区，“你怎么还住在这儿？我正好有朋友的房子在出租，价格能谈，你绝对承担得起，地段、环境都比这里好多了，我给你介绍一下？”

简茸想也没想就摇头：“不用，我住惯了。”

他住的地方环境的确一般，地段也偏，不过这对很久才出一次门的他来说没有影响。只要给他一张干净的床、一台联了网的电脑，他就能住。

雨还在下，不过是毛毛雨。简茸看着石榴的车子驶出狭窄的路口，把帽子塞进大衣里，拽紧拉链转身回家。

TTC众人回到基地，小白还在念叨后门发生的事。

“你放心，真没事。”袁谦说，“你要真这么怕Soft，我可以让石榴给他带一句话。”

“谁怕他了？”小白挺起胸膛，虚张声势道，“我这不是撞了人，不好意思吗？再说了，谦哥，要不是你邀请他跟我们一块走后门，我也撞不到他啊。这事你有责任，你必须负责解决。”

袁谦哭笑不得，虽然人是他叫住的，但他只是依着队长的话办事啊。

袁谦点点头：“行，我跟他说。”

路柏沅无视他们的胡闹，边脱大衣边往训练室里走。

他前脚刚走进门，丁哥后脚就跟进来了。

“朋友给我推荐了一位按摩师，明天下午我让他来基地给你们按一按。”丁哥下意识看向他的手，“这两天怎么样？还疼吗？”

“早不疼了。”路柏沅把大衣随手搭在椅子上，见丁哥还站着不走，表情犹豫，又问，“怎么了？”

“没事。”丁哥叹了一口气，道，“就是星空 TV 那边来找我了。”

星空 TV 是他们的直播合作方，TTC 所有战队成员的直播合约都签在这一家。

合同也是看人下菜，战队其他人每个月二十至三十五小时，只有路柏沅不同，他没有时长要求，不播也有底薪拿，礼物分成又高，播一次能赚一大笔钱。

不过路柏沅不缺这点礼物钱，今年以来，他开直播的次数一只手都数得过来。

“这不是年底了吗，这些平台又要办什么年度盛典。最近几家直播平台打得很凶，他们对家刚签下 PUD，据说人气很高，平台担心分区的流量打不过别人，就托我来找你帮忙，拉拉热度。”丁哥说，“不过我还没答应，主要还是看你。你想去就去，不想去我推了。”

丁哥说着，自己先反悔了：“算了，还是别播了，我去给他们负责人打电话。”

“等会儿。”路柏沅叫住他，“那活动什么时候开始？”

丁哥愣了愣：“明天就开始了，一直到十二月。”

路柏沅“嗯”了一声，把桌面存着的视频全部压缩到了邮箱里，然后点击发送。

丁哥的手机振了振，他的邮箱收到了十几个解压文件。他问：“你发的什么？”

“录像。”路柏沅停顿几秒，又说，“里面是我个人推荐给团队的中单。”

翌日，简茸一睁眼就听见雨滴砸在窗户玻璃上的响声。

这种声音太催眠人，简茸缓了半天才慢吞吞地睁眼。他伸了一下懒腰，伸手去摸索不知道被丢在床铺哪处的手机。

他养成了熬夜的习惯，昨晚看电影到天亮才睡，现在已经是下午六点半了。

微博消息太吵，他昨晚睡前已经屏蔽掉了。手机屏幕上干干净净，只有石榴发来的一句：“你今天开播吗？”

艹耳：“播。”

石榴：“不去追星？”

简茸打了一个哈欠，懒洋洋地回复。

艹耳：“发错人了？”

石榴：“没，你不是Road的粉丝吗？”

艹耳：“这事你每天都要在我耳边说一遍，担心我会忘？”

石榴：“Road今天开直播。”

简茸盯着手机发了几秒钟的呆。

艹耳：“真的？什么时候？”

石榴骂了一句“你个假粉”，然后发了一张微博截图过来。

TTC · Road：“晚上七点。”后面附了一个链接。

简茸用了十分钟洗漱。他先开自己的直播大号，挂在后台，然后登录了他的小号。

六点五十五分，他准时摸进了Road的直播间。

Road还没来，他的直播间里已经蹲满了人。打赏榜上有粉丝，有主播，甚至有职业选手。打赏金额太高，还未开播，这个直播间就已经冲到了分区的月榜第一。

界面太卡，官方给Road开了四条线路。

简茸刚找到流畅的线路，黑色的直播界面忽然一闪，Road的电脑屏幕出现在大家面前。

只见主播的鼠标在界面上移动了一下，片刻后，耳麦里传来一声很轻的笑声。

“稍等。我太久没直播，忘了怎么开摄像头。”

“啊啊啊啊，你来了！”

“给路神吹一吹直播间积的灰。”

“决胜局为什么上替补？决胜局为什么上替补？”

“今晚宣布退役？”

“退什么役，没官宣的事别乱带节奏。”

“TTC 原地解散吧！”

成千上万条弹幕席卷而来，简茸默默地把耳机音量调大，并关掉了弹幕。

弹幕消失的那一刻，一个大大的视频窗口弹了出来。

男人坐在电脑前，穿着昨天那件毛衣，袖子被撸至手肘处，脸上没什么表情，垂着眼，正在等旁边的人给他调试设备。

虽然关了弹幕，但礼物特效依旧很卡，礼物横幅在直播间上方一条条划过，每个礼物的停留时间甚至不到两秒。

简茸的老年机被卡得一顿一顿的，他“啧”了一声，顺手丢出两个星海，打算去床上用平板电脑看。

“我随便播播，别破费。”路柏沅调好麦克风音量，一句废话没多说，径直打开客户端。

简茸躺到床上时，路柏沅已经排进游戏了。

路柏沅话不多，偶尔应一句看得清的弹幕。他随手禁掉一个英雄，问：“你们想看什么英雄？”

弹幕直接爆炸。

英雄的名字密密麻麻重叠在一起，根本看不清。

简茸也随手发了一个：“盲僧。”

“好。”路柏沅扫了眼弹幕，很随意地笑了一下，“那就盲僧。”

简茸：“……”

他抱着平板电脑，咽了咽口水。

弹幕上十有八九发的是“盲僧”，路柏沅看到的肯定不是他发的。但这一瞬间，他还是有一种 Road 是在和自己对话的错觉。

简茸一脸镇定，又砸出两个星海。

路柏沅没有回应弹幕上对他的任何质疑，也只字不提比赛的事。他游刃有余地操控游戏，第三十一分钟时，以 12/0/6 的战绩赢下了游戏。

正当简茸又要砸礼物时，一个微信电话打了进来。

“八点了，你到底还开不开直播了？”石榴说，“你那些水友都催到我这里来了！”

简茸一怔，慌忙抱着平板电脑起身，在五分钟之内调控好直播设备。他把平板电脑调静音后，打开了直播。

“主播，我以为你昨晚被那些战队粉丝堵住，凉在总决赛现场了。”

“你迟到了十分钟，今晚要补半小时，不然我就天天举报你的直播间。”

“迟到，解释。”

“我睡得太好，把你们忘了。”简茸言简意赅。

大家：“？”

“这是人说的话吗？”

“我昨天看直播的时候心惊胆战，就怕你冲上解说台抢麦克风骂PUD。”

简茸说：“没，昨晚我没认真看。”

“你去现场，还不认真看比赛？那你去干吗的？”

“等等，你们看主播任务栏第一个程序！”

简茸愣了愣，随着这个弹幕往自己任务栏看去——他刚刚为了充值而打开的小号主页。

简茸还没反应过来，就有人发弹幕说自己已经成功摸进小号的个人主页了。

简茸眼前一黑：“等等，我可以解释。”

这一边，路柏沅在等小白上号双排。

他正打算起身去泡杯咖啡，就看见弹幕里出现了一些奇奇怪怪的话。

“Soft 大军到！”

“星空 TV 著名喷子主播 Soft 竟偷偷开小号，仅关注 Road 一人！为 Road 豪掷礼物！并转了 Road 每一条直播动态！”

“他甚至在开播前还蹲守在 Road 的直播间，竟忘了他自己也是一个主播。”

“他平时连自己的动态都不转，我被感动了。”

“他那台垃圾电脑开播以来就没换过，砸给 Road 的礼物钱都能开个破网吧了。”

“我哭了。求求 Road 看看他吧！”

第四章

和偶像一起双排

Take the Crown

这些话很快就淹没在弹幕里，来告状的人再多，也抵不过Road粉丝们的热情。

粉丝见有人在弹幕里刷其他主播的名字，刚想怒斥这群人别来蹭流量——

“什么小号？”路柏沅捏着空杯子坐了回去。

“盯着你的小号。”

“你们给他留点面子吧，这直播间这么多人呢！他的小号主页是http……”

路柏沅刚想点进网页，对方就因为发链接被房管连封带踢送走了。

房管们手速太快，路柏沅翻了一下，没找到网址，于是转过头问身边的工作人员：“如果跳到其他主播的直播间，我的视频会断吗？”

当路柏沅点进Soft直播间时，对方正在研究怎么关闭小号的访问权限。

男生穿着白色短T恤，手肘撑在电脑桌上，抓着自己的头发，正因找不到关闭权限的按钮而一脸绝望：“这平台怎么回事啊……我那小号充了那么多钱，顾客不是上帝吗？上帝的资料怎么可以随便给其他人看？”

“你但凡有一天把我当上帝，我们的关系也不会差成这样。”

“你不是说要解释吗？解释啊。”

“怪不得你每天都在黑别人，原来是Road的粉丝，那我能理解了。”

“行，我解释。”简茸把网页最大化，覆盖住直播间的界面，以至于弹幕炸了他都不知道。

“我就是他的普通粉丝，偶尔看一看他的直播，看得高兴了就送个礼物……”简茸说到一半，莫名其妙地皱起眉。

对啊，他只是一个普通粉丝，有什么好解释的？

“就跟你们来看我的直播一样，我去看别人的直播，有什么问题？”简茸把自己说服了，神情也跟着放松许多，“女朋友都没你们管得多。”

简茸终于找到隐私设置，边关权限边说：“还有，虽然我是Road的粉丝，但我说什么话、做什么事都跟Road没关系。你们天天挂着我的粉丝牌去别的直播间骂人，难不成要把账都算我头上？别相互捆绑，各自安好，明白吗？”

设置成功后，简茸做好跟粉丝大骂三百回合的准备，关掉了网页。

弹幕数量比他预料中的要多，内容却跟他想象中的不太一样。

“我帮你把Road叫来了！”

“你自己有多抠门心里没数吗？别人送礼物没问题，你送礼物就是太阳西边升，老母猪上树，天上下红雨！”

“Road大军到！”

“恭喜Soft宝宝追星成功！”

“谁是你粉丝？你没有粉丝，认清你自己。”

曾几何时，简茸的女粉也是很活跃，很可爱的。

由于她们看久了简茸的直播，并天天在弹幕里跟一群大老爷们对骂，现在个个是“女超人”。

简茸平时看到女粉骂人都会说两句，让她们少说脏话别学坏，现在却顾不上了。

他直播间礼物榜上的某个ID亮了。

简茸的嘴巴微微张着，回水友的话卡在嘴边，好不容易找回来的从容正飞速消失。

他刚把自己的头发抓成鸡窝，现在整个人看上去有些呆。

弹幕中吵吵闹闹，有骂他的，有说他蹭热度成功的，还有让他赶快欢迎老板的。

简茸又抓了一下头发，过了半晌才迟疑地开口："欢迎 Road。"

TTC · Road："双排？"

这话一出，弹幕内容终于统一，问号占满了整个屏幕。

简茸一愣，嘴巴比大脑的反应还快："排。"

"哪个区？我马上上号。"简茸说完，觉得自己的语气有些急，他克制了一下，见 Road 迟迟没说话，又道，"我每个区都有号，国服 H 服都可以玩。"

TTC · Road："一区，还是之前那个号？我加你。"

简茸说："好。"

Road 很快离开了简茸的直播间。

半分钟后，简茸游戏右下角弹出一个邀请消息。

他连忙点下同意。

路柏沅开着游戏语音，他的声音有点不清晰，像在和旁边的人说话。

"哥，我上号了，你快拉我。我练了一手乌鸦辅助，特别强！线上绝对击退对面……"小白话一顿，疑惑地回头问，"哥，你的房间怎么满人了？"

"临时来了一个人。"路柏沅说，"你先去和谦哥玩一会儿。"

小白瞪圆了眼睛："谁来了？他有我厉害？哥，你想清楚，你现在钻四，再输两局要回铂金了，世界四强是铂金段位，像话吗？"

Pine 插话："我跟你排，别说铂金，那是奔着黄金去的。"

"你瞎说！"小白问，"哥，到底谁来了啊？"

"一个小粉丝。"路柏沅说，"他送了我很多礼物，就带他玩两局。"

简茸："……"

简茸绷着脸，选好自己的位置，对弹幕上的嘲笑视若无睹。

小白也愣住了，能被他哥放在眼里的礼物，那得是多大数目啊。

几秒后，他小心翼翼地问："那粉丝给你刷了多少钱？"

"不知道。"路柏沅想到什么，笑了一下，"据说加在一块，能买家网吧？"

小白："啊？"

简茸："……"

简茸用头发想想都知道是他粉丝造的谣。

他闭掉游戏里的麦，冷冷吐出一句："你们下次能不能说几个高档一点的词？出息。"

小白终于闭了嘴，语音陷入短暂的沉默。

"昨天你走得太急，我没来得及问。"路柏沅忽然开口，"有没有受伤？"

简茸过了两秒才反应过来对方是在跟自己说话。

"没有。"简茸说，"我没受伤。"

路柏沅"嗯"了一声。

简茸又想起路柏沅的毛衣，他舔了一下嘴唇："我那时候没站稳，撞到你了。"

"没事。"路柏沅打断他的话，"你补位？"

简茸："嗯。"

简茸第二个位置选的补位，就是这局游戏缺什么位置他就打什么位置。对他而言，如果不是中单位，那其他位置对他来说都没区别。

段位低，他们很快就排进了游戏。

简茸看了一眼位置分配，Road 拿到了打野，自己补位去了辅助。

简茸是最后一楼，队友刚选好 ADC 英雄，就在聊天频道里打起了字。

唯爱小千："辅助会不会玩猫咪？"

简茸皱了一下眉。

猫咪是职业比赛中比较受欢迎的英雄，非常考验队友的配合，平时排位、匹配就很少人玩。

毕竟猫咪大部分时间都要附身在队友身上，遇上不会玩的，那就等于牵着一个没用的挂件。而且它还是一个脆皮（防御力低的英雄），不跟着队友就容易死。简茸觉得这英雄玩起来就像在挂机。

没等简茸回复，队友又发来一句。

唯爱小千："你选猫咪，快点。"

简茸冷笑一声，打字：我来玩游戏的还是来伺候你的？滚。

就在简茸把话发出去的前一秒，耳机里传来放下杯子的声音。

简茸及时刹车，手指从发送键移到了删除键，把打出来的字全部删了。

看我操作就行了："好的。"

简茸选定了猫咪。

"这种傻子你都不骂？我是真看不起你。"

简茸无视弹幕，一进游戏就跳到了操控 ADC 英雄的队友身上，开始了漫长的挂机之旅。

不承想这队友不仅管得宽，还特别菜。

当他漏掉第三个大炮车的时候，简茸终于忍不住了。

他打字：这些炮车是你族谱上的亲戚？不忍心击杀？

发出去却是"加油，别再漏兵了，好吗"。

操控 ADC 英雄的队友被对面连续抓到两次，然后打字责怪简茸没有保护好自己。

简茸打字：我把大草原的牛全牵过来都救不活你。

发出去的是"抱歉，你也不要再被抓了，好吗"。

操控 ADC 英雄的队友被对面单杀，再次打字质问简茸为什么不在自己身边。

简茸打字：我买十双鞋子都跟不上你送死的速度。

发出去的是“怪我，下次等我来了再跟他们打架，好吗”。

简茸忍气吞声二十分钟，终于在上单提莫开口后爆发了。

唯爱小千：“辅助，你是女的吗？”

看我操作就行了：“？”

唯爱小千：“你干吗对我男朋友说话这么嗲啊？不会看我和他的ID？”

简茸没想到自己这辈子会跟“嗲”字扯在一起。

他还没从震惊中抽身，上单又发了一句。

唯爱小千：“你从我男朋友身上下来。”

要不是这英雄非得附在队友身上，我早把你男朋友弃尸荒野了。

简茸被迫辅助一个菜鸟已经很憋屈了，这会儿直接原地爆炸。

简茸站在自家基地里，敲字的速度比刚才都要快上几倍。

“不是吧，不是吧，你男朋友菜成这样，你还会担心游戏里有妹子想勾搭他吗？就这货色，丢在青铜段位妹子都要捏着鼻子让他走远一点吧。还有你，这二十胜率的提莫怎么好意思出来玩儿啊？你俩就应该一块在下路举行双人厨神赛啊！”

“嗖”的一声，他们队的打野青钢影出现在了基地里。

“小猫咪。”一直安静玩游戏的男人忽然在语音里叫了一声。

简茸下意识应：“到！”

路柏沅很轻微地笑了一下，说：“你到我这里来。”

简茸：“……”

简茸的喉结滚了滚，他面无表情地删除自己对话框里打出的一大串辱骂之词，迅速按技能飞到了Road身上，“喔。”

小猫咪悠然自得地挂在青钢影身上，光是游戏画面都仿佛比刚才顺眼许多。

离开了那个废物队友后，简茸终于有闲心跟弹幕互动了。

“你喔什么呢？算我求你，回泉水开骂，好吗？”

“干吗？你在玩打字小游戏？”

“这局游戏代入感太强了，我已经在挖这对电竞情侣的坟了。”

“你的键盘上为什么会有删除键？一名合格的喷子从来不给自己留退路，懂不？”

“不是说好了分可以再上，傻子不能错过吗？说话不算话？”

简茸关掉自己游戏里的麦克风，并打开直播间确认 Road 不在，才慢悠悠地开口。

“啧，这几年游戏环境之所以这么浮躁，就是有你们这些玩家。”简茸说，“队友只是犯了一点错误而已，怎么能骂人家呢？兄弟姐妹们带上素质‘冲浪’，好吗？要包容友爱，要给队友成长的机会。”

“你闭嘴吧，再说一句，我就把你直播间炸了。”

“怎么，房管提着刀在身后看你直播？”

“他这德行我怎么觉得似曾相识？好像上次 Road 来直播间的时候他也一副胆小样。”

“装乖呗，怕偶像下局不带他双排了。”

“我装什么了？”简茸挑眉，“我不是一直都这样？”

话还没说完，耳机里突然响起一声：“人呢？”

简茸忙开麦：“我在。”

路柏沅打死一只野怪，看了眼自己身上的挂件：“你怎么不敲键盘了？”

简茸：“……”

弹幕里全是“哈哈哈”。简茸再次抓了抓头发：“刚刚我在和朋友聊天。”

几秒后，他又说：“现在聊完了。”

“哦。”路柏沅看了眼自己直播间的弹幕，“你的水友又来我这儿了。”

简茸：“啊？”

路柏沅说："他们说你刚在对话框里写完了一本书。"

简茸："……"

简茸沉默地揉了一把脸，抬手把弹幕里笑得最欢的号封了。

自从离开下路之后，简茸就再也没附过其他人的身，团战也只跟着Road，旁边残血的队友他看都不看一眼。

最后一波团战，其他三个队友在野区开战，Road 赶到时，己方只剩一个残血的 ADC 英雄，ADC 英雄拼命往他们这边靠，想让简茸附身送他一点血。

简茸不为所动，在把 Road 加满血并放出大招的同时，给自家残血的ADC 英雄发了一个图标。

虽然他没打字，但意思大概是"去死吧，傻子"。

游戏结束，路柏沅刚返回大厅，就感觉身边的人在盯着自己。

他别过头："干什么？"

小白哀怨地看着他："哥，你刚才说的那个给你砸了价值一家网吧的礼物的小粉丝，是不是染的蓝毛，还特喜欢摆臭脸？"

路柏沅没说话，算是默认。

"那小蓝毛怎么阴魂不散！"小白说，"是不是他缠着你？哥，不是我背地里说人坏话啊，实在是这个人太没素质了，你还是别跟他扯上关系，省得……"

"是我去找他一起排的。"路柏沅打断他。

小白一脸蒙。

过了两秒，路柏沅又像想起什么似的："还有，我没关游戏里的麦。"

小白："……"

小白坐回原位时还在安慰自己。

没事的，反正是不相干的人，以后都见不着面，顶多就被那小蓝毛在直播间里骂两句，更何况自己说的都是实话！

他这点好不容易找回的底气，在他跟谦哥进入新游戏的那一瞬间全部消失。

只见对面打野男枪的ID是“Road”。

对面中单男刀的ID则是“看我操作就行了”。

而他这一局，补位补到了中单。

小白眼前一黑，当即就想退出游戏。

袁谦说：“能打吗？要不要换路？”

“你这英雄打不了中路的。”小白皱着脸说，“没事，后期我比他有用，我猥琐塔下打发育，他还能强杀我不成？”

五分钟后。

“看我操作就行了击杀了P宝的小辅助。”

九分钟后。

“看我操作就行了击杀了P宝的小辅助。”

十二分钟后。

“看我操作就行了击杀了P宝的小辅助。”

十四分钟后。

被击杀七次之后，小白在拿自家蓝buff（增益）时被对面打野男枪抓住，Soft从墙的另一边翻过来，轻取小白狗头。

小白崩溃了：“哥，我都这么惨了，你还帮他来抓我！”

“没办法。”路柏沅语气随意，“我现在是他的打野。”

话音刚落，正在偷敌方蓝buff的简茸忽然在原地交了一个闪现。

好在路柏沅已经离开了野区，游戏里暂时没人发现他白丢了一个召唤师技能。

“你到底能不能行啊，Road说了一句话你就手抖，出息。”

“我要去小白直播间告诉他，你没闪现。”

“你等着，我这就去路神直播间帮你通风报信。”

“对面中单太菜，让他一个闪现。”

简茸板着脸说完，抽空打开直播间页面，给那个说要去路柏沅直播间的水友发出一份禁言九十九天大礼包。

周末，路柏沅刚睡醒就被丁哥叫去了会议室。

“你发的东西我看了，给教练团也发了一份。”丁哥沉默两秒，“这么多直播回放，都是你自己翻出来的？”

路柏沅还困着，“嗯”了一声：“我只翻了今年的，往前找找应该还有。”

“Soft是打得不错，反应很快，操作比我们今年新找的青训生都好。”丁哥没吝啬夸奖，说完后又道，“但他性子太急了，玩发条这种发育型英雄，都敢跑到敌人面前去输出，根本不顾队友在不在……你也清楚，打比赛不能光靠个人能力，队伍配合和全局意识更重要。”

“配合和意识可以提升。”路柏沅说，“天赋不行。”

“是。但他从来没参加过专业训练，我没法让一个没任何经验的选手来担任队伍的首发中单。”

“我当时也是新人。”路柏沅打断他。

丁哥哑声半晌：“世界上没有那么多像你一样的天才。”

“所以需要去找。”路柏沅说，“不提别的，你现在从LPL里随便挑出一个中单跟他solo（单挑），都不一定能打赢他。”

丁哥没想到他对Soft评价这么高，意外地挑了挑眉。

路柏沅说得没错，Soft的个人能力非常强，他回去问过团队的人，得知Soft一年多前在H服名气不小，而且据说年纪非常小，未来发展空间巨大，这才被纳入团队考虑名单中。

“我知道。所以我目前的建议是，先把他招揽进队，先练一段时间再看。”丁哥拿出一张纸，“不过人家也不一定愿意来。我打听过，以前有三个战队想招揽他，其中还有PUD，他全拒绝了。”

说到这儿，丁哥顿了一下，然后接着说：“据说其中有支战队问了他三遍，他嫌对方太烦，把人拉黑了。”

路柏沅无声地扯了一下唇。

丁哥笑道：“算了，我先试着联系他吧，如果他愿意，我们再往下商量。”

丁哥走后，路柏沅去厨房热阿姨留下的粥。

他倚在灶台旁，拿出手机转发赞助商的微博广告。

关手机前，路柏沅想到什么，打开搜索栏搜了一下“Soft”。

Soft 的微博数量很少，最新一条是半小时前发的。

Soft 发了一张猫的照片。

照片里是一只脏兮兮的土猫，男生的手瘦长白净，正在挠它的下巴。

Soft 虽然发博少，但跟粉丝的互动很多，最近一条回复甚至就在几秒之前。

“今天我玩排位遇到一个傻子，说话跟你特别像。”

Soft：“我跟你大爷像不像？”

“猫猫好可爱喔！”

Soft：“嗯。”

Soft 唯一后援团：“我去帮你追星了，不知道你偶像看不看私信，盼回复。”

Soft：“拉黑了。”

简茸躺在床上，正和微博评论里的粉丝厮杀。

他懒洋洋地回复完一条评论，又刷出十来条评论，他打了一个哈欠，随意地抬眼一瞥——

TTC · Road 回复 Soft 唯一后援团：“没看到你的私信。”

简茸脑子一抽，差点原地注销微博账号。

简茸翻了个身，点开那串字母。

TTC·Road，关注人数“71”，粉丝数“581万”，微博认证：TTC电子竞技俱乐部选手。

他再关上，再点开。

反复五次后，这个页面终于有了一丝变化——Road的关注人数变成了“72”。

界面右下角的“已关注”也变成了“互相关注”。

简茸：“……”

评论下面已经有五十多条粉丝回复。

“对不起，路神，我刚刚只是开个玩笑，我现在马上去直播看回放截图。”

“啊？我竟然在一个主播的评论区看到Road？”

“之前我一直没发现，这主播所有的赞都是点的Road的微博。”

“他微博第一个关注的人也是Road。”

简茸火速从床上弹起来，打开电脑，删除直播回放，一系列操作干脆利落。

他坐到电竞椅上，盘着腿咬手指头，对着Road的留言抓耳挠腮。

他犹豫了十来分钟，才终于回了一个“哭泣”的表情。

路柏沅看到这个表情时已经是三日后。

他的微博消息太多，那天他也只是随手回复，没记在心上。

他刚想看看那个粉丝有没有给自己发私信，身边的小白就忽然探过头来：“哥，丁哥为什么把我们叫到会议室啊？”

路柏沅将手机锁屏，随手放在桌上：“不知道。”

战队内部开会是常事，比赛期间他们一周能开好几次会，但这次显然不是复盘会议。

几分钟后，丁哥单独走进会议室，进来就把门关上了。

他开门见山地说：“这次我过来，是要跟你们说一下Kan的事。”

这话一出，在座几人的表情登时严肃许多。

就连平时脸上总挂着笑的小白也安静下来，靠在椅子上没说话。

Kan这两个赛季虽然发挥不好，但他依旧是TTC的老成员。TTC刚成立，他就待在这个俱乐部，跟着战队打过次级联赛，也拿过世界冠军。

可以说，在座四人都是Kan看着走出来的。

丁哥沉默几秒，沉声说："联盟那边查到了点东西。"

小白登时鼻子一酸，用力眨了几下眼睛。

就连队里最寡言的Pine，也别过头看向了窗外。

路柏沅眼皮轻垂，脸上没什么表情："确定了吗？"

"八九不离十吧。"丁哥说，"本来没那么好查，但前两天有人联系联盟，说是手里有证据。"

小白皱眉："谁？"

"他女朋友。"丁哥停顿了一下，"或者说是前女友。"

几人："……"

"这事应该再过几天就有结果了，我们先等着吧。"

会议室里气氛沉闷，丁哥微不可察地叹了一口气，转移话题道："还有件事。上面已经在跟新中单接洽了，管理层看中两位，负责人在谈，我事先跟你们透个底。"

听见"新中单"三字，大家脸上都没多少意外表情。

电子竞技就是这样，有旧人走，也会有新人进来。每个战队都要经历更新换代，才能保持最好的成绩。

替补实力一般，Kan状态下滑，再加上这次的事，TTC招募新中单势在必行。

袁谦做了一个深呼吸："看中了谁？"

丁哥说："一个是H国赛区的Savior，他的合约刚到期，这个赛季有意加入LPL。"

袁谦震惊："Savior？他要来我们赛区？那得多贵啊？"

Savior 是 H 国赛区的新人中单，刚上职业赛场两年。虽然他所在的战队成绩一般，勉强能打进淘汰赛，但他个人能力是出了名的强劲，最擅长打发育，经常能在劣势中站出来 carry（带领）队伍。

Savior 粉丝最常说的话就是"给 Savior 换几个队友，他现在已经二连冠了"。

"这你别操心，战队连 Road 都养得起，还怕买不起一个新人中单？"丁哥说。

路柏沅不置可否，挑了一下眉。

小白喃喃："我们战队要引进其他国家的队友？那交流起来多麻烦啊，我可不会说外国的语言。"

Pine 说："你成天看那些无聊的海外剧，一句没学会？"

"要是听着就能学会，那我现在都在清北了，还搁这儿跟你一起打职业赛？"小白撑着下巴，又看向丁哥，"那另一个呢？"

丁哥说："另一位是平台主播，没什么赛场经验，白纸一张，但个人实力很强，是一个好苗子。"

会议室陷入一阵沉默。

半晌后，Pine 才皱眉重复："主播？"

电竞行业刚兴起时，许多选手都是战队从直播平台、排位积分榜里挖掘出来的，袁谦和 Kan 就是如此。

但电竞行业一点点崛起之后，每个战队都拥有了一套成熟的培养体系，青训生已经成为战队们寻找新成员的主要渠道。

而主播这一块，变成了退役选手们的最佳选择。

小白倒是无所谓，能被管理层挑中的人当然不会差。他问："哪个直播平台的？我们认识吗？我怎么不记得最近有什么特别厉害的新人主播？"

“算是认识吧。”丁哥说，“Savior 那边正在谈，PUD 也想签他，现在就双方拼价格。另一位刚敲定下来，上面已经派人去联系了。”

“另一位叫什么？我抽空看看他的直播。”小白叹气，“我真说不来外国的语言。”

丁哥安静片刻，然后说：“一个染着蓝头发的主播。”

小白说：“那我努力一下也不是不行，我一会儿就去买海外语言学习书。”

“扑哧。”

低沉的气氛一扫而光，丁哥和袁谦都笑出了声，就连一向冷漠的 Pine 都扯了扯嘴唇。

只有小白一人崩溃了：“不是……为什么要招一个喷子进队啊？哪个瞎了眼的管理看中他的？他除了在黄金铂金虐菜还会什么？”

“我看中的。”路柏沅的声音响起。

“你……哥？”小白生生止住脏话，诧异地转头，半晌后才呆呆地问，“你看中他哪儿了？”

路柏沅停顿两秒，像是思考了一下，然后说：“哪都挺好。”

小白彻底蒙了。

他觉得他哥口中的蓝毛，跟他认识的蓝毛不是一个人。

“行了。”丁哥收回笑容，“我只是跟你们说一声，目前挑的是这两人，最终是谁还不知道，先别想太多。八点了，先下去吃饭。”

直到其他人走光，路柏沅才从位子上起来。

他经过丁哥身边时停顿了一下，然后稍稍别过头：“Kan 的事，管理层什么打算？”

“还能有什么打算，”丁哥说，“要告他违约。”

路柏沅垂着眸子，轻轻地“嗯”了一声，转身离开了会议室。

深夜十一点，TTC 训练室。

小白在星空 TV 直播间外晃悠来晃悠去，最后还是没忍住，重新登录了一个小号，摸进了 Soft 的直播间。

此时简茸正吃着酸辣粉，在玩《英雄联盟》自走棋。

“你抢的是什么破牌，到底会不会玩？”

“你别吃了，快打游戏，你都多久没安排水友赛了？”

Soft 唯一后援团：“你的微博为什么拉黑我？”

看到最后这个弹幕，简茸又想起自己那个没得到回复的微博表情。

他心里不爽，抬手就把自己的唯一后援会禁言了。

简茸吃完酸辣粉，刚打算开局游戏，QQ 忽然弹出了一个好友申请。

附言：“有兴趣打职业赛吗？”

简茸一怔，然后干脆把申请关了。

“终于有人发现他的实力了？”

“你为什么拒绝啊？”

“诈骗吧，就这样的还有战队要？”

电脑前的小白刚想附和，转念一想，自己的战队还真要去招揽他，只好生生忍住了发弹幕讽刺的冲动。

“没为什么，我不想打。”简茸懒懒地说，“我也觉得像诈骗。”

“当职业选手不比当主播好？还赚钱。”

“得了吧，也就金字塔顶端的赚钱，那些小破战队的替补月薪连一万块都没有。而且他就一虐菜主播，放到高手面前算个屁。”

“上周主播不是还吊打了坦克战队的 Bye 吗？”

小白瞬间奓毛！

你才被吊打！有本事你去跟他对线啊！术业有专攻不知道吗？

“我赚你们的钱就够了。”

简茸说完，看到弹幕上一阵骂骂咧咧，忍不住笑出了声：“Bye？他是玩辅助的，中路打不过我很正常。”

小白从鼻子里发出一声“哼”。

算你这小蓝毛识趣。

接着，简茸又道：“不过如果用辅助英雄solo，他也打不过我。”

狂妄！你多当半分钟的人会死吗？

小白抱着键盘开始勇闯天涯：“Solo算个屁！这是五个人的游戏，Bye的团战作用比你大一万倍！”

这句话从万条弹幕中飘过，简茸压根没看见。

他继续回答其他人的问题：“找我的战队多了去了……为什么不去？说了不爱打。我喜欢一个人玩游戏。单杀就很爽，团队运营不适合我。”

“如果有大战队找你呢？”

“大战队？比如？”简茸漫不经心地说，“PUD？没兴趣。他们专门打大后期，典型的运营战队。”

“OYG？我也没兴趣。他们喜欢围绕着下路打，我不想去给人当爹妈。”

“TTC……”简茸停顿片刻，抬头往电脑右上角瞄，像在确认礼物榜上有没有某个人。

小白下意识坐直了听。

“他们辅助Bye看上去就记仇，我击杀他那么多次，他心里指不定多恨我。”

简茸故意没提Road，但他扫了眼弹幕，又有几个傻子在趁机黑人。

所以简茸还是没忍住：“不过我喜欢他们的打野，他很——”很强，操作灵活，战术厉害。

这些话简茸都没能说出来。

小白刚要砸桌子骂人，就见直播间窗口忽然暗掉，屏幕上出现一个哭泣的小人，旁边写着一行大字——

“新规调整：该主播被多人举报，平台将暂时封停该直播间！”

小白激动地从椅子上跳起来，转头就看到他身后站着的路柏沅。

“哥，”小白惊道，“这蓝毛喷子竟然被平台封了直播间！”

路柏沅握着杯子，垂眼看着电脑屏幕：“嗯。”

小白没连耳机，直播间里的对话他都听见了，没想到平时嚣张、毒舌的主播也会被人举报封号。

小白还要说什么，路柏沅又开了口：“既然他也受到了惩罚，以前说了你什么，就别跟他计较了。”

第五章 失业主播

Take the Crown

深夜，街边的烧烤摊。

几个光着膀子的男人大口喝酒，嗓音粗犷，空荡的酒瓶子散落一地，随便一碰就哐啷响。

大老爷们喝得身上全泛了红，其他客人见状，全部避而远之，他们周围只剩一个男生。

男生面前放了几十串烧烤，他跷着二郎腿，大腿上随意放了一顶帽子，一头蓝发醒目。他正边吃烧烤边打电话。

“我之前就说了平台要整改，但没想到是这方面。”石榴停顿片刻，轻咳道，“而且我都忘了，你敌人太多。”

简茸咽下羊肉，语气硬邦邦道：“无所谓。”

石榴忍住笑意，他知道简茸心情不好，不再戳简茸的痛处：“那你现在什么打算？”

简茸说：“不知道，我没打算。”

失业来得太突然，二十串羊肉串下肚，简茸都还没真正回过神。

“不过也好，你休息一阵再回来重新播，你的观众群体比较固定，跑不了多少的。”石榴说，“正好这几个月你可以放松一下，去旅游一趟。要不我带你去迪士尼玩玩？”

听出对方的兄长语气，简茸冷冷道：“你怎么不说带我去儿童天地？”

他喝了一口汽水饮料清口，又说："我没担心直播的事。"

只是他忽然停了直播，竟然想不到自己能做什么了。

"不然你去找点事干？"石榴猜出他的想法，想了想说，"趁年轻，你可以去做点兼职，体验生活，不然等以后开播，你又没时间干别的了。或者你有没有什么特别想做的事情？"

简茸盯着汽水饮料瓶中咕噜咕噜冒泡的液体，停顿片刻："赚钱。"

石榴本想说他这小兄弟怎么还这么现实，又怕挨骂，硬生生忍了下来。

他抬眼看着聊得热闹的主播群，忽然想到什么："这样，你去谈场恋爱吧，儿个月嗖地一下就过去了，真的。"

简茸："啊？"

"哥给你介绍几个。"石榴说，"你要比你大的还是比你小的？比你小的不太好找啊。或者你喜欢什么样的类型？其实我这儿有很多女主播挺想认识你的。"

"嘟——"

简茸果断挂了电话，低头专心撸串。

简茸把烤串风卷残云般吃完后，才重新拿起手机，点开了微博。

他刚刚心情不太好，随手发了一条停播微博就出门了。

Soft："特殊原因，停播，以后回。"

简茸看到下面四千多条评论，眼皮一跳，只觉得没好事。

果然，平台有几个跟他一样被停播的主播，别人的停播微博下面都是"别难过""摸摸头""等你回来"，而简茸的评论区——

"震惊，小蓝毛竟然被封号了！"

"封得好，谁让他那么没礼貌，天天跟粉丝们顶嘴！"

"呼，我耳边终于能清净一段时间了。"

简茸气笑了，边喝汽水饮料边挑着评论回复。

"我家宝贝以后打算去干吗？"

Soft：“别恶心。开烧烤摊。”

“你不开直播会饿死吗？我投资你。”

Soft：“别担心，我比你有钱。”

Soft唯一应援会i：“呜呜呜，你别伤心。喜欢Soft的水友们记得去Road微博下面点赞顶一顶哦，帮他追星人人有责！”

他不是早把这破烂后援会拉黑了？

简茸眉头轻皱，下意识点开评论里的图片。

是Road最新一条微博下面的评论。

Soft唯一应援会i：“Soft被封号前直言‘我最崇拜TTC的打野，他很棒’，音频在私信，请路神查收！”

下面还有一堆回复——

“不是说的‘他很帅’？”

“原话难道不是‘他好棒，求求水友们帮我追星’？”

点赞数六千，比他微博下的评论还多，稳稳占据热评第一。

简茸看到最后这条评论，猛地一呛，捂着嘴巴把汽水饮料咽下，低头咳到脸蛋通红，连旁边几位老大哥都忍不住望了过来。

简茸拿纸随便抹了抹嘴，咬牙打字。

Soft回复Soft唯一应援会i：“我退博了。”

翌日，星空TV的负责人找上了门，说是最近上面抓得严，凡是直播被人举报的，下令必须整改，通知下得又急又晚，所以才突然封掉了这么多直播间。

简茸是被电话吵醒的，他闭着眼：“直接说解决方案。”

“是这样的。我们平台和你的合约原本是两年，下个月就到期了，我们这边是有意向和你继续合作的。”

简茸“哦”了一声，几秒后又说：“我要提价。”

两年前他急缺钱，又没有观众基础，平台给他的底薪很低，礼物分成也不高。这就导致就算他现在热度在英雄联盟分区名列前茅，收入还是比同级的主播低许多。

对方也不意外："好的，这个我们之后拟合同再谈，我会把你的意向报给上面的。"

简茸说："嗯，挂了。"

"等等。"负责人连忙叫住他，"还有件事。"

"我们平台近期准备组建一支英雄联盟战队，正在招募优秀的游戏玩家，不知道你有没有兴趣？"负责人说，"试训时间是下个月七号，为期两周——"

"不考虑。"简茸打断他。

"我们推出的战队会直接购买 LPL 的名额，不需要从小联赛打起，签约费可以谈。"负责人继续努力，"平台的直播合同我们也能给你一定的让步。"

"不考虑，挂了。"

简茸刷牙的时候，石榴打电话来问他为什么拒绝加入战队。

"你的消息挺灵通。"简茸把泡沫吐掉，"我对他们战队没兴趣。"

"你对打职业赛也没兴趣？"石榴道，"我不信，每个高玩或多或少都想过打职业赛这条路的，你一定也想过。"

简茸把手机开了免提，低头洗脸，没回答他。

"你难道是有什么阴影？"石榴猜测。

简茸说："没有。"

确实没有。当初他也不是没想过打职业赛，只是月薪太寒碜，青训生每月八百块钱还不包吃住，那点钱付他爷爷一个月的药费都不够。

"那你为什么不试试？现在的合约基本是两年，短的一年都有，我相信你一定能打出成绩，到时就算你原地退役，直播热度都比你现在高一倍不止。"

石榴停顿一下，然后继续说：“其实我这儿有个战队也想联系你，你可以先去试训，可以就打，不行再回来呗。反正你这几个月也闲着，就当是赚外快了。”

“不了，”水声太大，简茸没听清他后面说的什么。简茸抓起毛巾擦脸，声音模糊，“我不想去那些战队。”

石榴又说了两句，挂电话之前，他问：“你就没有想去的战队？”

几乎是一瞬间，简茸记忆深处的角落微微松动。简茸脑子里闪过一个男人的脸，还有那张朝自己递来的入场券。

简茸挂了电话，把脸重新埋进毛巾里，许久后才走出卧室。

他出门吃了顿早餐。

阳光正好，简茸低头喝汤，桌子忽然被路过的人撞了一下，某些液体溅在了他的帽檐上。

对方连声道歉，简茸摘下帽子，垂眼看着被几滴汤水浸湿的“Road”，沉默半晌才说：“没事。”

傍晚，丁哥回到基地，径直走到在沙发上打电玩的男人身边，问：“两个坏消息，你想先听哪个？”

路柏沅操控摇杆，头也没抬：“最坏的。”

“Savior 选了 PUD。”丁哥说，“PUD 老板疯了，下了大血本，我们评估 Savior 不值这个价，决定放弃了。”

路柏沅“嗯”了一声，干脆漂亮地把小白打了五次都没过关的终极 boss（终极怪物）摁倒在地：“另一个呢？”

“我让人去问了，Soft 没打算打职业赛。”丁哥说。

路柏沅垂着眼没吭声。

电玩游戏里的人物短暂地停顿了一下，很快继续往下一关走。

“不过我本来没抱什么希望，他要是想打职业赛，两年前就跟你当同行了。”

丁哥坐到路柏沅身边：“我还打听了一下，他当初好像特别急着用钱，跟星空平台签了很差的合同，这次续约估计签约费能水涨船高，比转行打职业赛好多了。毕竟他玩得再好，刚进队也只能拿新人合约。”

手机响了一声，路柏沅玩了一会儿才暂停去看。

是一封 QQ 邮件。

丁哥：“算了，其实定下他也是抱着赌的心态，他也不一定适合赛场。”

路柏沅本来想关掉邮箱提示，却不小心点了进去。他目光一扫，新邮件的主题只有两个字——“求职”。

邮箱里有很多垃圾邮件，路柏沅一键钩选，刚要删除，余光瞥到了下面一行邮件预览。

丁哥叹了一口气：“我听小白说，他是你的粉丝，我还以为他起码会考虑一下，没想到人家直接否了，连一个洽谈的机会都没有。算了，我重新筛一遍人。”

“不用了。”路柏沅打断他。

丁哥疑惑地望去，看见路柏沅正低头翻着邮件。

路柏沅滑到底部，微不可察地笑了笑，把手机丢给他，继续拿起手柄打电玩。

丁哥赶紧接住手机，下意识低头去看——

求职。

姓名：简茸

性别：男

身高：175 厘米

体重：54 千克

……

游戏 ID：Soft

游戏水平：曾上过H服王者第四，前国服王者

应聘职位：TTC电子竞技俱乐部《英雄联盟》分部中单

简茸是在烧烤店发的邮件。

他以前就经常点这家店的外卖，现在没别的事做了，干脆出门吃。

老板见他连续来了两天，爽快地多送了他一瓶饮料。

他没客气，说了声“谢谢”，继续低头看手机。

半瓶饮料下肚，石榴那句“你就没有想去的战队”又开始在他脑子里瞎转。

简茸跟其他高玩一样，当然想过打职业赛这条路，他也曾经敲过一家俱乐部的门。

当时那家俱乐部的一队刚夺冠，风光无限，不知多少新人不要工资，挤破头都想加入。就在几十上百人中，简茸成功入选。

后来因为试训当天他放了俱乐部的鸽子，他在电话里跟对方说了很多句“对不起”。

简茸打住念头，心不在焉地继续刷微博。

他回复完粉丝之后，连夜创了一个微博小号，没有乱七八糟的评论，整个微博清静许多。

他小号的关注人数比大号要多，昨天微博给他推荐了很多人，他直接点了一键关注。

所以这会儿他一刷新主页，就有很多条新博文跳了出来——

电竞那些事儿：“确切消息。H国选手Savior旧合约结束，新赛季会来我们赛区打。目前有五家俱乐部在抢，包括TTC和PUD。”

简茸盯着“TTC”看了几秒，才往下看评论。

“PUD中单打得没有问题啊，招Savior进来干吗？”

“一看TTC就知道是假消息，TTC都打了多少年的全华班了。”

“什么年代了，能拿成绩才是王道。TTC 都拿了多少年四强了？真就死在四强呗。”

“能拿几年四强就说明人家有夺冠的能力，黑粉能不能带脑子再黑？”

“TTC 吧，TTC 现在急缺中单啊。而且 Savior 这么强，长得也很可爱，和路神很搭！”

简茸嗤笑一声，把屏幕锁了。

几秒后，简茸重新打开手机，杠精似的回复最后那条评论：“Savior 前期能力一般，跟打野联动不起来，我不觉得他们搭。”

对方秒回：“能力一般？嗯嗯嗯，全联盟最看好的新人中单和路神不搭，那谁搭？您吗？”

简茸把这行话看了三遍后，像被按下了什么开关，抿着唇去翻 TTC 的招募信息，不过一无所获。

他抓了抓头发，正打算再找一找，脑子忽然一抽，想起躺在自己备忘录几年的一串数字。

直到简茸回到家，洗了澡，晾好衣服躺到床上，他那点拇指大的微醺感全然消散。

他无比清醒地看着天花板，表情像游戏连跪一百场那么凝重，满脑子都是——我到底干了什么？

当石榴的电话打进来的时候，他已经盯着那封邮件懊悔半小时了。

石榴：“周末我——”

“我问你一件事。”简茸把脸埋在枕头里说。

石榴听他语气认真，还以为是什么大事，皱眉道：“你说。”

“如果——我是说如果。”简茸说，“你曾经在直播时不小心露出了自己的 QQ 号码，被某个粉丝记下来了。大概两年后吧，这个粉丝给你发了一封 QQ 邮件……”

“你遇到变态了？”石榴问。

简茸一蒙，猛地从枕头中抬头：“怎么就变态了？”

“都两年了，对方还往你邮箱里发东西，不是变态是什么？”

简茸：“那万一有什么急事呢？”

“你们又不熟，能有什么急事啊？而且谁会保存一个陌生人的QQ号两年？”石榴严肃地说，“这事你得重视起来，这种人很恐怖的，放现实里就是那种会尾随你回家的大变态。”

简茸：“……”

“你下次小心点，暴露QQ号很容易被坏人盯上。”石榴叮嘱完，才继续之前的话题，“周末我要回S市，一块去吃顿饭？”

“再说。”简茸毫无感情地说，“再见。”

简茸挂了电话，木着脸打开网页，刚输入“邮件怎么撤回”——

“叮。”

“你收到一封新邮件。”

简茸差点把手机丢窗外去了。

他盯着手机上的提示看了很久，然后下床用凉水冲了冲脸，才重新坐到床上，点开邮件。

“回复：求职。”

“加微信：DhdRRR。”

简茸盯着发件人处的“R”字母，他吞咽了好几次口水，才动动手指去微信添加好友。

几秒后。

D：“我通过了你的好友验证请求，现在我们可以开始聊天了。”

简茸打开键盘，来来回回地敲字，“你好”改成“您好”，“我是Soft”改成“我是简茸”。

就在他要把消息发出去的那一刻——

D：“你好，我是TTC战队经理丁哥。”

简茸停顿片刻。

艹耳：“哦。”

D：“……”

D：“我看了你的简历，各方面都还不错。不过我们需要进行两周的试训再商量后面的事情，你什么时候方便过来一趟？”

艹耳：“随便。”

艹耳：“你微信号后面的 RRR 什么意思？”

D：“就啊啊啊的意思？”

艹耳：“哦。”

丁哥一边跟他商量着时间，一边嘀咕：“现在的小男生都喜欢走装酷路线吗？”

路柏沅想到男生那头和长相不符的蓝毛，扯了一下嘴唇，意味不明地“嗯”一声：“叛逆期。”

周三，简茸起了个大早。

今天是他和 TTC 经理约好试训的日子。试训为期两周，吃住都在 TTC 基地。

简茸没什么行李要收拾，一个背包就装满了。约到车后，他出门下楼，在电梯里看到自己帽子上的 ID，刚想摘掉，半途又好好地戴了回去。

是他想多了，Road 怎么可能会跟试训人员谈话，可能连邮箱都是工作人员在管理。

他应该不会这么快就见到 TTC 的一队队员。

他跟石榴打听过，被战队相中的青训生或者自由人进队之前都要试训一段时间，教练团和管理层看到数据和评估，才会做最终决定。

虽然每个战队内部的制度不一样，但应该相差不远。

D：“你出发了吗？”

艹耳："快到了。"

D："好，最近基地放假，没什么人，我跟保安打过招呼了，你报门牌号就可以把车开进别墅区，进来直接按大门门铃就行。"

车子驶进别墅区，简茸看着外面一排排气派的花园别墅，默默拿出手机搜索"TTC 基地"。

简介上的夸张面积，和 LPL 这支豪门战队十分匹配。

简茸下了车，背着行李包走进铁门，穿过花园，按响了大门门铃。

他只按了一下就停了，也不管里面的人听没听见。

被雨淋过，花园里有股潮湿的气味。简茸低下头，才发现大门旁边搁了一盆仙人掌。

仙人掌已经干枯发黄，奄奄一息。

能把这么顽强的植物养成这样也不容易。

大门被打开，简茸闻声抬头，看清门后的人后，那句"你好"生生卡在了喉咙里。

开门的男人一只手拉着门，身上穿着灰色常服，头发比平时要凌乱一些，却不显得邋遢。

他眼皮垂着，神态慵懒，手里握着玻璃杯，拇指和食指间有一颗黑痣。

简茸还愣着，男人稍稍抬眼，目光投向他戴着的帽子上。

路柏沅刚睡醒，嗓音低哑，问："外面在下雨？"

简茸："嗯？"

"帽子湿了。"

简茸紧绷着脸，动作僵硬地把帽子摘下，还放在自己衣服上搓了搓。

路柏沅无声地笑了一下，转身往屋里走去："进来吧。"

简茸一进屋子，就跟沙发上坐着的几个人对上了视线。

TTC 上单袁谦、下路 Pine、辅助小白此刻全部坐在一楼客厅，看起来像在商量什么事。大家见他进来，全部收了声，默默地看着他。

尤其是小白，沉默之中带着尴尬，尴尬里面还掺着恐惧。

他用眼神问袁谦：丁哥呢?

袁谦亦用眼神回复他：上厕所。

场面正僵着，一个中年妇女从厨房里走出来，是基地的做饭阿姨。她边解围裙边问："家里的调料用完了，我得去一趟超市。大家有没有想吃的呀？阿姨帮你们买回来。"

袁谦说："我们网上帮您订吧，省得跑。"

"不用。"阿姨忙摇头，"我正好看看有没有新鲜的鱼虾。"

小白立刻举手："我要吃薯片和威化饼！"

Pine 说："买点坚果。"

阿姨记下他们要的东西，问在厨房里泡咖啡的路柏沅："小路要买什么吗？"

"不用。"路柏沅说完，忽然停顿了一下，"等等。"

他回过头，看了简茸一眼。

简茸站得笔直，被他看得抿了一下唇。

"买点牛奶回来。"路柏沅收回视线，说，"队里有人在长身体。"

直到丁哥回来，简茸才意识到"在长身体"的是他自己。

说是"长身体"，其实还是说他小。

他怎么就小了？他已经成年了。

简茸刚想辩解两句，但在看到路柏沅的背影后又把话咽了回去。

路柏沅虽然穿着随意，但能看出他肩膀宽厚，身材颀长。许多职业选手久坐在电脑前会形成的驼背圆肩，他通通没有。

从背影上看，他有着同龄男人中非常优越的身材，这也导致每次比赛现场，他都是职业选手里最显眼的那一位。

"Soft，来了。"丁哥擦着手说，"坐，大家简单认识一下。"

简茸犹豫几秒，在最右侧没人坐的单人沙发上坐下了。

丁哥察觉到气氛有点尴尬，不过无所谓，年轻人嘛，刚认识的时候都这样。

他道："这是我们战队的辅助 Bye。"

"我认识。"简茸停顿一下，"都认识。"

小白心想：你天天在直播间嘲讽我们，能不认识吗？

他想讥讽几句，话到嘴边又咽了下去，只好大大咧咧地换一个姿势，以示不满。

一旁的 Pine 皱眉："你屁股下面有刺？动来动去的。"

小白："你管我。"

丁哥说："你们也认识一下，Soft，简茸。他打中单位的，要来我们基地试训两周，吃住都跟你们一起。"

说完，丁哥看向简茸，期盼他能够自己说两句。

简茸抱着自己的背包，跟他对视两秒，然后吐出一个字："嗯。"

丁哥："……"

"是哪个茸字？"袁谦笑着问。

简茸说："艹耳的茸。"

简茸不会自我介绍，就连最开始直播时，他也只有一句简简单单的"玩中单的，名字就是直播 ID"。

好在他现在只是一个试训生，不需要说太多。

丁哥起身道："走吧，房间我给你准备好了，先带你去楼上放行李。"

两人走后，客厅的氛围稍稍缓和。

"艹耳茸，毛茸茸的茸啊？"小白嫌弃地皱脸，"这种大喷子，名字怎么又软又萌的？"

Pine 眼也不抬："那你的名字取得好，白白胖胖。"

"P 宝，你一天不欺负你的小辅助会死？"

“你不要给自己加‘小’字，也别叫我 P 宝。”

袁谦笑眯眯地听他俩拌嘴，待路柏沅落座后，他才道：“之前我不知道 Soft 的年纪还没注意，现在看了才觉得 Soft 是真小啊。”

路柏沅说：“他太瘦了。”

上次 Soft 撞上来时他就觉得很轻，根本感觉不到重量。

袁谦说：“确实。按理说他当主播应该赚了不少，怎么还这么瘦？”

路柏沅笑了笑，说：“养养就好了。”

这么豪华的别墅，房间自然也差不到哪里去，光是床都比简茸自家的要大得多。

“原本这是安排给替补睡的，但他在二队的宿舍住惯了，就没搬过来。所以这间房到现在还一直空着。哦，二队就住我们后面那栋小别墅。”丁哥说，“我让阿姨打扫了一下，你看看还有没有什么缺的。”

简茸说：“没有。”

丁哥点头：“那行，你先收拾一下房间，收拾好了我带你去训练室。”

“砰”，很轻的一声。

简茸把自己的背包放在地上，说：“我收拾好了，走吧。”

丁哥：“……”

TTC 二楼一整层都是训练室，分好几间，用途各不相同。其中一队队员的训练室最宽敞，两个机位之间都有一定的距离，玩游戏或直播都不会影响到身边的人。

丁哥把他带到一个空着的机位前说：“电脑和设备都是新的，你随便用，鼠标、键盘用得不顺手可以换。最近队里放假，二队都回家了，怕你一个人住后面会害怕，就暂时先坐这儿吧。”

简茸先是“嗯”了一声，低头看到自己的键盘后却一怔：“这是？”

他的键盘是 TTC 战队的定制款，左上角“Esc”键帽上有个“R”字母。

丁哥“哦”了一声：“这是Road的定制键盘，还没发售呢。你不是他的粉丝吗？我就让人给你换了这款。”

简茸：“……”

丁哥的语气寻常。毕竟Road的粉丝太常见了，别说青训生，就是在各大战队都有不少选手是他的粉丝。

丁哥见简茸垂着眼睛，问：“你不喜欢？这个随时可以换。”

“不用。”简茸把目光从键盘上移开，“换来换去太麻烦了，就这个吧。”

试训在下午正式开始。

第一天是简茸的个人试训。

放假期间训练赛不好约，教练团的人给他安排了四个队友和一队对手。这九个人都是TTC俱乐部的青训生，其中还有两名回了家的二队成员。

为防简茸被认出来，教练给了他一个全新的英雄账号。

丁哥和其他几名教练聚集在观战室，每人手里都拿着本子，面前还摆了两台电脑，游戏中所有数据都会直观地显示在上面。

后排则坐着闲着没事干来观战的一队队员们。

人员到齐，丁哥进入观战位，并把界面投影到幕布上。

简茸独自坐在训练室里，他调试好键位，点下准备按钮后，游戏马上开始。

简茸不知道队里的人是谁，但队伍里的人明显互相认识。他们在队伍里讨论起了阵容，最后有个人说：“那我们缺个肉一点（承受伤害能力较强）的开团，中单会玩加里奥吗？”

简茸没吭声。

“中单？”那人又叫了一声，“你玩加里奥，这局看我，一定带你赢。”

虽然青训生们不知道这次的比赛是要干什么，但谁都想在教练面前好好表现，所以都选了脆皮但能秀的英雄。

几秒后，简茸选出了妖姬。

“兄弟，你干吗啊？”那人不满了，“都是脆皮，我们怎么打？你选个开团大肉躺赢不好吗？”

“要不然我选一个治疗英雄，专门给你加血？”简茸问。

对方：“……”

“还是玩风女，顺着风把你护送回老家？”

对方：“……”

上单心脏怦怦乱跳，他连忙打开微信群，往里面发了一句：不是吧！我怎么觉得这人这么熟悉呢？

简茸这局玩的英雄叫诡术妖姬，拥有超高的瞬间伤害和灵活性，操作难度大，对玩家水平要求很高。

游戏开始，简茸刚走到中路，对面的卡牌大师就在中路给他发了一个图标。

小白忍不住“嗞”了一声。

袁谦说：“干吗？”

“我以前看过他的直播，在他面前发过图标的中单……”小白表情复杂，“都没什么好下场。”

小白一语成谶。

卡牌大师还没到六级，就被妖姬击杀了两次。

第二次简茸是越塔强杀的，因为防御塔伤害太高，简茸在击杀掉对方后也在敌方防御塔下阵亡了。

“亏。”袁谦说，“他身上还有赏金，就这样跟别人互换？”

六级，卡牌大师有了全图传送的大招，开始帮助自己的队友。

而简茸却迟了一步，在队友阵亡之后才赶到现场，换掉了对面的辅助。

Pine：“他去晚了，换掉一个还是亏。”

越往后看，小白眉毛就皱得越紧：“这人怎么宁愿野区抓人也不跟着队友打团？他这英雄到后期可就没用了。”

路柏沅沉默地看着屏幕，没发表任何意见。

简茸的打法很明显。

他根本不在乎亏不亏，也不在意队友需不需要帮助。

他只想让自己的装备和等级变得更强，他已经习惯了靠自己赢下一局游戏。

袁谦看了眼时间："三十五分钟了。"

小白靠在椅子上，有些幸灾乐祸："他这妖姬马上废了，后期装备都起来了，他能秒谁——不是吧！"

小白话都还没说完，就见简茸对着某块盲区丢了一个位移伤害技能，逮到了刚好路过的 ADC 英雄，并用一套技能直接击杀掉了对方。

ADC 英雄直到死都还在往前奔跑，明显没有反应过来。

"他这是怎么看见的？"小白瞪大了眼睛，"他开透视？"

"预测的。"路柏沅终于开口，解释道，"ADC 英雄十几秒前路过了一个 Soft 刚插的眼。"

"十几秒前，"小白的眼睛瞪得更圆了，"这都能预测到？他是不是——啊？"

几句话的时间，简茸又蹿到了对方的野区，蹲守几秒后成功击杀来打野怪的敌方上单。

小白："他能秒掉……这上单？"

"秒不掉。"袁谦看乐了，"这不打了两套伤害吗？他这位移都要把对面玩死了。"

他这两次击杀，成功引起了对方的仇恨。

五分钟后，敌方三人追击简茸，简茸把他们从下路二塔一路带到了上路龙坑。

他还边走边发图标，对方好几次想放弃，看到他的图标又气不过，拔腿狂追。

小白：“……”

这次就连 Pine 都僵硬地抬了一下嘴角：“漂亮。”

最后一次团战，简茸吸足了对方的火力，秒掉对面双 C 位并骗了无数个大招，光荣地阵亡在了敌方基地。

他的队友成功推掉敌方水晶。

游戏结束，Soft 首战告捷。

他回到房间的那一刻，聊天频道立刻爆炸——

“你是 Soft 吧？”

“你是不是 Soft？”

“这妖姬我绝对见过！”

“你再说一句话，这次我一定能认出你！”

教练团的几人都忍不住低下头，笑了笑。

这种能把个人风格发挥到极致的选手，LPL 还真没几个。

打完比赛，简茸活动了一下手指，长长地呼出一口气。

然后他开始打字——

Asdsdfz：“还要打吗？”

丁哥：“暂时不用，你先退了吧。”

“Soft 给个微信呗。”

“我经常看你直播的！”

简茸看到丁哥的回复，头也不回地退了平台。

他起身去了趟厕所，再回来时，训练室里多了两个人。

小白坐在自己的位置，眼神忍不住往旁边那台新电脑瞟。

Pine 问：“你看什么？”

“我看他有没有偷偷开脚本。”小白一脸认真。

Pine 不置可否，挑了挑眉。

“啧，他居然真来我们战队了。”小白往后一靠，摆出咸鱼瘫的姿势，“不过我真看不出他这么矮小，完全就是一个小屁孩。他往我哥身边一站，那简直就是小鸡和老鹰。”

小白想到了什么，冷哼一声：“如果他真通过试训进队，我就孤立他，除非他开口叫我哥，再给我道个歉，否则……”

哐啷。

小白听见动静，慢吞吞挪动椅子转身，跟身后刚洗完脸的简茸对上了脸。

小白：“……”

简茸面无表情地看了他两秒，忽然扯唇笑了一下。

小白的头皮发麻了。

简茸说：“道歉可以。”

小白：“不用，你别这么客气。”

“为哪一次道歉？”简茸想了想，“你常规赛的反向大招，我说你憨憨操作那一次？”

小白：“……”

简茸：“还是春季赛你整局游戏一次钩子都没中，我说你打职业赛精神可嘉那一次？”

小白：“……”

简茸皱眉：“或者是八进四淘汰赛，你在野区被抓三次，我说你爱丽丝梦游仙境那一次？”

小白：“……”

简茸：“还有——”

小白心想：你再骂我一句，我就哭给你看。

“我还会长高的。”

小白：“啊？”

简茸想到他刚刚的形容，脸黑了几分，说：“你才是鸡。”

小白被他这两句说蒙了，还没想好要怎么反击，就见他哥从门外进来。

小白立马就要告状，余光却瞥见路柏沅手上那瓶牛奶。

简茸转身想坐回自己的机位，迎面却撞上了披着队服大衣的路柏沅。

路柏沅垂眼盯着他键盘上的“R”字母：“丁哥给你换的？”

简茸怔了怔，瞬间哑火：“嗯。”

“后面有我的名字，”路柏沅说，“你不喜欢就让他换。”

简茸刚洗完脸，下巴还在滴水。他伸手抹了几下下巴，才说：“没关系，我用什么都可以。”

路柏沅“嗯”了一声，把牛奶放到他桌上。

“厨房还有牛奶。”路柏沅说，“你多喝点，长快点。”

小白心想：完了，哥也踩着雷区了。

他正想舍身救人，却见刚刚把他喷成鸡的男生此时脸色涨红——跟他上次在总决赛现场看到的差不多。

小白还没反应过来，就听见Soft很轻地“哦”了一声，然后他僵硬地坐下，僵硬地插吸管，僵硬地开始喝队长送来的牛奶。

小白：“……”

他坐直身子。

他决定下次也要给 Soft 送牛奶。

当简茸喝光牛奶时，丁哥正好推开训练室的门。

“我在餐厅订了位置，大家都收拾一下，司机在外面等着了。”丁哥看到简茸刚进入一局新游戏，皱眉道，“糟了，我忘了提前跟你说了。”

简茸买装备出门，闻言摇头：“没事，我随便应付就行，不用管我。”

“那怎么行？我让司机等等吧，你快点打。”丁哥说。

“真不用。”简茸顿了一下，说，“我想把晋级赛打完。”

丁哥闻言，只好作罢：“好吧。那我把基地地址发到你手机上，你自己点外卖，外卖费我报销。或者冰箱里有吃的，你想吃什么就拿。”

简茸说：“好。”

“我也不去了。”路柏沅起身，“没睡够，上去补一会儿眠。你们吃吧。”

丁哥：“要不要给你打包？”

路柏沅径直上楼，只留下一句：“不用。”

丁哥又叮嘱几句才走。

所有人都离开训练室后，简茸松了一口气。

他已经习惯了独处，还不太适应跟其他人一起在训练室里打游戏。

这局排位赛没到二十分钟就结束了，屏幕上刚出现“VICTORY”，简茸搁在键盘前的手机就响了两声。

他的微信跳出了一个新的讨论组。

讨论组的名字是“TTC 猛男健身俱乐部”，群里只有六个人。

丁哥：“基地地址是……”

丁哥：“这几天你有事就打电话给我，或者在群里说话，我能看见。”

简茸微微一怔。

这是 TTC 的内部群？试训生也能加内部群吗？

丁哥：“这只是一个生活群，你不要有压力，有什么事只管说话。”

艹耳：“好。”

第二局晋级赛，简茸玩得心不在焉。

他三十分钟结束战斗后，“晋级成功”几个字跳出来。他点下确定，直接把游戏关了。

简茸回到房间，盯着天花板，两分钟后，还是忍不住从口袋里掏出了手机。

他点开讨论组，点开成员列表。

微信名叫“R”的人静静躺在列表最末，头像是一只小香猪。

路柏沅的朋友圈只有好友可见，简茸点进去只能看到非常单调的个人信息。他看了两眼，冷不防想起石榴说的那句“尾随回家的大变态”。

简茸沉默半晌，抓起衣服进了浴室。

他在浴室里折腾了几分钟，里面出来的都是冰水。他脱了衣服，刚打算就着凉水洗，就听见外面传来敲门声。

简茸想起基地里现在只有两个人在，一愣，抓起旁边的衣服就随便往自己身上套。

“丁哥说你没回消息，”听见开门声，路柏沅抬头，停顿片刻后才把话说完，“让我过来看看。”

因为衣服穿得太急，简茸的头发乱得不成样。他拽着门把，眨眨眼，“哦”了一声：“我马上看。”

“嗯。”路柏沅感觉眼前的人哪里不对劲，垂下眼打量几秒，忽然挑了挑眉，“你的衣服穿反了。”

简茸低头，目光跟衣领上的标签对上。

“我在洗澡，”说完，他又觉得洗澡途中穿衣服出来给人开门太奇怪了，硬着头皮补充一句，“但是好像没有热水。”

路柏沅说：“我看看。”

简茸刚想拒绝，路柏沅已经进来了。

浴室的地面有些湿，路柏沅看了一眼，说：“你过来。”

淋浴间空间很小，简茸往前靠了一点点。

路柏沅回头看见他依旧站得远远的，笑着偏了偏身子，好让他看到自己按着的地方：“底下这两个按钮，按左边是凉水，右边是热水，扭动可以调节温度。”

简茸看着自己刚刚拽了半天没拽出来的按钮：“我知道了。”

路柏沅点头：“你洗吧。”

路柏沅刚要走出浴室，简茸放在盥洗台上的手机忽然响了起来，上面备注是“丁哥”。

路柏沅顺手拿起手机想递给他，却不小心按到了锁屏键，把电话挂了。

来电提示按掉，手机回到主人原先开着的页面。

是一个微信资料卡，路柏沅扫了一眼，看到了自家养的小香猪。

简茸保持着想接过手机的动作，也蒙了。

简茸：“……”

路柏沅说：“我不小心点错了，把电话挂了。”

简茸说：“没事。”

“你给他回了电话再洗澡吧，”路柏沅把手机放到他摊开的手心里，“他可能是想给你带吃的。”

简茸立刻锁屏，恨不得把手机丢进马桶里冲了：“好。”

他硬着头皮把路柏沅送出了门。

简茸给丁哥回了电话后，重新回浴室冲澡。

简茸脑子里全是刚才路柏沅看他手机时的表情，带着点笑，却没说穿他。

他把脑袋送到水柱下冲了一会儿，最后身体往前一倾，脑门在墙上傻了吧唧地撞了一下，忍不住在心里骂了自己一句傻子。

简茸擦着头发出来，瞥见手机上有一条微信提示。

此刻他对这破软件有些抗拒，磨磨蹭蹭半天才点开看。

“R 申请添加你为好友，附加消息：无。”

简茸擦头发的动作停住了。

他盯着那只小香猪看了半天，直到敲门声再次响起，他才慌里慌张地点通过。

简茸把手机丢进口袋里，从床上跳起来去开门，开门之前还不忘把乱成一团的湿发抓平。

门一开，小白脸上就挂上了和蔼的微笑：“丁哥打包了一些小吃，让我送上来给你。”

男生头发湿着，见到他，表情明显变了，眼皮没什么精神地垂了下去。

简茸沉默两秒，冷淡拒绝：“我不吃，谢谢。”

“别啊。”小白现学现卖，“吃多点！长快点！”

简茸一脸疑惑。

小白见他没反应，从口袋里掏出他的撒手锏。

“我还给你带了一瓶牛奶上来。”小白一脸温和地说，“你明早起来喝，一定长高高。”

简茸盯着他手上的牛奶看了很久，然后抬起头很真诚地问他：“你想打架吗？”

翌日，小白逮着 Pine 诉了大半天苦。

“不都是送牛奶吗？我送的贵多了！”

Pine 听他唠叨了一整局游戏，忍无可忍，提醒小白：“他是路哥的粉丝。”

“我知道啊。”小白说，“可那也差太多了吧？偶像送的就一口气喝完，我送的他就要跟我打架？”

Pine 想了一会儿，说：“可能他是你的黑粉吧。”

小白：“……”

小白见简茸上完厕所回来，立刻闭嘴不吭声了。

在等待游戏更新的时间里，简茸偷偷看了一眼路柏沅的位置。

路柏沅今天要开直播，他抱臂坐着，在等工作人员帮他调试设备。

他像是刚睡醒，一直没怎么说话，工作人员问什么他也只是点头和摇头。

训练室的门被推开，简茸仓皇地缩回脑袋。

丁哥步履匆匆，一进门就严肃道：“你们最近别打 H 服了，全部回国服上分。”

虽然 LPL 已经成为目前的第一赛区，但国内的游戏环境依旧很差，高分段有很多代练和混子玩家，“游戏演员”更是数不胜数，已经形成了一种不良风气。所以大多职业选手还是会选择去 H 服训练。

甚至有些俱乐部挑选青训生的要求之一，就是 H 服段位必须在大师以上。

小白疑惑道：“怎么了？”

丁哥说：“春季赛规则出来了。”

袁谦问：“不让选手打 H 服排位了？”

“不是，但差不多。”丁哥长叹一口气，“联盟要求每位职业选手的峡谷之巅排位段位必须保持在单双排钻一，或者以上。”

TTC 众人：“……”

其实这个要求对职业选手来说并不高，很多水平中上的玩家努力一把都能冲到钻一。

可是，众所周知，TTC 的队员们大都跟排位赛没什么缘分。

队里最让人省心的是袁谦，他上分勤恳，从不乱玩自己不擅长的英雄，段位一直在大师和王者之间徘徊。

Pine 喜欢玩冷门物理伤害高的英雄，更喜欢阴阳怪气嘲讽人，曾在钻一局掏出露露，成功气死四队友，目前段位钻三。

小白单排基本不玩辅助，带不动妹却又喜欢跟妹双排，段位飘忽不定，在钻石和铂金之间反复横跳。

路柏沅的段位被冻结，持续掉分，马上要铂金了。

小白表情沉重：“我们要被取消比赛资格了。”

“没那么严重。”丁哥拍了拍他的脑袋，安慰道，“这段时间你们尽量双排吧，别作死，还是挺轻松的。”

丁哥说完，又问简茸：“你的段位应该有钻一吧？选手注册的要求也提升到钻一了。”

简茸说："钻四，零胜点。"

丁哥："……"

简茸倒冷静："没事，打上去很容易。"

TTC 下路二人组忍不住羡慕地看了他一眼。

简茸的语气虽然狂，但他说的是实话。在这个版本最容易上分的就是中单和打野，尤其是简茸这种控制型中单。

丁哥满意地点头，然后走到路柏沅身边。

丁哥压低声音："你的手不舒服就别打，我跟赛方沟通一下，以后补也一样。"

"不至于，"路柏沅失笑道，"我能打。"

丁哥还是犹豫："反正你别勉强。"

简茸的游戏终于更新完毕，他打开游戏客户端，刚登录上大号。

"简茸。"

简茸被叫得一怔，几秒后才迟钝地回过头："啊？"

路柏沅打开直播网站，问他："排一会儿？"

简茸先是下意识点头，然后才想起什么："你不是要直播吗？"

他和丁哥商量过，在试训结束之前，不会跟其他人透露他在 TTC 的事。

"不影响。"路柏沅说，"你不说话，别让他们知道你在我这儿就行了。来吗？"

简茸和路柏沅以前就双排过，所以他开大号来玩也没事，只要不暴露自己在 TTC 基地就行。

路柏沅把他拉进房间，问："你要跟你粉丝说一声吗？之前你的直播突然断了，挺多人来我微博底下问。"

简茸一下就想起自己之前看到的那条热评。

他当时切了两个号去举报，直到今天都没能成功把那条破评论举报。

但是，Road 也会看微博评论？

不是说这些职业选手基本不去自己评论区和贴吧找虐的吗？

“不用，我这么久没直播，他们应该都去看别人直播了。”简茸快速选好要玩的位置，想赶紧跳过这个话题，“我好了。”

路柏沅“嗯”了一声，先把直播开了才进入队列。

他们开着游戏语音，简茸关了自己的麦克风。

进入游戏后，简茸在四楼。

他刚 ban（禁用）完英雄，就听见路柏沅说：“你的粉丝都在我直播间里挂机。”

他嗓音带笑，听起来并不介意。

简茸平时戴耳机总是歪歪斜斜，不爱戴正，嫌闷。

他把耳机往上拽了拽，把发烫的耳朵严实盖住。

看我操作就行了：“我没什么粉丝，有也是黑粉。”

简茸发完这句，还是忍不住打开星空 TV 网页，用半分钟创了一个新的小号，刚进推荐页就看到了路柏沅的直播间。

路柏沅平时都懒得起直播间名字，都是系统默认的“TTC · Road 的直播间”。

而今天——

TTC · Road：“双排，跟 Soft。”

简茸：“……”

他呆滞几秒才点进去。

俱乐部的设备比他家的老旧电脑好多了，弹幕千军万马似的飞过，他的界面依旧流畅清晰，毫无卡顿。

“这两个人为什么又一起双排了？”

“太过分了，我为了帮他守住偶像，天天蹲在路神直播间里，专门呛那群女友粉，他说我是黑粉？”

“少管你顾客哪里来。”

“小傻子肯定开了一个新的小号在Road直播间里偷窥我们，让我把他揪出来。”

谁偷窥你们!

简茸的小号本来叫“间耳”，看到这条弹幕后，他默默打开个人资料，随便改成了一行乱码。

他再切回游戏，看到Road选定了雷恩加尔。

雷恩加尔，又名“狩猎狗”，能依靠草丛打出爆炸伤害，同样依赖优势，用玩家们的话来说就是“顺风狩猎逆风狗”。这英雄拿一次人头，敌方双C位的心脏都要抖一抖。

这英雄因为没有开团能力和逃生技能，在赛场上几乎不会出现。

“你竟然玩狩猎狗！”

“不夸张地说，这是我今年第一次看到职业选手玩狩猎狗，我以为这英雄马上要被移除了。”

“Road竟然也会玩这种无脑英雄？”

路柏沅调整符文，懒声说：“是很久没玩了。”

路柏沅平时话就不多，开直播也一样。他心情好时会回答一些碰巧看见的弹幕，心情不好一局游戏都未必说一句话。

不过这并不影响他直播间的人气，刚开播几分钟就轻松蹿上了人气榜第一。

到简茸选英雄了，因为他还在试训期间，他下意识把这次排位当成了试训中的一项。

看我操作就行了：“我玩什么？”

弹幕飘过一片问号。

“Soft不是本人开号吧？”

“还要我教你玩游戏吗？”

“随便。”路柏沅扫了眼弹幕，看到他们在刷屏，“‘还要我教你玩游戏吗’是什么意思？”

简茸：“……”

几个月前，曾有个不长眼的陪玩平台上门找简茸打广告。

为了宣传，平台安排了一个妹子跟简茸双排。妹子声音甜美，擅长撒娇。她在选英雄时犹豫了几十秒，然后问：“哥哥，我玩什么英雄呀？”

简茸当时在吃面，闻言疑惑地皱起眉，脱口道：“还要我教你玩游戏吗？”

简茸锁下妖姬，刚想说“不知道”，就看见那群顶着他直播间牌子的“Soft祖宗”唰唰几秒把来龙去脉全打在了弹幕上。

路柏沅意味不明地笑了一下：“这样啊。”

他听见身后的人键盘敲得噼里啪啦响。

简茸不停歇地敲了半分钟后——

看我操作就行了：“中路前期不用抓。”

路柏沅说：“我六级来。”

“路神后面是谁在打字？手速这么快。”

“对面中单的 ID 有点眼熟。”

“路神和空空撞车了！”

路柏沅读条时没注意看对手的 ID，他刚打完一只野怪，对面的人就在全屏说话了。

[所有人] 空空：“哥，在单排？这局结束了组队？我们一起上分？”

空空，MFG 战队的中单，今年还不到二十岁，是这两年 LPL 里比较火的新人中单。他最近比赛有好多次亮眼表现，成功吸引不少人的目光。

[所有人]Road：“双排。”

空空看了一眼对面的 ID，确认没有 TTC 队员在后，疑惑地问：“你和谁啊？”

[所有人]Road：“我们中单。”

简茸没想到 Road 会用“我们中单”来介绍自己。

他肯定只是随手一打，没什么别的意思。

他一边这么想，一边垂下眼把这句话又看了一遍。

[所有人] 空空：“这中单的 ID 有点眼熟啊。”

半分钟后，空空终于想起对方是谁了。

[所有人] 空空：“哥，被绑架了你就眨眨眼。”

空空刚发出这条消息，对面的中单妖姬忽然释放技能，上来打了他一套伤害。他赶紧后撤，吃血瓶补状态，还想说什么，那人就说话了。

[所有人] 看我操作就行了：“？”

空空正迷茫着，Soft 的黑粉大军就空降过来了。

“我翻译一下，这个问号的意思是‘傻子闭嘴’。”

“再明确一点：你说啥呢？”

“呃，我好好打，先不互动了。”空空轻咳一声，“这局一定要赢路神的分。”

空空无端被对方粉丝攻击，有些郁闷，暗暗地想在对面中单身上找回场子。

他听说过这个主播的传闻，他们战队的打野曾经夸过这个人。但再强也就是主播水平，要真有那么厉害，肯定早被职业俱乐部挖走了。

而且这局他玩的是冰女，有控制和自保能力，非常克制妖姬这种刺客英雄。他这把排到的队友胜率都还可以，阵容也不错，认真打应该挺容易赢的。

可他这想法不到十五分钟就破灭了。

自家打野第三次被妖姬和狩猎狗联手阴死，打野终于忍不住开麦骂人。

“他们中单不是刚回城吗？”空空皱眉，“什么时候入侵我们野区的？”

几次之后，空空不再坐以待毙，他跟着自家辅助一起钻进敌方 F6（野怪）旁的草丛，想阴妖姬一波。

没多久，Soft 就慢悠悠进了野区。空空立刻用 E 技能位移到 Soft 身边，并丢出大招想控制他。

谁知就在冰块刚冻上 Soft 的那一刻，Soft 立刻点下秒表（英雄联盟装备，免疫 2.5 秒内所有伤害并无法移动、使用技能），金身时间结束后，反手一套秒掉了跟在自己身边的脆皮辅助，速度快得他根本没反应过来。

最后路柏沅及时赶到，配合 Soft 收下了空空的人头。

[所有人] 看我操作就行了：“？”

“我翻译一下，这个问号的意思是：在谁面前玩儿阴人呢？”

“再明确一点：就你也配进我家野区？”

空空：“……”

你们这群 Soft 粉能不能赶紧走？

游戏结束时，空空的战绩是 3/7/9，是队里的 SVP（败方 MVP）。

他们 ADC 英雄更惨，被路神和 Soft 打出了 1/13/2 的战绩，已经原地自闭。

路柏沅返回房间，刚想重新进入匹配队伍，就见空空不知何时进了他的直播间，还在给他刷礼物。

路柏沅基本不感谢礼物——他收到的礼物太多了，根本谢不过来。

路柏沅看到眼熟的 ID，道：“谢谢礼物。别刷了，破费。”

MFG- 空空：“哥，我掉了十六分。”

路柏沅没应，他垂着眼，看底下飘着的几个弹幕——

“空空送了两个星海，你就念感谢词啦？那 Soft 以前送的那十几个星海呢？”

“他好卑微，电脑用了几年都不舍得换，克勤克俭攒出来的礼物钱，砸出去都听不见一道响。”

“心疼他了。”

"Soft，下辈子别追星了，好吗？"

房间迟迟没开，简茸看到这些弹幕，低头把脑袋搭在胳膊上，脸烧得厉害。

他以后一定要召开一个粉丝见面会，提着刀去，宰一个是一个。

"谢谢 Soft 送的十一个星海。"

男人低沉的嗓音响起，打断简茸脑中的谩骂。

"之前我没仔细看，"路柏沅笑了笑，"不是故意不念，别计较。"

哐啷，观众们听到重物坠地的声音，紧跟着，一个水杯慢悠悠地一路滚到了路柏沅身后。

十几秒后，一截细瘦的胳膊出现在镜头里。

简茸生怕入镜，艰难地捂着脸，使劲儿扑腾着，终于把自己的水杯抓了回去。

路柏沅从视频窗口里看到自己身后那只瞎晃的手臂，对方怕被认出来，还临时往脑袋上扣了帽子。

他做得还算周到，只是……

"啊啊啊，路神，你基地里怎么会有女人？"

"女的吗？我怎么看穿着像男的？"

"哪个男的手臂能瘦成这样？"

"Soft 的手臂跟他一样瘦。"

"你这么一说，好像是哈。"

"这露出一角的帽檐是 TTC 的帽子周边？ Soft 好像也有一顶，在比赛现场戴过。"

"啊？你的意思是 Road 后面的是 Soft ？"

"他跑得太快了，看不清上面有没有 Road 的签名。"

"你们这群直男想法还挺多，怎么可能是 Soft ？他一进 TTC 基地就会被小白和 Pine 灭口……不，准确来说，他不论出现在哪个俱乐部基地，能活着走出来的概率都不大。”

“你说得对。”

“很难不赞同。”

“Kan 给你的弹幕点了一亿个赞。”

路柏沅任他们猜测再否定，他关掉了弹幕助手，没有再和观众互动。

MFG 俱乐部。

空空坐在电竞椅上看直播，脑袋忽然被人用笔敲了一下，是他们队伍的教练：“你不好好上分，还在看直播？你自己的直播间呢？清醒一点，你是队里唯一没到钻一的，连 TTC 战队的人都在努力，你有什么资格懈怠？”

空空动也不动：“我就看两局，偷学一下技术。”

“别人是打野，你一中单想偷学什么？再说了，他的操作如果这么好学，其他战队那些打野队员都可以回老家了。”

教练说完，随意扫了眼屏幕，正好看到一场团战。

Road 的打野青钢影依旧凶猛，配合队里的中单卡特琳娜，正在进行一场精彩又刺激的二打五。

教练眼睁睁看着对面五个人把他们包围，Road 却根本没有要逃的意思，他起手 E 拉到敌方 ADC 英雄面前，快速打出一套连招将其击杀。

卡特琳娜毫不犹豫地入场，他的走位异常灵活，再加上卡特琳娜特有的位移技能，竟然在人群中躲开无数个技能并打出惊人的 AOE（范围伤害）。最后，他找了一个最完美的位置释放大招——Quadra Kill（四杀）！

教练看到弹幕在刷“这双排组合无敌了”，皱着眉问：“他是谁？”

空空：“路神啊。”

“我说中单。”教练问，“TTC 的新中单？”

空空愣了一下：“TTC 在招新中单？”

“废话，Kan 状态这么差，以后最多是替补位了，他们现在的替补也不太行，肯定得找人。”教练看了眼中单的 ID，眼生。他道：“好像是一个新人，应该还在试训吧？”

空空似懂非懂地“哦”了一声，然后说：“不是，他们就是双排的，这肯定不是他们新中单。”

教练见他语气笃定，疑惑道：“为什么？”

“中单换了一个大号玩，你可能认不出来。”空空说，“他是 Soft。”

教练：“……”

空空微笑：“就是染蓝头发，之前说我们队打团战像在演《葫芦兄弟》的那个 Soft。”

教练沉默片刻，点头：“那应该不是。”

其他的不说，这小子得罪了那么多人，如果真被招进队，以后 TTC 的每场比赛不都成复仇战了？

简茸单独试训了一周。

教练团给他换了很多对手，五对五打了很多场，solo 也打过，忙碌到他梦里都在打自定义模式。

周末下午，简茸再一次赢下 solo 赛，丁哥给了他一份合同。

“只是初版，你先看看，有什么要求可以提。”丁哥说。

简茸点头，问：“我通过了？”

“后面一周还是试训期。”丁哥不置可否，说，“继续保持。”

简茸拿着合同出来时，撞见了正要进会议室的路柏沅。

路柏沅看了眼他手上的东西，并不意外：“恭喜。”

“谢谢。”简茸顿了一下，“只是初版，还不是正式合同。”

路柏沅“嗯”了一声：“合同要仔细看，别被坑了。”仿佛递出这份合同的不是自己的俱乐部。

简茸：“应该不至于。”

路柏沅刚要说什么，会议室的门开了，丁哥一边打着电话一边朝路柏沅招手，示意他赶紧进去。

简茸听见路柏沅说：“你去训练吧。”

于是简茸这一练，从下午练到了晚上十点，中途只花十分钟吃了一碗面。

小白吃完夜宵回来时，正好看到他结束一场游戏，游戏界面暗了几秒，弹出了晋级到钻石二的窗口提示。

当简茸进入下一局时，小白终于忍不住小声感慨：“他怎么这么猛啊？从早上试训到下午，又从下午排到晚上，一天天都这么勤奋，显得我很懒似的。”

Pine低头喝饮料：“你就是很懒。”

“嘘！你小点声！”小白反驳，“我哪里懒了？我今天也打了两小时排位好吗！”

“嗯，我看到了，钻四晋级赛又失败了。”Pine说，“还不如偷懒。”

小白：“……”

小白气得头发都快竖上天了，刚想动手抢Pine手上的饮料，就听见一阵急匆匆的脚步声，随即看到袁谦一脸慌张地走进训练室。

简茸耳机的音量极小，他听见动静也下意识往门口瞥了一眼。

“他回来了。”袁谦没头没尾地丢出一句。

小白问：“谁？”

袁谦说：“Kan。”

小白一怔，Pine抬头，训练室里安静得只剩下简茸的鼠标声。

“我看着他下车的。”袁谦看着地面，“他瘦了挺多，刚进门就被丁哥叫去会议室了。”

这下谁也没心情训练了。

小白本来已经开了游戏客户端，闻言直接关了电脑，拽着 Pine 去离会议室最近的客厅里坐着，想随时掌握会议室里的一举一动。袁谦也关掉晚上的直播，跟着他们去了客厅。

训练室里只剩简茸一个人。

又一局游戏结束，石榴在语音里问："你要下了是吗？"

简茸重新进入房间，开麦道："不下了，继续。"

"你不是说累了？"石榴一愣，"你最近怎么了，冲分冲这么猛？"

"没什么。"简茸说，"这分段随便赢，打起来没意思。"

石榴："……"

您以前在黄金分段虐菜鸟时不是过得很快乐吗？

简茸一直打到深夜两点。

训练室门没关，他听见了会议室的开门声，听见丁哥赶他们去睡觉，听见其他人上楼回房的动静。

直到客厅灯光熄灭，他才跟石榴道别，关机回房。

基地暖气很足，简茸打了一天游戏，又洗了一个热水澡，出来时只觉得脑袋昏沉，连空气都是闷热的。

他在床上躺了一会儿，决定去外面的阳台透透气。

阳台的窗帘虚掩着，落地窗没关紧，窗帘被风带出一层浪。

一股淡淡的烟味蹿进简茸的鼻腔。

"对不起，队长。"男人的声音里掺着微弱的哽咽，"对不起。"

简茸刚想拉开窗帘，就被阳台传来的声音叫停了动作。

这声音他在赛后采访中听过，是 Kan。

Kan 低着头，抬手重重地抹了一把脸，很久以后才继续说："我真的只做过一次。"

“只有半决赛那次，我跟他们说好了，只做两局，其中一局是人头大小盘，绝对不影响胜负，决胜局我本来想好好打，但是你把我换下来了。我……我不是怪你的意思。对不起。”

“他们找了我很多次，我才答应干这一回，我以为不会有太大的影响。”

“对不起，队长。”

“我没有真想让战队输，我想赢的。”

“你是世界冠军。”Kan 碎碎念了大半天，另一个人才终于开口。

路柏沅嗓音低沉，听不出什么情绪，平静得像一个局外人。他问：“值吗？”

TTC 身为 LPL 的豪门战队，光是年薪和代言费就是一大笔钱。

对方给 Kan 开的价格加在一起，不过是他两年的收入。

“你知道的，我已经没有下一次 S 赛了，队长。”Kan 眼中含泪，有些语无伦次，“这两年我打得不行，全网都在骂我，丁哥也已经在找新中单，不打算跟我续约了。我平时直播效果又不好，离队以后直播平台给的底薪也不会有多高……队长，我有三个妹妹，我爸妈都是失业人员，我爸今年还得了肾病，全家靠我撑着。”

“对不起，是我意志不坚定，是我窝囊……我只想让他们过得好一点。”

“但是我真的只做了这一次，我当时鬼迷心窍，对不起。”

夜风在窗缝间横冲直撞，呜呜作响。

阳台里陷入沉默，只能听见 Kan 沉重的呼吸声。

“我知道我没脸说这些，”Kan 声音沙哑，“队长，对不……”

“你不用跟我说对不起。”路柏沅打断他。

他把烟放进烟灰缸拧灭，声音平静得几近冷漠：“我没拿冠军，是我自己的问题，我明年还能继续拿，但你已经不能重来了。这句道歉，留给自己吧。”

简茸听得入了神，直到阳台门被人推开，他才猛地惊醒，下意识躲到窗帘右侧。

Kan 揉着眼睛出来，摇摇晃晃地走了。

虽然他不是故意偷听，但还是不自觉地松了一口气。他正想跟着离开，阳台又传来一阵脚步声，他连忙往后一靠，躲回了原位。

他看着路柏沅走进屋子，关上阳台的窗，然后朝他走了过来。

路柏沅穿了一件很薄的长袖，身上的烟味被夜风吹淡了许多。他手里拿着烟灰缸，里面放了不少烟头。

他在简茸面前站定，简茸抿了一下唇，认命地抬头："队长。"

一叫完，简茸自己也愣了一下。

完了，刚才 Kan 在那头"队长""队长"叫个不停，他被带偏了。

简茸正要改口，就听见路柏沅低低地"嗯"了一声。

"你讨厌烟味吗？"路柏沅问。

他刚抽了不少烟，现在嗓音有些沙哑。

没想到会是这个问题，简茸怔了一下，说："不讨厌。"

路柏沅点头，又问："抽烟吗？"

"不抽。"

路柏沅说："乖。"

也许是太久没人对简茸说过类似的话，这句"乖"直接把他定住了。

"你不睡觉？"路柏沅问他。

"房间里有点闷，我想出来透气。"简茸顿了一下，又补充一句，"我不是故意偷听的。"

"嗯，去吧。"

简茸点点头，转身想往阳台走，又听见路柏沅让他"等等"。

路柏沅很轻地笑了一下："丁哥最近不让我抽烟，这事要保密。"

简茸像木头似的点头："哦。"

路柏沅满意了："明天下午有训练赛，早点睡。"

路柏沅离开后，简茸走到阳台，在冷风里吹了十分钟。

几度的气温，他一点都不觉得冷，甚至感觉自己热到快出汗了。

简茸又站了一会儿，忽然抓起自己的衣领，低头闻了闻，好像有烟味，那就再吹一会儿。

简茸也不知道这烟味是真实存在的还是他的心理作用，他隔一会儿就闻一次，直到觉得味道散了才转身进屋。

然后他一回头，就和拿着湿漉漉的衣服想晾在阳台的小白打了个照面。

衣服下的地面已经滴满了水，能看出对方已经停留一小段时间了。

小白看着面前这个在冷风里站了大半天，还时不时闻自己衣服、摸自己头发的年轻人，眼底带着三分疑惑、三分茫然和四分无所适从，良久后才语气僵硬地开口："那什么，晚上好？"

"然后你猜他应我什么？"早晨的训练室，小白把椅子挪到 Pine 旁边，讲了半天故事。

Pine 只戴了一边耳机，也不理他，正专心致志地打团战。

小白无视 Pine 的冷漠，咽下嘴里的油条，说："他竟然也应了我一句'晚上好'！"

"我绝对没听错，虽然他的语气还是拽的，但绝对是'晚上好'！"

Pine 点了回城，在他说出第三句"晚上好"之前打断小白："你不是跟他不共戴天吗？"

"啊？"小白一顿，然后点头，"是啊。"

Pine 说："你现在像想跟他穿一条裤子。"

小白："……"

Pine 依旧看着电脑屏幕，面无表情："你不觉得自己和某个群体很像？"

小白："什么群体？"

Pine："他直播间那群憨憨粉丝。"

小白："绝不可能。"

"你半夜两点半去晾什么衣服？"Pine 问。

"我睡不着，就顺便洗了呗。"小白往椅子上一靠，"你还说我呢，我晾完衣服回房间的时候，你和谦哥的房间还亮着灯，我都从门缝看见了。"

"我是没怎么睡。"一局游戏结束，谦哥揉着眼睛说，"昨晚基地里应该谁都没睡好吧。"

"不，Soft 肯定睡得很香。"小白说，"他一直就不待见 Kan。"

话音刚落，当事人就出现在了门外。

简茸手里拿着牛奶，头发有些杂乱，衣领也不大整齐，眼皮没什么精神地垂着，眼下一片乌青，看上去给个枕头他就能原地睡着。

他从推门进屋到开机上游戏，打了七个哈欠。

小白一脸疑惑。

袁谦问："Soft，你昨晚也没睡好？"

简茸进入排位界面，哑着声应道："嗯。"

袁谦理解地点点头："下次你就别在阳台吹这么久的风了，容易头疼。"

简茸冷箭般的视线射过来，小白后背一凉，慢吞吞地用屁股推动椅子回到了自己的位置。

"跟吹风没关系。"简茸随便扯了一个借口，"我突然有点认床。"

训练室众人："……"

那是挺突然的。

简茸开了一把自定义模式，练了半小时的补兵，最后还是忍不住拿起杯子往茶水间走。

TTC 基地里东西齐全，茶水间桌上摆满了茶包、可可粉等，旁边还有一台咖啡机。

简茸不会用这个东西，也没研究的兴趣，随便冲了一包速溶咖啡应付。

冬日的暖阳斜射进来，正好打在简茸脸上，舒服惬意。

黑咖啡没加糖也没加奶球，苦得简茸皱起了眉。

不过他总算精神了一点。下午还有训练赛要打，再犯困没法发挥。

“是谁？”身后传来一道粗重、沙哑的声音。

简茸拿起杯子回头，跟眼睛肿成核桃的 Kan 打了个照面。

Kan 身材比较壮，个子高，往那儿一站就能堵住茶水间的门。他显然心情不好，也没睡够，表情不是很好看。

他在看到简茸之后，脸色就更差了，眉头皱得都能夹死蚊子。

谁都知道，Soft 最常看的是 TTC 的比赛，讥讽最多次的选手就是 Kan。

要说职业选手中谁对 Soft 憎恨最深，那非 Kan 莫属了。

Kan 的粉丝最初还会进直播间里骂人，最后因为骂不过 Soft 的粉丝，加上 Soft 根本不介意他们的攻击，后来也就没再闹腾过。

Soft 开直播不加滤镜美颜，Kan 一眼就认出了人。

“Soft？”Kan 一愣。他本来就烦，看到简茸手上的咖啡，心中无名火更盛，甚至飙出了脏话，“你怎么会在这儿？谁带你进来的？”

看来他一时半会儿还走不了。

简茸后退一步，重新站到窗边晒太阳，问：“这里归你管？”

他跟直播时一样漫不经心的语气，听得 Kan 更火大了。Kan 不耐烦道：“这儿虽然不归我管，但你这种垃圾主播不配进我们基地。不管谁带你来的，赶紧滚。”

简茸嗤笑道：“我这种垃圾主播不配，你这种假赛选手就配了？”

Kan 犹如被人戳中心脏，血液直冲脑袋。

虽然木已成舟，但联盟还在做最后的工作，TTC 俱乐部也还没有发相关公告，这事知道的人应该不多。

他重新打量简茸，TTC 的周边水杯，舒适宽大的衣裤，凌乱的头发，还有一双黑色拖鞋，一副刚睡醒的懒散模样，而基地有规定，不留外来人士过夜。

Kan 猛地想起，自己昨晚偷偷问过袁谦，队里有没有找到新中单。

袁谦沉默了很久，才告诉他人已经在基地里试训了。

他觉得荒唐，愣了好久才缓过神来，震惊地问："你是来试训的？"

简茸低头抿了一口咖啡，懒得应他。

Kan 笑了，气笑的。他说："丁哥是找不到中单了吗？怎么什么下三烂的人都要？"

这话别人听了可能会生气，简茸却不。

Kan 跟他直播间那群粉丝比起来，就跟小鸡撒疯似的。

他想了想，说："可能他遇到你之后，降低了一点要求。"

Kan 不由自主地往前走了两步，脸涨红："我怎么了？我打了八年多职业赛，没犯过几件错事，而你，你就是一个靠辱骂别人出名的垃圾，一天天除了损选手，不会干别的事……你个子这么小也就算了，你父母教没教过你怎么尊重别人，教没教过你做人？"

Kan 越说越气："我告诉你，我现在没什么顾忌了，我一定要找律师起诉你，不可能再让你这种垃圾在网络上横行霸道。我还会告诉丁哥你在网上的所作所为，让他把你踢出去。"

简茸点头，片刻后问："意思是你打得菜，但不允许别人说是吗？"

Kan 一顿，刚要反驳，简茸又开了口。

"不过有一点你是说对了的，我没家教，看到拿着千万签约费还打得稀烂的选手就管不住嘴，这是我的问题，没顾及你的心情。"简茸轻描淡写地说，"你告我也行，我一定会当庭道歉，跟你的粉丝道歉也行。'我错了，错在把 Kan 的傻子操作复述了一遍'，这样说你看可以吗？"

Kan 的脖子都气红了，他被情绪控制，肩膀随着呼吸大力起伏，下意识拿起了身边的罐装饮料。

“你在干什么？”路柏沅温和而低沉的嗓音响起，打破两人的僵局。

他穿着灰色常服，跟简茸的长袖颜色一样，拿着水杯站在 Kan 身后。

虽然是问句，但他神情平静，似乎并不需要答案。

简茸见到他，垂眼站直身子，悄悄松开了为了随时准备反击而紧握着的玻璃杯。

Kan 被叫回了理智，看了一眼自己手中的东西，过了半晌才出声解释：“我……我想冲点喝的。”

路柏沅不咸不淡地“嗯”了一声：“你喝完去找丁哥，他还有几件事要跟你谈。”

“知道了。”Kan 的呼吸还没平复，他狠狠看了简茸一眼，把饮料放回原位，“我现在去找他吧，突然又不想喝了。”

路柏沅冲洗水杯：“去吧。”

茶水间里只剩下两个人。

简茸低头，在想自己刚刚嗓门是不是太大了，正准备端着咖啡走人。

“他心情不好，说了什么你别放心上。”路柏沅把咖啡粉倒进咖啡机里说。

简茸一顿，说：“好。”

路柏沅按下按钮，转过头看他：“那你吵赢了还是吵输了？”

简茸跟他对视几秒，然后说：“我没吵输过。”

路柏沅笑了，他笑起来眼睛很亮，比简茸脸上的阳光还让人感到舒服。

路柏沅看了眼垃圾桶里的速溶咖啡包装袋，说：“嗯，我给你泡杯咖啡当奖励？”

简茸安静地看着他。

路柏沅：“你不想喝？”

简茸把速溶咖啡全倒了，用行动回答了他的话。

路柏沅正在摆弄咖啡机，忽然听见旁边的人问。

“我会被赶出去吗？”

路柏沅头也没回：“为什么这么问？”

简茸抓了抓前额的头发，半晌后才说：“Kan 是你们曾经的队友，其他人也和我合不来。”

“合不合得来，要打过训练赛才知道。”路柏沅说，“还是你没信心打好？”

“有信心。”简茸应得很快，几秒后，他又说了一遍，“我能打好。”

路柏沅把咖啡递给他：“那下午你好好发挥，别让我丢脸。”

简茸愣愣地接过杯子：“让你丢脸？为什么？”

路柏沅说：“因为你是我推荐进来的人。”

简茸目光呆滞地看着他，过了很久，又问了一次：“为什么？”

路柏沅忍笑道：“为什么？我也想知道为什么你的简历会投到我这里。”

简茸：“……”

他为什么要问这么多个为什么？

如果他说自己是在直播里不小心看见 QQ 号码，并不小心记了两年，那他是不是马上就要被当作变态赶出俱乐部？

简茸现在就想把自己的脑袋塞进咖啡杯里。

好在丁哥及时赶到，解救了简茸的脑袋。

“你在这儿啊。”丁哥说，“我找你半天了。”

路柏沅放下咖啡杯：“事情都跟 Kan 说了？”

丁哥沉重地点点头：“嗯，他没意见，不过……”

丁哥话说到一半，看了简茸一眼。

简茸立刻道：“我去训练了。”

简茸步伐极快，杯里的咖啡都差点晃到地面上。

待人走后，路柏沅问：“最近基地的暖气是不是开太高了？”

丁哥一愣："二十度，怎么了？"

"没，"路柏沅一顿，"队里的小朋友经常热红脸。"

"那我等会儿去调低一点吧。"丁哥想了想，"可能年轻人体内火气比较旺。"

第六章 试训

Take the Crown

丁哥一路看着简茸走回训练室，给自己泡了一杯饮料，然后顺手把茶水间的门关上了。

“还有件事。”丁哥摸了摸额头，“法务的人来过了，算出的违约金挺高的。联盟那边态度强硬，以后 Kan 估计连直播都开不起，等公告一发，他就等于完了。”

打假赛性质非常恶劣，大家刚知道的时候都怒气冲天，小白和袁谦恨不得把 Kan 从联盟带回来揍一顿。但时间久了，大家难免回想起以前一起奋斗，一起吃泡面，跑小型商业比赛的时期。

Kan 入队前几年是一个很热心厚道的人，他很小就为了家里出来打工，从电竞的低迷时期一直坚持到现在。

因为他在队时间长，队里的人或多或少都受过他的帮助。

后来电竞圈日益浮躁，新旧更替越来越快，动辄上百万的代言和签约费迷花了很多人的眼睛。

Kan 定力不足，遗憾地走错了路。

丁哥揉揉眼睛，恨铁不成钢地说：“我本来打算让他转幕后，教练工资虽然没选手那么高，好歹也是一个好工作。算了，他行李都收拾好了，车子马上到基地，我给他订了一张回老家的机票。”

路柏沅垂着眼睛，没什么情绪地“嗯”了一声。

“行了，我就是跟你透个底。过几天你有个采访，到时候被问到这方面要怎么说，你自己斟酌吧。”丁哥看了眼时间，“车子差不多到了，我出去安排一下。”

路柏沅点头，放下杯子又想到什么：“下午的训练赛约了谁？”

“MFG。”丁哥说，“他们教练跟我约很多回了，这次正好。”

TTC 作为 LPL 的豪门强队，每周都能收到很多训练赛邀请。找上门的大多是实力中上的战队，成绩差的战队一是没约赛的途径，二是清楚自己没那实力，打不赢不说，最后没准还把自己队友的心态搞炸。

MFG 今年 S 赛虽然止步十六强，但整体实力已经提升了许多，拿来练新人正合适。

路柏沅颔首：“我知道了。”

简茸刚回训练室不久，训练室的门就被人推开了。

Kan 拿着行李箱，站在门外没进来。他反复舔了几次唇，才说：“我走了，对不起。”

他来之前，小白正在跟 Pine 玩双排冲分，小白的叫嚷声和 Pine 嫌弃的“啧啧”声响遍整个训练室。

他一开口，两个人就安静了下来。

他们没回头，也没停下操作的手，仿佛根本没看见门口的人。

简茸不习惯这样的场合，默默地调大了自己的游戏音量。

Kan 尴尬地站了两分钟，咬咬牙刚要走人。

“一路顺风。”袁谦终是不忍心，低声嘱咐了一句。

Kan 的眼泪瞬间便下来了，他恍惚地点了几下头：“好。”

因为 Kan 的事，几个队员直到打训练赛之前都还情绪不振。

“干什么？不知道的人以为队伍打完这场就解散了。”丁哥皱着眉说。

“没。”袁谦说，“我就是午觉没睡好。”

小白无精打采地说：“我也是。”

丁哥：“……”

电竞少年的世界里怎么可能有午觉？

“认真打。”路柏沅戴上耳机，“这是 Soft 的试训。”

简茸愣了一下，刚想说无所谓，他自己打好就行。

身边的小白却突然伸直了腰，问：“丁哥，这局我们怎么打？”

丁哥挑眉：“试训，我不发表意见，你们看着来。”

“那 Soft，你习惯什么样的打法？”袁谦问，“你喜欢玩刺客是吗？我一会儿拿个开团的肉。”

“不用。”简茸抿了抿唇，“你们按照自己的节奏玩，不用管我。”

刚进入自定义房间，游戏还没正式开始，MFG 的队员率先开启了互动。

MFG- 空空：“哥哥们下午好。”

TTC · Bye：“你一会儿别来下路四包二，就是我的好弟弟。”

MFG- 空空：“好呢。白哥，你们中单是谁啊？”

简茸开的是试训期间用的小号。

TTC · Bye：“你猜？”

“别互动了。”MFG 的教练说，“人家战队都没官宣呢，可能告诉你吗？”

空空说：“我就是好奇嘛。你看白哥让我猜，说明这中单肯定是我也认识的人。”

“这圈子就这么大，你认识的人还少了？”教练一顿，说，“你要真好奇，一会儿上手试一试就知道了。”

训练赛很快开始。

Ban&Pick 环节，袁谦问：“Soft，你有没有什么特别怕的英雄？”

简茸想也不想，说：“没有。”

袁谦：“好。”

MFG 一上来就禁掉了路柏沅常玩的盲僧和青钢影。

“青钢影都禁。”小白挑眉，“哥，哪天你玩个提莫打野，提莫是不是也要被送进 Ban 位？”

提莫算是英雄联盟里的特色英雄，长相可爱，技能鸡肋，深受广大女性玩家喜爱。

这英雄在铂金段位以上的游戏里掏出来就要做好被队友辱骂的准备，因为各项能力不足，提莫从来没踏上过英雄联盟的职业赛场。

路柏沅笑了：“不会。”

空空那边率先抢掉了妖姬，简茸简单地扫了眼阵容，想也不想就选了发条。

小白震惊道：“你还会玩发条？”

发条，典型的发育团战型英雄，人称后期之王。这英雄在前期就是不停补兵，小白在直播间从来没见简茸玩过。

“我还会玩提莫。”简茸问，“你要看吗？”

小白闭嘴了。

袁谦说：“队长，你这局多帮我，MFG 上单缺口很大，来了稳赢。”

简茸闻言，下意识在对话框打出自己排位时最常说的话。

Asdsdfz：“中路不用帮。”

队内语音频道安静了几秒。

TTC · Bye：“我们不是连着语音吗？”

简茸：“抱歉，我习惯了。”

TTC · Road：“好的。”

简茸：“……”

进入游戏，双方各自上线。

大家都以为简茸选发条是要拖到后期打团战，谁知比赛刚进行到第六分钟——

“Frist Blood（首杀）！”简茸击杀掉了妖姬，拿到本场比赛的第一滴血。

众人看到击杀提示时都是一怔，忍不住打开数据面板反复确认。

是发条单杀了妖姬没错。

“你玩个妖姬，五级就被发条单杀了？”MFG 的上单震惊道。

空空自己也没想到。

妖姬的特色就是灵活，二段位移技能甚至没有冷却时间，谁想发条的技能丢得更快，放的方位也很玄乎，好几次他都怀疑是自己往对方技能上踩的。

最绝的是，对方竟然能在打伤害的同时走位躲开自己的控制锁链。

空空后知后觉——TTC 的新中单选发条根本不是为了打团战，而是认为他用发条也可以应付自己的妖姬。

“厉害。”袁谦毫不吝啬地夸奖，然后道，“不过接下来你小心一点，MFG 今天上的这名替补打野有个坏毛病。”

简茸买了装备，不甚在意地“嗯”了一声，没有细问。

不过他很快就知道了。

游戏进行到第七分钟，敌方打野挖掘机从侧面跳出来，简茸毫不犹豫地交闪现逃跑。

第九分钟，打野挖掘机再次钻出地面，简茸利用秒表躲开空空的伤害，残血逃生。

第十二分钟，简茸刚上线就被敌方中路、打野、辅助联手越塔击杀。临死之前，他打出一套完美伤害，成功击杀了对方的打野。

……

不到十分钟，简茸被抓了六次。

他回到重生点，深吸了一口气，闷头买装备。

[所有人]TTC · Bye：“你们战队怎么这么早就开始训练了？”

最近大多战队都还在休息，包括 TTC。今天他们只是过来试训一场，还不算真正开始训练。

小白刚发完这句话，就听见耳机里有人问：“训练赛可以发全屏消息？”

“原则上是可以。”小白回答之后，才突然意识到问这句话的人是谁。

他瞪大眼，连忙补充：“不过你——”

[所有人]asdsdfz：“中路是本人在玩？”

[所有人]TTC · Bye：“……”

[所有人]MFG- 空空：“啊？”

[所有人]MFG- 空空：“我是本人，怎么了？”

[所有人]asdsdfz：“没。”

[所有人]asdsdfz：“抓中这么殷勤，我以为是你们俱乐部老板上号了。”

MFG 众人：“……”

MFG 打野抓中本来就有种“抓不到我就一直来，我就不信杀不了你一次”的赌气成分。

闻言，他受不住刺激，又抓了一次中路。这次简茸有闪现，打野碰都没碰到他一下，还被他打掉了半管血。

[所有人]asdsdfz：“你别灰心，下次一定可以！”

MFG 众人：“……”

[所有人]asdsdfz：“不然把你们上路和 ADC 英雄也叫上，我在中路给你们摆一桌大餐？就当是团建了。”

MFG 众人：“……”

阴阳怪气，最为致命。

正往中路赶的 MFG 上单小心翼翼地问：“那我还来吗？”

空空皱眉沉吟片刻，才开口应道：“来，反正你上路也炸了，不如先把中路一塔推了。”

于是 MFG 除了 ADC 英雄以外，四人全部到达中路，直接越塔杀人。

就在他们丢出技能的那一瞬间，简茸点出能免疫 2.5 秒伤害的装备金身，让 MFG 三个大招有去无回。

MFG 的打野气死了：“等着，金身效果过了他还是得死。”

话音未落，他们四人忽然失去了游戏视野——路柏沅操控着男枪及时赶到，并在他们四人脚下放出了烟幕弹。

但简茸的位置依旧很差，怎么看都要死。

简茸挺直背，正打算在死之前把伤害打满，忽然听见闪现的声音，锤石的灯笼稳稳当当地落在他脚下。

锤石是小白玩的辅助英雄，有一个灯笼技能，队友只要点到灯笼，就能立刻飞到锤石身边，是绝佳的逃命和追击技能。

简茸下意识点了灯笼，安全落地时听见耳机里的喃喃声——

“这也太嚣张了点，”小白嘀咕，“就他们辅助会gank？当我死的啊！”

简茸成功逃生，低声说：“谢谢。”

小白：“不用——你说啥？”

简茸抿起嘴巴，不吭声了。

他正想重新加入战局，就听见耳机里传来一声——“Triple Kill（三杀）！”。

当MFG打野疯狂抓中的时候，MFG的野区已经完全被路柏沅掌控。

他吃了两份野区资源，又杀了MFG上路三次，不知不觉中已经成了这场游戏中伤害最高的人。

路柏沅甚至只是轻松点了几枪，最后甩出一个大招，直接打出三杀。

与此同时，Pine在下路单杀敌方ADC英雄。

训练赛第一场，MFG败局已定。

空空把视角移到正在补刀的发条身上：“教练，你不觉得这发条的画风有那么一点熟悉吗？”

“不会是他。”教练沉吟道，“我以前研究过他的，他基本不玩发条。”

“这也不是普通的发条啊！”空空说，“你见过哪个发条会走到妖姬面前输出的？”

第二局训练赛，简茸成功拿到了妖姬。

升到六级之后，简茸头也不回地往 MFG 的野区里走。

他正犹豫要去哪个野怪那儿蹲人，就看到自家打野从自己身边路过。

“过来。”路柏沅说。

简茸几乎没有犹豫，立刻跟在他身后。

两人在野区抓死了 MFG 打野六次，并且杀完就跑，MFG 其他人赶到时只能看见自己队友的“尸体”。

打游戏非常记仇的简茸看了眼战绩，在心里默默减一。

这打野上局抓了他七次，还差一次就扯平了。

MFG 今天上的打野是队内替补，他的一举一动仿佛都在路柏沅的眼皮底下，最后他欲哭无泪地在公屏打字:“路哥，六次了，我现在都没野怪值钱，不至于吧？”

简茸回城时余光一瞥，发现身边的路柏沅忽然点开对话框，慢悠悠地打字。

[所有人]TTC · Road：“嗯。”

MFG 打野刚松下一口气——

[所有人]TTC · Road：“可上局你抓了我们中单七次。”

训练赛约定的是三局两胜，TTC 连续拿下两局，最后一局便不用打了。

游戏结束的时候，MFG 的打野死了八次，基地被推的时候他还把身上的装备全卖了，消极得不行。

几人刚退出自定义房间，小白就下意识转过头去，越过 Pine 跟简茸解释：“MFG 今天上的打野是他们原先的首发打野，这人心态太差了，不用一赛季就去了替补席。他有个老毛病，就是哪条路劣势就抓哪条路，平时打排位或者娱乐性质的训练赛还行，打比赛就总是被那些运营战队捶。”

简茸摘下耳机，闻声转过头去，安静地听他说。

“有次常规赛，他也是十分钟不到就抓了我们下路四次，有什么用。”

小白滔滔不绝地说完，才意识到他和这位的关系似乎还没到可以互相吐槽其他战队选手的地步。

小白还以为简茸会跟往常一样冷漠地“哦”一声或是直接走人，忙闭上嘴，准备先对方一步结束这次聊天。

“嗯，”简茸拔掉耳机，“他是挺菜。”

小白：“……”

丁哥倚在门口回消息，看到小白和新中单相处甚欢，心想这场训练赛也不是完全没用。

他低头回 MFG 教练发来的微信。

MFG 教练：“下次再约？”

D：“不约了，打训练赛你给我上个饮水机队员就没意思了。”

饮水机队员，是指那些在休息室看饮水机，很少有机会上场打比赛的替补选手。

这位打野就更惨了，上一届 S 赛他一局都没打过，连 MFG 的粉丝都戏称如果首发打野手没断，战队就不会选择让他上场。

这个赛季结束，这位或许就连替补都不是了。

MFG 教练：“不是，我也不想啊。我们首发打野回老家处理家事去了，一时半会儿回不来。下次……下次我一定上全首发。”

D：“那就下次再说。”

MFG 教练：“行。话说你们新中单挺强的，哪里找来的？”

丁哥知道对方在套话，乐呵呵地回复。

D：“不知道，Road 推荐的人，你想知道问他去。”

丁哥关上手机，敲了敲门：“Road 跟我去一趟会议室，剩下的人可以散了。”

TTC 有专门打训练赛的房间，队员坐的位置跟比赛时的固定座位一样，简茸身为中单，是最中间的位置，旁边挨着打野和 ADC 英雄。

简茸抱起自己的外设，起身准备走人，衣摆突然被人很轻地拽了一下。

路柏沅看着他怀里的键盘，询问："能多抱一份吗？"

两分钟后，简茸像小学生抱书包似的抱着两个人的外设走出了训练室。

试训的最后一天，丁哥又约了一场训练赛。

这一次约的队伍比 MFG 还要弱，不过是全首发阵容，有战术有配合，还算是有打头。

虽然 TTC 依旧以二比零的战绩取胜，但好歹有了点游戏体验，不像 MFG 那样打野带崩三路。

简茸从厕所出来，正好看见丁哥和路柏沅并肩走下楼。

路柏沅穿着黑色羽绒服，拉链没拉上，露出里面的毛衣。他戴着帽子和口罩，像要出门。

丁哥正和路柏沅说着话，他压低声音，简茸听得不清楚。

"你一会儿看看医生怎么说……如果……你就别……"丁哥说着，余光瞥到楼梯扶手旁的蓝色脑袋，"简茸？"

简茸还没吭声，丁哥又开口："正好你在，事先跟你说一下。你试训过了，签约合同马上下来。之前那版合同你没什么意见，但我后来又修改了一下……你是有直播观众基础的，和星空 TV 的底薪和分成应该能谈得更高。等完全处理好我再找你，应该就这两天的事了。"

简茸说："嗯。"

"这么平静？"丁哥挑眉，"不开心？"

简茸很敷衍地扯了扯嘴角："开心。"

丁哥："……"

路柏沅无声地笑了一下。

"你这是要回训练室吧？"丁哥无奈道，"正好，我有事要交代他们，一块去。"

简茸还以为对方要说中午那场训练赛的事，没想到丁哥一推开门便道：

“今天谁都别看微博。”

训练室众人：“……”

他没开这个口，大家也不是特别想看的，但他这么一说，他们现在就想立刻去微博“冲浪”。

“算了，我也叫不动你们，打比赛的时候让你们卸载也没人听。”丁哥说，“那就一点，都不准开麦，点赞、评论、转发都不行，要看只能用小号，明白吗？”

丁哥前脚刚走，原本在打游戏的几个人立刻放下鼠标，专心致志刷起了手机，动作一致得可怕。

简茸：“……”

于是他往后一靠，也点开了微博。

简茸的小号关注了很多微博推荐的电竞博主，今日下午，一条英雄联盟赛方官博的微博霸占了整个首页。

官博的文章标题是：“对TTC战队选手TTC·Kan的处罚决定。”

“近日，TTC战队发现战队选手涉嫌存在严重的违规行为，俱乐部主动申请自查并向英雄联盟职业赛事纪律管理团队举报。

经过调查与核实，纪律管理团队查明：

TTC战队选手李侃（ID：TTC·Kan）于半决赛期间，存在影响公平竞技的不当行为，以及使用违规手段影响游戏或者比赛结果的行为。

对此，联盟纪律团队做出以下决定：对TTC战队选手李侃（ID：TTC·Kan）予以十八个比赛月的禁赛处罚。

本处罚自公布之日起生效。

我们希望所有职业选手都能够遵守相关规定及召唤师守则，永远坚守自己的竞技精神。”

打假赛这种现象其实并不少见，不过大多发生在次级联赛，一些初出茅庐的新人最容易出现这种情况。联盟的处罚也基本是禁赛。

禁赛十八个比赛月，看似轻飘飘，其实就等于封死了 Kan 打职业赛这条路。禁赛期结束后，TTC 不会再接纳他，其他战队也不可能收留他。

袁谦赢了训练赛的那点喜悦立刻消散，不断在叹气，其他两人也不说话。

简茸被氛围影响，沉默着往下翻热评——

“半决赛都敢‘演’？那 TTC 新中单是谁？该不会让那个替补上吧？那位说实话也不太行啊！”

“路神好惨，被这种人影响，着实心疼了。”

“确定只‘演’了一场？我觉得他这次整个赛季都在接单啊！”

热评前三还算正常。

“TTC · Kan 的那群粉丝还不快点跟 Soft 跪地道歉？”

简茸一脸茫然。

别的回复虽然点赞数多，但楼中楼少，最多也就四五十条。

而这一层却有四百多条楼中楼。

“那主播直播间都封了，你们这群人怎么还在吵？”

“Soft 是毒舌被封，但他游戏一没违规，二没打假赛，三没押你家 Kan 神开的赌局，你在这儿叨叨啥呢？”

“厉害，Soft 成预言家了。”

“当时 Soft 都被 TTC 的粉丝喷成啥样了，现在公告一出，这些粉丝都不见了？”

“打假赛的是 Kan 个人，跟 TTC 其他队员有什么关系？”

“嗯嗯嗯，反正当时因为这事来抨击 Soft 的都是坏人就完事了。”

“TTC 的粉丝就跳吧，我隔着屏幕都能想到你们现在气到跳脚的样子。最近也没什么强势的中单选手在找队伍，贵俱乐部以后比赛怎么打啊？不会连淘汰赛都进不去吧？”

“用不着菜鸟主播的粉丝关心哈，TTC 队伍配置在那儿，我们不担心找不到好中单呢。”

“不说了，Soft 不在了，我去帮他放个九百九十九响鞭炮，提前庆祝TTC 俱乐部喜提十六强！”

“呵呵，他现在是被禁播了，不然他这会儿立刻在直播间开说唱大赛。”

简茸感觉到身旁的人灼热的目光，缓缓转过头，然后跟隔壁的小白撞上视线。

对方手机里的界面跟他的一样，都停留在这个楼中楼。

小白：“……”

简茸：“……”

简茸没想到自己的 ID 会出现在热评里，楼中楼里战况激烈，TTC 的粉丝人数多，他直播间的水友能一个顶俩，谁也不输谁。

简茸以前就被骂得多了，没觉得有什么，所以当他看见小白红着眼眶幽怨地盯着自己时，一下不知道该做出什么反应。

“他们就是这样的，见谁都骂，不是针对你。”简茸皱眉，想安慰他两句。

可惜，“安慰”这项技能他还没点亮。

所以他憋了大半天，放弃了：“不过你一大男人，被骂几句就哭？”

小白揉了一下眼睛：“谁被骂哭了？我这是为那些键盘侠哭的吗？他们也配！”

几秒后，他又弱弱地补了一句：“当然，我没有骂你粉丝的意思。”

简茸一脸疑惑：“那你哭什么？”

小白不好意思说自己在为打了假赛被开除的队友难过，觉得说出口就特没出息，还矫情。

于是他说：“我打了这么多天排位，一直上不去钻一，我心里苦，想哭一哭不行吗？”

简茸：“……”

“你这种刺客型中单不懂！你丢一丢技能，杀穿中路，分数噌噌就上去了，想过我们这些卑微的辅助位上分有多困难吗？”小白越说越带劲儿，“你还拐走了我的打野！”

你的打野？

简茸挑了一下眉，心中对小白的那点悲悯之情烟消云散：“我没拐。辅助上分为什么难？PUD的辅助不就是自己单排上的王者？”

小白：“你的意思是我不如他咯？”

简茸收回视线，往椅子上一靠，说：“你要非这样理解，我也没办法。”

训练室的氛围原本还挺悲伤的，两人你一言我一语，袁谦直接在背后笑出了声。

Pine把手机丢在桌上，面无表情地继续练补兵。

小白气得眼泪都没了。其实他平时没这么多愁善感，今天是有Kan的老粉在私信里给他发了很多他和Kan以前的合照，他看得多了，难免有情绪。

他打开英雄联盟，刚想送分宣泄一下心情。

“你现在什么段位？”简茸问。

小白：“钻四。”

“除了躺分还会干吗。”

小白：“啊？”

小白：“你怎么还连环攻击呢？”

“你加这个号。”简茸重复，“ID就叫‘除了躺分还会干吗’。”

小白一怔，过了好半天才反应过来：“你要带我上分？”

简茸问：“上不上？”

小白飞快地把人加上：“我拉你了，快进来……你怎么那么多小号啊？为什么不直接用大号跟我打？你不也在爬钻一吗？”

简茸选好位置：“你再问，我退房间了。”

小白火速开启游戏。

医院。

路柏沅坐在长椅上，一边活动手腕，一边用另一只手玩手机。

“我都让你别看微博了，糟心。”丁哥瞥见他的表情，声音一顿，“你笑什么？”

路柏沅垂眼看着自己微博收到的各种消息，说：“没什么。”

丁哥刚想说什么，很快又有一个电话打进来。

他接通电话，应付几句就挂了，碎碎念道：“这是我今天接到的第十二个电话了。真的，我现在听到同行的关心就心里发怵。他们问我Kan的事就算了，还变着法打听我们的中单。”

TTC身为豪门俱乐部，一举一动都在电竞粉丝的关注之下。平时他们随随便便一场比赛都能上热搜，更别说换中单这种大事。

路柏沅头也没抬，说：“早点官宣，就没人问了。”

“哪有这么快，合同都还没签。”丁哥一顿，坦白道，“本来我们还想再试他一段时间，Soft优点明显，缺点也很明显。他的个人实力很强，我觉得在空空之上，可打了这两场训练赛，你见过他主动和谁打过配合吗？”

路柏沅问：“那为什么定了？”

丁哥清了清嗓子：“一是没时间，得早点开始让他熟悉你们的节奏；二是他生日其实只剩两三个月了。”

路柏沅挑眉。

丁哥说：“我怕他转念一想，还是直播赚钱，又拍拍屁股走人了。”

路柏沅笑起来，觉得这种可能也不是没有。

路柏沅的手机忽然振了一下，他低头点开。

PUD · XIU：“兄弟，有空吗？”

XIU是PUD战队的打野，跟路柏沅是同一时期的老选手，两人还没开始打职业赛时就认识了。

身为 LPL 如今的两大豪门战队，TTC 和 PUD 之间的关系不算差，队员们在后台见面都会点头打招呼。

不过仅限于此，毕竟两个队伍要争的东西太多了，冠军、代言、赞助商……就连粉丝也天天在各大软件里撕得不可开交。

上次总决赛，导播给了 TTC 选手们一个长镜头，就被 PUD 的粉丝骂得狗血淋头。

所以 PUD 的现役成员里，也就只有 XIU 算得上是路柏沅的好友。

R："？"

PUD · XIU："排两把？"

R："现在没空。"

PUD · XIU："话说你们还没开始找新中单吗？再过不久春季赛都要开始了。"

R："你也来套话？"

PUD · XIU："哈哈哈，我是真的好奇。"

R："已经找到了。"

PUD · XIU："谁？给点提示，我保证不说出去。"

R："保证也没用，丁哥在我身边。"

那头敲敲打打半天，最后还是不肯妥协。

PUD · XIU："那你给我一个小提示，我自己慢慢猜，这总可以吧？"

提示吗？路柏沅垂着眼睛想了一会儿。

R："挺乖一小孩。"

PUD · XIU："我知道了！肯定是那个小黄毛！"

PUD · XIU："或者 H 国赛区的那个小矮子？"

PUD · XIU："我记得你们青训生都挺乖的，该不会就地取材了吧？"

他的手机振得嗡嗡响，丁哥听得直皱眉："什么动静？"

“没。”路柏沅关上手机，言简意赅，“玩猜谜。”

路柏沅做完检查，丁哥急切地问医生：“怎么样？他有好转吗？”

医生看着片子，不置可否：“最近你没怎么训练吧？”

路柏沅“嗯”了一声：“我都快不会玩了。”

丁哥不好意思说他们中午刚打完一场训练赛，问：“他现在这个状态，能继续训练吗？”

“可以是可以，但还是要注意休息，不能像以前那样一练就是十几个小时，太夸张了，减半都多，也别提重物。”医生说，“还有，定期来复查，最好一个月来一次。”

丁哥立刻把下个月的复诊时间定了。

回基地的路上，丁哥又是一通碎碎念。他不是啰唆的人，可一想到路柏沅的手腕就忍不住唠叨。

路柏沅听得昏昏欲睡，干脆靠在车垫上假寐。

“我回去就重新给你制订训练计划，时长能缩减咱就尽量缩。”红绿灯，丁哥瞥了一眼路边，顺口道，“这儿有家奶茶店，我停车买点回去哄哄他们好了，不都说这玩意儿喝了心情好吗？”

停好车，丁哥说：“我问问他们喝什么。你喝吗？”

“不……等等，”路柏沅掀起眼皮，从口袋里掏出手机，“我问吧。”

丁哥愣了一下：“行。”

简茸的头像是他之前发在微博上的那张撸野猫的照片。

路柏沅随手拍下奶茶店的招牌发过去。

R：“喝什么？”

这是他们加上好友后的第一次聊天。

过了两分钟没收到回复，路柏沅正要打语音电话。

艹耳：“刚刚大家在打排位，我马上问。”

艹耳：“小白要全糖奶茶，Pine 和谦哥要绿茶。”

R：“简茸要什么？”

艹耳：“……”

艹耳：“橙汁，谢谢。”

车子驶回基地，停好车，路柏沅刚拿起两杯饮料就被丁哥叫住了。

“你别提重物，”丁哥说，“让我来！”

路柏沅失笑：“不至于。你收敛一点，在基地别搞出这种阵仗，他们会以为我手断了。”

“也差不多了，你上次手抖得我看一眼都心慌。”

两人往训练室走，丁哥走到半途又想起什么：“对了，你觉不觉得Soft有点孤僻？我看他本人跟直播里好像差挺多的，也不怎么爱说话，以后会不会不合群？”

“谁给你勇气玩上单瑞文的？”

熟悉的声音，冷冷的语调。

小白说：“我打得很小心了，主要是这打野针对我！”

简茸：“是，你小心到连瑞文的连招都打不出来，好好一把断剑被你玩成匕首。”

“你这小号隐藏分太高了，对面可是职业上单，我打不过很正常！”小白狡辩，“而且我这不是在成长嘛，我想玩瑞文很久了。”

“凡事别说想不想，先问自己配不配。”屏幕上又跳出瑞文被击杀的字幕，简茸磨牙，“打完这局，回去玩你的爱丽丝，不然下车。”

“知道了，知道了。”躺赢了一下午，小白心情舒畅，“再赢两把我就能和P宝双排啦……哎，等等。”

小白意识到什么：“你不用大号跟我排，该不会是怕分上去了，以后没法跟我哥排吧？”

路柏沅的号刚打到钻石四段晋级赛，由于排位限制，他最高只能和钻石二的玩家双排。

简茸如果升到钻一，就不能再和路柏沅一起双排了。

简茸被戳中心思，默默杀人不搭腔。

“啧。”小白由衷地摇头赞叹，“细节，你才是细节大师。请问您的著作《粉丝的自我修养》什么时候出？我白某人马上支持一百本。”

简茸：“你能不能安静打游戏——”

一杯橙汁被放到简茸手边，简茸的话生生止住。

路柏沅刚回来，身上还带着冬天的气息，跟他以前闻到的味道有点像。

简茸在心里把小白揍了十顿。才说道：“谢谢。多少钱？我转你微信。”

“不用。”路柏沅嗓音带笑，“这就当是你带我躺分的谢礼……上钻一的事就拜托了。”

过了半周，签约合同终于下来了。

是短期合同，签约时间只有一个赛季。

简茸看了一眼，直播的分成和底薪抬高了不少，能看出丁哥已经尽力在给他争取了。

“谢谢。”

丁哥片刻后才意识到他在谢什么，笑道：“不用，你是靠自己的身价谈来的条件。”

简茸看得很潦草，当他翻职业选手相关规定时，丁哥忍不住提醒他：“这一页你仔细看看。”

于是简茸停下动作，一眼就找到了丁哥要他看的几条内容。

每条规则都写得很长、很烦琐，大概总结一下就是——职业选手不论赛内赛外，都不允许挂机、送人头和辱骂他人，否则将会被联盟罚款，程度严重的甚至可能被禁赛。

简茸沉默几秒，问：“普通排位里也不能挂机？”

丁哥：“不能。”

简茸不死心：“我发挥失常，死的次数太多也不行？”

丁哥扶额：“你别把联盟的人当傻子。”

“那什么话算是骂人？”简茸问，“傻子算吗？”

丁哥：“……”

简茸退而求其次：“菜鸟总可以吧？”

“谁知道呢。”丁哥面无表情，“不然你一个个试一遍？罚款一次也就一两万。”

简茸没话了，低头签上了自己的名字。

“好了，你找个时间，我让人帮你把其他行李搬进基地。”丁哥合上文件，“剩下的就等上面安排官宣吧。过几天你要去拍一下宣传照，队服我已经安排在做了，估计明天就可以送来，还有微博……我们原则上是不干涉队员在微博分享日常的，但你还是克制一点，少和那些粉丝……”

“嗯，我知道了。”简茸说，“你放心，我是不会为了他们去交罚款的。”

有他这句话，丁哥终于不再纠结这一块了。

他又交代几件事，推开门时，TTC 其他队员全在客厅的沙发上坐着。

路柏沅见他们出来，抬眼：“签好合同了？”

丁哥说：“嗯。”

“我们以后就是队友了？”小白跷着二郎腿，躺着问，“那今晚老规矩？”

丁哥看了眼时间，说：“行，我去订位置。订晚一点的吧，客人少我比较安心。”

简茸问：“什么老规矩？”

“还能是什么，”小白说，“当然是去庆祝啊！正好训练马上开始了，在那之前先去大吃一顿！”

丁哥打通订座电话才想起征询当事人的意见：“一家我们常去的火锅

店，东西挺新鲜的，有包厢，不脏。可以吗？”

电话都打了，简茸还能说什么，他点头：“都可以。”

简茸上楼换了一套衣服。他已经记不清自己多久没穿外套了，自从进了 TTC 的大门，他就一直没出去过。

出门之前，简茸犹豫了一下，还是把帽子摘了，挂回去。

在本尊面前戴周边帽子好像很奇怪。

简茸走出房间时，正好碰见对门出来的路柏沅。

TTC 所有队员都担得起“电竞明星”这个称号。他们在年轻人群体里的知名度比一些明星还要高，所以每个人出门之前都会戴口罩和帽子。

路柏沅习惯性地把帽檐压得很低，听见声响，他稍稍抬头。

“外面七度。”路柏沅说。

简茸脚步一顿：“什么？”

路柏沅看着他身上单薄的大衣，说：“你这么穿出去会冷，去换一件。”

简茸摇头：“不用。”

“马上要开始训练了。”路柏沅说，“感冒会影响状态。”

简茸抓了一下头发，片刻后才说：“我没别的衣服了。”

他进基地时气温还没这么低，只带了一件大衣来。

路柏沅打量了一下他的身形，转身回房间：“你等着。”

路柏沅没关门，简茸下意识往他的房间里瞄了一眼。

虽然他们住的对门，但两个房间的构造完全不一样，路柏沅的房间明显大一点，家具也比简茸房间里的要齐全。

很快路柏沅就出来了，他手里拿着一件灰色大衣和一顶白色棒球帽。

“这是几年前的衣服，我洗过，一直拿防尘袋包着。”路柏沅挑眉，“你不嫌弃吧？”

“不嫌弃。”简茸说，“但我穿身上这件……”

他的话还没说完，脑袋上就多了一顶棒球帽。

“这几天冷空气流动，晚上可能会下雪。”路柏沅说，“你戴着。”

简茸咽了咽口水，伸手捏着帽檐，想说“不用了，我自己有帽子”，但话到嘴边，又不是特别想开口。

“哥！”小白听见路柏沅的声音，在楼梯处喊，“你好了吗？丁哥已经在车上等了，顺便催一下简茸。”

“好了。”路柏沅应完，又回过头说，“你去把大衣换了，拉链要拉上。”

路柏沅的身材比简茸高大得多，就算是几年前的衣服，穿在简茸身上依旧很宽。

衣摆快遮住屁股，衣袖也能轻松包住简茸的手，连衣兜都是大的，手揣在里面非常舒服。

简茸低头想着以后要不要都买大一号的外套，然后快速上了停在门口等候的黑色商务车。

其他人都已经在车上等着了，为了方便，先上车的都坐到了后排，中间两个单独座椅一个空着，另一个坐着路柏沅。

路柏沅坐姿散漫，两条长腿随意岔着，正低着头玩手机。

他听见动静，抬头看了简茸一眼，像确认简茸有没有穿好衣服，很快又收回了视线。

简茸低着脑袋，默默坐到了空位上。

其他人都在玩手机，他也拿出手机随便翻了翻。之前的楼中楼已经吵到九百多楼，看到这个数字，简茸决定还是不点进去给自己添堵了。

火锅店离基地不远，今天是工作日，又是晚上，店里没多少客人。

停好车后，一行六人往店里走去。

途中，小白“咦”了一声：“简茸，你今天没戴我哥那顶周边帽子？”

其他人闻言，都往他身上看去。

简茸：“……”

他板着脸想，要知道不戴也会被提，他还不如戴着。

“还有，你的外套是不是有点大了？”袁谦笑着打趣，“你爸传给你的衣服？”

简茸：“不是。”

路柏沅说：“这衣服是我的。”

大家怔了一下，然后别过头去，笑得更欢了。

这种大排档类型的火锅店包厢比较简陋，类似于空荡荡的小房间，只放了饭桌和一张装碗筷的木桌。

简茸脱了外套，挂在椅后，就见路柏沅拉开了他身边的椅子，很自然地坐了下来。

男生点起菜来一向夸张，直到菜品把整个饭桌填满，袁谦才转头问：“丁哥，能整点酒吗？”

“可以是可以，过几天训练后你们就别碰了。”丁哥说，“但别喝太多。”

袁谦一挥手：“上两瓶白的！”

丁哥：“……”

简茸已经很久没跟这么多人围在一张桌上吃饭了。

放假期间，TTC每位队员的作息都不一样，吃饭也大都是在电脑面前吃。基地要不是有阿姨在，饭桌上都能起一层灰。

白酒上桌，小白倒了一杯放到简茸面前。

路柏沅正在和丁哥说话，他的余光瞥了眼酒杯，对小白说：“别给他递酒。”

袁谦摆摆手：“就喝一点没事。”

Pine挑眉：“不一定，上次不是有人刚喝两口就冲出店铺，非要去隔壁的游泳池打篮球？”

“P宝，我现在进步很多了！我不会醉了！”小白边说边拿回简茸面前的酒，“算了，你还小呢，不喝也好。”

小白无意的一句话，成功击中了少男的自尊心。

“没关系。”简茸从他手里把酒杯拿回来，“我可以喝。”

小白说：“哎呀，小孩子别逞强。”

简茸闻言，拿起酒杯一口闷了。

小白：“……”

简茸说：“再倒一杯，谢谢。”

简茸趁小白转身去倒酒，低下头，在帽檐底下狠狠地皱了一下脸。

酒好难喝，怎么比冰啤难喝这么多？还特别烈，他刚才差点没绷住。

上了酒，饭菜似乎就没那么重要了。

“来。”小白率先举杯，“庆祝简茸正式加入 TTC，走一杯！”

几个人纷纷举杯，丁哥以水代酒，解释：“我开车。”

路柏沅杯里的酒不多，他跟着喝了一杯，也摇头不喝了。

酒味太呛，袁谦皱着眉问：“简茸，你几岁开始打英雄联盟的？”

简茸：“我忘了，上学时候吧。”

“跟我差不多。”袁谦往后一靠，感慨道，“不过当时我的条件没你好，我那会儿都在黑网吧，冒着被爸妈爆头的风险玩……啧，说起来就跟两代人似的，我们能当成队友不容易啊。来，走一杯。”

小白问：“后来你怎么做直播去了？”

简茸抹了一下嘴角：“缺钱。”

小白琢磨了一下：“那也不该是开直播啊，刚开始直播的时候又不赚钱，还不如打工来钱快吧？

简茸说得随意：“家里正好有电脑，零成本，就播了。”

喝了酒，简茸的话明显变多了。

Pine 看了眼他的头发：“你的头发怎么染成这样了？”

简茸跟袁谦隔空碰了个杯，又喝了半杯。他闻言，下意识抓了一下头发：“我跟其他主播 PK（比赛）输了，这是惩罚。”

众人：“……”

路柏沅挑眉：“PK？”

简茸“嗯”了一声：“拼礼物，谁收到的多谁赢，输家要受惩罚，从平台给出的惩罚卡里抽，我抽到了染蓝发。”

“你真惨。”小白怜惜地问，“那赢家呢，能赢什么？”

简茸：“也是随机奖励，应该是平台那些大礼物吧。”

Pine：“应该？”

简茸木着脸，沉默半晌后才说：“我没赢过，我直播间的水友都在给对家刷礼物。”

小白笑到服务员进门时让他小点声。

路柏沅也笑：“惩罚多久？不染回去吗？”

“一星期。”简茸揉了揉脸，“一开始我是不想花钱染回去，后来那群……那群水友说我这发色在首页推荐比较显眼，加上我自己看习惯了，就算了。”

为了招揽顾客染这玩意儿……

小白顿时对他肃然起敬，举杯道：“厉害。”

简茸挑眉，拿起酒杯跟他碰了一下。

路柏沅伸手想拦，被丁哥叫住了。

“让他们喝吧，难得一次，正好拉近关系。”他低声说，“这点量也喝不出什么事。”

路柏沅“嗯”了一声，但当简茸转头跟小白说话时，还是偷偷倒了他酒杯里一半的酒。

喝完酒，桌上的菜也上得差不多了。

酒的后劲慢慢涌上来，几个醉鬼的形态各不一样。

袁谦大着嗓门开始说 Kan 的事，说 Kan 不是人，这么多年的好兄弟还要这样整他们。

小白靠在 Pine 的肩膀上闭眼休息，袁谦说到重点时，他还慢吞吞地点头表示赞同。

Pine 没把小白从自己肩上赶走，就说明他也醉得不轻。

包间里面除了丁哥和路柏沅，只有简茸最正常。

他手肘撑着桌子，一只手顶着脑袋，安静地看着袁谦发疯。

要不是他两颊红得厉害，都看不出刚喝过酒。

片刻后，简茸起身，慢吞吞地往外走："我去厕所。"

他没走两步，就听见"砰"的一声响，他撞到了门的扶手上。

丁哥："你没事吧？我扶你去吧。"

简茸吃痛，揉着撞到门的大腿："没事，别，我自己去。"

这家店的装潢虽然烂，但厕所还算干净。

简茸放完水，觉得世界都美妙了几分。他站着缓神，看面前的墙壁都仿佛有重影。

直到胃里舒坦一点，他才后退一步。

路柏沅进厕所找人的时候，就看到他垂着脑袋，眉毛还皱得死紧。

路柏沅问："你怎么了？"

"腿软，"简茸脑袋发晕，也分不清来人是谁，"站不直。"

路柏沅："……"

第七章

醉酒的Soft

Take the Crown

在简茸连着撞了几次墙壁后，路柏沅扶着他去洗了手、洗了脸，然后把他带出了厕所。

简茸已经有些看不清路了，他头疼得忍不住闷哼了两声。

“难受？”路柏沅问。

“没有。”简茸嘴硬。

说完，他想要站稳一些，结果身子一歪，跟路过的人撞了一下肩膀。

那人莫名其妙被撞了一下，又闻到酒味，皱着眉抬头就想骂：“你有毛……”

简茸醉了也不服输，先发制人：“你骂谁？”不服是不服，声音却是软的，一点底气都没有。

那人看到他的脸先是一怔，随即抬头去看他的头发，又是一怔。

路柏沅按着简茸的脸，把他的脑袋扳回自己这边。

丁哥已经去结账，让他接到简茸就走，所以他此时口罩和帽子都戴着。

路柏沅道：“他醉了，抱歉。”说完，他扶着人快速离开。

身后那人依旧停留在原地，他表情震惊，几秒后才突然回过神来，掏出手机对着前面的背影一阵猛拍！

深夜，“Soft 吧”的粉丝们正点着烟跷着腿，在贴吧里怀念过去跟 Soft

干架对骂又单纯美好的小日子。

一个帖子悄悄冒出首页——

标题：“我的天呐，我在火锅店看到真人了！”

内容：“我没来得及拍正脸，但绝对是他，看这背影、这头发、这身高体型，大家应该都能认出来吧？”

1 楼：“他矮人国来的？扶着他的是谁啊？他亲爹？”

楼主：“不像，挺年轻的感觉。”

32 楼：“他挨揍了？”

楼主：“他醉了，看脸好像更瘦了，感觉整个人都没什么精神。”

158 楼：“年纪轻轻不学好，跑去买醉？”

266 楼：“他怎么过得这么惨？没我的礼物他就活不下去了吗？真没出息。谁知道他的银行账号？”

268 楼：“他还要多久才能上班？不会在那之前饿死了吧？”

399 楼：“石榴开播了，石榴跟他熟。走，兄弟们，一块去问一问。”

回到基地后，路柏沅把简茸扛回了房间。

简茸在车上就睡着了，路柏沅刚帮他脱掉外套，他口袋里的手机忽然响了。

电话连续响了几遍后，路柏沅担心有什么急事，点了接通。

“你怎么才接电话啊？”那头的人急哄哄道，“你现在在哪儿？我听说……”

“他睡了。”路柏沅压低嗓音说。

他刚说完，衣服就被人拽了一下，然后被攥在手中一直不放。

简茸闭着眼，呢喃：“我没醉。”

“好，你没醉。”路柏沅不跟醉鬼辩论，哄着他，然后又对电话那头的人说，“有什么事你明天再打来。”

电话挂断后，石榴呆呆地拿着开着扬声器的手机，看着自己直播间里正在疯狂刷问号的Soft水友们，良久后才找回声音。

“不是，我也不知道是谁，但声音莫名很耳熟。”

“不可能是他爹，他也没哥哥。”

……

翌日。

简茸睡醒时头痛欲裂。

他把脸埋在枕头里，放空了一下脑袋，才艰难地从桌上摸过自己的手机。

然后他看到了满屏的消息。

大部分是石榴发的，字密密麻麻堆在一起，他懒得看，先点进对方发过来的贴吧网址。

他一进去就看到一张照片。

照片拍得有些模糊，他得眯着眼才能看清楚。

简茸看清后，笑了一下。

照片里是两个人的背影，左边的人已经醉成一摊烂泥，完全是被人拎着走，脑袋都快垂到地上，两腿根本站不稳，从这个角度只能看到对方高耸的外套后领。

真傻。

他往下一翻，这张照片跟上一张有些像，唯一不同的是左边的人稍稍抬了一点脑袋，露出了蓝色头发。

简茸笑容僵了一下。

啊？哦，原来这人是我。

他维持着僵硬的笑容，去辨认右边的人是谁。

这根本不用辨认，简茸的笑容彻底消失，手机滑落到枕头上，他也没去捡。

他固执地盯着某一处，恐惧地开始努力回忆昨天的事。

简茸脑子里忽然“嗖”的一声响，清脆的，快速的，还伴有一点厕所独有的回音。

简茸做了一个深呼吸，不信邪，又回想了一遍。

良久后，简茸一脸凝重地起床，忍着头疼从柜子里找出昨天刚签的那份合同，看了一眼违约金额。

个、十、百、千、万……八位数。

简茸绝望地闭了闭眼。

算了，他赔不起。

跑路未遂，简茸盘腿坐在床头，看着身边的外套抓耳挠腮。

“借”来的外套此时皱巴巴的，能看出昨晚被他折腾得不轻。他拿起衣服嗅了嗅，一股酒味。

他记下衣服的牌子，决定还是买一件新的。

简茸把衣服挂好，开始翻石榴给他发的消息。

他看两句就要直起腰缓一缓。

石榴：“你那些水友为什么都跑来我直播间了？”

石榴：“怎么回事？他们说你在买醉。”

“语音电话未接通。”

石榴：“完了，我刚刚打电话开的扬声！”

石榴：“接电话的是谁？你在哪儿？你没事吧？”

十几条消息一一看完后，简茸抓了把头发，回复。

艹耳：“我没事。”

几秒后，他忍不住又发一句。

艹耳：“昨天接电话的人说了什么啊？”

石榴：“他说了什么不重要，主要是你。”

简茸头皮发麻，连忙打字：“行了，你不用告诉我。”

简茸一点都笑不出来。

石榴：“你真没事吧？要不我们双排，我俩队伍语音聊天，你开麦稳稳粉丝？钻这个空子平台不会管的。”

石榴是简茸这些年关系最好的朋友。

他们是打英雄联盟认识的，简茸带他玩了几天，那时他的人气已经很高了。他得知简茸是新人主播后，帮忙宣传了几嗓子，还经常约简茸双排。

可以说简茸的直播事业能有个好的起步，跟石榴有很大的关系。所以就算后来简茸人气越来越高，他也还是天天带石榴双排，石榴不来，他大多时候就单排。其他主播找他联动，他基本都拒绝了。

合同都签了，简茸没打算隐瞒，他按下语音键：“我跟一个俱乐部签了下赛季的职业合同，官宣没出，上面还不让我说……总之我没什么事，你不用担心，过几天请你吃饭。”

然后石榴又是一轮消息轰炸。

简茸跟他聊完，决定去冲个澡。

简茸洗了一个漫长的澡，搁在桌上的手机又亮了，是那个名为“TTC猛男健身俱乐部”的讨论组。

P宝的小辅助：“三点了，还没醒吗？丁哥带吃的回来了，都是粥，赶紧下来喝。”

Pine：“把你的备注改了。”

P宝的小辅助：“不，我觉得这个备注很可爱。”

简茸刚想说自己不吃了。

大谦：“怎么还没下来？”

R：“来了。”

丁哥：“你下来时顺便叫一下简茸吧，粥凉了就不好吃了。”

卄耳：“不用，我马上下去。”

TTC队员们今天终于用上了餐桌。

几人坐着喝粥，因为宿醉，每个人都无精打采的。

丁哥想起他们昨晚醉醺醺的模样就头疼：“我让你们喝两口助兴，不是让你们酗酒！自己什么酒量心里没点数吗？我就出去打了十分钟电话，一回来全趴下了，像什么话？你们还给简茸灌酒，人家正长身体呢，碰个一两杯都顶天了。”

袁谦立马把过错揽下来：“我的问题，以后不给他们喝白的了。”

简茸换了一件黑色卫衣，两只手插兜，低着头走下楼梯，试图在不引起其他人注意的情况下默默入座吃饭。

“简茸！”小白扯开大嗓门，“你舒服点没有？”

桌上的人噤了声，全看了过来。

简茸一抬头就对上了路柏沅的视线。

路柏沅的眼神和平时一样，看不出什么情绪。

简茸的心脏刚刚安定下来，就见对方忽然垂下眼皮，往他的裤子看了一眼。

简茸：“……”

他整个人都麻了，紧绷着嘴角“嗯”了一声，算是回应。他避开路柏沅的视线，往离路柏沅最远的位子走去。

“你坐这儿吧，方便盛粥。”袁谦叫住他，并体贴地帮他拉开了椅子。

这位子左边是袁谦，右边是路柏沅。

简茸木然地盯着椅子看了两秒，然后动作僵硬地坐了下去。

“白鸽粥和皮蛋瘦肉粥，你想喝哪个自己盛。”袁谦说，“你没事吧？看你醉得挺厉害的。”

简茸摇头：“没事。”

“你昨天吓死我了。”小白喝着粥，含糊不清道，“路都走不了，我哥得把你整个人揽着才拖得动。”

“没那么夸张。”路柏沅说。

简茸忍着把小白揍一顿的冲动，硬着头皮别过头说：“谢谢。”

“你上楼也是我哥扶着走的，跟企鹅似的走走停停，嘴里不知道在念叨什么。”小白还在描述，说完问他，“你还记得吗？”

“不记得。”简茸抬头冷冷地问，“你不也醉了吗，为什么还这么有精神？”

不知怎么的，明明简茸语气平淡，问的话也没什么毛病，小白却觉得他言下之意是“昨晚怎么没喝死你”。

小白：“我当时没醉，就是头晕。”

简茸还想说什么，身边的人忽然起了身，椅子在地板上拉扯出很轻的声响。

简茸登时闭嘴了，头也不抬地继续喝粥，试图把自己和整个饭桌隔开。

他听见路柏沅走进厨房的声音，然后是冰箱的开合声，片刻后，路柏沅坐回来，落座的时候还碰了一下他的手臂。

“之前你说的采访是什么时候？”路柏沅的嗓音温和。

简茸的脑子里突然飘过昨晚在厕所的对话。

他的脑袋埋得更低了。

丁哥说：“后天下午，那边会安排人上门采访。”

路柏沅“嗯”了一声，把冰咖啡拧开喝了一口，另一杯常温的纯牛奶放到桌边，很自然地推给身边的人，说：“你吃完再喝。”

简茸差点被粥呛着：“好。”

丁哥跟路柏沅聊完采访的事，清了清嗓子，说：“还有，简茸，你知不知道自己昨晚被拍了？”

“知道。”简茸问，“违规了吗？”

“没，你别担心，也不是什么大事，只是你以后最好还是别喝酒，我昨天都忘了这茬儿了。”丁哥说，“不过我看那照片也没拍到脸，以后要是有人问起，你否认就行。”

这顿早餐结束，丁哥下了禁酒令，要求所有人在春季赛结束之前都不准碰酒。

简茸回到训练室，桌上放了几套队服。

TTC 的队服是黑白款式，黑底白 logo，上面印了很多赞助商的图标，胸口处写着“TTC”，后面是战队的皇冠队标。

在“TTC”下方还有一行小字，是“Soft”。

简茸盯着自己的 ID 看了很久才有动作。

队服面料很好，他把手伸进口袋里摸了几下，刚要抽出来。

“晚上你试一试，不合身再拿去改。”他身后忽然传来声音。

简茸收回手：“好。”

路柏沅又说：“昨晚有人给你打电话，我怕有急事就接了。”

“我知道。”简茸知道不能再装断片了，揉了一下鼻尖，“你的外套被我弄脏了，我重新买一件还你可以吗？”

“不用。那衣服买小了，我没穿过几次。”路柏沅想到什么，失笑道，“不过那是定制款，绣了我的名字，你如果嫌弃就扔了，不嫌就留着在基地穿，随你。”

他话音刚落，训练室的门被推开了。

小白伸着懒腰进来，见路柏沅还站着，疑惑地看了眼挂在墙上的钟：“哥，你今天不是说好四点半开直播？”

路柏沅“嗯”了一声，回到自己机位前开了电脑。

简茸回过神，刚想把衣服收好，小白就先一步拿过去看了。

“哇，这——”小白看着手里的衣服，又转头看身边的简茸，“你衣服的尺寸这么小？”

简茸面无表情地把衣服抢回来，一股脑塞进袋子里：“嗯，但我拳头很大，你要看吗？”

小白：“不了吧。”

简茸刚登上游戏，小白就转过头来拍马屁：“快快快，快上你的小号带我飞，我钻二晋级赛了！”

简茸现在巴不得他立刻坠机直奔铂金。

他正要开口拒绝，游戏里忽然弹出一个游戏邀请。

“TTC · Road 邀请你加入组队。”

简茸一怔，下意识转头去看路柏沅。

路柏沅已经开了直播。简茸看到他点开了某个好友的聊天框，然后打字。

紧跟着，简茸耳机里的游戏音效响了——

TTC · Road：“带带我？”

消息发出去还没一秒，对方就已经进了队伍。

路柏沅笑了一下，懒懒地和直播间的粉丝打了个招呼，然后动动手把直播间名称改成了“Soft 带上分”。

“我开了？”他在游戏语音里问。

看我操作就行了：“好。”

两人很快排进游戏。看清排到的位置后，简茸挑眉一怔。

他们这局都没拿到想要的位置，简茸是辅助，路柏沅是 ADC 英雄。

他正想着用什么打辅助，对话框里就噌噌跳出许多话来——

爱吃桃子酱呀：“……”

爱吃桃子酱呀：“路神，是你吗？”

爱吃桃子酱呀：“路神，看看我！”

简茸抿了一下唇，忍不住低头看了一眼手机开着的直播画面。

路柏沅滑动着英雄列表，看起来没有要回复的意思。

爱吃桃子酱呀："四楼在吗？"

爱吃桃子酱呀："呼叫四楼大哥！"

简茸过了几秒才反应过来自己是四楼。

看我操作就行了："？"

爱吃桃子酱呀："我们换位置可以吗？我是中单。"

爱吃桃子酱呀："拜托。"

换作平时，简茸肯定二话不说就换了。

他一直没吭声，桃子酱就一直在对话框里说话。

简茸抓了抓头发，忍不住发私聊问："我要换吗？"

路柏沅扫了眼弹幕，简茸的粉丝们一如既往来到了现场，粗暴的风格混杂在弹幕中特别好认。

"你问的什么话？你不是说宁愿当峡谷里的一只河蟹，都不可能打辅助位的吗？"

"前几个被他辅助的 ADC 英雄都没什么好下场，我这边是建议路神直接退游戏。"

"该不是喝酒喝坏了脑子吧？麻烦你清醒一点，这游戏没有任何人值得你为他打辅助位！"

路柏沅收回目光，说："随你。"

爱吃桃子酱呀："四楼大哥回个话呀！"

爱吃桃子酱呀："换不换？"

爱吃桃子酱呀："路神可不可以给一个好友位？"

看我操作就行了："不换。"

弹幕刷过一排问号。

爱吃桃子酱呀："为什么？"

爱吃桃子酱呀："路神，我给你刷了礼物，可不可以念一下感谢词？"

爱吃桃子酱呀："四楼大哥，我拿钱买辅助位行吗？你发我账号，我给你打钱？”

看我操作就行了：“你发我账号，我给你打钱，你安静一点行吗？”

路柏沅选出英雄，忍不住垂下眼笑了。

简茸很少给别人打辅助，一是他觉得辅助玩得太憋屈，不能拿人头；二是他运气不好，单排遇到的 ADC 英雄大多能把他气到围着房间走十圈，边走边打军体拳。

上一次被他辅助的就是那对奇葩情侣，从中期开始他就没补过 ADC 英雄一次血。

上上次他玩的输出型辅助，ADC 英雄一个人头都没拿到。

上上上次……

总之他直播间的水友说得没错，当他 ADC 英雄的人都没什么好下场。

水友们一边抱着“看戏”的心态，一边在“Soft 吧”里发帖：“这孩子想什么呢？这又不是我们的地盘，万一他把 Road 坑死了，我可骂不过那群粉丝。”

然后他们眼睁睁看着简茸掏出了露露——一个矮个子，萌萌的小女巫。

这名英雄的四个技能里，三个用来保护队友，一个用来减速，挂在嘴边的台词是“卖萌术”“小淘气”“跑快快”。

他们看简茸打了两年游戏，从来没见他用过这玩意儿。

路柏沅玩的卡莉丝塔，一个随时都在走位的英雄。

粉丝看他熟练地走位，丢长矛，杀人，弹幕里刷起了各种“彩虹屁”。

“我 ADC 英雄一般。”路柏沅道，“分段比较低，所以勉强能打。”

“勉强能打？你这不是虐杀吗？”

“还是路神低调，换作他旁边那个露露，现在已经在问‘还有谁能拦我’了。”

“路神，你到底退不退役啊？能不能给一个明确的回答？我已经愁好多天了，真的很难过。”

“蓝毛出辅助装给队友加盾……我的青春结束了。”

“他喝酒喝坏脑子了，建议早日看病，希望人没事。”

路柏沅扫了眼弹幕，第一次正面回答粉丝：“今年我不会退役。”

弹幕瞬间炸了，密密麻麻堆在一起，一句话都看不清楚。

那个桃子酱玩的是拉克丝。

她进游戏后也没有安静，依旧唰唰说个不停。知道自己排到 Road 后，她就不是在玩游戏了，而是在玩社交软件。

简茸看着她一句接着一句，一开始还叫“路神”，现在变成了“路”。

他吐出一口气，绷着嘴角买装备。

当桃子酱第七次来下路的时候，路柏沅终于回了她一句。

TTC · Road：“你不用来下路。”

爱吃桃子酱呀：“喔。”

把下路打通关后，两人一起去中路打团。

爱吃桃子酱呀：“路，蓝 buff 你拿吧，我不用啦。”

TTC · Road：“谢谢。”

简茸正面无表情地转身往下路野区跑，准备去插眼（在地图上的特定位置放置一个视野标记，以便获取该区域的视野）做视野。

“露露。”路柏沅忽然叫他，“过来。”

简茸一顿，扭头跟上他。

路柏沅把蓝 buff 点至残血，然后说：“你拿。”

简茸的手比脑子快，一个技能收下了这个蓝 buff。

桃子酱在地图上小心翼翼打了一个问号。

弹幕里也都是问号。

“给辅助露露拿蓝 buff 什么意思？”

“路神，你弄错了，桃子酱才是妹子，这露露是 Soft。”

路柏沅说：“走，去上路杀人。”

简茸回过神，乖乖地跟着他走。露露的小女巫模型走路一颠一颠的，简茸看着这英雄，总觉得比刚才顺眼多了。

这局游戏他们赢得没什么难度。路柏沅退出战绩界面，刚要重开一局，游戏里忽然弹出几条好友消息。

PUD·XIU：“我知道你说的那个很乖的小孩是谁了。是不是前阵子那个毒舌主播？”

PUD·XIU：“人已经搬到你们那儿了吗？磨合得怎么样？”

这话知情人看着没什么毛病，围观群众看起来却每字每句都是槽点——

“什么情况？磨合什么？有女朋友了？”

“不是，别的就算了，职业选手谈恋爱也正常，但是女朋友能搬进基地？这不会影响训练？不会影响到其他队员？哦，我忘了路神是英雄联盟第一人，其他选手估计也敢怒不敢言呢。”

“黑粉有事吗？TTC基地那么大，多住一个人会影响到谁？”

“虽然我也觉得让女朋友搬进基地不对，但Road现在确实是英雄联盟第一人呢。”

简茸也怔住了。

Road有女朋友？还要搬进基地？那不就住在自己对面房间吗？

但是，基地不是不允许外人留宿吗？

简茸还愣着，就听见耳机里忽然传来一句：“我没谈恋爱。”

路柏沅怀疑XIU知道自己在直播，故意搞事。他把对话框关了，把游戏界面拖到一旁，看弹幕。

然后弹幕滚动得更快了。

路柏沅垂眼道：“你们刷慢点，我看不清了。”

“不是第一人，职业赛场没有第一人。”

“基地不让外人留宿。”

“明年会不会退役？明年的事，明年再说。”

简茸撑起手肘，搁在他和小白中间挡住。

然后他低下头，在那条“很乖的小孩是谁”的弹幕后面，小心翼翼地点了一下。

“很乖的小孩是谁？”路柏沅很自然地应道，“我们队的新中单。”

观众们：“？”

训练室里其他三人：“？”

简茸：“？”

弹幕再次爆炸，简茸用手机看都觉得特别卡。

大家都知道 TTC 这赛季肯定会换中单，但到现在还一点消息都没有。

虽然路柏沅的话里也没透露出什么讯息，但足够让粉丝们激动了。

简茸的肩膀被人拍了一下，他下意识用手去捂自己的手机屏幕，忍着心跳转过头。

小白压低声音，一脸茫然地询问：“我刚刚没仔细听，我哥说的什么乖小孩是你吗？”

简茸沉默几秒，问道：“队里有招其他的新中单吗？我的替补之类的？”

小白：“没有。”

简茸“哦”了一声，点头肯定：“那就是我。”

小白：“……”

当晚，丁哥敲开简茸的房门，通知他明天 TTC 俱乐部官博会正式宣布他的消息。

“本来想过几天再官宣的。”丁哥说，“没想到今天 Road 直播时提了一嘴，直接就上热搜了。这热度不要白不要，趁热打铁吧。”

简茸“嗯”了一声，又问：“我需要做什么吗？”

“不用，到时你转一下俱乐部的微博就好了。我已经打好招呼，明天就给你挂上微博认证。你的微博名也要改一改……这些都是小事。”丁哥顿了一下，“不过有件事我得再跟你强调一下，以后你就是正式的职业选手了，说话做事之前一定要留点心，尽量不要在公共场合或是社交平台上出错，这也是为了你好。”

简茸点头：“我知道，我心里有数。”

丁哥看他乖巧，心里非常满意，像长辈般拍拍他的肩膀：“你别紧张，我相信你。”

简茸不紧张。

他在几十万人面前都能镇定地打游戏、聊天，发个入队声明有什么可紧张的。

只是丁哥这一提，倒让他想起那个被自己遗忘多年的大号。

想到今后会有工作人员上他的微博，他久违地登上大号，麻利取消掉对路柏沅的特别关注，然后才去看成千上万的评论和转发。

他操作时不小心瞥到了热搜第一的词条——TTC 乖小孩中单。

简茸：“……”

简茸红着耳朵移开视线，莫名有一点心虚。

他太久没上微博了，那条停播微博下评论数已经过万。

最新的评论里有说想他的，也有从 Kan 假赛公告那条微博摸过来骂他的，然后双方再次吵起来，热热闹闹吵了三百多层楼。

他算是知道这些评论量怎么来的了。

热评第一条，还是那个破烂后援会。

Soft 唯一后援会 e：“我想你了。”

简茸敲字。

Soft：“不熟，勿念。”

他刚回复没几秒，瞬间跳出十几条最新回复——

“你还好意思出现？被停播也不知道上来跟我说说话，你一天天干什么去了？饿死没？”

Soft：“我过得比你好。”

“你没钱就找兼职当陪玩吧，我给你一千一小时，你给我打辅助也行。”

Soft：“你如果发毒誓不给差评，可以。”

“你这孩子脑子能不能灵活一点？停播了就蹭别人的直播间啊。”

Soft：“你在教我做事？”

简茸回得随意，垂眼看到下一条评论，笑容霎时间冻结。

这条评论是回复吵架那层楼中楼的，也不知道前面的人说了什么，这人上来就是一篇小作文：

通通 1234：“我知道 Soft 是 Road 粉了，不稀奇，什么人有什么粉呗。Road 也是天天就知道装，明面上啥也不争，私底下指挥他那群粉丝内涵别的选手，还攻击别的战队。我估计 TTC 不仅打假赛，还买了四强名额，不然怎么会年年四强？我就说呢，Road 都菜成这样了还能进半决赛，他到底要赖到什么时候才肯退役，还电竞圈一个清净？”

简茸冷笑一声。

Soft：“我看你更稀奇，私底下是‘傻子’，明面上更甚。”

Soft：“像你这种人，到底什么时候才肯禁网，还互联网一片清净？你有臆想症就赶紧去治，别来我微博下发病。”

通通 1234：“你说谁呢？”

Soft：“你怎么还不滚？还得我掏棍子？”

……

翌日下午两点，一部分电竞粉丝因为没有比赛而闲得抠脚，正准备上微博找人对骂，猝不及防刷出两条微博——

TTC 电子竞技俱乐部：“欢迎新成员 @TTC·Soft 加入 TTC 英雄联盟分部。

Soft 是一名实力强劲、潜力无限的新选手，将以队伍首发中单的身份与我们共同征战明年春季赛。

相信 Soft 的加入会给队伍增添更多活力与可能性，请大家拭目以待！”

英雄联盟赛事：“关于 TTC 队员简茸（ID：TTC · Soft）在微博中发表不当言论的处罚公告。”

第八章 电竞圈地震

Take the Crown

电竞圈地震了。

电竞粉丝全体蒙了十秒。看到公告的每个人都要走一遍“截屏”——“点开 TTC · Soft 的微博，确认是那个蓝毛”——“点开 TTC 电子竞技俱乐部，确认是官博”——“不死心地反复点击”——“接受现实”——“在该微博下回复问号”的流程。

TTC 的官宣微博不到十分钟破了六千评论，前排五页热评都是问号，评论的还都是货真价实的微博活跃号，娱乐圈水军叹为观止，啧啧称奇。

而那条赛方处罚公告下面——

“傻儿子，不愧是你。”

“傻儿子，不愧是你。”

……

从来没有哪条微博能让大家的回复这么统一，爱豆粉丝也不行。

没多久，“TTC · Soft”转发了 TTC 的官宣微博。

TTC · Soft：“我会努力证明自己，谢谢支持。”

围观群众：“……”

很快这条微博就被编辑了。

TTC · Soft：“感谢大家的支持！入队后我一定会努力训练，不辜负粉丝和俱乐部的期望。”

因为官博被问号淹没，粉丝们缓过神来后就全到简茸的微博报到了。

“我刚在 Kan 的假赛微博下面跟 TTC 那群‘脑残粉’撕了一天一夜，结果你自愿当人质去了？”

“一句‘傻子，滚’就一万块？你是去给纪律团队打工的吧？”

“提前恭喜联盟纪律团队发财。”

“你给坦克战队的高层下迷药了？就这也配打职业赛？”

“说 Soft 不配的，Soft 高分段排位赛单杀 Kan 的合集我已经发送到你的私信里了，请注意查收喔！谢谢！”

“我认为 Soft 是一名非常优秀的选手，非常期待他在 TTC 的表现。”

“倒也不必，能进战队肯定有点本事。TTC 的老板眼光一向很好，Road 当年不也是被老板一眼看中，直接拉进首发的吗？本坦克老粉已经习惯了。”

“围观一下。TTC 是抢不到 Savior 宝宝，所以自暴自弃了吗？连这种中单都招，明年四强变十六强？”

这条评论一出，曾经在 Kan 禁赛公告微博下互撕了一天一夜的 TTC 大粉和 Soft 直播间的水友同时出现了。

“PUD 粉要点脸。Soft 两年前在 H 服排位连赢三场，轻取 Savior 四十八分这事你们不知道？两年过去了，你们家 Savior 宝宝应该没以前那么菜了吧？”

“PUD 粉真不要脸。TTC 为什么不要你家 Savior 宝宝，肯定是觉得你家宝宝开的价格太离谱，他不配啊。明年什么成绩要是你说了算，那你家 PUD 早夺冠啦，还需要你来这里阴阳怪气？”

几秒后，两人又——

“怎么又是你这 TTC 的‘傻’粉丝？别学 Soft 说话！”

“我跟你评论的时间就差一秒，你说我学你？Soft 的‘脑残粉’麻溜离我远点！”

……

不论是哪个战队的粉丝，此时都在快乐“吃瓜”刷评论，所以公告发出没多久，热搜上就多了几个词条。

“TTC 新队员 Soft、TTC 疯了、英雄联盟赛事处罚 Soft、Road 称 Soft 乖小孩……最后这个词条后面还有个震惊的表情，哈哈哈哈。”小白躺在沙发上快笑疯了，“你这是 S 赛总冠军的牌面啊！ PUD 官宣 Savior 的时候，那热度都赶不上你这一半！”

PUD 战队前两天刚官宣了新中单 Savior，虽然微博底下一片欢声笑语，但由于是大家预料中的事，并没掀起多大的波澜。

简茸盘腿坐在旁边的单人沙发上，他刚挨完丁哥的训，目测丁哥接完这个电话之后还要继续训他。

他从手机中抬头，问：“这牌面给你要不要？”

“别别别，我受不起。”小白开开心心地滑动手机屏幕，在看到“Road 和 Pine 都是大帅哥，现在又加一个 Soft，期待 TTC 以后的比赛”这条评论后笑容一僵，然后拍拍旁边的 Pine 质问，“P 宝，我不帅？”

Pine 很有深意地看了他一眼。

两人一起在下路配合这么多年，Pine 一张嘴小白就知道他要说什么，立刻说：“闭嘴，我又不想知道了。”

丁哥挂了电话，从阳台回来，坐在沙发上喝了口茶清嗓子，眼神复杂地看着简茸。

“我昨晚叮嘱完你后，还在工作群让他们安排宣传，说你不可能出错。”丁哥揉了揉发疼的脸，“现在也不用宣传了，刚刚微博认识的朋友问我要不要花钱撤热搜。”

简茸：“……”

他沉默良久，然后认真道：“撤吧，事情是我捅出来的，钱我来出。”

“不用，不是什么大事。”路柏沅懒声开口。

他刚被丁哥叫醒，嗓音微哑。可能是因为没睡饱，他下楼后就一直低头玩手机，没怎么吭声。

丁哥本来还想训简茸几句，路柏沅说这一句，他反而不好再说什么了。

“是不用撤，都不是什么黑热搜，还省了大笔宣传的钱，我巴不得能挂在上面一天。”丁哥说，“但罚款你还是得交。”

简茸点头。

袁谦纳闷道：“小茸是在官宣之前骂的人，这也要被罚款吗？”

“当然，只要注册了就是职业选手，官宣只是一个形式。”手机响了一声，丁哥低头去看。半晌后，他皱起眉头来，忍不住说了一句:“这也行？”

小白：“怎么了？”

“金主爸爸找我。”丁哥说。

小白瞬间惶恐，连嘴皮子都顺溜起来：“怎么了？该不会因为队里换队员了，怕我们人气下跌，想解约去找其他战队吧？”

“不是。”丁哥一脸“现在的社会是怎么了”的茫然表情，“那边说他们马上要推出一款设计很酷炫的青轴键盘，觉得简茸非常适合这款产品，有找他代言的意愿。”

青轴键盘，按键触感极佳，在所有键盘种类中声音最大。

简茸直播时用的老键盘就是青轴，打字骂人时键盘声那叫一个带劲，直播间水友听了直呼内行。

所有人：“……”

这也行?

丁哥低头回消息：“简茸，你怎么说？如果你有意愿的话，我就跟他谈一谈。”

“没有。”简茸应得干脆。

小白一愣，脱口道：“你想清楚，代言费够你骂多少次人了，你知道吗？”

路柏沅低头笑了一声。

简茸盯着桌上的橘子，心想这大小不知道够不够塞住小白的嘴：“我一场比赛没打，没成绩没底气，接这些没意思。”

小白震惊了。

简茸在他心中那爱钱如命的人设就这么塌了。

丁哥也有些意外，赞赏地看了他一眼：“也是，那我先这么说着。你放心，以后打出好成绩，大把代言等着你接，不急在这一时。还有，微博上那些评论你少看，那些‘黑粉’说话一套一套的，我怕你看多了受影响。”

“受影响？”简茸皱眉，“我？”

丁哥实话实说：“你少看，我怕你看了就忍不住回。”

“我知道了。”

有了前车之鉴，丁哥已经压根不信任他了，反手就给他点上了一个特别关注。

路柏沅正在回消息。

从起床到现在，他的手机一直没消停，尤其是 XIU，他觉得这人打比赛时手速都没这么快过。

PUD · XIU：“这就是你说的乖孩子？”

PUD · XIU：“带着处罚公告出道的乖孩子？”

PUD · XIU：“你故意的吧，存心不想让我猜中？”

R：“没。”

PUD · XIU：“你知道你们官宣之后，所有——注意是所有，所有战队最新微博下的热评第一都是同一个表情包吗？”

R：“？”

PUD · XIU 发了一个快逃的表情包。

R：“……”

路柏沅嫌手机太吵，开了静音后起身去倒水。

他路过简茸身后时，余光瞥见简茸正在刷微博评论，但刷的不是自己的评论，是他的。

简茸在翻路柏沅最新一条微博下的评论，每看到一句说自己坏话的，眉毛就拧紧一分。

路柏沅评论区里最多的字眼，就是“骗人”二字。

他正看得认真，脑袋忽然被人很轻地拍了两下。

“你别盘腿，对腰不好。”路柏沅道。

简茸立马捂住自己的手机屏幕，放下腿坐直了：“好。”

路柏沅走后，简茸刚要松口气，手机忽然一振。

“R 向你转账一万元。”

简茸一愣，下意识问。

艹耳：“你转错了吗？”

R：“罚款。”

艹耳：“？”

R：“你帮我骂回去，罚款当然我来出。”

简茸把钱退还回去。

艹耳：“不用，我就是想骂他，我自愿骂的，我自己负责。”

R：“那一人一半？”

艹耳：“不。”

R：“战队的签约费可能要下周才能到你卡上。”

这话发出去半分钟后才收到回复。

路柏沅低头看了一眼，失笑一声。

简茸直接给路柏沅发了一张银行卡余额图来，他所有的财产简约成一个数字，清清楚楚摆在路柏沅眼前。

艹耳：“我很有钱的。”

R：“知道了。”

路柏沅没再说什么，只是打开通信录，翻出另一个好友。

R：“你再帮我定制一款键盘。”

对方很快回复：“OK，要什么样的？”

R：“和我的款式一样，换成蓝白色，键帽的字母改成S，后面刻Soft。”

“好嘞，如果要做工跟你那套一样的话，还是老价格，6800。”

R：“做两个。”

“两个都刻Soft？”

R：“嗯，另一个上场用。”

吃完晚饭，丁哥交代TTC其他队员转发一下官宣的微博，说是队员们出面更容易给简茸拉好感。

于是当晚，电竞粉们又刷出一串微博——

TTC·Qian：“欢迎新成员，以后一起加油！第一个目标，拿下春季赛！”

TTC·Pine：“欢迎。”

TTC·Bye：“期待最好的你。”

“庄亦白！”丁哥气得七窍生烟，对着楼上咆哮，“你转错微博了！”

简茸笑着在这条微博下回了一句“OK”，然后才继续往下滑。

TTC·Road：“没骗人。欢迎Soft。”

翌日，简茸起晚了。

他到训练室时，大家都已经坐在了电脑桌前。短暂的休假过去，现在所有战队都已经恢复训练。

“简茸，你马上给我一个解释！”小白正在和Pine双排，见他进来，头也不回地说，“为什么我们三人的微博你只是评论和点赞，我哥的微博你就转赞评一起？”

简茸还在犯困。他坐到自己的机位上，点下开机键，啃了一口充作早餐的面包：“我忘了。”

小白脱口而出：“你这也能忘？”

简茸学着他的语气：“你不也转错了微博？”

小白理亏，声音渐弱：“那我又不是故意的，我因为这事还被丁哥骂了一晚上。”

简茸点头：“活该。”

说是这么说，简茸还是打开手机，把其他三人的微博也转了一下。

他确实不是故意区别对待，只是看到路柏沅提到自己，手指自动就转发了。

“队长。”袁谦忽然喊了一声，“你在打H服？还排到M7的打野了？”

简茸下意识回头去看。

路柏沅正在打团，闻言“嗯”了一声。

目前有两位打野名气比较大。

一位是LPL的王牌Road，另一位就是LEC赛区的老牌打野Juggler，他效力于M7战队。

Juggler在职业比赛兴起时就在打，可可惜他还没有坐稳世界最强打野的宝座，Road就横空出世，以3∶1的成绩把他按回了地区最强打野的位置。

每次TTC和M7的对战，粉丝们都称作是“打野solo”，谁的打野发挥好，这场比赛就归谁赢。

这些年打下来，当然还是路柏沅赢得比较多。可惜今年淘汰赛他们没有遇上，少了一场野王生死局。

袁谦立刻移椅子过去看。简茸咬了两口面包，终于忍不住起身，站到路柏沅身后半米的位置偷偷观战。

这局游戏已经进行到第四十分钟，路柏沅的战绩是6/2/7，从装备等各方面来看都处于优势。

路柏沅在野区抓死梦游的敌方中单，按“B”回城，伸手把旁边的空椅子拉到了自己身边。

“站那么远能看见？”他说，“坐这儿。”

他怎么知道自己在偷看的？

简茸犹豫了一下，还是捧着自己的面包和牛奶坐到了空椅上。

Juggler玩的是盲僧，战绩也不差，不过排到的队友不是很给力，路柏沅抓起人来非常容易，没多久就把节奏带起来了。

“很多英雄都能用来打盲僧。”游戏快结束时，路柏沅忽然说，“低段位单排可以用赵信。”

简茸还以为他是在跟自己说话，咽下面包，道：“别，我看到队友拿赵信就烦。”

路柏沅挑眉一怔：“为什么？”

“玩这英雄的，”简茸保守地报了一个数字，“70%都不是什么好人。”

路柏沅忍着笑：“这样啊。”

第四十五分钟，游戏结束，路柏沅成功拿下Juggler十八分。

或许是这局输得太憋屈，Juggler什么也没说就退出了房间。

路柏沅转头看了他一眼：“早餐就吃这个？”

简茸诚实道：“我起太晚了，阿姨已经去公园散步了。没事，我随便吃点垫垫肚子。”

简茸咬下一大口面包，刚准备起身回去练自己的，抬头就看到电脑上方摄像头亮着灯。

他咀嚼的动作一顿，伸手指了指摄像头，含糊不清地问：“这里怎么亮着？”

路柏沅说：“我在直播。”

简茸一脸蒙。

路柏沅缩小游戏界面，露出了简茸熟悉的直播间界面。

路柏沅不仅开着直播，还开了摄像头。

因为起晚了，简茸没怎么整理头发，只简单抓了几下就下楼了。

他看到视频里自己一脸倦容，头发杂乱，衣服只撸起了一边袖子，嘴里含着一大口面包，嘴角还有点面包屑。

“Soft 怎么丑成这样了？ TTC 虐待你了？”

“他哪里丑了，明明憨得可爱。”

“你说谁不是好人？”

“赵信玩家有被冒犯到，并决定把刚才你和 Bye 聊天时说的脏话录下来交给联盟纪律团队。”

“简茸刚刚用手指谁呢？我以前是不是教过你做人要有礼貌？”

“破案了，那晚扶着简茸的是 Road 吧？”

“绝对是，身形对上了。”

“Soft 水友在聊什么？加我一个。”

“以后 Soft 上台千万别和路神站在一起，你站他旁边，像一个矮人国王子。”

简茸脱口：“我像你……”

“那照片不是他。”路柏沅出声打断，语气自然，“他不会喝酒。”

说完，他动动手指头，把说矮人国王子的人禁言了。

水友：“？”

简茸也心虚。

“不是才怪。我看他直播两年了，他长什么样我比他女朋友都清楚。”

路柏沅挑了一下眉，转头问：“你有女朋友？”

“没有。”简茸说。

“虚伪，那女的还发语音叫你，我听见了。”

这次不等路柏沅问，简茸就先解释：“那是一个主播朋友发错消息了。”

发错人了？

路柏沅点点头，没说什么。

四点，路柏沅准时下直播。

他刚关上直播间，丁哥就推开了训练室的门。

“采访团队已经到了，你们都去把队服换上。”看到简茸的造型和状态，丁哥皱眉，“你是醒了还是在梦游？”

“昨晚我没睡好。”简茸问，“什么采访团队？”

“今天有春季赛之前的惯例采访，赛前用来宣传的，每个人都要录。我不是给你发微信了吗？”

简茸揉了一下眼睛：“我没来得及看。”

简茸很快换好衣服下楼。

这还是他第一次正式穿上队服，黑白两色跟他的蓝头发放在一块并不违和。

“还挺帅。”丁哥笑笑，“要不要我帮你拍一张照片，你发给家里人看看？”

简茸想说不用，话到嘴边变成：“好，谢谢。”

丁哥拿着手机，忍不住指挥：“你的下巴抬高一点，背挺直。”

简茸刚挺直腰，肩膀就被人搭住了。

“拍照呢？”小白说，“一起啊！ P 宝来，站我这儿。”

Pine 看了眼有些不自在又绷着嘴角没拒绝的简茸，默默地站到了小白身边。

袁谦经过时也忍不住凑了上来：“拍的时候跟我说一声，我收腹……队长！”

路柏沅抬头。

“哥，过来拍照，要发给简茸的家人看！”小白朝他招手。

简茸身边已经站满了人。

路柏沅看了一眼乱七八糟的队形，最后站到了简茸身后。

丁哥："三、二、一……好了！"

照片拍得很丑，丑到连 Pine 都皱眉走人的地步。

"只有我哥是帅的！我哥怎么这样拍都不丑？"小白气死了。

袁谦点头："小茸也还可以，果然长得白就是好处多。你把照片发群里吧，丑是丑了点，留着作纪念也行。"

等小白把照片传进群里，简茸才拿回自己的手机。

他盯着照片看了十来秒，谁也没发，默默点了一下备份，就把手机塞回口袋里。

采访团队在俱乐部外面拍了一阵才进来。

这次负责采访他们的是英雄联盟的知名女主持。女人留着成熟的大波浪，妆容精致，踩着一双恨天高，跟丁哥有说有笑地进来了。

她显然和 TTC 的队员们也相识，弯着眼笑道："好久不见。"

"也没挺久，八强赛你不是刚采访过我吗？"袁谦也笑了，"小茸，认识一下，英雄联盟的主持人唐沁，以后你们会经常见面的。"

简茸说："你好。"

"你好。"唐沁的声音和本人一样温柔，"其实我很早就看过你的直播了，你真的很厉害。"

简茸不自在地抿唇："谢谢。"

唐沁跟其他人打好招呼，才看向自己身边坐着的人："路神，往那边挪一挪，腾一块地给我？"此时她的声音和跟别人说话时截然不同，更低，也更柔和。

简茸坐在他们对面的沙发上，闻言下意识看了过去。

路柏沅"嗯"了一声，直接从沙发上起来："你坐吧。"

唐沁的笑容僵了一下："好。"

几分钟后，丁哥和采访负责人谈话归来，采访马上开始。

第一个被采访的自然是路柏沅，采访地点在二楼某间干净的训练室。

简茸跟其他人一起站在外面等待，他心不在焉地玩手机，时不时抬头看一眼紧闭的门。

反复几次后，身边的小白忍不住问："你看什么呢？"

"没什么。"简茸低头摆弄手机，没多久，他装作很自然地问，"那个女主持跟 Road 很熟吗？"

"熟啊。"小白说，"她和所有选手都挺熟的。"

简茸："哦。"

小白倚着栏杆，八卦道："她是不是挺漂亮的？很多选手都追过她，我都知道。"

简茸"嗯"了一声，良久后问："Road 也追过她？"

小白转过头来，满脸震惊地看着他："你在胡说八道什么？我哥需要追人？我哥肯定是被追的那个啊！等等，你不知道？"

简茸一脸茫然："知道什么？"

"这不是很明显的事吗？唐沁姐喜欢我哥，这是圈子里传了八百年的老八卦了。"小白说，"还有人专门剪辑过她采访时看我哥的眼神，那叫一个深情款款。"

简茸根本没关心过这些八卦："那他答应了吗？"

"没啊。我还问过我哥呢，他说年纪小，不想谈恋爱，想专心打职业赛。"小白想了想，说，"但那都是几年前的事，我哥现在也到年纪了，说不定哪天就谈恋爱了呢？不过恋爱对象还说不准，追我哥的人太多了。"

简茸撑着下巴，点头没说话。

小白却说上了瘾："女主播、女主持人、女粉丝。"

小白压低声音："之前还出过个事……我哥前几年有场直播。那时候我们刚开始直播，不熟悉流程，我哥就顺手把 QQ 登上了，直播时不小心把 QQ 号码露了出来。”

听见“QQ”，简茸蒙了一下，怔怔地看着他。

小白没察觉他的神情，继续道：“然后我哥的 QQ 就被好友申请轰炸了，那好友开关到现在都没打开。后来我哥发微博说了一下这事，粉丝也就消停了，我们都以为这事结束了。”

“结果过了大概一年吧，我哥的邮箱被一个粉丝邮件轰炸。”小白语气夸张，“QQ 邮箱啊，除了那种特喜欢骚扰人的，谁还能想到这种破功能？”

简茸：“……”

“那人给我哥发了五百多封邮件，里面还有求职信。”

简茸第一次听说这种事，听到最后，艰难地重复：“求职信？”

“嗯，他说要来我们基地打工，还真把自己的履历、照片全发过来了。”小白冷嗤，“真逗，谁会招他来基地啊！”

简茸：“……”

“后来丁哥就报警了，警察找上门，那人才终于消停。”

简茸头皮发麻，面无表情地沉思了一会儿，然后问：“那 Road 为什么现在还会看邮箱？不怕又看到什么骚扰邮件吗？”

“世界上哪有那么多变态，报了警那人就消失了。”小白在原地伸了个懒腰，“而且那事过去两三年了，不至于。”

过了几分钟，小白忽然疑惑地转过头来：“等等，你怎么知道我哥会看邮件？”

简茸揉了一下耳朵，避开他的视线，学着今天路柏沅在直播间撒谎时的神态，说：“我不知道，随口一说。”

丁哥拿了点水果和饼干来招待拍摄团队，上楼见队里其他三人都在一块聊天，只有简茸倚在栏杆上发呆。

“你早餐没有吃多少吧？”丁哥把盘子递给他，“你拿两包饼干垫垫肚子。”

“不用，我不饿。”简茸说。

“行。”丁哥见他绷着嘴角，说，“你别太紧张，采访的内容和视频都会在我这儿过一遍再发。”

他话音刚落，训练室的门被打开，看起来路柏沅的采访已经结束了。

“下一个是你，去吧。”丁哥拍拍他的肩膀。

采访虽然结束了，但路柏沅还在和唐沁及负责人聊天。训练室里放着打光器材和收音设备，还站着几名工作人员，看着有些拥挤。

简茸站在门口右侧，背脊贴着墙，垂着脑袋等待。

他又想起小白刚刚说的事，懊恼地“啧”了一声。

早知道他就不发什么求职信了。

路柏沅看到那封邮件的时候，会不会被打扰了？

而且路柏沅的 QQ 号码他确实存了很久，中途换手机的时候，他的照片和通信录都没备份，独独把偶像的 QQ 号码移到了新手机上。

“昨天我给你发的消息怎么不回呢？”唐沁的声音温柔，由远至近，打断了简茸的思绪。

“消息太多，我没看见。”

简茸听见熟悉的声音，下意识转头，跟刚从训练室出来的路柏沅对上了目光。

路柏沅停下脚步：“你怎么站这儿？”

简茸看了路柏沅身后的唐沁一眼，女人朝他笑了笑，一点也不介意他听到了他们刚才的对话。

简茸说：“丁哥说下个采访轮到我。”

路柏沅点头：“去。”

简茸走进训练室，唐沁跟负责人最后确认一次采访内容，采访正式开始。

“你第一次接受采访吧？就按自己的想法回答就好了。”唐沁柳眉轻挑，“你的耳朵很红呢，是太紧张了，还是暖气开高了？”

“体质问题。”简茸声音平静，看不出一丝紧张，“你问吧。”

唐沁微笑道：“好的。首先是大家都非常好奇的问题，你为什么想要打职业赛呢？”

……

采访进行了二十分钟。

唐沁原以为简茸会跟官宣时那样闹出什么乱子，但没有。从头到尾，他每个问题都答得随意简单，不规范却也没有错漏，三言两语，个人风格就体现得淋漓尽致。

也难怪他小小年纪就能把直播间做得这么火。

还剩最后几个问题，唐沁笑着问：“到目前为止，大家对你成为职业选手这件事还有许多争议，对此你是怎么看的？”

简茸说：“不看。教练担心我跟他们互动，不让我看微博。”

“这样啊。”唐沁忍笑道，“你从主播转变成职业选手，受到最大冲击的应该是直播间的粉丝们吧？你在这儿有什么想对他们说的吗？可以对着镜头告诉他们哦。”

简茸挑眉，脸上挂上一副“跟他们有什么好说的”的表情。

良久后，他看向摄像头，非常敷衍地说：“罚款够交，你们少替我操心。”

周日，丁哥在训练室开了一个小会。

周日是休息日，但对选手来说只是可以起晚一点，能打打别的游戏，看一些电视综艺。

“再过半个月是春季赛，明天大家开始加强训练，我会多安排几场训练赛。”丁哥说，“主要是加强一下配合，个人操作要靠你们自己去练去堆，这些我就不监督你们了，你们自己心里应该都有数。”

小白瘫在电竞椅上："约了哪些队伍啊？"

"目前只定下两个队伍，一个战虎，一个 MFG。"

约训练赛这事也是有讲究的。

首先，强的队伍基本不会跟弱的队伍打，这对强队来说没什么用，相当于免费帮弱队训练。

其次，为了防止泄露战术，强队之间约训练赛也不会出全力去打，大多是为了测试某些英雄在当前版本中的强度和阵容在比赛中的适应性。

每场训练赛都是自定义模式，当游戏快结束时，双方队员会同时退出游戏，没有完成的对局，战绩就不会在资料中出现。所以训练赛是输是赢对战队来说并不重要。

就因为这样，才会出现某些队伍在训练赛中所向披靡，到了赛场上却一路拉垮的情况。

"不约 MFG。"路柏沅头也不回地说。

训练赛藏战术可以接受，明知他们要练新人还上半退役状态的替补就有些过分了。

"那事他们跟我道过歉了，说是首发打野那段时间在老家呢。"丁哥说，"再约一次，这次再出岔子，以后就不跟他们约了。"

路柏沅不置可否，没再说什么。

丁哥还要继续说，手机忽然响了起来。他看了一眼来电显示，意外地挑了一下眉，说有事便出去了。

"那今晚我们要不要吃一顿好的？"小白坐直身体，看向路柏沅，"哥，不然订之前那家私房菜吃？"

"你们吃，我请客。"路柏沅关上电脑。

小白一愣："你要出去？"

路柏沅随意套上外套："嗯。"

路柏沅经过简茸身边时，看了一眼他的电脑屏幕。

电脑屏幕停留在英雄联盟客户端首页，什么也没开，主人就像坐在电脑前发呆。

“微信我推在群里。”路柏沅顿了一下，“你想吃什么就点。”

其他人都应好，只有简茸头也没回，鼠标在界面上晃来晃去。

路柏沅盯着他的后脑勺看了几秒，转身推门离开。

“简茸，你看看吃什么。”小白把手机推到简茸面前，屏幕上面是一张菜单。

简茸很随意地扫了一眼。

“随便……一碗米饭二十二元？”简茸疑惑道，“他家用金子煮饭？”

小白听岔了，蒙了几秒才说：“这家私房菜就是很贵，据说是什么米……价格你别管，反正我哥付钱。”

简茸看了其他的菜，价格更离谱。他收回视线：“我不爱吃这些，你们点吧。”

下午三点简茸才吃了一碗面条，他其实不是很饿。一场排位赛结束，他伸了个懒腰，起身去找丁哥商量春节留宿基地的事。

会议室亮着灯，门却没关紧，还留出一条门缝。

简茸刚握上门把手——

“就因为他是队长推荐的吗？”一个陌生的有些青涩的声音响起，“所以他一进队就能上首发？”

简茸的动作顿住，他往里面看了一眼，站着的是TTC夏季赛的替补中单，好像叫盒子。

“首发名单不是队员能做主的。”丁哥语气严肃，“下次你别说这种话了。”

盒子沉默半晌，说：“抱歉。”

“但我还是想不通，教练，如果您找任何一位有经验的自由身选手来打首发，我都能接受，可他只是一个主播……”盒子情绪低落，“他没有接受过训练，也没有比赛经验，您怎么能确定他上场能比我打得好？”

“如果……如果队长当时推荐的是我，那我是不是也能进首发队伍了？”每字每句都透露着“不服”二字。

简茸听到这儿，收回手，面无表情地转身离开。

丁哥没怎么责骂盒子，毕竟他是自己从青训队一手带出来的孩子，知道他心理不平衡，说了两句就让他回去安心训练。

盒子回到后面那栋属于二队的别墅，拒绝了二队队友约他吃夜宵的邀请，独自回到训练室，开直播打排位训练。

他第一局游戏还没排进去，手机忽然振了一下。

“艹耳申请添加你为好友，附加消息：Soft。”

盒子一怔：丁哥这么快就把事情告诉Soft了？

盒子知道Soft的性格和脾气，下意识觉得他是来骂自己的，在申请界面犹豫了大半天才狠下心点通过。

他刚才对丁哥说的话没有毛病，他才不怕。

盒子紧紧盯着他们的聊天界面，心里已经做好了被骂的准备，甚至想好了要怎么反骂回去。

艹耳：“来solo。”

盒子愣怔几秒，才小心翼翼回了一个问号。

艹耳：“你打不打？”

盒子：“……”

盒子：“打！”

夜晚的烧烤摊。

两个男人面对面坐着闲聊，桌上的烤串基本是右边那位在吃，左边的男人戴着棒球帽，一只手揣兜里，安静地听他说。

“H国人真的太爱打后期了，十场有八场都拿后期英雄，我的屁股都快坐扁了。”XIU刚说完，手机忽然响起一声提示音。

他打开看了一眼，顺手点进了教练发来的直播网页。

路柏沅听见手机里传来的声音，拉下口罩，问：“你让我来听你看直播？”

“不是，教练让我来看这主播打solo，说跟他solo的人操作不错。”XIU正想关掉页面，突然发现主播的ID有点眼熟。XIU眯着眼问：“盒子，他不是你们队的替补中单吗？他在和谁solo啊？‘除了躺分还会干吗’，你认识这ID吗？”

路柏沅闻言，抬起头来，思考了两秒。

是他中单的小号没错。

路柏沅：“哪个直播间？”

盒子的直播间今晚人气创了新高。

他被对面的妖姬用铁索捆住，点掉最后的血量后，一脸郁闷地退出了游戏。

弹幕源源不断冒出来。

“6∶1，躺分厉害！”

“盒子在和谁solo啊？这ID谁认识吗？”

“只有盒子用最拿手的冰女solo险胜一局，其他英雄全输了。”

“盒子本来就是团战型选手啊，不过对面这人的操作确实很出彩。”

“讲道理，我觉得这妖姬有点像某个傻子。”

“实不相瞒，我也这么觉得。我还去查了这号的战绩，这号上周跟TTC的小白双排过。”

“可我没见他用过这小号啊？”

“你们是在骂妖姬是傻子吗？为什么？人家招你惹你了？我怎么看不懂弹幕？”

直播画面一切，两人回到了游戏房间。

除了躺分还会干吗："下一场，什么英雄？"

盒盒："蛇女你会吗？"

弹幕里都在劝盒盒看开一点，别再跟这人 solo 了。

可他早就不是为了争一口气了。

他就是纯粹想和 Soft 多打两把，多看看 Soft 的操作。

除了躺分还会干吗："会。你还要输几场才服气？"

盒盒："？"

除了躺分还会干吗："我饿了。"

盒盒："我服气了啊。这把蛇女，下把奇亚娜？"

除了躺分还会干吗："那我不打了，下了。"

盒盒："别啊，再打两局。"

除了躺分还会干吗："再打十局你也是输，别浪费时间。"

对方刚发出这句话，就离开了自定义房间，火速下线。

盒盒："？"

"不是吧，这越看越像……"

"绝对是那欠揍玩意儿。"

"他以后不会天天找职业选手 solo 吧？"

"为什么你们都一副猜到是谁的样子？这么好猜的吗？"

"嗯，等着吧，等他以后……你们也能一秒认出他了。"

今天休息日，队里其他三人都在看综艺节目或者玩别的游戏。

简茸的胃空得难受。他揉着肚子去厨房找吃的，蹲着从最底下的柜子里摸出一袋没开过的面包，口袋里的手机突然振了一下。

他把面包抱在怀里，伸手去掏手机。

路柏沅分享了一个地址。

艹耳："怎么了？"

R："过来。"

简茸一块面包都没顾得上吃，随便穿了一件外套就出了门。

目的地在一条小路上。简茸担心路柏沅晚上找他出来是有什么急事，下了出租车后一路快走，最后跟着导航到了烧烤摊前。

简茸停下脚步，怔怔看着坐在烧烤摊前餐桌旁的人。

路柏沅正在和坐在他对面的男人聊天。

他的帽檐完全遮住他的眼睛，右手懒懒地搭在旁边的椅子上，咬着一支没点燃的烟，口罩拉至下巴，不知道听到什么，还扬起嘴角很轻地笑了一下。

简茸出门太急，帽子和口罩一样没戴。

他这头发色太显眼，XIU 一眼就瞧见了他。

“哟。”XIU 一愣，脱口道，“乖小孩来了。”

简茸知道路柏沅抽烟，之前他在阳台“偷听”时，路柏沅就是端着烟灰缸回屋的。

路柏沅叼着烟，没了平时给人的温和感，整个人仿佛融进了冬夜里。

简茸走过去时，听见 XIU 问：“你叫来的？”

路柏沅不咸不淡地“嗯”了一声，把烟随手放到桌子上的纸巾上，拉开自己旁边的椅子，示意简茸坐下。

简茸什么也没问，拉了一下外套坐下了。

“啧，你这不是浪费吗？”XIU 心疼地看着那支没点燃的烟。

路柏沅说：“我说了不抽烟，你非要递。”

“一个人抽烟有什么意思。”XIU 看向简茸，拿起烟盒丢到他面前，“Soft，你……”

简茸把烟盒丢回去：“不抽。”

XIU：“……”

XIU 虽然没看过简茸的直播，但他听说过这人。

无非就那几个词，嚣张，狂妄，嘴臭，目中无人。据说没几个职业选手能逃过他的吐槽。

不过 XIU 一向不在意黑粉的言论。他认为任何人进入网络世界里都会降低自身的底线，就连他自己，小时候玩其他游戏的时候也在背地里骂过人，所以他对 Soft 倒也没什么抵触或是厌恶的情绪。

不过有了外人在，聊天自然没刚刚那么随意了。XIU 笑了一下："你把别人叫来干什么？倒是赶紧交代啊。"

路柏沅还没说什么，一个女生忽然走到他们桌边。她拎着袋子，瞥见桌上印的座位号后，犹豫地问："您好，请问是你们叫的跑腿服务吗？"

路柏沅说："是，谢谢。"

女生离开后，路柏沅把袋子放到简茸面前。

简茸怔怔地问："是什么？"

"晚饭。"路柏沅道，"你不是饿了？"

他怎么知道？

简茸打开袋子，里面是一碗热腾腾的蟹黄面，蟹黄的量看着比面都多。

简茸饿了一晚上，一看到食物肚子就忍不住咕咕叫。

XIU 满头疑惑："哎，不是，我们不是在烧烤店吗？你放着烧烤不吃，叫跑腿去给你买蟹黄面？"

路柏沅没吭声，只是看了一眼不远处的烧烤店老板，对方正抓起一把芝麻撒在食物上，连手套都没戴。

怪不得从刚刚到现在，他一点吃的都没碰。

XIU 说："那你直接点到基地不行？非要点到我跟前吃？"

简茸抱着同样的疑惑，竖起耳朵听。

这个路柏沅倒也想过，只是他担心这人吃饱了又去找盒子 solo，就干脆把人叫出来了。

电话铃声打断两人的对话，来电显示是丁哥。路柏沅接通电话后听了两句，然后拿起手机去了门口。

XIU 烟瘾又犯了，他抽出一支烟："你能闻烟味吧？"

简茸掰开筷子："能。"

XIU 就这么边抽烟，边看面前的蓝脑袋埋头吃面。

他怎么觉得 Soft 似乎还挺乖的？叫过来就过来，叫吃面就吃面，说话也客客气气、规规矩矩的。

也许路柏沅没骗他，Soft 在直播间的行为只是在卖人设？

XIU 是个话痨，安静不下来。他抱着这个想法，像长辈似的开口："你怎么过来的？"

简茸专心吃面，头也没抬："打车。"

"这个时间不训练吗？"

"不。"

"我听说你之前直播挺厉害的，怎么突然想要打职业赛了？"

简茸拿纸擦了擦嘴，没应他。

XIU 以为对方没听见，吐出一口烟雾："你……"

简茸："《英雄时刻》第四十六期。"

XIU 一愣："什么？"

"我的采访，你好奇可以自己去看。"简茸冷声说。

XIU："……"

Road 果然在骗他。

路柏沅打完电话回来，XIU 就接到教练的电话，对方让他回基地。

走之前，XIU 起身拍了拍路柏沅的肩膀："我回去了，你和你们家的乖中单慢慢吃。"

简茸呛了一下，快速把嘴里的面咽了进去。

桌边只剩他们两个人。

路柏沅气定神闲地看着他吃面，他也不吭声，两人沉默了一会儿。

直到路柏沅的手机里传来《英雄联盟》的游戏音效。

路柏沅像在看直播，简茸专心听了一阵，听到一句“我知道我 solo 不过他……就是一个朋友，你们别去加他好友，会打扰到别人”，他才猛地抬起头。

如果他没听错，这个声音像盒子的声音。

“怎么了？”路柏沅的视线依旧投在手机上。

简茸知道瞒不住了，他咽下面条，过了良久才说：“我不知道盒子在开直播。”

路柏沅“嗯”了一声，终于抬眼问：“你为什么跟他 solo？”

路柏沅的眸色很深。简茸跟他对视两秒，别开眼，语速很快地说：“盒子不服我。”

不服就打服，电子竞技就是这么简单。

事情原委路柏沅已经知道了，刚刚丁哥打电话来就是为了说这件事。

他问：“盒子找你的？”

简茸摇头：“我找的他。他和丁哥在会议室谈话，我听了两句。”

“就因为这事？”路柏沅顿了一下，“盒子跟着队里打了一年替补，突然来了一个新首发，他一时想不通很正常。”

简茸说得自然：“我很小心眼。”

路柏沅笑了。他把直播回放关掉，将手机搁在一边，问：“你是因为他不服你生气，还是因为他觉得我给你开后门生气？”

简茸：“……”

简茸放下筷子，慢吞吞擦干净嘴，才说：“都气。”

路柏沅点头，忽然问：“那你觉得，我有没有给你开后门？”

简茸抿着嘴没吭声。

如果没有路柏沅推荐，他不觉得 TTC 的人能发现自己，而且那封邮件自己确实没走官方渠道，而是直接发给路柏沅的。

没想到他要犹豫这么久，路柏沅失笑一声，沉声道：“别想了，没有。”

简茸静静看着他，闻言眨了一下眼。

“如果非要说的话，应该是我发现了你。”路柏沅嗓音低沉，“我觉得你的操作和对英雄的熟悉度是职业级别的，所以我把你推荐给了战队。我这是给你机会，也是给战队机会。”

“但后来的试训是你自己打的，点头让你进首发的是团队，不是我。打得好就上，打不好就走，这一行没什么后门可以开。”说完，路柏沅顿了一下，“不过……以后如果再有这种情况，你别再去找别人 solo 了。你现在是职业选手，你有更好的回应方式。”

简茸脱口问：“什么？”

“赢比赛。”路柏沅言简意赅，“谁不服你，你就打赢他，再过去和他握手。”

这是英雄联盟比赛的规则，胜方要起身去和败方握手，体现友谊第一的竞技精神。

简茸沉默几秒后点点头，表示自己学到了。

结完烧烤的账，两人打车回基地。

到了基地大门口，简茸正在输密码，路柏沅忽然想到了什么。

他垂下眼问：“最近你怎么没来找我双排？”

战队里的中野双排再正常不过，在某些战队甚至是常态，毕竟这两个位置是要练配合的。

门锁嘀嘀响了两声，简茸按错了密码。

还能为什么，自从小白说了那件事，简茸就一直怕自己给他带来麻烦。

简茸头也不回：“我看你在打 H 服，就没叫。”

“你没叫我，我才去打 H 服的。”路柏沅看他又要按错密码，将他的手挪开，输入最后一位密码，大门打开，他道，“以后你随时喊我。”

说完，路柏沅率先进屋。

接下来的日子，TTC 众人就在一场接一场的训练赛中度过。

打完训练赛就打排位赛，一周下来没人出过门。直到头发扎到眼皮，简茸才意识到自己该剪头了。

在 TTC 又跟 MFG 打完一场训练赛后，空空在聊天框要他的微信，他发过去后就退出了房间。

“今晚打得还行。”丁哥停顿片刻，“下一场训练赛在明天，和鱿鱼战队打。”

听见这个战队名，训练室里其他人安静了几秒，正在絮絮叨叨的小白也忽然停了嘴，下意识皱起眉来。

袁谦最先开口：“丁哥，为啥接他们的训练赛啊？”

Pine：“我也不想打。”

“他们是少有的能在训练赛拼尽全力的队伍，我想用一套新体系，拿他们练手正好。”丁哥说，“你们别挑剔，只是打训练赛，跟谁都是打。春季赛的赛程表马上要出来了，得先赶紧试试效果。”

简茸不明所以，忍不住问：“他们怎么了？”

袁谦问：“你知道这个战队吧？”

简茸想了一下，诚实说道：“我只记得他们中路是一台提款机。”

袁谦：“……”

简茸：“到底怎么了，他们打法有问题？”

“倒不是打法……”袁谦斟酌了一下，“他们队伍的风评不太好。”

“他们有啥风评？”小白“啧”了一声，“他们就是坏，嘴臭，尤其是他们队伍的 ADC——把他跟你放在一块，你简直就是天使下凡拯救人间。”

简茸冷冷道：“我谢谢你。”

“我说认真的。”小白说，“你最多就点评一下比赛时的操作，他那可是人身攻击！他天天在直播间内涵别的选手的长相，前段时间还被联盟罚了款。”

简茸回想了一下，鱿鱼战队的 ADC 操控队员似乎长得不错，每次他们的比赛弹幕里都是颜粉在嗷嗷叫。

不过他只记得弹幕，不记得那人的模样了。

丁哥皱眉：“我都答应了，总不可能放人家鸽子。”

“那就打吧。”路柏沅道，“以后到了赛场也是要打，真不喜欢，到时候别互动就行了。”

翌日下午，TTC 和鱿鱼战队的训练赛如约进行。

这场比赛主要是练一个刚研究出来的战术，小白和 Pine 拿的都不是自己擅长的英雄，失误频频。而鱿鱼战队直接拿出了他们的比赛阵容，不到二十分钟，下路就有些炸裂了。

因为下路失势，路柏沅的野区就被敌方的下、野、辅同时入侵。简茸被敌方中单缠着不放，没法支援。

虽然路柏沅操作得当，一次都没被抓死，甚至还抢了对方一条大龙，但他们还是在第四十八分钟输掉了游戏。

最后一次团战被团灭之后，简茸刚想退出游戏，却见对方仍旧在拆他们的家，几秒后，水晶炸裂，游戏中弹出“失败”二字。

“有病吧！”小白脱口骂，“他们干什么？有了战绩，我们这套路不就泄露了？”

丁哥也没想到会是这个情况。他皱着眉给鱿鱼战队的队长打电话，对方笑嘻嘻地赔礼道歉，说是队员打上头了，不小心推了水晶。

“我呸！”丁哥挂了电话后，袁谦啐道，“打个训练赛都能上头？”

小白：“他们还在聊天框里嘻嘻哈哈，给我看吐了。”

其他人都退了游戏，只有简茸还停留在自定义房间。

鱿鱼战队的 ADC 队员一直在说话。

YY- 豆腐："哈哈哈，抱歉，手快，你们没生气吧？"

YY- 豆腐："谦哥？说句话？"

YY- 豆腐："谦哥？大胖？胖胖？肥肥？"

YY- 豆腐："怎么退了啊？"

简茸冷着脸，手都搭到键盘上了。

"简茸，收拾东西，去复盘这几天的训练赛。"路柏沅抱起外设起身，脸上没什么表情。他经过丁哥身边时说："下路这两个英雄不适合版本，连这种队伍都打不赢，这套体系别用了。"

战术废除，那这件事情就没多大的影响了。

TTC 众人只当经历了一场糟心的训练赛,被恶心了几小时也就过去了。

谁承想，翌日，某电竞著名贴吧忽然冒出一个帖子。

帖子标题为："TTC 起用新人中单的下场，就是被鱿鱼战队血虐！"

一张游戏对局截图，成功引起了几百楼的讨论。

TTC 粉丝和鱿鱼战队的粉丝互打到了五百楼，楼主又贴出一段视频截图来。是鱿鱼战队的队员豆腐昨晚在直播间里说的话——

"啊，对，今天我们和 TTC 打了一场训练赛。"

"新中单？嗯……哈哈，也就那样吧，这个我不好说的。"

"我们就是随便打打，没想到赢得挺轻松。"

"唉，我杀上头了，没忍住就把他们基地推了，我的锅。"

"中单本人？我没见过，不过听说没直播的时候好看，矮矮瘦瘦的，跟猴子差不多吧。"

"最近有见过谦哥，还是胖，每次看到他，我都能戒两天饭。"

简茸刷着牙看完了这栋高楼。

"TTC 猛男健身俱乐部"讨论组的消息不断在手机上方弹出，简茸没急着打开。

他用毛巾擦干脸后，打开微博，随便翻开一条今早收到的评论。

“听说你昨晚被鱿鱼战队血虐？”

简茸点了转发。

TTC · Soft：“鱿鱼战队是什么玩意儿……哦，我想起来了，你说的是那个正式比赛场场被暴打，粉丝看了都想捂眼睛的训练赛冠军战队？”

第九章

受罚

Take the Crown

电竞圈今天也一如既往地热闹。

电竞粉丝之间的对战早就见怪不怪，选手的对战也看过好几场。

但入队之后，一场比赛还没打过就公开讽刺其他战队的职业选手，大家真是第一回见。

这种事换作其他人或者其他战队，早被骂翻了。

但偏偏这位“阴阳选手”是 Soft。

电竞粉丝们知道这事的第一反应不是生气和质疑，而是激动甚至带着一丝期待——他又开始了是吗？

而这个战队又恰好是联盟中公认风评最差的鱿鱼战队，不知多少选手被这支战队的人说笑之间内涵过，所以其他战队的粉丝现在的想法如简茸评论区某张图所示：看戏中。

这条评论被一众来吃瓜的其他战队粉丝点赞推到了前排，而前后夹击他们的评论是——

“Soft 又惹什么事了？没看懂不好开骂，谁来个前情提要？”

“就这？就这？这你都不翻他家族谱？豆腐是你拜把兄弟吗？你这么给他面子？”

“算我求你了，那一万块我帮你出了还不行吗？”

“真有意思啊，训练赛轻松赢你们不是事实？不小心推了水晶而已，怎么，稀烂战绩怕人看啊？输不起就别约训练赛，OK？”

“不会吧，不会吧，鱿鱼这种脑瘫战队都有粉丝？怎么，是太久没人跟你们战队打训练赛了，连规矩都忘了？”

“打训练赛是为了赢？而且TTC明显在练新下路阵容啊！”

“轻松？鱿鱼战队拿的都是他们夏季赛淘汰赛的阵容，不知道的以为昨晚春季赛决赛呢。就这还打了四十八分钟，赢得轻松这种傻话也就豆腐说得出来。”

“别的也就算了，这条微博起码没说脏话，还没到罚款的地步，”丁哥扶着袁谦的椅子，一副随时都要被气倒的模样，“但你去点赞评论干什么？”

简茸正在打排位赛，头也不回，很不真诚地说：“我手滑。”

丁哥：“……”

简茸问：“手滑要罚款吗？”

丁哥：“不罚。”

旁边的小白闻言，挑眉点头，长长“哦”了一声。

丁哥：“你一副‘学到了’的表情是什么意思？”

“没有。”小白清了清嗓子，“不过说真的，我觉得简茸这次也没做错，本来就是他们不守规矩在先。他们拆我们水晶就算了，还在直播里说自己赢得轻松，议论简茸和谦哥的身材，昨晚他直播间弹幕里都是人身攻击，他看到不封就算了，还一直在回应搭腔……P宝，你说这人该不该骂？”

Pine脖子上挂着耳机，言简意赅：“该。”

“我倒无所谓，爱说说，他以前说得还少吗？”袁谦顿了一下，“我就是看不惯他那得意劲儿。”

“就是，他说简茸像猴，他见过长蓝毛的猴？”小白说，“还说简茸矮，矮怎么了？遗传他儿子了？简茸再矮也比他帅气可爱一万倍好吗！”

简茸把对线的敌人当作小白摁死，在“矮你个头”和“猴你大爷”之间犹豫要骂哪一句。

小白：“是吧，哥？”

路柏沅正在看某场比赛录像，几秒后才懒洋洋地应道：“不矮，还会长。”

简茸把骂人的话又咽回去。

“我没说鱿鱼战队没毛病，他们本来就是一支毛病战队。”丁哥皱眉，“我昨晚就已经处理过，以后没强队会愿意跟他们打训练赛。这事明明有一万种解决办法，但那条微博一发，事情的性质就严重了。”

游戏结束，简茸回过头问：“为什么？”

“其他以后可能引发的负面影响暂时不提，就说最近的，你知道下星期是什么日子吗？”丁哥停顿两秒，“春季赛开幕式。”

“常规赛十五场，要和其余十五个战队都打一局，意味着你马上就能碰上鱿鱼战队。如果你在那场比赛发挥不好，知道会有什么下场吗？”

“被黑粉嘲是肯定的，更会打击战队粉丝的士气，你又是队伍里的新人，有些粉丝甚至会迁怒到你身上，怪你打不过还要和鱿鱼战队开撕。”说到这儿，丁哥叹了一口气，“那些黑粉的记性最好，不仅春季赛，以后你跟鱿鱼战队的每一场比赛都会被关注，你有想过这些吗？”

简茸听完，看着地板安静了几秒，说：“没有。”

简茸的睫毛长，五官还有男孩的稚嫩感，垂下眼时是真有种乖小孩的气质。

丁哥以为他在后悔和反省，又觉得自己说得太严重了，于是伸出手想拍拍他的肩膀，安慰两句：“不过——”

“那一直赢不就好了？”简茸抬起头，一脸镇定地反问。

“就是。”小白说，“鱿鱼去年正赛没一场赢我们的。”

丁哥的手臂僵在半空，然后讪讪收回。

他的担心就是多余的。

路柏沅把视频关了，问：“春季赛赛程表什么时候出？”

其余几人闻言，也齐齐看向丁哥。

春季赛去年就更改了规则：不分组，单循环，BO3（三局两胜）。

既然每个队伍在常规赛中都会碰上且只会碰上一次，那就没有抽签的必要了，赛方会直接公布赛程表。

“就今晚，七点。”丁哥面无表情地看了眼时间，“你们对战也真会给我挑时间，原本这张赛程表是没什么人关注的，现在所有电竞粉丝都在许愿我们第一局就遇到鱿鱼战队，跟他们许愿自家战队夺冠一样真诚。”

春季赛的分量向来不如夏季赛，再加上是常规赛阶段，关注的粉丝不多。

为了增加比赛热度，联盟联系了各大战队，希望他们可以直播看赛程表。

于是晚上六点四十分，路柏沅打开了直播，战队其余选手都搬椅子坐到了他周围。简茸来得快，抢到了旁边的位置。

路柏沅刚打开直播时，最多的弹幕永远是“哥哥你来了”或者“哥哥我来了”。

简茸也有这种待遇，不过他的是“傻子你来了”和“你金主来了”。

“哥哥，一会儿打游戏吗？”

“我又想看你和Soft走下路了。”

路柏沅道：“不打，一会儿有训练赛，看完赛程表就关直播。”

“Pine宝贝坐近一点，让我看看你，Pine为什么不开直播啊？”

“小白，麻烦你离我Pine远一点！”

“你没听我哥说啊？我们一会儿有训练赛，P宝直播不了。”小白说完，伸手去揽Pine的肩膀，“我不，我就要挨着他。”

“谦哥宽心，别为豆腐那傻子生气。”

袁谦笑了笑：“我不生气。”

“Soft 又来蹭 Road 的直播间啦？我为了你都在这直播间混到粉丝牌了。”

“赛程表什么时候出？我现在像一个等待儿子分班的老父亲。”

“简茸，你到了春季赛后台千万别跟豆腐打起来啊，你这身板打不过，我会替你在网上骂他的。”

“其实换一个直播间也好，以前在这蓝毛的直播间天天被他封号，我小号都注册十个八个了。”

简茸板着脸，刚想当作没看见，电脑鼠标忽然被人移到了他这边。

路柏沅语气随意：“你想封谁就封。”

直播间的观众：“……”

简茸本来不想干涉路柏沅的直播间，但他盯着对方的鼠标看了几秒，手还是非常诚实地握了上去，把一直在说他矮的几个傻子禁言了。

“虽然每个队伍都会遇到，但我还是想问，你们最想先打哪个战队啊？”

这话都不用他们回答，弹幕瞬间被“鱿鱼”二字淹没。

路柏沅没应。

他打开官方赛事网页，做好了等赛程表的准备，然后别过头问简茸：“你的第一场比赛，想打哪个战队？”

简茸跟他对视两秒，又飞快挪开视线，语气硬邦邦地说：“我想打训练赛冠军战队。”

其他人都忍不住笑了，弹幕里也飘过无数“哈哈哈”，只有丁哥独自在镜头外抓狂。

路柏沅也笑了。他又按了一下“F5”，页面刷新了，成功刷出一张新鲜的赛程表。

他挪动鼠标，在队友和观众都还没反应过来时，迅速往下滑动页面。

在一片欢声笑语中，熟悉的队标和一行大字进入大家的视野——

“（第一场）1 月 12 日 17：00，星期一，TTC 对战 YY。”

丁哥一时不知道是简茸嘴巴开了光，还是赛方在故意搞事。

弹幕刷得太快，后面来的水友都得屏蔽弹幕才能看清赛程表。

“真打鱿鱼？这也太刺激了吧！”

“本来我对春季赛没兴趣的，现在决定去抢购一张入场券，Soft 等着看我的应援。”

“啊啊啊，哥哥打爆豆腐这个傻子！”

“真就碰上了？戏剧效果拉满，官方厉害。”

“呵呵，TTC 粉丝就乐吧，YY 要是爆冷赢了比赛，这事贴吧能笑十年。”

“YY 赢比赛？做梦比较快。”

“行了。”丁哥看了眼时间，在电脑后面示意他们下直播。

关了直播，大家往训练室走，小白拍拍简茸的肩膀，竟然意外紧绷。

他一愣，还没来得及说话，简茸就回过头问：“干什么？”

小白压低声音：“你给我报一串数字。”

简茸皱眉：“干吗？”

“我买彩票……哎，你别走啊。”

今晚的训练赛，TTC 所有人的打法都很激进，尤其是简茸。

当丁哥没有提出让他训练哪个特定英雄时，他可以随意选择英雄。

MFG 众人眼睁睁看他们掏出中单男刀、ADC 德莱文、上单蛮王……

这些全部是高伤害的臭脆皮，职业赛场上基本看不见影子的下水道英雄。

空空拿了前期弱势的团战英雄，于是他前期被中单男刀单杀两次，中期在野区又被男刀抓死两次。

虽然这局游戏最后是他赢了，但他觉得自己刚经历完排位赛二十连败。

训练赛结束，空空忍不住给简茸发消息。

空空：“兄弟，搞你的是豆腐，又不是我，你搞他去呀。”

简茸二十分钟后才看到消息，简单地回了一句“知道”，放下手机继续打排位赛。

空空：“你这么久才回消息，大忙人啊。”

艹耳：“我刚在打排位。”

空空：“打的双排？”

艹耳：“单。”

空空：“那一起吗？”

空空：“我没开直播，不会暴露你在练什么英雄。”

暴不暴露英雄简茸倒是无所谓，他什么英雄都能玩。

艹耳：“两个中单怎么排？”

空空：“那你是没见过我玩打野有多强，拉我。”

空空进了队伍，道：“我还以为你和队友在双排呢。”

简茸说没有。

他原本是想找队友双排的，但是他们刚打完训练赛，丁哥就带了一个人过来，对方肩上还背着一个小木箱。

那人跟路柏沅低声聊了两句，然后两人一起去了某间会议室，过了一阵路柏沅才出来，头也不回地回自己房间去了。

简茸一直打到凌晨四点，其他人都去睡了，就他一个人还在召唤师峡谷拯救队友。

又一局游戏结束，他刚要点开始，空空在那头打了一个哈欠，终于忍不住道：“行了，兄弟，睡了吧，四点半了。”

他其实早就困了，但看简茸闷不吭声，一直开下一局，也就忍着没说。

简茸看了眼时间：“你去吧。”

空空：“你还要打？”

简茸“嗯”了一声：“我再打一会儿。”

空空沉默了一下，问：“兄弟，你是平时都练到这么晚，还是马上要打鱿鱼了压力大啊？”

简茸喝了一口咖啡。

速溶咖啡没路柏沅泡的好喝，但那咖啡机他是真的懒得琢磨。

其实简茸玩这游戏一直没什么压力，毕竟对于一个主播来说，娱乐效果要远大于游戏实力。

但今天，对战表出来的那一刻，他看到弹幕上那句“输了贴吧能嘲十年”，脑子里唯一的念头就是不能输。

这一点丁哥没说，估计是担心他会有压力。

虽然简茸被骂惯了，但他不能让 TTC 这个战队和队员因为自己被嘲十年。

“也是，”空空见他不说话，自言自语，“毕竟是你的首秀呢。我打第一场比赛那会儿紧张得大冬天满身汗。不过你放宽心，我觉得鱿鱼战队那中单打不赢你。”

简茸说：“我知道。”

空空：“……”

你还真是不知道谦虚怎么写。

“但我不只想赢。”简茸说。

空空：“那你还想干什么？”

简茸没应，反问：“你还睡不睡？不睡我开了。”

空空道：“你要想排，我也还能坚持两把。”

“倒也不是，你比路人打野好点。”简茸说，“连着语音，我能骂你，不会被联盟巡查员抓到。”

空空：“……”

联盟纪律团队会查选手账号，严格检查选手有没有在排位赛中骂人、挂机或送人头。

最后空空还是决定睡觉保命，临走之前，他说："鱿鱼战队靠下路打比赛。他们中单其实一般般，爱玩辛德拉和佐伊，前期打法挺强势，跟你有点像，不过玩得应该没你好，你可以磨到后期再宰对方。"

简茸一顿，过了好几秒才说："谢谢。"

简茸练到天亮，在阿姨来基地之前回房洗澡睡觉。

结果他没睡几个小时就睁了眼，一看还没到九点，他连三小时都没睡够。

简茸又躺了几分钟，然后起床刷牙洗脸，顶着一头鸟窝下了楼。

本来他只打算吃块面包垫肚子，阿姨却执意要给他煎蛋、煮面条。

胃得到满足后，简茸回训练室继续训练。

开门大吉，简茸开头就连着四局遇到猪队友，气得脑壳疼。

终于，他在第五局遇到开局十分钟中路送三头的打野队友后，决定休息几分钟，玩一会儿手机，省得自己忍不住加这打野好友，取对方项上人头。

玩着玩着，简茸就点进了路柏沅的微信聊天框。

路柏沅的朋友圈，简茸已经逛了很多次。

路柏沅不常发动态，朋友圈只有寥寥几张照片，其中有食物照和海景照，最多的还是他头像那只小香猪的照片，看起来像他养在家里的宠物。

虽然简茸知道对方没更新动态，但他还是忍不住想进对方朋友圈瞄一眼。他往后一靠，懒懒地用手去戳头像上那只小香猪。

"你拍了拍 R。"

简茸一脸震惊。

什么玩意儿？我拍了谁？

从来不看 APP 更新内容的简茸盯着这行小字蒙了。

他飞快打字上网查，看到"拍一拍"说明后，更蒙了。

微信团队有事吗？有这精力去改进一下聊天记录功能，别成天做主帮我清理图片缓存行不行？

这种功能除了让人尴尬，还有什么用吗？

几秒后，简茸长按这行字，想看能不能撤回。

“嗡”的一声响。

“R拍了拍你。”

R：“？”

艹耳：“……”

简茸绝望地揉了揉脸。

R：“有事？”

艹耳：“没有。”

R：“那你拍什么？”

艹耳：“……”

艹耳：“我只是想找你双排。”

对方久久没回。

简茸看了眼时间，才十点，只有脑残才会在训练日的早上十点找电竞职业选手双排。

简茸闭了闭眼，已经在心里把微信骂倒闭了。

艹耳：“我单排也行，你休息吧。”

这次他的消息刚发出去没几秒，就收到了新回复。

是一条语音，简茸支着脑袋，把手机拿到耳边点开。

先响起来的是水声，男人的声音里含着困意：“你等着，我洗脸。”

当路柏沅进训练室的时候,右手臂还夹着刚从门口取来的两个大快递。

简茸已经独自尴尬一阵了。他听见动静，硬着头皮想解释两句，就见自己电脑桌上多了两个快递盒。

简茸微怔：“什么？”

“你拆开看看。”路柏沅身上带着牙膏的薄荷香。

简茸拆了包装盒，里面放着新键盘。

新键盘的款式和路柏沅的一样，只是颜色和键帽改了，他下意识把键盘翻过来，果然，后面还刻了一个“Soft”。

没几个电竞少年能抵抗高端外设的诱惑，就连简茸这种小抠门，工资过万的时候也咬咬牙给自己换了价值四位数的耳机和键盘，更别说这键盘上还印着自己的ID。

他倏地抬头，眼睛发亮：“金主爸爸赞助的吗？”

路柏沅静了两秒，才说：“这款跟你现在用的一样，你换上看看合不合适。”

简茸点点头，把新键盘从盒子里拿出来后又想起什么，问：“那我现在用的怎么办？”

“随便。放柜子里吧。”

路柏沅回到自己的机位，跟简茸打了两局双排后，脑子里又飘过简茸刚刚抬头问他话时的模样。

他像小孩子得到糖似的，忍着高兴憋着笑，又什么都藏不住，全写在眼睛里。

他这少见的表情，看得莫名让人心情好。

马上要迎战刚对战过的YY战队，TTC众人虽然嘴上没说什么，但这段时间都在偷偷加练。

在一阵紧锣密鼓的训练后，时间终于来到春季赛开幕这一天。

这次TTC报名春季赛的阵容和去年夏季赛差不多，只是把Kan换成了Soft，替补依旧是中单盒子和打野Moon。

简茸和这两位替补都不熟，盒子后面再找他solo他都推了，和Moon更是完全没有交流过。

他换好队服下楼，正好看见两位替补进屋，一一打过招呼之后，Moon

走到路柏沅面前，叫了一声：“队长。”

路柏沅看了他一眼：“嗯。”

路柏沅身边有很多空位，但Moon没坐下来。他掩饰般往四处看了几眼，又道：“队长，我前段时间一直在加练，下次如果有机会再上场，一定不会像上次那样了。”

路柏沅笑了一下，说“好”。

Moon看到这个笑容，似乎又多了一点勇气，还想多说什么。

“几点出发？”简茸懒洋洋地开口。

“马上。”丁哥刚说完就接了一个电话，挂断后，他道，“车到了，走吧。”

简茸走在最后。

小白穿好鞋的时候，见他还在玄关站着，挑眉问：“走了啊，你发什么呆？”

路柏沅循声往后看了一眼。

简茸面不改色：“我忘记拿东西了，你们先去，我马上来。”

一分钟后，简茸站在门口探头探脑，确认所有人都走了。

他退回玄关，从口袋里掏出第一次买的新鲜玩意儿，偷偷塞进了自己的鞋子。

今天开的是队车。简茸还是第一次坐队里的大巴车，这车不只外观低调大气，就连内饰都比普通的大巴车要高端许多。

到了比赛场地，下车之前，简茸往嘴里塞了两颗口香糖。

一路进到场地后台，小白跟简茸并肩前行，走了一段路后，小白纳闷地转头看了他一眼。

几秒后，小白又转头看了他一眼。

来回几次之后，小白忍不住出声叫住走在前面的路柏沅：“哥。”

路柏沅停下脚步，回头看他。

因为前面的人停了，简茸只能跟着停住。谁知小白忽然伸手在他的后背很轻地推了一下，他猝不及防往前一步，差一点就贴到路柏沅的后背。

简茸脱口而出：“你有病……”

“你之前有这么高吗？”小白问。

简茸霎时噤声。

“我记得你以前才到我哥这儿，”小白伸出手比画，“现在都快到我哥太阳穴了。”

路柏沅闻言，垂下眼皮看了简茸一眼。

简茸在心里写了一万个忍字。

“是吗？”简茸语气平淡，“你记错了。”

小白：“没吧？”

简茸磨牙：“那就是我长高了。”

小白一脸诧异：“啊，你长这么快吗？”

“行了，你堵在人家后台聊什么天？”丁哥在后面道，“挡住工作人员的路了，赶紧走！”

简茸盯着路柏沅的后颈，把嘴里的口香糖当作小白在嚼。

快到休息室时，他们迎面撞上了一行人。

鱿鱼战队都是瘦子，不然他们也不会天天嘲笑其他人的身材。

鱿鱼战队的人见到他们，也是一怔。

双方教练表情严肃，已经随时准备拉架了。

谁承想路柏沅连一个多余的眼神都没给他们，一脸冷淡地和他们擦肩而过。

站在鱿鱼战队最前面的是豆腐。

豆腐本身不是什么善茬，他早就想开麦骂Soft了，但他的教练快他一步，把他的微博密码改了，还给他做了大半宿的思想工作，他才不得不忍了下来。

现在他遇到人，下意识就挂上一张嘲讽脸，并打算开口阴阳怪气地说几句。

谁承想路柏沅头也不回地走了，而在路柏沅后面的那个蓝毛——

豆腐察觉高度不对，上下打量了简茸几眼。

他还没回过神，简茸已经走到了他身边。

男生嚼着口香糖，冷冷地瞥过来，眼神里带着嘲弄和不屑，经过他身边时，随意地吐出两个字，声音很小，只有他们两人能听得见："傻子。"

"他骂我傻子！"

鱿鱼战队休息室里，豆腐红着脖子道："你们都没听见吗？"

队友面面相觑，教练说："是不是你太紧张，幻听了？"

"我会幻听别人骂我傻子？"豆腐气乐了。

"那能怎么办？"战队经理皱眉，"难道你要去跟联盟举报，说'Soft经过我身边时偷偷骂我傻子，虽然别人都没听见，但我保证是真的，请你们对他进行处罚'吗？"

豆腐："……"

这口闷气憋得他浑身难受，同时气自己刚刚被骂得怔住了，没第一时间还嘴。

谁能想到Soft刚吃了一个处罚通告就敢在比赛后台骂人？

"你不是说他很矮吗？"豆腐质问自己的辅助，"真人比我都高？"

鱿鱼战队的辅助无辜道："我也没见过真人啊，只是看他粉丝说他是矮人国来的……可能是TTC其他几个人太高了，所以把他衬矮了？"

"行了。"经理打断他们的话，"官方摄像马上进来了，你们要说什么回基地再说。豆腐，你上赛季刚吃一张处罚单，收敛着点，别惹事，到时候要是被禁赛了，大家都别打了。"

TTC战队休息室。

“我刚刚差点动手揍人！”小白撸起袖子，露出自己的肉拳头，“还好我忍住了。”

Pine 摘下帽子：“是吗？我怎么看你都不敢跟豆腐对视呢？”

“你别瞎说！”

今天是春季赛开幕式，所以没有比赛的英雄联盟队员也来到了比赛现场。

休息室的门被敲响，工作人员探头进来打招呼，说再过十分钟开幕式就开始了。

在比赛开始之前，每个参赛战队都要派一名选手代表战队上台走开幕式的流程。这名选手通常是战队的核心人物，他们代表战队上台的自然是路柏沅。

化妆师带着包上前，被路柏沅拒绝了。

“我受不了那味，不化妆。”

化妆师见怪不怪，回头看了丁哥一眼，丁哥说：“随他，化不化都一样。”

路柏沅跟着工作人员出去后没多久，直播电源就连上了。

简茸从手机中抬头，看到电视中各大战队的队员一一出场。

出场顺序按上个赛季的名次排，名次越高越靠后。因为都是战队的核心选手，所以现场的欢呼声一阵接着一阵，根本停不下来。

介绍完前面十四支队伍，场馆气氛达到最高峰。

主持人声音洪亮：“接下来登场的是我们联盟的老牌顶级战队，TTC，Road——”

现场的尖叫声霎时间掀翻屋顶，夸张到连后台都能清楚地听见，人气直压其他选手好几倍。

路柏沅自后台走出，镜头对着他的脸拍，不知道的人还以为换台到了哪个 T 台现场。

他在主持人的介绍下走到事先安排好的位置。男人肩宽腿长，往职业选手中一站犹如鹤立鸡群，优越感十足。

简茸以前看比赛都拖到开始才会打开直播，从来没看过什么开幕式。

此时他抱着自己的外设包坐着，下巴轻抬，看得非常认真。

“太惨了，空空太惨了，竟然被安排到了我哥旁边。”小白摇摇头，转过脑袋发现简茸眼睛一眨不眨地盯着电视，道，“简茸，你看你这首秀的牌面够大了吧？”

镜头切开，PUD 的核心上单 98K 出场。

简茸收回视线，低头玩手机：“不是我的牌面。”

路柏沅很快就回来了。选手们下台之后，解说立马到位。

袁谦正在玩斗地主，他抬眼瞥到简茸的手机界面，愣了一下：“小茸，都快打比赛了，你还去看微博，这不是搞垮自己的心态吗？”

丁哥的视线如同重机枪扫过来。

“我就看看，他们影响不到我的心态。”

简茸刚说完，就刷到一条新评论。

最爱豆腐腐：“真逗，你是仗着自己有 Road 这样的队友才敢放狠话的吧？也不知道 TTC 找中单的时候是不是瞎了眼，或者临时找一个人来凑数。再说了，就算这场比赛是 TTC 赢了，也跟你这混子主播没半点关系啊。人家豆腐场场 carry 比赛，MVP 拿到手软，你这混子主播行吗？”

丁哥拍拍手说时间到了，让他们整理一下衣服上台。

简茸低头敲了几个字，然后把手机丢给了丁哥，跟在路柏沅身后上了台。

在电脑前看比赛是一回事，真正坐到赛场上又是另一回事。

简茸登台后的第一感觉就是亮。

其余地方都暗着，只有他们的比赛舞台是亮的。

简茸不知道，自己出场的那一瞬间，官方直播间的弹幕是多么多姿多彩。

“啊啊啊，路神今天好帅，我心动了。”

“Soft 本人和直播里没区别啊，我一直以为他开了滤镜美颜。”

“这蓝毛，够刺眼。”

“我怎么感觉他今天哪里不太对？”

“我也是，但又说不上来。”

“长高了？”

“对，他真的高了。不可能啊，他以前的个子就到路神腰那儿。”

“啊？到腰那儿是不是太夸张了？你们怎么知道的啊？”

“他不可能一下子长这么高，猪蹿个儿都没这么快！”

“不行，我再去翻一下以前的照片。”

……

简茸目不斜视，一路走到中单专属的中间座位，拉开椅子坐下，戴上耳机。

每场比赛的座位都是按照上单、打野、中单、ADC、辅助排的，所以简茸身边是路柏沅和 Pine。

简茸坐了半分钟，忍不住偷偷转头往旁边看。

路柏沅把衣袖拉至手肘处，垂着眼皮在检查比赛账号。

他的手指搭在键盘上，没用力。摄影师曾经在拍近景时给过他这双手一个特写，然后这个特写被粉丝们截了图广为流传，每次网上有关于“手控”的热门话题，评论里就一定有他的照片。

“简茸。”路柏沅的嗓音从耳机里传出来。

简茸下意识应道：“啊。”

“比赛时不能这么看，”路柏沅讲解，“会被判定窥屏。”

简茸窘迫又僵硬地摆正脑袋，过了好几秒才说：“好的。”

简茸刚检查完游戏账号，就听见袁谦道：“小茸，比赛还没开始，你可以把耳机先戴松一点。”

简茸问："为什么？"

"能听到解说的声音。"

简茸收到队友的提醒，直觉不妙。他稍稍拉下耳机，听见了自己的ID。

解说甲："大家可能对TTC的新中单比较陌生。Soft以前是一名主播，从TTC签下他并直接把他扶到首发位就能看出这位新选手实力不俗。今天可以说是他的首秀之战，对战另一支老牌队伍YY，我觉得这场比赛还是有些看点的。"

"注意你的言辞，什么叫'有些'？这场比赛大家从赛程表出来的那一刻就开始期待了好吗？"解说乙说完，顿了一下，"其实我个人对Soft的印象还是非常深刻的。"

解说甲："哦？为什么？"

"众所周知，Soft经常在直播中'分析'选手。"解说乙微笑，"其实他的业务范围很广，我有幸被他分析过。"

解说甲乐了，好奇地问："他怎么分析的？"

"去年春季赛，我有一场比赛不小心口误了几次，Soft在直播间向我们的英雄联盟解说部提出了宝贵建议。"解说乙说，"他友善地隔空询问了一下解说部，为什么敢让临时工上场解说正式比赛。"

全场大笑。

简茸："……"

"你到底还有谁没招惹过？主持人您分析过吗？"袁谦笑着说，"我觉得解说员要给你穿小鞋了。"

简茸面前立了一台巨大的摄像机，他面无表情地说："随他。"

解说甲："噗，Soft确实是一名很有个性的选手。不仅如此，他的粉丝的风格也非常独特，就像今天他们在现场为他做的应援。"

解说甲忍笑忍得太明显，以至于所有人都忍不住朝观众席看去。

应援？就他直播间那群傻子，能有什么应援？

简茸抱着这个疑问，也跟着看向观众席，在看到自己的应援牌后犹如被雷劈，当即焦在原地。

要说应援还是路柏沅的粉丝强。今天足足来了十六支战队，但路柏沅的应援牌还是占了全场一半。

简茸的"粉丝"很少，应援牌却比谁都厉害。在一众"Road 联盟第一打野""Road 正在路上""TTC 早点下班""豆腐宝贝加油"应援牌中脱颖而出——

"青青草原你最狂，你是矮人国国王。"

"今晚 Soft 只有两个结局：赢和删号。"

"赢了豆腐你是王，输了滚蛋莫挨我 。"

……

简茸收回目光，认真地问："我能叫保安赶人吗？"

"不能。"丁哥失笑道，"行了，比赛马上开始了，你好好打，争取不删号。"

两分钟后，双方战队确认设备、账号完好，游戏进入 Ban&Pick 界面。

"禁谁？"队内第一个禁用英雄的袁谦问。

作为联盟顶尖战队，TTC 不仅拥有优秀的选手，还拥有强大的教练团。

丁哥手里拿着的本子记载着教练们熬夜多日看录像研究出来的结晶。

他道："前三个先禁掉厄斐琉斯、EZ、佐伊。鱿鱼的下路比较麻烦，我们重点针对他们下路。这场的 counter 位给简茸。"

Counter 位，意思是最后一个选人位置，可以根据对方的阵容来选择适合队伍或者克制对方的英雄。

鱿鱼战队禁掉了盲僧、豹女和妖姬。

小白"啧"了一声："这些人怎么每次都禁一样的英雄？"

袁谦笑道："你别想了，只要中途不改版，这几个英雄估计又要在禁止位待一个赛季。”

盲僧和豹女是路柏沅拿手的打野英雄，不论他们对战的是哪个队伍，这两个英雄基本在禁止位里。

尤其是盲僧，由于这个英雄在路柏沅手上太过变态，他夏季赛正赛一场都没玩上。

路柏沅早已习惯，他道：“你们抢自己要的，我看阵容再拿。”

前面选人都中规中矩，直到豆腐突然选定英雄德莱文，才引起全场尖叫。

德莱文是一个前中期伤害超高的ADC英雄，但他同时也是一个比较笨重的英雄，需要不断去接斧头，并且没有任何保命技能。这英雄不论出现在哪里都只有两种结果——杀到超神，或者死到超鬼。

“你干什么？”鱿鱼战队的教练愣了一下，“你选英雄之前能不能和我商量一下？”

“我能打，你放心。”豆腐快速熟练地修改自己的符文，忍不住看了对面的“TTC・Soft”一眼。

这版本ADC英雄太弱，他就是要玩一个能展示还能绝地反杀对方中单的英雄。

他就是要Soft出道即退役，让他灰溜溜滚回去当主播。

“德莱文？真的是德莱文吗？”解说甲怔住了，“这个版本不适合拿德莱文啊！”

“我知道豆腐的德莱文玩得不错，他一开始就是玩德莱文出的名。”解说乙顿了一下，“不过我也不太看得懂他这一手，可能是想证明自己？”

“傻子。”小白看乐了，忍不住在语音里念叨了一句，“这把稳了，简茸你随便拿一个卡牌大师什么的，我们前中期就把他打爆。”

“教练。”简茸在语音里叫了一声。

丁哥：“干吗？”

“我想玩劫。”

TTC 战队语音频道里安静了几秒。

小白差点又喊一句“傻子”。

劫这英雄，灵活高伤害，无控制无后期，专秒脆皮 ADC 英雄，同样也是一个要么超神要么超鬼的神奇物种，江湖人称“儿童劫”。

虽然他的技能、定位和德莱文不太相像，但在这个版本里，两人就是下水道好兄弟，谁也别嫌弃谁。

路柏沅最先开口，他嗓音低沉：“理由。”

简茸想了几秒，然后道：“我去年用劫在召唤师峡谷杀死的德莱文，加在一起能绕地球两圈。”

众人：“……”

大家听乐了，连丁哥都绷着嘴角在笑。

“可是你玩卡牌大师一样能打，而且稳，六级你就能直接往下路飞，照样能杀他。”丁哥说，“玩劫风险很大。”

还没轮到简茸选人，他沉默地滑动英雄界面，没吭声。

“你很想玩？”过了片刻，路柏沅又开口。

简茸不轻不重地“嗯”了一声。

场内，解说们还在分析豆腐那一手德莱文。

解说甲：“这德莱文选得还真是出其不意，那鱿鱼这局很明显是要保着德莱文打。反观 TTC 的阵容倒是中规中矩，Road 拿了一手男枪，挺好的，就看最后的 Soft 会拿什么英雄了。我……嗞——”

解说甲看到 Soft 的英雄界面亮起一个陌生又熟悉的头像，那句“我去”差点说出口。

观众们也是一怔。

Soft 预选了劫。

解说乙愣了两秒，立刻笑着接过同事的话：“Soft 的劫也可以说是他的成名英雄，操作挺好，不过在这种职业赛场是不会拿出来的，毕竟这英雄一点控制都没有，在职业比赛这种有配合的游戏中也非常难秒掉人。而且这场比赛是Soft的首秀，肯定是冲着稳去的，他应该也就是亮一手吓唬豆——TTC选了？”

只听“噔”的一声响，英雄劫被选定，TTC阵容确定下来。

两位解说对视一眼，眼里满是震惊和疑惑。

真的假的？劫和德莱文？他们这是在解说春季赛还是钻石排位赛？

劫和德莱文相比还有一个不同之处，就是虽然劫上不了赛场，但他在排位赛中一直是热门英雄。这一选定，现场和直播间的弹幕瞬间炸了锅。

英雄确认完毕，双方教练握手下台。

丁哥刚下台，队里另一位教练马上凑了过来：“哥，Soft……”

丁哥：“我知道他这手选得不好，但这把是他的首秀，其他人都说尊重他的决定。我也不好说什么。而且这是BO3赛制，这局如果输了，下两局能追回来。当然，我觉得不一定会输。”

“不是，哥，我不是要跟你说这事。”那人连忙打断他。

丁哥一脸古怪道：“那是什么事？”

对方把手机递了过来。

手机屏幕上是一个名为“最爱豆腐腐”的网友在简茸评论下留的言。原本这人是在和Soft的粉丝吵架，后来因为吵不过别人，就来损他觉得不会得到反驳回复的Soft本人——

最爱豆腐腐：“真逗，你是仗着自己有Road这样的队友才敢放狠话的吧？也不知道TTC找中单的时候是不是瞎了眼，或者临时找一个人来凑数。再说了，就算这场比赛是TTC赢了，也跟你这混子主播没半点关系啊。人家豆腐场场carry比赛，MVP拿到手软，你这混子主播行吗？”

TTC·Soft回复最爱豆腐腐：“我还真行。”

过了很久，这个最爱豆腐腐又回复了。

丁哥看了眼时间，这人估计是看到自家豆腐拿了本命英雄德莱文，Soft又选了劫，才有底气跑来回复的。

最爱豆腐腐回复 TTC · Soft：“嗯嗯嗯，捡漏中单真厉害，你行我的头砍下来给你踢。”

另一位教练见丁哥脸色越来越差，问：“要删掉这条回复吗？”

游戏正式开始，前台欢呼声震耳。

丁哥抬手掐了一下自己的人中，转身快步朝休息室走，咬牙说道：“不删。”

游戏正式开始，五个英雄出现在基地里。

“我隔着耳机都能听见观众的叫声。”袁谦道。

小白说：“谦哥，下次你拿个提莫，观众肯定比今天还激动。”

袁谦摇头笑道：“那算了，我暂时还不想退役。”

袁谦的话自然是夸张了。为了防止观众及解说的声音影响到选手的游戏判断，选手们戴的都是隔音极强的包裹式耳机，除了队友说话和游戏音效之外，什么也听不见。

五个人买好装备，同时冲出基地去一级团站位。

小白说：“今天好好打，赢了今晚去吃田鸡！”

为了不在比赛中犯食困，职业选手在比赛之前基本不会吃东西。

Pine 跟在他身边道：“输了呢？”

“你少说这种晦气话，”小白朝他丢了一个技能恐吓，道，“我们怎么可能输给鱿鱼……是吧，哥？”

路柏沅打游戏的时候话不多，过了几秒，他才道：“今晚田鸡我请客。”

小白：“谢谢老板！”

“小茸怎么不说话啊？”袁谦看了眼站在中单位发呆的劫，“紧张啦？”

“他肯定紧张。”小白道，“毕竟是神还是神经病，就看这一把了。”

简茸在小白的账上又记了一笔，然后说："我在想事情。"

路柏沅问："你想什么？"

简茸打开对战表再确认了一遍，沉默几秒后说："我在想……对面没人带虚弱。"

虚弱是召唤师技能，被套上虚弱技能的玩家会在三秒内降低百分之三十的移动速度，输出的伤害效果也会减少百分之四十，是非常克制刺客英雄的技能。

可这一局，YY 战队无一人带这个召唤师技能。

在敌方有刺客英雄的情况下，队伍却没人带虚弱，不是失误就是看不起人。

简茸觉得自己被冒犯到了。

他面无表情地说："他们的 ADC 英雄会为这件事情负责。"

路柏沅失笑道："好。"

鱿鱼战队的中单这局玩的是辛德拉，一个对线非常强势的英雄。简茸拿的劫六级前伤害和爆发都不够，只能躲在自家小兵身后，小心翼翼地补兵。

"啧。"鱿鱼战队的中单笑道，"我还以为多强呢……放心，这 Soft 被我锁在中路了。"

豆腐看了中路一眼："你怎么一点血都没消耗掉？上去丢技能啊，别让他发育。"

中单道："别急，我马上能杀他。都别打架啊，一血让我拿。"

场内，解说们正在认真分析比赛。

解说甲："辛德拉消耗了劫一次，放大招——可惜，伤害差一点。劫状态很差，应该是要回城了。"

解说乙："劫打辛德拉还是挺吃力的，再这样被压制下去，英雄的优势怕是发挥不出来啊，Soft 这个选人果然还是不行。"

解说乙话音刚落，残血的劫忽然半道折返，一个大招直接突到满血的辛德拉脸上。

所有人包括辛德拉自己都愣了一下，解说那句“残血还上不是去送死吗”甚至还没来得及说出口，就见劫从容熟练地打出这英雄能做到的最高伤害，并漂亮利落地利用极小走位躲掉辛德拉的所有技能。这些技能哪怕中一个，劫都要当场去世。

简茸点出最后一下平 A，把自己的伤害拉到最满，再二次激活大招回到自己最初的位置，自信又嘲讽地原地回城。

下一秒，随着劫大招独有的爆裂声，劫身后的辛德拉应声倒地——

“First Blood（第一滴血）！”

全场尖叫！

“漂亮！”解说甲立刻找回声音，“天哪，劫这套连招打得太漂亮了！我可以非常负责任地说——劫大招这三秒被 Soft 用得淋漓尽致，他打满了这英雄能做到的所有伤害！”

“他这都敢回头？这都敢上？”解说乙道，“辛德拉虽然没大招了，但随便一个技能都能要他的命，他……他这么自信的吗？”

选手镜头给到了 Soft，染着蓝发的男生一脸镇定地操控英雄，没有任何残血反杀敌方中单后的激动或高兴，仿佛这次的击杀早在他的计划内。

这一刻，直播间弹幕数量暴增——

“对，他就是这么自信。”

“干得漂亮，这劫玩得太溜了吧！这都能躲掉辛德拉的技能？”

“我刚刚看了，389 点血，389 点血他回头去杀满血辛德拉……我估计连 YY 战队的中单都傻眼了。”

“正常操作，我还见过他 23 点血自信回头打团，还打赢了。”

“你在哪儿看的？求个录像！”

“直播间 4404708 里面有回放，去看的记得给他点个关注，以后开播你们就能第一时间骂到他了。”

“这小弟弟好帅啊。”

“女友粉别来，他事业上升期，我不允许他谈恋爱。”

……

简茸杀了人，回家更新装备，再上线时，耳机里传来了击杀的消息。

路柏沅单杀了敌方打野，地点还是在别人野区。

杀人后路柏沅不仅没走，还开始吃别人野区的资源。

“他们中路复活了。”简茸出声提醒，“应该会去找你。”

路柏沅说：“好。”然后他继续吃敌方的红 buff。

敌方中路出现在野区时，路柏沅正好吃完别人的红 buff，只见他一个位移躲开敌方中单的推球控制，一颗枪子崩在辛德拉身上，辛德拉直接掉了四分之一血。

简茸一愣。

他对线时很少管队友在做什么，看见路柏沅的伤害时，他忍不住点开战绩去看。

路柏沅作为一个打野，补兵数量全场最高，这说明鱿鱼战队的野区资源几乎被路柏沅吃完了。

十秒后，鱿鱼的中单狼狈地被路柏沅从自家野区一直追到二塔，还丢了一个闪现才得以逃跑。

路柏沅言简意赅：“中单没闪，可以杀。”说完，他继续回头吃敌方野区的 F6 小野怪。

“太惨了。”解说甲眯眼摇头，“不知道的还以为 TTC 有两片野区。”

“说实话，路神拿出男枪的时候，我就知道会是这种情况。男枪这英雄入侵野区太强了，更何况玩的人还是 Road。”解说乙说，“不过鱿鱼战队也不是没有机会，豆腐因为英雄优势打得挺凶的，虽然没有爆发人头，但补兵一点没落下。”

简茸把中路兵线吃了之后，终于开始干正事。

他往下路走，问：“下路能不能越塔？”

Pine：“我残血。”

“他们下路拿的英雄伤害太高了，我们刚打完一场。”小白立刻给予反馈，“我觉得不太能越……”

简茸说：“我觉得能。”

小白：“……”

“你帮我扛下塔？”简茸摸到了敌方下塔左侧的草丛里，“一下就行。”

都下定决心要越塔了，刚才还问啥？

小白咬牙：“行，就一下啊，你去杀辅助吧，他们辅助血量比较低，你上之前跟我说一声。”

他话还没说完，简茸已经开启大招，冲到了德莱文身上。

小白：“……”

劫行云流水地丢出一套输出，一个不落地砸向豆腐。辅助泰坦想保自己 ADC 英雄，小白操纵着露露先一步把他变成了羊，Pine 立刻闪现跟上输出。

豆腐被抓得猝不及防，骂了一句脏话，在死之前转头去杀简茸，想着死也要拉他垫背。

德莱文伤害不低，再加上防御塔的伤害，劫的血条眼见就要空——

“噔！”简茸按下秒表，二点五秒内免疫所有伤害。

两秒后，小白上前帮他扛了一下防御塔的伤害，劫成功丝血逃脱，然后站到敌方防御塔打不到的地方，对着德莱文的“尸体”跳了一支舞。

与此同时，路柏沅成功在上路反蹲到敌方打野，在袁谦的配合下毫不费力地拿到双杀。

“这也行？”豆腐破口大骂，“他有病吧，玩劫还出秒表！”

观众和解说都以为，这就算是 Soft 和豆腐两个人之间分出胜负了。

万万没想到，这只是开始。

就连低分段的玩家都知道，不能让劫这个英雄前期发育得太舒服，不然中期一个照面就是死。

简茸拿了两个人头，没多久就掏出了自己的第一个大件。

然后德莱文的噩梦就开始了。

塔下、野区甚至是在走去下路的路上，劫无处不在，杀德莱文只需要三秒，德莱文连一丝反杀的机会都没有。

杀也就算了，每次简茸都还要在别人的“尸体”上跳舞、亮队标。

解说甲：“啊这……”

解说乙干笑：“当然是朋友之间的正常互动啦！”

被连着单杀加嘲讽两次，豆腐气得七窍生烟，鼠标都被他捏出了响声。

“别气，别气！”辅助知道他脾气差，立刻道，“我不做视野了，就跟着你。”

打野忙说：“我也在旁边，我就不信他还敢过来。”

劫还是来了，带着他的打野。

路柏沅操控着男枪，一枪就能打掉皮糙肉厚的泰坦几大截血条。

他们在敌方野区追着三个敌人跑，两个人打出了千军万马的气势。直到对方三人都残血之后，男枪收起了枪，简茸将他们三人一举拿下。

“Triple Kill——”

“厉害啊，简茸！”小白脱口夸赞，“这段时间你没白练，变高了，也变强了！”

简茸：“……”

“豆腐 0/6 了，太爽了，哈哈哈哈！”小白道，“你怎么不说话？”

简茸冷声道：“我不想踩高压线。”

小白愣怔道：“不是吧，你杀了人家六次不够，还想去揍人？”

简茸说：“我想揍队友。”

小白闭嘴了。

第一场比赛在第二十七分钟结束，TTC 轻轻松松取得胜利。

豆腐最终的战绩是 1/8/3，走下台时脸蛋黑如锅底。

两位解说看着两队离谱的经济差，又看了看 24∶4 的夸张人头比。

“我是在解说春季赛吧？”解说甲无言几秒，问，“我怎么觉得自己看了一场电一（电信一区，玩家水平较高）的钻石排位局？”

“我建议鱿鱼战队下局把 Road 的男枪禁掉，这入侵打得太强了。”解说乙忍了忍，把另一个“劫也一块儿禁了吧”的建议咽回肚子里。

简茸跟着队友下台休息，一路上都有摄像头在拍。

他回到休息室，从工作人员那里拿回手机，刚看完“最爱豆腐腐”的回复，手机就被丁哥没收上去了。

“你打完再玩，我先帮你保管着。”丁哥把他的手机丢进兜里，道，“这局你们打得爽了吧？下局能玩点阳间阵容了吗？”

中场休息只有十分钟，丁哥简单说了两句之后，就有工作人员进来让他们准备再次上场。

简茸喝了一口水，起身后看见丁哥正俯身和路柏沅说着什么。

丁哥的声音断断续续，有些模糊：“你的手还好吗？”

职业选手对“手”这个字眼太敏感了，简茸倏地停在原地，转过头认真地听，眉头不自觉皱起来。

这偷听太明目张胆了，路柏沅原想应付两句，抬头就发现了他的目光。

路柏沅挑挑眉，半秒后把手从口袋里抽了出来，懒懒地摊开在丁哥和简茸眼下。

“我说了没事，你少担心。”

两分钟后，选手们重新入场。

导播先是给路柏沅一个长镜头，然后是简茸，最后是豆腐。

豆腐脸上都是水，明显刚洗了一把脸，脸色也比下台时要差得多，应该是在后台挨了训。

游戏进入 Ban&Pick 界面，解说甲开玩笑道："这局不会又给我们整钻石局吧？"

豆腐黑着脸，选了中规中矩、逃命能力极强的 EZ。

EZ 其实是适合版本的 ADC 英雄，但在这个时候掏出来……

"傻儿子，这就怕了？继续拿你德莱文啊。"

"摆的什么臭脸！我要是他队友，我都要嫌他晦气。"

"豆腐粉咋不说话了？再出来走两圈。"

"TTC 粉丝毫无素质可言，是没赢过比赛？而且这是 BO3 的游戏，不知道的人以为 TTC 已经赢了呢。"

轮到简茸选英雄，简茸预选给大家亮了一手德莱文。

两位解说："……"

观众："……"

到了选人的最后一秒，简茸才慢悠悠地选出了妖姬，然后锁定。

解说甲干笑两声："Soft 还真会跟我们开玩笑。"

解说乙假笑点头，心想：开什么玩笑，这蓝毛选手简直是架着一个炮台在这儿，疯狂往豆腐脸上丢嘲讽。

这局鱿鱼战队拿了非常标准的版本阵容，大家都觉得可能会有一些打头，但每个人都想错了。

TTC 自换了新人中单之后一直被唱衰，导致大家都忘了——鱿鱼和 TTC 这两个战队之前根本不在一条水平线上。

第二十分钟，路柏沅把鱿鱼下路抓穿，简茸第二次单杀敌方中单，袁谦推掉敌方上路一塔。

第二十三分钟，TTC 五人抱团，Pine 拿到三杀，团灭鱿鱼战队并拿下大龙。

第二十六分钟，TTC 直逼敌方基地。推倒敌方水晶的前一刻，简茸冲进对方泉水秒杀豆腐，并在泉水里点了一个金身。

游戏结束，TTC 以 2∶0 的成绩碾压式获得比赛胜利。

简茸摘下耳机，在会场的尖叫声中跟着队友过去和对方战队握手。

豆腐脸色苍白，嘴角紧绷，狠狠地瞪着简茸。

他心想，现在他们身上都带着收音设备，这蓝毛喷子如果敢再骂人，他一定第一时间上报联盟，让联盟判对方禁赛。

谁想简茸走到他跟前，微笑着和他握手，然后用身边人都听得见的音量悠悠道：“你的德莱文玩得真好。”

周围传来几声竭力忍耐的笑声。

豆腐：“……”

握手、鞠躬，这两个流程走完之后，TTC 众人收拾设备下台。

“哈哈哈哈，豆腐那吃了苍蝇一样的表情也太搞笑了！”小白道，“话说他最近是不是变菜了啊？我觉得以前和他对线时还有点意思，结果刚刚第二局，我以为我在打黄金排位赛。”

袁谦笑道：“他被小茸打蒙了，第二局像在梦游。”

小白想起什么，转头道：“哥，今晚的田鸡——”

路柏沅已经戴上了帽子，一副随时准备离开的模样：“订了。”

简茸刚穿上外套，休息室的门忽然被工作人员推开。

“我们这边马上要进行 MVP 赛后采访了哦。”工作人员在训练室里看了一圈，微笑着问，“Soft，现在方便过去吗？”

平时水友们看比赛直播，通常都是比赛结束后就关软件，只有少数选手的粉丝会留下来看 MVP 赛后采访。

但今天，春季赛开幕赛的 MVP 采访环节，直播间观看人数不减反增。

镜头一切，画面来到了采访现场，染着蓝发的男生出现在大家的视野里。

负责这次采访的是唐沁。她微笑道：“好的。我现在采访到的是今天比赛的MVP——来自TTC战队的Soft。首先恭喜TTC取得这次比赛的胜利。Soft，你第一次打比赛，会不会觉得紧张或者有什么不适应的地方呢？”

简茸眨了一下眼，说：“没有。”

“采访都不会笑一下的吗？臭小子。”

“你很牛吗？放下你的身段！”

唐沁也顿了一下，她保持微笑：“今天，你们对战的是联盟里的老战队YY战队，在赛前你们有做什么特殊的准备吗？”

“没有。”简茸抬眼看着镜头，调子懒洋洋的，“我们就是随便打打，没想到赢得挺轻松。”

唐沁忍笑道：“我们看到第一局你拿出了劫，并且打出了非常好的优势，请问你平时在排位赛中玩劫也特别喜欢抓下路吗？”

简茸：“一般。主要是德莱文长得太像三百块，我杀上头了，没忍住就一直往下路跑。我的锅……不是故意针对豆腐，希望他人没事。”

唐沁点头：“你作为一名新晋职业选手，对接下来的比赛有什么展望或是期待吗？”

简茸想了想，说：“我希望可以遇到强一点的对手。”

“我真的要笑死了，哈哈哈哈哈哈哈。”

“他在重复豆腐在直播间说的话，哈哈哈哈。简茸，你是记仇精吗？”

“希望人没事，哈哈哈哈哈。”

“以后我不可能漏掉TTC任何一场MVP采访。”

“Soft你醒醒，这是赛后采访，不是垃圾话环节！”

唐沁已经控制不住笑容了，只好控制语气：“好的，非常感谢Soft接受我们的采访。那么在采访的最后，你有没有什么话想对观看直播的水友或者粉丝说呢？”

唐沁以为他又会说“没有”，却见男生忽然笑了一下：“是有件事想说。”

简茸看向镜头，非常有礼貌地问：“微博用户 ID 叫‘最爱豆腐腐’的那位网友，MVP 我拿了，豆腐腐我也杀了好几遍……官网有我战队的地址，请问你的头什么时候可以寄过来？”

第十章

身高的硬伤

Take the Crown

TTC 休息室里传来小白和袁谦的大笑声。

小白笑得都快背过气去了，他扶着沙发，指挥门边坐着的Pine："P宝，赶紧把门反锁上。"

Pine 说："干吗？"

小白伸手去擦笑出来的眼泪："我怕豆腐一时想不开，杀进我们休息室，做出一些无法挽回的事。"

丁哥扶着墙，盯着墙上的电视直播，心想一定是自己这些年过得太舒服了，所以上天才会派这个人下来折磨他。

他转头去问身边的队伍副经理："你还记不记得我们跟 Soft 签的合同上面写的违约金是多少？"

副经理道："不记得，怎么了？"

丁哥："跟他解约吧，我出钱，就当是为自己买一个幸福的后半生。"

副经理："……"

话是这么说，自家队员做的事儿还是得自己兜。

过了几秒，丁哥咬牙道："我一会儿去探探联盟的口风，虽然他没说几句人话，但好歹没什么脏字，应该不会太严重，还有微博……你去哪儿？"

路柏沅拉开休息室的门："厕所。"

这会儿所有工作人员都在忙着，厕所里空无一人。

路柏沅刚打开水龙头，就听见身后传来一声——

“人头让得很熟练嘛。”

路柏沅头也没回，垂眼洗手：“你怎么还没走？”

“今天我们没比赛，原本是打算走的……结果你们中单上来就锁了一手劫，我们中单就提出在现场看完再走，就留到现在了。”XIU顿了一下，笑道，“对了，我刚听说Soft是你招进来的？你什么时候管起队伍招人的事儿了？”

路柏沅不知第几次重复：“我没管，只是推荐。队伍招谁不是我说了算。”

话虽然这么说，但路柏沅在TTC待了这么多年，还带着队伍拿过许多次好成绩，他随随便便一句话，战队都会予以重视。

“不过你们新中单确实不错，操作和意识都还行，就是性格太招摇，比赛掏个劫出来也就算了，赛后采访都敢搞事。”XIU走到他身边，打开另一个水龙头匆匆洗了手，然后从口袋里掏出烟，“来一根？”

“一支烟，丁哥罚我一万。”路柏沅瞥了眼他手上的烟，很快又挪开目光，“你帮我出这钱，我陪你抽两根。”

“那算了。”XIU给自己点上烟，忽然想到什么，笑了一下，“我刚过来时看到丁哥正在训你们的中单，要我说他该训你，要不是你给Soft让了一次三杀，MVP指不定是谁。”

说到这儿，XIU道：“以前排位怎么不见你给我让让人头？不让就算了，还要跟我抢，区别对待？”

路柏沅“嗯”一声，随口道：“什么时候你去染头蓝发，以后排位我也给你让人头。”

XIU：“你还有这癖好，早说啊。”

路柏沅懒得搭理他，擦干手把纸一丢：“走了，你慢慢抽。”

路柏沅刚走出厕所，就看到上场比赛的 MVP 正站在墙边低头玩手机，听见动静，对方抬起头来，两人对视了几秒。

路柏沅挑眉问：“丁哥让你来厕所门口罚站？”

“不是。”简茸回过神，收起手机，“车子在后门等着了，打你电话没接，丁哥让我来厕所找你。”

打比赛时路柏沅习惯把手机调成静音，听不见电话很正常。

他点点头：“那怎么不进去找我？”

简茸原本是想进去的，但一看到厕所门，他就瞬间想起自己喝成死猪那晚的事。

“我怕，”简茸随便扯了一个借口，“打扰你上厕所。”

路柏沅：“……”

简茸：“……”

回基地的车上，简茸用队服外套盖住自己整个脑袋，躺得很舒适。

小白转头吓了一跳：“你干吗呢？”

简茸没好气地说：“睡觉。”

小白：“你这睡相也太不吉利了吧？”

简茸：“哦，那下次我往脑门上贴一个福字再睡？”

小白：“……”

“留点缝。”路柏沅透过车窗看了后座一眼，“车里开了暖气，闷。”

小白刚想劝他哥别管叛逆少年，下一秒，他旁边的外套动了动。

简茸乖乖地拉下外套，露出半边脸来。

回到基地，路柏沅订的晚饭已经到了。五个人围着一楼客厅的茶几，边看今天的第二场比赛边吃饭。

丁哥通着电话从外面回来，简茸看这阵势，以为自己又要挨骂了。

“你们都知道自己的身高体重吧？”丁哥捂着手机问。

袁谦满嘴油光，问：“知道，怎么了？”

“做周边需要数据，具体我也不清楚。你们一会儿吃完了各交一份身高体重数据上来，数据要真实详细。”丁哥看向简茸，“你也要交，这次开始，周边都有你的份。”

简茸犹豫几秒，才干巴巴地“哦”了一声。

“我拒绝！”小白举手抗议，“男人的体重是秘密，而且我好久没量自己的身高了。”

丁哥颔首：“那我就让他们随便填，到时候多写个十斤八斤你别计较就行。”

小白认输：“可我真不记得了。”

丁哥说：“三楼有体重秤，身高的话……”

“我房间有卷尺。”路柏沅插话。

“行，那需要测身高的就去借卷尺。”丁哥看了眼手表，“睡前你们把数据发我微信。”

吃饱喝足后，简茸回房间洗了个澡，吹头发的时候故意把头发吹得高高的，方便一会儿量身高。

他喝了这么多杯牛奶，怎么也该长高一点了。

十点，简茸去敲路柏沅的房门。

他敲了两声没人应，以为对方睡觉了，便放轻脚步转身想回房。

咔嗒，一股热气从房间里飘出，路柏沅用浴巾擦着头发，看到他慢吞吞的动作，好笑地叫住他：“简茸。”

简茸动作一顿，转过头：“我想借一下卷尺。”

路柏沅拉开门：“进来。”

简茸本想说他站门口等着就行，路柏沅却已经敞开门进屋了。他迟疑两秒，也跟了进去。

满屋子都是沐浴露香，简茸说不出是什么味道，只觉得很好闻。

路柏沅明显刚洗完澡，头发潮湿，衣领有些乱，穿着及膝短裤，正弯着腰翻箱倒柜。

路柏沅的房间算不上整洁，也不乱。墙上贴了一张英雄联盟的海报，角落放着一个篮球，队服外套被他很随意地丢在椅子上，耳机线散乱地挂在书桌上的笔筒边缘。

直到路柏沅拿着卷尺转身，简茸才迅速收回打量的目光。

他伸手刚想接卷尺。

“你后退一点。”路柏沅说。

简茸一愣，下意识往后退了两步。

路柏沅大步朝他走过来，眼见就快撞到，他又往后退了退，后背不轻不重地撞在了墙上。

路柏沅把擦头发的浴巾丢进脏衣篓里：“站直。”

简茸瞬间明白过来，他道：“我自己来就行了。”

“一个人不好弄。”路柏沅蹲下去，把卷尺一端压在地上：“脚并拢，不然量矮了。”

简茸闻言，立刻并拢腿，贴墙站得笔直。

路柏沅扫了一眼，边起身边拽动卷尺。

路柏沅的手掌摁着尺条，简茸反复吞咽几次后说：“不然我自己……”

路柏沅手掌的力道重了一些：“别动。”

几秒后，路柏沅念出一串数字：“174。”

“174.1。”简茸木着脸更正，“我十月体检是174.1。”

“行，174.1。”路柏沅顿了两秒，垂下眼问，“你的简历好像写的175？”

简茸咬牙：“四舍五入，就175了。”

路柏沅笑起来。

简茸：“你别笑。”

路柏沅“嗯”了一声：“没笑。”

求职谎报身高被发现，简茸几乎是落荒而逃，出门时还撞上了小白。

“你量好啦？”小白问，“多高啊？”

简茸：“关你什么事！”

小白：“……”

简茸回到房间，在床上躺了半小时都没睡着。

于是他拿出手机搜索——

“喝牛奶真的可以长高吗？”

“吃什么东西可以长高？”

“路柏沅多高？”

……

简茸看到弹出的界面，先是一愣，然后才去看网上的资料——186厘米。

简茸正捧着手机发酸，一条消息忽然弹出来。

石榴：“兄弟，你今天简直绝了，我微博首页全部在夸你厉害，哈哈哈。”

简茸正郁闷着，看到这行字，今天暴揍豆腐的那点愉悦感重新漫了上来。

艹耳：“你发截图给我看看。”

石榴：“这还用截图？你随便打开微博、贴吧，全是。”

简茸不登微博都知道他评论区现在有多乱，于是他想了想，打开了许久没用的贴吧。

今天，他比赛赢得这么漂亮，贴吧那群人肯定黑不出什么东西来。

简茸一只手撑在颈后躺着，懒洋洋地点进了“Soft吧”，已经做好了接受满屏夸赞的准备——

“分析一下今天傻儿子的鞋垫有多少厘米。”

迎面一个红字帖把简茸看蒙了，他缓了两秒才点进去。

1 楼：“放两张参考图，一张是路神扶着他的照片，另一张是今天他站在路神旁边的照片。”

22 楼：“这还用分析？最低也有 4.5 厘米。”

124 楼：“啊，怪不得我今天看他跟队友站一块儿鞠躬的时候怪怪的。”

333 楼：“傻儿子那小脑袋瓜到底在想什么？自己骗自己有意思吗？还是他真以为他能瞒过谁？”

498 楼：“垫了也好，不然上了台还没那个女主持人高，丢本吧友的脸。”

607 楼：“我算过，他真实身高最多 174 厘米，真的。”

简茸：“……”

简茸退出帖子，面无表情地取消了对该贴吧的关注。

TTC 下一场比赛在一周后，赢下一场常规赛不是什么值得庆祝的大事。翌日，丁哥就来基地敲门，一一把人叫醒下楼复盘。

这是简茸第一次参加正儿八经的复盘会议，打训练赛的时候虽然也复盘，但因为不是正经比赛，总有一些随意。

“第十七分钟，就是这里。”丁哥暂停游戏画面，指着屏幕上的劫问简茸，“这才十七分钟，你都快跑到别人下路二塔了是怎么回事？一塔都没推掉你就想推别人的高地吗？”

简茸还没来得及开口，又被丁哥打断：“我知道你是想来这里蹲他们下路，但你能保证他们没视野看见你？还是你压根不管自己能不能走，只想杀他们 ADC？你知道这时候你身上是有赏金的吗？”

小白清了清嗓子，偷偷看了眼简茸，生怕他说出一句“你是在教我打游戏？”。

但简茸没有。

他两只手搭在桌上，安静地听完训，然后说：“我改。”乖得让丁哥也愣了一下。

“你的毛病和打训练赛时一样，太自我，打鱿鱼你可以这么打，但是打战虎呢？打 PUD 呢？以后去打全球赛呢？上届夏季赛的录像你也看过，强队之间的配合有多默契，中后期基本都是抱团打法，你这种单人作战的习惯很容易让他们找到漏洞。你继续改进，我会从下场训练赛开始注意你这点。”

丁哥重新点下播放键，下一幕就是简茸在草丛里蹲到了鱿鱼下路双人组，并在几秒内把豆腐秒杀，完全不给敌方辅助面子。

该骂骂，该夸的也不能落下。丁哥点头：“但你的操作很灵活，继续保持这种状态。”

丁哥复盘的习惯是一段录像一段录像地抠，谁有毛病就说谁，几十分钟看下来，除了路柏沅，其余人都挨了几句训。

简茸身为 MVP，也是挨骂最多的那个。

第一场比赛结束，丁哥喝了一大杯水润嗓子，看向路柏沅道：“这复盘会开得……我觉得自己回到了五年前那会儿。”

路柏沅闻言笑了一下，没说话。

简茸问：“五年前怎么了？”

“五年前，”丁哥顿了顿，忽然问，“你不是他的老粉吗？”

路柏沅转过头看过去，只见简茸张了张嘴，过了半天才低低“啊”了一声。

“你那帽子我想起来了，”丁哥说，“是小路入队第一年，打 LSPL（次级联赛）总决赛时战队在现场售卖的周边吧？”

路柏沅挑了一下眉，记起来了。

打次级联赛的时候他们还没什么粉丝，甚至都没什么人知道战队，所以那一届次级联赛，他们只在总决赛时做了周边，印象中确实是帽子。

简茸抓了一下头发，动动嘴唇刚要说什么。

“这么小？”路柏沅的目光投向他头顶，“十二三岁就会玩游戏了？”

简茸“嗯”了一声：“我爸玩游戏，我看多了就会了。”

“你从 LSPL 就开始看他打比赛，不知道他一开始是什么打法？”丁哥放下水杯，“也是个独行侠。那时候电竞业没这么成熟，不像现在有教练团，有数据分析师……就全凭个人实力在打，要么他抓穿别人，要么别人抱团反蹲死他。后来他进 LPL 被教做人，常规赛一路连跪，差点进不去季后赛，那段时间队里天天开复盘会，我都把金嗓子当饭吃。”

简茸抬着下巴，听得比刚才还认真。

“行了。”路柏沅打断他，“复盘就好好复，不用忽然怀念过去。”

“我记得那时候周边卖得挺便宜的，成本价，拉粉丝用。”小白撞了撞简茸的胳膊，“你买我的周边没？”

简茸思索几秒，皱眉：“你当时也在？”是真的疑惑，却比嘲讽还伤人。

小白微笑着闭了嘴。

复盘会结束，丁哥关上录像，对简茸说：“最后，关于你赛后采访让人寄头的事儿……我跟联盟谈过了。”

简茸点点头：“罚款还是打给上次那个账户吗？”

“你倒也不必这么熟练。”丁哥无语，“这次不罚款，垃圾话本来就是允许说的，他们自己都设立了一个赛前讲垃圾话的环节呢。不过你说的毕竟不是什么好话，态度还是得有。协商过后两个处理，一是你得去微博和那个粉丝道个歉，二是你得去和豆腐道个歉。”

“为什么要给他道歉？”路柏沅开口，“简茸骂他了？”

没想到他会开口，其他人都一怔。

“没关系，道歉就道歉。”简茸无所谓地说，“三个字而已，我又不诚心。”

路柏沅没看他，只是问丁哥：“你和联盟谁谈的？”

“不是，也不是真道歉，你听我说完。”丁哥说，“只是要他去和豆腐互动交流一下，鱿鱼那边也会跟豆腐交代的。主要是做做样子给公众看，体现一下各大战队之间的友谊。”

路柏沅依旧皱着眉，不过没再说话。

简茸沉吟片刻，然后问：“交流互动，不是要拥抱握手什么的吧？”

“没这么夸张。”丁哥看了眼自己的小本子，“你去他直播间送点礼物，再互动两句就行。他今晚七点直播。你比赛拿了 MVP，这次礼物钱可以申请报销。”

于是晚上七点，简茸发了一条微博。

TTC · Soft：“一月十二日晚春季赛常规赛采访，我说了十分不合适的话，在此向 @ 最爱豆腐腐 道歉。对不起，我不该在直播中念出你的微博用户名，也不是真的要您的头，非常抱歉。”

简茸发完微博之后，登录许久没上的直播大号，往里面冲了两万块钱。

当他进豆腐直播间的时候，豆腐正臭着一张脸在打游戏。

“你们看到 Soft 的微博了吗？我看呆了。”

“天哪！ TTC 战队是没有管理人吗？怎么会让队员发这么粗鲁的道歉声明啊？”

“豆腐腐今天也好帅！”

简茸头一回看到这种风格的弹幕，心中有些不适，又有一点隐约的羡慕。

他直播间那群傻子如果有这些女粉一半温和，他们的关系也不会差到这种地步。

简茸刚准备送礼物，就看到豆腐点开了好友发来的某个视频。

是他们那场比赛的录像，视频上方还写着一行字：“春季赛第一场，电竞‘麦克疯’。”

简茸还没反应过来这是什么玩意儿，就听见了自己的声音——

“对面没人带虚弱，他们的 ADC 会为这件事情负责。”

“这德莱文看了我一眼，他死了。”

“谁给他冠的第一德莱文称号？我家楼下的小弟弟玩得比他好，建议鱿鱼战队立刻录取。”

然后是小白的声音：“你怎么又去抓德莱文了？他都被你杀得不敢出高地了。”

“当他当着我的面选出德莱文的时候，我们就是不共戴天的关系。”简茸陈述道，“这张地图上，我和他，只能活一个。让他存活超过三分钟，这局比赛都算我输。”

居然是那场比赛的赛事语录。

简茸看着豆腐越来越绿的脸，心想：是你自己开的视频，可不能怪到我头上。

“这人怎么这样啊！”

“这样说话也是可以的吗？我可以向联盟举报吗？”

“我为什么在直播间观众席里看到了 Soft？”

“听说 Soft 在这个小破直播间？”

“举报啥？管天管地还要管选手比赛的时候说了什么？”

“来了，来了，小傻子开骂了吗？我没错过吧？”

简茸的直播大号有很多粉丝点了关注，他开了直播或是进了谁的直播间都会有提示，短短几分钟，直播间就来了许多他的粉丝。

“来了一群没素质的人，房管踢一下这群喷子。”

一会儿还有训练赛，简茸不想再浪费时间，动动鼠标送了一个星海礼物。

这个发展大家始料未及，直播间里的水友们都是一愣，然后纷纷刷起了问号。

按照丁哥交代的剧本，先是简茸送礼物，然后豆腐感谢，两人再交流几句就算完事。

可豆腐只是嗤笑一声，跟弹幕聊起了天。

“晚饭？吃了，随便吃了一口面……不辛苦，只是没胃口。房管干活，骂人的、骂我粉丝的都踢了。”

简茸冷冷地看他装模作样。

星海是星空 TV 最贵的礼物，全屏特效夸张得要命，豆腐不可能看不到。

这人在故意装瞎。

“简茸，你这是在干吗？我天天担心你钱不够花，你却来给别人刷礼物？”

“这么大个特效看不见？盲人打职业赛？”

“你们有病吧，豆腐当然看见啦，只是不想搭理喷子而已。”

“他怕了，来道歉啦？哈哈哈哈。”

“我就问你们粉丝尴不尴尬，你们正主是来赔礼道歉的，豆腐还不领情！”

这弹幕看得豆腐身心舒畅。

他扬着嘴角，刚打算再吊 Soft 一会儿，让他丢光面子再装出勉为其难的姿态搭理两句，右下角就忽然弹出了一条平台提示——

“你关注的主播 TTC · Road 上线了。”

“你关注的主播 TTC · Road 进入了你的直播间。”

豆腐还没回过神，弹幕里就跳出一句。

TTC · Road：“？”

豆腐在私底下跟队友攻击过很多职业选手，除了 Road。

不是他不敢，而是这人几乎没有缺点。

Road 入行五年，黑粉无数，可放眼整个联盟，没哪个选手敢说 Road 菜，他的长相和身材更是行业天花板。

英雄联盟所有职业选手都关注了 Road 的直播间，从这点就能看出他在电竞圈的地位。

Road 这时候来他直播间，怎么想也不是来看他直播的。

豆腐虽然嘴贱，但也知道哪些人自己惹不起，当即坐直了身子说："路神怎么来了？哦，感谢 Soft 的星海，谢谢兄弟，刚刚没看见。"

简茸没搭理他。

他看着路柏沅的 ID 发了几秒钟呆，然后忍不住回头去看。

路柏沅就站在他身后，男人一只手插兜，手机里响着直播的声音，垂着眼问："送完了吗？"

"没。"简茸仰起头看他，"丁哥让我送两个星海。"

"嗯。"路柏沅嫌声音吵，把手机调成静音，"你送完礼物来训练室，战虎的人在等。"

豆腐见 Soft 迟迟没理自己，又开口："Soft 呢？走了？"

"TTC · Soft 送给你一片星海。"

豆腐满意地扯了一下唇："谢谢兄弟，别破费。"

TTC · Soft："别客气，兄弟，杀了你这么多次，我心里挺过意不去的。"

豆腐："？"

TTC · Soft："这些礼物就当是给你的补偿吧。"

豆腐："……"

TTC · Soft："两个够吗？本来我想给你刷八个星海的，毕竟杀了你八次，可我没钱了。你应该不会介意吧？"

豆腐面色铁青，心想：我去你的战队友谊。

一晚上和战虎打了三场训练赛，两胜一负，TTC 赢了两场。

如果要在这两年的 LPL 赛区里挑出三支强队，那么大多数人的答案都是 TTC、PUD 和战虎。

这三支战队各有各的风格。

TTC 是打野带动全场，上下两路也能站出来掌控比赛，现在加入新人中单就更加没有弱势路了，唯一的缺点是新中单和队员磨合不够，配合不足。

PUD 是标准的混合队伍。前阵子外援限令解除，没了“每队仅能有两位外援”的限制，他们马上迎来了来自 H 国的新中单 Savior，队里目前共有三位 H 国选手。就连团队主教练都是 H 国人。

战虎被电竞粉戏称为“养老院”，队员平均年龄二十四岁，战队首发四年没有换过新人，虽然手速和反应随着年纪增长慢慢变差，但是各路之间的配合无人能及。

“战虎的战术真灵活啊，三场训练赛，他们打了一把速推流、一把中野联动、一把野辅双游。”袁谦叹了一口气，感慨，“他们还都配合得很好，鬼知道他们还藏了什么战术。”

路柏沅摘下耳机：“到了赛场就知道了。”

小白瘫在椅子上问：“我们第几周打战虎？”

简茸点开输掉那局的战绩：“春节后第一周。”

这话一出，训练室里安静了几秒。

简茸察觉到小白惊讶的目光，转头皱眉道：“我说错了？”

“没。”小白眨眨眼，“你居然也会背赛程表啊。”

简茸一脸疑惑：“就十五个队，我看一次就记得了，需要背？”

小白：“……”

这就是正常人的记忆力吗？

正聊着，自定义房间忽然跳出一句话。

战虎大牛：“人呢？路神在吗？聊聊天。”

TCC · Road：“聊什么？”

大牛今年二十七岁，是英雄联盟现役选手中年纪最大的一位，也是资历最老的。包括路柏沅在内，大多人见到他都会喊一声牛哥。

战虎大牛：“我想看你的盲僧了。”

TTC · Road：“嗯，下次别禁。”

战虎大牛：“哈哈哈，那不行，我会被教练打死。”

战虎大牛：“小白，你老家在 Z 市吧？春节一块回去？”

TTC · Bye：“行啊，牛哥，到时候我喊你一起。”

战虎大牛：“行，Soft 哪里人？”

简茸盯着这行字看了几秒，才反应过来对方是在问自己。

TTC · Soft：“S 市。”

战虎大牛：“哦。对了，你们怎么不把 Soft 拉进讨论组来？”

小白回了一个问号。

还能为什么，当然是怕他在群里跟其他人吵起来啊。

小白边聊天边跟简茸解释：“我们私底下拉了一个群，好几个战队的队员都在里面，经常一块约饭、约双排什么的，当然，鱿鱼战队的人不在，你要进吗？”

简茸拆下键盘，抱在怀里：“里面有很多人？”

小白点头，心想：你骂过的基本在。

简茸很自然地问：“我们队里的也在吗？”

袁谦“嗯”了一声：“都在。”

简茸沉思几秒，“勉为其难”地说：“那好吧。”

简茸被拉进微信讨论组的时候，已经是凌晨三点，其他人都去休息了，只有他还在打排位赛。他看讨论组的时候，里面已经有几十条消息了。

战虎落落：“后天训练赛有队伍约否？”

战虎大牛：“欢迎新人。”

UUG 牙签：“我们可以约。进来的是谁？”

MFG 空空：“我们也想约！落哥看看可怜的空空吧！”

WZWZ-Mini：“居然是路神拉进来的人，是谁？你们队的小替补？”

TTC 小白：“呃，是我们队里的新中单。”

这话一出，群内立刻安静了几分钟。

TTC 袁谦：“哈哈哈，我们中单跟直播里不一样，人很随和的。”

TTCPine：“……”

大家见 Soft 大半天都没冒泡，以为他闭了群，聊得也就随意起来。

UUG 牙签：“这话问问你队友，信吗？”

战虎落落：“我以为是我学历太低看不懂，特地去查了一下随和的意思。”

WZWZ-Mini：“春季赛骂得不错。”

WZWZ-Mini：“打错字，是玩得不错。”

简茸对群聊不感兴趣，也不知道应该说什么，扫了一眼内容就想放下手机继续排位。

R：“@ 艹耳。”

艹耳：“大家好，很高兴认识你们。”

几秒后。

简茸发了一个玫瑰的表情。

周日，简茸昨天练得太晚，起晚了一小时。

他走进训练室时，发现里面空了两个位置，路柏沅和袁谦都不在。

简茸咬了一口面包，含糊不清地问：“其他人呢？不是马上进行训练赛？”

最近每天下午三点准时开打训练赛，简茸都快习惯这种日子了。

“今天周日，哪来的训练赛？ P 宝救我，这 ADC 想杀你的小辅助！”小白抽空应他，“谦哥约会去了。”

简茸愣了一下：“约会？”

“嗯。”小白疑惑地看他一眼，“谦哥有女朋友啊，你不知道？”

简茸咽下面包，摇摇头。

电竞选手大都是二十岁左右血气方刚的男生，谈恋爱很正常。石榴以前跟他说过一些选手的八卦，不过见他不感兴趣，后来也就没再说了。

小白头也不回地说：“谦哥和嫂子挺低调的，你不知道也正常。他的对象是女主播。”

简茸：“女主播？”

小白“嗯”了一声：“有必要这么惊讶吗？我们能接触到的不就这几类人，主播、粉丝、工作人员。”

简茸想了想，一脸认同地点头。

“说到这个，前段时间有件事你听说过吗？”小白说，“引进女队员那事。”

简茸打开游戏客户端：“那个女中单？她不是没多久就退役了？好像是和队伍配合不好。”

“这你也信。”小白笑了，“那女队员的照片你看过没？大美女，身材也好。”

简茸皱眉看向他，眼神微妙。

“不是，你这什么眼神？我是想说，她刚进队没几天就和队里的打野谈起了恋爱。”

简茸一脸疑惑：“然后呢？不能谈？”

“倒是没这规矩。”小白想了想，跟他解释，“你平时排位里遇到过情侣没？”

简茸：“钻石局很多。”

小白：“你见过情侣互动吧？残血闪现挡人头，无脑帮女朋友 gank 的那种行为。”

简茸瞬间了然。

“这些也就算了，他们还在基地里瞎搞，甚至翘训练去约会……反正那战队没多久就把女中单辞退了。”小白摇头道，“前段时间，丁哥看好一个玩中单的女选手，本来想带进青训队的，因为这事就把计划搁置了。那女生说自己最崇拜的人是我哥，丁哥哪还敢冒这个险。”

简茸还是第一次听说这种事。

他喝了半杯牛奶，还是有点想不通：“那为什么只辞退中单，不辞退打野？”

训练室的门被推开。

“辞退谁？”简茸的头顶传来声音。

简茸仰起头，对上路柏沅的目光。

他咽下嘴里的牛奶：“没谁。”

路柏沅的眸子在阳光下呈很浅的棕褐色。

他扫了眼简茸电脑桌上的塑料包装，问：“你吃饱了？”

“饱了。”

“以后让阿姨给你做饭，一顿早餐耽误不了你训练。”路柏沅瞥了一眼他的游戏客户端，“你先别开，我开电脑，我们双排。”

简茸很喜欢跟路柏沅打双排，强是其中一半原因。

“简茸。”耳机里，路柏沅问，“缺蓝吗？”

简茸看了眼身上马上过期的蓝 buff，默默地把游戏语音的音量调大：“缺。”

“嗯。”路柏沅在敌方家的蓝 buff 点了一个信号，道，“我带你去拿。”

两人打了一天的双排，还在半夜排到了战虎的牛哥。

牛哥玩的女警，一场团战结束，简茸残血逃脱，女警远距离向他放了一个大招。

女警的大招有指定性，只要子弹出膛就百分之百命中。

简茸放弃挣扎，已经做好了免费死回城的准备，刚想打开商店买装备，耳边就传来一道闪现声。

路柏沅操控着盲僧摸眼闪现，在最后一秒帮他挡下了这颗子弹。路柏沅本身血就不多，挡了这一下后只剩下不到一百血。

简茸愣了一下。

“你别发呆。”路柏沅出声道，“跑。”

[所有人]战虎大牛:“路神,反正你们都要赢了,给一个人头怎么啦？”

[所有人]TTC·Road：“中单赏金四百块，我不想给。”

[所有人]战虎大牛：“你身上的赏金比他还多，不怕我一子弹把你打了？”

[所有人]TTC·Road：“我算过血量，打不死。”

简茸回过神，操控着英雄往家里跑，鼠标被他点得哐哐响。

从下午排到凌晨，他们只输了一局游戏。

连胜使人心情愉悦。这局游戏结束，简茸刚按匹配，队友那边就点了取消。

简茸下意识别过头。

只见路柏沅松开了鼠标，正在轻轻地活动手腕，手指松了又紧，语气如常：“不打了。”

简茸看了几秒，才说：“哦，好。”

路柏沅关掉电脑，垂眼看了眼自己的手腕。半晌后，他打开抽屉，拿出止疼贴揣进了兜里，起身就要出训练室。

“队长。”当他经过某个机位时，他的外套被人拽了一下。

路柏沅停下脚步：“嗯。”

简茸盯着他的手腕：“你的手是不是不舒服？”

路柏沅沉默两秒才道：“嗯，我玩久了手酸。”

简茸“哦”了一声：“那正常。”说是这么说，但他依然拽着路柏沅的外套。

上次丁哥说的话，简茸虽然只听见了一部分，但莫名一直记着。

他不松手，路柏沅也不催他。

“我知道一种按摩方法，”良久后，简茸开口，“是我爸教我的，我每次按完都觉得很舒服，你想试试吗？”

路柏沅挑眉，盯着他鼻子上的小痣看了一会儿：“好。”

丁哥跟副教练分别提了两袋小龙虾回基地。

快到门口时，副教练想到什么，道：“对了，丁哥，上次你拒绝掉的那个女选手，去 MFG 打青训了。”

丁哥说：“我知道。”

副教练清了清嗓子：“其实我觉得那姑娘打得挺好的，放在二队历练一下，没准就能跟上首发队伍的节奏了。”

“是挺好，但风险太大了。”丁哥摇头，“你是没见过她看Road的眼神，要真招进队里，天天住在一块，指不定会发生什么事，算了。”

“你俩干吗呢？”

简茸听见声音，下意识停下动作，松开了路柏沅的手。

手上的按压感消失，路柏沅缓缓睁眼，和门口站着的两个人对上视线。

“好了？”路柏沅假寐了一会儿更困了，几秒后才清醒过来。他坐直身子，转动了一下手腕，别过头哑声笑道：“舒服很多，谢谢。”

平时简茸都是按十分钟了事，可他刚才见路柏沅闭眼像睡着了，干脆就一直按着，反正也不费力。

简茸垂眼点头：“有缓解就行。”

丁哥晃了晃手中的袋子：“那啥，我买了点小龙虾回来给你们当夜宵。其他人呢？”

简茸说：“他们已经回房间休息了。”

丁哥把吃的放到桌上："他们肯定没睡，小白几分钟前才发了一条微博。你在群里喊一声，让他们下来吃东西。"

简茸从沙发上站起来："我上楼叫吧，正好要去给手机充电。"

丁哥："行。"

待简茸走上楼，丁哥立刻问沙发上的人："手疼？你今天练了多久？"

路柏沅道："没练多久。"

"下午四点开始玩的。"副教练拿出手机查战绩，道，"最后一局三十分钟前结束。"

路柏沅："……"

"是不久。"丁哥磨牙，"也就八小时，都快赶上青训生了。"

"首发不就应该比青训生更努力？"路柏沅清了清嗓子，"没那么夸张，中途有休息。"

丁哥说："你自己的手什么情况心里没数吗？你就是中途休息两小时，这训练量都超了！"

"行了，你小点声。"路柏沅看了眼楼梯的方向，很快又收回目光，"你别这么夸张，我只是玩久了有些累，手没事。"

"骗鬼吧。"丁哥没好气地说，"还有，队里是没理疗师吗？你让别人给你按，按坏了怎么办？再说了，简茸自己也练了一天，下机还要给你按摩，不知道的都要以为你在欺负新人。"

路柏沅挑了一下眉。他倒是没想这么多，只是看小朋友抓着自己的衣摆不放，顺口就答应了。

他道："说就说，不缺这一个罪名。"

路柏沅一入行便万众瞩目。他人气暴涨的同时，也饱受争议。

他第一年拿S赛冠军时，二大H国强队爆冷提前出局，黑粉送他称号"捡漏王"；他比赛拿MVP，黑粉就说他是"资源王子"，玩打野连F6和三狼都不让给中单；他跟其他选手一样拍商业广告，粉丝就说他靠脸吃饭，讨好女粉……诸如此类，数不胜数。

再多一个欺负新人的罪名，确实没多大影响。

丁哥无言半晌，立刻拿出手机跟理疗师约时间。

翌日，简茸揉着眼走进训练室，看清坐在自己机位旁边的人时愣了几秒。

路柏沅低头玩着手机，听见动静后抬头：“早。”

简茸站在原地，手里还抱着牛奶和面包：“早。”

“你把面包放回去，我给你买了早餐。”路柏沅抬起下巴，指了指简茸桌上的塑料袋，“你吃完训练。”

简茸放好面包回来，路柏沅还坐在他机位旁。

早餐买的是粥，还是热的。

简茸快速地喝了两口粥：“我可以边吃边玩，不然你先去上号？”

路柏沅正在玩斗地主：“上什么号？”

简茸咽下嘴里的粥，含糊地问：“不是双排吗？”

“不排，我今天不练。”路柏沅说，“我看你玩。”

简茸：“……”

简茸当了两年多的主播，在几十万人的注视下都能面不改色地玩游戏，今天他身边只坐了一个人，却让他神经紧绷，每一场排位赛都像在打职业比赛。

正当他往前压线，企图找机会单杀对方中单时，身边的人悠悠开口：“退一点。”

简茸快速计算了一下伤害：“我能杀。”

话音刚落，敌方打野挖掘机出现在他身后，配合自家中单击杀了他玩的蛇女。

路柏沅说：“对面是UUG的中野，他们打野有个习惯，七级大概率要抓中。”

“哦。”简茸抿了一下嘴唇，打开商城买装备，“我以后注意。”

“排位注意就行。”路柏沅语气自然，“比赛我在，你随便压。”

简茸买错装备，默默撤回重买：“我知道了。”

工作人员抱着十几个包裹走进训练室时，简茸还在游戏里，听见动静，他只是扫了一眼就收回了目光。

几分钟后，几个小包裹被放到了他的桌上。

简茸正在打团战，看也不看：“给错了，我没网购。”

“不是。”工作人员解释，“这些都是粉丝送过来的礼物。”

这几年电竞选手受到的关注极高，人气高的选手粉丝数量甚至超过大部分明星，会收到粉丝的礼物并不稀奇。

简茸疑惑地问：“我们能收礼物？”

“可以，不过只能收一小部分礼物，我们会确认里面不是危险物品再送来。”工作人员看向路柏沅，“路神，这些是你的，帮你放在桌子上？”

简茸看了一眼。

他收到了三个包裹，小白他们桌上也是三四个不等，而路柏沅……

路柏沅的礼物放了一地，一眼扫过去有十几个。

路柏沅扫了眼包裹：“我不是说了不收这些吗？”

“丁哥说，这些是你大粉送的，不收不合适。”工作人员咳了一声，“你放心，都不贵，只是一些手工制品。”

工作人员走后，路柏沅起身去拆包裹。虽然他收到了礼物，但他的情绪明显不高。

简茸推着敌方基地，忍不住频频往路柏沅那儿瞥。

小白发现他的视线，小声解释：“以前有人给我哥寄过不太好的东西。”

简茸问：“什么不好的东西？”

“虫子什么的，就放基地门口，拆了才知道是什么。很久以前的事了。”

小白顿了顿，“不过在那之后，我哥偶尔还是会收礼物。他的粉丝很用心，经常送粉丝寄语之类的。直到有一回他收到了一部新款手机，送礼物的人被黑粉扒出来了，是一个高三小妹妹，拿自己大学学费买的……我哥那段时间被骂得很惨。”

简茸听了一肚子火：“这跟他有什么关系？凭什么骂他？”

“说他收高价礼物呗。其实那手机我哥根本没用，还让丁哥退回去，但当时正在打比赛，丁哥忙不过来，就耽搁了两天。”说到这事，小白就无语，“后来我哥担心那小妹妹来不及卖手机，没钱上学，还给她转了学费钱呢。”

“小白。”路柏沅忽然叫了一声。

小白：“哥，我什么也没说。”

路柏沅皱眉，道：“借一下剪刀。”

游戏结束，简茸转过头，看见路柏沅背对自己站着，正在拆包裹。

第一个包裹里是手工缝制的布偶小熊。小熊穿着小号的TTC队服，上面隐约还有“Road”这个ID。手工水平一般，小熊的脸歪斜。

路柏沅拿着它看了几秒，伸出手指试图把小熊的鼻子摆正，拨动两下无果，肩膀随着叹气耸动了一下，把小熊放到了电脑桌的架子上。

第二个包裹里是手机壳，简茸看不太清壳上的装饰，只看见了“哥哥”两个字。

路柏沅拿起自己的手机，犹豫了两秒，最后打开柜子，把手机壳放了进去。

第三个包裹里是手工围巾。

第四个包裹里是手工手套……

简茸看他拆完所有包裹，才放心地收回脑袋。

“小白。”袁谦走过来，“你帮我拍一张照，粉丝给我送了一条围巾，我做个纪念，以后还可以发微博。”

简茸看了一眼，围巾上还绣着袁谦的游戏ID，绣工非常好。

环顾一圈，大家收到的礼物价格皆不高，但每件都十分用心，尤其现在是冬天，几乎人手一条围巾。

简茸看着面前三个包裹，舔舔唇，心里莫名期待起来。

他很久没收过礼物了，久到他回忆起来，只能想起路柏沅递来的那张入场券。

简茸从抽屉里翻出指甲钳，小心翼翼地拆开第一个包裹，一打开就看见商家放在里面的商品清单——

“买家：Soft亲粉。

商品：内增高鞋垫，隐形硅胶全垫神器，舒适隐形不累脚。

新款男士时尚增高鞋垫加厚。

轻松舒适做自己男士增高鞋垫。”

……

小白好奇地凑上来：“让我看看你的粉丝给你送了什么。”

砰，简茸重重地把包裹合上，再用上半身紧紧压住开口。

小白吓了一跳：“我收到的礼物都给你看了，你的礼物不分享一下？”

简茸：“不分享，走开。”

小白：“……”

简茸把小白赶走，把包裹开口全部压好，嫌不够，还拿出透明胶重新给它打包。

确认封死后，简茸喝一口清茶静心，继续拆下一个包裹。

包裹里是几个长方形的包装盒，简茸皱眉拿出来看——

“×××泡泡染发膏流行色显白：深紫。”

六个盒子，六种颜色。

简茸做了好几个深呼吸，一口闷了一整杯茶。

最后一个包裹。

简茸面无表情地想，再是这些乱七八糟的玩意儿，他以后再也不收粉丝礼物了。

可能因为他原本就不抱什么希望，以至于看到盒子里是一条灰色长围巾后，眼睛瞬间亮了。

简茸把围巾拿出来，放在手里仔细摸了摸，质感很好，摸着很舒服，颜色也很好看。

“这是什么？”小白不死心地凑上来，“哇，这围巾可以，围起来一定很暖，你试试。”

简茸绷着嘴角，憋着笑意，“哦”了一声。

围巾太长，坐着戴有些艰难，简茸把围巾缠到脖子后，低头刚想去牵另一头，身后的人率先帮他拿起那角递了过来。

路柏沅说：“这么缠不暖和。”

简茸点头：“我知道，我就试一试。”

“哎，你围巾右边好像有字。”小白忽然出声，“绣的 ID 吧？”

简茸装出一副淡定的模样，拿起围巾看：“可能吧。”

简茸看清围巾上的字后，微笑凝固在脸上。

别人的围巾上绣的都是 ID，简简单单又有气势的英文字母。

简茸的也有 ID，不过他的要比别人的长得多——

“英雄联盟第一喷子 Soft 所有”。

下面还有几个字——

“捡到不还，后果自负”。

简茸：“……”

小白心想：我不能笑，笑了我就完了，我今天就得命丧训练室。但他还是没忍住：“哈哈哈哈哈哈哈哈哈哈哈哈——”

简茸：“……”

小白：“哈哈哈哈哈哈哈哈！”

简茸的脏话都到嘴边了，就听见身后的人也笑起来。

路柏沅的笑声有些低沉，也没小白那么大动静。

半晌后，简茸的头被轻轻拍了两下，像安抚似的，路柏沅压着笑意说："绣这么多字不容易，你收着吧。"

比赛日这天，正好降温。简茸想着车上有暖气，赛场内也暖和，披了一件队服外套就下了楼，最后被丁哥轰上去重新套了一件羽绒服。

出门之前，简茸犹豫了很久，还是把孤零零挂在墙上的围巾也扯了下来。

"你还真用这围巾啊？"他刚上车，小白就瞪大眼问。

路柏沅抬眸。简茸穿着白色羽绒服，脖上缠着那条灰色围巾，他缠得太随意，整个嘴巴都被围巾遮住，脸蛋看起来更小了。

"我反着戴，看不见。"外头太冷，简茸说话时吐出一口白雾，"反正到赛场就摘。"

小白"哦"了一声，看向路柏沅："哥，你怎么没戴粉丝送的围巾？我看你收到的那些围巾都好精致，有条还绣了一个小小的队标，特好看。"

路柏沅低头看手机："太多了，不戴。"

小白没听懂，还想再问，旁边的袁谦就帮着回答了："他收了那么多围巾，戴了一个粉丝送的，那其他送围巾的粉丝会有意见，全部不戴最保险了。"

简茸垂眼盯着自己的围巾，心想：我但凡多收到一条，这丑玩意儿都要被我拿去垫椅脚。

他想是这么想，反正现在这围巾挂在脖子上了，除了绣了点不雅文字，还是很暖和的。

常规赛一天有两场，他们今天是第二场比赛，七点才开始，打一支刚从发展联赛升上来的战队。第一场是鱿鱼对战 MFG。

赛程连着两次和鱿鱼战队碰在一天，丁哥都怀疑赛方在故意搞自己。

“简茸。”下车之前，丁哥悄声叮嘱，“鱿鱼就在我们隔壁休息室，要是见着了，你就当他们是空气。”

简茸把嘴巴埋在围巾里：“嗯。”

不过他们到赛场时，第一场比赛已经开始了。

他们打开电视直播时，正好看到空空配合打野打了一波下路四包二，豆腐被空空一个大招干脆带走。

“豆腐玩得比上周还菜。”Pine 下结论。

“我觉得他本来就一般吧，主要是长得还行，女粉多，粉丝老爱吹什么新秀第一 ADC，吹多了大家也就信了。”袁谦撑着脑袋说，“他走位太差了，这波每一步都能精准走到敌人的攻击范围里，也是一种本事。”

“就是，什么新秀 ADC，能比得上我 P 宝？”小白伸手去揽 Pine 的肩，“P 宝个子比他高，长得比他帅，打得比他好！”

Pine：“不准挽我手。”

他说是这么说，倒也没挣开。小白用下巴指了指坐在旁边的简茸：“而且豆腐上周被简茸杀成那样，估计还没缓过来呢。”

简茸脱了围巾和外套，低头去拉队服外套的拉链：“菜是他自己的事，跟我没关系。”

好家伙，一个比一个狂。因为还没到他们比赛，除了自家的摄影师没外人，丁哥干脆把训练室的门先反锁了。

他转头见路柏沅一直低头看手机，上面明显是微博界面，挑眉道：“马上要打比赛了，怎么还玩手机？”

路柏沅头也没抬，嗓音暗哑：“XIU 给我发了 HT 中单的新采访。”

其他人都是一怔。

HT 作为 H 国赛区第一强队，其选手实力是毋庸置疑的，新换的下路组合也是从二队直接提拔上来的强劲选手。其中公认实力最强的是他们的中单选手 Master，英雄池深，前后期都能打，几乎没有短板。

这两年的比赛里，HT 的中单对线时没被任何人攻破过。Kan 在常规赛被他单杀已经是熟悉桥段。

“他说什么了？”小白坐直身体问。

路柏沅说：“太长，自己看。”

简茸忍不住也掏出手机，刚打开微博小号，就在首页刷到了字幕版。

前段采访还好，只是一些游戏上的问题。直到后半段，记者问他，这次 S 赛里对哪个队伍印象最深。

Master 想了很久，对于这种问题，漫长的沉默也是一种另类嘲讽。许久后，他说是其他赛区的 M7 战队。

主持人惊讶地挑眉问：“这次你在半决赛、决赛对战的都是 LPL 的队伍，难道不该是对 LPL 队伍印象更深吗？”

Master 点点头，说：“我打 LPL 的队伍就像在打自己赛区的队伍，没有什么特别的感觉。”

主持人问：“你怎么会有这种想法呢？”

Master 笑了一下，说：“抱歉，可能因为他们强队里有 H 国战队淘汰掉的三名选手，都是 H 国人，所以我觉得像在对战自己赛区的队伍。”

“白痴！”

小白不知道看到哪里，忍不住骂了一句脏话。

简茸戴着一边耳机，垂眸冷冷往后看。

主持人问：“是的，LPL 赛区近几年虽然发展很好，但确实引入了不少我国选手。那么 TTC 战队呢？他们目前是一支全华战队。”

Master 答得很快：“不太好。他们依靠 Road，但 Road 最近也不行了。半决赛他让替补上场，打得很没有意思。”

看到这儿，简茸关掉手机，将它丢到沙发上。

“神经病！”小白爆出第二句脏话，“说谁不行了？他才不行了呢，狂什么啊！”

小白骂归骂，却没什么底气。因为Kan确实被他吊打，那场半决赛他们受各种因素影响，谁都没有打好，最后甚至还被HT虐泉。

简茸忍不住看向路柏沅。

路柏沅已经看完了这段视频，他面色如常，垂着眼在回消息。

PUD · XIU：“我们中单被他称作‘H国战队淘汰掉的选手’，已经红着眼睛在铂金段位炸了一下午鱼了。”

R：“那他的承受能力还要加强。”

PUD · XIU：“？”

PUD · XIU：“嗯嗯嗯，你们新中单承受能力好。如果Master讽刺的是Soft，我估计他马上就要订当天去H国的机票。”

简茸立刻想装作碰巧的样子然后挪开目光。

“你跟Master打过游戏吗？”路柏沅突然问。

简茸一顿，把脑袋转回去，诚实道：“一年前我们在H服遇到过，没打赢。”

路柏沅很轻地点点头，还想说什么。

“我被单杀了一次，不过问题不大。”简茸继续往下说，“下次不会了，下次争取不被单杀，下下次争取我单杀他。”

话音刚落，小白另一只手立刻搭到他肩上：“厉害！我相信你！你绝对可以！”

“我当然可以。”简茸说，“你把手放下来。”

路柏沅安静地看了他几秒，眼神他不太看得懂。

他是嫌自己被Master单杀过？

他刚刚应该再说得厉害一点，下次就争取单杀Master才对。

他正想补救，路柏沅已经收回目光，跟丁哥讨论起一会儿的比赛来。

没过多久，MFG以2∶0击败鱿鱼战队，工作人员敲门提醒他们准备上场。

简茸走出休息室，迎面遇到了准备离场的鱿鱼战队。

豆腐阴沉着脸在看手机，他没插耳机，声音外放出来，一听就知道是在看那段 Master 的采访。

豆腐看到一半，毫不掩饰地骂屏幕里的人：“傻子。”

丁哥心想：这也太倒霉了。他赶紧站到简茸左侧，试图挡在两人之间，以防他们有任何交流。

双方擦肩而过时，简茸扫了豆腐一眼。

他这一眼被豆腐捕捉到，见路柏沅已经走出一段距离，豆腐当即停下来，没好气地问：“你看什么？”

丁哥：“他……”

“没。”简茸言简意赅，“只是意外，你偶尔也会说一句人话。”

豆腐：“……”

第二场常规赛，TTC 以 2∶0 的成绩，毫无悬念拿下。

MVP 给到了路柏沅，负责采访的依旧是唐沁。

唐沁今天穿了白色无袖长裙，简茸看着她的胳膊都觉得冷。

“唐沁姐身材真好，又高又瘦。”小白靠在沙发上，抱着自己的外设包说。

Pine 边玩“消消乐”边说：“你一周不吃饭，也可以变成她这样。”

“玩你的手机！”

简茸支着下巴，安静地看电视机里的采访。

有些人现实中好看，上了镜却很丑，路柏沅是本人和上镜都好看。

他站姿随意，肩颈挺直，换件西服甚至可以当作红毯采访现场。

唐沁笑容温婉，她原本和路柏沅隔着一人的距离，说着说着，就渐渐靠近了。

路柏沅淡笑着回答完一个问题，不露痕迹地往右侧挪了挪。

袁谦回完女朋友的消息，抬头感慨："也不知道队长的帅气能不能分我一半。"

"你都有女朋友了，不分你也没事。"小白顿了两秒，说，"啧，你们不觉得我哥和唐沁姐站一块很般配吗？像婚礼现场。"

"不觉得。"简茸打断小白，"不般配。"

小白一怔，随即理解般地点头："哦，你是我哥的粉丝，对他配偶要求高是正常的。是不配，全世界的人都配不上我哥。"

简茸："……"

简茸懒得理他。

待路柏沅回到休息室，众人收拾了一下东西就从后门离开了。

车子就停在门口，简茸懒得再把防寒装备安回去，干脆把围巾塞进背包里，外套拎在手里就往外走。

因为是第二场比赛，粉丝不知道他们什么时候会到场，所以来时后门没什么人，离开时倒是有许多粉丝在后门等着。

简茸是第一次在粉丝的簇拥下离场。

粉丝呼声很大，一路听过去几乎都在喊路柏沅的名字。

简茸步子很快，准备要上车。

"Soft——"一道声音从他身侧传来，"你为什么不戴我送的围巾？"

简茸："……"

他脚步一顿，转头看向旁边。

那是一个穿着黑色羽绒服，戴着黑色口罩的人，看起来年纪不大，露出来的眼睛还挺好看的，不过这不是重点。

简茸没怎么犹豫，转身走了过去。

简茸在尖叫声中站定，眯着眼睛："那围巾是你送的？"

那人点头："对啊，我亲手织的。"

“织的……你时间这么多，不能用来打游戏？”简茸一脸疑惑地看着对方，忍不住再确认一次，“上面绣着什么字？”

“英雄联盟第一喷子……”

第十一章 春节假期

Take the Crown

上车后，简茸跟路柏沅聊了会儿，然后陷入久久的沉默中。

片刻后，坐在前面的丁哥回头问：“你们说什么呢？”

“没。”路柏沅收起笑意。

丁哥“哦”了一声，把手机递过来：“我在看 HT 最近的比赛视频，你来看看这一场。”

直到路柏沅戴上耳机，简茸才回过神来，动作僵硬地把脑袋靠向窗外。

简茸看着窗外不断后退的高楼，陷入了沉思。

到了基地玄关，小白看了他一眼，疑惑地问：“你不是嫌麻烦，连羽绒服都不穿吗，怎么连口罩都戴上了？”

简茸眼睫垂着，口罩遮住了他大半张脸：“我突然觉得冷。”

一整天没怎么吃东西，夜宵时间每个人胃口都很好，除了简茸。

他们几人坐在客厅的地毯上，把茶几充作饭桌，电视里放着 HT 最新一场比赛的视频。

“HT 的下路磨合得越来越好了。”袁谦夸赞道。

“一般吧，没他们在原先战队打得好。也正常，换搭档起码得配合一两个赛季才契合。”小白虾剥到一半，侧身去撞 Pine，“就比如我和 P 宝。”

Pine 一动不动，仍旧看着电视屏幕：“你的脏手要是碰到我，我下赛季就不续约了。”

小白“哎呀”一声，还想说什么，就感觉到一道极其强烈的目光紧紧黏在自己身上。

他转过头，对上紧抿着唇，眉头轻皱的简茸：“干吗？你肚子疼？”

简茸盯了他一会儿，忍不住问：“你一区 ID 叫什么来着？”

“‘P 宝的小辅助’啊。”小白气死了，“你和我打了几十把排位，现在来问我 ID 叫什么？你这说的是人话吗？”

原本简茸是没觉得这 ID 有什么的。

他顿了顿，又说：“我记得，我只是确认一下……你为什么取这个 ID？”

小白语气自然：“之前我遇到一个叫‘××的小仙女’，觉得挺有意思的，就跟着改了。我还想让 P 宝改‘白宝宝的小 ADC’呢。”

Pine：“我宁愿销号。”

“你销，立刻销，不销我看不起你！”小白呛完声，才道，“本来我是图个新鲜，过几天就改回去。后来我发现换了这个 ID 之后，我直播间的人气高了好多，和 P 宝双排的时候还总是收到大礼物，就没改回去。”

简茸心想：你入错行了，该左转进隔壁娱乐圈。

简茸“哦”了一声，低头喝水，打算结束这个话题。

“你别说，这种套路还挺好用的。”

简茸狠狠呛了一口，捂着嘴巴直咳嗽。

“你喝水都能呛着啊？”小白给他拍背顺气，继续分析，“怎么样，你要不要试着改个 ID？”

要不是简茸还咳着，恐怕拳头已经塞小白嘴里了。

他的身侧传来开门声，路柏沅和丁哥谈完事从会议室里出来。

“改什么 ID？谁要改 ID？”丁哥关上门问。

“简茸啊。”茶几也就那么点大，几个大男人围着坐有些挤。小白往 Pine 那边挪了挪，给路柏沅腾出位置：“哥，来坐这儿。”

路柏沅慢条斯理地把衣袖拉至手肘处，然后剥着虾道：“你想改成什么？”

简茸：“没。”

“目前的打算是‘Road 的小中单’。”小白嚼着虾肉回道。

路柏沅很轻地挑了一下眉，盯着简茸的后脑勺看了两眼：“是吗？”

“不是。”简茸不敢看向路柏沅，磨牙道，“我不改名。”

“庄亦白，”Pine 把剥好的虾肉丢到小白碗里，“你能不能安静吃饭？”

“我就开个玩笑嘛。”小白低头一口把肉吃完。

“ID 还是别改了，改了我还得向联盟上报，挺麻烦的。”丁哥已经吃过晚饭了，他给自己泡了一杯咖啡，轻抿一口，“春节前最后一场比赛打完了，我跟你们说一下接下来的安排。”

春季赛中间夹着春节，比赛会暂停两周，但选手们的训练肯定不能停两周。

丁哥清了清嗓子：“今年春节只放三天假。”

“三天？”袁谦愣了一下，“怎么只有三天了？以前不都五天吗？”

丁哥道：“今年法定节假日只有三天。”

小白瞬间蔫了：“我家在外省，去掉来回的时间，我都睡不够一个饱觉。”

Pine 问：“具体哪三天？”

“初一到初三。不过我和管理层商量了一下，大年三十就让你们走，初四必须回来，来回机票我明天就帮你们安排。”

小白举手：“我要头等舱！”

丁哥：“知道，你们的腰都金贵，我什么时候让你在经济舱挤过？”

简茸低头吃饭，对这个噩耗没有丝毫反应。

“不用订我的，我今年春节待 S 市。”路柏沅开口。

丁哥问：“怎么，你家不是每年都去 H 市过年？”

“今年不去。”路柏沅低头戴一次性手套，“给我递一瓶水。”

TTC众人都高贵，比起烧的白开水，更喜欢喝矿泉水。

小白从身后抽出一瓶未开过的矿泉水，刚递到半空就被坐在另一端的简茸接了过去。

简茸顺手拧开瓶盖，然后才放到路柏沅面前。

路柏沅戴手套的动作一顿。

其他人也满脸疑惑。

简茸一抬头就看到大家或疑惑或震惊的目光，也怔了一下：“干什么？”

小白咋舌：“你很熟练啊。”

简茸蒙了两秒才反应过来，立刻解释：“他戴着手套，我看瓶口有点脏，就顺手……没别的意思。”

袁谦看了眼他的手，提醒：“你自己也戴着手套。”

简茸应得飞快：“我不怕脏。”

其他人又安静了。

几秒后，拧开的水被人拿起来喝了一口，然后他道：“那你再帮我拧一下？”

简茸虽然没回头，但他觉得路柏沅在笑。他伸手把盖子重新拧上。

小白：“这招我学到了，下次我也这么演。”

杀队友会被联盟罚款。

简茸闭了闭眼，红着耳朵吐出一个字：“滚。”

这件事直接导致简茸晚饭没吃饱。

今晚不训练，到了睡觉时间，简茸把灯全关上，被褥盖至头顶，强迫自己入睡，却怎么也睡不着，最后简茸掀被而起。

他坐在床头，揉了一把脸，心想干脆通宵训练算了。

简茸拿起手机胡乱地刷，试图转移自己的注意力，翻了半天首页无果。

他想了想，决定去大号找那些水友吵两句。

没想到他刚打开大号，就收到了几百条消息。

他和那名粉丝的聊天内容全被别人拍下了。那人似乎就在附近，视频格外清晰。

简茸在心里骂了一句脏话，心想：明天恐怕又要挨丁哥的骂了。

简茸看了几秒视频就关了。视频时长一分多钟，他不看也知道是什么内容。

他滑动手机去看评论区——

“震惊！我们之中出了个叛徒！”

“请跟他保持距离，越线者死。”

“Soft 不要早恋，不然我打断你的腿。”

到这儿画风还算正常，可再往后——

“我看视频开头的时候都担心这人要挨小蓝毛的揍，没想到小蓝毛不仅没动手，而且一句脏话都没骂。”

“对吧！我也觉得好奇怪，而且 Soft 还收了对方的围巾！”

简茸看得一头雾水。

“我想问一下 Soft 的老粉，他现在有对象吗？”

“应该还没，不然他怎么放着恋爱不谈，去打职业赛？”

“因为他崇拜 Road 啊，还有人不知道他是 Road 天下第一死忠粉这件事吗？”

“一语点醒梦中人！”

“那 Road 知道这件事吗？”

“你们等等，我问问 Road。”

看到这条评论，简茸眼前一黑，觉得自己直接减寿五十年。

翌日下午，简茸刚醒就收到丁哥的消息，丁哥让他过去。

丁哥盯着他的脸看了一会儿，问：“你昨晚做贼去了？”

简茸皮肤白，眼下的乌青非常明显。

简茸想起自己抓着手机自闭到半夜的模样，揉揉眼睛：“我做噩梦没睡好，你放心，不妨碍我训练。”

“你别仗着年轻挥霍自己的身体，给你们充足的睡眠时间不是让你们熬夜的。”丁哥说教两句，终于进入正题，“春节回来你的生日马上要到了，你有什么想法吗？”

“没想法。”简茸说，“希望可以复播。”

没想到简茸自己提出这个要求，丁哥愣了一下。

他还以为小孩子都贪玩，会提出办个生日派对什么的。

“嗯，我就是想跟你提一下复播的事。”丁哥咳了一声，“我看了一眼，那天周六，如果要开直播肯定是放在晚上，白天得训练，恐怕没什么时间给你庆祝。”

“不用庆祝。”简茸说，“我不过生日。”

丁哥意外挑眉：“行。还有就是直播当天得安排一些活动，毕竟是复播嘛，得给水友一些福利，你有什么想法吗？我们安排了几项活动，你可以挑一挑。”

能有什么福利？他就一游戏主播，顶多是带带水友或者抽水友上来打内战五对五。

简茸没看他拿出的计划书，摇头道：“你们决定吧。”

丁哥：“那这样，复播前一天，我们面向观众开放投票，他们来决定福利内容？”

简茸点头：“可以。”

他们又谈了十分钟才结束谈话。

简茸刚拉开会议室的门，就听见丁哥叹了一口气，缓声道：“简茸，你到训练室帮我把小路叫来，我有事找他。”

简茸脚步一顿，脱口说："你不能自己叫吗？"

丁哥："啊？"

沉默几秒后，简茸道："我知道了。"

快到训练室时，简茸的脚步就越发慢了。

他做了一下深呼吸，告诉自己别慌。

电竞选手天天在训练，哪来的精力和勇气用大号刷微博。

他这念头刚冒出，就想起坐在自己隔壁，天天用大号跟粉丝亲密互动的小白。

还有上次路柏沅在他微博底下回复那个垃圾后援团……

不不不，就算路柏沅看微博，他一天能收到成百上千条消息，怎么可能看到那条傻里傻气的评论？

简茸一路安慰自己，心已经放下了些许。可当他透过玻璃看见坐在机位上低头玩手机的路柏沅时，第一反应还是掉头回房收拾行李走人。

简茸后退一步，脑门抵在墙上，心想：万一……万一路柏沅真看到了，我该说什么？

——我替我那群水友跟你道个歉？

——我来战队是真心想打职业赛，没有别的企图？

"小茸？"

简茸在门外踌躇不前，屋里终于有人看不下去了。训练室的门半掩着，袁谦疑惑的声音传出来："你干吗呢，在那儿转悠半天……早餐吃多了，散步消食？"

简茸转头时已经恢复平时的表情，他推门而入："嗯。"

简茸慢吞吞地走到路柏沅身后，他平时对别人的隐私不感兴趣，但他现在巴不得把自己的眼睛贴在路柏沅的手机上，想知道路柏沅到底在看什么。

路柏沅戴着耳机，手机里播放着不知哪两个队伍的比赛视频。

简茸看清屏幕上的画面，吊着的那股气还没松完，路柏沅就仰起了头。

路柏沅刚睡醒时经常会变成单眼皮，看起来比平时都要冷淡：“怎么了？”

简茸抿唇：“丁哥让你过去一趟。”

路柏沅“嗯”了一声，刚把手机锁屏，正在打游戏的小白忽然问：“哥，你今天看微博没？”

简茸后背一麻，僵在原地不动了。

路柏沅把耳机随意塞进笔筒里：“没。”

“我昨晚最后一次团战的闪现大招上热搜啦！哈哈哈！”小白笑得摇头晃脑。

Pine：“应该是丁哥买的热搜。”

小白被噎了一下：“买的又怎么样？那也是因为我有精彩操作才买的！上了热搜就是我厉害！”

简茸怀疑庄亦白是上天专程派来搞垮他心态的。

他打钻一晋级赛最后一场生死局都没这么提心吊胆过。

面前传来椅脚摩擦地面的声音。

路柏沅起身，和简茸之间的距离不过半个人。简茸身上还有因为在被子里捂了一晚而残留的牛奶沐浴露味。他的下巴沾了点水，应该是吃完早餐漱口时没擦干。

简茸回过神，立刻后退给他让路。

路柏沅走出两步，突然回头：“昨晚那条围……”

简茸脱口而出：“全是他们乱说的！”

训练室霎时间安静，Pine和小白正打到团战的关键时刻，因为漏了操作被对面抓住机会成功反杀。

路柏沅挑了一下眉，停顿了很长一段时间才把话说完：“昨晚那条围巾，让丁哥还回去。”

简茸呆滞两秒：“围巾？”

“不然呢？”路柏沅好笑地问，见他不说话，又道，“这种性质的礼物最好别收。当然，你如果喜欢，也可以留下。”

简茸回想了一下自己刚才说的话，忍着钻进地洞的冲动，板着脸道：“没有，我不喜欢……我一会儿就让丁哥退回去。”

路柏沅离开后，简茸坐回自己的位置，闷头按下电脑开关。

小白：“Pine，你去中路怎么不叫上我啊？”

Pine 头也没回：“你太吵了。”

简茸懒得再搭理小白，随手开了一局自定义模式，掏出了路柏沅昨晚要他多练的沙皇。

在去会议室的路上，路柏沅拿着手机关后台程序。

最后一个后台程序是微博，界面停留在某条微博的评论区里，上面写着——

“你们等等，我问问 Road。”

“为什么要问 Road 呢？都说了不要问 Road，Road 那么忙，哪里有空看微博？”

“Soft 自己出来坦白。”

路柏沅关掉程序，把手机丢进兜里，打开了会议室的门。

丁哥见到他，扬眉：“你笑什么？”

路柏沅随便拉开一张椅子坐下：“没。你找我有事？”

丁哥跟路柏沅说了一下简茸生日复播的事，最后道：“虽然他之前就有人气，但我觉得还是要搞点噱头，想安排你俩那晚开直播双排。”

“我不开直播。”路柏沅说。

丁哥听到拒绝的话有些意外，愣了两秒才说：“那行。”

“他开就行了，我开流量会分散。”路柏沅道，“双排我都可以。”

丁哥点点头，在本子上打了一个钩，然后道：“我发现你对简茸挺好的啊。”

路柏沅反问：“我对你不好？”

“那能比吗？我们认识多少年了。”丁哥顿了一下，“不过放在刚认识那会儿，Soft 在你这儿简直是亲儿子待遇。我记得你刚和小白他们接触的时候，别说双排了，坐一块你都不乐意多说一句话。”

丁哥琢磨片刻，然后问：“难道是眼缘？你在直播间看到他的第一眼，就觉得他特别？”

“操作不错。”路柏沅看了眼时间，“还有事吗？没有我回去了。”

“没了……哎，还有件事。”丁哥犹豫一会儿，才说，“刚才简茸跟我说，他春节要留宿在基地。”

路柏沅挑眉：“不能留宿？”

“能是能，盒子去年不就在基地过的年？”丁哥说，“但我看他年纪小，家又住在 S 市，就多嘴问了他一句，怎么不回去跟家人见一面。”

路柏沅察觉到丁哥脸色不对，抬眼等着他说。

“他说他没家人。”丁哥说完这句话，抬手拍了一下自己的脑门，“我也是，闲着没事问这么多干什么。你说他这情况，是和家里人吵架了离家出走，还是人真没了啊？”

路柏沅沉默了很久才道：“不知道。”

他回想了一下简茸刚才来找自己时的表情，和平时没什么差别。

路柏沅神色没变，刚进门时眼底带的笑意已经散干净了。片刻后，他问：“你把人招进队的时候没问清家庭状况？”

“我让他填过表格。刚才我质问他，他说他是瞎填的。”说到这个丁哥就来气，“我哪能想到……这是我遇见的第一个敢乱填表的人，还好这表就我内部存个档，不用交给联盟。”

“是我的疏漏，而且最近我还知道一件事……其实几年前他就给我们战队交过青训报名表，谁知在试训当天放了我们鸽子，当主播去了。那审核人员记得他，前几天遇见时跟我提了一嘴。”

丁哥见路柏沅没说话，迟疑地问：“你说我要不要让队里的心理辅导师跟他聊一聊？”

路柏沅回过神，片刻后摇头：“先不用。”

路柏沅回到训练室，见简茸戴着耳机，不知在和谁连麦。

路柏沅扫了眼屏幕，看到聊天框上面写着“石榴”。

“双排？现在？……不是，我没嫌弃你。”简茸察觉到自己身边来了人，别过头一看，立刻拽下耳机问，“队长，双排吗？我练沙皇。”

路柏沅垂着眸子，跟他对视两秒：“今天不排，自己练。”

简茸“哦”了一声，下意识想问他是不是手又不舒服，他就已经朝自己机位走去了。

路柏沅没碰电脑。他坐下之后重新插上耳机，打开了手机桌面上的某款视频 APP。

星空 TV 虽然家大业大，但不会存下每个主播每一场直播回放，只能去视频平台碰碰运气。

路柏沅搜索“Soft 直播视频”，往最前的时间开始翻找，过了很久才找到一个两年前的视频。

他调大音量，点开视频。

那时候，简茸还没被赶去颜值区，黑头发，脸蛋比现在稚嫩，看起来像是一个乳臭未干的小男生。唯一的区别是，他长得比其他同龄人可爱很多。

他不知道刚经历过什么事，眼眶有些红，操作的时候还紧紧抿着嘴唇。

这会儿简茸的直播间还没什么观众，路柏沅看了几分钟，视频里才终于出现弹幕——都出自同一个人。

“小朋友哭什么呀？告诉叔叔，叔叔安慰你。”

“或者你告诉叔叔你家住在哪儿？你想吃什么，叔叔带你去？加个

QQ 聊一下吧？”

“叔叔觉得你打得很好哦，有时间教教叔叔。”

小简茸明显也看到了这条弹幕，他皱起眉，看起来不太理解这个人在说什么。

当这位“叔叔”发出第四条骚扰弹幕时，小简茸抬起胳膊，抹了一把眼泪。

“你说话太恶心了。”他说话带着一点鼻音，因为还在变声的年纪，声音比现在细一点，说完又揉了一下鼻子，“滚。”

语毕，小简茸动动手指，在他仅有的三十位观众里找出那个人的 ID，把人踢了。

路柏沅哑然失笑。

片刻后，他拖动进度条，往回倒半分钟，又看了一遍简茸黑着脸抹眼泪揉鼻子的模样。

临近放假，训练赛安排得越来越紧凑，基地里的氛围却异常轻松。

放假前一天，众人刚跟 WZWZ 打完训练赛，一出门就闻到了浓浓的火锅味。

“我是打训练赛打昏头了？怎么闻到了一丝快乐的味道？”小白吸吸鼻子问。

丁哥轻敲了一下他的脑袋：“我让阿姨做了火锅，这几天大家都辛苦了，吃个火锅放松一下。你们都是明早的飞机，今晚就不训练了。”

荤素菜摆了一桌，火锅的味道熏了整个基地。

二队的队员也是明天走，丁哥干脆发了微信，把人都叫过来一块吃。他在旁边又立了一张不小的折叠桌，让其他人都坐在那边。

虽然大家住得近，但简茸没怎么见过二队的人。他吃饭时本来就话少，其他人这会儿都聊得热闹，他只管吃东西。

“你们 LDL（发展联赛）打得怎么样了？”袁谦加大音量，问隔壁桌的人。

虽然他们是 TTC 的二队队员，但严格来说算是一个小分队，全名是 TTC-K，目前正在打《英雄联盟》发展联赛。在发展联赛中，晋级总决赛并拿到冠军的队伍可以申请加入 LPL。

不过大战队手下优秀的青训生一般都会提拔到一队替补或是直升一队，所以二队的水平很难够上那些正儿八经组队冲刺 LPL 名额的新战队。

有人应道：“不太好，我们前两天刚输了一场比赛。”

“没事，比赛就是有输有赢。”小白捞起一块虾滑，道。

他放汤勺时力气太大，不小心溅了些辣汤在捞食物的路柏沅手上。

听见小白急促地“啊”了一声，简茸才终于从饭碗中抬头。

汤是沸的，红油溅在路柏沅手背上非常显眼。

简茸怔了两秒，快速从身边抽出纸巾想递过去，他的手刚伸到半空——

“哥，你没事吧？”队里的打野替补 Moon 双手捧着纸盒，从另一张餐桌快步走过来，给路柏沅递上纸，“快擦一擦。我那儿有药膏，我去拿给你。”

“不用，一点汤水而已。”路柏沅接过他手上的纸，顺手递给小白，“你擦擦嘴，汤流到下巴了。”

简茸看了一眼 Moon 捧着纸盒的双手，默默收回视线，拿刚抽出的纸巾随便抹了抹嘴巴，然后捏成一团攥在手里。

Moon 送了纸也没走，问：“队长，你最近有玩新英雄莉莉娅吗？”

路柏沅说：“我玩了几把。”

“我也有练，用起来还挺顺手的。”路柏沅坐着没回头，Moon 就一直站在他身后，低着脑袋看他，“你觉得她能上赛场吗？”

路柏沅没有停筷，说：“这个问题你该去问教练。”

简茸正在偷听，闻言怔了一下。

他以为路柏沅会很耐心地解释，像他们平时双排时那样，告诉他什么时候该压线，什么时候该后撤。

“这我不是说过了吗？”丁哥接过话头，“新英雄走野区一对一太弱，虽然小团战进场有优势，但各方面还是比不上 T1 的热门打野。在研究出实用战术前，不会考虑让她上场。”

Moon 坐回自己的位置后，袁谦压低声音道：“哎，Moon 前两天托我问你有没有时间双排，当时我在忙就把这事忘了，今天见到他才想起来。我一会儿得去跟他道个歉。”

简茸咽下食物，问：“他怎么不自己问？”

“我哥没加他微信吧。”小白嘴巴吃得鼓鼓的，声音含糊，“估计他也不好意思在战队群里问。”

没加微信？小白看出简茸的惊讶，解释道：“二队刚组起来的时候，有好几个队员在私底下卖过我哥的微信号，后来我哥就把微信清理了一遍，不熟的人都删了……不过，哥，人家现在好歹是你的替补，你好歹给他一个好友位呀。”

“申请的人多，可能漏了。”路柏沅别过头，“简茸，纸。”

简茸愣了两秒才重新去抽纸。

路柏沅接过纸巾，慢条斯理地把手背骨节上的红油擦掉。

袁谦夹着菜道：“我发现了，年纪小的男生都把想法写在脸上，Moon 刚刚跟你说话的时候，满脸写着‘想和队长双排’几个字。”

路柏沅声音如常：“都是打野位，没什么好排的。”

小白撑着下巴，饶有兴致地盯着简茸：“让我看看简茸脸上写了什么。”

简茸忽然被点名，一抬眼，就看到其他人的视线全转了过来。

小白张口就来：“写着‘Road 只能和我排，闲杂人速滚’。”

简茸余光瞥见路柏沅在笑，他放下筷子说：“你再看一遍。”

小白："什么？"

简茸指着自己的脸，边移动手指边念："庄亦白速死。"

小白："……"

吃饱喝足后，简茸刚准备上楼回房，就被准备离开的几个二队队员叫住了："Soft。"

简茸下意识以为这又是一群不服自己的人，板着脸回头。

为首的是二队队长，他看到简茸的表情，迟疑了两秒才解释说："呃，虽然你在一队，但你年纪比我小，我也不知道该怎么叫，就只能喊你这个了。"

简茸："有事？"

"也没什么事，我就是想跟你加个微信。"

简茸："……"

"可以吗？"那人顿了一下，"我们绝对不干卖微信号的事，就想着你如果有时间可以一起打打排位，我们队中单……就他，你那场劫的比赛他都看了百八十遍了。"

简茸看着被其他人推出来，有点害羞的小胖子，沉默了近十秒，才从口袋里掏出手机："随便。"

大年三十清早，TTC 基地罕见地拉开了窗帘。

大家都想早点回家，丁哥干脆全订了早上的航班。

小白拖着三个大行李箱走出房间，迎面遇上 Pine。

Pine 只背了一个背包，看他的眼神一言难尽："你犯事了，要逃出国？"

"你懂什么，这都是我托人给家里买的东西。这箱是保健品，这箱是按摩仪和护肤品，这箱是我的衣服……"小白走到路柏沅敞开的房门前，问，"哥，你好了吗？"

路柏沅的行李箱已经整理完毕，此时就放在房门口，推着就能走。

他家在去机场的路上，丁哥非让他跟车一起回去。

路柏沅正在打电话，闻声回头："你们先下去，动静小点，有人还在休息。"

"好。"小白看了眼地上的行李箱，想起他哥手不舒服，"哥，你这行李收拾好了吗？我帮你提下去吧，不然一会儿你又伤着手了。"

话音刚落，咔嗒一声，路柏沅对面的房门开了。

简茸随便披了一件外套，里面还是睡衣，看起来刚从被窝里出来，脸也没洗。

小白一愣，下意识看了眼时间："你八点起床干啥？"

"我被你吵醒的。"简茸嗓音嘶哑，没好气地应道。

小白做了一个闭嘴的动作："那你继续睡，我动作轻点。"

简茸却没进屋。

他把外套拉链拉上，上前提起了路柏沅的行李箱。

小白一脸茫然地看着他。

简茸无视发蒙的小白，问房内打电话的人："手提电脑要带回去吗？"

路柏沅握着手机跟他对视两秒："不带。"

简茸说"好"，然后一只手拎起路柏沅的行李箱，在小白疑惑的目光中下楼了。

车子已经在基地外等候，丁哥在玄关等他们，他看到简茸，一愣："你怎么这么早就醒了？这是谁的行李箱？小路的？"

简茸"嗯"了一声："放在哪儿？"

"你就搁这儿吧，我一会儿出去顺便拎上。"自从知道简茸的家庭情况后，丁哥见到他就忍不住想唠叨，"这三天你好好待在基地，外卖费我报销，你随便点。阿姨包了点饺子放冰箱里，你想吃就自己煮，不会就上网查。一个人在基地，别给陌生人开门，出门也要小心一点，春节的时候坏人最多……"

简茸拧眉，打断丁哥道：“我不是七岁小孩了。”

路柏沅下楼时，其他人已经上了车，只有简茸还靠在玄关墙壁上玩手机。

简茸听见动静，立刻把手机揣回兜里，站直身体。

路柏沅穿了一身黑衣服，口罩、帽子一样不落，穿鞋时眼皮向下垂着，看上去很难搭话。

穿好鞋后，路柏沅扯下口罩，抬头，冷漠气息倏地消失：“你在当门神？”

简茸两只手揣兜，闻言一怔：“没，等你走了，我反锁门继续睡。”

路柏沅问：“你以前也是一个人过年？”

简茸顿了一下，说：“这两年是。”

路柏沅“嗯”了一声，拉开门，一阵冷风吹进室内。

“我这几天都在S市。”临走前，路柏沅忽然说。

简茸一怔：“嗯？”

“如果你有事，直接给我打电话。”

TTC的队车驶离基地，开上通往机场的路。

车子驶到半途，丁哥长叹一声：“我怎么有种把小孩丢在家里，自己出远门的错觉？我是不是该临时找个保姆阿姨去基地照顾他几天？最近过年，治安也不好……去年春节，基地附近就有一户人家遭了贼，偷东西就算了，还把人打伤了。”

路柏沅闭眼补觉，没出声。

袁谦失笑道：“不至于。”

“如果真有贼上门，那你该操心的是要赔对方多少医药费。”小白揶揄。

丁哥扶额：“算了……闭嘴补你们的觉。”

丁哥操心得睡不着，干脆拿出手机刷微博。

因为沉浸在慈父人设里，所以当他在首页刷出简茸十分钟前发的新微博时，他一下没能反应过来——

TTC·Soft:“我忍你们很久了。教练难得不在基地，来吧，聊一会儿天。”

简茸原先是打算睡回笼觉的。

可他在玄关吹了一会儿风，再回到房间时精神得像一头牛。他在床上干躺几分钟都没有睡意，又没有早上八点打游戏的习惯，干脆撑着身子玩手机。

然后他看到自己的微博大号收到一千多条私信。

其中一部分是鱿鱼战队粉丝发的，这群人骂不过那群水友就来骂他。极小一部分是他直播间的正常水友，问他劫的连招怎么打，妖姬优势劣势怎么出装。

剩下那大部分人，一眼看过去不是“我想你”就是“想骂你了”，简茸都懒得点开看。

简茸跷着二郎腿看了半天，然后发出了那条微博。

大年三十，大多数人都放假在家，早上八点刷微博的人不多，评论还算看得过来。简茸滑着屏幕，随便挑着回复。

“你的良心从垃圾桶里找回来了？”

TTC·Soft:“没，我马上要复播，怕那天没人看，出来敷衍一下你们。”

“你这说的是人话吗？”

“你还是退博吧，联盟审查员估计给你点的特别关注，大过年的被罚款多晦气，别霉到我。”

“还行，他之前那样阴阳鱿鱼战队不也没被罚款？很多选手在直播里说‘傻子’也不会被罚的，罚款那次是他把那群人骂得太狠了。”

“说到鱿鱼战队，Soft首秀那天我一晚上都在刷微博，想看会不会有TTC和鱿鱼在后台打起来的新闻，后来我是怀着失望之情入睡的。”

“打架就算了，他这身板打得过谁？宝贝收到我寄的增高鞋垫没？那些穿起来不明显，我给女朋友挑礼物都没这么认真。”

简茸做了一个深呼吸，看了一眼自己的银行卡余额，不断告诉自己千万要忍住。

一句一万，骂了就是吃亏，骂了就是上当。

TTC · Soft：“谢谢你，发地址，我上门祝你新年快乐。”

“你首秀的时候我去现场给你拉横幅了，感不感动？”

TTC · Soft：“我给你转点钱过年，以后比赛别来了。”

“教练看到你这条微博估计会气到脑出血吧。”

TTC · Soft：“我问过了，他在车上睡觉，聊完就删，他看不见。”

丁哥翻到这儿是真要脑出血了。

他怒道：“谁告诉简茸我在车上睡觉的？”

其他人都是一愣，在他旁边睡觉的路柏沅懒散地抬起眼皮。

“我啊。”小白一脸蒙，“他说给你发了消息没回，问我你在干什么。这……这不能说？”

这小喷子心机还挺深，自己哪里收到消息了？

路柏沅见丁哥气得狂抓头发，别开眼：“怎么了？”

“还能怎么了？”丁哥气笑了，“我在这儿跟他亲爹似的操心，他在基地也跟爹出远门似的给我搞事。我们前脚刚走没几分钟，他后脚就发微博挑衅他直播间那群水友……不行，我得联系人先把他微博密码改了。”

路柏沅没多意外，只是问：“他骂人了？”

丁哥顿了几秒，说：“倒也没，他就一股阴阳怪气的劲儿，不过后面评论多了难免来几个喷子，他那脾气怕是难忍。”

路柏沅嗓音微哑，问：“他没骂人就要改他密码，什么道理？”

丁哥一怔：“你的意思就……随他啊？”

路柏沅没答，反问：“过几天他开直播，你难道每场要坐在旁边监视？

还是要给他发一本手册，写明哪些能说、哪些不能说？”

丁哥心里一窒：别说，他原先还真有过找人盯简茸直播的念头。

“一言一行都立规矩就没意思了。”路柏沅扫了他一眼，提醒道，“他是职业选手，不是来包装出道的。”

丁哥张了张嘴，无言半晌才道：“我这不是怕他又吃罚款嘛。”

“我觉得没什么大问题。”袁谦坐直身子，“我看了一下小茸的回复，都还好，没到罚款那个程度。他自己肯定也不想吃罚款，应该会掂量着回复的。”

丁哥沉默几秒，有些被说服了。

“那我再看看，如果有吵起来的苗头再做出行动吧。”良久后，丁哥纳闷地喃喃，“你说大清早的他不去睡回笼觉，非要去水友那儿找不痛快干什么？”

路柏沅没再说话，保持着休息的姿势，然后拿出手机。

简茸还在回复水友的评论，一条接一条，评论数量已经达到两千。

两边的语气都不友好，放在一块却有种莫名的和谐感。

“你去年大年三十也发了一条聊天微博，所以这成惯例了？”

简茸刷到这条评论，一只手撑在脑后，微微一怔。

他返回去搜了一下，才发现去年大年三十自己的确发了一条聊天微博。

“下次聊天，你能不能换个时间发微博啊？大年三十大清早就被逮起来干活，我现在一只手拿对联、一只手玩手机。”

“我也是，马上要去包饺子了，一会儿发照片给大家看看肉馅。俱乐部放假了吧？他在家偷懒不干活，不怕挨爸妈揍？”

“不对，前面他说自己在基地啊。TTC 大年三十还不放假的吗？”

“放了吧？小白一小时前刚发了行李箱的照片，说要回家过年。”

“意思是我明年大年三十还可以蹲他一波？给他看看我刚打扫好的

房间。”

粉丝发来的图或多或少都带点年味，简茸盯着照片发了几分钟呆，才接着打字。

TTC · Soft：“明年不来，别等。”

简茸起身倒了一杯水，重新刷了一下评论，最新一条评论的风格跟其他人不太一样。

美貌 Kitty：“你是不是被人派去监视 Road 的卧底？进队之前就戴有 Road 名字的帽子，还看 Road 的直播间，现在正主和粉丝都不承认了？”

大家的注意力终于转移回去。

美貌 Kitty 早听说 Soft 的粉丝嘴巴一个比一个厉害，已经做好了“舌战群儒”的准备。

“你在说什么？我们承认啊，Soft 就是冲着 Road 去的。”

美貌 Kitty：“？”

TTC · Soft：“？”

“美貌 Kitty 你说漏了，他还给 Road 刷了十万的礼物，他微博第一个关注对象是 Road，微博点赞也全部是 Road。”

简茸看到这几条评论，如遭雷劈。

半分钟后，简茸评论区下方画风突变——

“兄弟们快跑！他开始删回复、拉黑人了！”

“不是，简茸你不拉黑那个破 Kitty，你拉黑我？”

“我又一个小号凉了……”

这群人的小号一拨接一拨，简茸根本删不完，到后面他干脆关了评论，眼不见为净。折腾完这些，已经将近中午十二点。

简茸闭了闭眼，心想：我是傻了，才在微博上耗费三小时。

简茸起床洗漱后，随便给自己下了一碗面条，难得配了一个荷包蛋。吃完面，他直奔二楼训练。

简茸一直打游戏到下午两点，退出游戏时看到“TTC”游戏分组冒出一个在线好友。

他看清上线的人，一怔，立刻发了一句话过去。

看我操作就行了：“你到家了吗？”

TTC · Road：“刚到。”

看我操作就行了：“那打游戏吗？”

几秒后，路柏沅把人拉进了队伍。

路柏沅修改着家里电脑的快捷键：“我只能玩一把，一会儿家里聚餐。”

“好。”简茸说，“那我拿前期英雄。”

“不用。”路柏沅扫了眼一直在蹭他脚的小香猪，“你想玩什么就拿什么。”

进入游戏后，简茸抬头看了一眼自己的位置，他没抢到中单，被分到上单去了。

他想也没想就打字。

看我操作就行了：“四楼中单能换位置吗？我和打野双排，我 C。”

小唐也想 carry：“不换哦。”

小唐也想 carry：“你不是说没空玩游戏吗？”

小唐也想 carry：“小猪猪还好吗？”

简茸原以为她是在跟别人说话。

TTC · Road：“嗯。”

简茸一愣。

小唐也想 carry：“拍张它的照片给我看呗。”

TTC · Road：“现在没空。”

小唐也想 carry：“好吧。你一会儿多给我抓中路哦，我怕打不过。”

TTC · Road：“看情况。”

小唐也想 carry：“OK。”

简茸进入读条界面，看到这个“小唐也想 carry”玩的卡牌大师和路柏沅用的寡妇是情侣皮肤，忍不住问：“你们认识吗？”

“嗯，你也认识。”路柏沅挪动鼠标，操作英雄走出基地，“她是唐沁。”

预选英雄的时候是可以看到队友选择的皮肤的，简茸记得在自己调整符文之前，唐沁用的是稀有的“蓝色忧郁”皮肤，而不是这个四十五块的情侣皮肤。

没想到大年三十打排位赛都能匹配到认识的人。简茸打开队友资料看了一眼，唐沁是钻一选手，胜率虽然不高，但也有百分之五十三，常用英雄是中单，段位应该是自己打上来的。

简茸这局玩的上单滑板鞋，他心不在焉地出装走出基地：“要打一级团吗？”

路柏沅那边似乎在忙着什么，几秒后才应道：“不打，他们女警机器人，你上去吧。”

简茸“哦”了一声，转身往上路去。

小唐也想 carry：“你们未免也太努力了吧，大年三十还在双排训练？”

说的是“你们”，问的却明显是路柏沅。简茸因为和她不熟，没回复。

耳机里迟迟没传出敲键盘的声音。

半晌后，路柏沅在语音里问：“午饭吃了吗？”

“吃了。”或许是丁哥临走之前叮嘱了无数遍让他好好吃饭，他顺口就道，“吃了面条，加荷包蛋。”

路柏沅笑了一下：“挺丰盛。”

简茸刚要说什么，对话框里忽然弹出一句——

[所有人] 空空：“Soft，好巧，你也被分到上单来了？”

[所有人] 空空：“路神和唐沁姐也在啊……新年好，新年好。我这把是不是直接交分算了？”

简茸一怔，这才发现对面的上单居然是空空。

两个职业中单一起排到了上路，确实巧。

[所有人]TTC · Road：“新年好。”

[所有人]看我操作就行了：“那你十五投。”

[所有人]小唐也想carry:“空,还好你不是中单,不然就是我交分了。”

[所有人]空空：“投不了，队友说他们carry。姐，你说啥呢，还好我不玩中单，你这会儿带着路神双排，我打中单岂不是要被他抓死？”

[所有人]小唐也想carry：“不是哦，他和Soft排的。”

空空玩的是青钢影，他和简茸两人原本和谐地站在两端对望，互不干扰。这话刚发出去，简茸冲上去给他丢了一根矛。

空空吓了一跳，赶紧往回撤。

[所有人]空空：“？”

[所有人]空空：“你玩这英雄一级学Q（Q技能）？”

[所有人]看我操作就行了：“有意见？”

[所有人]空空：“没有。”

路柏沅杀掉红buff：“你打得过青钢影吗？”

简茸想也没想：“打得过。”

其实简茸这英雄有点被青钢影克制，青钢影的被动护盾是对拼神器，不管六级前后，把握机会都能占到优势。

空空虽然不太会玩上单，但他觉得自己可以依靠英雄克制赢简茸一把。

五分钟后，他幻想破灭，狼狈地被简茸打至残血，奔回塔下，忍不住一脸蒙地敲字。

[所有人]空空：“你怎么连滑板鞋都会玩？”

[所有人]看我操作就行了：“点播。”

[所有人]空空：“？”

[所有人]看我操作就行了：“以前为了赚钱，水友刷礼物能指定我

玩什么英雄。我实话跟你说吧，我玩得最厉害的其实是提莫。”

[所有人] 空空：“……”

路柏沅击杀敌方打野拿到一血的语音播报响起。简茸回城时忍不住切视角去看，寡妇刚完成一次击杀，还剩半管血，正在吃上半野区的河蟹。

小唐也想 carry：“你们在语音吗？”

过了很久，直到清完敌方上半野区，路柏沅才回了句“游戏语音”。

小唐也想 carry：“哦哦。你快来中路帮我抓两波，我有点打不过。”

简茸虽然不是处于劣势，但也没有大优势，空空打法很㞞，加上青钢影灵活性高，八级了上路还没爆发人头。

他看到这句话，忍不住瞥了眼小地图。路柏沅已经在去中路的路上了。

简茸看了两秒，耳机里忽然传来了青钢影技能的声音。

空空刚嗑完两瓶血药，见简茸分神走位失误，立刻找机会位移上来，打掉简茸三分之一的血量。

简茸反应极快，他蓝量不多，快速在脑中计算了一下自己这波能打出的伤害，确定没办法反杀后，毫不犹豫地往后撤。

他一回头，看到敌方打野豹女出现在自己身后，就垂下眉头，知道自己这次是跑不掉了。

简茸的角色被敌方上野围在路边的凹槽，不断依靠英雄自带的弹跳熟练走位，可惜凹槽空间太小，这就是开脚本都秀不起来。简茸打出几秒伤害后，抿着唇，已经做好了灰屏的准备。

就在他被青钢影控到的同时，耳机里响起一道闪现声。

寡妇闪现进人群，直接往豹女头上挂了一个“魅惑”，紧跟着一套爆发打出来，豹女的血量很快掉至百分之三十，触发了寡妇大招双倍伤害的条件。

“TTC · Road 击杀了我为你碟上王者。”

简茸指尖一顿。

路柏沅不是去中路了？

路柏沅："杀空空。"

简茸回过神，没有一秒犹豫，残血都敢冲上去往空空身上扎矛。空空见状，咬牙想换一个，刚想位移过去杀简茸，就被路柏沅一个"魅惑"叫了回去。

"Double Kill！（双杀）"

杀完人，两人一起回城。

小唐也想 carry："路，你刚刚不都走到中路了吗？我都准备上了。"

TTC · Road："小人鱼不好抓。"

小唐也想 carry："你来嘛，我把他 E 技能（第三个技能）骗出来就好抓了。"

TTC · Road："看情况，这局我抓劣势路。"

简茸盯着"劣势路"这三个字看了几秒，若有所思地挪开目光。

此时空空正在家里开直播。

"Soft 太厉害了。"他买完装备出门，嘴里念叨，"路神来之前我都差点被他反杀……不过没事，打野说这局只抓上路，我们等队友支援就好了。他走位比较好，我们……"

说到这儿，他正好上线，在保证后路稳妥，自己能全身而退的情况下，他试探性地往前攻击了一下，中了。

对方别说走位，动都没有动一下。

空空："？"

一套伤害打出来，又全中。

空空："？"

简茸残血回塔，嗑药瓶，清了清嗓子，叫了一句："队长。"

"嗯。"

简茸说出这辈子从未说过的一句话："我打不过。"语气平平淡淡，毫无波澜。

空空连续两波占了便宜，在直播间中惊讶道：“我变强了？”

空空见简茸血量这么低，下一波就忍不住了，自家打野还没到上路，就拉着钢索冲到简茸面前。

结果，他位移到了隐身状态的寡妇面前。

路柏沅轻松地把他晕住，残血的滑板鞋胆大如牛，仗着自己打野在，不断地往他身上突突丢矛，几秒后，空空的屏幕骤灰。

被 gank 是常事，空空回家出了一波装备，说：“没关系，我已经能压制住 Soft 了。这波我必杀他。”

弹幕都说他在吹。

直到三分钟后，他们眼睁睁看着滑板鞋又被空空完美控在墙边，差点一波带走。

空空：“我说了吧，我变强了！”

只见他头上冒出了一颗小爱心——寡妇的魅惑技能。

十秒不到，空空又被送回了家。

第三波，空空吸取了教训，这次专门叫上了打野。

“这次绝对能杀。”空空说，“Soft 第一波好像只是凑巧，我觉得他玩这英雄也就一般般，我们约等于二打一。”

三分钟后，寡妇再次出现在上路，而那位“一般般”的滑板鞋冲在最前头，一蹦一跳地躲开他的减速技能，并往他身上插满长矛，引爆的那一刻，空空原地去世。

[所有人] 空空：“Soft ？”

[所有人] 看我操作就行了：“？”

[所有人] 空空：“我想问一下，你是怎么做到忽强忽弱的？”

[所有人] 看我操作就行了：“哦，我是灵感型选手，发挥好坏都看那几秒的心情。”

空空：“？”

他长见识了。

[所有人]空空：“你的意思是，上场打比赛之前，你的队友都得哄哄你？”

简茸自己说着都想笑，他刚打出一个字。

[所有人]TTC·Road：“是这样。”

简茸：“……”

[所有人]空空：“厉害。”

唐沁看了一眼自己的战绩，1/4/1，着实不太好看。

她看着从身边经过，跟自己是情侣皮肤的寡妇，心里不是滋味，过了好久才打字。

小唐也想carry：“路，我跟你一起游走吧？下波还去上路吗？我直接用大招飞。”

TTC·Road：“我问问。”

问什么？

简茸刚回城出装备，他从基地出来，视线一直投向对话框上。

“简茸。”路柏沅突然叫他。

简茸下意识应道：“啊？”

“五个人头，两百个兵……”路柏沅念出他的战绩，问，“现在打得过了吗？”

简茸心虚地抿了一下唇，过了良久才说：“打得过了。”

路柏沅“嗯”了一声，然后打字。

TTC·Road：“我不去上路了，你自己在中路发育吧。”

简茸上路老早就打通关了，推了对方三座塔他也没走，路柏沅时不时就来一趟，现在只剩一个光秃秃的超级兵水晶。

空空在小水晶边看着不远处正在殴打自家小兵的简茸，有些茫然无措。

[所有人] 空空：“我干了什么对不起 TTC 的事吗？”

[所有人] 看我操作就行了：“新年快乐。”

这局双方的打野都没去照顾中、下路。简茸这方虽然中路有些劣势，但下路还算顺风顺水，上野更是打穿敌方，以至于后来打团非常轻松。

刚打出一个团灭，简茸就听见耳机那头传来椅脚摩擦地面的声音，寡妇也在他身边站着不动了。

路柏沅把正在啃咬他外设包肩带的小香猪轻轻扯开，屈起食指在猪脑袋上叩了一下：“别咬。”

路柏沅把外设包放到高处，坐回原位时，敌人的基地正好被推掉，界面弹出“胜利”两个大字。

简茸听见他回来的动静，关掉数据面板，随口问：“你身边有人？”

路柏沅也习惯性地点开数据面板：“没，有猪。”

简茸几秒后才把这句话理清：“你头像那只猪？”

路柏沅“嗯”了一声：“它在咬我外设包的肩带。”

简茸在新闻里见过养宠物猪的，养着养着就养到了五百斤，中这种骗术的人还不少。

简茸迟疑两秒，还是忍不住问：“它不会变大吧？”

路柏沅笑了：“它两年没怎么长……不出意外的话，以后应该不会。”

游戏结束之后，十位玩家会进入战绩聊天室，这时候发的消息十个人都能看见。

可能因为和职业选手、联盟女主持撞了车，十位玩家无一人离房。

空空：“路神，你和 Soft 先排吧，我等你们进入游戏再匹配，我们段位太近了容易撞车，我不想再交分了。”

空空：“你们怎么还不走？”

空空：“难道你们盯上我的分了？”

看我操作就行了：“你用说废话的时间去匹配队列，现在都在选英雄了。”

空空：“……”

简茸没再打字回复，也暂时没退出战绩聊天室。他看了眼时间，问：“你三点就要去聚餐吗？”

“没。”路柏沅看了眼手机，他爸的消息已经占满了屏幕，“我要下楼陪我爸下会儿棋。”

简茸说“好”。

路柏沅按灭手机：“今天你打算就在基地训练？”

简茸摇头：“不是，我再练一会儿要出门。”

“嗯，晚上你吃丰盛点，不用给丁哥省钱。”电话响起，路柏沅垂眼看了眼来电显示上的“爸”字，道，“我走了，你玩。”

空空发现路柏沅下线后，立刻发私聊问简茸还要不要见识一下自己的超强打野。

经过两个多月的训练，简茸已经习惯了双排和组排的模式，没怎么犹豫就进了空空的房间。

在匹配等待时间里，空空暂时关掉了自己直播间的麦克风，问：“Soft，你是不是对唐沁姐有什么意见啊？”

简茸正握着手机在看路柏沅的宠物猪头像，闻言一顿：“没有。你为什么这么说？”

“她刚刚在聊天室叫你，你一直没应她。”

“我没看见。”简茸问，“她说什么了？”

“她让你给个好友位。”空空咳了一声，“然后你就退了。”

简茸打开好友申请看了一眼，果然有唐沁。

他犹豫两秒才点了通过。

小唐也想 carry：“太好了，我还以为你嫌我菜，不想加我。”

看我操作就行了：“不会。”

小唐也想carry：“你怎么没和路神排了？他打一局就走了吗？”

看我操作就行了：“嗯。”

小唐也想carry：“这样……我还以为他说有事是骗我的。对了，刚才选英雄的时候我没注意这ID是你，没给你让中单位，你别介意。”

看我操作就行了：“不会。”

排到什么位置就打什么位置，这是规矩。别人乐意换位置自然好，不想换也没问题，简茸倒真不太介意。

唐沁对路柏沅的爱慕太明显了，能看出她并没有想遮掩，坦荡大方。

简茸面无表情地选择英雄，心想：难道真被小白说中了……自己有那些所谓的粉丝心理，所以对路柏沅的配偶要求比较高？

小唐也想carry：“你已经和空空在排了吗？”

简茸回过神，回了一个“嗯”。

小唐也想carry：“好。我能加你微信吗？以后工作上有什么事情也可以及时沟通。”

简茸犹豫两秒，把微信号发了过去。

四点，又一局游戏结束，简茸摘下耳机，跟空空招呼一声就关了电脑。

他回房间换上羽绒服，出门前想起丁哥让他在公共场合尽量低调，又折回去戴上了口罩。

这几天降温降得厉害，这会儿接近傍晚，气温更低。

简茸打开基地大门的那一刻，在脑中回想两秒，确定身上这件衣服是自己目前最厚的一件外套后，把口罩往上拽了一下，就出了门。

车子是他提前叫好的，大年三十，预约网约车都等了十分钟才有人接单。

司机说话带着外地口音，可能因为日子特殊，自简茸上车之后他就一直滔滔不绝：“小伙子，大年三十怎么跑出来了？你不和家里人过年啊？

还跑去这么远的地方。”

司机笑声爽朗，说话时嘴里不断吐出白气。

简茸平时打车都是哑巴模式。他盯着后视镜上挂着的小对联玩具，终于在这一天嗅到了点过年的气息。

司机接过的客人太多了，知道像简茸这样穿着严实的客人一般不爱说话。他伸手放大广播音量，喜气洋洋的歌声传出来，掺杂着后座男生的声音。

“我办点事，办完就回去了。”

司机一怔，笑得更热情了：“行，那哥加足马力。”

车子行驶半小时后，简茸回到了自己以前住的小区。

小区的房子是他爸妈留下的。家里电脑配置一般，收拾行李回家也麻烦，简茸当时考虑了半分钟就决定在基地留宿。

简茸回到家，拆了从物业那儿领取的快递，又从衣柜里翻出自己去年冬天用的毛毯和不穿的衣服，匆匆出了门。

他抱着被褥在一楼等了一会儿，五点刚过去两分钟，一只熟悉的橘猫迈着优雅的步子走进了他的视野。

橘猫的走姿是挺高贵，只是它比简茸上次看到它时瘦了很多，垮着一张脸，怎么看都不精神。

简茸直接上前抱起它，往自己怀中的毛毯里塞。

橘猫身上脏兮兮的，可能是还记得简茸，又或者太冷，总之它没反抗。它甩了甩脑袋，对他长长地“喵”了一声。

“你别叫。”简茸的语调一点都不亲切。他用毛毯把猫尾巴上粘的脏东西擦掉，然后将它带进小区一楼的楼梯间，裹着被褥把它放在一边，蹲下身撕开刚买回来的猫粮，倒了满满一碗。

橘猫又朝他“喵”了一声，然后低头狼吞虎咽。

它吃得很急，也不知道饿几天了。简茸看了一会儿，喃喃自语：“我以为有人喂你。”

过了半晌，简茸坐到台阶上，给它倒水。

“笨猫。”他的手撑在膝盖上，“都是老流浪猫了，今年你怎么混成这样了？”

他拍了拍橘猫的脑袋：“以前你不挺得意的吗？嫌我给你买的猫粮便宜，还不乐意吃。”

“你是不是长胖了，变丑了，别人才不喂你了？”

“我跟你说了多少遍，一个人……一只猫想活着，条件再差也得掌握一门技术。之前那只狸花猫那么会撒娇，见人就蹭，你不会学一学？”

“真笨。”

橘猫很快就吃光了一碗猫粮，简茸一边问“你到底是猪还是猫”，一边给它再添上。

橘猫却没再吃猫粮，只是上来侧着脑袋顶他的小腿。

“你朝我撒娇没用。”简茸说，“我养不了你。”

橘猫继续用脑袋顶他。

简茸拧着眉心，半晌后才伸手去揉它的脑袋。

他在楼道间坐到天黑，橘猫才终于转身离开。

简茸跟在它身后走了一段路，找到了它目前的住处——隔壁小区的地下室楼道。

简茸把毛毯给它铺好，猫粮和水满上，然后转身要走。

“喵。”橘猫叫了一声，上来蹭简茸的鞋子。

简茸垂眸看了它几秒，然后用鞋身反蹭了蹭它。

“我明天再来。”简茸语调平平，“你好好待在这儿……别死了。”

电视里放着《春节联欢晚会》，新一届流量小生挂着营业笑容在唱《甜蜜蜜》。

路柏沅坐姿随意，和他对面正襟危坐的中年男人截然不同。

“行了。”留着长发的中年女人捧着水果走出来，她瞥了眼棋局，笑道，“下不过儿子就认输吧，过来吃水果。”

路爸皱眉：“什么叫下不过？我这不是正在想吗？你别干扰我。”

路柏沅失笑道：“那你慢慢想，我去吃水果。”

搁在桌上的手机不断在响，路妈问：“你不看消息吗？”

路柏沅嘴里含着橘肉，简单道：“有些群在发红包。”

路妈点头：“你收了别人的红包，也得发一些出去，金额无所谓，但心意要到。”

路柏沅说“好”。

路妈把果盘往他面前推了推：“前几天我看你打游戏，你们队是多了一个小男生吧？染着蓝头发的。”

“嗯。”

“我看他年纪好像不大。”

路柏沅一笑：“是不大。”

路爸冷哼一声：“小小年纪，不务正业。”过了几秒，他又补充了一句，“跟你一样！”

这么多年了，路柏沅懒得再跟他辩这些。

“哎哎哎！”路爸忽然叫了一声，“我想到了，你赶紧过来！”

路柏沅刚要回头，桌上的手机忽然响起，来电显示是丁哥。

电话一接通，对方就急匆匆地问：“你在哪儿？现在方便回去一趟吗？基地出事了！”

几分钟过去，路爸等烦了，转头道：“你怎么还不过来？你去哪儿？”

路柏沅已经穿好外套，他拉开大门，头也不回：“基地有点急事，我回去一趟。”

大年三十，道路畅通。

路柏沅开了一个半小时的车，终于在深夜十一点回到了基地。

别墅区灯火通明，只有中间两栋楼暗沉沉的。

路柏沅匆匆下车，连车锁都没关，快速推开别墅前的大铁门。

他一眼就看到背对着自己蹲在地上低头玩手机的简茸。

天色太暗，简茸的蓝发被覆上一层浓重的黑。他没戴围巾，垂着脑袋时露出一截细白的脖颈，肩膀也不算很宽，缩成一团，像在高中校门外堵人又发育不良的小混混。

一种莫名的熟悉感涌进路柏沅的心里。他很轻地皱了一下眉，心里不自觉闪过简茸黑发时的模样，背影和他记忆某处的小小身形重叠在一起。

简茸戴着耳机在听歌。屏幕里红色背景的小程序跳出来，简茸看到上面的金额，满意一笑，刚要发“谢谢老板”的表情包，就觉得眼前光线一暗。

他怔了怔，下意识仰头去看。

路灯打在男人身后，落下的影子几乎要把简茸整个人罩住。路柏沅睨着他，吐息之间徐徐飘出白雾。

简茸完全愣住了，过了很久，他才慢吞吞地叫了一句：“队长。”

路柏沅没应简茸，问：“你蹲着干什么？”

简茸很诚实地说：“抢红包。”

路柏沅：“……”

简茸回过神，立刻站起身，拍了拍身上不存在的灰尘：“基地的锁坏了，打不开，我看好像被什么东西撬过，就给丁哥打了电话。”

丁哥说马上叫人过来，让他千万别进屋。

简茸没想到丁哥叫的居然是路柏沅。

简茸见路柏沅皱眉不吭声，说：“我已经报警了，刚报的，警察应该快到了。”

过了良久，路柏沅才“嗯”了一声：“你去车里等。”

路柏沅的车子是SUV，车内宽敞，开着暖气。

简茸把手伸到空调口想暖暖。

“简茸。”路柏沅叫道。

简茸下意识收回手，转头看他：“嗯？”

路柏沅正在回丁哥的消息，他头也没抬，问：“我们以前见过？”

简茸想也没想，点头：“见过，去年全球总决赛的时候，我也在现场。”

路柏沅顿了一下，失笑道：“我的记性没那么差。我是说总决赛之前。”

路柏沅给丁哥发完消息，别过头来看他的头发：“你染头发之前，我们见过吗？”

简茸张了张嘴，没说话。

因为他也不知道最早那一面，算不算是“见过”。他敢保证路柏沅当时肯定没看清自己长什么模样。

最终，简茸说：“我见过你。”

路柏沅颔首：“我打 LSPL 的时候？”

“对。”简茸想了一下，道，“我当时在现场。”所以有那顶周边帽子。

那就说得通了。虽然那场是总决赛，但 LSPL 是次级联赛，那会儿电竞还不火，比赛场地很小，一眼就能看完在场观众。

但路柏沅不太记得自己有看观众席。

他很轻地皱了一下眉，随即又松开：“你怎么只戴了口罩？”

“帽子不小心弄湿了，我赶时间就没吹干，围巾退回去了。”

简茸去年的围巾已经贡献给小橘猫了，今年冬天因为没怎么出门，一直没买。

驾驶座的车窗被敲响，两人同时看了过去，两位民警就站在车窗外。

路柏沅降下车窗，民警探头：“是你们报的警？”

简茸：“是。”

简茸把口罩戴好，刚要下车，手臂就被旁边的人轻轻拽住。

路柏沅把刚解下来的围巾丢给他。

围巾上还有路柏沅的体温，简茸抓着围巾怔了两秒：“不用，我不冷。”

路柏沅没应，他打开车门下车，随手把高领毛衣的衣领拉高，对车外的民警道：“你们辛苦了。我们基地的门锁被撬，应该是进过人。我们没进屋，所以还不清楚有没有损失。”

车门关上，路柏沅的声音被隔绝在车外。

路柏沅背对着他，外套把他上半身裹得厚实，男人肩宽腿长的体型更加明显。路柏沅跟民警说话时轻轻垂着头，不知说到什么，民警探头看了眼副驾驶座上的简茸。

简茸立即回过神，匆匆忙忙地戴好围巾下车。

这边民警已经大致了解了情况，做好记录，他说：“走吧，进屋看看。”

不知屋里有没有人，民警开门前做好了准备。大门被推开，路柏沅顺手按开客厅的灯。

电视下方的抽屉被打开，东西散落一地，明显被人翻过。一楼就被翻成这样，楼上的状况可想而知。

二十分钟后，一行人大致确认了一下损失。

台式电脑、电视机等大件电器都在，现金全被偷走，丁哥和小白的手提电脑、袁谦的游戏机和 Pine 的鞋丢了，路柏沅也丢了一块表。

“你的手表价值是多少？”民警打开本子，问。

路柏沅想了两秒：“大约二十万。”

民警：“……”

简茸：“……”

简茸满脸后悔的表情：“二十万的表放在基地，你怎么不告诉我？”

路柏沅：“我才想起有这块表。”

简茸：“……”

二十万没了。

他就该厚着脸皮去以前的业主群里托别人给小橘送粮，出点钱应该有人愿意帮忙，等初三其他人回基地他再回去。

这么大个基地，他是怎么放心出门的？

“行吧。”民警沉默几秒，安慰道，“我们会尽力追查的。你们这附近都有监控，应该很容易就能抓到人。连这种小区都敢闯，小偷也真是豁出去了……还好你们队员不在家，不然恐怕得出事。”

路柏沅跟民警并肩走着，“嗯”了一声：“是。”

做完检查，民警离开之前叮嘱道：“这门锁，要么换一个，要么你们今晚就出去住吧。你们这里面值钱的东西不少，我怕小偷半夜又潜回来偷别的，不安全。”

“他敢。”简茸磨牙，“让我看见他，我……”

“知道了。”路柏沅对民警道，“您放心，我们今晚不住这儿。”

民警离开之后，简茸四处看了看，想找一件武器在基地蹲小偷。

为了确定剩余财物没损坏，客厅的电视开着。春晚主持人声情并茂地念了一段台词之后，开始进行新年倒计时。

当主持人喊到“一”时，简茸才意识到这时候该做什么、说什么。他倏地把视线从厨房的菜刀上收回来，看向身边的路柏沅：“新年快乐。”

“新年快乐。”路柏沅同时说了一句。

两人都是一怔，然后路柏沅笑起来。

简茸看着他笑，心想：我应该先报警，再打电话给丁哥。有警察在，丁哥就不会再让其他人跑这一趟，那路柏沅这时候应该跟家人在跨年。

“走吧。”路柏沅打断他的思绪，“你去楼上拿衣服，回去了。”

简茸回过神：“去哪里？”

“我家。”

车上。

简茸抱着背包坐在副驾驶座上，那句“还是不打扰了，我回自己家吧”

在嘴里来来回回转了半天，一直没说出口。

车子刚开出一段路，两人的手机同时响起，是微信讨论组的语音。路柏沅不用猜都知道是哪个讨论组，他把语音挂掉，道："你接。"

当简茸接通语音电话，点开免提时，里面几个人已经聊了一阵了。

"那游戏机我本来就要换。"袁谦不太在意，"偷就偷了吧。"

小白："呜呜呜，我就今年没把手提电脑带回家，我电脑里存了那么多东西，如果找不回来怎么办啊？"

Pine 那边鞭炮震天响，他问："少儿不宜？"

小白一脸震惊："P 宝，你好脏。行吧，是有一些，我还打算当作简茸的生日礼物送他呢。"

简茸立刻打断："滚，我不要。"

"哎，你进来了？"小白不知在吃什么东西，声音含糊不清，"你别嫌弃啊，那可都是绝佳资源，我给你一次收回上句话的机会。"

小白这么三言两语，大家郁闷的心情都好了一些。

"行了。"丁哥打断他们，喃喃，"小路怎么还没进语音？"

路柏沅一只手支在方向盘上："我在。"

丁哥一怔："你还在基地？"

"车上，我马上回去。"路柏沅解释，"简茸今晚住我那儿。"

"也行，我还在给他找酒店呢，他跟你回去也好。"丁哥又道，"简茸，你没被吓到吧？"

简茸在看窗外刚下起的小雪："没。"

丁哥松了一口气："那就好。你们到家了在群里说一声，我好放心。"

小白他们又在群里聊了好一会儿，挂断语音电话时显示通话时间四十分钟。

简茸关上手机："还没到吗？"

路柏沅看了眼导航："还要一会儿。"

简茸一脸震惊："你开这么久的车过来的？"

路柏沅"嗯"了一声："我太久没开车，手生。你先睡一会儿，到了我叫你。你会不会调座椅？"

简茸坐直身体摇头："不用，我不困。"

话是这么说，当路柏沅把车开进加油站时，简茸已经偏着脑袋睡着了。

路柏沅降下车窗，给来人比了个"嘘"的手势，轻声说："加满，谢谢。"

等待加油时，简茸皱眉，动了动脑袋，像睡得不舒服。

路柏沅听见动静，又别过头看了他一眼，很快收回目光。

几秒后，路柏沅放轻动作，解开安全带，推门下车。

两分钟后，路柏沅回到驾驶座，开车驶离加油站。

路柏沅说手生，车子却开得很稳。

路灯交错着照射进车内，半分钟后，简茸偷偷睁眼。

当时的简茸觉得路柏沅是世界上最帅、游戏技术最强的人，现在的简茸亦然。

很久以前，简茸也曾这样看过他，或许角度还要再低一点。

那时，简茸的求职刚被网吧老板拒绝。

简茸说："我知道你这里招童工，二号机那个网管今年才十六岁，我都知道，而且他的游戏玩得没有我好哦！"

小孩嗓音很大，坐在附近的客人都在笑。

网吧老板瞪眼，说："十六岁是童工，你就是婴儿工，赶紧滚出去，别影响我的生意。"

然后简茸就被赶出去了。他当时已经走了好几家店，实在累了，于是拍了拍裤子，坐在网吧门口的地板上蹭空调，老板出声赶他好几次他都赖着不走。

直到他的脑袋被人拍了拍，他捂着脑袋转头："好啦，我马上走。"

简茸看到陌生的蓝色牛仔裤，愣了一下，抬头去看——但这人实在太高，他得很用力地仰头才看得见。

陌生男生垂着眼皮看他，眼底情绪不明。

这种打量的目光在小孩心里实在不算友善。

但男生样貌太帅了，简茸呆呆地看了他一会儿，才学着网吧老板瞪眼，凶巴巴地问“干什么”。

男生没说话，只是从口袋里掏出一张入场券，包着刚买的咖啡递给他。

简茸虽然小，但也明白这是什么意思，他刚犹豫要不要收下，男生又忽然收回手，转身回了网吧。

小简茸觉得自己被耍了，气得要死，又觉得自己打不过那个人。于是他把气撒在刚被拍过的头发上。

直到男生又出来。

这次对方手上多了一瓶牛奶。男生看到简茸正在揉自己的头发，疑惑地皱了一下眉，但没多问，把入场券和牛奶一起重新递了过来。

“你想看就来。”男生的嗓音有些低沉，“你不想看，就拿进去卖点钱。”

几秒后，他又道：“但是只能按票价卖。”

简茸怔怔地接过他递来的东西，一时间没应，也忘了说谢谢。

票上写着“《英雄联盟》LSPL 总决赛入场券”，时间就在当天下午。

那时，他已经玩了两年的《英雄联盟》，虽然不知道“LSPL”是什么东西，但能看出是一场比赛。

男生的手机响起，他看了一眼来电显示，接起电话道：“我马上回去。”

等小简茸回过神，男生已经过了马路，只剩下一个模糊的背影。

后来他拿着那张票进了网吧，跟人谈好了价格，比原价要贵两倍。

对方边骂他是“小黄牛”边掏钱，当对方把钱递过来时，他忽然想起男生递票过来时的眼神。

简茸反悔了，抱着票跑了。

然后他走路去了比赛场馆。工作人员因为他年纪小，犹豫好久才放他入场。

等了十分钟，他看到那个男生抱着键盘走进了比赛场地。

他穿着自己上午刚见过的黑色卫衣和牛仔裤，绷着嘴角不跟周围的人说话，鹤立鸡群似的站在众人中间。

解说只有一位，带着口音向大家介绍——这位是 TTC 战队的打野选手，Road。

……

车子停下，简茸倏地回神，立马合上眼。

“到了。”路柏沅停稳车，关掉车子引擎。

路柏沅见身边的人没动静，盯着他颤抖的睫毛看了几秒，笑着别开眼。

“简茸，你装睡的技术比你装作打不过别人还差。”

我行让我上

Take the Crown

酱子贝 著

中

长江出版社
CHANGJIANG PRESS

目录 contents

VS

LOADING......

TTC●SOFT
[所有人]TTC · Soft：?
[所有人]TTC · Soft：Pause ?
需要暂停吗？

TTC·ROAD

原来你没当『小黄牛』。

带我吗？简神.

第一章 变装直播

Take the Crown

车库就在负一层，下车后从右侧的门进去就可以到家里。

路妈听见车库的动静，早早就在负一层玄关等着，见门被打开，她道：“都这么晚了你还出门，是有什么急事吗？这位是？”

简茸没想到这么晚了路柏沅的家人还没睡，他跟在路柏沅身后，听见路妈的声音后，肩膀霎时间绷紧。他已经好几年没和长辈交流相处了。

简茸还在思考自己应该说什么，路柏沅就帮他应了。

“队友，基地进贼了，我带他回来住两天。”路柏沅打开鞋柜，拿出一双干净的拖鞋丢在简茸面前。

“遭贼了？”路妈急忙往他身后瞧，“人没有受伤吧？报警了吗？”

简茸对上女人的目光，挺直脊背，点了好几次头：“我没受伤，报警了……打扰您了。”

路妈看到他的蓝发，柳眉轻挑：“那就好。你的脸有些红，是不是外面太冷了？快把门关上，别让冷气进来。”

简茸乖乖地转身关门。车上有暖气，怎么会冷，他这是撒谎被戳穿，臊红的。

“您怎么还没睡？”路柏沅往屋内走。

“我哪睡得着，你爸也没睡，他说今晚一定要下赢你。”路妈又看向简茸，张嘴想说什么，又忽地止住。

简茸反应过来，忙自报家门：“简茸，您叫我什么都可以。”

路妈微笑道：“小茸，今晚你睡三楼客房吧，就在小路房间旁边，那间房前几天刚收拾过。”

一楼客厅，路爸皱着眉头坐在棋盘前，他听见动静，头也没抬地说：“你是觉得下不过我，临阵脱逃了？”

路柏沅“嗯”了一声：“您就当我是。”

“你——”路爸倏地抬头，目光在站在楼梯口染着蓝头发的男生身上停留了几秒，才看向路柏沅，“你赶紧过来！”

路柏沅知道路爸不把棋下完睡不着，叹了一口气，回头道：“你先上去，房间是左手边第一间，有事给我发消息。”

简茸应了声“好”，谢绝路妈要带路的好意，一步两台阶地上了楼。

客房比他在基地住的房间要小一点儿，不过家具齐全，衣柜、书桌、沙发等都有，看上去也很干净。

简茸关上门，放下背包外套，躺到沙发上，用手背遮住了眼睛。

良久后，他从口袋里拿出手机来看。

半路上他就把手机调成静音，屏幕上显示收到了很多消息，大多是讨论组的红包提示。

他加入的讨论组不多，除了 TTC 内部群之外，只有一个常年有 99 条未读消息的主播群，以及今晚聊得特别热闹的《英雄联盟》选手群——

“战虎大牛修改群名为‘战虎新年雄起’。”

“WZWZ-Mini 修改群名为‘恭喜 Mini 成为最受欢迎选手’。”

“TTC 小白修改群名为‘恭喜 TTC 战队拿下全球总决赛冠军’。”

幼稚死了。

简茸一只手撑着下巴，刚打算去翻翻前面的红包。

“MFG 空空修改群名为‘英雄联盟第一中单空空新年发财’。”

“艹耳修改群名为‘谁第一’。”

“MFG空空修改群名为‘对不起’。”

群里被“哈哈哈”刷屏，简茸也笑了一下。他往上滑动手机屏幕，捡漏了好几个红包。

这个群里都是每个战队的首发队员，个个不缺钱，红包都是两百一个使劲儿发，没一会儿简茸就捡了五百多块钱。

简茸确定没有漏网之鱼后，把手机丢在沙发上，从背包里找出衣服洗澡去了。

另一边，棋局很快结束，路爸不满地要求再来一局。

路柏沅刚摇头拒绝，搁在桌边的手机又响了一声，他拿起来看了一眼，是讨论组的成员一直在找他。

战虎大牛：“Soft怎么不说话了？双排吗？”

WZWZ-Mini：“他好像在领前面的红包，我这儿一直有领取提示。”

TTC袁谦：“一个包也就十几二十块，不至于吧？”

TTC袁谦：“等等，我半小时前发的红包也被他领了。”

TTC小白：“我一个半小时前发的红包也被他领了，这得翻多久？你是财迷吗？”

……

TTC小白：“人呢？捡了红包就跑啦？”

路柏沅失笑，把手机丢进口袋里。

简茸洗完澡，躺在床上翻未读消息。

石榴：“这段话中蕴藏着我最深的思念。我方才让云捎去满心的祝福，只想点缀你甜蜜的梦。朋友，你是我一生的牵挂，祝亲爱的你在新的一年里每天都开心。”

艹耳：“我让云捎去的话你收到了吗？”

石榴：“捎了啥？”

艹耳：“你再发这种肉麻玩意儿，我就拉黑你。”

石榴：“……”

手机一振，简茸退出去看消息。

R：“我托空气为邮差，把我热腾腾的问候装订成包裹，印上真心为邮戳，37℃恒温快递，收件人是你。祝你春节愉快。”

简茸：“……”

简茸抓着手机看了好久，然后坐起来回复。

感谢表情包，太敷衍。

“谢谢。”太冷淡，删掉。

“谢谢，你也春节愉快。”好像没什么诚意，删。

五分钟后。

艹耳：“谢谢。已收到你热腾腾的问候，也祝你春节愉快，天天开心。”

他刚点击发送，房门就被人敲了两下。

简茸飞快地下床开门。

房间没开灯，走廊只有楼梯处亮了一盏昏暗小灯，路柏沅的手机成了最亮的光源，上面是简茸刚刚发出去的那段话。

路柏沅抬头时笑容还没收，几秒后，他解释：“那段话是我刚收到的……换衣服时不小心点到了转发。”

简茸沉默了很久才说：“我也是随便回的。”

“嗯。”路柏沅把手机关了，“对面是我的书房，有电脑，没密码，你随便用。”他叮嘱完，从口袋里拿出一个红彤彤的物体递到简茸面前。

简茸难得迟钝，低头看着他的手，没接红包。

路柏沅说：“压岁钱。”

简茸摇头说：“不用。”

“没多少，只是一个好兆头。”路柏沅顿了一下，胡扯，“我家的传统，每个人都有。”

简茸还没回过神，路柏沅忽然伸手过来，用食指钩开他胸前的口袋，把红包放了进去。

路柏沅看着简茸被撑得鼓起来的口袋，满意道："行了，你早点睡，新年快乐。"

门关上，简茸回到床前，打开红包。

他很久没收到压岁钱了，对此都感到陌生起来。

里面装着厚厚的一沓钱，目测比他辛苦抢了一晚上的数额多好多倍。

良久，简茸把红包重新封上，小心地放到枕头底下。

大年初一，简茸睡醒时窗外正在下雪。他盯着白茫茫的天看了一会儿，才拿起手机看时间。

下午两点十七分。

正常起床时间，今天大年初一，他还能再赖十分钟……不是。

简茸倏地坐起身，拿起手机再次确认时间。

路柏沅正在客厅跟丁哥打语音电话，听见楼梯处传来一阵脚步声。

丁哥说："不行，我还是不放心，我改机票，明天就回去。"

"随你。"

挂断电话后，路柏沅看向一脸慌乱的简茸："醒了？"

"嗯，我睡过头了。"简茸把睡乱的头发揉平，靠过来时身上有一股洗漱后的薄荷味。

"随你睡，我家没有早起的规矩。"路柏沅关掉电视，"你饿了吗？我带你去吃饭。"

简茸愣了愣，随即打量了一下四周。

"他们出去了。"路柏沅站起身，"你想吃什么？"

简茸刚要说"都行"，又忽然想起一个瘦小的身影。

路柏沅见他不吭声，挑眉："怎么了？"

简茸抿唇："今天我有事，可能要出去一趟。"

"大年初一？"

简茸"嗯"了一声，摸摸鼻子："昨天约好了。"

路柏沅颔首："很着急？"

简茸想了想："五点吧。"

小橘都是五点出没，只晚不早。

"现在两点半。"路柏沅看了眼时间，"我带你去吃顿饭，再送你过去，应该来得及。"

他们去吃了一顿西餐，出来之后，简茸把手机连上路柏沅车子的导航。

从餐厅去简茸家居然只需要二十分钟。

他们到达小区后，找停车位费了一段时间。

路柏沅站在楼道口，看着台阶上的一人一猫，失笑道："你就是跟它约好的？"

"嗯。"简茸没察觉出他话里的笑意，低头把猫粮倒进碗里。

路柏沅倚在门边："它叫什么名？"

简茸摇头："没名字。"

"你怎么没取一个？"路柏沅垂着眼问，"那你平时都叫它什么？"

简茸说："笨猫，小橘。"

他心情好时叫它小橘，心情不好时叫它笨猫。

路柏沅看橘猫哗哗吃了一大碗猫粮，问："既然你这么挂心它，怎么不带回去养？"

简茸安静了几秒，才说："我养过它几天。可是它野惯了，关在房子里就一直叫，会被邻居投诉，放出来又找不到，只能等它五点自己出现，就算了。"

路柏沅点头，有些野猫确实不喜欢被家养。

简茸给猫重新补好粮、添上水，临走之前又蹲着对小橘说："明天我再来看你，别死了。"

直到上了车，路柏沅脑子里都还回荡着这句话，语气干巴巴的，没什么感情，有种别样的喜感。

简茸担心笨猫跟出来，上车后就一直看着后视镜。

车子刚驶出十几秒，路柏沅忽然打方向盘靠边停了车。

简茸一脸疑惑，转头看他。

只见路柏沅拿出手机搜了些什么，然后拨通了电话。

“你好，请问是爱宠宠物医院吗？是这样的，我想请你们照顾一只野猫，它每天五点都会出现在……”路柏沅看了他一眼。

简茸下意识道：“翡翠小区。”

“翡翠小区一栋门口，或者二栋的地下室楼道。是一只橘猫，尾巴上有一撮白色，我这儿有照片。麻烦你们每两天给它送一趟水和猫粮，猫粮和罐头钱我出。”路柏沅的手肘撑在车窗上，像在谈什么商业交易似的，“我会给你们相应的酬劳，但你们需要定时发视频给我……好的，那我们微信聊。”

挂了电话后，路柏沅把手机丢给他，一边发动车子一边道：“你看看有没有好友申请。”

简茸抓着他的手机，过了半天才回过神：还可以这样？

宠物医院的老板很好说话，因为是流浪猫，对方的收费并不高。

爱宠宠物医院：“好的，小猫叫什么名字呢？”

简茸捧着手机想了一下。

R：“小橘。”

跟宠物医院达成共识后，简茸把手机锁屏放好：“谢谢……照顾它的钱我出就好了。”

路柏沅没跟他争：“好。”

简茸了却一桩心事，松了一口气，别过脑袋看着窗外的雪花。

他对这方面的事心思一向不活络，要不是路柏沅在，他恐怕每个假期都要来一趟，平时闲下来还会挂心这只老流浪猫。

还好路柏沅在。

手机铃声打断了简茸的思绪，他手忙脚乱地从大衣里找出手机。

丁哥在电话里说："小茸，我刚让官博发了你复播的福利投票链接，你有空上去转发一下，我就不上你的号了。"

简茸随口应了句"好"。

简茸打开微博，首页第二条就是官博发的投票消息，简茸看了眼前面几个选项。

"1. 抽水友内战。

2. 使用指定英雄排位。

3. 抽取幸运水友双排带飞。

4. 抽取水友赠送礼物。"

果然是这些老福利选项，这都是简茸以前做过的活动。

他心不在焉地往下滑动页面，才发现下面还有："5. 唱歌。"

简茸挑了一下眉。

行吧，他还能接受，可以借小白的声卡随便唱唱。

"6. 跳舞。"

简茸倏地坐直身体。

"7. 用撒娇的语气直播。"

看到第 7 项下面还有一个选项，一种要命的感觉直冲简茸的脑袋。

他的拇指僵在半空很久，久到手机暗掉，才按到屏幕上，小心又缓慢地往下滑——

"8. 变装秀。"

简茸撒气似的把手机丢到座位底下，发出"咚"的响声。

到了红绿灯路口，路柏沅停车瞥了一眼："你怎么不捡手机？"

“让它再躺一会儿。”简茸双手揣兜，表情冷得掉渣。

怎么不直接让他做托马斯回旋？

这也能算福利？

回到家，简茸回房间后立刻给丁哥打电话，问有没有更改福利选项的机会。

“投票人数都过万了，改不了。”丁哥语气愉悦，“我看了一下，你的微博一小时涨了几万活粉，这流量多少人拍马都赶不上。”

“那是流量吗？”简茸咬牙道，“那些条件你们都是怎么想出来的？跳舞？撒娇？变装？”

丁哥耸耸肩：“我事先跟你提过福利方案，是你自己说随便的，后来我还找你确认过一次，你直接没回我消息。”

简茸回想了一下，闭眼：“我当时在打排位。”

“总之，这事已经拍板了，没法改。”丁哥咳了一声，安慰他，“没关系。跳舞嘛，随便扭扭就行了，撒娇也就动动嘴皮子，再不济真要变装，也只是换一套衣服的事。很多选手或主播都穿过，这有什么！”

简茸知道没转圜的余地，挂断电话，闷声闷气地登上了自己的小号。

他还有机会，只要没人投票，他就不用变装了。

简茸找出大号十分钟前发的微博，毫不犹豫地选了选项 1。

“最少选择两项，请重新选择。”

简茸面无表情地盯着这个提示看了两秒，然后麻木地截屏，机械地把截图发送给丁哥。

丁哥：“小白直播的时候有六种福利。我考虑你直播人气有保障，才减到两种福利的。”

艹耳：“那我还得谢谢管理层？”

丁哥：“不用，都是你自己努力的结果。”

简茸又想摔手机了。

他回到微博，在前四项中随便选了两个，闭眼点了确认，然后迅速把页面往上滑。

几秒后，简茸慢吞吞地睁眼，像开奖似的往下翻。

“抽水友内战——1。”

简茸停顿两秒，不可思议地揉了揉眼睛。

1？

丁哥不是说投票过万了吗？怎么会有只有 1 票的选项？这 1 票还是他自己投的！

简茸呆愣了很久，才继续往下滑动页面。

“使用指定英雄排位——0；

抽取幸运水友双排带飞——1；

抽取水友赠送礼物——11；

唱歌——1233；

跳舞——4099；

用撒娇的语气直播——18424；

变装秀——23768。”

简茸躺到床上，闭上眼睛。

冷静一点儿，违约金赔不起，他真赔不起。

不就是变装秀吗？穿一晚上就脱了，又不影响他游戏操作和直播质量。

简茸再次拿起手机，切换大号。

投票活动才刚发出没多久，一切还可以挽回。

路柏沅很快就知道简茸摔手机的原因了。

书房电脑中放着 HT 最新一场比赛的录像，路柏沅握着手机沉默了两秒，才说：“变装秀？”

“嗯，那边做过调查，这是最吸引观众的福利了。”丁哥道，“我听他语气挺不情愿的，你既然跟他在一块儿，多帮我看着点，别让他搞出什么事来。”

路柏沅立即回忆起小白生日时变装的模样，只一瞬就不忍回想般地闭上了眼。

想到简茸下车时那张冰块脸，路柏沅笑了一下：“他也愿意？”

“虽然他挺抗拒的，但他不像出尔反尔的人。”丁哥那边鞭炮声震天，“我这儿信号不好，等我明天回去再说吧，你先帮我看住他一晚……我的天，他发微博了！我挂了！”

电话被匆匆挂掉，路柏沅抬手暂停比赛回放，点开了微博。

TTC · Soft：“新年好。我想你们了，老朋友，聊聊吧。”

路柏沅看清后面配着的表情，哑然失笑。

评论区比原博还要精彩，短短几分钟，评论数量已经破了五百。

“晚了。”

“有什么话直播再聊吧，我这儿忙着开小号呢，没空搭理你。”

“1 和 3 是谁投的啊？内战有什么好看的？跟这傻子打内战，不是白白把自己送到他面前挨喷吗？”

“娱乐圈路人，混圈多年第一次看到这样的选票，不愧是你们电竞圈。”

“围观的别跑！投票选 8，你爱豆永不脱发，新年发发发！”

“这投票不该叫‘Soft 福利二选一’，应该叫‘新仇旧账一起算’‘好巧你也讨厌 Soft 吗’‘跟他有仇的麻烦过来投一下票’或‘是亲粉就开十个小号’。”

“大家投一下跳舞好吗？他曾在直播间踢了我七个小号，我现在要让他在我面前踢七十次腿。”

“一副瘦骨头，跳舞有什么好看的，就不怕他糊弄人，给你来套广播体操？”

“投撒娇啊，这还用想？”

简茸发出微博后，起身倒了一杯水，并在心里不断打草稿，想动之以情，晓之以理，让傻……让水友们重新投票。

他回来后一翻评论，一千多条，没一条说的是人话。

局势非常严峻。

简茸握着水杯思考许久，然后豪气地在微博发了一个大红包。

“有病？玩不起？还搞贿赂？”

“我给你发红包，比你这大一百倍，跳舞和撒娇我实在选不出来，OK的话，钱我直接转你微博？”

“八百八十八块，你打发叫花子？”

“没抢到，气得我又去买了两个小号来投票。”

还能这样玩？

简茸好几次点开回复界面想骂人，刚打出一句话又硬生生忍住了。

几次之后，他盯着最后那条评论，忽然灵光一闪，像抓住救命稻草似的给石榴打电话。

简茸成功从石榴那里拿到想找的人的联系方式，立刻添加好友，验证消息填上“十万火急”，还在后面加了一长串的感叹号。

买粉、刷赞评、热搜请联系：“我通过了你的朋友验证请求，现在我们可以开始聊天了。”

买粉、刷赞评、热搜请联系：“您好，请问有什么需要？”

艹耳：“刷票。微博投票，能刷吗？”

买粉、刷赞评、热搜请联系：“没问题，您需要刷多少票？”

艹耳：“先来个二十万票。”

买粉、刷赞评、热搜请联系：“？”

艹耳：“问号什么意思？能不能做？”

买粉、刷赞评、热搜请联系：“可以是可以，就是比较麻烦。你为什么要这么多票呢？我见过的投票都没有单项选择超过二十万的。”

买粉、刷赞评、热搜请联系：“或者您看这样行不行，您把投票链接发给我们，我们帮您控制投票结果，保证您需要的选项能获得第一。”

也行。

简茸松了一口气，把链接发过去。

买粉、刷赞评、热搜请联系：“？”

买粉、刷赞评、热搜请联系：“你这单做不了。”

艹耳：“为什么？”

又浪费了十分钟，简茸有些烦躁，刚打出“连这种单都接不了，你还当什么水军”，手机就突突突地振起来。

买粉、刷赞评、热搜请联系：“你说呢？你在哪里学坏的？谁教你买数据的？老实做人，踏实做事，这么简单的道理都不懂？你这是作弊，是造假知道吗？买数据都买到我头上了？”

简茸：“……”

这都什么跟什么？

艹耳：“你一破水军公司，在这儿跟我讲道理？”

买粉、刷赞评、热搜请联系：“我那是帮别人刷，又不是我自己刷。我给你投的票都是我自己的号，OK？”

买粉、刷赞评、热搜请联系：“我截图了，如果日后投票结果有什么问题，我一定投诉你哈，自己悠着点。你有找水军的工夫，不如用来挑挑衣服。”

看屏幕上方还显示着“对方正在输入”，简茸忍着打语音电话跟人对骂的冲动，把这水军号拉黑了。

又一条路被封死了。

简茸已经想不到别的什么翻盘办法，心如死灰地准备关掉评论区。

“哈哈哈，豆腐也来投票了，还分享了投票链接，哈哈哈哈。”

“战虎、MFG 也投了，不过没分享链接，只是看到他们赞了这条投票微博，具体不知道投了哪一条。”

“我逛了一圈，发现被 Soft 阴阳过的选手纷纷加入战场。这就是选手之间的友谊吗？有被感动到。”

“Soft 有难，八方点赞。”

简茸已经没脾气了。

他冷静地开启小号，去回复其中一个粉丝：“请问哪些选手点了赞呀？想去吃瓜。”

粉丝立刻热情地发了一份名单过来。

简茸截屏，存图，放到了备忘录里，取名“血仇，暗杀名单”。

他做完一切，把投票链接分享到战队内部群。

艹耳：“帮我投一下跳舞，谢谢！”

变装是板上钉钉的事了，只是穿件衣服，不是不能接受。

撒娇……对于平时听见嗲一点儿的声音都得闭麦才能专心打游戏的简茸来说，是真不会。

P 宝的小辅助：“为什么？撒娇比跳舞容易啊。”

艹耳：“我不会那玩意儿。”

P 宝的小辅助：“那你会跳舞？”

艹耳：“不就扭腰扭脖子？”

P 宝的小辅助：“别，兄弟，我真不想跟别人聊天的时候，对面忽然发一个你的搞笑表情包过来。”

丁哥：“我也建议你选撒娇，动动嘴巴的事。”

艹耳：“我说了不会。”

小白发了一条语音过来。

饶是简茸在打开之前做过心理准备，还是被他吓到了。

“哥哥讨厌，哎哟，你不要说脏话啦！谢谢哥哥的礼物……”

简茸起了一身鸡皮疙瘩，立刻关掉语音。

艹耳：“你想死吗？”

大谦：“哈哈哈哈。”

Pine：“恶心，群主踢下人。”

P宝的小辅助：“我就示范一下嘛。”

丁哥：“不是，简茸你没明白我意思。选项上是‘用撒娇的语气直播’，又不是让你对水友撒娇。”

艹耳：“什么意思？”

丁哥：“你跟队友撒娇也算撒娇，文字漏洞嘛。”

队友？我的队友是谁？

P宝的小辅助：“对啊，到时候你向我哥撒娇就行。都这么熟了，这你总撒得出来吧？”

简茸原以为自己已经百毒不侵了，但这一刻，他再度头皮发麻、心脏乱跳。

让他向路柏沅撒娇……

艹耳：“不行。”

P宝的小辅助：“为什么不行？”

这还要问为什么？哪有向男人撒娇的！

而且路柏沅做错什么了，要听一个男人朝他撒娇？

艹耳：“我自己答应的事，不连累别人。”

P宝的小辅助：“这有什么，我哥不会介意这些的，他无视人的本领一流。主要是你得学学怎么撒娇，要不要白爷临时给你开个补习班？”

简茸黑着脸刚想打字，一个小香猪头像忽然跳了出来——

R：“用不着你，他会。”

简茸看着这行字，握着手机蒙了一下。

我会吗？我自己怎么不知道？

不过木已成舟，他会不会都无所谓了。群里很快又扯到另一个话题，过几天就是和战虎的比赛了，丁哥放假也没闲着，说了几点战虎队员打比赛时的小习惯和BP（Ban&Pick，禁用与选人）环节要注意的地方。

待群里重新安静下来，简茸把手机丢进口袋里，起身想去书房打排位赛。

他去开门却发现书房的门也敞着，路柏沅随意地靠在电竞椅上，在看比赛回放。

路柏沅听见动静，回过头，叫住想默默回房的人：“你想打游戏？”

“嗯。”简茸顿了一下，“我也不是特别想，就是有点无聊。”

路柏沅关掉视频，起身让出电脑：“正好，我看你玩。”

路柏沅的书房里只有一台电脑，但有两张椅子，分别用来玩电脑和看书。

电脑桌面是小香猪在草地上打滚的照片，简茸这才想起问：“我怎么没看见猪？”

“你来时它在睡觉，这会儿被抱出去遛弯了。”

简茸一怔：“猪也要遛弯？”

路柏沅笑道：“不遛也行……但我爸爱折腾。你想看？”

简茸诚实地说：“想。”

路柏沅“嗯”了一声：“等我爸回来了，我把它偷上来给你玩。”

偷上来给他玩？

简茸安静地看了路柏沅两秒，才倏地收回脑袋，短促地应道：“好。”

简茸坐到电脑前，习惯性地登上微信，才想起自己现在用的是路柏沅的电脑。

他刚想关掉社交软件，丁哥的消息就发过来了。

简茸毫无防备地打开，看到对方发来的图片后愣了好几秒。

丁哥：“过几天就要复播了，这些得赶紧定下来。你看看这几套有没有能接受的，没有我让服装师再找找。”

丁哥发来的衣服大都很正经，其中最夸张的是一件黑白用人装。

路柏沅在简茸身后看完了这几套衣服，感觉到简茸的不自然，他问：“你不想穿？”

简茸回过神，把照片关掉：“有点。”

“那就不穿了。”路柏沅拿出手机，“丁哥那边我去说，不是什么大事。”

简茸摇头，折腾了这么久，他自己都冷静下来了：“算了，我答应了就要做到……而且丁哥之前也跟我确认过几遍，是我自己没上心。”

路柏沅意外地挑了一下眉，他见简茸之前那么排斥，还以为简茸会立刻趁机反悔。

可能是感受到他的疑惑，进入单排队列后，简茸低头理了一下自己的头发：“我当时染这头发的时候也不情愿啊，但愿赌服输……再说了，染头发、换衣服而已，碍不到什么。我不乐意穿，只是不想给那群水友看笑话。我闭着眼都能猜到他们那天会怎么嘲讽我。”

路柏沅：“那现在你不怕他们嘲讽了？”

简茸选择英雄：“怕。所以我让丁哥帮我多安排几个房管，到时候骂不过就踢人。”

路柏沅怔了一下，然后低头笑了。

简茸已经进入游戏，不知道身后的人是什么表情。直到车库卷帘门转动的声响透过窗缝传进来，路柏沅从椅子上起身，拍了拍简茸的脑袋。

“到时给我也上个你直播间管理员的马甲？”

简茸的耳郭瞬间发热，手上操作不慢，漂亮地单杀掉对面的中单：“好。”

“嗯。”路柏沅满意地收手，“你先玩着，我去偷猪。”

当晚，简茸久违地点开了发朋友圈的按钮，在相册里挑了几张小橘的照片，然后又添加几张小香猪的照片，准备给自己朋友圈除除草。

发送之前，简茸停顿了几秒，然后返回又加了一张照片，图里是路柏沅给他发的红包。

发送成功之后，简茸顺手刷新了一下主页，发现路柏沅两秒钟前也发了一条朋友圈，就和他的并排在一起。

他的朋友圈除了九张照片之外，还有一个简单的配字："年。"

路柏沅只发了一张照片，没字。

照片是从侧面拍的，照片中简茸盘腿坐在地上，一只手撑着下巴，另一只手在揉皮皮——也就是小香猪的脑袋。

简茸盯着这张照片怔了好久，直到下面跳出小白的回复才回过神。

小白："吓死我了。这两条朋友圈靠在一起，乍一看还以为我哥咋啦。"

下面很快有人问。

袁谦回复小白："你想多了。"

路柏沅睡醒时，朋友圈有一百多条消息提示，他眯着眼睛看了几条，懒得回复，只是给简茸的朋友圈点了赞后就起了床。

没过几分钟，丁哥的电话打了进来。

路柏沅正在洗脸，他关上水龙头，接通电话道："我还没醒。"

丁哥回答："你醒了。我看到你点赞简茸的朋友圈了。"

路柏沅无话可说："干什么？"

"我到基地了。贼抓到了，除了小白的电脑，其他东西都找回来了。"丁哥低头收拾行李，"你的表对方还没来得及卖，在我这儿，所以跟你说一声。哦，对了，我一会儿让人去接简茸回来。"

路柏沅扯下毛巾擦干脸，问："今天还在假期，他为什么要回去？"

丁哥被问得一怔，简茸不是本来就要待在基地过年的吗？

"他马上要复播了，当然要提前回来做准备。"

路柏沅的动作顿了一下，几秒后说："知道了，你别来接了。我跟他一起回去。"

路柏沅把简茸从房间叫出来吃早餐，吃完后两人就回屋收拾行李，准备回基地。

简茸抱着自己的背包在路柏沅房门口等，忍不住道："其实我可以自己打车走。"

路柏沅推着行李箱走出来，随口胡扯：“表找到了，我得回去检查一下。”

简茸瞪大眼：“找到了？真的？”

“嗯。”路柏沅见他一脸惊喜，失笑道，“是我的表，你高兴什么？”

简茸一直觉得基地遭贼都是他的问题，得知东西找回来了，自然松了一口气。

“没，我就是高兴。”简茸别开眼，拿起路柏沅的行李箱，“那我下楼等你。”

简茸在一楼遇见了路柏沅的父母。

两人似乎刚从外头回来。看见简茸手里拎着自己儿子的行李箱，路妈微微一愣：“你们要回去了？这是小路的行李箱吧？”

路爸冷哼一声：“让小辈帮他拎箱子，他还真是会摆架子，入了那行后一身傲慢的坏毛病。”

简茸在两位长辈面前一直没怎么说话，现在却应得飞快：“是我自己想拎的，我从他手上抢来的。”

路爸：“……”

“他也不傲慢，对每个队员都很照顾，从来没摆过什么架子，更没有您说的那些坏毛病。”说完，简茸朝两位长辈鞠了个躬，“这两天打扰你们了。”

简茸拿着行李在车库等，过了十分钟，路柏沅才出来。

车子发动，简茸刚系上安全带，身边人忽然问：“你跟我爸说什么了？”

简茸一顿：“没说什么。他骂你了吗？”

“没。”车子驶出车库，路柏沅道，“他问我给你灌了什么迷魂汤。”

简茸抱着背包愣怔几秒，然后彻底成了哑巴。

说是为复做播准备，其实也就几件事，最主要的是熟悉直播流程。

简茸拒绝丁哥要找专业人士上门指导的请求：“你找的这个人，我比他红。以后如果还有这方面的需要，你直接找我就行，我收费比他低。”

丁哥：“……”

后来的声卡、摄像头和直播画面，简茸都轻车熟路地当着丁哥的面设置完毕。

当路柏沅复诊完回基地的时候，简茸已经开始训练了。

丁哥见他回来，忙放下手机，问：“怎么样？医生怎么说？我都说了我陪你去，你又不肯。”

“没大事。”路柏沅坐到沙发上，看着旁边的黑色布袋，“这是什么？”

丁哥“哦”了一声：“衣服。”

路柏沅揉了一下眉：“你办的这事，是不是有点为难人？”

“我就知道你要这么说。”丁哥叹了一口气，“真没你们想的那么夸张，变装加上和你双排……你知道我用这俩条件跟星空TV谈到什么吗？明天下午，简茸直播间能在星空TV最好的推荐位上挂到晚上，星空TV所有宣传都会跟上，甚至明天他收到的礼物，平台都愿意和他二八分……这待遇，除了你之外，还有谁有？虽然我就帮他谈下一天，但这些曝光度足够让他以后赚得盆满钵满了。”

“我觉得这事能给他带来最大的利益，我就帮他争取，就这么简单。”

路柏沅沉默地听完：“你就不怕他不愿意？”

“不会。”丁哥先是否认，然后开玩笑道，“他要真不愿意……就让你帮忙，他很听你的话。”

路柏沅起身上楼，丢下一句：“你想多了，如果他不愿意，我不会让他播。”

简茸复播当天是大年初四。

路柏沅醒来时，战队讨论组里已经聊嗨了，小白在讨论组里倒计时。

P宝的小辅助：“还有最后一分钟！”

P宝的小辅助：“最后三十秒！我的截屏键已经按捺不住了！”

大谦："你悠着点吧，今晚就要回基地了，不怕被小茸打死？"

"P 宝的小辅助撤回了一条消息"。

路柏沅关掉讨论组，保持着睡醒时的姿势，点开了简茸的直播间。

简茸还没开播，弹幕已经刷了整个屏幕。

"好久没来 Soft 的直播间了，怀念啊！"

"我高考查成绩都没这样蹲过点。"

"啊啊啊，Soft 搞快点，搞快点，我老婆马上要进产房了！"

"开了一把排位，队友太垃圾了，四十分钟都没结束，为了看你直播，我把游戏退了，结果你复播当天还迟到？"

"前面的，我是你队友，我也退了。"

"还没开播，直播间热度就冲到第三了？"

"排面。"

"我看了一下观众席，目前已经有十一个《英雄联盟》的选手在这个直播间里了。我没看错吧？"

"十三个了，他们自己不开播，看热闹来得比谁都快！"

"我的天，路神来了！时隔几个月，路神再次来到 Soft 的直播间了！"

路柏沅见直播迟迟没开，正想起身洗漱，就见屏幕忽然一闪，开始显现出画面来——

视频里的人穿着水手服，衣领上边露出一截修长白净的脖颈，因为仰着头，还能看到他微微凸出的喉结。

他戴着假发，头上还有一对兔耳朵。

简茸化了妆，画眼线时给他逼出几滴生理性眼泪，所以他眼底此时潋滟一片。

他像是看不清弹幕，眯着眼往前凑了一点儿，弹幕停顿两秒，随即犹如洪水决堤般涌出来。

简茸认真看某个东西时嘴巴会习惯性张开一些，几秒后，这张涂了润唇膏的嘴唇一张一合：“弹幕刷慢点，我看不清。”

大家：“……”

“Soft 好漂亮。”

“Soft 生日快乐！”

“那些粉丝能不能滚？他金主都在这儿呢，你还敢放肆？”

“宝贝好可爱。”

“感谢小白、谦哥、盒子、Pine、空空送的星海，感谢‘Soft 天下第一’送的星海，感谢‘宝贝我想你’送的两个星海……”

念到最后，简茸皱眉：“宝贝？你们恶不恶心！别这么叫，我脚毛都要奓起来了。”

“你长这德行还有脚毛？”

“我的脚毛比你头发都多。”简茸说罢，直接屈起右腿放在椅子上，抓着摄像头就要往脚上拍。

大家都一脸蒙。

“啊？这是什么环节？”

“我的天，没人真想看你的脚毛！”

“傻儿子。”

“哦哟，你没让我失望，懂行。”

“惊了，这不会被封？”

镜头晃了一下，刚拍到简茸穿的白色袜子，观众们就听见一阵开门声。

简茸刚要证明自己是纯爷们，摄像头忽然被人抢走。他一愣，下意识抬头看去。

路柏沅穿着一件短袖，灰色长裤，头发因为刚睡醒没整理有些杂乱，是一副刚从床上起来，还没来得及洗漱的模样。

路柏沅把摄像头拿在手上，屈起食指敲了敲简茸那条腿的膝盖。

“放好。”他的嗓音微哑。

简茸回过神，立刻把脚放下去：“你醒了？”

路柏沅连脸都还没洗。他把摄像头放回电脑上方，然后才垂眼看他：“你想被封直播间？”

大家又是一脸蒙。

“看不见看不见看不见，让我看看！”

“我哥刚睡醒的模样好帅！”

“让我看看！让我看看！路神，你挡住摄像头了，啊啊啊——”

“路神的声音好性感，啊啊啊！”

“不是说要和路神双排的吗？什么时候开始啊？”

“我去洗把脸再来跟你双排。”路柏沅接着道，“不准瞎抬脚。”

路柏沅走出训练室后的半分钟，简茸还在低头看自己的衣服。

简茸原本还有些抗拒，直到丁哥把衣服拿回来——这所谓的“水手服”，在简茸眼里就是普通的短袖白衬衫。

就是化妆的时候不舒服，他怕痒，画眼线的时候几度想翻脸走人。

虽然镜头只拍得到他的上半身，但他的动作足以让其他人抓狂。

“我的天，你为什么一直在看自己的衣服？”

简茸重新坐好：“自己看自己怎么了？你平时不洗澡？”

“路神为什么自己不开直播，却肯和 Soft 双排啊？反正都是玩游戏，顺手开个直播不行吗？”

“从首页推荐点进来的……这主播为什么这么多人看？”

“别磨叽了，宝贝快撒娇。”

“就是，说好了撒娇的。”

简茸跟水友聊天的时候习惯盘着腿，他刚抬起一条腿，想起路柏沅说的话，又默默放下了：“撒娇？谁说要向你们撒娇了？”

“你竟然说话不算话！”

“在哪儿举报？ TTC 官方能不能出来管一管？”

“前面的是不是没看他今天发的宣传微博？他确实不是要对我们撒娇。”

“谁看那玩意儿？开小号投完就完事了。”

别说水友，那些宣传连简茸自己都没看。他刚睡醒就被抓去化妆、试衣服，宣传微博都是丁哥用他手机发的。

简茸咬着牛奶吸管，顺手打开网页看了一眼——

TTC · Soft：“大家好，我是 TTC 战队的中单选手 Soft！感谢大家这两天的热情投票，2月15日下午3点，我会在星空TV进行变装直播。Road队长，准备好了吗？直播地址……”

简茸一口奶差点喷出来。

“哈哈哈哈哈哈，你看到了吗？”

“有事吗？ Road 愿意配合运营跟你双排已经很给你面子了，OK？得寸进尺就过分了吧？”

“我觉得路神粉丝说得没错，你不要倒贴路神，你这样很给我丢人。”

“养这么大的孩子要朝别人撒娇？不过我竟然有点期待是怎么回事？”

简茸没搭理他们，直接给丁哥打了电话。丁哥就在客厅捧着电脑看直播，接电话接得飞快。

简茸磨牙：“你发的微博怎么是这样的？”

丁哥清了清嗓子：“本来我想模仿你的语气写文案，但你的语气不太好学……就算了。没事，这条微博你的粉丝一看就知道是运营发的。”

因为戴着耳机，所以简茸开的扬声器。

“我澄清一下，他没粉丝，在座各位都是他大爷，然后有一说一，确实。”

“确实。”

“确实。”

“Road 粉少安毋躁，凡事讲个先来后到，一会儿他朝路神撒娇的时候，让我们先骂行吗？”

丁哥补充：“还有，直播的事我都跟小路交代过了。他同意配合你，你随意播，别有压力。”

“我知道了。”

挂了电话，简茸下意识想理一下头发，然后摸到了他脑袋上毛茸茸的兔耳朵。

他收回手，打开游戏，语气僵硬地扯开话题：“感谢‘傻儿子 215 生日快乐’的星海。感谢‘TTC 小白 (可以带我双排吗)’的星海，不可以。感谢‘TTC 盒子’的礼物，别送了，你签约费才几个钱？感谢‘YY- 豆腐’……收回，这个不感谢。”

TTC 小白（可以带我双排吗）：“哦。”

TTC 盒子：“……”

YY- 豆腐：“？”

“哈哈哈哈，队友之间的友谊呢？战队之间的友谊呢？”

光是念感谢名单简茸就念了五分多钟，他喝了一口水缓缓，然后回答：“队友之间的友谊不稳定，战队之间的友谊是骗你们的。豆腐为什么给我送礼物？我怎么知道？我又没把他踢出直播间，你问他本人吧。”

报完之前在豆腐直播间被故意忽视的仇，简茸点开了某个知名视频直播网站。

“干吗？‘摸鱼’？举报了。”

简茸无视弹幕上的举报威胁，在搜索框里输入“英雄联盟变装秀”。

嗖地一下，界面跳出无数个搜索结果。

弹幕里立刻飞过无数个问号。

房管们不敢封职业选手，简茸把说脏话的都发了五分钟禁言大餐，这才优哉游哉地一个个点开视频：“我没摸鱼。你们不是想看我撒娇吗？我不会，不得不来取取经……等等，我看看哪些人分享了我的直播投票。”

小白首当其冲。

简茸刚点开视频，小白不断对着镜头眨眼，掐着嗓子说："叫哥哥送小星星？哥哥。"

简茸第一次见这种场面，直到 Pine 砸了两个星海他才回过神来。

"抱歉，无意冒犯。"简茸关掉视频，"别举报我，这视频里的人有直播间，你们去举报他。"

然后是空空。

空空也穿的水手服，戴的猫耳朵，视频刚开始就把手比在脸边"喵"了一声。打游戏时，他还不断地给队友加油打气，动不动就发"哥哥打得真好""哥哥别气馁"之类的消息。

"撞衫了。还行，只是打字，没小白恶心。"简茸道，"别做梦，我不可能发出这种声音。"

训练室的门被推开的时候，简茸正在看 WZWZ 战队的 Mini 跳舞。

简茸听见推门声，一个激灵坐直，飞快地关掉网页，整个电脑屏幕上只剩下直播窗口和《英雄联盟》客户端。

"上课开小差时被抓到的我。"

"追剧看得正爽，忽然有人进屋时的我。"

简茸先是闻到清爽的薄荷牙膏味，然后腿上多了一件灰绿色的纯棉翻领夹克。

路柏沅换了一件长袖，手里拿着咖啡和吐司："穿着。"

弹幕立刻飘过一堆问号，然后是满屏的"要赖"和"不要"。

路柏沅扫了眼弹幕："没说不能穿外套吧？"

"为什么？基地有暖气，为什么要穿外套？"

是有暖气，但简茸训练习惯一向差，为了保持清醒状态，他机位前的窗户每天有一半时间是开着的。小白有时吹冷了会让他关一会儿，现在小白不在基地，他能开一天。

路柏沅："穿吗？"

简茸穿上了外套。

这件外套路柏沅在基地常穿，简茸的身材跟他差太多，穿着显大，衣袖更是长了一截，简茸得往上拽一些才合适。

“撒娇没了，衣服也遮了一半，这确定是水友福利？然后……路神的外套链接可以给一下吗？”

“你看到外套上的logo（标志）了吗？官网可见，我不记得价格了，反正不低于五位数。”

“冒昧了。”

“尖叫！Soft你好小！”

“我怎么觉得穿上外套更……”

“上面的人在说什么？我没看懂。”

简茸也没看懂。

但他一眼扫过去就觉得不是什么好话，所以他动动手指把人封了。

路柏沅登上游戏：“拉我。”

简茸回过头，看到他桌上还未开封的吐司：“你不吃早餐？”

“边玩边吃，不影响。”路柏沅打开直播软件，把自己的账号挂进简茸的直播间。

简茸犹豫了一下，刚想说“要不你先吃，我自己单排一把”，路柏沅的游戏邀请就弹出来了。

简茸立刻点下同意。选好自己要玩的位置后，他按照约定给路柏沅套上了自己直播间的管理员马甲。

“你真的好听话，路神都没给你上马甲。”

TTC · 小白：“我也要马甲。”

简茸想也不想道：“不给。”

TTC · 小白：“我哥今天一个礼物没刷都有马甲，我刷了十个星海了！按照规矩你也该给我马甲！”

简茸点头：“你再刷十个星海我就给你。”

TTC · 小白：“简茸，你好狠。”

简茸不理他了。

他们很快就匹配进了游戏。

路柏沅吃东西时不爱说话，吃下两片面包垫肚子后，他看了一眼敌方禁用掉的英雄。

盲僧、豹女、男枪、妖姬、劫难者，都是他和简茸的常用英雄。

简茸也发现了，他刚想说什么，就见弹幕上全是不满的话。

“说好的撒娇呢？真想赖掉？”

“意思是我那二十个小号白开的？”

“敢说不敢做，我这次是真看不起你。”

“我……”简茸没开游戏语音，他压低声音，气道，“我不是撒娇了吗？我都穿他衣服了。”

“你再说一遍？什么是撒娇？”

“敢情你刚刚那十几个视频是放给我看的？你自己什么都没学会？”

“不会吧，不会吧，不会真有人看不出来，他就是想装不懂，然后赖掉福利吧？”

简茸想把这阴阳怪气的人摁死。

路柏沅没看直播画面，他把吐司的包装重新系好：“他们……”

“哥哥。”简茸忽然出声打断他，声音低得不能再低，像憋着气喊出来的，语速飞快。

路柏沅挑英雄的手忽然顿住，安静了几秒，然后“嗯”了一声。

“可能跟熟人撞车了，对面把我们的英雄都禁掉了……”简茸捂着脸，耳朵通红，都不敢扭头看，过了好久才补上水友要他加上的语气词，“呢。”

他掐出的调子不像撒娇，像即将上吊。

第二章

生日礼物

Take the Crown

直到选择英雄的倒计时快结束时，路柏沅才随便点了一个英雄，嗓音如常："应该是。"

简茸还捂着脸，张着手指给自己眼睛留了一条缝。

弹幕里全是"哈哈哈"，看得他都不认识这个字了。

简茸平时没叫过谁"哥"，更别说"哥哥"。路柏沅沉默的那几秒，他都恨不得钻到小白机位下面那条缺了一角的地缝里。

简茸闷头灌了半杯凉水，才把关注点重新放回游戏。

简茸看见路柏沅的英雄头像，愣了一下："你玩阿木木？"

阿木木是冷门中的冷门，从没上过职业赛场不说，就连平时排位都很少有人会选。

这待遇和阿木木的英雄形象差不多，他是一个连放技能都是在哭的英雄，经典台词是"我还以为你从来都不会选我呢"。

路柏沅不会说自己是时间到了乱点的，他面不改色地调整好阿木木的符文："嗯，我练练之前讨论过的新套路。"

简茸一头雾水。

正在观看直播的 TTC 众队员兼教练也满脸疑惑。

什么阿木木的新套路？阿木木能有什么套路？

几秒后，路柏沅又道："我忘了你在开直播。算了，无所谓。"

他演得太真，简茸还以为自己漏课了。

“爷爷，你听到了吗？阿木木要上赛场了！”

“爷爷挣扎着抬起食指晃了晃，说不信谣不传谣。”

“你能不能别浑水摸鱼？撒娇就撒一句？好歹也得保持到今天直播结束吧？”

“唉，真的，我用我全家人的手机号码注册了微博来投票，就为了能赢得这个选项，结果……就这？很失望，我粉的主播竟然是这样的人。”

“这样敷衍，没意思。”

“弹幕怎么了？”

“这傻儿子吃软不吃硬，装就对了。”

“我一周前就挂在你直播间等复播，等来的是什么？唉，鱼哭了水知道，我哭了谁知道？”

“你怎么不说盘古开天的时候，你就在我直播间里挂着？”简茸皮笑肉不笑，“别无理取闹好吗？这种普通的对话怎么撒娇？”

水友们早有准备，他的话刚说完，无数撒娇词语瞬间占满屏幕。

简茸粗略地看了一眼，然后将几个发那些不堪入目词语的水友封了。

他碰了一把自己的兔耳朵，随便选了个沙皇。

进入读条界面，简茸立刻抓起手机发微信。

艹耳：“你如果听得不舒服，我就少说点话。”

R：“不舒服。”

简茸嘴角一僵，然后慢慢垮下来。

他这说的是什么话，谁听一个大男人撒娇会觉得舒服？

简茸半天才敲出一个“好”字，还没发送，手机又振了一声。

R：“声音太小，听不清，大点声。”

进入游戏的声音把简茸扯回神，他慌乱地把手机搁桌上。

他们确实跟熟人撞车了，对面是战虎战队的中野。

刚进游戏，对面的人就说话了。

[所有人] 战虎大牛：“放心，我们不玩窥屏那一套。”

[所有人]TTC・Road：“OK。”

“你打不了就等我。”路柏沅走到蓝 buff 旁，“我六级后抓。”

大牛这局玩的是大眼怪维克兹，这英雄手长，特别克制简茸玩的沙皇。

“好——”简茸顿了一下，“呢，哥哥。”

路柏沅终于把这句“哥哥”听清楚了。

不嗲，简茸喊得很不自然，但莫名顺耳。

清完三狼野怪，路柏沅在前往上半野区的路上，抬手捻了一下耳机上的音量键，往上滑了一些。

“我的天，你耳朵着火啦！”

简茸这英雄前期就是刷，他补完兵，道：“你少得寸进尺。”

简茸在打训练赛时和大牛对过几次线，大牛经验丰富，打法老成，他很难占到便宜。

对面当然不会让简茸顺利发育，大牛仗着英雄技能射程远压得很凶。简茸吃了英雄的亏，只能吃吃进塔的小兵维持生存。

六级，路柏沅靠近中路：“我来了。”

简茸被压得恼火，刚硬着头皮跟大牛打了一波，现在两人都只剩半管血条。

简茸立刻道：“他有闪现，不好抓，可以先把他闪现打出来。”

路柏沅指挥：“闪左边推他。”

简茸依言行事，飞快丢闪交大招。大牛被推到右边草丛时就知道对方打野来了，在看到路柏沅的那一秒，他毫不犹豫地丢闪现逃跑。

两道闪现声同时响起，只见路柏沅几乎在同一时间丢出闪现，然后一个预判 Q 技能精准地命中大牛，紧跟着丢出禁锢大招，把他留在原地罚站。

路柏沅这波预判太帅了，拿下人头之后，简茸脱口道：“漂亮！”

几秒后，被弹幕催促的简茸咬牙补充：“哥哥真棒。”

简茸说话的语气硬邦邦的，听着像念课本，怎么都没撒娇那个味儿。

水友们只觉得好笑。尤其他那一个个要命的尾音，说一次够让人笑好久。

路柏沅：“你交了闪现，一会儿他们打野肯定会过来，自己小心。这局我们想赢，只能打后期。”

路柏沅像预言家，简茸刚从家里出来，就被战虎中野越塔强杀了。

想拖到后期很难，上下两路都不给力，几波小团战下来，队友基本阵亡在战场，经常只有路柏沅和简茸能全身而退。

这一次同样，队友闲着没事进敌方野区被抓，简茸赶到时，队友正好倒地。

他配合路柏沅艰难地击败了敌人，然后两人迅速撤离对方野区。

经过敌方蓝 buff 时，简茸走路的动作明显慢了。

当他第三次停下时，路柏沅开麦：“怎么了？”

简茸按着鼠标，围着阿木木转了一圈，才诚实道：“我想要他们蓝 buff。”

敌方蓝 buff 还有十七秒刷新，他们没有优势，敌人随时都可能过来。

路柏沅还没说话，简茸又低声喃喃：“他们都抢我两个蓝 buff 了。”语气是带着不甘的，声音也和平时差不多。

但这话听起来就是莫名的……

“我的天呐！还说你不会撒娇？”

“我不能帮你拿这个蓝 buff，我只能给你砸钱，是我没用，呜呜呜。”

简茸愣住：“我怎么撒娇了？”

“你想要蓝 buff 自己蹲着不就行了？你以前玩游戏不都把队友当成摆设？这不是撒娇让 Road 留下来陪你拿蓝 buff？”

简茸：“……”

耳机里传来信号声，简茸回过神，发现路柏沅操控的人物已经走到了敌方蓝 buff 处。

“过来。”路柏沅声音温和，语气自然，“今天你生日，想要什么都行。”

简茸本来想反驳水友两句，听见这话，他抿起唇不吭声，转身默默地去偷蓝 buff。

大家：“？”

两人一直排到傍晚。其间，路柏沅没再玩过弱势英雄，简茸的蓝 buff 也没再被人偷过。

又一局游戏结束，简茸的手机忽然一振，是讨论组的消息。

丁哥：“超过规定时间了，别排了，休息一会儿。”

简茸把这句话反复看了两遍，皱起眉头。

艹耳：“什么规定时间？”

R：“知道，最后一局。”

丁哥：“你别当我不知道，你们刚结束一局游戏。”

丁哥：“真别打了，我正好有事跟你说。”

简茸正云里雾里，就听见路柏沅的声音从耳机里传出来：“丁哥找我，你自己打一会儿？”

简茸说“好”。

路柏沅起身经过简茸身边的时候，简茸忍不住回头想问什么，戴着的兔耳朵忽然被人轻轻攥住。

路柏沅第一次摸这种玩意儿，他捏了两下：“还有半小时下播？”

简茸看了眼时间：“差不多。”

路柏沅颔首，松开兔耳朵，转身出了训练室。

直到进入新一局游戏，简茸满脑子都还是那句“规定时间”。

职业选手没什么“规定时间”，一般都是想练多久练多久，除非教练觉得这选手快猝死了，不然很少主动喊停。

终于磨到下播时间，简茸整个人都松了一口气。

他在众多挽留弹幕中关掉直播平台，下了楼，才发现其他人已经回到基地，正在客厅分老家特产。

袁谦最先发现他，笑道："小茸，生日快乐。"

Pine 正在打手游，闻言抬头看了他一眼："生日快乐。"

简茸环视一圈，没看见路柏沅和丁哥，走下最后一级台阶，不是很习惯地说："谢谢。"

都是没什么情调的电竞少年，大家今天在直播间刷的钱就当是生日礼物了。

简茸刚走到沙发前，就被小白一把拽到了沙发上。

"你这衣服还是露脐装！"小白惊呼。

"不是。"简茸随意地拽了一下衣服，"太短，站直才会露。"

"那不就是露脐装吗？"小白朝他扬扬下巴，"对了，你快给我看看你的脚毛。"

简茸以为自己听错了："什么？"

"脚毛啊！"小白满脸好奇，"我听 P 宝说，脚毛是长在脚背上的，我没有，P 宝他又不给我看他的，你快让我长长见识。"

简茸那句"你是不是有病"已经跑到嘴边了。

"不过你好像连腿毛都没几根啊。"小白盯着他的腿，皱起眉头，"跟女生的腿似的。你真有脚毛吗？"

路柏沅下楼的时候，看见的就是简茸赤脚踩在茶几边缘，白色长袜随手丢在地毯上，正在自己脚背上努力找着什么的样子。

"这儿，看见没？"简茸指着自己脚背某处道。

"哪儿呢？"小白皱着眉，很努力才看清，"啊？就一根？"

简茸冷嗤一声："一根怎么了？你连一根都没有。"

简茸展示完脚毛，正犹豫着怎么开口问小白关于"规定时间"的事，余光就瞥见一只修长的手把他随手扔在地毯上的长袜捡了起来。

路柏沅刚和丁哥谈完事，衣袖被他随意扯到了手肘处，平时用来握黑色鼠标的手此时抓着长袜，非常突兀。

简茸第一反应就是把自己的脚丫子从茶几上挪下来。

“你俩干什么呢？”丁哥跟在路柏沅身后，“比脚毛？亏你们想得出来，比点好的行不行？”

手机铃声响起，路柏沅把袜子随手放到沙发扶手上，接通电话往外头走。

丁哥赶紧叫住他：“你去哪儿？”

路柏沅丢下一句：“拿快递。”

直到大门关上，简茸才挪到另一侧沙发上，抓起袜子抬脚想往上套。

“干吗？”丁哥叫住他，愣愣地道，“你还想穿回去啊？”

其他三人也跟着看过来，简茸保持着穿袜子的姿势顿了两秒，然后把另一只袜子也脱下来：“没有。”

丁哥打开手机看了眼：“今天直播效果挺好的，热度第一，人气第一，还直接冲到了这周平台礼物榜第五。”

“才第五？”袁谦从手机中抬头，“他今儿都收了快一百万礼物了吧，只能排到第五？”

袜子没处放，简茸随手把它揣进夹克口袋里。

他听见这话，倏地抬头：“一百万？”

“准确来说是一百一十七万。”丁哥随意算了一下，“不加上免费礼物，扣分成和扣税应该有个五六十万。钱是小事，主要是关注度，你一天涨的粉丝比别人一个月涨的还多……看，这波不亏吧？”

袁谦见简茸一脸惊讶，乐道：“你别一副没见过世面的模样，你以前可是大主播。”

简茸确实算得上是大主播。

但《英雄联盟》分区观看人数多，肯砸礼物的却少，每月礼物排行榜上的，不是户外博主就是颜值博主。《英雄联盟》收礼物多的也是女主播，简茸以前都是靠底薪和免费礼物分成吃饭的。

小白从桌上拿起一个橙子："算了，你们看他这直播风格，只吸喷子不吸礼物。"

大门被打开，路柏沅一只手夹着一个包裹，另一只手拎着一个蛋糕盒回来了。

丁哥回头看了一眼，挑眉："咦？送到了？外送员怎么没给我打电话？"

简茸循声回头，看到路柏沅左手拎着的蛋糕时怔了一下。

"我正好碰到，顺手拿了。"路柏沅抬起后脚把门关上。

丁哥一脸纳闷："你怎么知道这蛋糕是我们的？我好像没填具体门牌号吧？"

路柏沅把蛋糕盒放到茶几上："你就差把名字写蛋糕上了。"

蛋糕上立着的小人偶染了蓝发，戴着耳机，胸前还挂了一块牌子，表情臭臭的。

"蛋糕！是蛋糕！我好久没吃蛋糕了！"小白激动了两秒，纳闷地看向丁哥，"我过生日的时候怎么没有蛋糕？"

袁谦乐呵呵地说："我也没有。"

"别说你们，我自己都没有。"丁哥拿起裁纸刀，粗鲁地割断蛋糕包装盒上的蝴蝶结，"简茸这不是恰好赶上了吗，我就琢磨着好歹买个蛋糕……你们之前生日都没在基地过，事后补蛋糕还有什么意思。"

简茸的手肘抵在膝盖上，盯着蛋糕上的小人偶看了很久："我戴的是什么？"

丁哥"哦"了一声："全球总决赛的奖牌。"

大家看向他的眼神都一言难尽。

"干吗？"丁哥理直气壮，"图个好彩头不行？大家赶紧吃了蛋糕睡觉，明天还要训练。小路，要不要顺便帮你把快递拆了？”

路柏沅把包裹放到沙发旁：“不用。”

丁哥把生日蜡烛插上：“过生日的流程是什么来着？唱生日歌？”

简茸想也不想就拒绝：“别那么麻烦。”

丁哥想了想，几个大男人围在一块儿唱生日歌确实有些傻：“那吹蜡烛、许愿这两个流程总得走吧？”

简茸犹豫两秒，勉强点头答应。

“打火机，我的打火机呢？”丁哥在兜里摸索了一会儿，正纳闷地要回屋找，一个黑底金边的打火机忽然出现在他面前。

丁哥顺手接过打火机，开盖摁火，刚要去点蜡烛，动作忽然顿住了。

路柏沅伸出的手还停在半空中，难得在心里骂了句脏话，不露痕迹地往右边靠，跟面前的人拉开距离。

果然，丁哥猛地转头，唾沫横飞：“路柏沅，你又抽烟！之前你做体检的时候医生怎么说的？让你禁烟两个月有这么难吗？你是网瘾少年还是烟瘾少年啊？哦——我知道了，你刚才出去就是为了抽烟吧？行啊，你还学会用快递当掩护了。”

路柏沅坐到沙发扶手上，无奈道：“我没抽烟，这玩意儿一直在我兜里。”

“不抽烟你带着它干吗？照明？”丁哥保持着弯腰的姿势，随便叫了一个离路柏沅最近的人，“简茸，你闻闻他的手，看有没有烟味！”

简茸：“……”

简茸刚想说人和人之间需要信任，路柏沅忽然朝这边伸出手来。

路柏沅就坐在沙发扶手上，手正好伸到他脑袋旁边，保持不近不远的距离。

路柏沅手心朝上，手指懒散地屈着，手腕处有条微微凸起的筋。

几秒后，简茸凑近一些闻他的手。

一股淡淡的香味，应该是打完游戏后用了洗手液。

简茸嗅了两次，兔耳朵跟着主人脑袋回到原位，简茸声调平平："没烟味。"

路柏沅很短暂地晃了一下神。

直到蜡烛被点亮，他才收回手，道："满意了？"

"今天你没抽烟，不代表之前没抽。"丁哥点好火，把东西丢自己口袋里，"打火机先没收了，等禁烟期过了再还你。"

路柏沅将右手放进口袋："不用还，送你了。"

丁哥气笑了："你还……立个新规矩，以后看到谁抽烟直接找我举报，成功举报一次，我个人掏两千元当奖金。"

"哇……你怎么可以把举报这种不良风气带到队伍里来？"小白浮夸地演完，然后举手，"我举报 P 宝在来基地的路上抽烟了，两根，能算我四千吗？"

Pine 抬手就敲了他的脑袋两下。

"以前的不算。以后看到谁抽烟直接拍照，凭照片领钱。"丁哥逗完趣，又说，"来，简茸，许个愿吹蜡烛，愿望就许 S 赛夺冠怎么样？"

简茸低头就把蜡烛吹了。

丁哥："……"

简茸说："不用许愿，冠军我自己能拿。"

路柏沅闻言一笑。

这狂劲很久违了。

队里其他人虽然也想夺冠，但打了几届比赛之后，已经没人会把"我要拿冠军"挂在嘴边了。

"这就是年轻人。"丁哥感慨，把刀子递给他，"来，你切第一刀，吃了蛋糕咱们立马夺冠。"

这话像逗小孩似的。简茸嗤笑一声，接过刀切了蛋糕。

蛋糕很小，一人一块正好。

因为是寿星，简茸得到的蛋糕最大。平时一点儿饭后甜品都不碰的人，今天坐在沙发上乖乖地吃蛋糕。

小白突然凑上来，手指上还沾着一块巨大的奶油。

“你别碰我。”简茸声音冷淡，“蛋糕若是沾到我衣服上，我明天就上你号挂机骂人。”

小白动作一僵：“你又不知道我密码。”

简茸：“‘P宝的小辅助’的拼音。”

小白转了个身，把奶油抹到了Pine脸上。

“丁哥。”袁谦抬头，“咱们下场比赛的入场券，能不能给我一张？”

丁哥头也没抬：“干吗？女朋友要来看？”

“是啊。”袁谦大方地笑了笑，“她听说是在我们的主场馆打，就想来。”

“没问题，我明天让人去拿票。”丁哥这才想起什么，看向简茸，“每场比赛那边都会给我们发入场券，但这群人都不要，我就一直忘了跟你说，你如果需要直接找我拿。”

简茸摇头：“我也不需要。”

小白一边吃着蛋糕一边感慨：“我还记得刚开始打比赛的时候，我特喜欢发入场券，谁要给谁，直到后来有个傻子拿我送的券去倒卖，我就再也没送过了……哎，哥，这事你不是也经历过？”

路柏沅用叉子叉下一块蛋糕，说：“是吗？我不记得了。”

“我想起来了，就我们打次级联赛那会儿。”袁谦插话，“那会儿我爸妈也想来现场，我问你票还在不在，然后你说票送给一个小黄牛了。”

简茸咀嚼的动作一顿，倏地抬起脑袋。

路柏沅若有所思，半晌后才点头：“我想起来了。”

Pine难得开口：“我怎么不记得？”

“你当时还没入队。”路柏沅把蛋糕上的奶油撇开，又道，“一个小孩找工作被网吧老板赶出门，坐在门口一个劲儿抹眼泪。我当时没带钱，顺手把票给他了。”

简茸整个人都僵住了。

袁谦疑惑：“那你为什么说他是小黄牛？”

路柏沅道：“我把身份证落网吧了，又返回去取。那小孩正跟人谈票价，一抬就是两倍。”

“咯咯……”简茸被蛋糕呛着，捂着嘴巴咳个不停。

其他人被简茸的动静吸引，简茸抬起手肘挡住脸，边咳边摆手，示意自己没事。

“小小年纪就倒卖票，真是人心不古！”小白满脸愤慨，“哥，你当时怎么没去逮那小崽子？”

他原本是想逮的，但他当时赶时间，又看到小孩被热红的脸、沁满汗的鼻尖，就算了。

简茸还在咳，路柏沅再看过去时，简茸整张脸都咳红了。

路柏沅放下蛋糕，拿了一瓶未开过的矿泉水递过去。

路柏沅伸出手的那一瞬间，好似想起什么，眉梢很轻地挑了一下。

简茸没发现他的表情，伸手想接，却一下没能拿过来。

路柏沅拿得有点紧。

这种力道似乎只保持了一秒，简茸还没来得及疑惑，对方就松了手。

简茸拧开瓶盖，连灌三口才平息下来。

袁谦笑道：“次级联赛的票都能被那小孩卖出两倍价格……怎么说，还挺有潜力的。”

片刻后，路柏沅才“嗯”了一声，缓缓道：“事情过去太久，我记不清了，和现实有偏差也说不定。”

话音刚落，路柏沅看到兔耳朵大幅度地上下起伏了一下，它的主人长松了一口气。

散场后，简茸回到房间，把夹克脱了，来来回回检查了三遍。

他确定上面没沾上任何脏东西，才抱着夹克去敲路柏沅的房门。

他刚敲响第一声，门就开了。

简茸说："我来还衣……"

路柏沅打开房门："我正要找你，进来。"

简茸刚进屋就看见地上被拆开的包裹，里面是一个鞋盒。

"你打开看看。"路柏沅的声音从身后传来。

简茸愣了一下，没动。

"你的生日礼物。"路柏沅说，"你看合不合适。"

简茸是想说"不用"的。

但路柏沅的礼物，他又真的很想要。

他收下这份礼物，等到路柏沅生日的时候送一个等价的，应该也没关系。

最终，简茸遵循本心，把夹克放到椅子上后，蹲下去拆鞋盒。

是一双球鞋，由白色和淡灰色拼接而成，鞋上挂着一个小吊坠，鞋侧的 logo 还有提花图案。

简茸对球鞋不是很了解，只知道这双鞋很好看。

路柏沅抱臂靠在墙上："你穿上试试。"

简茸的脚是四十码，穿上正好，只是和他身上的水手服不太搭。

简茸坐在路柏沅的椅子上，低头弯腰看这双鞋，怎么看怎么喜欢。

他刚想道谢，头顶忽然飘下来一句——

"原来你没当'小黄牛'。"

简茸的心脏漏跳一拍。

过了许久，简茸闭了下眼，然后认命地抬起脑袋。

路柏沅仍倚靠在墙上，他脸上带着淡淡的笑，垂眼问："你为什么没卖票？"

简茸知道对方认出了自己，做了一个吞咽动作，过了好久才慢吞吞地应道："我很想看……就不卖了。"

路柏沅笑着"嗯"了一声，伸出手拍了拍简茸的头发。

他说："你长这么大了。"

……

简茸抱着衣服来，又抱着鞋盒走。

简茸回到房间，还没等他缓过来，桌边的手机突然振动。

丁哥："那身衣服你还要吗？"

艹耳："不。"

丁哥："那你换下来给我吧，我拿去收好。"

简茸是得找点事做分散一下注意力。他揉了一把脸，把身上的衣服脱了下来，然后是领结、兔耳朵、袜子……

袜子呢？

最后他甚至趴在地上找了床底，都没找到那双长袜。

他坐在木地板上开始回忆，脑中第一时间浮现的是路柏沅攥着他袜子的那只手。

简茸拍了一下自己的额头，然后继续回想。路柏沅把袜子放沙发上，他捡起来穿……不，他没穿，他塞大衣口袋里了。

路柏沅的大衣口袋，简茸又拍了一下自己的脑门。

不是吧，他刚刚检查了这么多遍，连衣领袖口都看了，却独独忘了口袋。

他塞袜子的时候太随意，左右各塞了一只，那袜子本来就薄，口袋上面那块小布一遮，根本看不出来。

简茸拿出手机想给路柏沅发消息。

"队长，我的袜子还在你的大衣口袋里。"

简茸指尖一顿。

他怎么觉得这话怪怪的？

如果消息发出去，那他岂不是还要去路柏沅房间一趟？

刚才说穿以后，路柏沅什么也没问。

路柏沅没问他为什么小小年纪去网吧打工，也没问他为什么认出自己却不说，只是沉默地揉他的头发，过了很久，才说了一句“生日快乐”。

几年过去，简茸已经不再是当年网吧门口少言寡语的少年，他的话依旧不多，但一言一行中透着对路柏沅的崇拜。

简茸从地上爬起来，删掉对话框里的字，决定明天再把袜子要回来。

艹耳：“衣服放我这儿吧，我懒得下楼了。”

丁哥：“……”

艹耳：“？”

丁哥：“可以是可以……你应该不会把那套衣服丢了吧？”

简茸：“……”

怪不得他大半夜来要衣服，原来是怕被自己丢掉。

艹耳：“我没丢衣服的习惯。”

当晚，简茸做了特别奇怪的梦。他梦见自己开了一个水友见面会，见面会一开始先是大型认亲节目，过了一会儿成了群殴现场——他一个打一百个，打得那群天天在弹幕刷他矮人国国王的傻瓜连声求饶。围观人士报了警，然后路柏沅来警局领他了。两人从警局出来后，他把袜子脱了，塞进路柏沅的口袋里，说这是保释自己的谢礼。

这梦元素太多，简茸醒后第一反应是低头去看自己身上穿的什么玩意儿。他看到睡衣后松了一口气，重新躺了回去。

再睡肯定是睡不下去的，简茸闭眼在被窝里赖了五分钟，回忆了一下刚才在梦里揍水友的快乐，就翻身下床洗漱。

训练室内，小白跷着二郎腿坐在电脑前，边打游戏边说：“早起的鸟儿有虫吃，他们都在睡觉，我一个人偷偷训练，比赛时我和他们的强弱差距一下就出来了，长此以往，代言费超过我哥指日可待，妙哇——”

“哇”的尾音还没拖完，训练室的门就被推开，小白张嘴转头，看到简茸顶着蓝色鸟窝头进来了。

小白的摄像头习惯放在左边，朝右倾，他觉得这个角度的自己帅极了。

于是水友们就看见简茸耷拉着眼皮，臭着脸坐到了小白旁边的机位上，侧脸上睡觉时压出的痕迹都还没消。他弯腰开机，全程没看小白一眼。

小白看着他眼下的乌青说：“你是醒着的还是在梦游？”

“我是醒着的。”简茸没什么感情地回应，“但你确实在梦游。”

水友爆笑。小白想了半天，才反应过来简茸在嘲讽他刚才说的话。

“我怎么就梦游了？三分天注定，七分靠打拼，爱拼才会赢！”

简茸打开游戏，头也不回地问：“你和队长的代言费差多少？”

“我哥也就，”小白轻咳一声，“高我个二……二三四倍吧。”

水友笑得更欢了。小白虽然只是一个辅助，但他的商业价值在职业选手里算很高的了，在他的基础上再多二三四倍……

简茸嗤笑道：“嗯，你加油。”

一大早就被嘲讽，小白气得连喝了大半杯冰豆浆，最后把冰豆浆重重地放到桌上，再转过头去。

水友都以为自己马上要目击 TTC 老成员和新成员的首次不合现场——

“双排吗？宝贝。”

“哈哈哈，傻宝贝。”

“这个你都忍啦？”

“为了上分，你真的什么都做得出来呢。”

小白心想：不然呢，有本事你们来和他吵啊。

“我的宝贝 AD 还没醒呢，刚刚排了一把被坑了，不想打单排了。”小白朝他眨眼，“打吗？”

“你不要叫我宝贝，很恶心。”简茸说，“你拉我入队伍。”

小白赶紧发出游戏邀请，然后替弹幕里的水友问：“你不开直播吗？”

“不开。”简茸进入队伍，“我不给他们大清早破坏我心情的机会。”

可能因为刚恢复训练，大家今天都起得早，除了他们的队长。

Pine 来了之后，小白就跟他双排去了，简茸则和袁谦双排，不过打得不太顺，已经连续两局遇到“演员”了。

当简茸敲完一篇骂人小作文举报队友时，训练室的房门被推开了。

简茸转头一瞥，登时僵住了。

路柏沅神色疲倦，眼睛因为刚睡醒变成了单眼皮。今天，他难得穿了一件外套——简茸昨晚还的那件外套。

简茸盯着他那口袋不明显的凸起状，头皮有些发麻。

“小茸？”袁谦叫了他一声，催促道，“选位置。”

“哦。”简茸仓皇地回头，选了位置，在脑中想了千百种要回袜子的方式。

路柏沅没注意到简茸的视线。

昨天阿姨打扫他房间的时候没关紧窗户，窗帘拉着，他也没注意，吹了一晚上的风。今天他一睡醒脑子就有些沉，嗓子也不舒服，这不是什么好兆头。

在走向机位的路上，小白忽然回头叫住他：“哥，丁哥让我把打火机还你。”

路柏沅入了直播间的镜头，直播间里弹幕一时间全是“啊啊啊”。

路柏沅脚步一顿，眉头轻皱：“他闲得？”

“他说查了一下打火机的价格，还是不没收了，让你别抽烟就行。”小白说，“哥，你的嗓子怎么啦？”

“没怎么。”路柏沅接过打火机，顺手放进口袋里，然后他的指尖碰到了什么软绵绵的东西。

路柏沅一时没想起自己往大衣里塞了什么，顺手就把东西扯了出来。

小白直播间里几万活人眼睁睁看着他们的路神从口袋里拽出一条熟悉

的长袜。

小白愣住了。

Pine 挑了一下眉。

路柏沅倒没什么多余的情绪，他盯着袜子想了两秒，就大致明白了情况。

简茸遇到了上把的“演员”，对方上来就说自己这把好好打，让队友给个机会。简茸预选了提莫想吓唬他，刚发出一句“傻瓜不配拥有机会”，突然感觉有人走到了自己身后。

他还没来得及回头看，长袜被放到了他的桌上。

“你的袜子落我衣服里了。”路柏沅微哑的嗓音从头顶飘过来。

啪嗒，简茸把提莫锁了。

简茸：“……”

袁谦的大嗓门响彻基地：“我的天！你真锁提莫啊？我们当‘演员’是要罚款的，你知不知道？”

“我退。”简茸关掉游戏，打开电脑桌的抽屉，把袜子塞了进去，然后才硬着头皮抬头解释，“我昨晚忘了拿袜子。”

路柏沅“嗯”了一声，从自己机位上拿起水杯，又转身出了训练室。

强退游戏得等五分钟才能进行下一局排位。在等待期间，简茸低头喝了一口水，然后忍无可忍，转头问身边的小白：“你看什么？多看我两眼能涨分？”

小白满肚子问题，想问又不敢问，于是干脆把自己的电脑屏幕转向简茸，让他看直播间里的弹幕——

“路神起来了？”

“路神这件衣服不是小傻瓜昨天变装直播穿的那件？”

“他赚了我们这么多钱还去蹭别人的衣服，小傻瓜，我真是看不起你。”

“袜子落衣服里了？怎么落的？”

“你们有病吧，衣服是我哥昨天好心借出去的，明显是Soft脱袜子的时候顺手塞口袋了。”

“谁会把袜子塞口袋啊？Soft肯定是故意的，呕！”

“就是，这傻瓜心机还挺深，我放心了。”

简茸一言不发，收回了视线。

小白还以为他忍了，刚惊讶地挑起眉，就见他熟练地打开了直播软件，上播，开麦。

“你们别在其他人直播间吵个不停，”简茸说，“有本事直接来跟我对线。”

……

路柏沅知道自己感冒了，连着吃了三天的药。

但这玩意儿吃了容易犯困，打训练赛时没法集中精神，感觉好转之后他就停了药。

直到春季赛赛程恢复，到了他们跟战虎打比赛当天，路柏沅发起了低烧。

去赛场的车上，丁哥拿着面包和药走到路柏沅座位旁：“你吃点东西垫肚子，然后吃药。”

“不吃。”路柏沅哑声拒绝。

或许因为发烧，路柏沅上了车也没摘帽子，整个人懒散地靠在车窗边，浑身散发着“无事勿扰”的气场。

车子马上要开，丁哥“啧”了一声，把药和面包都塞到了路柏沅身边的简茸手里：“你劝他吃点。”

丁哥坐回原位，简茸拿着两件东西，有些茫然：怎么劝？

车子开到半途，路柏沅刚要闭目养神，药和面包又被拿到他眼前。

他的帽檐压得很低，看到这两件东西之后才抬起头看简茸。

简茸：“不然你吃一片？”

路柏沅安静地等了几秒，然后带着倦意问道：“你就是这么劝人的？”

简茸想了想，打开药盒：“我帮你把药挤出来。”

路柏沅看他真要去挤药片，失笑一声，伸手阻止他的动作。

因为发着烧，路柏沅的体温有些高，简茸觉得手背被烫了一下。

“真不吃。”路柏沅看简茸仍倔强地拿着药片，顿了两秒，“这样吧，药你收着，我打完了吃，这样总行了吧？”

“你不难受？”

“不难受。”路柏沅的声音低沉，“打完比赛你再拿药给我？”

丁哥就坐在他们前排的位置，听到简茸那句犹犹豫豫的“好”，他闭眼“啧”了一声。

这到底是谁在劝谁？

今天，他们依旧是第二场比赛。

今天的比赛在 TTC 的主场馆打，简茸曾经路过过这里。

许多电竞战队都在 S 市，所以 S 市原本没有战队有单独的主场馆。奈何 TTC 老板太有钱，直接开了一家线下电竞馆，临江且面积大，当时在电竞圈还掀起了一阵热潮。

TTC 老板在与赛方商议之后，赛方把这一处也纳入 LPL 比赛场馆中。

简茸下了车，重新抬头打量这儿。TTC 的主场馆是一栋极酷的黑色建筑，楼体上有棱角分明的白色皇冠队标和微微凸出的“TTC”字母，显得低调帅气。

“到了晚上，咱这队标、队名和楼边会亮，很好看。你打完比赛出来，可以看一眼。”袁谦注意到简茸的目光，拍了拍他的肩膀。

简茸回过神，收回视线，往赛场内走：“好。”

今天，路柏沅把自己包裹得很严实，帽檐遮住整个眼睛，剩余的都进了口罩，再加上黑底白字的队服，整个人看上去就是一片黑，跟这栋建筑倒是很搭。

简茸走进休息室的第一件事就是去把窗户关严，然后才落座。

墙上的电视正在直播比赛。第一场比赛已经进入 Ban&Pick 环节，PUD 战队对战 UUG 战队。

简茸跟 UUG 队伍打过一场训练赛，对这支队伍不算熟悉，只记得这支队伍去年没有进入全球总决赛。

而 PUD……简茸从来没和 PUD 打过训练赛。

“PUD 拿铁男加日女？”袁谦看着比赛直播，皱眉道，“他们还真敢拿。”

“是 H 国那边高分局的新套路。”丁哥边记下边说，“这段时间，PUD 估计练了不少 H 国那边的新战术。”

“不算 H 国研究的，国服排位局早就出现这种组合了。”路柏沅咳了一声，闷着嗓音道，“H 国那边顶多是完善这个套路。铁男这种英雄……伤害高，血也厚，配上任何一个硬控，不论打中单还是下路都很强。”

“行了，就你这嗓子还是少说点话。”丁哥专心致志地看着电视，“看看再说。”

小白两只手撑着脑袋，好奇地问：“你们说，PUD 跟 H 国那边的队伍约一场训练赛要花多少钱啊？”

这几个月 PUD 没和任何一支 LPL 战队约过训练赛，而是一直在花钱找 H 国的队伍打训练赛。

H 国知名战队前些年的训练赛是花钱也约不到的，早些年的 LPL 实力欠缺，特别喜欢模仿 H 国赛区的套路，所以两个赛区之间的关系起初并不友好。

这几年 LPL 崛起之后，倒也有些战队打通了这个渠道。

只是花钱约训练赛，总归还是难听。

“我怎么知道，我本来也想过约一两场……这不是小路不愿意吗。”丁哥嘀咕。

路柏沅靠在沙发上，懒得解释。

“我也不愿意。”简茸双手揣兜，说得直白，“花钱约训练赛，丢人。而且，这几年H国那边不也开始学我们赛区的阵容和套路了？”

“就是。”小白大放厥词，“别的赛区想来找我们约训练赛，我都得考虑一下呢！”

“行了，行了，我早就没打算约了。我觉得我们教练团现在挺成熟的，LPL其他战队实力也很强，确实没必要去找H国的战队。先专心看比赛吧。”丁哥说完，看到口罩和帽子都未摘的路柏沅，忍不住坐到他身边低声问，“室内开了暖气，你穿这么厚实不热啊？”

路柏沅说：“不。”

他最好是焐出点汗，体温就不容易往上飙。

路柏沅坐在门口旁的沙发上，简茸则坐在窗户旁。两人相隔甚远，简茸听不见那头的对话。

简茸面无表情，在心里盘算要怎么样起身坐过去才显得自然，身边的小白忽然“哎”了一声。

小白坐直身体，低头几秒之后才问：“简茸，你这双鞋挺潮啊。”

今天简茸穿的新鞋，是路柏沅送他的生日礼物。

简茸下意识看了一眼路柏沅，对方稍稍抬着下巴在看比赛，丁哥还在他耳边絮叨，估计没听见他们这边的对话。

简茸也觉得这双鞋时尚。他点头，含蓄地应了一句：“嗯。”

“是真货吗？”小白饶有兴致地问。

简茸：“比你的牙都真。”

小白：“……”

“你是发售的时候抽到的还是找别人买的？”小白撑着下巴，“我这不是担心你吗，这个限量款好多假货。”

简茸顿了一下：“限量款？”

“是啊。”小白看到简茸的表情，愣了愣，“你自己买的鞋，自己都不知道？”

简茸犹豫了一下，觉得好像没什么不能说的：“这是队长送我的，是生日礼物。”

“我的天哪！我哥这么大方？”小白惊诧片刻，又点头，“既然是我哥送的，那不用担心，肯定是真的。”

简茸皱眉道：“这双鞋多少钱？”

小白摇头：“我不清楚，原价一万八，现在大概炒到十万吧？”

简茸：“……”

一旁的袁谦把他们的对话都听完了，插话道：“十万都不一定能买到，这双鞋有门槛，要消费四十万才能买，买得起的都不太差钱，宁愿自己留着穿。”

袁谦见简茸一脸震惊，笑着说：“你别紧张，对队长来说，这是小钱，你别有压力。”

小白虽然羡慕简茸，但跟着点点头：“那确实，我哥有的是钱，只是他没送过我十万的鞋罢了。”

别说十万的鞋，简茸这些年来买鞋的钱加在一块再乘以二都没十万。

简茸松了一口气，心想：还好自己现在算一个小富豪，买得了回礼，不然这个礼物自己真的收不起。

“你又不缺，你一柜子鞋呢。”袁谦安慰小白，“而且小茸是队长推荐进来的人，照顾一下很正常。”

这话简茸听得莫名顺耳。他抿了抿唇，刚想说什么——

“类似哥哥对弟弟的感情嘛。”袁谦接着说，“Pine 刚进队的时候，你对他不也很好吗？”

Pine 头也没回：“一般。”

小白当即道：“P 宝，你这个狼心狗肺的。”

PUD 的新中单和队员磨合得很好，或者说是 PUD 其他两位本土选手跟其他三位H国人磨合得很好。打野XIU不断抓中，AD白鹤不跟队友抢资源，辅助基本和中单在一起，总之就是力保中上双C。

没多久，UUG就处于劣势状态，目测撑不过二十五分钟就要输。

败局已定，简茸看得不专心，余光瞥见一个身影朝路柏沅走去。

他们队的替补打野Moon双手给路柏沅递上热水。

路柏沅扫了一眼，将水接到手上，没喝。

Moon顺势坐到路柏沅身边，不知道说了什么，路柏沅垂眼听了几秒，然后摇头。

袁谦的声音把简茸的思绪拉了回来："Moon还真是队长的小迷弟。"

"我哥的迷弟还少吗？"小白打了一个哈欠，拍拍简茸，"说到这儿，Moon跟你一样，也是队长选进来的。"

简茸面色不改："是吗？"

小白"嗯"了一声："我记得当时离比赛就一个月吧，我们队急需一个打野替补。本来丁哥联系了一个外援，结果那人拿乔半天，我哥就直接从丁哥那儿抢电话喊他滚蛋，然后去我们青训队里挑的Moon。"

简茸沉默片刻，才干巴巴地应道："哦。"

第二场比赛简茸看得很不专心，当他转头想问"Moon生日是什么时候"时，坐在另一头的人出声叫他。

"简茸，"路柏沅说，"你坐过来。"

简茸起身过去，Moon看了眼桌上未动过的水，默默给简茸挪了位置。

路柏沅仍旧看着电视，几秒后，他问："Savior刚刚那一波操作你看到了吗？"

简茸一顿，以为路柏沅是想让他学着，刚要说自己没专心看。

"错误示范。"路柏沅接着道，"他的缺点很明显，下次对上他你可以注意一点儿。"

"好。"简茸应道，"我回去多看几遍录像。"

路柏沅“嗯”了一声，过了一会儿，他回头问：“如果今天我们跟PUD打，你觉得你和 Savior 对线时的胜率是多少？”

简茸抬眸对上路柏沅的眼睛，道：“80%。”

路柏沅笑了一下。

斩钉截铁地说自己比所有赛区目前最看好的新人中单强，是简茸的风格。

路柏沅戴着口罩，简茸看不清他的表情。简茸见他不说话，问道：“你不信吗？”

路柏沅偏头咳了一下，说：“信。”

观众的欢呼声响起，PUD 以 2 ∶ 0 漂亮地拿下这场常规赛。

工作人员通知他们上台，路柏沅摘了口罩和帽子，因为脸色太苍白，他难得没拒绝化妆要求。

TTC 一行人刚走出休息室，就撞见了刚从厕所回来，正打算回训练室的 XIU 和他们战队新中单 Savior。

“哟。”XIU 笑着打趣，“路神今天化妆了？太帅了吧。”

路柏沅扫他一眼：“别贫。”

“你的嗓子怎么哑了？”XIU 挑眉，“怎么样，一会儿能打赢战虎吗？”

“当然。”袁谦看出路柏沅不想说话，接过话，“你们的日女铁男挺厉害啊。”

“一般，就是拿出来试试。那你们去吧，我先……”XIU 的话还没说完，他身后的 Savior 突然伸手抓了一下他的衣服。

XIU 一愣，很快反应过来：“哦，对了，你有话要跟 Soft 说是吗？”

简茸抬眼看去。

Savior 今年二十岁，戴眼镜，圆眼睛圆脸。

他看着简茸，很久没说话。

“Soft，你等等，他不太会中文。”XIU 解释。

简茸等了一会儿，没了耐心："连个字都说不出来，你们打比赛时怎么交流的？难不成是你和AD去学外语？"

"你……"Savior终于组织好了语言，他先是抬手在自己脑袋上比了一只兔耳朵，"So cute（很可爱）。"

简茸："？"

"可是，LOL，你……"Savior先是用食指指着简茸，然后摇了摇食指，再指向自己，"我更厉害。"

众人："……"

别说，他看起来还挺蠢萌的。

可惜简茸不吃这套，他花了十秒钟明白对方的意思，然后礼貌地询问XIU："请问'给我滚'用H国语怎么说？"

XIU无语了几秒，然后扑哧笑出来："别激动……他只是还记得以前跟你遇见的那几场排位赛。你直播那天，他一直捧着手机看呢，是真觉得你可爱。"

小白心想：您可别说可爱这词了，否则这家伙嘴一张，谁都拦不住。

果然，简茸的脸已经臭了几分。

前面的工作人员见他们停下，忙过来问："路神怎么了？现在可以上台吗？战虎的选手马上就上去了。"

路柏沅点头，没说话。

简茸看了眼路柏沅的后脑勺，咽下刚到嘴边的嘲讽，心想：赶紧走，赶紧打，赶紧回基地。

谁知他刚迈出一步，又被人叫住了。

虽然Savior最近在学中文，但他确实刚加入LPL没多久，只会一些游戏交流的常用语。

Savior："Soft，微信，可不可以？"

"No（不），"简茸没什么好气地回答，"I can't speak（我不会说）

H 国语。”

这英文让路柏沅扯起嘴唇笑了笑，后脑勺断断续续传来昏沉感，路柏沅再回头的时候，已经恢复原来的表情。

“走了。”

简茸闷头“嗯”了一声，双手揣兜，踩着新鞋跟上了路柏沅的身影。

战虎的人已经坐在位置上了，五个老选手个个身形魁梧，光坐在那儿就有种不一样的气场。

“大牛哥最近好像又壮了一点儿，队服都包不下他的肌肉了，看来战虎又要重新给我牛哥安排一套新队服了。”解说甲打趣道。

解说乙点头:“是,身为老选手,战虎全员平时都非常注重锻炼啊。确实，保持健康的身体才能有更好的发挥——TTC 队员上台了。哦哟，今天路神好帅啊！”

导播立刻给路柏沅来了一个大特写镜头。

男人面无表情地确认设备情况。他帅是帅的，就是看着比平时要冷淡得多，落座之后没开过口。

“唉，我突然有点了解部分女粉丝的心情了。”解说甲感慨。

“行了，你闭嘴，再说下去你的内容要违规了。”解说乙挑眉，“Soft 的脸色好像也不太好？今天 TTC 怎么啦？”

“啊？ Soft 不一直是这个表情吗？哪天他笑着上台才古怪呢。”解说甲忽然笑了一声，“不过说到这儿……导播，你不懂事儿啊，今天的镜头不该是给谦哥的吗？”

虽说袁谦为人还算低调，但如今人们对职业选手的关注不亚于明星，再加上袁谦没存心隐瞒他和女主播悠悠的恋情，而悠悠今天就在现场，就坐在第一排，于是每次的观众镜头都会特意拍她。

悠悠见被发现了也不躲了，镜头再次给过来时，她麻溜地从身后掏出应援牌，上面的大字一闪一闪发着光——

“Soft 放心喷，悠悠永相随。”

后面带着一行小字：另祝 Qian 比赛顺利。

全场爆笑起来，连解说都没绷住。

台上的人也看见了。

小白乐死了：“谦哥，这就是嫂子找你拿票的原因？”

“是的。”袁谦也笑了，“小茸直播那天她还刷了礼物的。”

简茸却笑不出来。

悠悠旁边还有几个给简茸应援的，应援条上印着他戴兔耳朵的照片，旁边还写着“兔耳甜心大喷子”。

滤镜最少给他打了三层，他一眼看过去差点认不出自己。

他迅速收回目光：“他们这样算侵犯我的肖像权吗？”

“不算吧？我哥应援手幅上经常有他的照片。”小白好奇地问，“对了，刚才 XIU 说你和 Savior 打过排位赛，什么时候的事儿啊？”

简茸：“是打过几场，时间不记得了。”

“赢了输了？”小白问。

“赢了。”

“厉害了！”小白一顿乱夸，“怪不得他还记着你，啧，我们中单真物美价廉。Savior 签约费好像是你的好几倍呢……你这波签约亏了呀。”

简茸“嗯”了一声：“下赛季我就涨价了。”

丁哥用本子敲了一下两人的脑袋：“别在比赛现场说这些！”

第三章 对战战虎

Take the Crown

众人检查好设备之后，比赛很快进入 Ban&Pick 环节。

两个战队的禁用名单和训练赛时都差不多，战虎拥有首选权，第一个锁了卡牌。

“小茸，玩什么？”袁谦问。

路柏沅喉咙干涩，刚拧开矿泉水瓶喝了一口水，就听见简茸在耳机里说：“小鱼人。”

“这玩意儿蓝耗和推线都够呛，你拿了前期都别想碰他们中路的塔。”丁哥想确认一下，“你真想玩？原因？”

“线上可以压制卡牌。”简茸顿了一秒，“我想速战速决。”

丁哥还是犹豫了，他问：“小路，你看呢？”

路柏沅把矿泉水瓶放回原位，被水滋润过的嗓子有些发哑：“战虎比赛的状态和他们打训练赛时不一样，你觉得能打你就拿。”

简茸从来没觉得自己不行过。

这话一出，袁谦直接帮他锁了小鱼人。

二楼，路柏沅和丁哥商量之后，决定拿万金油打野巨魔之王。小鱼人伤害已经足够，他们需要血厚一些的前排。

直到对面掏出剩余英雄，战虎的套路就已经非常清晰明了。

卡牌、慎、梦魇、寒冰和蛤蟆。

Pine 修改着符文："他们这局打全球支援流。"

卡牌有半个图的传送大招，梦魇则是大范围内飞向敌人的大招，慎更是可以直接传送到友方身上，这三个英雄加在一块儿就是传说中的一支穿云箭，千军万马来相见。

这种套路，最针对的就是下路。

选完英雄，丁哥下台之前叮嘱："下路多小心，前期最好别打架。"

一分钟后，比赛正式开始。

简茸和大牛在训练赛或者排位中已经对线过无数次，他拿小鱼人不是自傲，是在训练赛中单杀过对方好几回。

但这局游戏进行到五分钟，简茸就察觉到不对劲了——大牛根本不跟他打。

大牛不仅不跟他打，甚至只靠 Q 技能（万能牌）吃兵，只要简茸位移突脸的技能还在手上，大牛就宁可不吃后排小兵也不上前一步。

"这卡牌是不是有点太稳了？宁愿不吃兵也不给 Soft 一个碰到自己的机会？"解说甲自问自答，"不过这也是战虎的一种战术吧，前期不出任何错漏，中后期依靠团队配合打出优势。"

"确实，当他们选出支援流的时候这个战术就很明显了。"解说乙笑了一声，"只是……Soft 选手这局恐怕要憋屈了啊。"

简茸确实很憋屈。

这叫对线吗？这叫清兵。卡牌不上来跟他打，加上卡牌清兵能力强，简茸好不容易把线压到对方塔下，却根本摸不到敌方的防御塔。直到升到六级，他也只碰到卡牌一次。

这种对局前期就是各自发育，没有任何看点。解说们也觉得索然无味。

"七级了，卡牌清完兵终于回家，这是他本局游戏中第一次回城，大牛现在的等级比 Soft 落后半级，但我觉得问题不大……咦？"解说甲看到卡牌的动向，嗓音终于有了变化，"大牛往下路去了！这是要开始了啊——

TTC 下路没有察觉，双方还在和谐补兵，这位置说实话有点危险啊……来了！”

简茸刚说完一句“卡牌不见了”，游戏屏幕忽然一暗——是敌方打野梦魇的关灯大招。

三秒之内，战虎五人齐聚下路。

“我的妈啊！”小白疯狂逃命，“我就多看了他们辅助一眼，就一眼，至于这样吗……我的天，他们还要越塔！”

“我在。”路柏沅早就隐隐感觉到对面要来越下路，一直在下半野区等着。见状，他果断放弃两个小石头人往下路支援。

简茸虽然出了一个小布鞋，但依旧来晚了。他到达下路时，小白和 Pine 已经阵亡，路柏沅艰难地杀掉敌方辅助，血条状态非常差。

简茸想也不想就闪现丢大。当大招即将扔到战虎 AD 落落身上时，敌方的辅助蛤蟆吧唧一口把落落吃到肚子里，闪现躲掉了简茸这个大招，头也不回地跑掉了。

简茸这次支援什么也没做成，回中路时卡牌已经吃完了一拨兵，拉回了等级差距。

第一场小团战奠定了这局游戏的节奏。

战虎拿了优势也不浪，队友不来支援他们就尿，卡牌吃完中路兵线就去吃旁边的小野怪。简茸一分钟之内要打好几次 Miss，搞得上下两路人心惶惶。

十分钟，战虎三人同时出现在上路。他们的配合打得实在是太好了，越塔分伤害都算得清清楚楚，简茸还没走到上路，系统就传来了队友死亡的消息。

十五分钟，简茸找到机会，眼见就要单杀大牛，却见战虎上单，慎丢了大招支援下来，同时他们的辅助蛤蟆开启大招，落点就在简茸脚边……最后是路柏沅及时赶到，勉强救下简茸。

“这局游戏已经完全进入了战虎节奏。”解说甲摇头，“必须有个人站出来，只要打断他们一波支援，就还有翻盘的机会，路神可以吗？”

解说乙：“路神可以，但巨魔这英雄不行啊！虽然我能看出路神是为了前排选择的这个英雄，但 TTC 队内双 C 目前伤害还是不够。Pine 一直被抓，Soft 这个小鱼人……说实话，很难杀人。战虎这个阵容控制很足，保人能力很强。要我说，Soft 其实不该选择小鱼人，对于战虎这样的队伍，他选一个后期英雄打团战或许更有用。”

三十分钟，一场大团战结束，TTC 战死三人，战虎开始动大龙。

当大家以为比赛即将结束时，路柏沅冲进龙坑抢下大龙，残血闪现逃跑，强行给 TTC 续了一波。

可惜没用，战虎靠着清兵能力出色的寒冰和卡牌，硬生生拖到大龙 buff 结束才打团。

四十六分钟，战虎推掉 TTC 基地水晶，拿下第一局游戏的胜利。

工作人员让他们下场休息等候第二场时，简茸还坐在座位上没动。

这是他在职业赛场上输掉的第一场比赛。

这和输排位时的感觉不一样，排位赛是随机队友，随机敌人，不会有这种被战术狠狠压制住的感觉。这四十六分钟里，简茸觉得自己拳拳都打在棉花上，有一股浓重的无力感。

简茸点开战绩表，想看自己的输出，脑袋被很轻地拍了两下。

“站起来，先下去。”路柏沅道。

当简茸摘下耳机走向后台时，大荧幕上已经出现了这局游戏的详细数据。

“嗯？”解说甲一脸惊讶，“我发现 Soft 打出的伤害没有我想象中的低。”

“不然你以为这局游戏为什么能拖到四十多分钟？中间好几场团战他都差点带走对方 C 位。”解说乙感慨，“可惜战虎这边有个蛤蟆，保人能力太强了，Soft 真的切不死，能看出他后面已经有些着急了。”

回到休息室，简茸第一句话就是：“我的错。”

“跟你没关系，是我点头让你拿的。”丁哥匆忙地安慰一句，然后道，“打战虎还是得用套路对付套路。”

简茸没点头也没说话，要说这局最大的问题出现在哪儿，肯定是他自己。

他本来就不擅长打支援，遇上支援能力强的对手，这个缺点就更加明显，但现在不是自责惭愧的时候，他接下来还要继续上台比赛。

路柏沅靠着沙发看上局比赛的数据，镜头切到观众席后，他喊了一声：“小白。”

小白还在激情复述自己刚才被四人追杀那一幕，闻言转头：“怎么了，哥？”

“下局你拿硬控。”路柏沅交代，“打野辅双游。”

野辅双游，顾名思义，就是打野和辅助双人游走带动全场节奏，这样 gank 成功率会大大提高，也能呈现更好的视野。

这个战术对 ADC 的要求比较高，毕竟 AD 需要自己一个人在下路发育。

不过好在 Pine 个人能力强，独自发育没问题。于是第二局的战术就这么定下来了。

第二局游戏很快开始。

“眼我都做好了，P 宝你在下路要好好的哦。”跟路柏沅出门 gank 之前，小白像老妈子似的叮嘱，“对面辅助如果上来干扰你，你就忍一时风平浪静，退一步海阔天空，他干扰你几次你记下来，等我风光归来，再帮你报仇。”

Pine 玩的 EZ，这英雄逃命一流，根本不担心这些。他头也没回地补兵：“你能不能快点走？”

简茸这局拿的辛德拉，前中期控制和伤害都够。

在路柏沅打出“正在路上”信号的那一刻，简茸直接闪现推球，把敌方中单稳稳晕眩在原地。路柏沅操控着蜘蛛丢网禁锢之后跳脸，配合着小白的日女大招控制，大牛直到死都没能点出闪现技能。

“TTC 的控制接得太漂亮了。”解说甲失笑，“大牛的闪现恐怕都摁烂了。”

“确实。”解说乙道，“不过战虎最会从失败中找寻经验，大牛死了一次，下一波恐怕没这么好抓了。”

简茸拿了人头回城后，刚从家里出来，路柏沅的声音响起：“简茸，跟我去一趟上路。”

中路有一大拨兵，不吃很亏，上路两人风平浪静，和平发育，不像会出事的样子。换作平时排位，简茸估计要直接屏蔽队友。

此时，简茸一点儿没犹豫，转身跟在路柏沅和小白的身后，一起去了上路，然后逮到了绕后来 gank 袁谦的敌方中野。

简茸的发育比大牛好，又有后手优势，这场团战自然是他们这边赢了。对面死了三个，他们只失去了一个袁谦。

“三个人头，我就拿了一个助攻。”袁谦气道，“战虎怎么老这样？gank 都是三人起步，一点活路不留啊？”

“Pine 拿 EZ 他们不好抓，当然抓你。”路柏沅抿唇，咳了一声，“下波他们可能还会过来，你别压线，先去拿先锋。”

路柏沅带着队友成功反蹲两波，这局游戏从中期开始，TTC 的优势逐渐明显。

但战虎打团配合依旧出色，撑过了三场大团战，硬生生拖到四十九分钟才露出破绽，袁谦闪现开团控住敌方 AD，其余四人紧跟而上，打出一波团灭并拆掉了敌方基地。

比分来到焦灼的 1∶1。

路柏沅一脸平静地下台。回到休息室后，他懒洋洋地坐在沙发上，手揣在兜里，看似在听丁哥分析下场 Ban&Pick，实际上一个字都没听进去。

良久，他趁周围的人不注意，抬手抹掉额间的冷汗。

中场休息时间很短，没多久工作人员就来催他们上台。

几分钟后，两队成员重新回到赛场上。

路柏沅刚落座，他搁在桌上的矿泉水瓶就被旁边的人用手背很轻地推了过来。

赛场上禁止交头接耳。

简茸仍旧看着自己的屏幕，低声说："上局比赛，你一口水没喝过。"

路柏沅感受着手腕隐约传来的疼痛，面不改色地应道："我不渴。"其实他的嗓子干得快冒火了。

可根据以前的经验来看，他的手腕还是能不动就尽量不动。

简茸皱眉："但你在发烧。"

两人不知道，他们的小动作已经被摄像机捕捉到，并放在了大屏幕上。

解说甲："Soft 目前的压力还是很大啊，看这眉头皱的。"

"毕竟他第一局完全被战术碾压了，换谁都有压力嘛。"解说乙微笑道，"有压力是好事，有压力才能进步。看来 Soft 也已经成长为一名很专业的职业选手了呢。"

"呢"字的尾音卡在了解说乙的喉咙里。

只见转播屏幕中，Road 不知说了一句什么，Soft 先是闭嘴愣了两秒，然后很自然地伸手……拿起了 Road 键盘旁的矿泉水。

他拧开矿泉水，重新放到电脑桌上。

Road 笑了一下，拿起矿泉水喝了一点儿。

"再喝一口，"简茸说，"比赛的时候我拧不了。"

路柏沅没应，只是拿起来又喝了一口水。

Road 喝完水后，Soft 面无表情地把水瓶拧紧放好。两人没再交流。

两位解说同时蒙了。

LOL 直播电视台中——

"这傻瓜刚被战虎暴打，现在还要负责帮队长拧瓶盖？"

“可能这就是被暴打的惩罚吧，挺好的，希望路神好好教育这傻瓜，那场小鱼人比赛我都不忍心看。”

“Soft的粉丝是认真的吗？我怎么觉得Soft输比赛你们还挺自豪呢？”

“果然，Soft只配打打YY那种垃圾队伍，遇到战虎都这样……以后碰上PUD岂不是要被打成狗？”

“Soft要是刚上赛场就能吊打所有战队的中单，那LPL中单全体退休算了，还打个屁的职业？”

“我也想帮路神拧瓶盖。”

其他人不知道怎么回事，简茸也不知道怎么回事，路柏沅让他拧开瓶盖，他就拧了。

队内其余三人耳机戴得晚，没听见他们这段奇怪的对话。

容不得简茸多想，裁判确定设备和选手都没问题后，游戏很快进入Ban&Pick界面。

丁哥表情凝重：“这局——”

路柏沅打断道：“你帮我拿男枪。”

丁哥一愣：“打战虎你拿男枪？”

男枪是一个需要高经济支撑的强势打野，必要时还得吃队友经济，这跟上上局简茸掏出来的小鱼人有什么区别？

丁哥苦着脸：“打弱队你拿男枪我没意见，打战虎你给我一个理由。”

路柏沅：“速战速决。”

丁哥：“……”

你这台词都不带换的是吗？

“啊？”解说甲一怔，“TTC锁了男枪？打战虎还要掏男枪吗？拿个挖掘机之类的英雄会更好吧？”

“我发现咱LPL的选手就是喜欢男枪，在本次春季赛中pick率非常高，但这英雄胜率其实特别低，开赛到现在男枪就赢了两场，还都是Road赢的。”

解说乙一脸纳闷，“可战虎是一支配合、运营都在及格线以上的队伍，拿男枪……如果不好好表现，很容易成为上上场的小鱼人。”

选英雄结束，Qian 把男枪换给了 Road。

在进入游戏的最后一秒，路柏沅动动鼠标，把闪现技能换成了引燃。

其他四人：“？”

解说：“？”

观众：“？”

刚下台的丁哥：“？”

闪现可以说是《英雄联盟》里最重要的召唤师技能，可以往前移动一小段距离，是逃命、追击、躲技能的绝佳利器。

直到进入游戏，两位解说都还处在震惊中。

解说甲：“不要闪现，要引燃？”

“这要不是 Road 临时更换，我都要以为是他带错技能了。”解说乙看呆了，“这比赛我有点看不懂了。”

解说甲犹豫着说：“或许是 TTC 教练团的新套路？”

丁哥面无表情地看着转播，心想新套路个鬼。

小白也以为是路柏沅带错了，清清嗓子小声提醒：“哥，你这引燃男枪够时髦啊。”

路柏沅：“嗯。”

小白：“……”

简茸打开战绩表，看了眼路柏沅的技能，抿了下唇，忍着没问。

当大家摸不着头脑时，男枪打野怪升到四级，然后扛着自己的霰弹枪摸进了敌方野区。

路柏沅的行动轨迹被战虎打野插在河道的眼捕捉到，打野连忙在语音里呼叫自己的中单往这边靠。

解说甲看得忧心忡忡：“完了呀，Road 被发现了。”

解说乙："没事，Soft 和 Qian 也赶去支援了。"

"他们中单过去了。"简茸迅速报位置，并果断放弃面前的小兵往野区走，"我马上来。"

袁谦看了眼小地图："我也来了。"

路柏沅已经找到了敌方打野的位置，他道："不用，你们待着补兵。"

简茸一怔，鼠标在界面上晃动了几秒，最后听话，回了头。

"Soft 不去了？"解说甲一脸蒙，"这波卖队友我有点没看懂呀。"

解说甲话还没说完，就见路柏沅在上路石头人处，精确地找到还剩百分之六十血条的敌方打野巨魔之王。

战虎打野知道队友在赶来的路上，也没尿，上来就想跟路柏沅打一波，然而——

男枪往他脚下丢出烟幕弹技能，然后一个简单的平 A（普通攻击），挂点燃，再平 A，成功触发相位猛冲，一套伤害直接把战虎打野打蒙了。

战虎打野看到自己剩余不多的血条，果断交出闪现，男枪再一个位移冲上来，Q 技能（发射火药弹）的爆炸声在耳机中响起，战虎打野眼睁睁看着头顶上挂着的引燃把自己最后一丝血条烧尽。

"First blood（第一滴血）！"

Road 一套操作下来，不超过十秒钟。

当大牛赶到的时候，正好看到自己的队友倒下，他看了眼路柏沅过半的血条和身上的双 buff，果断地回头跑了。

"漂亮！"解说甲喊出声，"Road 这套技能丢得太果断了！他绝对事先计算好了自己的整套伤害！"

解说乙点头："引燃烫死的，这个引燃带得太关键了。"

"这波引燃是起到了关键作用，但没有闪现，中后期打团抓人其实还蛮困难的。"解说甲稍稍冷静下来，"再往后看看。"

PUD 休息室里，在一血爆发之后，XIU 啧啧摇头，背起包说："回去吧。"

Savior 一脸疑惑："不看了？"

XIU 笑了一下："没必要看。我统计过，从去年夏季赛到现在，他玩男枪拿一血的比赛，一场没输过。"

会玩的男枪，前期就是野区霸主，更别说这玩意儿给到意识超高的 Road 手上，还让他拿了一血，身上带着点燃……希望战虎的打野没事。

十分钟后，战虎的打野第 N 次在自家野区被路柏沅追着跑。

"路神是不是在我们野区插了眼？"战虎打野被气到无力，"我走到哪儿他抓到哪儿也就算了，他还在我野怪旁边等我。"

大牛眉头紧皱："你别跑，我来了，反打一波，别再让他发育了。"

片刻后，路柏沅的追杀名单里又多了一人。

战虎中野被男枪一路从蓝 buff 追到自家中塔下，好不容易快要逃脱，简茸操控着沙皇忽然闪现上来丢出大招，把他俩推回路柏沅面前。

"Double kill（双杀）！"

"我的天，男枪一个人追着两个人打！"解说甲激动得唾沫横飞，"Road 现在领先大牛一级，领先敌方打野两级！ Road 的节奏实在是太可怕了，战虎竟然没有丝毫反抗能力！"

十二级，男枪去下路抓战虎的 AD 落落。

一枪暴击，给人崩掉了半条命。

落落："？"

这伤害是真实存在的？

装备等级相差太悬殊，以至于之后路柏沅每次走向落落时，解说都在嚷着——

解说甲："落落快跑！"

解说乙："跑不掉了，落落可以直接双手离开键盘了。"

"这到底是什么东西？"解说甲看着男枪三枪崩死敌方 AD，陷入了深思，"不说一代版本一代神？这个版本男枪也不强啊。"

"Road 都做几代神了，习惯就好。"解说乙笑道，"这局游戏让所有战队意识到，下次再遇见路神，要么选个强势英雄跟他拼命，要么禁掉男枪算了。"

解说甲："说来好久没见过 Road 的盲僧了，那才叫每代版本都是神……话题扯远了。话说到这儿，我发现一个很有意思的现象。"

解说乙挑眉："什么？"

解说甲："Road 这一局偷吃自家上路经济，偷蹭下路经验，唯独中路，他可一个兵没碰。"

二十五分钟，战虎决定背水一战，趁 TTC 上下两路拿完小龙回城的间隙想去偷大龙。

解说们霎时又激动了——TTC 在大龙附近做的眼，几秒钟前刚灭。

"有机会，有机会！"解说甲激动道，"战虎这阵容打龙不算慢……呦，完了。"

只见刚收完中路一波小兵的路柏沅忽然停止回城，朝漆黑一片的大龙摸索而去。

战虎偷大龙偷得正嗨，"噔"一声，一个绝望的眼插进了龙坑。

大牛咬牙道："继续打，他们家三个人回城了，我们这儿五个人，Road 不敢下来的。"

路柏沅是没下去，因为简茸从侧面冲进来，戳戳两下把大龙抢了，然后闪现逃跑了。

"太残忍了。"解说甲表情复杂，忍住说脏话，"这比他俩冲下去团灭战虎五人还过分。"

二十八分钟，TTC 五人抱团冲上战虎高地，推掉敌方水晶获得胜利。

前两局都是鏖战，这局却是压倒性胜利。游戏结束之后，在场好多观众都还没回过味来。

当简茸摘下耳机的时候，正好听见解说甲的咆哮——

“让我们恭喜 TTC 以 2∶1 成功拿下这局常规赛！”

这嗓门，不知道的还以为他们打的是总决赛。

简茸揉揉耳朵，刚想起身，转头发现路柏沅还保持着坐在原位的姿势没动，手甚至还放在键盘和鼠标上。

简茸隐隐感觉不对：“怎么了？”

路柏沅忍着头疼，很轻地吐了一口气。

他的口红已经掉色了，苍白的唇色显露出来。

“没，我打太久了，有点累。”几秒后，路柏沅才把手从鼠标上挪开。他站起身，嗓音沙哑，“走了，去握手。”

直到路柏沅走下选手座位的台阶，回头用询问的目光看向简茸，简茸才终于回神。

他看到路柏沅的右手微不可察地在张合，他自己手累时也喜欢这么做。

简茸把耳机随手放到桌上，起身跟路柏沅去握手。

握手是比赛中很短暂的环节，胜者说多了像炫耀，败方根本没心情开口。

战虎的选手明显异于常人。

前几位都还好，顶多就是一句“路神厉害”，到了战虎大牛这儿……

阿牛微笑：“点燃男枪这操作也太牛了吧！”

路柏沅说：“还行。”

“教练好不容易让我们打野改掉选男枪的坏毛病，这场打完估计又得捡起来了。”阿牛叹气道，“下次再遇到你，一定把你摁死在前期。”

路柏沅的话语没什么起伏：“你摁不死。”

阿牛大笑一声，还想说什么，突然察觉路柏沅身后传来一道不太友善的视线。

其余三人都在前头，路柏沅身后只跟着一个人。

简茸盯着前头两人握了半天的手，越看眉头皱得越深，冷冷地开口催促："能快点吗？"

阿牛："……"

握手完毕，选手收拾外设下台。

小白把键盘拆下来："最后这局躺得真开心，我们以后每局都抢男枪怎么样？"

Pine说："你躺，我没躺。"

"队长，你没事吧？"袁谦别过头问，"你这局打得很急啊，是不是……"

袁谦这话提醒其余两人，小白和Pine同时停下动作看向路柏沅。

"嗯。"路柏沅拔掉键盘USB接口，"困，我想快点打完回去睡觉。"

小白还想继续问，就见一直闷头收拾自己外设的简茸站起身来，从路柏沅桌上拿过键盘，将数据线仔细地缠好。

简茸说："我帮你拿下去。"

路柏沅看了他一眼："好。"

其他三人疑惑不解，看着他们的中野。

解说和观众们也一头雾水。

"Soft遭遇队内霸凌实锤。"

"Soft未免太殷勤了吧？他不知道职业选手的键盘其他人是不能碰的吗？"

"前面在哪里被洗脑了？TTC的基地阿姨偶尔会帮他们清理键盘，我在小白直播里看到过。"

"Soft在巴结Road？连职业战队内部都要搞这一套吗？唉，果然直播出身的选手就是比较势利眼。"

"打职业还看选手出身？那我就得跟你好好掰扯一下。我家傻瓜入队之前起码是一位百万富翁，直播还没火的时候就上过H服王者第四，星空TV英雄联盟主播排名，他没前十也有前二十，全联盟你能挑出几个比他出身好的选手？"

“吵归吵，有些事我得澄清一下。Soft 那不叫巴结，叫关爱。”

当“关爱”这条弹幕刷过去时，比赛镜头正好给到简茸的背影。

他把两份外设抱在怀中，头也不回地下了台。

“辛苦了，打得不错。”丁哥就站在后台入口等他们。丁哥表扬完上下两路的选手后，把路柏沅拦了下来。

他压低声音问：“你的手是不是又疼了？”

丁哥从他开口要男枪时就觉得不对劲了，但担心影响其他队员的状态，在台上忍着没问。

读条时导播给了路柏沅一个单独镜头，丁哥看到他微不可察地动了动手指，几乎是瞬间就确认了这个事实。

路柏沅知道瞒他没用，反而会让他越想越多，于是低声应道：“一点儿，昨晚我睡觉压着手了，醒的时候就麻。”

丁哥拿出手机道：“我让针灸师去基地。我去跟赛方沟通一下，赛后采访让其他人上。”

路柏沅问：“我不是 MVP？”

丁哥想也没想道：“当然是。”

身后，简茸抱着键盘下台。路柏沅余光瞥见他，声音又低了几分，快速道：“那就我去，几分钟，耽误不了事。”

前台，两位解说刚走到“分析谁是这场比赛 MVP”的流程。

解说甲：“这应该没必要再猜了吧？”

“确实。”解说乙问完自己也笑了，“如果这场比赛只打两局的话或许还有得猜，毕竟第二局 Pine 的单人路打得很稳，补刀一点儿没落；小白跟着打野游走时眼位做得很精准，意识也到位；谦哥后期团战开得很漂亮，但第三局比赛完全是路神的个人秀啊。除了 Soft 抢大龙那一波，我的目光一直放在路神身上。”

话音刚落，大屏幕上很快显示 MVP 人选，路柏沅的正面照出现在荧幕右侧，形象照上，他眉眼冷淡，旁边是男枪 8/0/6 的惊人数据。

简茸刚把路柏沅的键盘放回他的外设包里，赛后采访就开始了。

小白看着电视唏嘘：“我从来没见我哥这么虚弱过。”

“他就是太久没病了。”丁哥叹气，“我该让他补点口红再上去。”

今天负责采访的是一位男主持，老面孔了，很喜欢在末尾问比赛之外的问题。联盟见观众反响不错，也就没有制止。

前面是惯例老问题，路柏沅应得也很官方。

几个问题后，主持人忍不住问：“路神的嗓子怎么了？是不舒服吗？”

路柏沅：“一点儿小感冒。”

“训练之余也要注意身体啊。”男主持关心两句，继续往下说，“其实今天前两局赛况是非常焦灼的，新选手似乎还不是很适应慢节奏的比赛，好在第三局比赛你站了出来，一把快节奏男枪打得战虎措手不及，观众们一定也看得非常激动。我想问，当你选出男枪的时候，是不是就做好了 carry 全场的准备？”

路柏沅：“每位选手上台之前，都要做好 carry 队伍的准备。”平时采访时一向话少的人此时正看着镜头，缓声说，“但每个战队打法不同，所有赛区里没有哪位选手敢说自己能 carry 每一场比赛，这时候就要试着依靠队友。今天是我站出来，明天可能就会是 Soft，会是 Pine、Qian 或小白。”

简茸微微一怔，因为听见“新选手不适应”而捏紧的拳头松了一些。

“没错，路神说得对。”在网上疯狂“冲浪”的男主持微笑着点头，“那么在采访结束之前，我还有一个私人问题要问。贵队新中单前段时间的变装直播，路神你觉得怎么样？”

简茸的拳头又硬了。

路柏沅安静了两秒，说：“比其他人的直播好看。”

采访结束后，TTC 众人上了回基地的车。

简茸上了车才发现，之前导播给到镜头的女主播悠悠也在车上。

“我就是想给袁谦送点东西，在你们基地待十分钟就走。”悠悠朝他们眨眼，“你们介意的话，我不进基地也行。”

悠悠说的是“你们”，看的是简茸。悠悠前几次也来过基地，不影响训练，其他人自然没意见。

简茸耸耸肩，表示自己无所谓。

这个女主播刚才还拿着自己的应援牌，简茸不知道怎么跟她交流才合适，于是一路躲着她的眼神，回到了自己的座位上。

悠悠看出这点，忍不住跟他搭话：“Soft，你别不自在，把我当作普通观众……普通水友就行。”

袁谦失笑道：“你逗他干吗？小茸你别理她，她就是话多。”

简茸看到路柏沅和丁哥一块儿上了车，头也没回，含糊地“嗯”一声算应了。

路柏沅穿过前排座位，随意应了丁哥两句，很自然地坐到了简茸身边。

路柏沅的眼皮沉得厉害，一路上都在闭目休息。直到车子在基地门前停稳，他才想起什么，转过头问：“药呢？”

简茸：“丁哥说先不吃药了，医生来基地检查后再给你开药。”

路柏沅点头，没说什么。

医生已经在客厅等待了，他们刚回基地，路柏沅就跟着医生进了闲置的会议室。

吃饭、洗澡，结束时已经是深夜十一点，简茸站在二楼楼梯口，看了眼房门紧闭的会议室，然后一头钻进了训练室里。

今天比赛太累，其他人打了几把排位就去休息了，只有简茸一人继续。

简茸刚打完几局排位，手机突然响了一声，是银行短信，他复播那天的收入到账了。

简茸看了几眼具体金额，没犹豫一秒，就打开了直播软件。

“深夜一点？你这是什么开播时间？”

“刚打完比赛就敢开直播，你来找骂的？”

“醒啦？我刚看你梦游玩了把小鱼人。”

“来了，领一个号码牌，我先想想今天骂你什么。”

“为什么开播？反正也是打排位，挂着混时间，顺便看看能不能骗点礼物钱。”简茸进入单排队列，抽空看弹幕，“比赛打这么烂还敢直播……今天是打得不好，下次努力。打得烂就让你们骂几句，不封人。你们珍惜这次机会，毕竟不知道有没有下次。”

“主要我开播前没打招呼，房管是临时安排来的，这么晚了就不麻烦别人干活了，爱骂就骂。”

今晚，队里只有简茸一个人开直播，所以来他直播间的还有一些其他粉丝。

“啊啊啊，求问 Road 怎么样了？”

“我看他采访时脸色好白，他是不是身体不舒服？”

“求求 Soft 给个心安。”

简茸抽空看了眼弹幕助手：“低烧。”

“那现在怎么样了？他吃药了吗？睡觉了吗？严重的话还是得去医院！”

简茸没回答，因为他自己也不知道。

医生半小时前才离开，路柏沅上楼回房，步子和平时无异。

那会儿简茸在打团战，等他团战打完再想发消息去问，又怕路柏沅已经休息了。

简茸这一练，练到了凌晨四点。

新一局对决，简茸补位到了打野，他想也没想，锁了盲僧。

简茸：“我会不会玩盲僧？我没不会玩的英雄。”只是玩得没那么熟练。

其实，他有其他更擅长的打野英雄，之所以会选盲僧，是他想用路柏沅的冠军皮肤。

路柏沅夺冠那年，要的就是盲僧皮肤。

他选出英雄，第一时间就去换皮肤，却发现路柏沅的冠军皮肤是锁着的。

简茸愣怔两秒，才想起这号上确实没有那个皮肤。

“不会吧，不会吧，还有人没有路神的冠军皮肤？”

“我代替路神粉丝剔除你这傻瓜的粉籍了。”

没了冠军皮肤，简茸连其他皮肤都懒得选了：“我这个号开得晚，没买成。”

“可你现在不是经常玩这个号吗？”

“没买成就去抽啊！”

“抽？”简茸犹豫两秒，“现在有抽奖活动吗？”

“有，主页就有活动链接。”

简茸直接把这局游戏秒了。

简茸看到屏幕上的问号，解释道：“没皮肤，我不想玩。”

“搞得好像你有很多皮肤似的。”

简茸的皮肤确实少，他不太在意这些，平时玩的时候有皮肤就用，没有皮肤就用原始造型，但盲僧不一样。

他打开首页的活动，看了一下规则，然后往里面充了一百块钱。

“一百块，你也太奢侈了吧？”

“今晚我刚看空空的小号抽完盲僧皮肤，人家充一次两千。”

“充这么多，万一一次就出了呢？”简茸扫码付款，“休想多赚我一分钱。”

一次没出。

两次没出。

三次没出。

……

当简茸扫第五十五次码的时候，弹幕已经被“哈哈哈哈”占领了。

“别说盲僧皮肤了，五千五才出了几个最垃圾的冰雪节和年限，你退游吧。”

“看他直播会沾霉运吗？会我就先退了。”

这次十抽，简茸出了八个七天限定。

简茸气得精神了：“应该是我姿势不对，等会儿，开首歌。”

歌开了，简茸充好钱，起身：“算了，我再去洗脸……顺便洗手。等着。”

……

路柏沅的嗓子干得发涩，他在黑暗中睁眼，下意识扫了眼时钟。

他的喉结来回滚动几次，仍是不舒服。他随便披了一件外套起身，打算下楼拿水喝。

他经过二楼时，看见训练室亮着灯，就停住了下楼的脚步。

训练室里只亮着一台电脑，开着直播，上面的弹幕助手滚动得飞快。

“这傻瓜，走之前不把这歌关了？”

“不是吧，深夜四点，我硬生生被这傻瓜闹清醒了。”

“我进直播间的时候开着音响，现在邻居在敲我的门，问我什么时候死。”

路柏沅半身入镜时，弹幕凝滞了半秒钟。

他打开简茸的战绩看了一眼，晚上十一点打到凌晨四点，一页绿。

路柏沅在无数个问号中拿起简茸的耳机，缓缓抵到自己耳边。

喜庆激昂的合唱声传出——

“好运来，祝你好运来……”

路柏沅：“……”

路柏沅被这两声震得清醒了。

他拿耳机的动作停顿两秒，然后在满屏弹幕中坐下了。

“他人呢？”路柏沅的声音比采访时还沙哑。

“啊啊啊啊，哥！”

“感谢天，感谢地，感谢老天让我在凌晨四点打开星空 TV！”

“我瞅见路神头发乱成这样还这么帅，我忍不住下床照了下镜子，这下好了，丑得睡不着了。”

“不知道，他说去洗手，可能在厕所被鬼抓走了吧。”

“路神好些没？Soft 说你发低烧，看脸色好像恢复一点儿了。”

“你咋成了单眼皮？更帅了。”

路柏沅眯着眼看了一会儿弹幕。

可能是怕犯困，简茸的显示屏开得很亮。

路柏沅抬手把屏幕调到适当亮度，随便答了一句：“烧退了，别担心。”

简茸的电脑桌面很乱，LOL 客户端、直播间弹幕助手、LOL 抽奖页面和音乐软件同时开着，一个叠着一个，看得人眼花。

他扫了眼抽奖界面，点开“我的道具”看了一眼。

在 LOL 网页活动上抽奖，抽完了还必须去“我的道具”里领取皮肤，才能真正送到游戏账号上。因为没抽到自己想要的，简茸一个皮肤没领。

路柏沅看到夸张的皮肤页数，意外地挑了下眉。

简茸不爱挥霍，新出的皮肤基本不买，偶尔点一回外卖也是最简单的套餐，更别说花钱抽皮肤。

小白每次跟简茸双排都要吐槽他精分，一个四十五块钱的皮肤都不舍得买，却舍得给路柏沅砸十万块的礼物。他心情好就骂小白两句，心情不好就把小白丢下，一个人去单排。

路柏沅收回神，大致估算了一下简茸一共抽了几个皮肤。

这些皮肤数量，没个三五千估计下不来。

参加这种抽奖活动的玩家一般都有自己的目标。

路柏沅看了眼奖池，问：“他想抽什么？”

“这还要问？当然是你的 TTC 盲僧。”

“TTC 盲僧。”

“TTC 盲僧。”

TTC 盲僧是路柏沅冠军皮肤的名字。

路柏沅靠在简茸的椅子上，点头：“但这皮肤不是每年都会返场吗？”

返场就是往年出过的系列皮肤会在新的一年重新拿出来限时售卖。譬如接近圣诞节时，“冰雪节皮肤”就会返场再售，情人节时，“情人节皮肤”返场再售。同样，每年 S 赛时，往年所有冠军皮肤都会拿出来限时售卖。

“是哦……完了，我看小傻瓜抽上头，忘记提醒他了。”

“这才二月份，返场还得等多久？我偶像就是有钱，能花钱解决的事绝对不拖到下半年。”

“完了，我是那个让他去抽奖的人。我没想到他五千块都没抽出来……怎么办，这傻瓜不会一怒之下把我踢了吧？”

“没事，今年小傻瓜发大财，不缺这五千块。”

“确实，今天小傻瓜比赛穿的那双鞋竟然值十万块。”

“你们懂什么，小傻瓜抽的是皮肤吗？他抽的是给偶像的力量！”

“小傻瓜这号连乐芙兰的皮肤都没几个，却为了 TTC 盲僧怒砸五千大洋，有点上次给 Road 砸礼物那味了。”

“不说了，懂的兄弟把东西打在弹幕上。”

“懂。”

“懂。”

……

大致了解情况后，路柏沅打开游戏助手，想再看看简茸这晚的详细战绩。

他刚才粗略扫了一眼，一页战绩有一半以上简茸都是 MVP，玩得最多的英雄是今天没发挥好的小鱼人。

他刚看完第一场比赛的数据，手机就响了。

路柏沅低头看了一眼，然后把游戏助手页面缩小，挑一句顺眼的弹幕回答。

“他今天的表现？……一般，不差，谈不上拖后腿。Soft 打法强势，遇上战虎这样的慢节奏队伍，他发挥不好很正常。我满不满意？”路柏沅微不可察地笑了一下，说，“我满不满意不重要，但他自己应该挺不满意的，不然也不会玩一晚上小鱼人。”

说完，路柏沅点开了抽奖网页的充值界面，然后在满屏问号中扫码付款。

路柏沅买好抽奖所需的钻石，就起身离开，没和直播间的水友道别。

路柏沅从二楼冰箱里拿出矿泉水，刚走上楼，手机又响了。

PUD · XIU：“你大晚上不睡觉，跑你们新人直播间干吗？”

PUD · XIU：“在吗？我新创的小号也想抽一个 TTC 盲僧。”

R：“你想着吧。”

PUD · XIU：“哈哈。托了你的福，今晚我排位遇到一堆男枪，上了不少分。”

PUD · XIU：“唉，我的手腕特别疼，大半夜把医生叫来基地针灸……你最近怎么样？”

老一辈的职业选手都有职业病。XIU 腱鞘炎严重，还有大面积的肌肉劳损和腰伤，正因如此，从去年开始外界就在传他退役的消息。

R：“挺好。”

PUD · XIU：“那就行。我最近刚认识一个医生，听说水平还不错，我先试试，效果好就推荐给你。”

R：“OK.”

PUD · XIU：“对了，说正事，你把 Soft 的微信推我一下。”

R：“？”

PUD · XIU：“Savior 找我要的，说是想和 Soft 友好地交流。”

R：“想找简茸 solo？”

XIU 被路柏沅说穿，回了一个微笑的表情。

R：“赛场交流就行，或者让 Savior 下次见面找他本人加微信。”

PUD · XIU：“……”

PUD · XIU：“哥们，我觉得你有点怪。”

R：“？”

PUD · XIU：“你对你们中单的保护欲是不是太旺盛了点？”

路柏沅喝水的动作一顿。

PUD · XIU：“今天比赛我就看出来了，我还说你病成这德行了怎么还接受采访，结果上去唰唰唰给你家中单一顿开脱。”

PUD · XIU：“你别否认啊，咱俩都老油条了，什么场合说什么话最管用，兄弟都清楚。你到了半夜还给人冲钱抽皮肤，现在要个微信都不肯……”

路柏沅拧上瓶盖，冰凉的液体滑过喉咙，让人一阵舒适。

R：“我没否认。”

XIU 被他这四个字噎回来，把打了半天的字删了。

PUD · XIU：“什么情况？”

R：“没情况。”

R：“关爱队伍新人不行？”

PUD · XIU：“也没见你关爱小白他们啊。”

R：“你没看见。”

PUD · XIU：“小白看见这话都要委屈死。”

路柏沅笑了一下。

简茸双手端着咖啡回到训练室，用脚关门的时候扫了眼屏幕，一脸讶异道：“居然没给我弹挂机警告？”

星空 TV 制度严格，主播离开电脑超过一定时间就会弹出挂机警告，再过一阵会强制关闭直播间。

“来来来，让我看看你是什么冰清玉手，能洗十多分钟。”

“我担心你出事，帮你报了警，一会儿警察到基地了你自己解释吧。”

“我洗完手觉得渴，想倒杯水喝，顺便研究了一下基地的咖啡机。”

简茸解释完，拿起咖啡杯抿了一小口咖啡，脸登时皱了起来。

“你还抽不抽啊？我等好久了。”

“咖啡怎么样？”

这比路柏沅泡的那杯难喝一百倍。

“不好喝。”简茸忍着苦味，一口气喝了半杯咖啡，将它随便放到一边，“抽，等我充钱。”

简茸熟练地把鼠标挪到“充值”二字上，忽然看到左边的钻石余额后面居然跟着一串数字——100 000。

简茸呆滞了两秒，缓缓凑近屏幕去数后面的零。

他来来回回数了五遍，是十万钻石没错。

在数零过程中，简茸一直张着嘴，数完之后这嘴也没合上。

良久，他小声喃喃：“游戏出问题了？”

早就商量好的水友唰唰发出无数弹幕——

“恭喜您，您是本次抽奖活动中第 5 200 000 位幸运玩家，获得了本公司超级大奖。”

“您已获得公司送出的 100 000 钻石大奖以及苹果笔记本电脑一台，在直播间里撒万元红包，即可得到解锁电脑奖励。”

“打开窗户对窗外大喊‘我是傻瓜’，还能解锁更劲爆的神秘奖励。”

简茸看笑了：“到底怎么回事？”

“刚才小白来过了。”

“谦哥充的。”

“Pine 用你的电脑。”

简茸翻了个白眼，干脆自己去直播回放里看。

当简茸看到路柏沅出现在镜头里时，一口苦咖啡狠狠把他呛住。听见路柏沅那句“这皮肤不是每年都会返场吗”，简茸更是一口气差点没上来。

简茸很少买皮肤，TTC出冠军皮肤时另一个号第一时间就买了，真不知道还有返场这回事。

他看着网页里那十万钻石，更加心疼了。

“你们也不提醒我？”简茸咬牙去找客服，“这能退款吗？”

“我讲个笑话：LOL抽奖能退款。”

“你自己不也抽了五千？五千和一万没区别啦。”

“队长的关爱，你也舍得退？”

简茸没心思看弹幕。

简茸得到客服拒绝的答案，硬着头皮拿起手机，给路柏沅发了一句：“队长。”

简茸等了半天，路柏沅都没回复。

简茸薅着头发纠结了一阵：“你们别催了，现在抽，抽完下直播。”

第一个十抽，TTC盲僧出来了。

简茸先是一愣，然后惊喜地睁大眼睛，耳朵红扑扑的：“出了！第一个！”

简茸没高兴几秒，看到账号里剩下的钻石又蔫回去了。

他思量许久，倔强地再次联系客服——

看我操作就行了：“客服妹妹，真不能退钱吗？”

看我操作就行了：“小朋友偷家长的钱充值，这你们也不管吗？”

看我操作就行了：“还有没有天理了？店大欺客是吗？”

“我的妈呀，哈哈哈哈，Soft你是真的不要脸！”

“小朋友是你，家长是Road？”

“以后别放《好运来》了，还没你直接去Road门口唱歌管用。”

简茸是第一次干这种事，他涨红着脸，咬牙道：“闭嘴。”

翌日，路柏沅跑步回来时丁哥刚到基地。

“你身体好了吗，就去跑步？这大中午的。”丁哥把人拦着，不让他上楼，“而且我说几次了，你出门丢个垃圾都得戴帽子，你知不知道经常会有粉丝在小区外头蹲点？”

“我没出小区。”路柏沅无奈地停下脚步，拿起毛巾随意抹了抹脸，“我也说过，没那么夸张。”

“你别总把自己当普通人看，清醒一点儿，你的广告费不知道比多少明星高！”丁哥说完，看了眼他的手，“还疼吗？我去拿体温计。”

路柏沅往茶水间走：“我量过了，烧退了，手也没事。”

丁哥跟上去：“医生说你的训练量还是太大。这样吧，下场常规赛打王座，他们这赛季打得一般，不然让 Moon 上去练一场，你休息。”

路柏沅皱眉：“我能打。”

“我知道你能打，全联盟谁不知道你能打？”丁哥打断他，“但没必要，一场常规赛而已，别说我觉得没你，他们也能打赢，就算是输，影响也不大，难不成你还担心我们进不去季后赛？这段时间你的训练就没停过，你的手需要休息。”

路柏沅安静地喝了口水。

“你听哥一回……我听说 PUD 昨晚也火急火燎把医生叫去了基地，XIU 的手好像比你还要严重一点儿。”

路柏沅扫他一眼：“你在 PUD 基地插眼线了？”

“这种事能瞒得住谁？你以为你手伤的事其他战队就不知道？”丁哥叹气，道，“估计 XIU 今年差不多就要退役了，PUD 那边已经在悄悄开始找新打野了。”

路柏沅动作微顿，把瓶子放下：“这你都知道？”

丁哥“嗯”了一声：“我也不瞒你，PWT 战队那个新秀打野合约马上到期了，私底下跟我接触过，还跟我透露了 PUD 在联系他的事，估计是想抬高一下自己的身价吧。”

路柏沅颔首：“谈得怎么样？”

“没谈。”丁哥说，“我们战队不缺打野。”

路柏沅扯唇，又笑不出来了。

XIU 确实跟他讨论过退役的事，但 XIU 说的是打算撑住再打两年，争取帮他效力多年的老东家 PUD 拿一个冠军奖杯再潇洒退役。

《英雄联盟》职业比赛发展了这么多年，俱乐部舍弃老将这种事早已司空见惯。

有的是比赛的前一天晚上才知道自己去了替补席，有的甚至被战队威胁，要么同意挂牌，要么在后台看一赛季的饮水机。

这些路柏沅看得多了，那个曾经被威胁到退役的选手，前几天还在 LPL 老选手群里邀请他们去喝孩子的满月酒。

更新换代是每个电竞战队都无法避免的过程，曾经多风光的职业选手都会淹没在时间长河中。

路柏沅拿着水杯要走，丁哥赶紧拦住他：“你干什么去？”

“冲澡。”

“等等，我刚刚跟你说的事……”

“随便。”路柏沅说，“想让谁上场是你们这些管理员说了算，我听从安排。”

丁哥点头：“XIU 的事你也别太伤心，他这种级别的选手退役后过得不会差。”

路柏沅点点头没说话，继续往楼上走。

丁哥目送到一半，才忽然想起自己还有件事要处理：“哎，等等，那染蓝毛的小崽子醒了没有？”

简茸开门的时候听到的就是这句怒吼。

他睡眼惺忪，跟路柏沅对上目光，因为刚睡醒脑子有些迟钝。

丁哥站着的地方角度刁钻，刚好透过栏杆看见简茸半开的房门：“简茸，你马上下来给我解释‘小朋友偷家长钱充值要求退款’这种新闻词条是怎么跟你扯上关系的！”

简茸清醒了，“啪”地关上了房门。

第四章

『恐怖』快递

Take the Crown

躲是躲不掉的，半小时后，简茸捧着面条坐在客厅里，当着所有人的面复盘昨晚的事，无比后悔刚才逃跑的行为。

小白坐在沙发上看简茸昨晚的直播回放，笑着笑着就酸了，抬头问另一头的人："哥，你看我有机会拥有 TTC 盲僧吗？"

路柏沅低头玩手机："你没有？"

"我十区新开的小号没有。"小白立刻说。

路柏沅点头："那套皮肤十月份返场，到时我送你一套。"

小白："？"

小白直呼不公平："哥，你区别对待！"

简茸坐在地毯上，背靠沙发，看不见其他人的表情，只听见路柏沅简单应了一句："嗯。"

简茸怔了两秒，低头吸溜一大口面。

他心里那莫名其妙的开心才刚冒了一截幼苗——

"简茸年纪小，又是新人，队长关照他一下很正常。""端水"大师袁谦拍拍小白的肩膀，"队长也很关心你的，刚开始打比赛的时候他不是天天请你吃饭吗？"

"对哦。"小白想了想，"那时候我们的工资一个月才一千多，我哥光请我吃饭就要花几百……哥，你真好。"

简茸咔嚓一下咬断面条。

骗客服不是什么大事，反正也不可能退钱，当梗看的人比较多。

丁哥说了简茸两句，让他以后直播注意，尤其不要再和“骗”这个字眼扯上关系。

简茸专心吃面，丁哥说什么他都点头。

“行了，大家都吃饱了吧？”丁哥看了眼时间，“上楼吧，训练赛马上开始了。”

今天阿姨请假，简茸吃的面都是丁哥煮的。

简茸把碗洗干净，正准备上楼训练，却看到路柏沅还坐在沙发上玩消消乐。

路柏沅感觉到有人靠近，头也没回：“怎么了？”

简茸很轻地甩了一下手上的水：“我把那一万块转给你吧，队长？”

路柏沅没应。直到他把道具消完，才转过身来，将手肘撑在沙发背垫上。

“小朋友偷家长钱？”他忽然问，“我是家长还是小朋友？”

简茸被问得一愣。

路柏沅挑眉：“给你充的钱都是我正经挣来的，没偷，你放心。”

简茸回过神，口不择言：“没，你是家长。”

不对，什么家长小朋友，那根本是他胡扯骗客服的。

路柏沅：“那就是家长自愿给的，你不用还。”说完，他转回身子，重新开启游戏的下一关。

简茸在原地站了一会儿，然后伸手，用还湿着的掌心擦了一下脸。

手机微信提示音响起，简茸不用看都知道是谁找他。

他舔了一下嘴唇，又往路柏沅那儿走了两步，出声提醒：“丁哥催我上楼了。”

路柏沅“嗯”了一声：“你去吧。”

简茸愣住了：“你不去吗？”

“我今天休息。”路柏沅仍低着头，“Moon 已经上去了，都在等你，去吧。”

在去比赛房的路上，简茸透过栏杆往楼下瞥。

路柏沅已经不在客厅了。

简茸和袁谦走在最末，他抿了抿唇，还是没忍住转头问：“谦哥，今天训练赛为什么上替补？”

“练替补很正常啊，其他战队训练赛经常上替补的。”袁谦嘀咕，“估计是队长前段时间练得太多，训练量超支，被医生警告了吧。”

“警告？”简茸不自觉地停下脚步，“他不是退烧了吗？”

袁谦笑容一僵，这才想起简茸还不知道队长手受伤的事。

虽说这不是什么非得瞒着的大秘密，但丁哥和队长都没说，他也不敢自作主张告诉简茸。

“他还有别的伤？”常年玩游戏的人对这方面的事都非常敏锐，简茸逼问，“职业伤？是吗？”

袁谦深吸一口气，微笑道：“是吧。唉，这年头谁没点职业病，你以前天天直播，应该也有职业病吧？打久了都会累，没准下场训练赛就轮到你休息了。”

“我不休息。”简茸说。

袁谦：“……”

简茸其实早就猜到路柏沅有职业病了，得到证实后，他忍着没再往下问。

路柏沅如果愿意说，那揉手那晚就该告诉自己了。

袁谦见简茸满脸心事，担心会影响一会儿的训练赛，正犹豫着要不要安慰他两句。

简茸又忽然转头问：“很严重吗？”

袁谦昧着良心说：“我也不太清楚，应该还好，反正队长说了，今年之内不会退役。”

简茸点点头，大步走进比赛房。

事实证明袁谦想多了。

这场对话没对简茸的状态产生任何影响，今天的训练赛，简茸血 C，五场比赛里拿了三把 MVP。

袁谦不知道的是，训练赛结束后，简茸回训练室的第一件事就是用手机偷偷打开某度搜索的页面。

“游戏职业选手会有什么职业病？”

“磨损性手伤能痊愈吗？”

“腰伤严重时会很疼吗？”

……

搜出来的结果都没什么用，简茸查了几个问题就放弃了。

他看了眼路柏沅的机位，空荡荡的，没有人。

简茸打开购物平台想下单速溶咖啡。基地的速溶咖啡快喝完了，他还是不习惯用咖啡机。

谁知界面刚打开，首页全是商品推荐——

“好评率百分之百颈椎按摩器”“低频理疗仪疏通经络电疗按摩”“腰部按摩仪”……

简茸没忍住点进去看了一下。

按摩仪的功能被商家写得天花乱坠，客户评价是用过的都说好，好评率高达百分之百！

简茸被这些花里胡哨的宣传搞蒙了，在这家店疯狂消费。

这家淘宝店的店家就在S市，简茸沟通完后，店家答应给他寄同城快递。

小白拿着奶茶经过他身后，余光正好瞥见他在扫码付款：“八千二？大手笔啊，你买啥啊？”

简茸把手机扣在桌上：“你别管。”

晚上七点，众人坐在客厅一块儿吃小龙虾，顺便复盘。

路柏沅终于下楼了，他面色平静，坐到简茸身边。

“哥，你下午干吗呢？”小白问。

“睡觉。”路柏沅嗓音低沉，“训练赛打得怎么样？”

“全赢了。”Moon抢在小白前头开口，“队长，我拿了一场MVP。”

求表扬的意思很明显。

路柏沅只是点头，低着头在回消息。

简茸咬着筷子，忍不住垂眼去看路柏沅的手。

路柏沅打字时一直靠着椅背，腰应该也不舒服。

众人吃到半途，门铃响了。

丁哥摘了手套，走到玄关打开电子猫眼。他看着屋外戴着帽子口罩的男人，皱着眉问：“谁啊？”

那人捂得严实，说话都模糊：“送快递。”

丁哥的眉头皱得更深了：“我们没快递——”

“我的。”简茸倏地站起身，“我出去拿。”

丁哥回头问：“你买东西了？”

“嗯，同城快递。”简茸边回应边穿鞋。

丁哥犹豫两秒，对快递员说：“我知道了，你把东西放门口就走吧，我们马上出去拿。”

箱子不大，很轻。简茸将它抱在怀里，低头确认了一下上面的名字——“Soft”，是他的包裹没错。

简茸回到基地后，袁谦抬头催他：“你先吃完再拆包裹吧，再不来都要被我们吃完了。”

简茸找来剪刀：“马上，我确认一下。”

他买了好几件东西，按理说没这么轻，而且他在收件人上写的是Soft吗？

就在简茸动手拆快递的那一刻，门铃又响了。

路柏沅刚洗完手从厨房出来：“我来。”

路柏沅点开电子猫眼，外面是穿着某快递公司外套的工作人员：“您好，送快递的，这儿有一份寄给简茸的同城快递。”

哐啷，是剪刀落地的声音。

路柏沅心生不安，回头看见简茸一脸惊讶地看着包裹，还伸手捂了一下鼻子——路柏沅想也不想抬步朝他走去。

路柏沅刚要走近，简茸立刻回神，快速地把包裹紧紧合上，拿刚扯下的胶带随便粘回去：“你别过来。”

路柏沅垂眼：“什么东西？”

“几只死老鼠。”简茸迅速反应过来，抱起箱子往外走。

路柏沅抓住他的手臂：“你去哪儿？”

“现在追出去还来得及。”简茸说，“我去把这些扣在那家伙头上。”

简茸已经想好一会儿扣头的方式了，不只扣上，还要揍一顿。

路柏沅松开他的手臂，他就跟刚磨好爪子的野豹似的往门外冲。

没想到简茸是真打算去，路柏沅直接伸手钩住他的脖颈，把人留住，他刚迈出的步子立刻收了回来。

路柏沅刚洗完手，手心是凉的，简茸却觉得被碰到的地方隐隐发麻，带起一股热浪，他下意识做了一个吞咽的动作。

简茸脸皮薄，喉结的滚动被路柏沅捕捉到了。两秒后，路柏沅松手，拍拍他的脑袋。

“大晚上什么地方都能藏人，你找不到的。”路柏沅说，“你把箱子放下。”

简茸像军训似的往左转，把箱子放回了桌上。

正在吃小龙虾的几人愣了半天才回过神，丁哥刚坐下没两分钟又忙碌起来。

小白也好奇地跟过来：“什么东西？给我看看。”

简茸侧开身子给丁哥让了一个位置，当丁哥要打开箱子的时候，简茸伸手把箱子按住。

“挺恶心的，也不好闻。”简茸看了眼路柏沅，“你要不要站远点？”

路柏沅摇头：“开。”

箱子再次被打开，小白张口就是“这都是些什么缺德玩意儿”，捂着鼻子作势要吐。

Pine 冷着脸给他拍背：“你要吐就去厕所。”

丁哥迅速把箱子合上，从抽屉里找出透明胶重新封好，将它放到了基地玄关旁。

剩下的小龙虾没人吃得下了。

小白虽然没吐，但脸色惨白。他瘫在沙发上环视一圈，其他人除了脸臭一点儿，没别的毛病。

“不是，”小白转过头问第一受害人，“你不怕吗？不觉得恶心吗？”

打开箱子的那一瞬间，简茸确实愣了一下，毕竟里面黑红一团，不仔细辨别都看不出是什么。

看清之后——

“有什么好怕的，”简茸嗤笑道，“老鼠而已，又不是人肉。给一个机会，我能做出更恶心的还给他。”

小白：“……”

丁哥拿着手机回来，身后还跟着一名工作人员：“我报警了，那边说马上过来。我正在跟物业商量调监控的事。”

那名工作人员就是物业的人，他连忙道：“我已经跟上级汇报了，批准之后马上给你们调监控。”

“那人是怎么混进来的？”路柏沅从手机中抬头，眼神冷淡。

“在查。”物业人员说，“可能那人是趁保安换班的空当……”

“不止一次了。”路柏沅打断他，“你们每天要换二十次班？”

路柏沅在生气。

简茸意识到这一点，抬头。

路柏沅生气时脸色与平日无异，冷冷淡淡的，没表情。

物业人员沉默了一会儿，干笑道：“是你们名气太大啦，很多人都想闯进来。”

“哦。”路柏沅说，“你的意思还是我们的责任？”

“行了，这事确实是你们物业的问题，今晚的事处理完，我明天就找你们管理员谈一谈。”丁哥见路柏沅神情越来越冷淡，连忙打断他。

“好的。”物业人员捏一把冷汗，“应该的，我们会交一份检讨上去，以后也会多加防范，一定不让这类事情再次发生。”

警察很快赶到，丁哥跟对方交涉两句，回头说：“我跟他们去调监控，你们先上去训练。简茸，你今晚被吓到了吧？早点休息。”

回到训练室，简茸开直播混时长。他打完一局游戏，悄悄回头看了路柏沅一眼。

路柏沅戴着耳机在看电影，没开游戏。

当他再回过头时，弹幕有人在问他。

“开播四十分钟，你回头看了七次，排队匹配时看，选英雄时看，死了看，复活也看，你到底在看什么？”

“这还要问？那是 Road 的机位。”

“好看吗？可以让我也看看吗？”

“小傻瓜，听说你们收到‘恐怖’快递了？”

“真的假的？谁这么缺德？抓到人没？”

简茸拿鼠标的手一顿：“你们怎么知道的？”

“有人在贴吧发帖了。”

“所以这事是真的？TTC 基地的安全防范是不是太低了啊？”

“别说这事了行不行？万一有人效仿作案呢？”

简茸去贴吧看了一眼，果然看到了相关帖子。

帖子只有一句话：TTC 战队收到“恐怖”快递，据说箱子带血，具体不知。

简茸把这个帖子分享到微信群里。

丁哥：“我看到了，不知道谁传出去的。算了，没事，你们安心训练。”

“别侮辱‘恐怖’快递，几只死老鼠而已。”简茸放下手机，重新进入游戏匹配，嚼着口香糖道，“效仿作案？来，这次我没经验，下次一定好好发挥，看是谁玩谁。”

“为什么是老鼠？我也没想通。他把自己的脑袋寄来可能比较管用。”

“我得罪过谁？”念到这句弹幕，简茸短暂沉默了一会儿，“那得看看名单。”

“哈哈哈哈哈哈，这就过分了。”

“确实，这范围确实有点广。”

“这还得划个区域，职业选手和解说应该可以排除，我觉得应该是选手的粉丝。”

“绝对是豆腐的粉丝。”

“别瞎猜。”简茸选择英雄，“房管看一下，提其他选手的封了，这事拿来开玩笑没意思。”

“我还是觉得好恐怖。如果人还没抓到，那他现在会不会就在直播间里盯着你？”

“住口，别说了！傻瓜宝贝要不下播去睡觉吧？呜呜呜。”

“你以后还是小心点吧，变态都找上门了，不排除还会有下次。”

“我再打两小时下直播，今天不熬夜。”简茸嗤笑道，“下次？这人要是敢再出现，我一定把他……”

他的耳机被摘下，路柏沅的指背擦过他耳郭：“你在直播？”

“我把他送到警察那儿，让他接受正义的制裁。”简茸把话说完，才抬头说，“嗯，我开来混时长。”

路柏沅轻微地点头，把耳机线放到他肩上：“你专心播游戏，别说其他的事。”

得到简茸的回答后，路柏沅推门走出训练室。

“Road 不训练？还没到九点就走了？”

“继续说啊，不是很豪横吗？不是要挑衅那人吗？”

“请问您是世界著名的川剧变脸大师 Soft 吗？”

……

“别刷了。”简茸把右手撑在椅子扶手上，手掌挡着自己的耳朵，“我只有一个身份，就是你们的偶像。”

“恐怖”快递在电竞圈不是第一次出现，PUD 收过，战虎收过，TTC 也收过。

不过这都是几年前的事了，那时候电竞圈的发展没现在这么好，快递什么的随随便便就能寄到基地。近几年俱乐部人员的安全意识提高了不少，这种事已经鲜少发生。

所以这次的快递事件还是引起了不小的关注。

三天后又是比赛日。

在去场馆的路上，丁哥叮嘱：“这几天你们先别在微博或者直播间回应这件事了，尤其是简茸……你们的一言一行都会影响到粉丝的情绪，已经有粉丝去找小区物业的麻烦了。”

今天用的商务车，简茸戴着单边耳机：“知道了。”

路柏沅仰起下巴，露出帽檐下的一双眼，看着丁哥问：“还没消息？”

丁哥摇头：“我们在监控中看到人了，对方是跟在一对老人身后混进来的，但他穿得太严实，什么也看不清，警察在调周边的监控，估计还得过几天。”

袁谦觉得纳闷："小茸到底惹到谁了？难不成真是哪个选手的粉丝？"

小白凑上前问："简茸，你老实说，你是不是和什么人有仇啊？借钱不还？还是抢别人女朋友了？"

简茸："抢你个头。"

小白坐回原位，嘀咕："没有就没有，你怎么骂人呢？"

今天他们的比赛在第一场。

车子驶到场馆后门，照例有一群粉丝拿着应援牌在场馆划出的安全线外等待。

简茸未摘耳机，单肩背着外设包，跟着队员一块儿下车。

车子停的地方离后门很近，众人走几步就能进去。周围粉丝都在喊着队员的名字，简茸一眼都不想看那些写着"矮人国国王"的字牌，步子走得很快。

"Soft 加——喂！"一道尖锐的女声忽然响起，"小心！"

简茸倏地转过头，就看见一个身材矮小的男人越过单薄的安全线，满脸狰狞地朝他举起了小刀。

小白回头看见这一幕，吓得魂都飞出一半："简茸快跑！"

简茸第一反应就是拿外设包反击，他刚把包脱下拎在手中，后背忽然被人狠狠一撞。简茸还没回过神，就被人紧紧搂住了。

路柏沅用身躯隔开了他和那个男人。

保安的反应极快，伸手就去抓那人的衣服，把人拉了下来。可那人依旧不罢休地往前冲，嘴里还胡言乱语喊着什么，一时间场面很混乱。

当周围的人回过神想上去帮忙时，就见"砰"的一声响，那歹徒连人带刀被踹飞了。

真飞，虽然只有半步距离，但确确实实双脚离地，落地的那一声闷响非常扎实。

现场安静了几秒，大家先是看了看地上捂着肚子蜷缩的男人，再去看刚刚踹人的路柏沅。

简茸没看到这一下。

他满脑子都是，刀子如果扎到路柏沅身上，他就让这混蛋去死。

所以路柏沅松开他的那一刹那，他拿起外设包就要去揍地上的人：“神经病啊，你拿一把刀子吓唬人，看我怎么教训你。”

虽然简茸的外设包丢出去了，但人没冲出去。

他双脚离地，被路柏沅扛了起来。

简茸被扛起来的时候先是一愣，余光看见地上的人捂着肚子还想去拿刀，又立刻被保安压在地上。

当粉丝们回神的时候，看到的是 Soft 被 Road 扛进场馆，Soft 嘴里还在不停地骂骂咧咧——

“你放我下来，我打得过他，我真打得过。”简茸挣扎不成，瞪着地上的人，“你还想拿刀，我给你十把刀你都碰不到我一下。寄快递的也是你吧？神经病，今天算你走运，以后别让我看见你，见一次揍一次！”

简茸如果用点力还是可以挣脱的，可他刚扑腾了一下就想起路柏沅的手不舒服，登时就不敢动了，只能靠嘴巴发泄怒火。

直到看不见人了，简茸才停了嘴。

他一口气说了太多话，呼吸有点喘，低头才发现自己现在的处境不太妙。

简茸整个人被路柏沅扛着，虽然路柏沅扛得很稳，但他还是下意识抓住一点儿东西想保持平衡。

路柏沅的帽子也被他碰得有些歪，左边露出一撮乱发。

虽然简茸闻过很多次，但他依旧觉得路柏沅身上的洗衣液味道特别香。

简茸怔了两秒，立刻松开手。

路柏沅问：“骂完了？”

简茸：“嗯。”

简茸刚想让路柏沅把自己放下来，对方就已经松了手——他们到休息室了。

路柏沅垂眼问："你伤着没？"

简茸站稳，摇头："那人没碰到我，你……"

"队长。"Moon上前打断他们的对话，他低头看着路柏沅的手，"你的手怎么样？不是不能提重物吗？"

这话Moon忍了一路了，刚才场面混乱，周围都是工作人员，他也不好开口说这事。

简茸一愣，也跟着低头看去。

不能提重物？他怎么从没听说过这事？

"没事。"路柏沅淡淡应一句，他在简茸身上扫视一遍，确定他没受伤，衣服也没脏之后，问，"刚才那个人你认识吗？"

"不认识。"简茸咬牙，"你的手……"

路柏沅："你不重。"

话音刚落，路柏沅余光瞥见丁哥就站在门外，不知在和工作人员交代什么。

路柏沅摘下帽子，Moon连忙伸手："我帮你拿，哥。"

"不用。"路柏沅把帽子轻轻扣在简茸头上，扫了所有人一眼，"比赛十五分钟后开始，调整心情，别被其他事影响比赛状态。"

路柏沅丢下这句话，推门而出，加入了丁哥他们的对谈。

事情发生得太突然，除了当事人，其余人都被吓着了。

直到路柏沅离开，小白才伸手拍拍胸脯："好可怕。"

坐在一旁噤声许久的盒子一脸赞同，点点头道："这人居然还拿刀子，太恐怖了！"

"我是说我哥。"小白喝口水压惊，"刚才那一脚，我都怕他把人踹凉了。"

“踹谁？”简茸原本跷着二郎腿，低头在发呆，闻言倏地坐直了身子，“那人踹到Road了？”

看简茸这架势，小白怀疑自己说个“嗯”，简茸就要冲出去把那人叫回来再打一架。

“没没没，怎么可能！”小白忙说，“是我哥踹他！”

路柏沅打人了？

简茸怔住了。他什么也没看到，路柏沅把他掩得太紧，他甚至连那个人的脸都看得很模糊。

门被推开，路柏沅回到休息室，丁哥走在末尾，进来之后直接把门反锁了。

“怎么样了？”Pine将斗地主挂了托管，抬头问。

“我报了警，把人送医院去了。我让人跟着他们，有什么事会第一时间打电话。”大冬天的，丁哥愣是被惊出一额头汗。自己在电竞圈干了这么多年，还是头一回遇到这种事。

他欲言又止，看了路柏沅一眼：“我瞧着你那一脚是结结实实踹他肚子上了，这万一出什么事……”

“放心，”路柏沅坐到简茸身边，拿起遥控器打开现场转播，“踹那儿不会出人命。”

丁哥：“？”

“老鼠也是那人寄的吗？”袁谦皱着眉问。

丁哥摇头：“不知道，他什么都不说，就一个劲儿哭，跟傻子似的，不过我觉得像，那天按门铃的人也是矮矮瘦瘦的。等警察审问出结果吧……简茸，你受伤没？”

简茸：“没。”

“那就行，你先安心打比赛，剩下的之后再说。”丁哥把刚从路边捡回来的外设包递给简茸，“我瞧你扔那一下挺狠的，检查一下有没有坏。”

小白说：“怎么可能坏，就砸了一下，还有个背包隔着。”

简茸打开包，露出键盘一角，上面有道清晰可见的裂痕。

小白看了那个键盘几秒：“你可真是小小的身材，大大的力量。”

“还能更大。”简茸心疼地摸了摸那道裂痕，冷着脸把背包拉链拉上，“你要不要试试？”

小白闭嘴了。

丁哥忙说：“没事，我带了备用键盘。”

“用我的。”路柏沅打断他，把自己的背包从地上捡起来放到桌上，“他的键盘和我的一个款式，顺手一点儿。”

昨天丁哥就和众人商量好了，今天他们上替补打野 Moon。

丁哥皱着眉还想说什么，工作人员就敲开了他们的门，催促他们上场准备。

丁哥带着五位队员上台，休息室霎时变得空荡和冷清。

路柏沅安静地坐着，在他这五年多的职业生涯中，很少有像这样坐在休息室里看着队友上台的情况。

简茸抱着路柏沅的外设上台，连接，检查。导播镜头频频给到他，他板着一张脸，连一个眼角余光都不肯给。

解说一直在分析路柏沅不上场的原因，直到进入 Ban&Pick 页面。

十分钟后，游戏开始，丁哥匆匆回到休息室，抱着他的记录小本坐到了路柏沅身边。

“今天你到底怎么想的？”丁哥压低声音问，“我平时连塑料袋都不舍得让你提，你倒好，直接把人扛起来了？”

“我用的左手，他也不重。”

“嗯，不重，也就一百多斤的人。”丁哥表情复杂，“还有，刚刚我不敢说，怕影响他们比赛的情绪，但我不说你也应该清楚，打架斗殴是高压线，你那一脚会有什么后果你知道吗？说实话，我现在头皮、后背、屁股全在发麻，就怕联盟来纸通知书，让你禁赛半年或者一年。”

路柏沅没吭声。

丁哥叹气：“再说刚才那人也没伤到谁，都被保安逮住了，你怎么就不能忍忍？”

右下角的选手镜头给到简茸，简茸用着他的键盘和耳机，嘴角紧紧绷着，显然还在生气。

简茸的情绪向来藏不住，今天的打法比平时都要凶狠，把对面中单打得都不敢出塔。

直到镜头挪到袁谦，路柏沅才移开视线，打断身边人的喋喋不休：“我忍不了。你能让我安静地看场比赛吗？”

今天他们打的战队叫王座，这个赛季刚大换血，双 C 位实力不强。正因如此，丁哥才敢让替补上场。

战队实力悬殊，两场比赛都是 TTC 三路优势，一小时后，TTC 以 2 ∶ 0 的战绩结束了比赛。

因为三路都打得很好，赛后 MVP 给到拿了四杀的 Pine。

简茸匆匆下台，打开休息室却只看见副教练和盒子。

“警察那边打电话来，丁哥和队长看完比赛就先过去了。”盒子解释。

简茸点头，把路柏沅的外设好好放回包里，问：“哪个派出所？我打车去就行。”

副教练忙说：“你不用去。”

简茸动作一顿：“什么意思？”

副教练：“丁哥说这事你别掺和进去，他们会处理。”

简茸拧紧眉：“那 Road 凭什么也要去派出所？”

副教练轻咳一声：“毕竟他动了手，还是得去做个笔录什么的。”

简茸不明白。

收到快递的是他，要被砍的也是他，怎么到了最后，这事就和他没关系了？

“你别多想，他们不让你去是为了你好。”副教练拍拍他的肩，“先回基地再说。”

简茸不肯，拿着手机铁了心要叫车去派出所。

小白眼明手快，给路柏沅发了条微信语音，说：“哥，你再不拦着他，他就要去派出所和警察干架啦。”

于是在简茸叫到车的那一瞬间，路柏沅的消息发来了。

就一句“回去”，像他在忙的时候随便打出的字，连标点符号都没有。

简茸心不甘情不愿地回了基地。

深夜一点半，路柏沅从大楼出来，很长地吐出一口气。

他们在派出所做完笔录后又来了联盟这儿，跟联赛的工作人员商量这事的处理方案，一直谈到现在才算初步解决。

“想不到吧。”丁哥拿着两杯热饮回来，递一杯给路柏沅，“你也有挨联盟处分的一天。”

路柏沅接过热饮：“嗯，也算圆满了。”

丁哥气笑了，他发动车子：“走吧，我送你回基地。”

红灯，丁哥随意一瞥，见路柏沅刚打开某个直播间。

直播间漆黑一片，上面显示“主播不在家”。

丁哥视力好，问：“大晚上的，你跑简茸直播间干什么？”

路柏沅说了句“没什么”，又打开掌上《英雄联盟》，查了一下简茸的战绩。

简茸回基地后打了六把排位，输了四把，后面他明显越打越暴躁，战绩不太好看。

最后一局是一小时前，他应该是去休息了。

路柏沅把手机丢进口袋。几秒后，他转头对上丁哥探究的目光：“你看什么？”

绿灯，丁哥收回视线，踩油门：“没，我就是觉得你不太对劲。”

路柏沅的手肘支在车窗上，手背撑在脸上，懒洋洋笑了一声，没应。

这段时间丁哥都没怎么回家睡，他担心再这样下去迟早婚变，便把路柏沅送回基地，自己就回家找老婆去了。

打完比赛的当晚，大家通常不会练太晚，可此时此刻，基地一楼客厅的灯还亮着。

路柏沅看见简茸躺在沙发上睡觉，很难得地愣了一下。

电视里放着他们打战虎的第一局比赛，不知循环了多少遍，现在比赛才进行到十分钟。

简茸睡得嘴巴微张，手机已经掉落在地毯上。

路柏沅弯腰捡起手机，由于主人设置不自动锁屏，手机还停留在简茸睡着之前的界面。

是某个著名的LOL贴吧，哪个选手想给自己找不痛快，逛这儿就对了。

简茸在看的帖子叫“Road打人全过程录像”，他正在楼中楼和人吵架。

也不知简茸前面骂了些什么，这喷子已经彻底没了脾气——

“那人早就被保安拉住了，Road难道不是无故上去踹了人一脚？算了，我不跟你吵，你会说行了吧，我宣布你就是本吧Road第一粉，一个人对骂八十层楼，我服，你厉害。”

简茸打的字还在对话框里没发出去：举着刀子都能叫作“无故”，那你等等，我马上举着火把去给你拜年。

字没打完，断在这里。

前面几楼虽然也有点名道姓骂Soft的，但简茸根本不搭理他们。

虽说基地有暖气，但在这沙发上睡一晚明天肯定不舒服。

路柏沅把手机关了，伸手揉了揉简茸的头发。

简茸睡得浅，一下就醒了。

他抬头看见路柏沅，先是一怔，因为刚睡醒反应迟钝，他仍躺着没动，眼睛因困倦而发红："我听副教练说，你们去了联盟。"

他不是问那个歹徒的事，路柏沅有些意外，但还是应道："嗯。"

"怎么样？"简茸的嗓音有些沙哑，"要处罚吗？"

"罚。"

简茸不死心地问："你也挨罚了？"

"挨了。"

简茸噤了声。

他刚才查了一下联盟以往对打架斗殴的处罚，两个禁赛一个赛季，一个永久禁赛。

简茸怔怔地和他对视了几秒，然后顶着一头乱发起身，拿起外套就要往身上穿。

路柏沅叫住他："你去哪儿？"

简茸睡眼惺忪，说："我去和他们讲道理。"

路柏沅看他这阵势不像去讲道理，像要拿着火把去拜年。

他钩住简茸外套上的帽子："别去了。"

"为什么？他们下班了吗？"唰的一声，简茸把衣服拉链一口气拉到脖子，"处罚公告什么时候发？他们明早几点上班？"

"刚商量好，没那么快发。"路柏沅说，"而且这处罚我已经接受了。"

"你接受了？"简茸奓毛了，"我不接受！是那人自己拿刀冲上来的，他们凭什么罚你？这事跟你有什么关系？他们根本不讲道理。"

"是有点不讲道理。"路柏沅微顿，"但一万块我还是愿意出的，毕竟真动手了，得给出个态度……更何况丁哥说，这一万块俱乐部报销。"

"就算动手我们也是正当防卫，他凭什么禁赛——"简茸的嘴巴比脑子动得快，说到一半生生止住，"一万？"

路柏沅"嗯"了一声："我打人，你骂人，我们一人罚一万，有意见吗？

有的话，明天我再让丁哥去谈。”

这比简茸预想的要好太多，以至于他傻站了片刻才回答：“没有。”

路柏沅点头，伸手把简茸都快拉到下巴上的大衣拉链往下拽了一点儿：“那就上去睡觉。”

简茸整晚都心不在焉，在召唤师峡谷当了一晚的慈善家，干脆关电脑下楼等人回来。

他开着比赛录像当伴奏，在贴吧跟人激情对喷了三个小时，但电视里解说的声音太催眠，贴吧里跟他对骂的也都是一些废物，三两句翻不出个新词儿来，导致他骂着骂着就睡着了。

简茸心中的石头落地，洗完澡出来时很长地吐了一口气。

虽然罚钱他很不爽，但至少不是禁赛。

他随意擦了两下头发，余光瞥见刚换下的外套，想起路柏沅刚拽了一下他的拉链。

简茸用浴巾揉了揉脸，把这件外套好好地挂回衣柜里。

地上是前几天收到的快递，里面好几样按摩仪器简茸都拆来用过。

这些东西简茸肯定不会随便给路柏沅用，他自己试了几件，觉得效果都不怎么样，如果最后几件还不行，他就要找店家谈谈心了。

翌日下午，丁哥带着消息回到基地。

他关上训练室的门：“查出来了，那个人这几天破产了。”

“活该。”袁谦接过话头，“但他破产跟简茸有什么关系？又不是简茸让他破的产。”

丁哥挑眉：“还真是。”

其他人沉默片刻，纷纷看向简茸。

袁谦唏嘘：“这就是传说中的‘天凉王破’？见识了。”

“简茸，以前有什么得罪你的地方都是我的问题。”小白凑近道，“昨晚打排位时我也不是真嫌你菜，都怪我和其他队友没跟上你的节奏。”

简茸正在看下个版本的更新公告，闻言头也没回，说：“我要是有这本事，就不会来这里打工。”

“行了，正经点。”事情解决了大半，丁哥也轻松许多，把话说完，“那人是一个小庄家，开赌局的。”

丁哥这话一出，大家就都懂了。

因为 Kan 的事，TTC 队员对“赌”这个字眼非常敏感，小白的白眼都快翻到天上了。

折腾了一晚上，今天路柏沅起得最晚。他坐在机位前，低头用手机玩消消乐，另一只手拿着半片吐司，吃得不是很专心。

“小庄家？”Pine 察觉出丁哥的用词，问，“都是庄家，有什么区别？”

“当然有区别。”丁哥自嘲一笑，“之前找 Kan 的那位就是大庄，什么盘都开，压什么都接。小庄家就是只接一个盘，拿昨天的比赛来说，就是他只开‘TTC 赢’或者‘比赛时间超过三十分钟’的盘，其余不接，其实就等于自己也在赌桌上。这种小庄家来钱快，输也输得快。”

袁谦听懂了：“你的意思是，他开了我们战队的庄，输了钱，然后怪在简茸头上？”

丁哥点头：“对。据说是简茸入队之后，他每次开的盘都输了。可能他觉得简茸是新人吧，起初只接我们赢比赛的盘，直到战虎那一场他屈服了，谁知第一局来了一个大客户……那场比赛简茸第一局发挥一般，他就觉得简茸打假赛在操盘。”

简茸把鼠标摁得啪啪响：“赌狗必死。”

小白点头应和：“必死！”

路柏沅眼明手快，消掉方块，头也没抬地问：“那些参与赌博的查到了没？”

“查到几个了，警察办事效率很高。”丁哥唏嘘，“我听说，那个大客户一局比赛压了两百多万。现在的人都怎么想的，有这钱干什么不好……反正那人现在惹麻烦了，光是开设赌局这条都够他受的。”

路柏沅“嗯”了一声：“这事你辛苦点，多盯着。”

“明白。”丁哥清了清嗓子，看向简茸，“还有，联盟那边……昨晚我跟他们商量了一下，你俩昨天在后台入口的举动都被粉丝拍下来传到网上了，虽然这事咱占理，但影响不好，所以讨论之后的处理结果是你和小路各缴一万罚款。”

丁哥担心简茸不接受，忙说：“当然，这事你们肯定没做错，所以我和老板商量了一下，这笔罚款俱乐部给你们报销。”

“这都要处罚？”小白忍不住道，“昨天简茸可是差点被砍，他骂几句不过分吧？”

“不过分。”丁哥叹气，“但联盟也有联盟的规定，昨天小路那叫以暴制暴，联盟肯定得意思一下罚点钱。小茸那个确实……这样吧，我再去交涉一下，看能不能把简茸的罚款免了。”

“不用。”简茸拒绝，“要罚一起罚。”

其他人沉默了几秒。

小白皱着脸问：“怎么，你当这是在学校，挨了处分下学期会自动清零？身上的处罚背多了，下次你再犯事估计得直接禁赛。”

“我不犯事不就行了？”简茸坚持，“不用去交涉了，我跟队长一起吃处罚，那一万我自己出也行。”

丁哥无言，一个个都什么毛病。

“行吧，这段时间我也不想再见到联盟的人了。”丁哥揉揉眉心，“算我求你们，让我清静地过完这一年行吗？”

丁哥交代完，刚想离开训练室，就见简茸缩小游戏界面，打开了直播软件。

“你还开直播？”丁哥犹豫道，“这几天你要不就不播了吧，微博贴吧那些也都别看，现在网上很多人在带你的节奏。”

“随便混混礼物。”简茸熟练地调试设备，“而且我的节奏为什么要别人带？我自己来。”

丁哥还想阻止，简茸已经点下了“开始直播”的按钮。

眼不见为净，丁哥捂着眼睛走了。

没人想到简茸会在这时候开播，刚开始时弹幕上全是问号，其他带字的弹幕也就显眼起来。

“为什么开播？”简茸缩小直播界面，只留下一个弹幕助手，“还能为什么？混时长，骗礼物。”

丁哥离开后，马上联系了星空 TV 的工作人员，所以这次房管来得特别及时，那些带节奏的刚发一句话就全被封了。

“你骗就骗吧，能不能不要老说得这么直白？搞得我每次给你刷礼物都很厌恶自己！”

“宝贝肯定受惊了，送颗小星星给你，用这礼物钱去买本《说话的艺术》，以后争取别再挨刀了。”

“到底什么仇什么怨啊？你抢人家对象了？”

简茸顺嘴道：“我没抢，没兴趣。”

“你没受伤吧？”

简茸冷嗤：“没伤。就他那小身板，我给他十把刀都伤不着我。要不是有人拦着我，我非把那家伙……”

“Stop（停）！请注意措辞！不是有人拦着你，是有人把你扛走了。”

“谢邀，在现场，我见证 Road 像拎小鸡似的把小傻瓜扛起来。”

“要不是看过视频，我差点信了你这话。”

“堂堂大男人轻轻松松就被人扛走了，我要是你，都不好意思再提这茬儿。”

“请问我要是受了伤，路神会扛我吗？”

“是谁说路神今年要退役的？路神那一脚，没点功底都踢不出来，身体不知道比多少选手好。”

“你不看看自己什么身材，好意思叫别人小身板？”

“我听到内部消息，你和路神要吃处罚？”

“不是吧，这都处罚？那当时的情况要怎么做啊？立正站好挨完刀，再跟那人道声谢？”

……

他直播间里这群水友都是一些什么奇怪的人？连这种内部消息都有？

“我什么身材？”今天简茸穿的宽松中袖，他说罢就把自己的袖子撩起来，屈起手肘，对着镜头秀肌肉，“我这一拳头下去，你们今天就在警方通报里见我吧。”

……

“别挤了，你好丢人啊！”

“你的手臂比我的手腕细，老娘今天不吃晚饭了。”

简茸直播经验足，轻轻松松就把话题扯开了。

LOL 的任务栏一直亮着，游戏里有人给他发消息。

战虎大牛：“双排吗？”

看我操作就行了：“不了，打训练营。”

空空：“兄弟，安否？双排？”

看我操作就行了：“安，不排，你一中单能不能别总找我双排？干点正事。”

球球你了 QAQ：“Soft，一起玩吗？”

网友们看到这条消息，弹幕炸了。

“我的天，你怎么会有球球好友？”

“我女神？我的天，次元壁破了。”

“球球很高贵，Soft 你不配。”

“球球是谁啊？”

“女明星季秋时啊，去年周年庆当作明星代表带过队，跟一群退役了的职业选手打，还用女枪拿到了超神。”

“这是真女神，只拍过一部电影，拿了影后就回去上学了，还是货真价实的 LOL 玩家，连续几个赛季在钻石段位了。”

“很多 LOL 选手都关注了她的微博，还有几个选手直言她是他们的女神。上次战虎大牛在排位遇到过球球，求好友位没求到，她现在却找 Soft 双排。”

“Soft，这个儿媳妇我认了。”

“啊……可在我心目中，Soft 已经名草有主了啊！”

简茸看了弹幕才想起这个人是谁。

他打字——

艹耳：不了，打训练营。

球球你了 QAQ：好的。

“不认识，以前没说过话，好友是石榴让我加的。”简茸看着满屏的问题，皱眉，“而且我的标题不是写了？今天练补兵，嫌无聊的可以先去看看其他主播。”

简茸说完，打开训练营，刚要进入游戏。

“嗡”的一声——

TTC · Road：双排一会儿？

简茸关闭训练营，创建组排房间，邀请好友 TTC · Road。

这套流程，简茸做下来都用不到五秒。

路柏沅刚进游戏房间，简茸就先提醒：“我在直播。”

“我知道，没事。”路柏沅选好位置。

简茸一愣：“你玩辅助？”

路柏沅：“嗯。我有点困，先混一局。”

简茸“哦”了一声，在进入匹配的前一瞬，他偷偷把自己第二个选择的位置从“上单”改成了“AD”。

网友们：?

“今天练补兵？”

“球球喊你，你不去，Road 勾勾指头，你连房间都开好了，你还是一个男人吗？”

“你不是说过，在这版本玩 AD 就是给人当儿子？”

“你们这群人懂个啥！”

“我不管，被禁言我也认了！今天我就要大声说出来，Soft 绝对是 Road 的脑残粉！”

他们还在匹配队列里，路柏沅的手机就响了。

他关掉手机开着的直播软件去看消息。自从前段时间他开大号去豆腐直播间溜了一圈之后，丁哥就时时刻刻提醒他用小号。

丁哥：“你别练太久，晚点还有训练赛，记住医生建议的训练时间。”

路柏沅回了句“知道”，游戏正好匹配到对手。

TTC · Road 加入了队伍聊天。

看我操作就行了加入了队伍聊天。

球球你了 QAQ 加入了队伍聊天。

是刚刚在弹幕看到的名字。

路柏沅刚要重新打开直播软件，犹豫半秒后，他把手机摁灭扣在桌上，直接用电脑登录星空 TV。

简茸进入游戏房间，第一时间就去看自己的位置。

路柏沅拿的辅助，他拿到了 AD。

简茸满意了，看见自己在五楼，他抽空抬眼看了一下弹幕：“玩把什么 AD？”

“Soft 绝对是 Road 的粉丝！”

“Soft 绝对是 Road 的粉丝！”

“我来晚了，什么情况？ Soft 又对 Road 做什么了？”

“哈哈哈哈哈，你和球球撞车了。”

“你们 TTC 怎么回事？ Pine 和小白这样，你俩也这样？谦哥或成你队唯一正常人。”

“而且还是追到基地的粉丝。”

简茸惊住：“你们在胡说八道什么？”

简茸感到一股无来由的心虚，心脏跳得有点快，正想回头偷看路柏沅一眼，屏幕顶上突然飘出夸张的进房特效——

守护者 TTC · Road 进入了直播间。

TTC · Soft 开启了全体禁言。

TTC · Soft 使用了清屏。

简茸行走江湖多年，从来没用过这两个功能，操作稍显迟缓。

他惊魂未定，切回游戏，眼神乱瞟。

路柏沅怎么会突然进自己的直播间？他看见那些奇怪的弹幕没？

路柏沅像听见了他的心声，解释道：“小白说账号满级的图标好看，我来你这儿挂一会儿。”

星空 TV 有观众等级，观看直播的时间越长等级越高，满级图标是一颗紫色的小星星，确实好看。

可是——路柏沅的账号后面的图标实在是太多了，就算刷满级，这颗小星星也会被其他图标挤到最后那串省略号中。

这话被小白听到了，他立刻转过身，热情地发出邀请：“哥，不然你来我直播间挂吧？我给你好茶好水伺候着。”

开玩笑，他哥的直播间账号待在哪个直播间，关注他的粉丝都会收到提示。这哪是挂机啊，分明是挂了一块最大的广告牌。

路柏沅随手禁了一个英雄："Pine不是每天都挂在你的直播间？"

"他的粉丝早就被我吸干了。"小白说完，看到自己身边的Pine开了直播软件，"P宝，你干吗？要开直播吗……哎，你取关我的直播间干什么？"

Pine说："闭嘴，现在我不想和你说话。"

小白口不择言道："我开玩笑的！我这不是想骗哥来我直播间挂机，我再去你直播间挂机，那我俩不就分摊我哥的粉丝了吗？你先把关注点回来，快点。"

路柏沅扯了下嘴角，看着迟迟没反应的五楼，提醒："禁英雄。"

"哦。"简茸回过神，习惯性地空ban（不禁用任何英雄），"我玩什么AD？"

"都行。"路柏沅修改符文，"随便玩。"

"你和我双排的时候怎么从来不问这种话？"小白在Pine那儿碰了壁，灰溜溜地转头找简茸唠嗑。

简茸一脸疑惑："我问你一个辅助干什么？"

小白点头："好。直播间的粉丝们都听见了，他看不起玩辅助的，他搞职业歧视。"

直播间中全屏禁言的时间是可以调整的，简茸没去后台设置，所以系统默认禁言两分钟。

于是两分钟后，水友们又活了。

"他不只看不起辅助，还看不起AD，他说这两个位置在他眼里就是行走的提款机。"

"以前是谁说开全体禁言就是认尿了的？改名吧，别叫简茸了，叫简尿。"

"Road一进直播间他就开全体禁言？心虚了？"

"Soft的粉丝别扯Road好吗？瞎蹭热度。"

……

“你们烦不烦，能不能别瞎脑补？”简茸使劲薅了下头发，见弹幕越说越热闹，他心虚地看了直播间贵宾席上的路柏沅一眼，声音低了几度，“本来是要练补兵的，队友来了就双排训练，有问题？”

“嗯嗯，TTC 中野双排包下路，一个玩辅助一个玩 AD，确实是为了训练哈，你们都别乱说。”

“Road 会看弹幕吗？能不能看看 Soft 那颗苦苦崇拜的心。”

简茸没忍住，飞快地转头偷看一眼路柏沅的屏幕。

很好，路柏沅只开了 LOL 的游戏界面。

简茸松一口气，想想也是，路柏沅连自己直播间的弹幕都不常看。

他下最后通牒：“你们再叽叽歪歪这些有的没的，我就下直播了。”

“你威胁我？”

“我第一次看到用下直播威胁观众的主播，长见识了。”

“他急了！”

“兄弟们别刷了，他是会下直播的。”

确定路柏沅不看弹幕之后，简茸才有心思去看这局游戏的阵容。

路柏沅说混就混，拿了软辅风女。

简茸正在思考自己玩什么英雄，队友突然说话了。

球球你了 QAQ：“Soft 要不要中单？我可以让。”

看我操作就行了：“不换，你玩吧。”

球球没再说话，选了球女，倒是和她的 ID 般配。

简茸犹豫半天，拿了烬。

第五章 中野双排

Take the Crown

直到读条结束进入游戏，简茸才发现对面的打野是XIU，下路还是MFG战队的下路双人组。

[所有人]PUD · XIU：“你什么时候还打起辅助了？带小朋友玩下路？”

路柏沅懒懒打字。

[所有人]TTC · Road：“他带我。”

[所有人]PUD · XIU：“……”

或许是因为Road五年多的职业生涯里从来没让谁带着躺赢过，这三个字落在其他人眼里异常亲昵。

简茸反复把这句话看了几遍，坦诚道：“我的AD一般，最多钻石水平。”

“没事。”路柏沅的风女一直跟在简茸身后，“我的辅助也一般。”

简茸很少示弱，他说自己玩得一般就是一般。AD这个位置这两年被削得太惨，还得和辅助配合，不好carry，他以前直播的时候都不爱打AD位。

而路柏沅的“一般”显然和他不太一样。

路柏沅拿着一个软辅，打出了中单的气势。

对面玩的是硬控英雄日女，被路柏沅用W技能（让敌方减速并造成伤害）消耗了几次之后，五级时终于忍不住闪现上来想晕路柏沅，谁想路柏沅脚下积蓄几秒的风缓缓刮出——日女刚闪到一半，就被路柏沅吹了起来。

这意识，别说是弹幕了，就连MFG的辅助都回到塔下，在全屏消息里发了个“牛”。

回了城之后，路柏沅说：“后面你小心打，XIU 要来抓人了。”

简茸说“好”。

果然，XIU 的梦魇六级之后第一时间往下走。

XIU 开大招冲出来的那一刻，塔下只有简茸，路柏沅还在后面，与他隔了一段距离。

简茸丢出的禁锢技能被 XIU 用法术护盾成功抵挡，他咬咬牙：“别来，他们中单也过来了。”

路柏沅没应，只见他原地蓄了一阵风，一个闪现冲到简茸身边，W 挂减速，开大招把敌人吹开。

XIU 立即闪现想强行杀掉简茸，却见路柏沅几秒前蓄好的风徐徐吹来，同时吹起了 XIU 和他们家的辅助。

简茸趁机跟上伤害，XIU 不仅没杀掉人，还差点被带走，最后带着残血狼狈地钻进野区。

“这风女也太恐怖了！”

“我把我老婆绑在电脑前，让她多看看多学学。”

“还好路神玩的是辅助，如果是打野，XIU 已经没了吧？ XIU 这赛季越来越菜了，他什么时候能退役？”

“这波不是 XIU 的问题，OK ？是 MFG 的下路没配合好，日女没晕到人也不扛塔，纯粹梦游。”

XIU 这波吃了亏，于是频频来下路，身后还经常跟着中单。

路柏沅又一次操作拉满，牺牲自己硬生生保下简茸之后，XIU 忍不住又打字。

[所有人]PUD · XIU：你这风能不能别总刮我？刮刮别人行不行？你这是报私仇呢？

[所有人]TTC · Road：你抓我 AD 这么多次，我说你什么了？

简茸这局被抓得难受，脸黑了一整局。

他看到这句话，盯着灰色屏幕发了几秒的呆，然后左手屈起支在电脑桌上，手掌很轻地盖在嘴巴处，默默逛起了商店。

“你以为捂着嘴，我就看不到你笑了？”

“小菜鸟，1/4/4 的战绩还有脸笑？丢不丢人？”

“有什么丢人的。”简茸理直气壮地道，“我的 AD 如果能在 PUD 打野强抓的情况下打爆 MFG 的下路，那 MFG 的下路还玩不玩了？”

这局游戏三十五分钟结束，下路被对面死抓，其他两路也没占什么优势，简茸理所当然输了。

“继续。”路柏沅看了眼正在匹配队列中的 XIU，把自己的预选位置换回打野，说，“我带你把分拿回来。”

可惜第二局他们没再遇到 XIU，不过那个“球球你了 QAQ”又跟他们排到了一起，她这次拿到的是 AD 位。

这局简茸和路柏沅玩的中野，上局被抓得太憋屈，这局简茸打得特别专心，加上路柏沅频频来中路，不到十五分钟，敌方中单就被抓爆了。

简茸跟着路柏沅一块儿拿下小龙，下路正好打了起来，简茸操控着乐芙兰往下走，漂亮拿下双杀，并救下了残血的球球。

球球你了 QAQ：“谢谢。”

简茸随手回复。

看我操作就行了：“顺便。”

这局赢得轻松，不过二十四分钟，对面就点了投降。

简茸刚回到战绩界面，就收到了新的好友消息。

球球你了 QAQ：“Soft，加个微信吧。”

简茸刚打出“不了”，对面又发消息过来。

球球你了 QAQ：“毕竟过阵子要合作，可以互相交流讨论一下。”

看我操作就行了：“什么合作？到时候再说吧，我在直播，不方便。”

“一个微信而已，你加不就完事了，哪这么多话！”

“这可是球球，你知道球球是谁吗？你在拒绝之前，我求你上网查一下她的照片行吗？”

“这是个男的都不会拒绝吧？”

简茸没理他们，反正路柏沅只是挂着，看不到这些，随便他们怎么说。

简茸关掉和球球的聊天界面后，再次进入匹配队列。

排队比较久，路柏沅靠在椅上，拿起手机回 XIU 的消息。

PUD · XIU：“世界第一风女，什么时候有空来给我打把辅助？”

R：“你晚上做梦的时候。”

PUD · XIU：“得。”

PUD · XIU：“我们中单又开小号在看你们中单的直播了，他学了点直播的东西，甚至知道刷礼物就能拿到某些主播的微信。要不是我拦着，这会儿你们中单应该在感谢礼物了。”

“队长？”耳机里，简茸试探地叫了一声，“还打吗？”

游戏虽然排进去了，但因为路柏沅没点“准备”，他们又回到了房间。

“打。”路柏沅放下手机，“刚才我在想事情。”

重新进入排位队列后，简茸习惯性地抬眼看弹幕。

一条极其无聊的弹幕滑过——你在想什么？

简茸忽略掉它，想找一条弹幕来对骂。

“我在想。”路柏沅是真困，他一早起来去了趟医院，根本没睡几个小时，所以嗓音一直带着股懒懒的调子，“怎么这么多人想加我们中单的微信。”

简茸脑袋蒙了，只知道机械地禁英雄，选英雄，换符文。

还好这流程都快成肌肉记忆了，不然他可能会做出禁乐芙兰拿提莫带清晰术这类的神级操作。

路柏沅还在和简茸直播间的网友聊天。

“为什么不开直播？麻烦。而且 Soft 在播了，我播不播都一样。”

“是是是。”

“Soft 怎么回事，只有手在动，连眼珠子都不转了……僵住了？灵魂出窍？”

“不，我更想看你单独开播！是不是战队经理要求你给 Soft 带人气？消费老队员？”

“什么时候能看到 Road 和唐沁双排？”

“没人要求，我自己找他排的，他很忙，想找他带上分很难……唐沁？不会一起排。不是嫌弃，是……”路柏沅选出英雄，“没什么必要。”

和队友排是一起训练，和其他战队的选手排是试探实力，和女主持……确实没必要。

“行了，这是 Soft 的直播间，我就不互动了。”路柏沅缩小直播间，看了眼其他三位队友的胜率，没撞车选手，不过胜率和使用场数都不低。他操控着英雄往前走，说：“你跟着我过去打入侵。”

简茸点头跟上，过了半晌才想起他们背对背坐着，路柏沅看不到他点头：“来了。”

弹幕一直在刷一些有的没的，看得简茸心烦意乱，他趁回城的时候切出去，一边说“你们太烦了”一边把视频关了。

一场二十三分钟的游戏，简茸喝了一整杯凉水。

游戏刚结束，手机几乎是掐着点响起，简茸低头看了一眼，然后取消了游戏排队。

路柏沅道：“怎么了？”

简茸闭了直播间的麦才说：“丁哥说你手累，让你休息一会儿。”

丁哥的消息从刚才响到现在，路柏沅已读不回。

路柏沅一直觉得，“为了避免手伤而减少训练”是一个悖论。

身为一个职业选手，他唯一的目标就是赢。想赢就要靠练，练得越熟练就越强，不训练还想拿好成绩，那简直是异想天开。

更何况，老一辈的职业选手哪个没有伤病，XIU 和大牛的伤病程度不在他之下，别人休息了吗？不照样是一天练十几个小时？

路柏沅没觉得自己的手比谁金贵，练久了是会痛，睡一觉就好了，他心里有数，他可以忍耐。

路柏沅“嗯”了一声：“再打两把。”

简茸没开游戏。

简茸的 LOL 头像是最原始的那一批，船长一脸惊讶的表情，有些跟不上年代，又有些奇怪的呆萌。

路柏沅盯着那个头像看了几秒，心情又好了，问：“你听他的还是听我的？”

“你。”简茸想也没想。

片刻后，他想到路泊沅的手，又说：“可我累了，想休息一会儿。”

路柏沅听后笑了。

每天练得最多的人，才上机不到三小时就说自己累了……

“我逗你的。”路柏沅点下关闭键，退出组队房间，“你打吧。”

路柏沅关掉游戏，摘了耳机，披着队服大衣出去了。

“你别看了，人走了。”

小白的声音把简茸叫回神，他别过头，表情不快。

“我就是念念你的弹幕。”小白立刻收回视线。

简茸没说什么，他切回直播间，强调：“我不是脸红，基地暖气开高了有点热——不信算了，我求你们信了？”

身边的小白忍不住低头看了一眼自己的外套。

这几天气温都保持在十七度左右，他们基地不早就关暖气了？

“行了，你别说了，当你拒绝球球加微信的请求时，你的想法就很明显了。”

简茸：“我只是不想加陌生人，别乱扯……你们别管我跟谁玩游戏，反正又不带你们。”

“你对我就这个态度？”

“OK，取关一天。”

“大家知道你崇拜 Road，你别再强调了。”

“下直播了——我心虚个屁，训练赛马上开始了，没空直播，关了。”

待简茸关了直播，小白才问：“咱们不是六点才打训练赛吗？”

简茸道：“嗯。”

小白说：“现在才三点半。”

简茸转头看他，说：“所以？”

小白很想说你这凶巴巴的表情真的很像恼羞成怒，又怕自己挨揍，于是微笑道：“所以咱们中辅打会儿排位，搭建一下友谊的桥梁？”

“不打，你和 Pine 去搭桥吧。”简茸打开训练营，“今天练补兵。”

几天后，又到了比赛的日子。

今天路柏沅恢复首发，他坐在丁哥旁边，在跟对方商量一会儿的 Ban&Pick。

或许是上次的事给其他人带来了阴影，刚到比赛场馆，袁谦和小白两人就扒在窗户上看后门的情况。

小白道：“报——有个矮矮瘦瘦、戴绿帽子的人鬼鬼祟祟站在人群的最后头！”

丁哥道：“那是保安，衣服被人群挡住了而已。”

袁谦四处环视，说：“那个高高壮壮的看起来也不像什么好人。”

丁哥无奈道：“那是粉丝，你没看见他举着 Pine 的应援牌吗？”

车子停稳，简茸单肩背着包下车，低头往场馆里走。

他才走了一步，就觉得身边站了一个人。

赛方这次给他们拉了隔离带，车子停在入口旁边，左边是场馆墙体，右边才是粉丝。

路柏沅低头走在他身侧，无言地把他和人群隔开了。

今天的比赛一共打了三场。第一局赢得轻松，第二局袁谦被无脑针对，敌方中野辅天天去上路打麻将，小白玩的软辅不好游走帮忙，导致上路崩盘，袁谦拿的肉坦（肉盾角色，生命值高，防御力强）到了后期非常脆弱，一开团就送命，输掉了比赛。

第三局简茸一手乐芙兰血C，TTC再一次拿下常规赛胜利。

“六连胜了！”回到基地后，丁哥笑眯眯地说，“继续保持，争取全胜晋级季后赛！”

“我第二局没打好，不然早就结束了。”袁谦叹气道，“我的锅。”

路柏沅坐在沙发上说：“别急，以后输了再分锅。”

“呸呸呸，你别说这种不吉利的话。”丁哥把切好的水果放桌上。

刚吃完饭，简茸低头用iPad刷微博，随手点开一张动图。

前几秒就是一张风景图，简茸皱眉等了两秒，耐心殆尽，刚要伸手关掉，就见动图忽地一变，变成了一张画。

简茸定睛一看，瞬间愣住。

画中，他双手高举路柏沅的应援板子，真就一副Road脑残粉的模样。

当路柏沅手伸过来时，简茸下意识把iPad往自己身上捂。

路柏沅：“……”

路柏沅扫一眼他的iPad，说：“你吃不吃草莓？”

简茸僵硬地点头。

路柏沅捏着草莓顶上的小绿叶举了举。

简茸的脑子空白了几秒钟，当他回过神时，已经凑上前咬了一口草莓。

路柏沅停顿了半秒，然后说：“吃完。”

“投食呢？”丁哥最先收回视线，“对了，简茸，战队给你接了一个代言，就是之前跟你说过的那个机械键盘，我今晚发合同给你，条款法务那边核对很多天了，你放心，过段时间你可能得去拍点广告和宣传照。”

“牛。”小白咬了一口草莓，“你刚进队几个月，常规赛都没打完呢，就接单人代言了。”

袁谦道：“我打了三年才接到单人代言的……不说了，你拿到代言费，得请我们吃一顿吧？”

“请。”简茸像抱键盘似的抱着iPad，犹豫几秒后道，“产品卖不好，我不用负责吧？”

丁哥听后笑了：“不用，而且你别担心，这个厂家一直和我们合作的，这次只是让你去代言一个新系列，这系列的耳机是小路代言的。而且这次代言不止你一个人，还有个女明星……”

小白立刻想到什么：“球球？”

丁哥点头道：“对，产品是情侣款，简茸代言蓝白那款，她是粉白的。”

简茸还没来得及说什么，小白就抓住了他的肩膀：“简茸，帮我拿球球的微信！”

简茸咽下草莓：“你喜欢她？”

“啊。”小白顿了一下，“还好，我就是想加美女微信。”

简茸懒得理他了。

“说起来球球好像还挺喜欢小茸的。”丁哥忽然道，“听说她本来还在犹豫接不接这广告，知道那边邀请的是Soft，第二天就答应了。”

袁谦乐了：“真的假的？”

“听说，听说。”丁哥说，“你们怎么都一副吃惊的样子？小茸好歹是电竞圈新晋小男神好吧，有粉丝很正常。”

简茸对当男神没兴趣，接这些能赚钱他就去。

吃饱喝足后，五人准备上楼打训练赛。今晚他们要和二队打一场，算是帮二队训练了。

简茸刚从沙发上起来，衣服被人拽了一下。

路柏沅垂眼看着他怀里的东西：“你要抱着这个去训练？”

“我拿去房间放着。”简茸说，“你们先开游戏房间，我马上来。”

路柏沅看着他，像有什么话想说，片刻后，他还是松开手：“嗯，你快点。”

TTC 二队在这次 LDL 春季赛中发挥得不太理想，二队的教练找丁哥商量了许多次，丁哥在征求一队队员的同意后，才给他们安排了这场训练赛。

二队队员进来之后，集体在对话框里跟他们打招呼，叫谁都喊哥。

TTC-K 小鸭：“茸哥晚上好。”

这称呼把其他人全看笑了。

TTC · Qian：“别这么叫，小茸可能还没你们大呢。”

TTC-K 小鸭：“那该叫什么？”

TTC · Bye：“叫电竞男神。”

简茸无视掉耳机里小白震耳的笑声，面无表情地打字。

看我操作就行了：“叫 Soft 就行。”

TTC-K 小鸭：“好的！”

进入游戏后，小白习惯性查看战绩，说出了他一直想说的问题：“简茸，你看看你的游戏 ID。”

简茸的心思在房间的那个 iPad 里：“我的 ID 怎么了？”

小白说：“和我们一点儿都不配。”

简茸的比赛账号叫 TTC · Soft，但他自己的 LOL 账号一直没改名，包括他那几个小号和 H 服号。

简茸本想说“为什么要配”，但他看到自己和路柏沅的 ID 挨在一块，又觉得的确突兀。

一个ID而已，改名卡就几十块钱，简茸倒也不至于这么省，于是他问：“那我要改吗？”

路柏沅说：“不用。”

简茸闻言，余光下意识往身边瞥了一眼，他不好明目张胆，只看到路柏沅握着鼠标的手。

五指屈着，一副很放松的状态。

路柏沅又说：“不强制改名，按你自己喜欢的来。”

“队里是没这个规定。”丁哥站在他们身后说，“之前是小路新号取了这个名字，他们几个看到了也就跟着改了。”

简茸一愣：“新号？”

“嗯，当时……”丁哥欲言又止，最后道，“总之就是开了一个新号。”

“我用旧号跟人打封号战，输了就不用那号了。”路柏沅轻描淡写，“后来我一直玩朋友的号，英雄多。我进了战队后才创的这个号，懒得想名字，就用了战队ID。”

简茸一怔，差点漏炮车。

他居然不知道该惊讶哪一件事——

路柏沅会和别人打封号战？还输了？

不只简茸，连其他人都惊住了。

“还有这事……”袁谦愣了一下，关注点和简茸差不多，“你居然输了？”

“输游戏不是很正常吗？”路柏沅轻松地抓死二队打野，像想起什么，挑了下嘴角，“我还好，那号没皮肤。XIU的号全皮肤全英雄，是那几家网吧里最牛的号，说没就没了。”

小白“哟”了一声：“XIU也在？还是五对五封号战？这么刺激？”

连Pine都开口问：“为什么打封号战？”

路柏沅沉默两秒后说：“我忘了。”

多少年前的事了，路柏沅早不记得原因了，他只记得那时头脑冲动，张口就应了下来，最后封号的时候跟葬妻似的，五个男生出了网吧就去街角蹲着抽烟，烟还是 XIU 请的。

那时候路柏沅和他爸较劲，身上分文没有。

袁谦想到什么，笑了一下："我想了想，以前的你确实做得出这种事。"

简茸听得出神，好奇心都快飞上天了。

这种好奇一旦冒了个头就收不住，简茸满脑子在想——以前的路柏沅是什么样的？

没打职业，没站上赛场的路柏沅又是什么样的？

打封号战还输了，这种事太幼稚也不光彩，丁哥忍不住出声打断："行了，好好打游戏，尊重一下二队队员好吗？"

"哪里不尊重了？"小白立刻说，"我在好好打呢，P 宝来吃我一口治疗。"

Pine 说："不吃，回城了。"

训练赛打了三场，全胜。

路柏沅刚关掉游戏客户端，手机就响了，他看了眼来电显示，起身接了电话："喂。"

"兄弟。"电话那头杂声阵阵，XIU 的声音融在风里，"有空没？出来聊一聊？哦，你刚打完比赛吧？那算了。"

路柏沅听出他语气不对，犹豫两秒，看了眼时间。

"你把定位发来。"

还是之前那家烧烤摊。

XIU 没点什么烧烤，倒是点了几瓶啤酒，路柏沅到的时候已经空了一瓶。

"你来了，也太慢了。"身边的椅子被拉开，XIU 头也没抬，只是拿起一瓶开了没喝过的酒说，"喝点？"

"我跟丁哥磨了一会儿。"路柏沅拒绝了，"不喝。明天你不是有比赛吗？”

XIU 闷了一口酒，说：“没事，不喝醉就行。”

路柏沅安静地坐着，心中了然，直截了当地问：“新打野的事，他们跟你说了？”

“嗯。”XIU 吸了一口烟，“你跟我说后没几天，经理就找我谈了。”

路柏沅抬眼：“怎么谈的？”

XIU 咬牙：“还能怎么谈，说签了一个新打野，接下来就看我春季赛的表现。我打得好，夏季赛他给我替补，打得不好……我给他替补。”

XIU 说到这儿就气不打一处来，偏偏他还得压着声音：“讲道理，我上个夏季赛表现得不差吧？春季赛到现在一场没输，虽然 MVP 拿得不多，但我野区没炸过。我的手是伤了，可从来没休息，也没落过一场训练赛……然后呢？就因为‘年轻’这个狗屁理由，我就得给别人让位？这是什么道理？”

是很没道理，但职业赛场就是这样。

XIU 是表现得不差，可他手伤严重，说不准哪一场就上不了了。一个成熟的俱乐部就是要做到面面俱到，杜绝任何意外发生。

这事路柏沅明白，XIU 肯定也明白。

但明白不代表可以坦然接受，XIU 想了两天，还是觉得憋屈不甘。

“他们已经签了合同，那人今天搬进基地了。”XIU 恹恹道，“我就想知道你是怎么克服过来的，你比我强多了，但你还是让青训那小子给你替补，还让他上了几场半决赛，换作是我，心态都炸得没了。”

路柏沅垂着眼捻了捻手指，没应答。

良久，当 XIU 以为等不到下文时，路柏沅才道：“没克服。”

“所以我还在打。”路柏沅嗓音低沉，“替补的事，管理层是越过丁哥找我商量的，我也点了头，但我事先说明白了……我不会让位子。找来的人要么强过我，要么就一直待在替补席上，他们答应了。”

“不然你以为他们为什么让我在青训生里挑替补？他们招不到其他人。”

“没哪个正式选手敢来。”

路柏沅嗤笑道：“没人觉得能打过我，又不想熬到我退役。”

XIU怔怔地望着他，过了许久，XIU低下头笑出了声，他笑了一会儿，突然问：“你还记得阿阳吗？以前跟我们一起打封号战的那个中单。”

路柏沅扬扬眉，表示自己没忘。

“他前阵子还找我聊天，感慨岁月不饶人，说当初那个在网吧一天要跟人solo十次八次的人，现在都成顶级战队的队长了，还夸你低调沉稳……狗屁，还是那德行。”XIU笑着说，“最逗的是，他跟我聊完的第二天，你踹人的新闻就占满了我的微博。”

路柏沅笑着别过头，懒得理他。

提起这茬，XIU才想起来问：“对了，你是不是得吃处分？毕竟联盟那群人最讲规矩。”

路柏沅“嗯”了一声：“罚款。”

“还行，至少没禁赛。”XIU又问，“你那小中单也得罚吧？”

“跟我一样。”路柏沅说这话的时候挑了一下嘴角。

XIU盯着他看了一会儿，紧绷的肩膀微微放松下来：“其实有些杠精说得也没错，那人都被保安抓住了，扑不上来，你非要去补那一脚做什么……不怕被禁赛？”

哪个选手都不想被禁赛，路柏沅同样是。

每天在训练室熬十几个小时，谁不是为了一个上场机会？

“怕。”路柏沅淡淡道，“我没想那么多。”

XIU点头，调侃地问：“赛后采访暗暗帮Soft说话，给他充钱抽皮肤，帮他揍人挨了五年职业生涯里第一个处分……现在的队长都要这么对待自己队伍的新人才算合格吗？”

路柏沅沉默几秒，自己听着也笑了：“谁知道呢。”

“别人知不知道不要紧，关键是 Soft 知不知道你器重他。”XIU 边说边给路柏沅递烟，“来一支，被发现了我替你交罚款。”

罚不罚款倒无所谓，但聊到这里，路柏沅确实想来一支烟。

XIU 给他点上火，LPL 目前最有声望的两位老牌打野坐在烧烤摊前一起抽起了烟。

他吐出一口烟雾：“Soft 什么态度？哦，我问的屁话，他最听你的话，这事连我们战队的做菜阿姨都知道。”

路柏沅咬着烟蒂，平时沉着冷静的人此刻沾染上几分痞气，许久才说：“我觉得他对我的滤镜太厚了。”

XIU 嗤笑道：“废话。LPL 里哪个小朋友看你没滤镜？现在我去发份问卷，问他们最喜欢哪个职业选手，有几个会不选你？”

再聊下去一支烟就打不住了，路柏沅拧灭烟：“行了，继续说你被后浪拍死在沙滩上的事。”

XIU 愣怔一秒，来这之前的烦闷情绪一扫而光：“谁会被拍死？”

路柏沅回到基地时已经接近两点。

二楼训练室的灯还亮着，打完比赛的当晚大家都不会练太晚，训练室里只可能是他们战队的新中单在。

但新中单此刻并没在训练。

简茸正戴着耳机，趁着游戏排队的空当在看一个剪辑视频。

视频是水友剪的，其中有各种 TTC 战队早期比赛的小片段，配着激昂热血的 BGM（背景音乐），画面上还时不时冒出几张可爱小图片。

简茸轻轻咬着左手拇指，像看比赛录像那么认真，耳机音量开得很大，直到一股淡淡的烟草味钻进鼻腔，他才觉得哪里不太对。

他缓缓转过头。

路柏沅的视线还停留在他的电脑屏幕上,大约过了两秒才垂下眼看他。

简茸:“……”

简茸迅速关掉视频软件，他刚刚用完未关的网页显示出来。

搜索框上写着大大的一行字——LPL 选手 Road 早年经历。

旁边还开着无数个小窗口，网页简介分别是“Road 初期照片”“Road 早期采访视频”以及“细数 Road 这些年的绯闻对象”。

简茸:“……”

简茸烧红了脸，面无表情地关掉网页，心想只要他不尴尬，尴尬的人就是路柏沅。

直到路柏沅的嗓音飘下来:“我的绯闻对象有谁?”

……

简茸抿唇，松开，再抿唇，然后自暴自弃地说:“我只记得唐沁，其他几个名字忘了。”

路柏沅“嗯”了一声:“假的，我没和谁在一起过。”

“哦。”简茸把脑袋转回去，皱着眉，缓慢又使劲地揉自己的脸，不知道该怎么解释自己大半夜不训练，在这儿查队长隐私的事。

他头一回干这种事，还被抓个正着。

路柏沅垂眸看着他，道:“以后你想知道什么，可以直接来问我，不用浪费时间查。”

简茸一时间分不清路柏沅是在生气，还是认真地在说。

但他很快就知道了。路柏沅的手心落下来，轻轻拍了拍他的头发。

“不过我事先告诉你，”路柏沅停顿一瞬，才道，“我没你想象中那么好。”

其实今晚简茸没搜到什么。

路柏沅成名太快，加入战队第一年就是 LSPL 冠军，第二年拿下 S 赛冠军，当属全赛区传奇第一人。那时候青训体系不发达，路柏沅是以 H 服路人王的身份被 TTC 老板挖到战队来的。

小白、袁谦都有青训时期打线下比赛时的照片甚至录像，路柏沅没有这些。

但简茸也不是全无收获，他翻到了好几年前某个贴吧的帖子，楼主的话简茸反复看了好几遍才懂——

“在网吧遇见 Road 了，就是 H 服那个很厉害的 Road，好帅，偷拍一个背影！”

前年这帖子被楼主挖出来——后知后觉这人就是现在的 Road 啊！

照片像素太低，一眼看去仿佛打了马赛克，也确实只有一个背影，看背景像是一家黑网吧。

路柏沅戴着耳机，可能是嫌脏，还在中间夹了纸，电脑里放着早年的 LPL 比赛。

简茸还找到一张 LSPL 总决赛时 TTC 众人举奖杯的照片。

照片中小白起码比现在瘦十斤，清秀傻气；袁谦的身材十年如一日，高高壮壮，脸上还有青春痘；Pine 那会儿还没入队，所以没在照片里。

路柏沅站在他们中间，刘海长得有些扎眼，神色冷淡，跟旁边笑开花的四人格格不入。

这张照片和简茸记忆中有一些出入，毕竟过了那么多年，简茸当时也才十三岁不到，能记得清才怪了。

放到现在看，路柏沅的发型是有些年代感的，但简茸还是觉得很帅。

虽然这两张照片都不清楚，但简茸还是存了图。

路柏沅离开训练室之前看了一眼简茸身上的短袖，又看了眼开着的窗缝。

简茸已经排进了游戏，正在 Ban&Pick 界面。路柏沅脱下外套，放到他腿上，说：“你打完这局游戏去睡觉。”

简茸下意识抱住衣服，低声说了句“好”。

路柏沅走后几分钟，简茸还保持着抱着衣服的姿势。直到进入游戏，他才拿起外套披在自己肩上。

其实他也不冷，反而有点燥，但他就是想披着外套。

片刻后，简茸披着大衣起身，又把窗户开大了一点儿。

简茸打完这局游戏就回房了，但也没那么快睡。他洗完澡躺上床，忍不住拿出手机，看了几眼放大的照片。

他又想起路柏沅那句“我没你想象中那么好”。

可是简茸盯着天花板想了半天，直到睡着，他都想不出路柏沅哪里不好。

翌日，简茸醒得特别早——九点，这个时间点，TTC 基地就像一座空屋，除了偶尔两声门板都挡不住的呼噜声外，不可能有其他任何声响。

简茸睡不下去，决定起来打排位。

他洗漱干净，看了一眼挂在椅子上的外套。

反正基地早上没什么人，他穿着打一上午，到中午再脱下来，应该也没事。

毕竟大清早，机位那儿还是有点儿冷的。

简茸说服了自己，拿着两包小面包和罐装咖啡充作早餐，披着外套走到训练室门口，看清里面的情况后怔在原地——

只见训练室里坐满了人，除了路柏沅，其他人都在，而且全部在打游戏。

有那么一瞬间，简茸觉得自己手机里的时钟可能坏了。

“小茸，”袁谦最先瞧见他，睡眼惺忪地跟他打招呼，“你醒啦？”

训练室的门半掩着，简茸回过神，推门进去：“嗯，你们怎么这么早？”

“还能怎么……”袁谦叹气，“月底了，赶直播时长啊。”

除了路柏沅，其他队员每人每月都有规定直播时长，达不到就要扣钱。

简茸的时长早八百年就播完了，根本没有这种顾虑。

袁谦这个月一直在偷偷用小号练英雄，所以开直播的时间比较少，到月末了还差七个小时。

简茸把早餐放到电脑桌上，问旁边的人：“你也差直播时长？”

“怎么可能！我一个月能播八百个小时！”小白用手背捂着嘴，打了个大大的哈欠，“这不是陪 P 宝补时长吗，他太懒了，这都三十号了，居然还差十六个小时……明天还得继续播。”

Pine 皱眉：“我没让你早起陪我。”

“我起都起了，这时候你只能说‘谢谢我的小辅助’，不然就闭嘴。”小白趁回城的空当扭头望了简茸一眼，“你怎么也起这么早，你又不用补时常……”

小白说到一半顿住了，仍旧看着他。

简茸没察觉他的视线，坐下开机吃面包，含糊不清地说：“训练。”

小白嫌耳机戴久了难受，暂时扯下来挂在脖子上，问道：“你怎么又穿我哥的外套？”

简茸嘴里还含着面包，脸颊鼓起一块，扫了一眼他的电脑屏幕：“你死了。”

小白一脸震惊：“我就问一句，你又骂我？”

简茸无语：“我是说，你游戏的角色死了。”

小白一怔，回头看见自己的屏幕出现受伤特效，嘴上狂嚷：“啊啊啊，空空这浑蛋阴我！”

简茸这才发现在野区逮到小白的是空空，不仅如此，小白点开战绩表——这局十位玩家，七位是职业选手。

弹幕在问——

“我是纯路人，问一下这是春季赛常规赛现场直播吗？”

小白悠悠道：“你以为只有我们战队的人要补时长？月末了，谁都别想好过。”

简茸：“……”

吃完早餐，简茸登录游戏准备进入单排队列，训练室的门开了。

丁哥知道这两天他们队员都会起得早，拎着两个塑料袋走进来：“你们都吃早餐了吗？我带了点油条豆浆，你们……”

说着说着，他脚步一顿，鼻子夸张地嗅了几下，然后难以置信地缓缓转过头，用一种恨铁不成钢的眼神看向他们的新中单。

路柏沅醒来时，手机上有许多条信息，都是XIU发来的，这厮昨晚也不知道是不是喝酒喝上了头，回基地后发了无数豪言壮语过来——

PUD · XIU：“我想通了，我一定要把这个后浪堵死在海里。”

PUD · XIU：“今晚我就练个通宵。”

PUD · XIU：“算了，送了两把分，睡了。”

PUD · XIU：“抱歉，兄弟，这次春季赛冠军已被我内定。”

路柏沅不禁怀疑，昨晚自己没到烧烤摊之前，这人到底喝了多少。

R：“你的想法不错，但冠军跟你没关系。”

路柏沅发完这句，把手机丢进兜里。

路柏沅下楼的时候，看见两人站在训练室门外，丁哥正拎着简茸的手在闻衣袖。

简茸没反抗，他背对着楼梯，另一只手揣兜，背影看着不怎么精神。

“你自己坦白，”丁哥松开他的手，“是不是抽烟了？”

路柏沅下楼的脚步微顿，很轻地“啧”了一声。

一个晚上过去了，狗鼻子都没丁哥的灵。

训练室的门开着一条缝，小白被敌人击杀后的哀号声太大，简茸没听见身后的动静。

“嗯。”他说。

丁哥余光瞥见进来的人，没顾上打招呼。他一只手叉腰，有些想不通：“好端端的，你怎么抽起这玩意儿了？你不是不会抽烟吗？”

简茸睁眼说瞎话：“我压力大。”

“你有什么压力？”丁哥皱眉，“不缺钱，没输比赛，直播间那群水友也骂不过你。”

“我，”简茸停顿两秒，“我差点被人砍，就想抽两支烟压压惊。”

丁哥：“……”

“抽烟要罚款是吗？”简茸从兜里拿出手机，“你支付宝多少？”

丁哥有时候真的怀疑，简茸真是为了钱才来打职业赛的吗？

为什么每次罚款这家伙眼睛都不眨，打钱比谁都干脆，看起来甚至巴不得他这儿搞个冲十万抵十三万的充值活动。

规定是规定，第一次抽烟也得罚，而且他是真不希望简茸学这玩意儿，伤肺，就当是给个教训也好。

“转我微信，”丁哥说，“充公了，用来请大家吃夜宵，他们以前的罚款也都这么处理的，你不介意吧？”

简茸摇头。

他刚打开微信，手机就被人抽走了。

“你罚他罚上瘾了？”路柏沅按下简茸手机的锁屏键。

简茸一怔，还保持着拿手机的姿势。

丁哥也愣了一下：“你以为我想罚？我还想贴钱给他让他安分一点儿呢。”

路柏沅道：“那也不是罚他。”

丁哥眨眼：“什么意思？”

路柏沅抬手捻住简茸的外套衣领，动作时指背擦过简茸的脖颈，带起一阵轻痒。

简茸外套领子底下有个“R”。

“外套是我的，”路柏沅的嗓音有几分沙哑，解释道，“烟味是我沾上去的。”

丁哥一怔，仔仔细细看了一眼简茸身上的外套，还真是。

“你又抽烟——昨晚跟XIU一块儿抽的是吗？好哇，我一会儿就给PUD的教练发消息。”丁哥说完，纳闷地看向简茸，“既然不是你抽烟，你非领这个锅干什么？说一声不就完了？”

路柏沅发现了，简茸每次紧张或不知所措就喜欢薅前面的头发。

简茸感觉到路柏沅的视线，咬牙沉默了很久，才说出一句：“我钱多。”

丁哥：“？”

简茸说：“我就喜欢交罚款。”

丁哥哑口无言。

片刻后，路柏沅拍拍简茸的背，声音带着几分笑：“我们知道你有钱了……你先进去，我跟丁哥谈一会儿。”

简茸僵硬地推开训练室的门，又忽然想起什么，转身道：“我把外套还你。”

“不用。”路柏沅转头看他一眼，道，“你喜欢就穿着。”

推出举报吸烟者有奖机制后，没人来举报不说，还有包庇甚至顶罪的，这是丁哥万万没想到的。

金钱落袋的声音响起。

路柏沅入行这五年虽然没被联盟处罚过，但在丁哥这儿折的钱可不少。近一年来TTC的夜宵，可以说是被他、袁谦和Pine三人承包的。

“钱转你了。”路柏沅收起手机。

丁哥这才想起，要说谁交罚款最熟练，那还是路柏沅。

其实以前丁哥是不禁烟的，毕竟职业选手中十有八九都抽烟。这行压力太大了，新人不断涌入，观众要求严苛，输一局比赛都会被骂上热搜，尼古丁的味道可以让他们短暂得到放松。

但在去年初，有一位职业选手查出肺癌晚期，原地退役了。

二十三岁就得了肺癌，这消息吓到了无数俱乐部，纷纷在内部要求选手们戒烟。

丁哥一咬牙就出了这个狠心的规定，不过收到的罚款他都是用在选手身上，点外卖、下馆子，甚至偶尔买衣服都是他付钱，其实就等于大家把钱存他这儿了。

“你不都戒得差不多了吗？”丁哥皱眉，“最近怎么又开始了？”

路柏沅收起手机：“我就抽了一支，烧烤摊味道重。”

丁哥略略沉思，XIU 会在大晚上把路柏沅叫过去，八成是心情不好，再联系一下最近 PUD 内部的事……

他微不可闻地叹一口气：“总之，你少抽点。我买了早餐，你进去吃。”

今天，TTC 训练室格外吵。

袁谦喝下一大口水，说：“最近练了什么英雄……当然不能说啊。等着吧，你们后面就知道了，没点关注的水友给我点一下关注，差两百个凑整了。”

Pine：“谢谢礼物。”

“来来来，月末了，兄弟们帮我冲一下榜单，免费礼物到下个月可就清零了！空空刚夺走我十六分，今天我在直播榜单上势必要超过他！”小白凑近看弹幕，“什么？要留给我哥？放心，我哥这个月不会再播，下个月也不一定播，给 Soft？他榜单排名这么高，不需要——”

简茸戴着一边耳机，冷淡地说：“我要。”

小白难以置信道：“你怎么还抢生意呢？”

简茸道：“是你抢我生意，人家都说了是送我的。”

小白委屈地低下头，猛吸一口酸奶。

简茸其实也就开开玩笑，今天他不想开直播，月末开直播的人多，直播流量也没平时好，犯不着凑这个热闹。

他这边刚结束一局单排，盯着战绩看了一会儿，总觉得这两局玩得没什么意思。

他往后瞥了一眼，正好看见路柏沅把豆浆空杯丢进垃圾桶。

简茸对着匹配界面发了半分钟呆后，拿起手机给路柏沅发了一条消息。

艹耳：“队长。”

紧跟着，简茸继续打出三个字：“双排吗？”

“队长，吃完了？我上小号了，我们现在开排？”袁谦扭头问。

“嗯，我现在上。”路柏沅说完，拿起振动的手机看了一眼。

“啊，对，今天我和队长打双排。”袁谦对着弹幕说，“教练说我俩越塔反蹲的配合差点，让我们多练练……没事，只是练配合，不是练套路和战术，直播开着没关系。”

简茸盯着发出去的那两个字，第一次痛恨自己这种一句话拆成两句发的网聊习惯。

R：“嗯。”

简茸：“……”

他支下巴的手缓缓往上，撑住额头。

他叫都叫了，只能硬着头皮回消息。

艹耳：“我去茶水间，你喝速溶咖啡吗？”

简茸问完都觉得不好意思，他冲速溶咖啡要么什么都不放，苦得要命；要么奶和糖放得多，甜死人。

R：“不了。”

简茸还没来得及回消息，两秒后，手机再次振动——

R：“等我和谦哥练完，我们排几把？”

简茸眼睛亮了一下，抿唇板着一张脸，快速回了个“好”。

众人从中午练到傍晚，趁着晚饭时间，一块儿看起了PUD的比赛直播。

今晚 PUD 打战虎，算是春季赛常规赛几大看点之一。

“你们说谁会赢啊？”小白抱着一包薯片，整出了看电影的架势。

Pine 说：“PUD。”

“不一定，战虎挺稳定的，PUD 还在磨合期呢。”袁谦一边吃雪糕一边说，“毕竟队里现在有三个 H 国人。”

“其他两个 H 国人中文很好的，应该就 Savior 差一点儿吧。”小白看向旁边的人，“你俩呢？觉得谁会赢？”

路柏沅想起睡醒收到的短信轰炸，淡声道：“PUD。”

简茸嚼着口香糖，问题都没过脑，跟着道：“PUD。”

小白：“为什么？”

“没为什么。”简茸简单粗暴道，“我随便说的。”

路柏沅挑了下嘴角，跟随镜头看了一眼 XIU 的状态。

XIU 明显比平时要紧张，背脊挺直，跟第一次打比赛似的，不知道的还以为他是哪个角落来的新手。

这场比赛两个战队打满了三局，而且场均四十分钟以上。

四十分钟算是很长的比赛了，战虎擅长打后期，PUD 也不遑多让，两个战队把运营二字发挥得淋漓尽致——前期一起发育，你杀我上单我杀你 AD，你吃我三狼我吃你 F6……每局打的大型团战不超过三次。

而在同样的战术下，PUD 战队选手的个人实力显然更胜一筹。

最后，战虎喜提二连败，PUD 以 2∶1 的战绩拿下了这场比赛。

比赛结束后，小白幽幽地问：“我们下星期打 PUD 是吗？”

“是的。”袁谦顿了一下，“我怎么觉得 PUD 又变强了？”

Pine“嗯”了一声，说：“虽然到三十分钟双方经济差不多，但我总觉得 PUD 是压着战虎打的。”

“废话。”丁哥站在他们身后，“人家刚花一千六百万买的新中单，还能比之前弱？语言不通算什么大事，懂打信号就能上场。”

小白一脸震惊：“一千六百万？”

“具体价格我不清楚，反正给我开的报价是一千六百万，两个赛季，我没答应，给 PUD 的价格估计也差不多，或者更多。”

“真贵。”袁谦忍不住问自家中单，“简茸，你的签约费多少？你就只签了一个赛季是吧？打完春季赛就到期？”

“嗯。”简茸双手插兜，靠在椅背上，几秒后才冷冷地说，“一百四十万。”

大家沉默一瞬，然后不约而同地看向丁哥。

丁哥轻咳一声。

他本来是想出高一点儿的，没想到刚丢出这个数字，简茸想也不想就答应了。

“你们看我做什么？”丁哥道，“虽然价格不高，但这数字很合理了。哪个新人能一入队就上首发，还拿百万薪水的？”

丁哥说的也不是没道理，如果放在几个月前，这价格倒还算正常，毕竟队里其他三人入队的时候月薪都没到两千，Pine 当时的签约费也才八十万一个赛季。

只是简茸入队后表现得太好，让人下意识觉得这个价格配不上他。

镜头切到赛后采访，这场比赛的 MVP 给到了 XIU，XIU 回答几个惯例问题之后，说自己最期待的是和 Road 的野区对抗。

路柏沅没什么兴致再听下去，他站起身，很轻地拍了拍因为自己身价是别人六分之一而不满臭脸的自家中单的头。

“下个赛季你就贵了。”他说，“别看了，来双排。”

……

丁哥办事一向利落，键盘的代言合同早早就拿给简茸签了，周日是休息日，简茸接到了去拍宣传照的通知。

丁哥交代道：“今天我的手头有事，联系了两个助理，他们马上过来陪你一块儿去。”

“不用，我自己去就行。”简茸正在打游戏，头也不回地拒绝。

“拍代言宣传照跟拍战队宣传照不一样，摄影师要求比较多，”丁哥坚持，“而且你是首发队员，我怎么可能让你自己去，都是要配助理的！你等会儿，他们打车过来二十分钟就到了，你打完这局游戏就出发吧。”

简茸想到要和两个陌生人相处一下午，眉头都拧起来：“我说了不用……”

“我陪他去。”

训练室的其他人都是一怔，简茸连兵都顾不上补了，怔怔地转过头。

路柏沅拿着外套起身：“那边要求几点到？”

丁哥原本还想着两个助理会不会少了，毕竟简茸现在也算是电竞小男神，身为新人，除了薪水之外，其他都比大多数电竞选手强了。

但让路柏沅陪着去……那简茸的咖位未免太大了点。这位主自己去拍代言的时候，他可是安排了八个人在身后跟着的。

但路柏沅坚持送简茸去，丁哥也没法说什么，毕竟今天周日，选手在完成训练时长之后是可以申请外出的。

简茸听见路柏沅要陪自己去，下意识是想拒绝的，但话到嘴边又不太舍得说出口，怕路柏沅真的不去了。

他在拒绝和沉默里反反复复时，路柏沅已经穿戴整齐，跟丁哥聊起了拍摄的具体地点。

丁哥妥协道：“你跟就跟吧，但别自己开车，过去要半个钟头呢，我让司机送你们去。”

路柏沅“嗯”了一声，说：“他单独拍摄？”

“哪能啊，我都说了是情侣款的键盘了，球球也去。”

路柏沅点头，余光对上简茸的视线：“你打完游戏了？”

简茸：“嗯。”

路柏沅拿起简茸桌上的帽子戴到他头上："那走吧。"

摄影棚里人来人往，十几个工作人员正在布景，阵势比简茸拍战队定妆照时要夸张得多。

虽然丁哥提前打了预防针，但化妆师拿着眼线笔凑上来时，简茸的眉毛还是拧得能挤死蚊子。

化妆师说："你别紧张，我不会把眼线笔戳进你眼睛里的。放松，你好敏感喔。"

简茸睫毛乱颤，嘴唇很不耐烦地抿着，半天才应一句："哦。"

路柏沅站在简茸身后，从镜子里看他，帽子没摘，嘴角带着点笑。

"路神？"一个男人走过来，是厂家那边安排来监工的负责人，他惊讶地伸手，"你怎么来了？"

路柏沅跟他握手："我带我们中单来拍宣传照。"

男人愣了两秒："你带他来拍……"

"嗯。"路柏沅微笑道，"抽空兼职一下助理。"

男人："……"

"哎呀，你别睁眼！"化妆师尖叫，"完了，歪了，得再弄一次。"

只是想偷看一眼路柏沅在和谁聊天的简茸说："抱歉。"

简茸化完妆时，路柏沅正好坐在他旁边的位置上玩手机。

化妆师松了一口气，把东西放好，满意地看着简茸："好了，是不是很帅？"

路柏沅抬起眼。

简茸的皮肤本来就白，所以没涂太厚的粉，眼线化得也不夸张，只是描了个形。

路柏沅看不出什么变化："嗯，帅。"

简茸忍着揉眼睛的冲动，眯着眼去看镜子里的自己，说："我比墙壁还白？”

化妆师说：“没事，这样刚刚好，你一会儿上镜就没这么白了。”

简茸说：“我的眼睛像被打过。”

化妆师说：“你的错觉。”

简茸说：“我的鼻子上沾灰了。”

“那是阴影。”化妆师强颜欢笑，“你真的好直男喔。”

化妆师去休息了，简茸使劲抿自己的嘴唇，想把口红弄淡点。

路柏沅还以为他的眼睛还是不舒服：“很难受？”

简茸转过头：“有点。这个化妆师是不是不会化……”

他的话没说完，路柏沅忽然提醒道：“你别抿嘴了，口红花了，妆淡了还得补，忍忍。”

简茸过了好几秒才回答：“我知道了。”

几人簇拥着一个女生走了进来。

球球年纪不大，化着干净淡妆时就像在上高中的漂亮校花。她身上带着一股少女的清香，刚进屋整个化妆间都是她的气味。

“路神，Soft，你们好，初次见面。”球球微微笑着，解释道，“我这儿缺了一双鞋子，工作人员已经回去拿了，大概还要十分钟才能开始拍摄，需要等一下……你们不介意吧？”

简茸收回视线，摇头说：“没事。”

“那就好。”球球笑起来有个梨窝，“我很喜欢看你的直播。”

球球打完招呼很快离开了，化妆间的门重新关上。

“她漂亮吗？”路柏沅忽然问。

简茸诚实道：“漂亮。”

简茸一向是什么说什么。

球球确实漂亮，青春洋溢，纯粹自然。

路柏沅从手机中抬眼：“你喜欢这样的？”

简茸一愣，应得很快："没有，怎么可能。"

路柏沅望着他："那你喜欢什么样的女生？"

良久，简茸道："不知道，我没有喜欢的女生。"

第六章 代言拍摄

Take the Crown

虽说是情侣款键盘，其实拍起照来也没有多亲密。

毕竟一个是女明星，一个是电竞圈新晋小男神，怎么都不可能往暧昧的方向拍。

拍摄主题是二人开黑（一起玩游戏），最贴近的动作也就是两人并肩坐在电脑前，把手放进同一个薯片盒子里。

简茸坐在工作人员准备好的电竞椅上，不远处，路柏沅被几个忙完了的工作人员围着要签名，有男有女。路柏沅垂着脑袋在跟他们说什么，帽檐遮住脸，看不清表情。

球球补完妆回来，转头问："今天你没比赛吗？"

简茸淡淡道："没。"

拍摄尚未开始，摄影师还在指挥布景人员挪动道具。

"我很早就开始看你直播了。"球球道，"快两年了吧。"

简茸还在神游，挺敷衍地应了一句："谢谢。"

球球看着他笑了一下："你之前认识我吗？"

简茸道："不认识。"

在给球球整理发型的工作人员动作一顿，惊奇地看了简茸一眼。

球球虽然影视作品不多，但唯一一部电影就拿了国内最大的影后奖，热度极高。

工作人员道：“球球去年去你们比赛现场打过比赛的。”

“我今年才进 LPL，”简茸想了一下，补充道，“也不怎么看剧。”

工作人员：“……”

你就是没加入 LPL，也该看过比赛直播吧？

你就算没看剧，也该刷过微博热搜吧？

你是电竞宅男还是山顶洞人？

球球一点儿也不尴尬，反而笑得更深了：“这样……你怎么一直在看 Road？有事找他？”

简茸飞速收回目光，垂眼按了几下桌上的键盘：“没有。”

路柏沅帮几个工作人员签完名，抬头时正好看见简茸在和那个女明星聊天。

简茸说话时垂着眼皮，一副不是很提得起劲的模样，聊着聊着，还伸手捏了一下自己的耳朵。

此时他身前经过一名女生，女生捂着话筒小声地在打语音电话，视线一直投向拍摄区域：“Soft 在我隔壁棚拍照片！我混进来了！我那边？已经快拍完啦……我就一个化妆师助理，在不在都无所谓，反正也轮不到我去化妆。Savior？人挺可爱的。”

“Soft 的搭档居然是球球。”

“真是球球……什么叫玷污你的女神，Soft 也很帅的好不好！没听过……他刚进 LPL，你这段时间忙着追星，当然没听过了。啧，你不信我开视频给你看。”

女生打开微信视频：“你自己看吧，我说了你还不信，真的很帅。说来 Soft 和球球看上去还挺配的，他们年纪也差不多，你说会不会……”

她的话说到一半，肩膀被人拍了拍。

女生纳闷地回过头，跟自己桌面壁纸上的人撞上了。

女生怔住，捧着手机不说话了，任凭自己好友在电话那头“喂喂喂”。

路柏沅站在门边，抬起手指了一下自己脑袋旁边的牌子——闲杂人等禁入！禁止拍摄！

女生心脏乱跳，好半天才放下手机："抱歉！"

女生很快被工作人员发现，然后被"请"了出去。

拍摄临近尾声，丁哥发消息来问他们几点能回去，说是晚上临时约了一场训练赛。

路柏沅低头回复消息，肩膀忽然搭上一只手。

来人熟悉的声音响起："不是说拍的 Soft 吗？你怎么也在这儿？"

路柏沅头也没抬，又指了一下那个牌子。

来人道："嘿，我跟工作人员打了招呼的，我们刚刚就在隔壁棚拍照。"

路柏沅回完消息才抬头，看了一眼满头发胶的 XIU，嫌弃得拧眉："你们摄影棚发胶免费？"

XIU 妆也没卸，他觉得这样帅，身边还跟着 Savior。Savior 脸蛋圆，身材却不胖，此时戴着一副黑框眼镜，不像电竞选手，像对街刚放学的学霸。

"太帅了，我决定回去再洗。"XIU 看向不远处的简茸，"不是吧，人家拍个广告你都要跟着？"

路柏沅懒得理他，说："你拍完照不回去，留在这儿干什么？"

"原本我打算去吃顿晚饭，Savior 听说简茸在这儿，就想过来看看。"XIU 摇头啧啧，"别说，简茸还真有电竞小男神的范儿，怪不得女粉多。"

路柏沅扫了 PUD 的新中单一眼，然后才看向 XIU："他直播间都是男粉。"

"屁。"XIU 道，"你看过水友资料没？里面很多女粉。"

路柏沅别开眼，他没兴趣看水友的资料。

另一头，摄影师扛着机器说："笑一笑，对，球球很棒，Soft 你也笑一笑——"

简茸看到人群后面路柏沅和 PUD 的队员站在一起，XIU 还搭着路柏沅的肩膀，姿势亲昵，其实也就是普通兄弟之间很正常的勾肩搭背。

"笑一笑，Soft。"摄影师放下机器，"Soft？"

简茸回过神，扬了扬嘴角。

摄影师说："笑得再真诚一点儿。"

简茸的嘴角又往上提了一点儿。

摄影师说："呃，你笑得有点凶，可以收一收。"

拍个片，简茸嘴角都笑僵了。

简茸结束拍摄时 XIU 他们还在，只是没再搭着路柏沅的肩了。

"拍完了？辛苦了。"XIU 笑眯眯地说完，看见简茸的表情说，"怎么，你跟女明星拍广告还不高兴？"

XIU 跟袁谦有一点儿很像，都自来熟。

简茸："嗯。"

也听不出是高兴还是不高兴。

"拍完了？"路柏沅站直身体，"累吗？"

简茸舔了下唇："笑累了。"

"那回去。"路柏沅叫住化妆师，淡声道，"你好，麻烦帮他卸个妆。"

化妆师停住："啊，可以是可以，要卸妆吗？这么帅，要不带妆回去吧？我画得也不浓，完全可以上街的。"

"卸。"简茸想也不想道，"现在就卸。"

简茸跟着化妆师走了，XIU 喝了一口矿泉水："你别看了，他都进房间了。"

路柏沅收起视线："你怎么还不走，不训练？"

"我打完训练赛才出来的，晚上是自由时间，不着急。"XIU 道，"一块儿吃个饭？”

“不吃了。”路柏沅拒绝，“晚上有训练赛。”

“得，你的微信又泡汤了。”XIU 对自家中单说话，一转头才发现人没了，“人呢？”

化妆间里，简茸闭着眼，任由化妆师折腾他的脸。

身后传来一道脚步声，简茸还没来得及睁眼看是谁，就听见那人问：“腻怎么卜玩 H 副（你怎么不玩 H 服）？”

简茸皱了下眉，好一会儿才明白他的意思。

简茸眼都不睁，道：“我为什么要玩 H 服？”

H 服高分段，职业选手们同样容易撞车。

简茸一直在玩国服，所以 Savior 排不到简茸。

“他们豆玩 H 副（都玩 H 服）。”Savior 说，“国副（服），不行，喷子很多。”

简茸懒懒地“嗯”了一声，学着他的口音：“我就是其中一个。”

Savior：“……”

Savior 说了一句母语，又想起自己身边没翻译，只能艰难地表达自己的意思：“我想打腻（你）。”

化妆师：“……”

简茸睁眼时，路柏沅和 XIU 正好走进化妆室。

简茸看着 XIU 说：“你会翻译吗？我跟他说了半天，他啥都听不懂。”

Savior 同样看向他，眉头皱着，神情疑惑。

XIU 道：“不会。但你想跟他说什么，可以直接告诉我，我回去让翻译跟他说。”

“不就两年前单杀你两回，拿了你四十八分吗，你有必要这么记仇？最近我忙着整顿国服风气，没空去你们 H 服虐菜，你真想挨打也别着急，下周六想跑都跑不掉。”简茸说完，确认地问，“跟你们的比赛是下周六吧？行了，我说完了，记得翻译，前面的翻译准确一点儿，后面的不要紧。”

XIU：“……”

XIU 想说，这种话不如找你们队长帮你翻译吧，你们队长说得挺溜的。

但路柏沅显然没有要帮忙翻译的意思。

TTC 中野二人来这里没带其他人，简茸背起包，路柏沅丢下一句“走了，周六见”，两人就头也不回地离开了摄影棚。

回到车上，简茸的手肘撑在窗上，看着外头暗下来的天，还在纠结拍摄之前的事，思绪都快飘上天了。

路柏沅问他喜不喜欢球球是什么意思，还问他，球球漂不漂亮。

简茸记得那些水友说过，球球是电竞女神，很多电竞选手都喜欢她。

球球确实漂亮，声音好听，事业有成，年纪不大，人似乎也不错。

路柏沅如果也喜欢她，那很正常。

简茸耷拉着眼皮，咬碎化妆师刚刚送给他的硬糖，嚼得糖果嘎吱嘎吱响。

他们刚回到基地，正好碰见从茶水间出来的小白。

“你们回来了，怎么没人回我微信啊，球球的微信帮我拿到没？”小白看清简茸的表情，停在原地。

“我忘记了。”简茸脱掉外套说，“训练赛几点开始？”

小白说：“还有半小时。”

简茸头也不回地往楼上走：“那我上去洗澡。”

小白端着咖啡，待人走后，忍不住问路柏沅：“哥，他怎么了？”

路柏沅：“？”

“他不是去跟电竞圈第一大美女拍宣传照了吗？”小白问，“我看他的表情像在外面跟人打了一架，还没打赢。”

“遇到 PUD 的人了。”路柏沅言简意赅，往茶水间走。

泡完一杯咖啡，他别过头说："你还有话要说？"

小白双手捧着杯子，回头确定简茸没返回来后，悄声说："哥，我发现一个人。"

路柏沅静静地等他继续说。

"一个主播，也是星空TV的。"小白说，"那个主播一直在模仿简茸，今天下午还跟简茸的水友吵起来了，这事我不敢跟简茸说……"

简茸用水浇了半天脑袋，还是莫名觉得心烦。

简茸没有吹头发的习惯，从浴室出来后，用毛巾随便擦了两下头发就算干了。

直到他穿好衣服出房间，脑子里都还在想——谈恋爱很正常啊，谦哥也谈恋爱，一点儿不耽误训练，那个女主播也挺好的，天天给他们送夜宵吃。

再说，谈了恋爱，路柏沅也暂时不会退役，他们还能一起打比赛，还是队友。

就算哪天路柏沅退役了，他们也可以偶尔打双排。

简茸推开训练室的门，一眼看见路柏沅的电脑亮着，人没在，而屏幕里正放着一场直播。

简茸虽然常年坐在电脑前，但他视力极好。

他看见路柏沅开着的直播中，陌生的男主播染着一头蓝发，穿着水手服，正在打《英雄联盟》。

简茸当时离摔手机就差那么一点儿。

简茸刚打开自己的电脑，袁谦就推开训练室的门："小茸，集合了，过去吧。"

袁谦余光一瞥，队里唯一近视的男人眯着眼道："哟，队长怎么在看你的直播回放？"

椅子滚轮摩擦地面，发出不太温和的声响。

简茸的头发被窗户灌进来的风吹了个奇怪的造型，露出干净的额头和不怎么爽快的眼神。

简茸从袁谦身边走过，硬邦邦道："那不是我。"

今晚的训练赛，简茸一直没怎么说话。

虽然平时他的话也不算多，但当小白推掉下路来中路，准备推进却不小心吃掉简茸一个炮车，并且没挨骂时，小白就觉得事情不简单。

打训练赛的时候，大家都还是比较放松的。

袁谦回家出装备，慢悠悠往中路赶："对了，今天拍摄顺利吗？"

简茸正准备在敌方野区偷人，多余的心思都在想别的，没反应过来袁谦是在跟自己说话，没吭声。

袁谦丝毫没发现哪里不对，说："球球真人怎么样？上次她打明星赛的时候我还想看一眼来着，结果丁哥说要复盘，不让我留在现场……"

小白问："嫂子知道你这个想法吗？"

"嗨，谁不喜欢看美女呢，就是饱饱眼福，别的我可一点儿没想。她平时不也看帅哥吗？"袁谦道，"所以球球真人跟电视里一样吗？悠悠说现在连视频都能改图。"

路柏沅切换游戏视角，看了一眼一直在敌方野区里一言不发的自家中单。

"我没看过电视里的，本人还行。"路柏沅终结了这个话题，"来打团，我开。"

话音刚落，游戏跳出击杀播报。简茸在野区蹲到了敌方 AD，三秒内把人杀了。

训练赛按照惯例打了三局才结束，丁哥走进训练室，看了眼表："辛苦了。本来我想着休息日就不给你们约训练赛了，但这个队伍临时来约我，加上之前没打过，觉得让你们对一对也好。我让人买了点夜宵，应该马上到了，你们吃完就去休息吧。”

Pine 看了眼对话框中对面发的英文：“这是哪个队伍？”

丁哥道：“别的赛区这次春季赛积分排名第三的队伍，也是新战队，势头挺猛，今晚估计没拿出全力跟我们打。”

“所以我不喜欢和其他赛区的队伍打训练赛。”袁谦靠在椅子上说，“LPL 队伍训练赛顶多算是演戏，其他赛区的训练赛完全就是耍人玩，录像拿出去说是白金局都有人信。”

路柏沅关掉游戏：“正常。”

同赛区的战队或许还有互相进步的想法，别的赛区……谁会想帮其他国家的战队练兵？

据他所知，LPL 某些队伍和其他赛区打训练赛同样敷衍。

“这个时候我就不得不夸一波鱿鱼战队了，虽然选手多少有点呆，但人家好歹真诚。”小白看了眼对话框，说，“简茸，他们都在公屏夸你呢，以后如果在赛场上遇到，你得被针对到死。”

“无所谓，我也是随便打打。”简茸拆掉键盘，“他们能进世界赛再说吧。”

回到训练室，大家都看见路柏沅电脑上开着的直播界面。

路柏沅看直播或者看比赛都不太爱戴耳机，也不外放，他只是把耳机的声音开到最大，这样坐在机位上也能清晰听见声音。

这男主播开着声卡，声音厚重到了油腻的地步，说的话却是：“房管看到喷子就直接封踢。”

路柏沅和丁哥惯例走在最后，这会儿还没回到训练室，这几句话倒是被其他先回来的人听见了。

简茸皱眉坐到自己机位前，没着急戴耳机。

“这人还在播呢……我之前还以为这是简茸的直播回放。”袁谦顺嘴道，“队长这是在看哪个主播啊？打扮和简茸好像。”

Pine 拉开椅子道：“嘴巴真脏。”

小白见简茸没反应，立刻点头：“就是！他的打扮何止是像，连发型领结都跟简茸同款。”说完，他拍拍简茸的肩膀，“当然，他穿衣服没你好看。”

简茸：“……”

当丁哥推门而入时，正好听见那个主播在进行第二轮辱骂。

“这剑圣是不是出生的时候没带脑子？玩什么游戏，今晚你必死。”

“什么玩意儿？”丁哥皱眉，“谁在看直播？”

“我。”身后的路柏沅收起手机，走到机位前把直播关了。

他进直播间时这主播没在电脑前，丁哥又临时找他，于是他挂着就过去了。

“这主播骂人这么脏都不会被封号？”丁哥想起什么，忙问，“你没开大号吧？”

路柏沅道：“没有。”

“那就行。”丁哥松了一口气，道，“今晚你们好好休息，后面几天别给我提请假外出的事，不批，都给我好好训练。周六打 PUD 咱们憋鼓劲，努力赢下来。”

“虽然只是一场常规赛，但你们也知道，观众就喜欢看你们和 PUD 打比赛，这才刚周一，贴吧论坛就已经把咱们和 PUD 架起来了……总之你们好好发挥吧，争取以全胜的战绩进季后赛。”

丁哥走之后，就在微信群里发了未来两天的训练赛安排。

“除了吃饭睡觉，其余全是训练赛。”小白深吸一口气。

“这段时间别惦记你们嫂子的夜宵了，我让她别送，没空吃。”袁谦从座位上起来，说，“我上楼了。接下来要在她的世界消失一周，我先去给她打个电话哄哄。”

袁谦离开后不久，路柏沅看了下 H 服马上要更新的新版本公告，然后把电脑关了。

丁哥说那话就是为了提醒他，接下来的训练很紧张，让他心里有数好好休息。

他也不执着于几个小时的晚间排位时间。

简茸刚进入排位队列，就听见身后的人问：“你拍了一天宣传照，不累？”

“不累。”简茸顿了一下，掩饰般找了一个借口，“我刚跟 PUD 放完狠话，周末不想输……我再练会儿。”

路柏沅看了眼时间：“两点前休息。”不是商量的语气。

简茸抿唇，应了声“好”。

路柏沅离开后，小白纳闷地自言自语：“我也在努力呢，我哥怎么不催我去休息？”

Pine 说：“你玩个赛娜都能空大，你凭什么休息？”

“今天我就空了一次大，你也太记仇了吧？”

简茸没心思听他们聊天。

路柏沅前脚刚走，他后脚就打开了直播间。

那个蓝头发的主播已经下直播了。

扑一场空，简茸心里那股没来由的闷气更堵了。

简茸在队列里等了六分钟都没排进游戏，撑着下巴，干脆开了直播。

“你又在这种时间开直播？”

“刚在论坛跟 PUD 的脑残粉撕了一场，这周六你要是输给 PUD 就别回来见我了。”

“我听说你和球球谈恋爱了？”

“确实谈了，今天我看到照片了，两人还喝同一杯水。”

“你胡说八道什么？”简茸皱眉，“什么照片？发我看看。”

“这张……我只是帮她拿一会儿杯子，没喝过。你们是小学生吗，这种照片都信？”

“今天你心情不好吗？怎么一副苦瓜脸。”

“他不一直是这德行。”

“你被一个叫 TT 的主播模仿了！”

“我也看到了，今天一直挂在推荐上，染蓝发穿水手服，技术也还行吧，好像是国服前一百？还学骂人那一套……但那人没学到精髓，我看了两分钟，他一直在骂人爹妈，真是智商低。”

“平常心，他又不是第一次被模仿了，有什么好大惊小怪的。”

“那些学人精立的人设都很刻意，他这种浑然天成的傻劲儿哪是那么好学的。”

简茸确实不是第一次被模仿了。

以前甚至有人直接模仿他游戏 ID 和直播间名字，他对此没有什么表示，还让水友们别过去骂人。

小主播想成名很难，在不影响自己的情况下，简茸无所谓别人怎么做。

简茸后知后觉，他会烦躁并不是因为有人模仿自己，他烦的是路柏沅打开了那个人的直播。

路柏沅几乎不看别人的直播，偶尔进队员的直播间也只是丢个礼物就走，甚至待不过五分钟。在这方面，简茸是特殊的。

他喜欢这份特殊，而且一丁点都不想分给别人。

就像他小时候看到老师把给过他的小红花再贴给其他小朋友，也同样会不高兴。

简茸回过神，扫了眼弹幕：“无所谓，蓝头发又不是我的专利……闭嘴，水手服也不是。打游戏了，再提别的主播房管直接踢人。”

简茸连续打了几把游戏，跟弹幕的互动很随意。

“这才几点，TTC 的训练室就没人了，也太松懈了吧？周六还拿什么去赢 PUD ？”

“每晚训练到两三点谁顶得住？身体重要。”

“话说 PUD 只跟 H 国队伍约训练赛的消息，是真的还是假的啊？”

“PUD 本来不就是 H 国的战队吗？队里三个 H 国人。”

“我是纯路人，请问 PUD 什么时候移籍 H 国赛区？”

“和什么队伍打训练赛都是别人的选择，又不花你们的钱，你们操什么心？”简茸心不在焉地说，“我看不看得起 PUD……我的看法不重要。我只负责赢，无所谓对手用什么训练方式。”

说话间，简茸进入了新一局游戏。

他还没出泉水，队友忽然发了句——

YY- 豆腐：？

简茸在心里骂了句脏话，他选英雄的时候没注意看队友 ID，不然早退游戏了。

他动动手指，直接屏蔽。

屏蔽就是认输——By Soft。

“为什么屏蔽？骂他啊！”

“相逢即是缘，这边建议双排挂机。”

“不骂。”简茸言简意赅，“没钱交罚款，这局算我输。”

豆腐不负众望，果然开演，十分钟不到就在下路送了三次人头。

今天简茸心情本来就不好，在他被豆腐养肥的敌方 AD 三下直接点死之后，终于忍不住在自家泉水里停留。

他关掉对豆腐的屏蔽，开始敲字。

“哈哈哈哈，你不是说不骂吗？”

“可能他想了想，又觉得一万块不是什么大事。”

简茸刚敲出“傻瓜”两个字，训练室的门开了。

路柏沅随便披了一件外套，里面是凌乱的短袖，下边套着宽松睡裤，裤子前面的绳子都没系。

他双手揣在兜里，走到简茸身后。

“骂人呢？”路柏沅睡了一会儿，声音带着倦意。

简茸：“……”

他蒙了一下，删掉那两个字，说：“没，我打错字了。”

简茸看了眼时间，两点半了。

没想到路柏沅真的会来抓自己，简茸想摘掉耳机，解释道：“我忘了看时间。”

路柏沅抓住他的手，拦住他的动作，说：“打完这局再说。”

路柏沅刚从被窝里出来，手心是烫的。

弹幕助手被撑爆——

“Road，他骗你呢，他没打错字，他就是想跟豆腐同归于尽！”

“什么情况？Road 怎么出现了？”

“Road 看起来怎么像刚睡醒？”

“他就站在儿子身后不动了？什么情况？”

“Road 这是在做什么？求解。”

“我没做什么，查个房。”路柏沅嗓音淡淡地对弹幕说，“你们看他直播，不用管我。”

在这之后，路柏沅真的没再开口说话。

他就站在简茸身后，一言不发，姿势不变。风从窗缝吹进来，路柏沅身上的沐浴露香味飘了一室。

简茸努力让自己投入游戏。

许久，简茸听见路柏沅喃喃：“他的耳朵？”

简茸分了一点点精力去看弹幕。

“对对对，他的耳朵估计是出了什么问题。”

“红烧猪耳都没这么红。”

“你们是认真的吗？哈哈哈哈。”

简茸心里骂了一句，刚想关掉弹幕助手，耳朵就被屈起的食指轻轻拂了一下。

“是很红。”路柏沅问，“耳机戴着不舒服？”

简茸抿了一下嘴唇，很用力地挤出一句：“嗯。”

简茸梗着脖子道：“我的耳朵是被这菜鸟 AD 气红的，就没见过这么菜的人……一下没控制住。”

路柏沅刚才就看到队里 AD 的游戏 ID 了，他问：“你们不是在比赛上见过？”

简茸顿了一下，道：“这次他在我队里，我有点没办法接受。”

“哈哈哈哈哈。”

“我以为 Road 要让他别骂人，没想到 Road 张嘴也是嘲讽。”

“最近小白和谦哥的直播也特别喜欢损队友。”

“别说小白他们，Pine 骂人你们见过吗？平时直播一晚上都说不了几句话的人啊，都学会打字阴阳队友了。”

“一颗老鼠屎坏了一锅汤！”

“那啥……我刚去豆腐的直播间看了一眼，他一直想跟儿子搭话来着，可惜他不知道自己早就被屏蔽了。”

“都开演了还搭什么话？怎么，他想气死 Soft 顺带祸害 Soft 的钱包？”

“其实豆腐打得挺认真的，这局几乎没怎么和观众互动。”

“豆腐粉丝这就过来洗上了？鱿鱼战队都八连败了，有这时间去微博洗吧。”

简茸这局游戏没怎么失误，丁哥常说这算是他的优势之一。他打游戏很少受其他因素影响，平时练得再困他的操作依旧流畅。

虽然这局游戏敌方下路肥得要死，但简茸还是靠技术单杀了对面中单两次，装备迅速飞跃，一拖四打赢了一场团战，给了队友可以喘息的机会。

这时，队友又说话了——

YY-豆腐：我说我不是故意送死的，你信吗？

那更可怕了。这如果是一个LPL现役选手的真实操作，任其他哪个赛区的队伍看到，恐怕都忍不住拍手叫好。

简茸没应，抽空又把豆腐放回了屏蔽名单。

游戏打了四十分钟才结束，简茸以十三点八的评分拿了MVP，带着队伍拿下了胜利。

豆腐的好友申请弹出来，简茸不知道这人大半夜抽什么风，连拒绝都没点就下了游戏，然后无视掉观众的挽留关直播，关机，一气呵成。

“我好了。”简茸薅了一下头发，拿起手机站起来转身，然后发现路柏沅依旧在他身后没动。

他才看清路柏沅眼角有一道睡觉留下的印子，后脑勺的头发也睡得乱糟糟的。

路柏沅垂眼看他，提醒道：“耳机还没摘。”

简茸闭了闭眼，在心里骂自己一句傻瓜，然后把耳机拔了放在桌上，装出自己觉得很自然的语气问：“你怎么醒了？”

“我本来就没睡熟。”路柏沅看着简茸的睫毛，几秒后又问，“你今晚在气什么？”

简茸一愣，应得很快：“我没气。”

路柏沅一个字不信，他从简茸开播一直看到睡着，简茸从头到尾嘴角就没往上抬过。

路柏沅继续往下问：“因为被人模仿了？”

简茸想说“不是”，张口时说的却是：“有一点儿。”

简茸顿了顿，睁眼胡说：“那人哪儿都挺像我的，最近我又没什么时间直播，他再播一段日子，我直播间那群没什么深情的水友可能都跑去看他了。”

“不像。”路柏沅懒懒地打断他，“他和你差远了，你的粉丝跑不了。”

“说不好。”简茸不太能藏住话，几句话过后就忍不住嘀咕，“你不是也去他直播间了？”

半天没得到回复，简茸回顾了一下自己几秒前说了什么，在心里骂了句脏话，然后道：“我就随口一说。”

路柏沅笑了。

“我的问题。”他嗓子还是有些哑，沉声道，“本来我是想去 XIU 的直播间刷几个礼物，他过两天生日……然后在首页刷到小白提过模仿你的人，顺手就点进去了。”

路柏沅顿了一下，道：“我以后少进其他直播间。”

简茸意识到路柏沅在解释，微怔，喉结来回滚了两遍。

其他战队的队长也会这样照顾队员的心情吗？

简茸忍住嘴边那句“我是不高兴，你以后别去了”，很虚伪地说：“我没那个意思……”

路柏沅“嗯”了一声，告诉他：“你可以试着有这个意思。我们是队友，我会偏袒你。”

简茸还没回过神来，路柏沅往后退了一步，给简茸让出位置：“行了，你去休息，明天午饭前得醒。”

翌日中午，基地里弥漫着饭菜的香味，队员们都坐在客厅里等开饭。

袁谦脑袋后仰，打出他今日的第八个哈欠：“不行，我不能坐着了，再坐我得睡着。”

Pine 问：“昨天你不是很早就上楼了？”

“是啊，然后我跟悠悠打电话到三点。”

说话间，他们的中单从楼上下来了。

简茸穿着白色卫衣，灰色长裤，步伐轻快，神色放松，精神得要命。

他刚走到沙发旁，一直低头在打手机麻将的路柏沅忽然往旁边移了移，给他让出一个位置。

简茸放弃自己平日爱坐的小沙发，揉了把脸，坐到路柏沅身边。

袁谦站起身来，左右扭了扭腰：“年纪大是真的不行，我得去做个拔罐。”

“那得分人。”小白兴致盎然地看着他们的中野，“你看我哥昨晚两点半跑去训练室查房，现在不还挺精神的？”

简茸：“……”

路柏沅神色不变，手机软件里漂亮地打了个杠上开花。

袁谦愣愣地问：“什么查房？查谁的房？”

“我们中单的啊。”小白跟 Pine 肩靠着肩，“今早我睡醒，微博首页全是他俩。深夜两点，TTC 队长查战队新人的房，催新人去睡觉，粉丝还问我有没有这个待遇。”

“别说查房了。”小白装模作样地吸吸鼻子，“我仔细想了想，我哥连一句‘早点睡’都没跟我说过。”

路柏沅陈述事实：“你哪次睡得不比我早？”

小白道：“这跟睡不睡没关系！主要是心意！”

路柏沅点头：“那你今晚早点睡。”

“好呢，哥。”小白撑着脑袋，忽然想起什么，“对了，哥，你有没有逛过你和简茸的微博超话？”

简茸刚拧开矿泉水喝了一口，闻言差点呛住。

“没。”路柏沅问道，“我和简茸的超话？”

小白道：“是啊，很久以前就有了，关注度涨得好快，所以简茸的微博最近涨粉也特别快。”

“我不需要涨粉。”简茸硬邦邦地打断小白。

小白说：“你不要给我，我还差三万就有两百万粉丝了。”

简茸冷淡道：“你拿去。”

阿姨端着菜出来时，听到的就是这段幼稚的对话。

她笑了笑，说："可以过来吃饭了。"

简茸刚起身就听见清脆的门铃声，不是电子门铃，是家门的门铃。

基地有两扇门，一扇外面的大铁门，一扇家门。能进铁门的人，照理来说应该都知道家门密码。

"我去开。"简茸道。

"等等……"袁谦想叫住他，奈何他动作太快，只好叮嘱，"你看了猫眼再开啊。"

简茸透过猫眼看了一眼。

外面站着一个微胖的男人，看起来三四十岁，穿着打扮有点一言难尽——光头大金链，佛串黑墨镜，玉戒皮大衣，嘴里还叼着一支烟。

大金链粗得惊人，前面是一个佛牌，跟简茸很多年前看的古惑仔片中那些炮灰老大戴的是同款，这一看就不像什么好人。

简茸眼神一凛，看到对方手里捏着一个巴掌大的包，他握紧手中的矿泉水瓶开了门。

"你是谁？"简茸堵在门缝间，冷冷地问。

男人本想开口，被简茸问得一怔，几秒后，他吐了一口烟，点点头道："你挺精神，Road 他们呢？"

"有事？"简茸皱眉，"你怎么进的铁门？"

中年男人："……"

他摸了一把自己的小光头，叉腰好笑道："你说我怎么进的？"

"爬进来的？"简茸顿了一下，看了一眼男人的肚腩，"也不像啊。"

中年男人："？"

"到底什么事？你不说我叫保安了。"

"还能有什么事，我来看看你们，你开门让我进去说……"

"粉丝是吗？"简茸点头，"谢谢支持，但你这种追到基地来的行为已经越线了，赶紧走。”

“我不是粉丝，我是你老板。”

简茸了然，点头道：“直播间来的？那也不能追到基地，出去。”

男人夹着烟，低头打开自己的包。

一个矿泉水瓶倏地指向男人。

简茸警惕道：“你干什么？想掏什么？你……”

简茸话没说完，手被人按了回去。

路柏沅揽着他的肩把他往后带，见到门外的人先是一挑眉，然后问：“您怎么过来了？”冷淡的语气里带着一点儿明显的尊敬，听得简茸微愣。

“我这几天刚回来，想着来看看你们，但这门的密码我给忘了。”男人又摸了一把自己的小光头，被气笑了，“结果被堵在门外，我说什么他也不听，非要赶我走。”

“他刚来，没见过你。”路柏沅抬手拍拍简茸的脑袋，道，“这是我们俱乐部的老板。”

简茸：“……”

路柏沅道：“叫老板。”

简茸默默地把矿泉水瓶塞到裤子口袋里：“老板好，您的项链真好看。”

在电竞圈中，有几个战队被称作“豪门”。所谓“豪门”，不仅是指战队选手实力强劲，还指俱乐部背靠的富豪们。

大多战队背后都是各行各业的大公司——地产业、航空业、体育用品业，甚至是食品业。

譬如 PUD 背靠国内知名电商公司，财力雄厚，外援选手随便买。

还有一些战队背后是富豪支撑，甚至有退役选手建战队当老板的。当然，更多的还是“富二代”下场玩票，不过这几年电竞快速发展，他们也渐渐从玩票变成了投资。

TTC 就属于这一类型，不过 TTC 在这其中又算是特殊的。

其他战队的富豪老板名气一个比一个大，不是创一代就是富二代，报出名字大家都认识。

但外界对 TTC 的老板一无所知，就连传闻中的名字也都是模糊不确定的，唯一清楚的只有一点——豪。

毕竟临江建主场馆，还能说服官方将其充作 LPL 赛场的只有 TTC。还有传闻说，TTC 两栋豪宅基地，不过是大老板随手拨出来的一处房产。

简茸入队之前曾经查过这方面的事，什么也没查到。他进队后又一直没见过老板，也就把这号人物抛到脑后了。

他记得那个匿名科普的楼主在文章最后猜测，TTC 老板一定是某位低调有实力的大企业家，每天都要谈十几个亿的生意，对商机有着敏锐的嗅觉，看出电竞这行往后绝对不一般，才会选择早早下场。

简茸看着老板的背影，忍不住想：大老板会在电竞行业最困难那几年选择投资，没准是因为他金盆洗手后联系了某位算命大师，而大师建议他多做善事，于是他拨拨手指头，扶贫电竞来了。

电影里，这种长相的人脾气比天大。

所以在大老板进屋之后，简茸站在玄关冷着声音问："我会被开除吗？"

"不会。"路柏沅觉得好笑，把门关上，道，"老板人很好。"

简茸信了没超过十秒。

"我听说有人往基地里寄死老鼠？"老板随便找了餐桌旁的空位坐下，跷着二郎腿，拍着桌子道，"是哪个家伙？叫什么名？人现在在哪儿？敢往我们俱乐部寄这些晦气玩意儿，我非把那家伙弄死。"

简茸："……"

其他队员对他这副模样早已见怪不怪，只有简茸和刚入队没两年的

Pine 略显不自然。

小白解释：“那人是一个赌鬼，开了我们的庄输到破产，一时想不开就来报复人……”

“狗崽子，活该。”老板冷嗤，“他还捅人了？”

“没捅着！”小白笑嘻嘻道，“被我哥一脚踹飞了。”

“就踹了一脚？”老板皱着眉看向路柏沅，不满道，“你这几年脾气是越变越好了啊！”

路柏沅接过阿姨递来的辣椒，放到简茸面前：“就这一脚，我差点被禁赛。”

老板很不满地“啧”了一声：“这些规矩真是越来越多。”

“就是。”小白狗腿地问，“老大，午饭吃了没？”

简茸一顿：老大？TTC 的背景这么复杂的吗？

怪不得外界都不知道 TTC 的老板是谁，这种背景当然能藏就藏。

这个老大还说他刚回来，该不会之前他是因为摊上大事逃去国外了吧？

简茸看了眼老板。老板已经抽完一支烟了，现在耳朵上夹了另一支没点燃的烟，他正有一下没一下地玩自己右手攥着的佛串，墨镜被推到了光头上。

他这架势看起来，像身上背了三条人命。

“吃了，我女儿刚给我做了一碗面，难吃得要死。”老板的视线瞟到简茸这儿，“他是叫什么来着……搜搜？”

简茸很上道地说：“搜福特，您叫我简茸就行。”

“我都忘了，简茸和老大应该是第一次见吧？”袁谦看向简茸，体贴地介绍，“咱们老大姓富，你可以喊富哥，或者跟我们一块儿喊老大。”

简茸点头：“老大。”

富哥摆摆手：“你们都这么喊，搞得跟拉帮结派似的。”

说虽这么说，但他脸上笑眯眯的，显然被喊得很开心。他转着佛串，看向路柏沅：“别说，新来这小子跟你当初挺像的。”

简茸：“？”

这种说法简茸还是第一次听见。

“没吧。”小白仔仔细细打量他们，“眼睛、鼻子、嘴巴，哪哪都不像啊。”

“你们年轻人只知道看长相。”富哥靠在椅子上，“刚才他那张臭脸和眼神，跟你小时候一模一样，但他没你悍……”

“有吗？”路柏沅随意地问，“你吃完要不要打会儿游戏？”

富哥轻松被带偏话题：“我是想啊，但老丁不答应，他说你们今天要训练，啧，我这老板当得……对了，你的手怎么样了？”

路柏沅察觉简茸的眼神往自己这边瞟，叹气道：“很好。就算把比赛项目改成拔河，我都能拔几个赛季。”

富哥把耳间的烟拿下来放嘴里，顺手拿起烟盒丢给路柏沅：“试试，这烟味道还行，你若喜欢我让人送点来基地……”

“他戒烟了。”丁哥正好下楼，冲上来就把烟收了，“你也少抽点，去年联盟有个小孩儿得了肺癌，年纪才二十出头！”

“那是他自己身体不好，你看看他们几个，身强体壮的……”富哥扫视全场，顿了一下，“除了小蓝毛，其他几个抽六十年都没问题。”

简茸：“？”

“我刚刚就想说了。”富哥皱眉，“小蓝毛怎么这么瘦，矮矮小小，跟姑娘似的，带出去打比赛，人家还以为我虐待队员呢。”

这话跟在简茸雷区开万人演唱会没什么区别。

其他人倒吸一口气，就怕简茸一个想不开跟老板干起来。

“养着呢。”路柏沅嗓音轻柔，“他已经比来时胖多了。”

富哥浑然不觉周围的气氛，道：“喂，使劲儿喂，喂成小白这样白白胖胖的才健康，伙食费不够找我拨。小蓝毛，每天都记得好好吃饭，知道吗？”

小蓝毛紧紧握着筷子，过了好久，才从牙缝里挤出一句：“知道了，老大。”

富哥满意地点头：“对了，我半年多没给你们涨工资了吧？我一会儿通知下去，月薪给你们再涨两成。”

富哥抽完这支烟，还真把丁哥叫去会议室，商量涨工资的事儿去了。

老板走后，小白拍拍胸口：“我刚刚真怕你把碗扣在老大头上。”

简茸低头吃饭：“你看我像傻瓜吗？”

小白沉默一会儿，很没诚意地说：“当然不像。”

简茸懒得跟他解释。

“富哥是南边人。”身边的路柏沅忽然轻声道，“太早的事我不清楚，不过六年前，我刚认识他的时候，他就有十几栋出租楼。”

简茸动作一顿，忽然觉得今天的米饭有点酸。

“他买下战队没多久，就赶上了拆迁……然后投身房地产。”路柏沅简单总结，“是干正经生意的，不是黑社会。放心，你没入贼窝。”

心事又被说穿，简茸清了清嗓子，低头扒饭：“我没这么想。”

深夜十一点，五人还扎在训练室里。最近训练加重，连续几天下来，每人脸上都带了几分倦意，除了简茸。

他神态专注，眉头很轻地拧着：“小白，给我个加速和护盾，我越塔杀他们中单……”

他的话没说完，小白操作的露露举起魔棒，把简茸面前的炮车宰了。

小白：“……”

简茸：“……”

小白：“我说我太困，所以揉了一下眼睛，再握鼠标时力道有点重，才不小心点到了你的炮车，你信吗？”

简茸的游戏人物在原地站了好几秒，才继续往前推进，冷冷吐出一句：“三个。”

小白一脸蒙，道：“什么三个？”

简茸说：“入队以来，你一共抢了我三个炮车。”

小白精神了：“你是记仇精吗？”

简茸冷冷道：“谁让你跑来我中路梦游，你祸害 Pine 不行吗？”

Pine：“不行，今晚我单路，你们随意。”

“好好打，最后一场，打完休息。”路柏沅看了眼自己身上的金币，“我差两百块出黑切，做出可以打团了。”

简茸闻言后撤：“你来中路吃这拨兵，我回城。”

“好。”

小白听了觉得离谱，说：“我吃了个炮车你把我的名字写你记仇本上，我哥来了你直接让一拨兵？”

简茸顿了一下，说：“你没听见吗？他差两百出黑切。”

“我也差两百出香炉，怎么了？”小白正经道，“训练赛中无偶像，请你敬业一点儿，不要把对我哥盲目的崇拜带到游戏中来。”

路柏沅操作微顿，干脆利落地把这拨小兵吃了。

简茸磨牙：“我就是看不起辅助，不乐意给辅助让经济，怎么了？”

小白道：“我一会儿就把这话原原本本复述给你那些玩辅助的粉丝听，你完了。”

说是这么说，接下来的团战简茸还是闪现救了小白，自己则被敌方中单两个技能秒死了。

小白感动道：“我代表辅助原谅你了。”

“不必。”简茸打开商店买装备，“这样显得我菜一点儿，省得对面打比赛的时候针对我。”

小白：“……”

他们刚赢下游戏，丁哥走进来宣告今天的训练赛结束，让他们下楼吃夜宵。

“我都赴了两场麻将局了，你们才训练结束？”富哥坐在沙发上看电视，听见动静头也不回地说，“来，吃夜宵，我让人买了一点儿海鲜。”

说是“一点儿”，实际上红色塑料袋都快堆满茶几了，里面都是加工后的各类海鲜。

简茸本来没觉得饿，闻到椒盐的味道肚子忍不住直叫。

几人直接坐在地毯上开吃。

“我听老丁说，你们季后赛稳了？”富哥点了一支烟，“这次春季赛好好打，进前三给你们发大红包。”

丁哥立刻道：“什么前三？咱们冲着夺冠去的。”

“夺冠就……”富哥思考两秒，“除了红包外，每人再送一辆车？”

简茸：“……”

路柏沅垂眼看着他们中单被天上掉下来的车砸中然后分神，被皮皮虾周身的刺狠狠扎了一下，疼得低低“嘶”了一声。

简茸确实分神了，他在想：车子该选什么颜色？得抽个时间去考驾照才行。

可能要花笔钱去买车位了……

他想着想着，手腕被人抓住。

路柏沅用纸巾捂住简茸的食指，大拇指隔着纸巾摁着他流血的地方。

“老大牛啊！”小白瞬间就觉得手里的海鲜不香了，“那我不吃了，我去训练，老大你先想好给我们买什么车，我打完春季赛马上提！”

小白被Pine拽回来，他冷声问：“就你今晚这状态，想去排位里坑谁？先吃东西。”

袁谦搓手：“那我的婚车是不是有了？”

“你们自己的车自己挑，两百万以内随便选，我不干预。”富哥的手肘撑在沙发靠垫上，全身上下都写着“土豪”二字，“小谦是婚车，那可以挑贵点儿的……小路喜欢什么车？”

路柏沅松开简茸的手指，确定没再流血后把纸扔了，抬眼道：“我都行。”

富哥颔首：“也是，你不缺我这一辆。小蓝毛呢？小蓝毛有车没？”

小蓝毛被叫了两声，默默收回自己的手，回道：“还没。”

“那你好好想想，毕竟是人生中第一辆车。”一支烟抽完，富哥拍拍大腿站起来，“对了，打麻将过了时间，这会儿回家要挨我老婆骂。今晚我得在这儿住一晚，明天就跟她说我在这里打游戏……你们谁腾个房间给我吧。”

几人愣了一下。

丁哥立马说：“我带你去外面的酒店住吧。”

富哥摇头：“不行，我老婆特精，她会查我开房的记录，用别人的身份证开也不行……总之她都能查到，再说我也懒得折腾了。”

小白提醒：“老大，咱们基地有客房。”

“我知道。”富哥扔掉烟，“我刚看了，那些客房几百年没人住，味道太重，床铺都脏了，我住不了。”富哥说着就真上楼挑房间去了。

小白立刻嚷道：“老大，我的房间都是臭袜子，比那些空房还臭！”

袁谦也道：“老大，我也不太方便，我房间的厕所坏了，物业明天才来修。”

Pine 气定神闲：“我的房间没床，这几天我都在睡地板。”

路柏沅略一思忖：“我……”

“其实我早想好了。”富哥道，“我住小路房间，他的床大。小路，今晚你去跟其他人挤挤？”

半小时后，简茸看着自己床上多出的枕头有些茫然。

房门外，丁哥压着声音说：“老大晚上喝了点酒，跟家里那位吵了两句，你就由着他睡吧，明天再让阿姨给你换一张床单。”

路柏沅沉默两秒，道：“知道了。”

丁哥点点头，说完就想走，却看见房里的简茸抱起自己的被褥，正在打量地面。

丁哥皱眉：“简茸，你做什么？”

简茸头都不抬，说：“我看看哪里方便打地铺。”

“不用。”路柏沅道，“这是你的房间，要打地铺也是我来，你睡床。”

简茸想也没想就说：“我怎么可能让你打地铺。”

路柏沅挑眉，刚想说什么，就被丁哥打断了。

“哎，不是……”丁哥纳闷道，“你们两个大男人睡一块儿是能咋的？一人一头，为什么非得有个人打地铺？”

简茸道：“挤。”

丁哥道：“床是小点，但睡你俩绰绰有余……每天坐电脑前已经够折腾了，再睡地板，腰还要不要了？你们听我的，今晚就挤挤睡，谁也不准打地铺！”

丁哥走后，路柏沅关上门，回头一看简茸还抱着被子站在原地，看着莫名有点憨。

路柏沅忍住笑，跟他商量：“我打地铺？”

简茸一口回绝：“不行。”

路柏沅道：“那就一起睡。”

总之，没有让简茸打地铺的选项。

简茸站着没动，也没说话。半晌，路柏沅一脸了然，拿起自己的枕头就要往地上放。

“那一起睡。”简茸左手攥着被子，右手使劲儿薅自己的头发，低头不看路柏沅，“但我睡觉习惯不好，要是半夜打鼾磨牙什么的，你直接把我踹下床就行。”

其实简茸也不知道自己睡着之后是什么德行，但他每天早上醒来，被褥通常都掉了大半在地上，姿势也跟睡着时不一样。

简茸简单冲了个澡，穿好衣服出浴室，上床，关灯，然后跟一具远古木乃伊似的平躺着，两只手交叠在一起，放在肚皮上。

简茸的床确实够睡，只要不乱扑腾，两个人谁都碍不着谁。

路柏沅已经睡了，呼吸沉稳，被褥起伏均匀。

简茸很长地松一口气，抿着唇打算睡觉。

简茸的训练量是最多的，也是最累的。大约过了半小时，简茸的呼吸彻底平稳下来。

简茸说自己睡相差真不是谦虚，他睡觉爱踢被子，这天气手脚露在外面很容易被冻醒，于是睡梦中的他反射性地去找床上温暖的物件。

路柏沅是差点被挤下床的时候醒的，他感觉自己一直被简茸的脚丫蹬着，有些哭笑不得，但也没有要叫醒简茸的意思。

沉默间，简茸突然动了一下。

路柏沅还以为他醒了，没想到他只是抬了一下下巴，眼睛仍然闭着，嘴里呢喃：“庄亦白……”

“五个炮车……”

“你死了……”

路柏沅皱了一下眉，很快又松开。

他做的什么梦？

大约过了一会儿，他低低地反问：“不是三个吗？”

自然没人应他。

“死喷子……”身体太疲惫，旁边的人又开始说些不着边际的梦话，“我是你大爷……”

路柏沅缓慢地眨了一下眼睛。

“不穿水手服。”

路柏沅低声道：“嗯。”

“你大爷……世界第一中单。”

路柏沅：“……”

路柏沅忍着没笑出声，伸手捏住简茸念了快一宿的嘴。

……

第七章 战败PUD

Take the Crown

简茸醒来的时候还有些沉浸在梦里。

他半张脸埋在枕头中，趴着睡成了大字型，几乎占满了整张床。

简茸重新闭眼，回味刚才的梦——

他在梦里夺冠提车，黑色的奔驰，富哥还给他转了一个大红包。他嘲讽完直播间那群黑子之后，拿着钱去驾校报名，正跟驾校教练在车里理论，并打算下车单挑……

真是一个好梦。

他闭着眼在床上摸了一会儿手机，找到之后凑到脸前点开——

丁哥：“阿姨熬了粥，冰箱里有豆浆，你和小路睡醒了吃。”

简茸看完这条消息后蒙了足足有半分钟，然后腾地撑起身子，拉开被子往里面看了一眼——除了自己和空气，什么都没有。

路柏沅呢？那么大个路柏沅呢？

身后传来一声清脆的“叮”。

简茸抓着被子，迟钝地回头。

路柏沅屈膝坐在地上，背靠墙壁，枕头随意摆在旁边，不知道已经坐了多久。

简茸的房间从来不拉那层厚厚的遮光窗帘，中午的日光穿过装饰用的薄布窗帘打在路柏沅身上。

路柏沅回完消息，抬起眼来，跟坐在床上一脸震惊茫然以及无措的简茸对上视线。

简茸说：“你怎么坐在地上？”

路柏沅反问：“你说呢。”嗓音听起来像打了一个通宵的训练赛。

简茸的眼珠子转了半天：“我把你踹下去了？”

路柏沅看着他，没应。

简茸以为自己说中了，闭了闭眼，在心里骂了句脏话，才说：“我……我一睡着，脚就不听我使唤，你怎么不叫醒我？”

何止是脚不听使唤。

“不是你踹的。”路柏沅站起身，腿因为坐久了有点麻，他把手机丢进口袋，“我自己下来睡的。”

“为什么？”简茸问，“我打鼾？”

“你……”路柏沅顿了一会儿，说，“压到我的手了。”

今天训练赛在下午举行，小白睡到日上三竿才醒。

他打着哈欠下楼，看清客厅沙发上的情况后生生止住这个哈欠，嘴巴滑稽地张了好一会儿才闭上。

他看到他哥正坐在沙发上看比赛视频，神态懒散。

而他们中单盘腿坐在他哥旁边，正在帮他哥按手。

“是哪里疼？”简茸停下动作，抓住路柏沅的手，严肃道，“不然还是去医院吧，或者把医生叫来基地，出诊费和医疗费我出。”

路柏沅刚要说什么，基地大门被人推开了。

丁哥一进门，目光就落到了路柏沅的手上。

路柏沅看到来人，心里很轻地“啧”了一声。

“我说了没事。”路柏沅收起手，“去吃早餐。”

简茸急道：“怎么可能没事！我这么重，压了你的手一晚上……”

小白：“？”

丁哥：“？”

路柏沅也很短暂地愣了一下，突然问：“你现在多重？”

“五十七公斤，”简茸怕他不信，道，“我前天刚称。”

“五十七公斤，你重个屁！”小白听不下去了，骂骂咧咧地坐到沙发上，“标准体重都没到，就成天嚷嚷自己重，你就是男人中的‘绿茶’！”

简茸：“我压你手上试试？”

“试试就试试！”小白撩起袖子，“我还能一只手把你举起来呢！”

简茸噎了一下，又想起昨晚在梦里被小白抢了两个炮车的事，冷冷道：“闭嘴，我不想和混子交流。”

小白冷笑一声，掏出手机，说：“我立马联系辅助保护协会，我要你这小蓝毛身败名裂。”

简茸跟小白吵了两句，其他两人也睡醒下楼了。

Pine 带着一脸起床气坐在小白身边玩手机，袁谦直接仰头靠到了椅背上。

“老大呢？”袁谦问。

小白恹恹道：“他好像回去了。”

吃完早餐，路柏沅单独去茶水间泡咖啡。昨晚他没睡好，得靠点其他东西提提神。

丁哥走进茶水间，把门关了。

路柏沅不用猜都知道他是来干什么的。

果然，丁哥上来就焦急地问：“你压到手了？压哪儿了？疼不疼？别泡咖啡了，我带你去医院拍个片，赶紧的。”

“不疼。”路柏沅淡淡道，“没压着。”

“放屁，我都听见了。”丁哥拧眉，“严重的话，明天和 PUD 的比赛你就别上了。”

“我说了没压着。”路柏沅摁下咖啡机的按钮，“我逗他的。”

“一场常规赛而已，别逞强……”丁哥一顿，眯起眼问，“什么？”

“我说，我逗他的。”路柏沅轻描淡写地道。

丁哥沉默了一下，确认路柏沅的表情不像在瞎说。

丁哥更不明白了：“你好端端的，逗他干什么？”

路柏沅笑了一下，没说话。

“怎么，是队里拥有无数牌照的理疗师满足不了你吗？”丁哥问，“还要去骗我花一百四十万买进来、下赛季数字一和四颠倒都不一定能签下的中单给你按手？”

路柏沅其实没想让简茸给他按手，都是打游戏的，手腕都金贵，之前有一次就够了，再多他也不舍得。

“是啊。”路柏沅垂眼，“一百多万签进来，全联盟关注，前途无量的新锐中单，怎么就愿意乖乖给我按手呢？”

丁哥无语地看了他一眼，道：“行了，下次你别拿这种事吓他，他这么崇拜你，听了不得愧疚死。你泡完咖啡赶紧下楼，要打训练赛。”

今日训练赛六胜一负。结束之后，几人去了会议室。

三个教练围坐在一起，你一言我一语先讨论起明天对战PUD的Ban&Pick。其他队员都坐在自己位置上玩手机，等训练赛复盘。

路柏沅坐姿散漫，听得很随意，直到他感觉到身边的人频频往自己这儿看。

简茸第四次瞥过来时，路柏沅转头问：“你想说什么？”

“没有。”简茸两只手拿着手机，几秒后又说，“宠物医院给我发了一点儿小橘的照片。”

路柏沅道：“我看看。”

简茸是一个人长大的，不太习惯跟人分享什么。

所以在听到路柏沅的话后怔了半秒，他才把手机递过去。

路柏沅垂眼一一翻阅照片，每张照片只停留了大约一秒。

就快翻到底时，手机忽地振了一下，一条微博推送消息从简茸手机屏幕顶上弹出来——

[特别关注]TTC中野观察员：今天画一下脑残粉蓝毛和他的偶像Road。

后面还附了一张照片。

简茸脑子一蒙。

简茸的微博小号只有两个特别关注，一个是路柏沅，另一个是一位画手博主。

这个画手博主经常画路柏沅，后来偶尔会把简茸画到路柏沅身边。

简茸想解释，开口就顿住了。

这怎么解释?

当简茸即将原地自闭的时候，路柏沅低声问："你的微博登的是大号还是小号？"

简茸另一只手攥得死紧："小号。"

他的大号要是关注这些，丁哥和水友估计都不会放过他。

路柏沅"嗯"了一声："画得好看吗？"

简茸脑袋麻了，无奈地承认："好看。"

丁哥跟几位教练聊完，点头道："行了，大致就这样，先给他们复盘，完了他们要去休息。"

路柏沅正好翻完最后一张照片。他点了一下屏幕，照片自动关闭，回到了简茸和宠物医生的聊天界面。

简茸还在想怎么解释这个微博。

"它比你长得快。"

简茸愣了一下："谁？"

“小橘。”路柏沅把手机放回简茸手中。

翌日下午，TTC 五人准时到达比赛场馆。

他们是第二场比赛，踩着规定时间来的。但上一场两个队伍打得有些慢，他们到时第三局比赛才刚刚开始。

袁谦看了眼时间：“我们打完都得十点了吧？”

“不会。”Pine 道，“我们两场结束，速战速决。”

“最好是。”袁谦笑着看向电视里的直播，倏地一震，“等会儿，我没看错吧？MFG 今天上了女选手？”

“你才发现？”丁哥低头记笔记，“前两局空空的状态有点差，MFG 教练就让她上了。这是她第一次上赛场吧。”

简茸不自觉往直播右下方看去。

女生绑着干净利落的马尾，长相是小家碧玉型，她正操控着游戏里的发条魔灵。

小白跟他提过这位女选手，说是之前差点进了 TTC 青训队。

袁谦点头：“MFG 教练这招可以。不管 MFG 今天赢还是输，今晚的热搜肯定有他们战队一席之地了。女选手，稀有物啊。”

“唉，这稀有物原本是咱们战队的，可惜这姑娘特崇拜我哥，丁哥担心人家入队会影响我哥训练，硬生生把人家拒绝了。”小白顿了一下，“谁知道，招来一个更崇拜我哥的。”

路柏沅心不在焉地看比赛，闻言笑了一下。

简茸默念几遍“揍人会禁赛”，拿起抱枕丢过去。

“也不全是这个原因。”丁哥解释，“当时我在接触 Savior 呢，就提前给她打了个预防针，告诉她打完青训不一定能进一队，甚至二队都难，得熬。她好像挺缺钱的，听完之后考虑了两天，决定不来试训了。”

直播中，发条魔灵闪现加大招直接拉扯住敌方三个人，以少打多的形势打赢了这一场团战。

“漂亮！”袁谦道，“哎，她玩得可以啊，但她这ID我怎么没印象……感觉在排位里没遇到过。”

简茸靠在沙发上，道：“她改过名，以前的ID是一串乱码字母。”

“乱码……哦，是不是J开头的？”袁谦顿了一下，“你认识她？”

袁谦问完又觉得自己说的是废话。

玩某个位置的人肯定会对同样玩这个位置的高手有印象，这姑娘是能上赛场的水平，简茸会认识也不奇怪。

果然，简茸跷着二郎腿，两只手搭在腿上，捂着肚子低低“嗯”了一声。

这一声听着不太精神，路柏沅扭头看了他一眼，刚想问，休息室的门就被敲响了。

唐沁刚走进来，香水味就飘满了整个休息室。

她是今天的主持人，妆容打扮都精致优雅。她拿着纸袋，问：“我没打扰你们吧？”

“没有。”小白抬眼，问，“怎么了，唐沁姐，有事？”

“没有。”唐沁笑了一下，说，“我托朋友从国外买了点咖啡豆回来，我想着你们都爱喝咖啡，就带了一点儿过来。”

训练室里安静了两秒，除了简茸，其余人都下意识看了路柏沅一眼。

他们可不爱喝这玩意儿，倒是路柏沅在几年前的采访里提过，自己喜欢喝咖啡。

简茸的视线仍停留在直播上。

他绷着嘴角，一动不动，自以为表现得很自然，实则脸色黑得要命。

肚子怎么这么饿？额头怎么总出汗？简茸捂着肚子的力道又重了点，拿起桌上的矿泉水猛灌了一口。

“不用了，基地里的咖啡都喝不完。”路柏沅扫了身边人一眼，“喝慢点。”

简茸抬手抹了一下嘴巴，道：“嗯。”

路柏沅说不收，其他人也不敢做主收了。唐沁怎么来的怎么出去，临走前为了不显得尴尬，还找小白要了个签名。

MFG 很快拿下了第三局比赛，女选手凭着 8/3/7 的战绩，获得了比赛的 MVP。

几分钟后，直播切到了采访镜头，同时工作人员来敲门，示意他们可以准备上场了。

路柏沅把手机调静音后丢在一边，转头看见身边的人起身的动作比平时要慢一些，在原地站了两秒才往外走。

路柏沅皱了一下眉，抬步跟上。

刚走出一段距离，他们就遇到了在后门等待的 PUD 战队的选手。

“得等两分钟，工作人员还在检查电脑。”XIU 见到他们笑笑道。

“成。”袁谦想起什么，道，“生日快乐啊，修哥。”

“还是你有良心。”XIU 微笑道，“我有位兄弟，到现在了都没给我送生日祝福。”

路柏沅道：“赢了比赛再送，一样的。”

小白立刻挑衅：“终结连胜就是我们给你的生日礼物，修哥。”

“不会输。”Savior 看着简茸，道，“你们输。”

简茸眨了眨眼睛，没理他。

肚子的饥饿感越来越重，简茸舔舔唇，忍不住斜了斜肩膀，靠在了旁边的墙壁上。

他刚觉得轻松了些，后衣领突然被人很轻地扯了一下。

简茸下意识站直，回过头。

路柏沅看着他捂在肚子旁边的手：“肚子疼？”

简茸否认：“没有。”

路柏沅静静看了他两秒，说：“肚子疼就上替补。”

“不要。”简茸脱口拒绝，他犹豫了一下，还是诚实道，“我只是饿了。”

“我也饿了。”小白揉揉自己的肚子，“打完我们去吃火锅怎么样？涮牛肉，涮牛肚，涮鸭肠……”

路柏沅仍看着简茸。

小白饿很正常，这家伙每场比赛之前都喊饿。

简茸脸色有些白，额头上有汗。

路柏沅想了一下：“你早餐吃没吃？”

“没有。”简茸说完，立刻解释，“我以前打比赛的时候也一天都不吃，都没事……”

路柏沅没再听他往下说，他转头对丁哥低声说了句什么，丁哥一愣，然后迅速回头往休息室走。

没多久，丁哥带着一包花花绿绿的东西回来了，里面是五颜六色的糖果。

“吃一颗。”路柏沅低声说，“简茸，你有点低血糖。”

简茸一愣。

怪不得他总觉得没什么劲。

简茸接过糖说：“我的问题。以前没出现过这种状况，我下次注意。”

他撕了一下包装，撕坏了，没撕到开口。

工作人员来催他们上台，简茸换了另一边想再撕一次，袋子就被拿走了。

简茸看着路柏沅干脆地撕开包装，伸手想接过来：“谢……”

路柏沅没给他糖：“张嘴。”

简茸下意识听话地张嘴。

路柏沅当着队友、PUD几位选手、唐沁以及众多工作人员的面，拿出一颗红色糖果喂到简茸嘴里。

指尖的温度挟裹着草莓味漫到脑子里，简茸保持着张嘴的姿势，看起来有些呆。

路柏沅见他没反应，垂眼问：“你不喜欢这味道？”

简茸把糖果推到口腔右侧，模糊地应道：“喜欢。”

众人回过神。

那位来催促的工作人员“呃”了一声，重复了一遍：“电脑检查好了，大家准备好了随时可以上台，比赛大概十分钟后开始。”

Savior目光灼灼地看着路柏沅手里那个包装袋，说：“我也想吃糖。”

“打完买给你吃。”XIU拍拍Savior的脑袋。

PUD的核心上单98K收回视线，身为外援却操着一口流利的中文，道：“上台了，好好打，赢了明天可以开心地给你补过生日。”

XIU笑了一声，跟上他：“要是输了呢？”

98K：“不开心地过生日。”

XIU：“……”

路柏沅这一举动，别说旁人，就是TTC的队员也愣了一下。

小白看了眼旁边的摄影机，立刻拽了一下Pine的衣角：“P宝，快，你也喂我一颗糖！”

Pine嫌弃道：“不喂。”

“下次你别用手蹭墙壁。”路柏沅扫了眼简茸的手，“擦一擦，上台了。”

简茸一愣，抬手一看，这才发现他右手指尖蹭了一层墙壁的灰。

简茸随意地在裤子上擦了一下，黑色裤子立刻多出一抹白。

解说们预热了大半天，两个队伍的选手终于落座。

“来了，终于来了。”解说甲搓搓手，“这场比赛想必粉丝们都等很久了吧？”

解说乙：“别说粉丝，我也等很久了。不过上场比赛出乎意料地精彩，我已经开始期待LPL目前唯一的女选手的下一局比赛了。”

选手们在检查设备，袁谦唏嘘：“没想到我们队竟然会有人低血糖。”

丁哥皱着眉道：“我也没想通，我每天好吃好喝，大鱼大肉养着……”

Pine 淡淡道：“准备了也没用，他不吃。”

小白趁机告状：“就是。除了我哥给大家订早茶那一回，他打比赛前几乎不吃早餐。”

其他人都在愉快交流，只有路柏沅一声未吭。

简茸咬牙，心想比赛怎么还没开始。

上了赛场之后不允许选手左右观望，所以简茸看不到路柏沅的表情。

解说甲道：“好，镜头开始给选手特写了，这说明我们的比赛马上就要开始了……98K 今天看起来杀气很重啊，Savior 这发型太可爱了，XIU 一如既往轻松，也不知道 XIU 的手伤怎么样了。”

“肯定恢复得不错，不然不会上场的……哎，这是能说的吗？”解说乙笑了一下，“接下来是 TTC 的选手。呦，谦哥今天看起来怎么有种莫名的孤单……”

“停停停！你这个才不能说好吗！”解说甲道，“路神依旧很帅，就是看起来心情不太好？”

“好像有一点儿。”镜头一转，解说乙纳闷道，“Soft 好像看起来也没什么精神……TTC 这是怎么啦？得认真起来啊。”

路柏沅心里估算着比赛开始的时间，问道：“还难受吗？”

“能打。”简茸应得飞快，又补充一句，“不会影响操作。”

话音刚落，游戏切进了 Ban&Pick 界面。

PUD 是蓝色方，毫不犹豫禁掉了盲僧。

解说甲：“老流程了。不论这英雄在当前版本中强或弱，打 TTC 就得第一个禁盲僧。”

解说乙感慨：“唉，说来好久没看见路神的盲僧了，还挺怀念的。”

解说甲非常上道地笑道：“那你可以去 Soft 的直播间碰碰运气。”

此时除了队友的声音和游戏音效外，简茸什么都听不见，不知道自己被带了一波节奏。

他看了一眼对面的禁用列表，眼底带了些不爽。

PUD 前三个禁用名单给了盲僧、维鲁斯和猫咪，一个中单英雄都没禁。

所以，当丁哥问“要不要禁掉 Savior 的发条”时，简茸冷漠拒绝：“不用，他拿什么我都打得过。”

简茸含着糖，以至于他明明是在说狠话，却因为咬字不清而显得有些好笑。

路柏沅挪动鼠标，脸色稍霁。

“那不然鳄鱼、青钢影禁一个吧。”袁谦立刻道，“我先摊牌，我在上路打不过 98K。”

98K 是 PUD 的上单选手，也是第一个加入 LPL 的外援，之前在 H 国赛区排名第一的队伍效力。

当时他的转会消息一出，用“血雨腥风”来形容毫不为过，PUD 战队和 98K 本人都被喷得体无完肤。不过 98K 心态很好，硬是在 PUD 待到了现在，是 LPL 目前人气最高的上单选手。

Ban&Pick 环节结束，简茸选出了有控制有输出的辛德拉。

小白和 Pine 简单交流了一下，上路 98K 实力强劲，中路简茸和 Savior 还不知道谁能赢谁，他们下路就非常关键。于是两人商量了一波，决定拿前期强势阵容——光辉女郎和皮城女警。

丁哥觉得阵容里的输出够了，让路柏沅锁了用来开团的皇子，而袁谦则选了稳重的工具人奥恩。

两分钟后，游戏正式开始。

简茸的打法依旧强势，他前六级就想找机会不断消耗 Savior 的血条，但 Savior 玩的龙王非常小心，眼里只有面前的兵线，残血就回塔下等线，一点儿也不着急。

路柏沅前期的目标很明确——抓穿 98K。

XIU 的目标同样明确，就是死保 98K。

双方的上野不断发生摩擦，来回牵扯了两波，没有爆发一个人头。

第三波，路柏沅一脸冷静道：“这波 XIU 反蹲也照样打，打得过。”

袁谦立刻回应：“OK。”

路柏沅计算得没错，他一波精准的 EQR（使用 E、Q、R 的连续组合技能）连招留住了 98K 操控的狗熊，XIU 虽然出现在后方视野，但明显赶不上救人了。

这时，一根蓝色的冰箭从下路缓缓飞来，准确命中了袁谦。

是对面 AD 寒冰的大招，能伤害并眩晕敌人三点五秒。

解说甲立刻道：“这个大招漂亮！谦哥被眩晕无法动弹，导致伤害不够没能带走 98K，XIU 及时赶到，路神血条不健康，只能后退……98K 成功逃脱！”

解说乙：“上路真热闹，路神都去了三次，怎么不抓一波中路？”

“Savior 都快和防御塔合体了，怎么抓？当然，也有一种可能……”解说甲轻咳一声，“避嫌。懂吧？怕别人说自己照顾粉丝呢。”

解说乙失笑道：“你是真不怕被 Soft 暗杀啊。”

比赛直播里的弹幕热热闹闹——

“解说甲一开口就是老水友了。”

“等着吧，这解说必上 Soft 的记仇本。”

“记仇本？没这么夸张吧？ Road 不去中路很正常，Savior 前期出了名地稳，上次战虎四个人包中都抓不死他……”

“确实。不像 Soft，天天越塔被敌方四人按着头打。”

“就是这么夸张，这傻瓜蓝毛在 LOL 封号机制不完善的时候真有个记仇本，遇到本子里的‘演员’一进游戏就开始互动。”

“最气的是，好几次骂完之后，他自己还能 carry 游戏，带着那‘演员’

赢，我都要笑死了。”

……

Pine 和小白趁对面 AD 没放大招，立刻强压一波。

简茸低声反馈：“对面中单 Miss，残血。”

“残血是多少血？”小白问。

简茸应得很快：“不到三百。”

这点血，应该不可能来下路抓人。

小白：“爷冲了。”

小白一个闪现冲上前去丢 Q（光之束缚），命中敌方辅助塔姆，塔姆没反应过来，被留在原地，Pine 立刻跟上放夹子触发暴击。

当他们即将收下塔姆人头时，一个蓝得发光的玩意儿朝他们飞来——是对面二九九血的龙王。

Savior 的龙王操作非常利索，简茸刚走到小龙坑，就听见队伍语音里的人说话。

小白说：“我没了。”

一血播报响起，Savior 拿下了小白的人头，Pine 残血回到塔下。

简茸立刻丢闪现想换掉 Savior，Savior 紧跟一个闪现，摇摇尾巴消失了。

简茸质问：“他三百血下来，你们连个闪现都逼不出来？”

小白：“那我能怎么办，我的蓝只够丢一个 Q 技能，这个 Savior 走位好像比你还牛。”

简茸冷脸道：“你再说一遍？”

“你最牛。”路柏沅给简茸中路放了个眼，冷静指挥，“Savior 要发力抓下了，压他线，别让他太轻松。谦哥顶着，我帮下路打一波优势再去上。”

简茸被有意无意地顺了一下毛，装作平静地眨了眨眼，咽回嘲讽的话。

路柏沅猜得很准确，后面十分钟，Savior 一波一波地往下飞，身后还带着 XIU。

路柏沅和简茸赶得也很快，双方来回打了两波，居然一个人头都没爆发。

就在这时，袁谦在上路被狗熊单杀了。

“98K这手狗熊藏了一整个常规赛！”袁谦被压了十分钟，忍不住咬牙，“还是越塔杀的我……队长，你别来上了，不一定能抓死他，被反蹲必死。我自己苟着……这局你们就当作没我。”

“嗯。”路柏沅道，“没事。”

过了两分钟，小白他们刚走到线上，Pine才点了一下小兵，龙王再次撅着屁股飞入他们的视野。

“他又来！”小白气道，“还有没有天理了？我们的宝贝中单呢？”

“宝贝中单”皱了皱眉：“他少我二十个兵，直接从家里过去的，摆明放弃兵线都要限制Pine的发育，我能怎么办？”

小白：“你也来抓啊。”

“我没去？”简茸清掉兵线，“我这局去下路的次数加起来比我一个月排位赛去下路的次数都多。”

小白道：“你把嘴给我闭上！”

简茸：“？”

“我现在说一个数，你立刻上车！”小白往塔下逃命，嘴唇动得飞快，“一分钟之内……来下路八千一百三十三次！”

简茸：“……”

队内语音发出一阵爆笑。

简茸实在忍不住了，忍着小腹的不适，扯嘴笑道：“傻瓜。”

下路混战在推掉PUD一塔后宣告结束，简茸他们占的便宜比较多。

但是，敌方下路一塔爆掉的时候，98K的战绩已经走到了3/0/0——是一只超肥的狗熊。

TTC这局的输出点在中下两路，简茸发育得只能算一般，毕竟身上一个人头和助攻都没有，而 Pine 的发育也被 Savior 限制到了最低。

这就导致第三十二分钟，狗熊下来打团的时候，小白只觉得一座大山朝自己压了过来。

虽然路柏沅和 Pine 在第一时间合作杀掉了敌方 AD，但狗熊一进场，他们就发现秒 AD 根本没用！

团战的最后，简茸咬牙硬生生换掉 Savior 的龙王，自己被狗熊直接拍死。

TTC 五换二输掉了这场团战。

游戏第四十分钟，狗熊强势闪现进场开团，不讲道理闭眼就拍人，杀掉 Pine 之后 PUD 直接选择开大龙。

第四十四分钟，PUD 快速修整后中推，简茸闪现秒掉敌方 AD，争取了一点儿喘气的机会，不过 TTC 经济仍旧劣势。

第四十八分钟，Savior 配合 XIU 杀掉在做视野的小白，继续中路推进。路柏沅无奈之下只能选择闪现开团，在他秒掉龙王的同时，简茸也被狗熊闪现带走。

第四十八分四十秒，TTC 的基地水晶被点爆，PUD 获得了第一场比赛的胜利。

简茸摘下耳机，场内响起一阵 PUD 粉丝的欢呼声。

简茸边反思自己这局的毛病边起身，不知道是不是起得太猛，站直的那一瞬间觉得脑子发晕。

简茸微不可见地晃了晃，路柏沅眼明手快扶了一下他的肩。

这一幕被大屏幕捕捉，TTC 粉丝愣了一下，立刻爆发出一阵欢呼声。

PUD 粉丝：“？”

是你们赢比赛还是我们赢比赛？

简茸站直身体，立刻表明：“没事，我起得太猛了。”

路柏沅没说什么，只是静静等了两秒，确定他缓过来之后才松开手。

回到休息室，袁谦第一个开口：“我的问题，我那一波浪了，没想到他敢闪现越塔杀我，我应该直接回城的。”

“不怪你，98K狗熊玩得很好，太细节了，没想到他常规赛就拿出来。”丁哥垂眼，“没事，下局直接禁狗熊。”

小白举手：“能禁龙王吗？我快被抓到自闭了。”

他的话刚说完，立刻收获自家中单一个眼刀。

“我下把玩卡牌。”简茸坐在电视旁的小椅子上，嚼着丁哥刚递给他的饼干，臭着脸说，“我跟他拼支援。”

路柏沅坐在沙发上，注意力一直落在简茸那儿。

简茸掩饰得很好，要不是刚才那一晃，他都看不出来他状态不对。

路柏沅正犹豫要不要换替补，工作人员敲响门，通知他们可以上台了。

“行了，走吧。”丁哥起身，把之前那袋糖果递给简茸，“你再吃一颗。”

简茸接过糖果，“哦”了一声。

袋子里的糖果口味众多，简茸翻了一下，找出了跟之前一样的草莓糖，剥开丢进嘴里。

路柏沅收回视线，从余光里清楚地感应到，简茸系上糖果的袋子之后，偷偷朝他这边望了一眼。

选手们再次入场，第二局比赛很快重新开始。

解说们还沉浸在上局狗熊的统治里。

解说甲：“这手狗熊真的可以，还有就是PUD的抱团能力太强了，配合也好。TTC的中下两路感觉还需要磨合，单凭个人实力可是没法赢比赛的啊，Soft。”

解说乙失笑：“你怎么知道是Soft的问题？没准是Soft报了Miss，但下路不愿意走呢？”

“喀，也不是没可能。”解说甲看了眼屏幕，“好，现在前面六个禁用英雄已经出来了，狗熊果然被禁了，估计我们以后有很长一段时间都没法在PUD的队伍里看到这个英雄了，就跟Road的盲僧一样……嗯？”

解说甲一愣，往前凑了凑，目光在PUD的禁用列表里来来回回看了数遍：“等会儿，我没看错吧？”

PUD禁掉的前三个英雄是男枪、乐芙兰、维鲁斯。

“你没看错。”

在全场观众的尖叫声中，解说乙顿了一下，感慨道：“时隔一个夏季赛，半个春季赛……盲僧这英雄终于在有Road的比赛中被放出了禁用名单。”

PUD的ADC笑了一下，在队内语音说：“我隔着耳机都能听见观众们的尖叫声。”

“那不废话吗，我都想叫。”XIU笑骂，“好歹我今天过生日，非要放他的盲僧来搞我？”

Savior道：“教练说练阵容。”

“没那么神。”PUD的教练是H国人，此刻正在他们身后来回转悠，“我们那边人人都会这个英雄，有些不比Road弱，世界赛的时候我不可能场场都禁它，要克服。再说了，输了也没关系。”

先不说这是常规赛，且他们的积分已经稳进季后赛。

就算这局真的输了，这是三局赛制，他们下局还有机会。

两位解说还处于惊讶状态，而弹幕里早已经开始刷屏——

“白给，恭喜TTC。”

“恭喜TTC。”

“恭喜TTC。”

“只是放一个盲僧而已，倒也不必如此，搞得像TTC拿了盲僧就一定赢似的。”

“冷知识，Road去年春季赛、前年夏季赛的盲僧百分百胜率呢。”

“其实以前就被禁得厉害，加起来也就玩了五六把。”

“粉丝别吹了，不然一会儿输了多丢人哪。”

“多的不说了，恭喜TTC。”

袁谦是本场游戏第一个拿英雄的人，看到禁用名单，他愣了愣："PUD这是什么意思？"

小白疯狂拱火："有一说一，放盲僧就是在看不起我哥。"

简茸难得赞同小白的话。

同样都是教练，丁哥一眼看穿对面的心思，他失笑道："这是把常规赛当训练赛打？"

Pine道："反正他们稳进季后赛，想怎么打就怎么打。"

"那怎么办？"袁谦失措道，"咱们还拿盲僧吗？万一他们有什么针对队长的新套路……"

丁哥瞥了路柏沅一眼："问他自己。"

路柏沅道："拿。"

他神色淡淡，并没有因为本命英雄被放出来而感到多高兴，调整着符文道："随便玩玩。"

袁谦立刻锁下了盲僧。

在这之后，其他人选什么英雄仿佛都不重要了，解说的重点一直围绕在路柏沅的盲僧上，直到PUD的整体阵容出来。

解说甲道："PUD拿了打野螳螂、中单沙皇和辅助牛头……讲道理，这三个英雄挺克制盲僧的。"

"是，牛头的击飞和沙皇的大招都能挡一波盲僧的突进，螳螂也比较灵活，容易躲技能。"解说乙顿了顿，"但是克不克制，得进了游戏才知道。"

比赛正式开始。

路柏沅用着属于自己的冠军皮肤走出基地。

导播非常懂行，视角频频切在盲僧这儿。

解说甲张口就来："路神这野怪拉得很极限，细节做得太好了……学学，都学着。"

解说乙赞同地点头："这走路的姿势也仿佛和其他盲僧不太一样呢。"

解说看什么都能夸。

直播间里有选手们的第一视角（某位选手的游戏界面）可以看，每场比赛只会在双方选择一位选手给观众们提供第一视角。

这局TTC的第一视角，官方当然给到了Road。

比赛开始的那一瞬间，第一视角直播间的人气疯狂暴增——

“十年没见过了，Road的盲僧！”

“勿念，上次他和Soft双排刚玩过。”

“等会儿，你们没发现路神的游戏视角有点问题吗？”

“哈哈哈哈哈哈，路神，你为什么老往中路看？”

“我进来的时候还以为自己在看Soft第一视角。”

大部分玩家都认为打野这个位置是最难玩的，因为这个位置不仅需要操作，还需要一定的意识。

要猜对面打野在杀什么野怪、下一波要去哪一条路抓人，好提前在那条路埋伏并反击，还要时刻关注线上队友的情况，方便第一时间支援和抓人。

路柏沅的镜头再次切到中路，正好看到简茸跟Savior拉扯几次后成功消耗了Savior一些血条，占到血条便宜后，简茸还熟练地发出TTC的图标。

“二十秒前看，Soft在跳舞，二十秒后看，Soft在亮图标。”

“这人不是在秀就是在秀的路上。”

“Road这大概也就看其他路一眼，看Soft八遍的程度吧。”

“XIU好惨啊，辛辛苦苦打了半天的河蟹，被路神一个Q技能（扔一个声波出去，对敌人造成伤害）收走了。”

路柏沅确实一直在看中路。

上局他一直在上下路，这把怎么也得管管自家中单了。

XIU被抢了个河蟹，转头想追，吃了盲僧一个Q技能后掂量了一下路柏沅现在的伤害，决定还是不追了。

此时盲僧却突然停下来，对着他秀了一个图标。

XIU：“……”

他都跟 Soft 学坏了。

七级，路柏沅看到 XIU 出现在下路，绕到 Savior 后面的草丛里：“简茸，准备切牌。”

简茸玩的卡牌大师，有个技能可以切三种颜色的牌，蓝牌回蓝，红牌减速，黄牌能晕人。

简茸立刻道：“他没闪有大。”

路柏沅说：“可以杀。”

路柏沅说可以，那就是可以，简茸立刻配合着往前压。

Savior 也是有意识的，察觉到简茸的走位不寻常，他连忙在语音里向 XIU 求救，然后迅速往塔内回撤。

他看到盲僧出现在自己旁边，立刻用位移技能走位，谁知刚落地，盲僧的 Q 技能就精确地打在他身上。

他的操作有些急了，被路柏沅预判了走位。

Savior 反应很快，在路柏沅二段 Q 上来时直接丢出大招，路柏沅飞到半空被他的大招打断，并推远了一段距离。

解说们老早就看出路柏沅想越塔 gank，皱眉分析：“这不能越吧？七级两个人去越一个沙皇其实不太理智……看，被推回来了——”

解说还没把话说完，就见盲僧在被推出去的前一秒往 Savior 脚后插了一只眼。

路柏沅早猜到自己要被推走，直接用 W 技能（为英雄提供护盾和生命偷取）摸到那只眼上，闪现冲到了 Savior 眼前，再一个大招回旋踢，把 Savior 一脚踹到简茸面前。

简茸立刻切黄牌，眩晕，Q（扔出三张牌对敌方造成伤害）加点燃再平 A（普通攻击）两下，干脆地收掉 Savior 的人头。

路柏沅这一套操作打出来甚至不到两秒。

“这……”解说甲道，“这一波太厉害了吧！这眼是什么时候插的？你看到了吗？”

解说乙摇头：“我好像看到了，不是很确定，等一波击杀回放吧。”

一分半钟后，路柏沅大招刚好，直接摸进 XIU 的野区，精确地在红 buff 草丛蹲到了 XIU。

XIU 血量不太好，感觉到了危险，他在旁边游移了一下，没有直接动 buff。

解说甲：“其实这波有点危险啊，螳螂这么灵活，盲僧 Q 不中很难带走……”

他的话还没说完，就见路柏沅摸眼而出，XIU 眼明手快地起跳，躲到了路柏沅的视野盲区，明显也是想躲这个 Q 再跟他牵扯。

路柏沅眼也没眨，往没有任何视野的墙后一个 Q，精确命中，再二段跟上打出极限伤害，最后一个大招回旋踢，把 XIU 踹到 Savior 面前。当两人飞起来时，他再次 Q 过去把 XIU 秒了，然后摸眼从 Savior 眼前逃走。

解说甲很自然地接自己的话：“当然，对路神来说没有这种困扰。”

解说乙：“……”

抓完这波，路柏沅回家出了装备，下路传来击杀的播报。

小白的锤石直接闪现 ER，减速留住敌方 AD，Pine 点着小白的灯笼过去，一手厄斐琉斯直接把对面 AD 摁死。

小白掐着嗓子道：“松哥真棒！”

Pine 漏了一个炮车，脸瞬间黑了：“你这局吃不到治疗了。”

下路优势巨大，路柏沅径直往中路走，对简茸道：“抓完这波我们去上路。”

他这话说得仿佛 Savior 已经在基地重生了。

简茸想也不想就说：“好。”

队伍里的三人静了一瞬。

可能是这几年路柏沅低调收敛了许多，他们都忘了路柏沅也曾是在队内语音里直接宣布对手死亡的中二少年。

近期由于他们队伍新中单的加入，路柏沅这种脾性好像又开始显露出来了。

Savior 的发育能力确实很强，被路柏沅抓了一波，他目前的补兵还是比简茸高十几个，所以路柏沅又去了一次。

Savior 依旧谨慎，可惜他遇到的是路柏沅的盲僧。

路柏沅的手速太快，操作有条不紊，Savior 又被踹到了简茸面前。

路柏沅手上攥着冷却好的技能，没有再接上去，人头给到了简茸手上。

“他一直在我前面……”Savior 咬牙，“我的闪现没了，XIU，你来帮我吗？”

98K 脑袋上冒出了卡牌大招的印记：“他们中单来抓我了，我能跑……我没了，Road 也在，XIU，去拿小龙。”

“Road 的盲僧灵活得很，我都看不清 Savior 这几波是怎么死的。”

“这局可能成为 Road 盲僧的赛场绝唱了。”

“谢谢 PUD 慈善家让我看 Road 的盲僧，谢谢！”

“Road 一直在给 Soft 让人头。”

PUD 劣势太大，明显是想拖后期，绝不主动打团，但是打不打团不是由他们说了算。

第二十六分钟，路柏沅绕后摸眼闪现，回旋踢踹起 PUD 三人，直接杀掉敌方四个人，节奏起飞。

第二十七分钟，TTC 果断开大龙。存活的 XIU 匍匐在龙坑后的草丛里，想找机会看能不能偷大龙。

螳螂跳下来的那一瞬间，路柏沅大招刚冷却完毕。他毫不留情地把 XIU 踹出龙坑之外，惩戒掉大龙后摸眼 Q 中 XIU，一波伤害直接带走。

路柏沅站在 XIU 的“尸体”上回城，盲僧用冠军奖杯斟着一壶好茶，仰头慢悠悠喝了一口。

“不是吧，还有人想在路神手下抢龙？”

“总得试试，万一成功了呢？”

“哈哈哈哈哈，路神仿佛在祝 XIU 生日快乐。”

“你们快去看选手第一视角直播，XIU 直接气笑了，哈哈哈哈哈哈。”

比赛第三十分钟，TTC 强势推进，原本打算一波结束游戏，Savior 却在关键时候站出来，补兵数非常可观的沙皇刷刷两下秒掉了走位失误的 Pine 和袁谦，TTC 推掉两路超级兵水晶后暂时撤退。

第三十三分钟，PUD 的 AD 落单时被袁谦逮住杀掉，TTC 再次逼向 PUD 的中路。

PUD 原本就是劣势，失去 AD 就基本没有还手之力，只能在门牙塔下艰难守着。小白一个闪现上去直接勾住 Savior，简茸黄牌紧跟而上，路柏沅直接摸眼踹 98K，顺带踹飞了在 98K 斜角站着的 Savior，三个控制给 Pine 创造了最舒服的输出空间。

二十秒后，PUD 的基地水晶被简茸点爆。

TTC 漂亮地拿下了第二场比赛，比分来到 1 ∶ 1。

选手下台，解说在分析第三局的胜败。

解说甲道：“不管 PUD 上一局是怎么想的，第三局是不可能再放 Road 的盲僧了。第三局的话，我觉得 PUD 的胜率可能会大一些。”

解说乙问：“你暗示 Road 除了拿盲僧没法赢？”

“你别带我节奏！”解说甲笑骂：“路神的个人实力没得说，其实 TTC 目前选手的实力都不弱，但怎么说呢，TTC 队伍内的配合明显不够好，尤其是中路和其他路的配合。虽然 PUD 的中路也是新队员，但 Savior 本身就是团战型选手，他很清楚自己在每分每秒该做的事。Soft 在这方面明显就要差一点儿，就拿第一局来说，每次都是 Savior 先去抓人，Soft 后面才赶过去支援，这样个人威胁再大，能发挥的作用还是有限。”

小白立刻想转头去看他们中单发脾气，却见他们中单双腿微张，手肘撑在膝盖上坐着，压根儿没看电视屏幕。

“你想什么呢？”小白觉得不对，轻轻撞了撞他的肩膀，“你怎么一直不说话？”

简茸感觉路柏沅看了过来，飞快抿了一下唇，抬头道：“没有，我在想刚才怎么不玩亚索。”

小白道：“求求你了，排位看到这玩意儿已经够苦了，答应我别让他污染高贵的 LPL 赛场好吗？”

简茸冷冷地问：“你以为你的时光老头不污染赛场？你键盘上有 Q 键吗？”

小白：“……”

简茸站起身，丢下一句：“我去趟厕所，马上回来。”

路柏沅微微皱眉，刚想叫住简茸，丁哥忽然转过头来，说要跟他商量一下第三局的英雄阵容。

简茸刚走出休息室不远，就忍不住伸手扶了一下墙。

他的肩膀微微往前弓，走进厕所，直接弯腰开始干呕。

但他没吃什么，吐不出东西。

“吱呀”一声，身后的隔间门被打开。出来的人看到眼熟的队服先是一愣，脱口道：“我去。”

简茸虚弱地扭头看去，跟鱿鱼战队的豆腐对上了视线。

鱿鱼战队刚以 1∶2 的战绩输给 MFG，TTC 和 PUD 的对决看点很多，他们选择留下看现场。

简茸现在没力气跟人吵架，打架估计也打不过。他思忖两秒，决定不予搭理。

豆腐被简茸惨白的脸吓着了，脱口问：“你怎么了？看着像快死了。”

简茸缓了缓，斜睨他一眼，冷静地解释：“没有，之前我看你比赛的后劲儿太大，被你菜吐了。”

豆腐没想到这人脸都白成纸了还不肯吃亏：“你……我那是运气不好，顺风局风龙，逆风局水、火龙，这还打个屁！”

LOL 第三条龙之后的属性都是固定的，杀了四只小龙后会拥有龙魂 buff。许多人认为风龙魂作用最低，水、火龙魂效果拔群。

简茸头一回听到把输游戏的原因归咎到龙魂身上，嗤笑道：“没办法，傻人有傻福，傻瓜没有。”

豆腐两只手揣兜，居然也生不起气来，他眯着眼，纳闷地问：“你说你，脸长得这么乖，怎么一开口就骂人？”

简茸倚在墙上：“你长得也像一个人，怎么没见你说过几句人话？”

豆腐：“……”

豆腐兜里的手机响起，教练打电话来催他回休息室。

豆腐把手机收好：“你到底什么毛病？要不要给你打个 120 直接抬走？”

“抬你自己吧。”简茸冷冷道，“常规赛九连败，还好意思提其他选手，赶紧滚。”

豆腐气笑了，点头道：“你牛。”

豆腐走后，简茸去盥洗台洗了把脸，随便揉了两下胃，才转身出了厕所。

他推开休息室的门：“什么时候上场……”话说到一半便生生止住。

简茸一只手撑在门上，看着稍显空荡的休息室：“人呢？”

此时休息室里只有两三个人在。

Moon 回头看了他一眼，解释：“他们上台了。”

简茸皱了一下眉：“我现在过去。”

“别，”Moon 叫住他，“盒子去了，这局上替补，你好好休息吧。”

简茸还站在门口，他舔了一下唇：“什么意思？”

“你不是不舒服吗？”Moon 顿了一下，“是这样，刚刚豆腐来敲门，跟队长说你在厕所吐了，还说你看起来像快死了。”

路柏沅当时转身就要出门，迎面撞上来催他们上场的工作人员。

PUD的选手已经往台上去了，他们也得赶紧过去。路柏沅看了一眼厕所的方向，回过头没什么表情地对工作人员说：“这局我们需要更换选手。”

简茸唇色苍白地听完，然后问：“你知道鱿鱼战队的休息室在哪儿吗？”

周围的工作人员立刻摇头。

这个谁敢说知道。

“简茸？”战队副经理匆匆走过来，“我在厕所找了你半天。你没事吧？还想吐吗？是胃不舒服吗？严重的话，我直接带你去医院。”

“我没事。”简茸喝了一口水，“只是有点反胃恶心，应该是低血糖引起的。”

副经理一脸疑惑：“低血糖也会引起呕吐？”

“会吧。”简茸说，“网上说的。反正不会死，你放心。”

副经理：“……”

副经理头一回看到对自己身体这么不上心的人，她从兜里拿出几包饼干：“那你吃一点儿，我送你上车休息。”

休息室的沙发不大，坐两个人都挤，外边人来人往非常吵，偶尔还有工作人员进进出出。

简茸刚吐了一波，现在看什么都没胃口。他随便扯了一个借口：“我不吃了，不喜欢这个味道。我在这儿坐着就行，你不用管我。”

“那你也得吃点呀。”副经理坚持，“而且是路神让我带你上车休息的。”

简茸一顿，回头看她。

“真的。”副经理举了举自己手上的外套，“他还说车里没毯子，让我给你盖一件外套。”

简茸回了队车。

今天开的是商务车，后座宽敞，简茸收一下腿就能躺下。

他躺在座椅上，前额头发垂落，露出干净的额头。

虽然全身都有些乏力，但他睡不着。

他用手机开了比赛直播。

游戏已经进入 Ban&Pick 界面，选手镜头正好给到路柏沅。

路柏沅只穿了一件短袖队服，脸色依旧沉着冷静，他的嘴唇抿了抿，像说了“嗯”，然后抬起食指把自己的麦克风往外推了一点儿。

解说甲：“PUD 还是禁盲僧了……路神是上一局打亢奋了吗？连外套都脱了。”

解说乙笑了一声：“可我看着他也不太像亢奋的样子呢。”

简茸把身上盖着的外套往上拽了一下，拉到下巴，闻着淡淡的洗衣皂味。

解说甲：“TTC 这手换人我是没想到的。是有什么战术吗？”

解说乙：“有可能，盒子也是团战型中单，或许是想跟 PUD 拼大后期？”

两个解说有模有样开始分析上替补的原因，比赛中，盒子锁了冰女。

冰女是盒子的招牌英雄，也是简茸跟他 solo 时唯一输掉的英雄，打排位时简茸看他玩过，玩得不错。

路柏沅锁了千珏。

千珏是前期有伤害的打野，这局路柏沅显然也是想打前中期，但 PUD 上局吃了教训，这局不可能再让路柏沅舒服地发育和抓人。

PUD 的 AD 这局拿的是 EZ，一个自保能力很强的英雄。于是泰坦到达等级之后，立刻跟着 XIU 去 TTC 的野区逛街。

小白这局玩的是露露，一个没法跟着打野做事的软辅。路柏沅六级之前在野区被抓了两次，虽然没有送人头，但发育还是被限制了。

在敌方野辅的威胁下，直到第二十分钟，场内只爆发了一个人头，人头在 Pine 这儿，但严格来说优势不大。

简茸看了眼比赛时间，再拖十分钟，Savior 的发条就要到优势期了。

队友显然也发现了这个问题，立刻集合打团。第一波团战打了个三换三，不亏不赚。

第二场团战 PUD 刻意避战，没开起来。

第三波团战，发条开始发力。

Savior 的发条的确玩到了炉火纯青的地步，他看准站位，果断闪现大招拽到四个人，伤害爆炸，直接打出一波大节奏。

这波团战直接让 TTC 陷入劣势。

大家能看出盒子一直拼命在找机会，可惜对面双 C 位都带了能解除他控制的净化技能，这让他的威胁性无限降低。

这局游戏打到第四十六分钟，TTC 三路超级兵水晶全炸，最后盒子清兵时被敌方辅助闪现强开。杀掉中单后 PUD 一路进攻，最终推掉了 TTC 的基地。

PUD 以 2∶1 的比分获得这场常规赛的胜利。

简茸刚关掉直播，手机上方弹出一条微博推送——“竞圈好乱：PUD2∶1 战胜 TTC，TTC 连胜终结！点击就看 TTC 换人内幕！”

“竞圈好乱”是他小号关注的大 V 营销号，他扫到最后一行字，垂着眼皮点了进去。

竞圈好乱说，据可靠人士爆料，是 Road 开口要换下 Soft 的，还说 Road 神色严肃，看起来像在生气。他在末尾着重强调了当时 Soft 并不在休息室内。

简茸来回看了两遍，这段话其实说得没毛病，却给了网友各种想象空间……或许这就是营销号的厉害之处吧。

果然，评论区已经开战了。

“Road 终于忍不住了？今天第一局 Soft 在打啥啊，玩个辛德拉连狗熊都秒不掉，真够菜的，跟 Savior 的水平差了一个银河系。”

“你下个游戏吧，用辛德拉秒比自己高一级半的狗熊试试？没看见

Soft 把你家 Savior 压得塔都不敢出？再说第一局 Soft 的伤害比 Savior 高，OK？”

“谁赢谁牛好吧。光对线厉害有屁用，这是五个人的游戏，你家 Soft 有在 LPL 里一带五的本事吗？”

“Soft 第三局没上，上了不知道谁赢谁呢。”

“他要不是玩得烂，怎么会不上第三局？”

“等等，我听说 Soft 是身体不舒服才没上场的啊，有朋友看到他被工作人员扶着出赛场了，据说……据说是低血糖。”

“低血糖？可能吗，TTC 战队的队员都犯低血糖，那其他战队队员别活了。”

“也不是不可能，这看个人体质的好吗，而且 Soft 本来就很瘦。”

“小蓝毛怎么去了战队越混越惨，是不是压力太大了？”

“我走了，去充点钱刷礼物，Soft 真的气死我了。”

“有一说一，营养均衡好好吃饭一般不会犯低血糖，再说 TTC 战队是有营养师的，Soft 这波伤病退场就有点离谱。”

“除了不能避免的手伤以外,选手都有责任好好保护自己的身体吧？”

“我挺心疼 Road 的，三局里他打得最累，如果 Soft 在，第三局真不一定输。”

“Road 不是还有手伤吗？”

简茸以前是很不在乎这些网友的评论的，不论别人怎么骂怎么说，他都不痛不痒。

但他没法不承认，这次有那么几条评论戳到了他的痛处。

是他自己怕犯食困没吃早餐才会犯低血糖，导致没法上场，才输掉了比赛的，这比他上场被人打炸还叫他难受。

路柏沅一把盲僧血 C，第三局被针对却依旧顽强发育；小白和 Pine 三局下路没一局劣势；袁谦第一局稍微拉跨，但后面两局顶着压力咬牙抗压，没再出过错误……

队友都很努力，他问题最大。

“愧疚”这种情绪对简茸来说很陌生，他一只手抓着手机捂住眼，渐渐地又有一点儿想吐。

第八章

Road的开导

Take the Crown

不知过了多久，车门被拉开。

小白的声音最先传进来："PUD可真有H国赛区队伍那味了，我一看到他们那些大后期阵容就头皮发麻。"

"98K还是太强，我打算也去练一手狗熊。唉，这几天我是真不敢看贴吧论坛了。"袁谦坐上车，车子晃了晃，他回头问，"小茸，你还好吧？听说你吐了？"

简茸坐起来说："没事，我好多了。"

"瘦子也有瘦子的烦恼啊。"小白感慨完，好奇道，"对了，你和豆腐遇上居然没打起来？"

简茸面无表情道："差点。"

小白："……"

盒子、Moon和工作人员都是坐另一辆车。此时盒子站在车门外，探进头来不好意思地说："Soft，抱歉啊，今天我没打好。"

简茸愣了一秒，道："没有，是我的问题，跟你没关系。"

小白大大咧咧地问："你什么问题？"

简茸道："我犯低血糖，上不了场，才输了比赛。"

车上沉默了几秒，连带着刚上车的丁哥也诧异地回头看。

袁谦笑了："你的意思是你上了我们必赢？"

小白说："你好狂啊。"

Pine 默默看向窗外。

简茸没觉得自己的想法有什么不对："至少胜率会高两成。"

"虽然你说的是实话。"盒子捂着心脏，"但我还是伤着了，我回车上了，再见。"

"行了，比赛已经结束了，就别再说那些假设的事了。最后一局 PUD 的阵容明显是想拖大后期，你上了还真不一定能有盒子稳。"丁哥见过的选手多了，一眼看出他在想什么，"不是什么大事，谁刚入这行的时候不出点岔子。以后你多注意身体，按时吃饭就行。"

简茸点头，忍不住往车窗外看了一眼。

他没看到想看的人，抿唇问："队长呢？"

小白摘了帽子，正在臭美地整理头发："不知道啊，刚打完比赛他就说有事处理，大概要十分钟，让我们上车等他。"

Pine 说："打个电话问问？"

"我刚刚打了电话，他没接。"丁哥皱眉，嘀咕道，"我说找个人陪他去他还不肯。"

袁谦道："附近粉丝这么多，他不会出什么事了吧？"

简茸坐不住了，他拿起帽子随便扣上，弯腰起身道："我去找队长。"

"别了。"小白赶紧拦住他，"我怕你吐街上，给环卫工人增加工作量。"

简茸："我已经好了。"

小白伸手抓住他的手臂："你这脸比我打了粉都白，你好个屁。"

简茸没应，他的手刚要搭到车门上，车门倏地被推开。

路柏沅戴着口罩帽子站在门外，只露出一双狭长的眼睛。

简茸的帽子戴得很低，一开始只能看到路柏沅身上的队服和手里拿着的黑色塑料袋。

他还没反应过来，帽檐被人捏住往上抬了一些。

路柏沅看着他，透过口罩闷声问：“你去哪里？”

简茸还没开口，小白就先帮他说了：“简茸怕你走丢了，准备拖着残破的身体去找你呢。”

简茸因为低血糖，反应有些迟钝，直到他重新坐回后座，“跟小白决一死战”的念头才姗姗来迟。

回基地途中，小白一会儿抱怨第一局被抓成狗，一会儿抱怨他没玩到机器人，没能用上冠军皮肤；丁哥在跟袁谦讨论第一局他对线时犯的小错误；Pine 则开着手机看某档综艺节目。

前面几排座位太吵闹，后座就显得格外安静。

简茸没摘帽子，仗着路柏沅看不见，一直垂眼盯着路柏沅的手。

他记得有条评论说路柏沅有手伤。

普通的肌肉劳损好像还用不到“手伤”这个词，他盯着盯着，这只手忽然朝他而来。

路柏沅把黑色塑料袋放到他怀里。

简茸愣了愣，边问“是什么”边打开了袋子。

袋子里装满了零食，糖果、饼干、巧克力……每种零食的包装和口味都不一样。

路柏沅摘掉口罩说：“你吃点。”

简茸还保持着开袋子的动作，几秒后，他道：“你怎么买这么多？”

路柏沅扫了他一眼：“副经理告诉我，队里有人挑食。”

不知道是不是休息够了，简茸突然不觉得难受了。

他连着吃了半块巧克力和两包饼干，闭眼假寐之前还往嘴里丢了一颗糖。

他摘了帽子，脑袋靠在车窗上，闭着眼却一直没睡着。

丁哥回过头来说：“你觉没觉得 XIU 这几把玩得一般……”

路柏沅正在玩手机，他头也没抬，低声道：“小点声。”

丁哥：“……”

丁哥看了眼靠在窗上睡觉的简茸，压低声音说：“我让阿姨今晚多做几道菜，这段时间赶紧给他补回来。”

“加菜没用，”路柏沅道，“得盯着。”

丁哥点点头说：“也是。阿姨做的早餐多好吃啊，他都能忍着不吃……那我要不给他安排一个生活助理？”

路柏沅皱了一下眉，说：“不用，麻烦。”

丁哥：“那要不我亲自……”

“我管他。”路柏沅道。

丁哥：“？”

简茸：“……”

丁哥愣了两秒，才隐隐约约明白他的意思。

“一百四十万买来的中单给你按手也就算了。”丁哥就觉得离谱，“我花一千多万把你买来，是让你去给人盯饭的吗？”

丁哥话还没说完，车子像碾过一道大坎，整辆车重重一抖。

简茸被震得歪了一下身子，脑袋刚要撞回玻璃上，脖颈忽然被人伸手扶住。

刚打完三场比赛，路柏沅的手心还是烫的。

他轻而易举地握住简茸的脖颈，稍稍用力，让他靠到自己肩上。

丁哥被这一下震回了原位，立刻小声让司机开慢一点儿，说车上有队员在睡觉。

后座上一直闭着眼装睡的简茸眼睫毛都快颤出虚影。

他们回到基地的时候，队医已经到了。

他给简茸测了一下血糖，堪堪过正常值。

“好一些了。”队医收起血糖计，问道，“这种现象以前有吗？”

简茸摇头，但凡以前有过，他不可能让自己再犯。

“那以后要多注意。”队医想了想说，“不过低血糖很少有呕吐的症状，可能因为正好在打比赛，你压力太大。如果后面你的胃还是不舒服，得去医院检查。”

简茸点头说：“好。”

“你现在还难不难受？”丁哥看了眼他手里的东西，“你要拿着这袋子到什么时候，放桌上不行吗？”

“我好多了。”简茸把塑料袋系上，拽过自己的外设包，将它放进去。

路柏沅看向医生：“这毛病有什么调理方法吗？”

“主要还是生活方面。吃饭时间得规律，饮食方面也要营养均衡，我一会儿跟你们基地的阿姨交代一声。”队医顿了一下，说，“还有就是，以后出门的时候带点糖或饼干在身上。”

“好。”路柏沅点头，“今晚麻烦你跑一趟。”

“不麻烦，我正好来看看你的手。”队医低头看了一眼，“这几天你的训练时长肯定又超了吧？我跟你说了，你这手……”

路柏沅感觉到简茸的目光瞟过来，打断他：“这个晚点再说。”

队员状态不佳，丁哥决定明天睡醒再复盘比赛。

吃完晚饭，简茸被赶去睡觉。

简茸刚上楼，小白就松了一口气：“简茸的脸色好像好一点儿了，我在后台看他白着脸，像随时都要晕过去。”

袁谦认同道：“我回车里的时候看他脸色也不太好。唉，他还是太瘦了。”

“他当时在看直播。”Pine淡淡道，“我听见解说的声音了。”

“看直播……”小白皱起脸，“他抗压能力是真的强，我用脚指都能想到，今天直播的弹幕有多恐怖，怪不得他吃饭的时候一句话都没说。”

路柏沅没作声，他把手机丢进口袋里，转身独自去了茶水间。

简茸洗完澡出来时，发现手机里有好几条微信消息。

Qian：“小茸，喜欢喝汤吗？你嫂子说想给你熬汤，你别看她平时大大咧咧，熬的汤特别香（我没有说基地阿姨炖的汤不香的意思）。”

Pine：“分享链接：低血糖患者应该注意什么？”

小白：“我电脑桌最后一层有个小格子，里面放了很多巧克力，你以后训练要是不舒服，就直接拿来吃。”

简茸还是有些没力气，他坐在床头，反复看了几遍消息，好几次打开对话框却不知道该回什么。

很久以前，他就收不到这类消息了。他的微信里加了很多人，主播、房管、超级管理，他收到的几乎都是关于直播间的消息，偶尔逢年过节收到的祝福消息也不必回。

简茸打出“好”，过了一会儿，又加了一句“谢谢”。

消息刚发出去没两分钟，门被敲响。

路柏沅一只手插兜，另一只手上拿着杯子，道：“你喝了这个再睡。”

简茸接过杯子，闻到一阵淡淡的蜂蜜香气：“谢谢。”

空气安静两秒。

路柏沅很轻地叹了一口气，说：“我能进去吗？”

简茸立刻拉开房门。

简茸刚洗完澡，房内是熟悉的沐浴露味，路柏沅曾经清醒着闻了一晚上。

他没往屋内走，只是抱臂倚在墙上：“今天的比赛……”

简茸接得飞快：“我的问题很大。”

路柏沅挑眉：“你觉得你的问题是什么？”

“支援能力太弱，配合不好，打团战顾不到队友。”简茸低着头说，“不好好吃早餐，犯病，导致第三局比赛缺席。”

路柏沅点头：“还有。”

简茸想了想：“前期我没帮上路做事，中间有一波我应该跟你一起去上路。”

路柏沅没吭声，示意他继续。

“还有……”今天简茸状态不好，很多比赛细节他都记得很模糊，“我想一想。”

路柏沅提醒：“比赛之外的事情。”

简茸瞬间了然：“我不该骂豆腐菜。”

路柏沅：“……”

“我也不该骂他傻。”

“更不该嘲讽他九连败。”

“跟他没关系。”路柏沅打断他，垂下眼看他，“身体不舒服，为什么不说？”

简茸微愣，然后说：“我吐完就好了，不会影响操作。”

“这跟比赛无关。”路柏沅沉默两秒又道，“战队签下你，不是让你来卖命的。”

简茸抿了一下唇，认错：“……我的错。”

路柏沅沉默地看了他一会儿。

“今天你的问题确实很多。”

简茸闭了闭眼，心刚往下沉，就听见路柏沅继续道：“但都是新人会犯的毛病，不算什么大错。”

简茸倏地抬眼。

路柏沅眼中平静，说：“你个人实力很强，所以喜欢单枪匹马，想要在比赛中做出精彩操作，想场场首发……这种想法很正常。”

“如果放在新人扎堆的 LSPL，你已经可以内定冠军，或许还会收到其他大型俱乐部的转会邀请……”

“但你起点太高，面对的队伍都很成熟。他们或许一对一打不过你，但他们知道怎么限制你，压制你。他们有专门研究你的数据分析师，他们可能比你还要清楚你的弱点，所以我认为，你不习惯这样的打法很正常。”

或许是路柏沅的声音带了几分安抚，又或许是他开直播太久，已经习惯了犯一点儿错误就被骂全屏的待遇，总之，此刻简茸的心微微发酸。

他说：“但我已经打了几个月的训练赛了。”

“是。”路柏沅缓缓道，“卡牌，发条，加里奥，这些比赛英雄你都在练。你在努力，只是还不太够。Savior 擅长支援和团战，什么时机该做什么事，他比你清楚。你如果练几个月就能赶上他的节奏，未免有些对不起他八百万一赛季的价格。”

简茸垂着眼，又想起自己只是一百四十万中单的事实。

“不过常规赛就是给队伍一个调整的机会，你还有很多时间可以练。”路柏沅挑眉，“前提是，你的身体能支撑得住。”

“我知道，”简茸点头，“我会好好吃饭。”

路柏沅先是颔首，几秒后他忽然别过头笑了一下。

简茸下意识问：“你笑什么？”

路柏沅说：“没什么。”他只是觉得，天天臭着脸骂天骂地的人低着头说“我会好好吃饭”的样子，有些可爱。

路柏沅问：“你好一些了？”

“嗯，好了。”简茸顿了一下，忽然问，“你以前也这样开导他们？”

简茸没别的意思，只是觉得路柏沅的话很管用，短短十分钟，他整个人像活过来了。

路柏沅怔了两秒。

他琢磨了一下“开导”这个词，然后问：“你觉得我在开导你？”

简茸微愣：“啊。”

路柏沅笑了：“我以为我在哄你。”

说罢，还没等简茸回过神来，路柏沅反手拧开身后的门把，道：“你休息吧。”

简茸睡了个好觉，很难得的一个梦都没做。

或许是睡得太早，翌日他醒来时都没到九点。

昨晚他睡的时候窗帘没拉紧，早晨的太阳打在他眼皮上，暖和舒服。他闭眼享受了一会儿，习惯性地拿起手机——

竞圈好乱：“TTC 事件后续——Road 比赛结束后黑脸消失，疑似对新中单不满。”

竞圈好乱：“TTC 冒险把毫无经验的新人提至首发究竟是对是错？点击就看某退役教练深入分析。”

这个营销号不睡觉的吗，一晚上发这么多胡说八道的文章？

简茸连内容都没看就把它取关了，掀被下床洗漱。

基地静悄悄的，阿姨九点才来。简茸倒了杯牛奶坐到电脑前，打了个哈欠开了直播。

清早的直播间人流量比半夜还少，刚开播前几分钟，屏幕上弹幕不多。

“你才输比赛就开播，找喷来了？”

“你的直播时间怎么越来越魔幻了？今天不是休息日吗？”

“哪个战队的休息日是真正休息的？”

“这个时间挺好，我刚睡醒，正好骂两句提提神。”

“黑子还有三分钟到达战场，我先起来打套太极热热身。”

很多选手都不会选择在输了比赛之后开播，因为在下一个输掉的队伍出现之前，黑子的注意力会一直放在你身上。

新粉们看到简茸开播，一脸忧愁地骂骂咧咧，而当事人撕开饼干包装吃了一块，然后跷着腿打开了昨天的直播回放。

“刷什么问号？”简茸懒懒道，“老规矩，复个盘。”

“什么老规矩？”

“这娃以前排位没打好时经常看录像复盘，后来可能因为人气高了，觉得复盘会掉粉，他就没再弄过了。”

“这关键不是比赛的问题，是选手个人素质问题，我第一次见到低血糖没法上场的选手。”

“TTC 收不下你这尊大佛，别来祸害我的战队，OK？”

“其他战队也不要，这边建议你直接退役，回你的主播业，毕竟这行对员工素质没有要求，别害人。”

“哈哈哈哈，你的战队？咋的就当自己是某某战队的代表了？您哪位啊？脸够大的喷子们。”

“我不是觉得复盘会掉粉，是能力变强了，不需要复盘。”简茸眼睛扫着弹幕，“是低血糖，我犯傻，没吃早餐，这点你们随便骂，房管不用封人……我暂时没有退役的打算，也不打算转会，所以你们再怎么不爽，还是得看我打完这次春季赛，不服的自己上赛场。”

“一个不会 C（carry，输出和带领）的中单要来有什么用，当防御塔守中路使？”

简茸拉动直播回放的进度条，跳到了比赛开始的前一秒：“是，没 C 是我的问题。下次一定改。”说罢，简茸还真就认真看起了比赛。

这个走向让黑子们茫然了两秒，然后开始增大火力，企图带起路人观众的节奏——

“这波明明可以越塔，却不闪现跟进，是真菜啊。”

“不玩刺客就不会杀人？”

简茸没说话，他知道自己这波没毛病，Savior 净化闪现大招都攥着，就在等他越塔。

黑子们继续发力，过了几分钟，却发现弹幕的走向不太对。

弹幕上其他人也在跟着他们喷 Soft 没错，但喷他的人都带着他直播间的铁粉图标。

“Soft，我们昨晚在贴吧帮你捋了捋，你从八分钟开始看吧。”

“Savior 都走到 Pine 脸上了，你还在中路吃兵，我是 Pine，必泉水挂机跟你互动。”

“你要么就赶在Savior前面去抓人，要么就干脆别去，早点把中塔推了，你看你跟一个傻瓜似的来来回回，啥事都没干成。”

“你菜得我出门都不好意思跟别人说我是你的粉丝。”

“你菜得我昨晚做梦都是你这傻辛德拉在跑马拉松。”

“你平时排位当孤儿也就算了，打比赛你还这样搞？训练赛的时候没练吗？”

星空 TV 是可以绑定自己的 LOL 游戏号的。有些黑子发觉不对劲，点开弹幕这些正在批评教学的人名字后面的 LOL 图标，成功地被段位闪瞎了眼。

钻石、大师，甚至有最强王者，段位最低的也都是黄金。

简茸沉默地反复看了两遍录像，这几分钟他的节奏确实有些不对。

简茸打训练赛的时候当然也有练支援，但他玩辛德拉的时候很少跟人拼支援，也没遇见过像 Savior 这样抓人这么频繁的龙王。

他打开手机，把 Savior 支援的时间间隔记到了备忘录上。

半杯牛奶下肚，简茸上唇沾上一片白。

“还有第二十八分钟那波团，你看看你有多菜吧，站的位置这么好，球只推到两个人。”

“最关键是没晕住 98K，代价就是被人一掌拍死。真下饭。”

“袁谦菜，Soft 也菜，话说袁谦合同是不是快到期了？”

“那波我记得……是没推好。”简茸又吃了一块饼干，动动指头把那个提袁谦的人封踢了，“复盘就复盘，骂我就骂我，趁机想进来搅浑水的要多远滚多远，我这儿不惯你们。”说完，他继续点下播放键。

复盘第一局游戏，他用了快一个小时。

黑子们从原先的慷慨激昂归于平静——这群粉丝骂得比他们还厉害，这还怎么搞。

中途阿姨推门进来问他需不需要做早餐，他点头说：“要，麻烦您。”

“你是猪吗？吃了两包小饼干还吃？”

“这玩意儿营养不够，Soft 长身体呢。”

“成年了还长身体？他的身高这辈子估计就这样了，体重或许还能涨涨。”

简茸把鸡蛋掰成两半，将其中一半塞进嘴里，含糊不清地应道：“瞎说……我最起码能长到一米八。”

“梦里的一米八。”

“你说这话都不会脸红的？”

“我看别人说 Road 被你气到黑脸，真的假的？”

“准确一点儿说，Road 是被他气走的，打完比赛休息室都没回就走了，哈哈哈。”

简茸咀嚼的动作慢了一点儿。

“那也不至于吧，说真的，那局比赛也不全是 Soft 的锅啊。”

“爱之深，责之切。”

“儿子好惨，输了比赛，没了偶像。”

简茸咽下鸡蛋，刚想打断弹幕的节奏，训练室的门被人推开。

路柏沅穿着常服走进来，看了眼简茸桌上的早餐，又看了看电脑屏幕。

简茸没想到他会醒这么早，仰头怔怔地看着他的下巴。

两人都还没来得及开口说什么，烧饭阿姨就先进来了。

阿姨是想来帮简茸收拾碗筷的，她知道这群年轻人平时辛苦，能做的事她都不让他们动手。

她看到路柏沅，愣了愣：“小路，怎么起这么早？我打扫走廊的时候吵着你了？”

“没有。”路柏沅道，“我怕他不吃早餐，定了闹钟醒的。”

简茸一只手搭在键盘上，表情更呆了。

“这样……”阿姨放下心来，“那我去给你做份早餐。你想吃什么？”

“跟他一样就行，麻烦您了。”

阿姨走后，路柏沅垂眼问：“你怎么这么早开直播？”

简茸“嗯”了一声，说：“开来混时长。”

简茸发觉路柏沅在看电脑屏幕上的视频界面，解释：“丁哥还没来，我先自己复盘一下。”

“复完了？”

“嗯。”

路柏沅颔首：“我开机，我们排两把。”

简茸立刻道：“好。”

路柏沅正要回机位，看到他桌上剩下的那半个蛋，伸手在他脑袋上拍了一把：“吃完。”

简茸把另外半个蛋塞进嘴里。

弹幕短暂地滑过几秒的问号。

“造谣营销号什么时候死？”

“这叫黑脸？”

“两分钟前我刷到了喂糖视频！算了，多的不说了，祝你和你偶像的友谊天长地久。”

简茸把鸡蛋吃完才明白弹幕里说的喂糖视频是什么。

简茸说：“别刷了，当时我急着上台，手上都是墙灰，队长才帮我递一下糖。”

说完，他回头看了一眼，正好看见路柏沅在开机，喝水，戴耳机。

趁路柏沅戴耳机的那一刹那，他用手捂着自己的麦，正直又小声地问：“什么视频？在哪里看？网址发一下……重温个屁，我是要去打假辟谣……

你们发不发？”

昨晚没有复盘，其他三人也陆陆续续在中午之前醒了。

十一点四十五分，五人的手机齐齐响了几声。

丁哥：“昨天事情太多我忘记说了，这几天你们先把贴吧微博卸了，直播也可以缓一缓，不要自己搞自己的心态。我刚醒，收拾一下就过去，一小时后复盘。”

丁哥：“简茸醒了吗？让他吃早餐。”

小白：“他醒了，醒几个小时了，现在正跟我哥在召唤师峡谷屠杀呢，他们刚从大牛身上拿了十六分。”

Pine：“你说晚了。”

丁哥刚睁眼，还处于世间万事与我何干的状态。他转头亲了自己老婆一口，然后回了个问号。

小白给他发了一段随手拍的视频。

丁哥茫然地点开视频。

视频是俯拍角度，一点开就是他们中单打游戏时的背影。

男生跷着二郎腿，耳机只戴了一边，键盘旁放着两颗水果糖，隐约能看到他正在中路和别人对线，嘴里叨叨着。

“谢谢‘Soft 输一场矮一厘米’的小星星……等等，你们先别吵，喷子们也停一停，先看我这波操作，学会够你们上白金了，不收你们拜师费。”

键盘啪啪啪地响。

“上去直接上引燃不给机会，先 W（W 技能），再 Q（Q 技能），然后这样……他没了。”

“看懂没？看不懂晚点可以 0.5 倍看回放——会录像的水友帮我录一下，最好帮我加点厉害的特效和音乐，视频直接私信发我微博或者直播号就行，先说好没报酬，谢谢你。”

视频戛然而止。

袁谦：“小茸直播已经开了两个多小时。”

丁哥：“他说什么了？”

Pine：“跟平时一样。”

袁谦：“他刚跟一个水友争执完谁是谁大爷的问题。”

小白：“讲道理，我觉得简茸刚刚那波没毛病，这个水友太过分了，一张口就喊他蓝精灵。”

丁哥：“？”

丁哥：“他不是和小路在双排？”

小白：“嗯，我哥让他注意规避脏字。”

丁哥拒绝了老婆的回吻，火烧屁股似的奔出家门，强行终止了这场不知道会引发什么舆论的直播。

今天的复盘注定比往常久。

丁哥的表情比往日要严肃，用词也比之前严厉。他把五个人都骂了一通，就连路柏沅都挨了两句骂，说他第三局有一波犯了小错误，导致gank失败，没能帮队友建立前期的优势。

其中被骂得最惨的是袁谦。

袁谦脸色很差，一直点头，第一局他那几个死亡回放被来来回回重播数次，耳根都被训红了。

“你对线打不过98K，这我不怪你，因为你的优势是抗压和开团。但你这局全崩了，你打得很急，98K越塔的时候你是能跑的，你偏偏回头想换，最后人没换掉自己死了……这波问题很大。”丁哥皱眉，“98K后期没你玩得好，但你把他喂成这样，哪来的后期？你把自己的优点扔了。”

袁谦点头说：“我的问题。”

丁哥说得累了，喝了口水：“季后赛之前能调整好吗？”

“能。”

对简茸就是老生常谈了。

丁哥惯例骂了半小时他的独立行为之后，忽地一转话头：“不过你也不是完全没有进步。”

简茸：“……”

他以为丁哥是在用打一巴掌喂一颗糖那一招，抬起头道：“你随便骂，不用说这些，我扛骂。”

“我说真的。”丁哥挑眉，“至少你知道支援了，虽然每次都因为没赶上显得像在逛街。”

“确实。”小白赞同，“我当时就怕你一趟不来，然后还要问我和P宝‘送得开心吗，菜鸟’。”

简茸：“……”

复盘结束，简茸被单独留了下来。

丁哥关上录像，抬头看了他一眼：“你有事要说？”

“嗯。”简茸顿了顿，说，“我这种情况，怎么样才能快速改进？虽然每天都在打训练赛，但好像不太够。”

简茸以前都是一个人打游戏，一个人琢磨怎么变强，这是他入队以来第一次向队伍教练提出问题。

“练支援很简单，多关注其他两路的情况，别只顾着对线。”丁哥沉思两秒才说，“我认为你还有一个毛病，就是你打团还不够强，为了杀人不顾队友这种错误，你还是会犯。关于这一点，我的建议是，你可以尝试多跟他们每个人接触。”

简茸没听明白：“什么意思？”

“就是双排，或者灵活组排，都可以。现在的情况是你们都还不够默契，你要尝试去了解队友，知道他们打团、对线和越塔时的习惯。”

“简而言之，你多找其他人排位，专盯着小路干什么？”

“哦。”简茸点头，说，“知道了。”

复盘结束的后几天，TTC 训练赛安排得更加密集，训练结束的时间也越来越晚，经常深夜两点全员还在训练室里坐着。

这晚路柏沅刚上号，XIU 的组队邀请就弹了过来。

路柏沅看了眼自己的好友列表，他的队友全体在线，状态都是“游戏中”。

他垂着眸子，点了同意。

XIU 估计也练了挺久，声音都有些沙哑：“嘿，兄弟，打两把，我玩别的位置躺两把，今晚打得太累了。”

路柏沅“嗯”了一声。

“对了。”XIU 好笑地问，“最近我怎么都不见你带你那小朋友双排了？这几天我排到他，他不是在和小白排，就是在和袁谦或者 Pine 排。”

路柏沅选出位置，没说话。

简茸这几天是没找他双排，昨晚还拒绝他双排的邀请，为难地说自己已经约了小白。

XIU 继续道：“是不是那天打完比赛你把人训了，他不跟你玩儿了？”

路柏沅知道不是，简茸不太会计较这些。

但这几天简茸的确只跟他打了两把排位，现在想想，可能是当着直播间水友的面不好拒绝。

XIU 以为自己猜中了，笑了一声，然后有模有样地给他分析起来：“哎，我跟你说，Soft 一看就是自尊心很强的那类人，有什么毛病你也不能戳着他的脑门说，得委婉点。”

“他没你想得那么小气。”路柏沅拧眉，“你以前打排位的时候话有这么多？”

“我一直都很健谈。”XIU 抖了抖自己跷着的二郎腿，“对了，周日晚上的聚会你别忘了。”

路柏沅随手禁了一个英雄：“知道了。”

今晚又是两点半一起下机。

简茸刚关掉电脑起身，衣服就被小白拽了一下：“简茸，来，咱们一块儿看看这个。”

简茸懒懒地低下眼。

小白开了一个粉丝私信发来的网址，链接简介是“不心动挑战之电竞男神版”。

简茸皱眉道：“这是什么东西？”

“这个我知道。”袁谦关了电脑，也凑了过来，“跟朋友玩的游戏，就是把一些帅哥美女的视频剪在一块儿播放，谁看的时候笑了或做了表情就得挨罚……我女朋友让我玩过。”

Pine 问：“结果呢？”

袁谦面无表情道：“她把我揍了一顿。”

简茸兴致缺乏，不想浪费睡眠时间，随口道：“都是男选手，我一男的看什么？”

这种视频一个人看就没意思了，小白立刻道：“我被你拽着打了十个小时的双排，现在让你陪我看个视频怎么了？”

简茸无奈地收回了刚迈出去的步子。

小白满意了：“我猜猜，这里面一定有 Pine，有我哥……还有我！”

路柏沅之前在回群聊消息，没仔细听他们说什么。

这会儿他听见小白提到自己，扫了一眼站在小白身后的简茸，也停了下来。

小白点开视频，背景音乐缓缓放出。

“哎，这种视频外国选手也太占便宜了，他们五官本来就深邃。”袁谦抱臂感慨。

外国选手占了一半时长，LPL 选手都被放在了后面。

第一个出场的 LPL 选手是豆腐，剪进去的是近期的视频，视频里的人跟简茸脑子里那欠揍的样子一模一样。

背景看着像在鱿鱼战队的基地，豆腐坐在自己的机位上，不知道听到了什么，一只手抵着下巴，对着镜头翘起嘴角邪魅一笑。

简茸被油得想把他丢进锅里。

现在粉丝对电竞选手的滤镜是不是太厚了？

然后是 Pine 去年夏季赛的后台录像，他坐在沙发上，皱眉盯手机，镜头凑近一看是在打斗地主。

“哈哈哈哈哈哈哈。”小白去拽 Pine 的手，笑得像一个傻瓜，“P 宝你快看，这段你又傻又帅。”

Pine 扫了一眼视频，说：“无聊。”

简茸平静地看着视频，在心里简单总结了一下今天的排位收获——小白硬辅玩得还行，以后小白在比赛中拿到锤石或者日女，自己可以选支援性强的中单英雄，比如……

路柏沅出现在屏幕上。

路柏沅这段视频看起来就比较久远了，看着像工作人员拍的，像素不高。

路柏沅穿着短袖队服，站在休息室一角，拿着手机在看游戏回放。两秒后，身边的小白不知道说了句什么，路柏沅低头笑了出来。

可能是拿着摄影机的人叫了他一声，他转过头来时，笑还没消失。他的笑容带着几分戏谑，眼尾狭长，漆黑的眸子像能望进人的心底。

视频结束，小白纳闷道：“这里面怎么没简茸啊？”

袁谦点头道：“就是，连豆腐都有。”

Pine 看了眼发布日期：“这是去年八月的视频，他还没来。”

小白恍然大悟，关掉电脑想起身，感觉到自己身后还杵着人，他疑惑地回头：“你怎么还站着，不是要去睡觉吗……你的眼睛怎么这么红？”

打最后一局排位时简茸觉得困，揉了几下眼睛。

他迅速往后退了两步，给小白让出推开椅子的空间，刚要开口解释。

“电脑看太久了。”路柏沅离开训练室之前又补充一句，“以后把电脑亮度调低一点儿，不然伤眼。”

下场常规赛很快到来，出发之前，丁哥在玄关给他们做赛前叮嘱。

今天他们打 WZWZ 战队，算是联盟里的中游队伍。

“我简单说两句，有些话在后台就不方便说了。”丁哥清了清嗓子，“虽然季后赛已经稳了，但是接下来这几场比赛还是得好好打，和 WZWZ 打了这么多场训练赛都没怎么输过，正赛更没道理输。今天尽量早点拿下早点下班，别出差错，没问题吧？”

前排的人大声地应“没问题”，简茸戴着帽子，低头在跟宠物医院的人聊天。

简茸看到对面发来的消息，抓着手机愣怔两秒，然后低低嘀咕了一句“真行”。

“什么？”路柏沅眼尾扫过来。

简茸揉了一下鼻子，说：“小橘犯事了。”

路柏沅觉得好笑，随着他的话问：“它打架斗殴了？”

“没有。”简茸道，“它把别人的肚子搞大了。”

路柏沅：“……”

简茸打开医院发来的照片，垂眼解释：“有晚下大雨，医院好心留着它过夜，跟母猫住了一晚，现在小母猫肚子大了……这母猫这么好看，它凭什么！”简茸说着，把手机递给路柏沅。

路柏沅抓着他的手看了一眼照片，很快松开：“是好看。”

简茸木着脸：“嗯……看着就很贵。”

路柏沅“嗯”了一声：“小橘也好看。”

简茸想到小橘近照中逐渐发胖的脸庞，很是嫌弃地皱了下眉。

路柏沅笑了：“母猫的主人怎么说？”

“要赔点钱。”

丁哥忽然在副驾驶座上拍拍手：“马上到了，大家都清醒一下，今天有粉丝在，你们再顶着一张犯困的脸下车，小心直接被论坛那群黑粉宣判死亡——”

前面三人立刻坐直身体，简茸低头快速回复消息。

艹耳：“知道了，我会负责的，要给多少钱？”

艹耳：“再买点猫罐头吧，给那只母猫喂，补充点营养。没小橘的份。”

爱宠宠物医院：“不用，小橘爸爸上次往卡里存了很多钱，我们直接从里面扣就行啦。”

简茸一愣：“小橘爸爸？谁？”

这家伙就算真有爸爸，也该是我吧？

艹耳：“它哪来的爸爸？”

爱宠宠物医院：“啊，就是跟您头像一样是小香猪的那位，微信名叫R。”

爱宠宠物医院：“我看院长给他的备注也是小橘爸爸。备注错了吗？”

艹耳：“……”

艹耳：“没错。”

客服妹子熟练又亲切地回复。

爱宠宠物医院：“哈哈，小橘真幸福，有两个爸爸。”

车子在场馆停下，小橘的两位爸爸一前一后下了车。

接近比赛时间，直播间镜头先给到解说席。

解说甲：“Soft今天依旧是首发队员，看来战队还是非常肯定Soft的实力的。”

“你在想什么，我是教练我也不可能让Soft去替补的。”解说乙失笑，“又不是傻瓜，谁会放着有这种操作的选手不用？毕竟配合可以练，天才可少有。”

解说甲惊讶道：“你怎么突然就开吹了？”

解说乙摇头："你应该没看 Soft 最近的排位战绩吧？"

轮到选手上场。解说乙看着抱着键盘的简茸，道："反正我看了，还去直播间观战了两把……我不细说了，大家都知道他的国服 ID，想知道的可以去查一下。说真的，我个人认为，上一场常规赛 Soft 的身体如果没出问题，他是有机会在中路打出优势的。"

解说甲半信半疑地打断："行了，都过去了就别带节奏了，咱们看这一场。"

今天这场比赛还没开始，直播间弹幕就开始阴阳怪气，接着上周比赛的节奏说 Soft 是"路人局王者"，是五黑比赛中的废物。

现在弹幕开始阴阳怪气解说乙，说他拉一个废物新人来踩 Savior，并疯狂诅咒 TTC 撑不过季后赛。

没多久，无数 Soft 粉丝和 TTC 团粉赶到对骂现场，掀起桌子就反击。

这导致解说都还没说两句话，双方粉丝就被封了大半，给真心想看比赛的水友留下了一个干净文明的直播环境。

比赛很快开始。

在解说乙一波赛前强力推荐下，简茸六级时操控杰斯，预测到对面要闪现的位置，紧跟闪现丢出一个远程电能球，行云流水地拿下第一滴血。

在赛场单杀敌方中单已经是 Soft 的常规操作，但看直播的人还是没忍住使劲儿发"好"。

WZWZ 明显知道简茸的弱点，于是他们中单九级从基地出来之后就往 TTC 的下路走，准备配合自家打野搞一波事。

这时候，在 Soft 的第一视角直播间，神奇的一幕出现了——

一道信号声响起——TTC · Soft 正在请求协助。

弹幕炸得很突然。

"？"

"我眼花了？"

“游戏出问题了，等一个比赛暂停。”

“什么？原来他知道 LOL 里有求助信号？”

“几十年后我躺在摇椅上，孙子对我说，爷爷，Soft 会打协助信号了。我笑了笑，缓慢地摇着头说道，不信谣，不传谣。”

队伍语音里，小白将信将疑：“真能蹲到？他们蓝 buff 都没了。”

“能。”简茸躲进 WZWZ 蓝 buff 旁的草丛里，“赶紧过来。”

小白跟 Pine 去了。

十秒后，WZWZ 的下路还没反应过来，自家中野就被 TTC 的中下辅给阴死。阴完之后，路柏沅及时赶到，四人把 WZWZ 下路给包了。简茸不太熟练地帮嗷嗷叫的小白抗下最后一次塔的伤害，打出一波完美越塔。

第十八分钟，简茸跟着路柏沅和小白去上路带了一波大节奏，直接推掉了敌方二塔。

第二十六分钟，袁谦剑魔闪现，直接把对面 AD 捶得妈都不认，大招都没用就把人宰了。下一秒，其他四位队友推掉 WZWZ 的基地水晶。

弹幕那群吵架被封的人，都还没撑过半小时的解封时间，第一局比赛就结束了。

大家都觉得第一局太快，没想到第二局才是真正坐上了火箭。

原因无他，WZWZ 战队在 Ban&Pick 环节失误，放出了简茸的乐芙兰和 Pine 的厄斐琉斯。

这一局，简茸没有再去支援，因为根本不需要。

WZWZ 的中单四级就被单杀，六级又死一次，再上线的时候，已经不敢再出塔。

第十五分钟，WZWZ 意识到不能再让简茸这么发育，四个人强行在中路包夹他，在确定他没闪没位移技能后，敌方辅助想也不想就闪现上来丢大招，强行开团——奈何简茸反应速度一流，直接在原地按了个满血金身。

WZWZ 四个人焦灼地在原地等待金身结束，队伍语音里非常紧张。

“辅助晕（晕眩技能）抓好，别让他跑了！”

“放心，我准备好了。”

金身消失，辅助日女立刻跟晕……晕了个空。

日女先是一愣，紧跟着耳边传来队友死亡的系统播报——他们四人包夹不成，AD 被 Soft 秒掉了。

WZWZ 剩下三人呆滞地看着妖姬闪现进野区，头也不回地消失在草丛里。

“WZWZ 教练在吗，你放乐芙兰出来是看不起谁？”

“快点回放，我没看清！”

“一般情况下，Soft 拿劫、男刀、妖姬这种刺客英雄时，如果我能看清他一次击杀流程，那就说明他那天不在状态。”

第二十三分四十二秒，TTC 推掉了 WZWZ 的水晶，轻松拿下第二局比赛。Pine 在中途拿了一次四杀，简茸最终战绩 6/0/2。

……

比赛结束，MVP 理所当然给到了简茸，其他人坐在休息室等他做赛后采访。

电视中，简茸一脸冷漠地看着镜头，兴致不高地回答主持人的话。没了上周的病态，这位新人中单言语之间依旧猖狂。

丁哥低头记笔记：“他的支援还不是很成熟，第一波蹲的位置太冒险，第二波是你把他喊去上路的吧？”

路柏沅看着电视说：“嗯。”

丁哥颔首：“几天而已，他算进步很大了。”

袁谦支着脑袋道：“哎，我怎么觉得小茸今天帅了点？”

丁哥头也不抬：“我让他化妆上的台。”

小白稀奇道：“他不是讨厌别人碰他眼睛吗？你怎么说服他的？”

“就画了个眉毛。”丁哥微顿，“我说化了妆，等 MVP 采访的时候可以显得精神一点儿，气死那些黑粉。”

小白：“……”

袁谦低头翻打比赛时收到的消息：“得，我就知道……又有人找我问简茸的微信。”

路柏沅的眼睫毛很缓慢地眨了一下。

“又？”小白的手撑在后脑勺，“谁啊，嫂子那帮女闺密吗？”

袁谦摇头：“这次是男的，一个吃鸡陪玩，说想跟简茸认识一下，交个朋友。”

小白乐了，打趣道：“牛，还招男粉，跟我哥一样。”

“别胡说八道。”有联赛的工作人员在外面，丁哥赶紧打断他们，“女的还行，男的就算了。”

袁谦关掉手机说：“男的怎么了？”

丁哥挑眉：“女的加就加了，虽然他刚入队我不希望他谈恋爱，但我不能硬生生断人红线吧。男的加了做什么？之前小路微信号被卖的事你们都忘了？没必要，该认识的人以后总会认识。”

“他怎么还没回来。”路柏沅站起身，一只手拎起自己和简茸的外设包，淡淡地问。

“啊？”丁哥回头看了眼电视，“采访完了？”

袁谦点头道：“都结束好一会儿了。”

“那应该快回来了。”丁哥看了眼时间，“不然你们先上车，我去看看。”

路柏沅没说话，他背着简茸的外设包，自己的则一只手随便提着。他走出休息室后，朝前台入口看了一眼，然后停在了原地。

其他人出来后都忍不住随着他的视线看去——

他们的中单正被几个男男女女围着要签名，有工作人员，也有靠工作人员混进来的粉丝。

职业选手的签名没那么金贵，毕竟是能在直播里交流互动的人，距离感不强，托工作人员就能拿到大部分职业选手的签名。

当然，TTC、PUD之类的队员签名还是不容易拿的。

不过简茸对这些无所谓，写个英文字母的事，人数也不多，他没拒绝。

路柏沅看到有个女粉丝对简茸比了个心。

简茸看到这个手势先是一怔，然后他听见女生说：“傻宝贝。”

简茸嗤笑一声，把笔递给她：“滚滚滚。”

简茸道别粉丝，转身看到队友正在休息室门口等他。

简茸说：“等会儿，我进去拿外设包。”

袁谦叫住他：“队长帮你拿了。”

简茸一愣，转头看了看，没看见路柏沅：“队长在哪儿？”

“他先上车了。”丁哥道，“走吧。”

简茸上车的时候，路柏沅正在闭目假寐。

简茸一只手撑着窗，慢吞吞往里面的位置挪。他刚跨过去一边脚，路柏沅腿一伸。

路柏沅掀起眼皮看他。

再宽敞的车子分成三排都会挤，更别说两个大男人。

简茸垂眼说：“我吵醒你了？”

路柏沅扫了一眼简茸的帽子，TTC队服配的，上面有个皇冠队标，只是没有他的签名。

路柏沅收起腿：“我没睡着。”

今天比赛结束得早，队员们回到基地时阿姨还没开始做晚饭。小白输了比赛后憋了一周，刚回训练室就立刻开了直播。

“我想死你们啦！”

“今天比赛都看了没？我那波闪现预判钩子牛吧？”

“上周为什么不开播——你说呢，我又没我们中单那颗大心脏。”

简茸习惯了，毫无反应，低头把自己的电脑开了。

比赛结束当晚，大家都比较放松，小白声音懒散，慢吞吞打开游戏："是吧？我都累瘦了。"

"上周的训练真的是惨无人道，这就是输了比赛的代价吧。"

"为什么我排名进国服前四百了？因为我们中单最近跟疯了似的，天天抓着我、P宝和谦哥打双排。"

"带你上分还不乐意……乐意啊，我当然乐意，但这不是要劳逸结合吗？你知道，我两天加起来双排跟他打了十三个小时！十三个小时！除了训练赛之外的时间，我俩都在一块儿！我看他的ID都要看吐了！"小白说到这儿就崩溃，"这是扯着我的头皮拽着我上分啊！"

"他和其他人双排是怎么样的？和谦哥还好，谦哥和谁都能聊，简茸去上路支援不仅杀人，还抢一波大兵线，谦哥都没跟他动手。"

"和Pine……别说了，太恐怖了，他俩双排那天，我觉得整个世界都是安静的。他们仿佛是路边排的队友，没有语音，也没有打字功能。最可怕的是，他们从下午一点练到半夜一点，沉默地各自吃完一桶泡面之后，还继续排，像谁说去睡觉谁就输了一样。"

"和我哥？"小白顿了一下，"简茸好像没和我哥双排。"

小白的直播间就像TTC的官方直播间，在只有小白一个人开播的情况下，直播间里五个人的粉丝基本都在。

简茸的余光看到小白的弹幕被塞得满满的，还在里面看到了自己和路柏沅的ID。

简茸的游戏组队界面开了半天，没邀请人，也没单排。

他快一周没和路柏沅双排了。

说来好笑，简茸以前觉得双排很麻烦，他又不需要别人带。

但他最近很想跟路柏沅打游戏，哪怕让他去补位个辅助，也觉得没什么。

比赛打完了，也赢了，今晚不训练都行，那他是不是能约路柏沅打两局排位？

简茸默默低头，解锁手机，刚从通信录里翻出小香猪的头像，训练室的门被推开。

简茸回头看了一眼，微微一怔，下意识用手掌挡住手机屏幕。

路柏沅换了一套衣服，黑色卫衣、牛仔裤和球鞋，头发洗过没吹干，但头发再乱，在路柏沅身上都像是造型。

路柏沅当然没有偷窥别人手机屏幕的兴趣，他走到机位前，拔掉自己冲了半天电的手机。

路柏沅出现在直播间的短短几秒，弹幕就炸了一波。

小白关了自己的麦克风，回头问："要出门啊，哥？"

路柏沅说："嗯。"

"那今晚夜宵要给你点一份不？"

"不用，你们吃。"路柏沅扫了一眼简茸电脑上的组队界面，很快又收回视线，"走了。"

路柏沅走后，简茸低下头，把刚打开的聊天框关掉。

小白打开麦说："我哥去哪儿？这是能告诉你们的吗？打比赛为什么还能出门……打比赛又不是坐牢，怎么就不能出门了？今天晚上没训练赛，打完今天的训练时长就去休息有什么问题。"

小白正说着，手臂忽然被人拍了拍，他扭过头说："干吗？"

简茸面无表情道："带你上王者。"

小白深吸一口气，说："其实我对王者没什么执念，上去了我每天就得担心自己的积分被超。大师分段就挺好玩的，竞争性小，氛围轻松，我特别喜欢。"

简茸说："进队。"

小白说："好的。"

临江某家KTV，一个中包厢里传来悠扬动听的歌声。

几个打扮精致漂亮的女生坐在点歌台附近聊天，男人们则坐在另一边抽烟喝酒。

路柏沅坐在男人中间，安静地听他们吹牛，嘴里咬着一支没点燃的烟。

XIU皱眉嫌弃他："你叼着烟又不点，这不是浪费吗？"

路柏沅道："不是你非要递烟？天天想拽着我吃罚款，安的什么心。"

XIU道："你在这儿抽烟丁哥也不知道，回去记得把外套换了就成。"

路柏沅不说话了。他想起上次简茸穿着他的外套，还非要替他顶包的事儿。

旁边一人道："对了，路哥，今天你那场比赛我们在饭馆一块儿看的。你队里那个新中单可以啊，操作挺秀，有点儿你刚出道时那味儿了。"

"别说了，那中单去年还跟我是同行呢。"另一个人吐了口烟，"我和他打礼物PK还输了，枉我还在LPL打了四年，一退役，粉丝说跑就跑。"

"不不不。那小蓝毛虽然挺强，但比起路哥刚出道那会儿还是差点儿。"

"差哪儿了？"路柏沅咬着烟，说话有些含糊，"把他放LSPL里，他也能拿冠军。"

那人听出来什么："你跟那新中单关系好像还挺好？"

XIU吐出一口烟："何止是好。"

路柏沅懒懒打断他："说点别的。"

"行。"一人道，"我去年就说了，今年的聚会，我路神肯定还是单身。"

路柏沅："……"

"你这不是说废话吗？等他哪天退役了，再讨论这方面的事儿吧，在役期间，没戏。"

XIU笑了笑，说："怎么就没戏了？我路神手一抬，多少粉丝想冲上来。"

"不是这个。"好友挥挥手，"是他自己的问题，一个职业选手搞得跟老和尚似的，没有七情六欲，也不知道退役后能不能回归凡尘。”

路柏沅没有当和尚的兴趣。

他问：“能不聊我了吗？怎么样才能堵住你们的嘴？”

“这简单。”那人举杯，“玩玩骰子喝喝酒。放心，啤酒，你这酒量醉不了。”

别说啤的，就是红白混着喝，路柏沅都能撑好一阵。

几杯酒下肚，这群人立马抱着自己女朋友唱歌去了。

XIU 坐到他身边：“你怎么不带 Soft 出来？”

路柏沅没看他，说：“你带 Savior 了？”

XIU 嘿嘿笑了一声：“那我们队中单单纯得很，不来这种地方。”

路柏沅说：“那简茸也是。”

XIU：“……”

简茸和小白连续打了三个小时排位，丁哥带着夜宵回来了。

每回赢了比赛之后的夜宵都很丰盛，但简茸吃得有些心不在焉。

十二点，路柏沅还没回来。

后面他就算回来了，简茸也不好意思拉着他打排位了。

“这么晚了，我哥还没回来？”

心里的想法被人说出来，简茸默默竖起耳朵。

丁哥看了眼时间：“我打个电话问问。”

丁哥这通电话只打了两分钟，挂断之后，道：“他喝酒呢。没事，你们吃，我洗个手去那边接他。”

Pine 问：“你怎么接他？”

丁哥一愣：“开车啊，还能怎么接？我步行过去背他回来？”

Pine 面无表情地指了一下他刚打开用来配小龙虾的青啤。

丁哥沉默两秒，说：“我打电话让人去接……”

“我去接。”

丁哥怔怔地看着简茸，重复道：“你步行过去背他回来？”

“我打车。”简茸道，“基地很闷，我正好出去走走。”

丁哥不太放心：“我听他的声音好像有点醉，你扶得动他？”

简茸摘掉手套上楼拿大衣，说出的话飘荡在客厅里：“可以，我很壮。”

二十分钟后，简茸被KTV工作人员领到了丁哥告诉他的包厢。

在丁哥的叮嘱下，简茸用口罩和帽子把自己遮得严严实实，站在包厢门口像来砸场子的。

包厢里的男男女女都愣愣地看着他，他也看着他们，男的有几个眼熟的，女的不认识，但都很漂亮。

XIU最先回神，他用手肘碰了碰一旁低头喝酒的路柏沅：“小朋友来了。”

路柏沅坐在人群中央，懒懒地靠在沙发上，两条腿很随意地分开。

他抬起眼，跟简茸安静地对视两秒，然后对身边的人道：“让个位置。”

简茸刚摘下口罩帽子就被认了出来。

“嚯，小蓝毛。”

XIU纠正：“人家有名字的，不叫小蓝毛。”

那人摆摆手说：“名字不重要，我记得他的乐芙兰。”

简茸虽然觉得这几个人很眼熟，但一时间没想起是谁。

“UU，山羊，玉米卷。”路柏沅的嗓音有些沙哑，向他介绍，“都是退役选手。”

XIU补充一句：“他们都是老PUD的，我们这帮人打比赛前就认识，后来就你队长自己去了TTC。”

“退役太久了，我还帅了不少，不认识正常。”UU看向路柏沅，“不给我们正式介绍一下？”

简茸刚想自我介绍，肩膀忽然被很轻地握住。

路柏沅刚拿过酒瓶，手心微微发凉。

“Soft，简茸，我们队的新人中单。”

“简茸，好听。”UU 往简茸面前放了一个杯子，“来，一块儿喝。”

路柏沅道：“他不喝酒。”

“怎么，他没成年？”

简茸立即道：“成年了。”

“他酒品不好，我不让他喝。”路柏沅看了眼时间，“包厢开到几点？”

“还有两小时呢，不着急，再坐十分钟，等吃了 XIU 的生日蛋糕再走。”

路柏沅沉吟：“行。”

XIU 笑骂：“你们真不是人，我的生日都过一星期了。”

简茸坐在路柏沅旁边，脑子里还飘着那句“酒品不好”。

路柏沅两只手撑在大腿上，稍稍弯腰跟他们玩骰子。包厢里的音乐太吵，其他人喊数字喊得面红耳热，只有路柏沅一直不开口，手指随意比一个数字就算报数了。

简茸又想起之前喝醉时犯的蠢事，靠着沙发薅了一下头发。

UU 又输了一把，骂骂咧咧地给路柏沅递烟，路柏沅拒绝了。

“队里的新人一来你就装乖？”

路柏沅没答，他把骰盅盖好：“最后一把。”

最后一局是路柏沅喝的，他喝完酒把骰盅丢到一边，说不玩了。

于是，这几个大老爷们就跟女生抢麦去了。

男人的嗓门总是比女生大，UU 把背景音量调高，和 XIU 直接来了一首谁也听不懂的 rap（说唱）。

包厢内灯光昏暗，路柏沅忍着耳朵的摧残往身边看了一眼。

简茸穿了一件很薄的外套，里面还是今晚在基地里穿的那套常服，两只手插兜，坐得挺乖。

路柏沅刚想问简茸怎么说服丁哥让他出来接自己的，就见他忽然左右看了一眼，确定没人在看他们这边后，偷偷把口袋里的东西拿了出来。

路柏沅还没看清是什么，简茸就在昏暗中很轻地拽了一下他垂在沙发上的手，把东西塞到他手里。

是一瓶盒装牛奶。

路柏沅微微一怔，简茸的身子往他这边偏了一点儿，小声道："我不知道有这么多人，只买了一瓶。"

路柏沅拿着牛奶，挑了下眉："你还知道这个。"

"出门前丁哥跟我说的，酒后喝这个养胃。"简茸见他没动，小声催促，"你喝两口。"

路柏沅垂着眼，懒得动："太暗，出去再说。"

简茸拿回牛奶，撕开吸管准确地扎进去，再递给路柏沅："好了，你喝点。"

路柏沅盯着那根吸管看了几秒，接过牛奶喝了一大口。

简茸满意了。

他坐了一会儿，又想起什么："对了，小橘的事……"

XIU 站在麦克风旁边摇头晃脑，一只手高高举着瞎挥："每个人在你头上暴扣！"

路柏沅道："嗯？"

简茸："小橘……"

XIU 脑袋一上一下地晃："我根本不是爱豆（偶像）！"

简茸："……"

他忍着把麦克风砸了的冲动，下意识往路柏沅那边靠。

路柏沅身上有烟草味，简茸不爱二手烟，也不爱闻烟味，但路柏沅身上的味道却总是跟其他抽烟的人不一样。

简茸定了定神，说："我说，你给小橘花的钱，我转给你。"

路柏沅没说话。

简茸以为他还是没听见，又往前凑了凑："你给小橘充太多钱了，它……"

路柏沉转过脸来，简茸的声音戛然而止。

路柏沉处于一种很轻度的微醺状态，眼睫垂着，眸子沉得像一片湖。

XIU 还在鬼哭狼嚎。

路柏沉嗓音低沉：“它什么？”

路柏沉的气息带着温度，简茸眨了两下眼，道：“它就是一只小土猫，用不了这么多钱。”

路柏沉没说话。

简茸别开眼：“而且它每顿都吃罐头，真的好容易胖，到时候打不过外面的野猫。”

“打得过。”路柏沉打断他，带着酒意笑了一下，道，“而且我乐意给它花钱。”

第九章 Road 专用符文

Take the Crown

XIU 仍旧在唱简茸一个字都听不清的歌。

为了回丁哥的消息，简茸一直把手机攥在手里，如果他的劲儿再大点，手机这会儿估计也该捏爆了。

XIU 又唱一句隔壁包厢听见都要提刀来砍的“在你头上暴扣”，把简茸拽回神。

最后是终于受不了的 UU 把歌切了，骂麦克风旁边的人：“你能不能唱点人能听懂的歌？”

XIU 拿着麦克风：“你懂什么，这叫 hip-hop（嘻哈）！”

“别人唱是叫 hip-hop，你唱就是读，发音还不标准。”

XIU 骂骂咧咧地放下麦克风，下一首歌很快接上，前调舒缓轻快，大家顿觉自己的耳朵舒服了不少。

XIU 直直朝他们走来，顺便把 UU 也拽上了，嘴里念念有词：“我发现和你就是不能好好聊天唱歌。来，今晚不喝死你，我后天都不能安心打比赛。”

XIU 在路柏沅旁边的小椅子上坐下了，给自己倒了一杯酒：“那个蛋糕怎么还不上来，我都等半天了。”

“今天周末，客人多，叫个服务员都要半天才过来，再等等，你急什么。”UU 笑着看向路柏沅身后，“Soft 别拘着啊，喝不了酒可以唱歌，去点歌，随便置顶。”

简茸低下头，把自己的脸藏着，含糊地说：“不用，我不会唱歌。”

UU 挑眉：“你不是做过主播吗，不会唱歌？”

“别人又不靠唱歌吸粉。”XIU 给他倒满酒，“别唠叨了，喝酒。”

路柏沅的杯子也被倒了酒，他没说什么，拿起跟 XIU 碰了碰杯。

XIU 道：“对了。上周跟你们打完，Savior 回去之后就一直在念着你们中单。”

路柏沅喝了口酒，说：“念什么？”

“说下次一定要在对线上赢。”

XIU 都已经准备好听简茸的嘲讽了，没想到当事人无神地盯着某一处发呆，连声嘲笑都没给。

“你想多了。”

XIU 一愣，看向路柏沅：“什么？”

包厢门打开，KTV 工作人员推着蛋糕进来，蛋糕车上还挂着两个气球。

“季后赛等着吧。”路柏沅拍拍他的肩，“去吹蜡烛。”

XIU：“……”

路柏沅这一拍，让他有种“吃完这顿好上路”的感觉。

吹了蜡烛，简茸分到一块蛋糕。他把奶油顶上的车厘子吃了，蛋糕没怎么动。

他听着路柏沅在和 UU 他们聊以前的事，慢吞吞地接收着信息——

包间里都是 LPL 早期选手，除了路柏沅和 XIU，其余都退役了。他们几人很早就认识，以前每天都在一家网吧一起打游戏，路柏沅跟他父亲吵架那会儿，几乎住在网吧。

简茸一怔，立刻回神。

UU 讲得正激动：“我每天回家睡的时候，他在网吧打排位，我醒的时候他还在网吧打排位。你跟那些偷偷学习的学霸有什么区别？”

路柏沅嗤笑道：“我要偷偷练，能让你知道？”

“说到这儿，他爸当时杀到网吧来的时候，身后还带着几个穿西装的，那阵势着实把我吓了一跳。”

“我记得，当时小破网吧外面停了一排豪车，整条街的人都停下来看！”

“我要有这家境，还打游戏干吗？”

简茸听得一怔一怔的。

他知道路柏沅家里有钱，路爸路妈一看就是素养很高的知识分子，但是路柏沅曾经和家里闹翻过？

他正低头听着，一颗蘸着奶油的车厘子被放到他的蛋糕盘里。

路柏沅仍旧在跟好友聊天，把车厘子分出去后，他放下蛋糕说：“行了，没能聊的了？”

吃完蛋糕，路柏沅不顾 UU 的挽留，带着简茸走了。

KTV 外面都是出租车，两人随便上了一辆。他们幸运地遇见了一位不说话的司机。

简茸盯着窗外，脑子有点晕。

路柏沅开了一条窗缝，夜风吹进来，身上的酒味全飘到了简茸那边。

路柏沅在和丁哥打电话，丁哥不明白自己让简茸去接人，怎么简茸自己却没声儿了，消息不回电话也没接，他都想报警了。

路柏沅扫了一眼身边发呆的简茸，说：“他没事。”

“我能有什么事。”

“我没喝多少，没醉，在回去的路上了。”

……

两人到达基地，扫码付款。

路柏沅一脚刚迈下车。

“你很喜欢小橘吗？”简茸忍不住问。

路柏沅下车，关门，然后把简茸拉到了路灯右侧的阴影里。

“你怎么这么问？”

简茸伸手薅自己的头发，陷入沉默中。

这时身后传来一声刺耳的“吱呀”。

“我在阳台晒内裤呢，远远看下来就觉得是你俩！”小白的脑袋从基地铁门探出来，关心地问，“你们怎么不进来？外头多冷啊。”

简茸：“……”

我要杀辅助。

今晚倒数第二局排位，我为什么要闪现去救这个白痴？

晒内裤就晒内裤，你东张西望干啥？

这个点你就训练完了？你觉得你今天的比赛玩得很好吗？

灯光太暗，小白没看清中单眼中的愤怒，他见两人都没反应，拉着门问：“你们不进来吗？丁哥在里面等你们好久啦。”

简茸的拳头攥紧又松，松开又攥紧，直到他的手被人扯了一下。

“喜欢。”

小白平时也没这么闲，不会跑来大门看热闹，这回会下来，是他以为自己见鬼了。

深更半夜，行人寥寥，两人往那儿一站，是真挺吓人的。所以他拉着 Pine 出来了，这会儿 Pine 就在他身后跟着。

两位晚归队员进了大铁门，小白跟简茸并肩走，他看着简茸心不在焉的神情，悄声问：“刚刚你和我哥在聊什么呢？”

简茸尽量控制着情绪：“为了彼此好，你现在别和我说话。”

小白一脸疑惑：“为啥？”

简茸冷冷地吐字：“打架违规，杀人犯法。”

小白：“……”

回基地的时候，丁哥还在，他听见大门的动静，念叨着回头：“你俩挺行的啊，我等我老婆都没等过这么久。”

路柏沅道：“那你对嫂子心不诚。”

“是你嫂子从不让我等这么久。”丁哥声音一顿说，“你喝多了？耳朵这么红？”

简茸没忍住看过去。

路柏沅面色如常，只有耳朵红，一路红到耳根。

路柏沅道：“一点儿。”

“那你们今晚玩得挺大，以前红白酒混着喝，我都没见你喝红脸。”丁哥看了眼手表，“行了，你赶紧去洗澡睡觉……算了，你喝酒能洗澡吗？明天再洗吧，你在这儿坐着，我去给你泡蜂蜜水。”

简茸立刻道：“我泡。”

“用不着你，你赶紧上去睡觉。”丁哥想也不想就拒绝，“明天你早点醒，吃了早餐再训练。”

翌日，简茸理所当然起晚了。

他吃完早餐进训练室的时候，包括路柏沅在内，所有人都坐在了机位前。

小白正在跟直播间的人聊天：“一上午没听见我们中单催命般的双排邀请，耳边都清净很多了呢。希望他以后每天都能晚点醒，给其他人留下一个休闲放松的训练环境……”

小白听见动静，回头一看，熟练地变脸：“你醒啦，没有你找我双排的日子真是无聊呢。”

简茸进屋的第一反应就是去看路柏沅。

路柏沅的背影被电竞椅挡得差不多了，简茸收回视线，说：“你别演了。”

简茸刚打开电脑，小白就转过头道：“快月底了，咱们交换一下免费礼物？”

简茸直播账号等级高，每个月有很多免费礼物。

简茸对这些无所谓，他登上游戏，懒懒地“嗯”了一声，转眼去开直播软件。

他一眼就看见挂在首页最大宣传位的直播间——Road：等人，随便播。

简茸立刻点进去。路柏沅没开视频，也没在玩游戏，只是挂着游戏客户端在跟 XIU 聊微信，在讨论马上要出的新打野英雄。

弹幕哗哗地飘——

“莉莉娅：又出新打野？拳头，你当我死的吗？”

“XIU 都来了怎么还没开始排？在等谁啊？”

“路神为什么不开视频啊？”

“刚才我好像听到 Soft 的声音了。”

“好像什么，他都摸进直播间来了，在贵宾席上坐着呢。”

小白转过头问：“你来我直播间了吗？”

简茸把免费礼物全送给路柏沅，说：“没了。”

小白：“？”

“你言而无信！”小白张嘴就来。

简茸说：“以后我给你补流星。”

“简茸。”

简茸立刻扭过头，道：“在。”

路柏沅摘了一边耳机，淡声问：“我们双排？”

简茸很快进了路柏沅的组队房间，路柏沅的直播间窗口就挂在右上角。

路柏沅很难得地在和弹幕上的人聊天。

“我是在等他。”

“嗯，我一周没和他双排了。”

“他不愿意和我排。”

简茸：“……”

“？”

“那 Soft 确实是有些不识抬举哈。”

“这俩人怎么回事？一个人开直播，另一个人就一定要在直播间里挂着？”

简茸补位到了辅助。

“我和他们排位练一下配合。”简茸抬手捂了一下耳朵，又道，“没不愿意。”

路柏沅“嗯”了一声，看了眼自己的位置，继续敲字。

TTC · Road：“AD 在吗？”

PUD · XIU：“在的，路神。”

看我操作就行了：“……”

路柏沅眉间松了松，是熟人就方便了。

TTC · Road：“换个位置，你来打野，我 AD。”

PUD · XIU：“OK。”

简茸一愣。

商量好后，路柏沅没怎么犹豫，锁了复仇之矛。

“啥意思？路神把打野位给别人了？”

“为什么玩 AD……我有个蛮可怕的想法，但我不敢说。”

“我替你说，因为 Soft 排到了辅助位，Road 想和他一起走下路！”

英雄复仇之矛有个“被动契约”，开局就可以将自己和辅助绑定在一起，六级他的大招可以直接收起辅助，保护辅助不受伤害，四秒之后辅助自己选择降落地点，落在敌人头上能将敌人击飞。

这个技能可以用来开团，也可以用来逃命。

这个英雄一出就广受玩家的喜爱，因为在关键时刻，复仇之矛可以很好地保护自己的辅助。

但简茸对软辅并不感兴趣，反手就掏出一个火女。

PUD·XIU：“你俩下路行吗？打不过就等我去抓，我再赢一局排名就上去了，千万别‘演’我。”

看我操作就行了：“我们乱杀。”

PUD·XIU：“好的。”

简茸说乱杀就是乱杀。

路柏沅走位太强，对面的EZ根本打不到他一下。简茸更是把对面的辅助血条消耗得哇哇叫。

六级，路柏沅回家补给，简茸帮他卡了一波兵线之后蹲在草里残血回城。

回城最后三秒,简茸脑袋上冒出一只眼睛——是对面中单卡牌的大招。

卡牌飞到他身边的同时，对面上单一个TP（transport，传送）落在了简茸左侧。

这是杀意已决。

简茸叠出一个眩晕被动，想试试能不能把卡牌换掉。

这时，他耳机里传来一道闪现的声音——路柏沅操控着复仇之矛，闪现赶到现场，在最后一刻用大招把他救了回来。

水友们看得正爽，非常下饭的一幕发生了。

此时简茸身上只有三十七滴血，哪怕是一个辅助都能一下把他点死。

但他还是头也不回、义无反顾地把自己砸到了敌方人群中，然后丢出大招晕倒敌方上中辅三人，一套输出猛如虎，干脆漂亮地打完全部伤害后……别人还有大半管血。

敌方辅助一个平A，简茸原地去世。

简茸：“？”

路柏沅：“……”

简茸说：“我的错。”

“哈哈哈哈哈，我真的是醉了。”

“你一个臭辅助还蛮自信的哈。”

“你带个窃法之刃打出了无用大棒的气势呢。”

“路神心想，我的闪现喂了狗。”

“就这？就这？看来Soft这辈子都跟网恋无缘了。”

“也不一定，Soft的操作还是蛮秀的，打字聊天也很高冷，堪称网恋界最受欢迎的男生模板！”

“玩笑归玩笑，他经常收到小姐姐的好友申请的。”

路柏沅把杀了简茸的那个露露几下点死，扫一眼弹幕，说：“他不网恋。”

“为什么？没为什么，我不让。凭什么不让，凭我是他队长。”

“限制队员谈恋爱？”路柏沅看到这条弹幕，没来由地笑了一下，“不限制，现实随便他谈，想怎么谈怎么谈。”

“他把恋爱对象带到基地里来，我都没意见。”

简茸刚睡醒就被说得受不了。

他的鼠标点得啪啪响，嘴唇反复抿了几次。

排位赛一直打到下午，五人移动到比赛房打训练赛。

今天的训练赛只约了三场，不到八点就全部结束了，一场没输。

打完训练赛，简茸心如止水，打算下楼继续排位，丁哥开门进来了。

“今晚你打得还可以。”丁哥靠在门边说，“一会儿有什么打算？”

路柏沅道：“排位。”

丁哥点头：“说到排位，我有件事跟你们说。H服那边马上更新版本了，从明天开始，你们去H服打排位赛吧。”

其实职业选手们不论平时训练还是直播，都喜欢去H服。H服游戏版本更新快，高分段质量高，国服则不同，虽然官方出了一个专门为钻二玩家设立的“峡谷之巅”游戏区，但“演员”和喷子还是多。

近期因为官方出了分段要求，大家伙才纷纷回归国服来。这会儿选手们的分段也都在及格线以上了。

“太好了。”小白往后一瘫，“我快被那些‘演员’搞死了。”

简茸客观评价：“你也是其中一员。”

丁哥笑了一声，说：“尤其是你，简茸，你好像特别喜欢玩国服。你的H服号还在吗？”

简茸收拾自己的外设：“不知道，之前被封号了，不知道有没有被放出来。”

丁哥说：“被封号？为什么？”

简茸说：“骂人。”

丁哥说：“你在H服都能骂人？你不是语言不通吗？”

简茸说：“我用的英文。”

小白惊讶道：“你还会英文？”

“翻译器。”

小白竖起大拇指：“真有你的。”

丁哥一脸了然，道：“那你看看，没有的话我给你安排一个。”

简茸“嗯”了一声，收拾键盘，装作很自然地扭过头：“一会儿还双排吗？”

路柏沅看向他：“排。”

打了一晚上排位赛，当大家准备解散去休息的时候，丁哥推门而入。

“简茸，工作人员把H服号发我了，我转发给你，明天如果你自己的号上不了，就去打这个号。”

简茸活动了一下脖颈，道：“好。”

半分钟后，丁哥皱眉：“你的微信怎么换头像了，我找了半天。”

小白打了个哈欠，顺口问：“他的头像不是我哥养的猪吗，改成什么了？”

丁哥道：“一只橘猫。”

几人并肩一块儿离开训练室。因为离得近，当路柏沅手机屏幕亮起光时，简茸下意识转头看了一眼。

他看见路柏沅打开和宠物医院的聊天记录，随便挑了一张对方发来的小母猫的照片，下载原图，保存，然后设成了微信头像。

次日，简茸睡醒打开手机，就看到微信群聊在刷屏。

丁哥：“我往群里分享了一份比赛回放，你们醒了都看一眼。”

丁哥：“R，你怎么也换头像了？”

P宝的小辅助：“哥，你买猫啦？”

R：“没有。”

P宝的小辅助：“那你的头像是谁家的猫？”

R：“没谁。”

简茸本来还想再赖一会儿床的，看到这儿，他起床对着空气挥了一拳，吹着口哨，面无表情地去浴室刷牙洗脸。

群里还在问路柏沅哪儿来的儿媳妇，儿子又是谁。

简茸刷着牙，忍不住穿插几个表情包刷存在感。

袁谦：“这猫什么品种来着？布偶？”

简茸发了一个憨憨点头的表情包。

P宝的小辅助：“好可爱啊！”

P宝的小辅助：“跟简茸头像的那只一对比，就更可爱了。”

艹耳：“？”

艹耳：“我的头像怎么了？”

P宝的小辅助：“丑。”

简茸想替小橘猫说两句，扫了自己头像一眼后放弃了。

丁哥：“你复诊回来了？”

简茸刷牙的动作一顿，还没来得及问怎么回事，丁哥就火速把消息撤了回去。

P 宝的小辅助："啊？哥，你的手又疼了？"

丁哥："……"

R："没，普通复诊。"

袁谦："那今天下午的训练赛你还赶得回来吗？"

路柏沅刚回基地，懒得打字，他坐在沙发上，随手拍了一张照片发群里，表示自己已经回基地了。

阿姨从厨房走出来，见到他一愣："哎哟，小路，你去复诊啦？明天不才是复诊日吗？我今天没提早来，你早餐吃了没？要不我现在给你做……"

一道脚步声匆忙响起，路柏沅看了眼楼梯的方向，然后对阿姨说："明天有比赛，所以今天我提前去了一趟。我在外面吃了，您帮他做一份。"

简茸没来得及擦脸就下楼了，下巴上还挂着水珠。

路柏沅坐姿散漫，手垂在腿边："过来。"

简茸乖乖过去，皱着眉道："你的手……医生怎么说？"

"还是那几句话，不过这次我休养得好，以后能多练一小时。"

简茸松一口气："那就好。"

基地大门猛地被推开，丁哥见到他们张口就问："视频怎么还没看？其他人全部下载了，就差你俩了！"

路柏沅收回视线。

简茸松开衣领，说："马上。"

阿姨的声音从厨房里传来："小茸，早餐给你放餐桌上吧？"

简茸不想麻烦阿姨，起身道："不用，我拿去训练室吃。"

丁哥见自家中单终于好好吃饭了，欣慰地点点头，再看向沙发——路柏沅脑袋后仰，靠在沙发垫上，拿起旁边的帽子盖住了自己的脸。

路柏沅换好衣服就被丁哥叫去了会议室，直到简茸吃完早餐都没回来。

简茸打开加速器，反复试了几次密码，才终于登上自己的 H 服号。

他随意调整两下摄像头，然后开了直播。

“怎么打起 H 服了？”

“这号不是被封了？”

“骂人只封三天。”

“我来这直播间比较晚，还是第一次看 Soft 打 H 服。”

“话说回来，其他选手不都打 H 服吗，怎么 Soft 一直在玩国服啊？”

“还能为什么，菜呗，H 服太厉害了他打不过。”

“我登顶 H 服第一的时候，你还不知道键盘怎么使。”简茸冷冷道，“不爱打 H 服。”

“为什么？没为什么，交流困难，实力一般，英雄语音包难听。每句播报都很吵的，打了两天晚上做梦都是 H 服的语音播报，太烦了。”

“现在为什么打……教练要求。”

简茸看了一眼自己的段位。

长久不打排位赛，游戏号就会进入休眠时间，然后持续掉胜点甚至掉段。不过石榴半年前借过他的 H 服号，所以现在账号段位还在钻石二。

简茸选好位置进入匹配队列，然后给自己的直播间重换了一个名字。

“TTC · Soft- 直播上 H 服第一。”

“？”

“一个一个梦飞出了天窗。”

“不知道的人以为你 H 服王者一千五百分呢。”

“你先上王者，再来跟我说上 H 服第一的事，OK？”

“小小的傻瓜大大的梦想。”

“虚假标题举报了。”

“你们是举报精吗……”简茸嗤笑，“是我最近直播少了，让你们眼界变低了？H 服第一而已，随便上，你们看着吧。”

简茸的账号隐藏分高，虽然是钻二，但排进游戏后一看段位——对面五人，除了AD之外都是宗师。

粉丝们觉得这局有点悬。

“我看到标题进来的，上H服第一？Soft的H服号是哪个啊？我刚翻了一下前五十的榜单，没看到他这个ID。”

“或许你去钻石分段找一找？”

“H服第一？LPL目前最高的也就H服前二十吧？你们TTC的队员已经沦落到要用这种标题吸引水友了？”

“哦哟，鱿鱼战队的粉丝，等你们这群人好久啦！”

“Soft就是把标题空着，都比你们战队那几个废物人气高，你说气不气。”

弹幕吵得正嗨，只听“噔”的一声，简茸锁了一个亚索。

英雄亚索，又称“快乐风男”，他的E技能（踏前斩）可以在野怪、敌人以及敌方小兵身上不断穿梭并造成伤害。

不管我血量多低，场上局势如何，给我一波敌方小兵，我一定能秀——这是所有资深亚索玩家心中最为坚定的信念。

想要感受死亡如风？选亚索吧！

对《英雄联盟》失去了热情？选亚索吧！

想跟队友激情互动？选亚索吧！

这英雄一选出来，弹幕凝滞一秒。

“我跟那群人喷了半天，就等你打爆全场碾他们的脸！你真好啊！你给我掏出一个托儿索？”

“刚才跟我对骂的那个鱿鱼粉丝在吗？出来和好。”

“声明！声明！直播间标题纯属主播个人行为，与水友无关！”

“虽然我名字后面挂着他直播间铁粉的标识，但我和他真的没有关系。”

“宝贝勇敢飞！这局我先不跟随。”

“谁要你们跟随。”简茸改好符文，“别急着和鱿鱼粉丝和好，我这局乱杀。”

其实水友会觉得这局没了很正常。高端局会掏出亚索已经是搞队友心态了，更别说这是H服，大多数人认为H服的宗师就等于国服的最强王者，加上简茸已经很久没玩过亚索，大家当然认为这局赢面不大。

所以当简茸的快乐风男七级抓下，唰唰拿了个三杀之后，礼物已经占了满屏。

十三级，简茸一个人带上路兵线，敌方四人从草丛蹦出抓他。

简茸回头就跑，三秒后，他猛地往右侧一个闪现——这个闪现不仅没法逃跑，甚至还离敌人近了那么一点点。

水友们的“菜”“什么操作”等言论还没来得及发出来，就见亚索往身后吹起一阵风，刮起敌方四个人。

一个R大招（狂风绝息斩）及点燃接上，直接秒死AD，然后在三人之间E技能加平A，对方辅助被他这操作秀了一脸，手上所有技能一个没中。

“Quadra kill(四杀)！”

杀了四个人的亚索收刀，回城，潇洒至极。

视频中男生一脸平静，直播间里的水友满屏震惊。

“H国人全看呆了，哈哈哈哈，两队人一直在全屏刷问号！太爽了！”

“刚才那个跟我对喷的鱿鱼粉丝速度滚出来。”

“不是吧，不是吧，赢一局宗师局就飘成这样？没赢过？”

“我一叫你就出来了？”

“赢没赢过不知道，但大家都知道鱿鱼战队常规赛十一连败呢！”

“这几天如果国服亚索使用率提高，那么在场各位没一个是无辜的。”

“宝贝真棒！”

“Soft勇敢飞，我的钱已冲，等你上了H服第一，给你刷流星。”

二十分钟后，敌方干脆利落地点了投降。

简茸拒绝掉蜂拥而来的好友申请：“行，你的 ID 我记住了。礼物放好等着，别给其他主播刷，我上了 H 服第一来验收。”

短短一局游戏，简茸的直播间人气飙到平台最高。

简茸没浪费时间，直接进入下一局。

这局他拿到了打野位。

非要让简茸选出一个他玩不好的位置，那必是打野位。他玩中单的时候就不爱支援，更别说需要跑遍全图的打野。

简茸打开翻译器，输入“给我中单我 carry”，复制翻译结果到游戏中，发送。

中单队友果断地回了一个“No”。

“你直接说你不会玩打野，他就让你了。”

“谁说我不会？”简茸懒得再折腾翻译器，“我是全能选手。”

轮到简茸选英雄，他来来回回挑了半天，看到某个英雄头像后，忽然想起自己这个号是有皮肤的。

于是他鼠标一挪，选了盲僧。

“你会玩这玩意儿？”

“玩过一点儿。”

“玩过一点儿等于不会玩。”

“确实，他要是会玩，这家伙现在牛皮已经吹上天了。”

简茸不搭理他们，他选定路柏沅的冠军皮肤，然后打开《英雄联盟》游戏助手提供的“一键设置符文”功能，这个功能会给玩家提供好几套高玩使用的符文方案。

简茸随便挑了一个“S 赛盲僧打野最强符文”给自己换上。

几秒后，简茸眉头一挑，重新打开那个功能。

第三套方案叫“Road 盲僧打野专用符文”。

简茸眨了眨眼，面不改色地更改成这套符文。

“怎么，是‘S 赛盲僧打野最强符文’配不上您吗？”

“等等，这两套符文不是一模一样吗？”

“别问，问就是喜欢这套符文的名字。”

简茸心虚地别开眼：“这两套符文一样吗？没注意。哎，你们烦不烦，我换套符文你们都要磨叽半天……”

简茸话还没说完，弹幕上忽然飘过无数叹号和“啊啊啊”。

简茸觉得莫名其妙，刚想问他们在傻叫什么，他拿着鼠标的手就被人握住了。

路柏沅也换了一件短袖，手心微凉，覆在简茸的手背上，拖着简茸的手挪动鼠标，打开符文页，帮简茸重新点了一遍符文，保存，使用。

路柏沅收回手站直，很随意地揉了两下简茸的头发，说：“这才是 Road 专用符文。”

路柏沅走出视频之外几秒后，直播间水友以及主播本人才恍然回神。

“这是队员福利吗？”

“我突然想起前天看小白直播，他问 Pine 厄斐琉斯符文怎么点，Pine 问他游戏助手不愿意为你服务吗？哈哈哈哈哈哈哈。”

“太快了，我没看清 Road 改了哪些符文！谁看到了麻烦给我说一下，啊啊啊！”

“我也没看见，我只顾着盯他的脸了！”

“Soft 把符文点开我抄抄。”

简茸低头，手反复地揉了揉自己的脖子：“你们这么菜，用哪套符文都一样。”

“？”

“星空 TV 为什么只能举报水友人身攻击，主播攻击水友不管是吗？”

“连这都不肯和我分享？”

简茸不理他们，抿唇专心打起游戏。

他的盲僧确实一般，不过在钻石分段已经够用了，尤其这局有 Road 符文加成……到了中期，敌方野区就是简茸的第二个家。

赢下这局游戏后，简茸刚回到战绩页面，无数个好友请求弹了出来。

开直播好友申请就是会炸，简茸打开列表一个个拒绝，直到他看到一个叫“Savior”的 ID。

他两年前就跟 Savior 打过排位，知道这个 H 服 ID 就是 PUD 中单本人。

他犹豫地皱了下眉，通过了好友申请。

Savior：Hi.（你好。）

Softsndd：Shuo zhong wen。（说中文。）

“H 国人在 H 服，你让人家说中文？哈哈哈哈。”

“笑死了，我在看 Savior 直播，Savior 中文还不太行，拼音更烂，叫 XIU 来帮他打字，哈哈哈。”

Savior：Soft？

Softsndd 打了个句号。

“你们看！这个句号！这不就是网恋对象的高冷男神吗？ Soft 本人长得还帅！”

Savior：Softsndd shen me yi si？（Softsndd 什么意思？）

Softsndd：Wo shi ni daye。（我是你大爷。）

Savior：……

Savior 问简茸要不要双排，表示他可以开小号，简茸想也不想拒绝了。

简茸扫了眼弹幕，说：“我没嫌他菜，撞位置了怎么玩？他还得换小号，没必要，没熟到那地步。”

简茸原先只当这是一个小插曲，拒绝就算过了。

直到比赛日当天，他刚坐上车，就听见小白他们在聊 Savior 的事。

小白低头刷贴吧：“哇，Savior 这几天真的太惨了，连夜把 ID 换了，昨天直播都不开了。”

“他怎么了？”丁哥坐上车，“等会儿，我不是说让你少看贴吧吗？”

“这不比赛还没开始嘛，我先刷个爽。”小白滑动手机屏幕，“他最近常规赛一路连胜，网友就分析他今年很可能跟着 PUD 去打季中赛，H 国喷子就开始带节奏骂他了。”

季中赛，全名《英雄联盟》季中冠军赛。该赛事一年一届，与全球总决赛、全明星赛三项赛事并称为《英雄联盟》全球三大赛。

每个赛区仅有一个季中赛参赛名额，所以只有春季赛冠军才能代表 LPL 出战。

“骂错人了吧。”简茸挑眉，“谁说 PUD 能去打季中赛？”

路柏沅把外设包放到靠窗座位上，在简茸身边坐下：“能不能去先不提，他们要喷，不该先喷 98K？”

“98K 被喷很多年了，心理素质强得很。”丁哥看了眼表，招呼师傅开车，又道，“98K 是第一个离开 H 国，效力外国战队的 H 国选手，别说被喷，死亡威胁都收到过。”

袁谦一愣：“这么恐怖？”

小白：“那 Savior 还算轻的……被骂就不说了，他的 H 服 ID 被发上了外网，现在每局游戏都遇到‘演员’，最新战绩连跪十三把，改了 ID 也没用。”

简茸搜了一下 Savior 的战绩，确实惨，0/16/0、0/13/2 这样的怪物每局都有，怪不得要开小号。

“啧，简茸厉害。”小白忽然道，“推锅吧居然有个加精帖子在直播你的 H 服段位。”

推锅吧，LOL 中最出名的贴吧，LOL 喷子最大集结地。赢了挑刺输了喷，每个知名选手在这个贴吧都拥有一栋高楼黑贴。

简茸是个例外，他没当选手之前就在此吧拥有千层高楼。

简茸兴致缺乏，他挂上耳机道：“哦。”

“不过……我的天。”小白愣愣地回头，“你这么快就从钻二打到宗师了？”

简茸“嗯”了一声。

小白惊呆了。

这都不是拼不拼的问题了，这么短的时间，不打大几页连胜都没法做到。

袁谦：“你在H服高分段都能爬分这么快……牛！”

简茸：“H服比国服好打。”

袁谦一下分不清他是在装还是认真的：“啥？”

简茸言简意赅：“国服喷子和‘演员’多，还有代练上来的菜鸟，难度加倍。”

Pine淡淡道：“H服‘演员’也很多。”

“对！而且那群‘演员’恶心得很，只‘演’拼音ID的玩家和职业选手。”小白顿了一下，说，“我哥就被‘演’过好多次。”

拼音ID的玩家在H服默认是中国玩家，会被一小部分素质不高的H服玩家针对。

简茸的游戏ID不是拼音，专注打H服的时候直播也还没火，加上他不怎么跟游戏里的人聊天，所以没遇到过几个“演员”。

不过他知道确实有这种现象，他见过中国玩家被“演”还被嘲讽，也正是因为遇见了这种事，他的号才因为骂人被封，自那之后他就很少打H服。

“无所谓。”路柏沅压低帽子，闭眼假寐，“国服H服都一样。我睡会儿，到了叫我。”

常规赛只剩最后三场，TTC还未对战的三个队伍实力都一般，只要没人出岔子，基本能拿下。

今天的比赛他们赢得没什么悬念，比赛时长加起来甚至没到一小时。

比赛结束之后，全场 MVP 给到了路柏沅。

负责采访的是一位出了名爱搞事的男主持，他惯例问了几个问题之后，忽然话锋一转，说：“最近 H 服版本更新，路神和队友应该也都去 H 服训练了吧？”

路柏沅道：“他们去了。”

“那路神你……”

路柏沅刚做完针灸，医生建议他在比赛日前先不要用手，不过这种理由自然没法在镜头前说出来，他简单道：“账号密码我忘了，昨天才找回来。”

主持人笑了：“这样啊。我听说 Soft 正在冲击 H 服第一？”

路柏沅扫了他一眼。

话是简茸说出口的没错，不过是在直播间里说的话，放在水友眼中不过就是主播的正常口嗨罢了。

比赛采访就不一样了，毕竟 LPL 的赛事直播在国外观看量也不低，影响面大。

可能男主持人没意识到这个话题会导致的后果，也可能他就是想要这个效果，仍在继续：“H 服最近可谓是高手云集，你觉得 Soft 能做到吗？”

休息室里，丁哥气得指着电视直骂：“这是什么人，在 LPL 赛后采访提 H 服就算了，还非要提选手口嗨的事……不行，我一会儿必须去给负责人打电话！”

小白摇头道：“完了，H 服那边肯定有人要扒简茸的 ID 了。”

袁谦：“还需要扒？你忘了，他的 ID 就带了个 Soft。”

小白沉思两秒，伸手去搭简茸的肩膀：“简茸，咱们大丈夫能屈能伸，要不你回去把 H 服 ID 改了？”

简茸坐姿懒散，头也没回地道：“我为什么要改 ID？”

“你现在这分段想狙击你太容易了……”

简茸好像听到了什么笑话，说：“国服一分七块明码标价的知名‘演员’我没遇到十车也有八车，还有一堆心情不好就上来报复送分的，拿不到想玩的位置直接挂机的，被我喷过专门找十几个人狙击我的——我在国服都能打上第一，我会怕他们？”

小白：“……”

就连正低头打斗地主的 Pine 都忍不住抬手给他比个拇指。

简茸没说什么，他戴了帽子，仍旧仰着下巴看路柏沅接受采访。

路柏沅神色未变，道：“首先，我们什么服务器都玩，我认为每个服务器都有许多高手。”

“其次，我相信我的队友。”

“好，那我们就期待 Soft 登顶 H 服那一天，还有……”

“没什么好期待的。我们的目标不是 H 服第一，是世界冠军。”路柏沅语气平静，说的话却足以把赛事直播间的弹幕点爆，“还有，这里是 LPL 赛场的赛后采访，你如果对我们队员的排位分段感兴趣，可以向我们战队经理提前预约私人采访时间。就这样，谢谢。”

镜头被紧急切回解说席。

三位解说面露尴尬，艰难忍笑。

直播间弹幕密密麻麻，场面堪比春季赛总决赛。

“这个主持人又搞事，之前他就是在赛后采访问了 98K 对老赛区的队友有什么看法，被降职快两年才重新回来的，没想到常规赛都没结束又搞事……”

“这次他是不是可以直接退休了啊？烦了，毁灭吧。”

“这好像是路神第一次在镜头前发脾气。”

“不是吧，这叫发脾气？”

“还好这次 MVP 没给到 Soft，不然他不跟这主持打一架真的很难收场。”

“我已经可以预见 Soft 被 H 服那群‘演员’疯狂狙击的场景了。”

“LPL 每个选手都被狙过吧，别说 LPL，他们连自己赛区的职业选手都‘演’。这一点 H 服跟国服很像，不知道那些 H 服素质高的言论都是从哪儿传来的。”

“那 Soft 以后的直播一定很刺激，我要提前去点个关注。”

“没什么刺激的，他在国服也是天天遇‘演员’。我现在就担心……在 H 服骂人会被封号禁赛吗？我怕他在 H 服待两天，直接吃禁赛九十九天大礼包。”

“一语惊醒梦中人！”

“TTC 队粉突然害怕！”

路柏沅刚下后台，丁哥就守在门口了。

“你先回休息室收拾外设。”丁哥脸色铁青道，“我在这儿等他们负责人过来。”

丁哥虽然总要求他们别看舆论，低调做事，但自家队员被坑、被带节奏这种事，他是绝对忍不了的。

就像上次简茸被砍的事，他虽然明面上低调处理，但私底下的所有流程盯得比谁都紧。

当路柏沅回到休息室时，小白他们已经在贴吧激情“冲浪”。

简茸也低头在戳手机。

路柏沅走到小白身边，碰了碰他的鞋示意他让个位置，他乖乖地挪了。

简茸正认真地和一个说路柏沅采访甩脸带动网友网暴主持人的喷子对骂。

他熟练地打完字，加上一个嘲讽的微笑表情，发送。

熟悉的嗓音从右边传下来：“小白以前花钱找了几十个人去贴吧帮他带节奏，一条五毛钱。”

简茸：“……”

“你这个水平……”路柏沅顿了一下，“我给你一条十块？够吗？”

简茸金盆洗手多日，难得出山重闯贴吧，又一次被逮住。

简茸不自然地关上手机，抬手抓了几下自己的帽檐。

他戴回之前的帽子，帽檐右侧写着 Road。

良久，简茸才道：“别人一条我收八十……你免费。”

话音刚落，丁哥推开休息室的门，看表情是骂爽了。

他大手一挥，语气豪迈：“走，我带你们下馆子去！”

其余几人立刻乐呵呵地起身走人。

简茸也站起身来，他背上自己的外设包，然后伸手想去拿路柏沅的，被仍坐着的路柏沅握住了手腕。

路柏沅看着他说：“今天没训练赛，你回去想做什么？”

简茸下意识瞥了眼其他队友，低声应道：“打排位。”

路柏沅说：“不着急。”

简茸默了默，回忆了一下贴吧某几个脑残的言论，刚想说非常急。

“你进战队之后，除了春节那几天，好像没怎么出过门。”路柏沅沉着嗓音跟他商量，“不去吃饭了，我带你出去玩一会儿？”

TTC 每位队员外设包里都有一件干净的上衣，这样打完比赛出去下馆子或者做别的事就方便一些。

简茸和路柏沅带的都是白色短袖，两人戴着丁哥临走前强塞过来的黑色口罩坐在网约车后排。

天气回暖，司机为了省钱，不到暑热不开空调。到了红灯处，司机没忍住从后视镜看了一眼。

两个男生都遮得很严实，但不难看出他们五官硬朗，尤其右边那个高个子男生，肩宽腿长，依照他过往的经验，像明星。

还有一点很奇怪，他的车是越野的，后座宽敞，一人一边绰绰有余，但两个男生还是肩抵肩坐在一起，右边则放着一个黑色背包。

高个儿男生忽然抬眼扫了过来，司机慌乱地收起视线。

简茸没发觉这个小插曲。昨天他直播的时候答应了水友，这几天晚上都会开播打H服。

所以此刻的他正低着头在发微博，内容简单——TTC · Soft：今晚“鸽”了。

没几分钟就跳出两百多条评论骂他，说他说话不算话、出尔反尔、没有上进心、不是男人。

简茸绷着脸一直没动，心不在焉地看着窗外，直到路柏沅开口。

路柏沅抬眼，说：“岁岁妈也在医院。”

简茸愣了一下：“岁岁是谁？”

路柏沅道：“小母猫。”

简茸：“……”

这事小橘理亏，简茸最不擅长处理这种事，他皱眉：“那一会儿赔多少钱才合适？”

路柏沅说：“赔不了多少钱，没事。”

简茸点点头，几秒后又喃喃：“以后猫崽子生下来了要怎么办啊？”

这个问题他思考很久了。

流浪猫的崽存活率很低，活下来能好好长大的就更低了。如果简茸还住在小区里，一咬牙可能就带回去养了。袁谦对猫毛过敏带不回基地……现在这个情况，也不可能把猫崽全放宠物医院。

“医院应该能帮忙找人领养。”路柏沅顿了一下，说，“或者我带回家养。”

简茸微怔，转头看他。

“我妈喜欢养小动物，猪、鹅、狗、龟都养过。之前我就想把小橘带回去，但带回去了你不方便见它，就算了。”路柏沅垂下眼，随手帮简茸把歪了的口罩扯好，“现在可以了。”

猫可以住家里，你可以来我家。

简茸已经习惯把问题闷着，习惯一个人处理事情，尽管他常常处理得一团糟。

但自从他认识路柏沅，很多事情似乎都变得特别容易解决。

不知道这样好不好，简茸盯着路柏沅的鼻梁看了一会儿，然后说：“嗯。”

岁岁的家长是一个二十多岁的年轻姑娘，她拿着手机，叉腰站在宠物医院里，正给闺密发语音：“真是倒霉，我就寄养了两天，岁岁就被那只臭不要脸的橘猫欺负了……店家当然赔钱了，橘猫主人也赔了，但我就是生气嘛……”

大门被推开，女生气势汹汹地回头，看到两个小哥哥一前一后走进来，她立刻掐断了语音。

被店家单独关押的小橘透过猫屋玻璃望了一眼，慢悠悠起身打了个哈欠，伸了个懒腰，然后朝简茸在的角度挪了挪步子，像认出了“主人”。

简茸清理门户的心思轻了一点儿。

他垂下眼皮，臭着脸走到猫屋前，食指伸进猫屋的口子，说：“笨猫，你出息了啊。”

小橘朝口子走过来，然后在半途停下，对着玻璃外两手插兜的路柏沅“喵”了一声。

路柏沅停顿一秒，伸出手指，敷衍地贴在玻璃上。

小橘隔着玻璃蹭了一下路柏沅的手指：“喵。”

简茸：“……”

以后我把猫粮扬了，扔了，喂隔壁街那条黑狗，都不可能再有你的份。

医院负责人很快出现，几人开始讨论事情的最后解决方案。

岁岁主人态度缓和了不少，她抬头看了眼身边的两人，高个子男生的脸被挡得太严实，她看不见，但蓝头发的男生把口罩拖到了下巴——好看，真好看。

就连猫屋那只小橘猫她都觉得顺眼了许多。

“这样吧，赔偿金就按之前说好的赔。”岁岁主人把这一趟的目的说出来，“不过生下来的猫崽都归我，这没问题吧？”

简茸犹豫地皱眉：“你是要养还是卖？”

女生坦然道：“看情况，长得好看的当然卖了赚钱，丑的话我自己留着养或者送人。你放心，我卖或者送之前都会了解对方的家庭。”

事情比简茸想象中要简单。

到赔钱环节，简茸刚想开口问支付宝，女生咳了一声，拿出手机：“你微信转我吧，你扫我还是我扫你？”

简茸觉得有点麻烦，不过还是拿出手机，说：“我……”

一直坐在简茸身边没参与讨论的路柏沅忽然抬起手来，虚虚捂住了简茸的手机屏幕，说：“我们在店家这儿存了钱，店家会直接转给你。”

两人从宠物店出来，天色昏暗，空气潮湿。正好到了晚饭时间，街边饭店生意热闹，打开蒸笼时的阵阵白雾模糊了行人的脸。

路柏沅问：“你想吃什么？”

“我请你吃。”简茸从隔壁摊子的香味里回过神，“这条街我比你熟。”

路柏沅挑了下眉。他原本想带简茸去市中心吃，顺便在那附近逛逛。

他忘了，从这医院再过一条街就是简茸的家，简茸在这里生活了十八年。

“好。”

简茸住的这个地段其实没什么高档餐厅，他带路柏沅走到自己以前最常去的面馆，看到面馆里大着嗓门吆喝的老板，才突然反应过来这里可能不适合路柏沅。

老板和简茸隔着门打了个照面，简茸朝老板点点头，然后回头问：“你想吃日料还是烤肉？”

路柏沅单肩背着包，收回视线：“我想吃面。”

简茸：“……”

两碗葱油面上桌。

路柏沅发现他们俩的面比其他桌客人的都要丰盛一点儿。

“你总算露面了。”面馆老板叉着腰道，“我前天带了一碗面去敲你家门，半天没人开。”

简茸愣了一下：“你找我有事？”

“没事，我就想问你怎么不来吃面了，以前一星期要来好几趟的……而且你一个人过日子，我怕你出了事都没人知道。”面馆老板回头应了客人一声，然后摆摆手，“你没事就行，我忙去了，你们吃。”

老板走之后，简茸依旧没回过神。

这家店的年纪比简茸都大，简茸很小的时候，他爸妈经常带他来这里吃面。

直到家里出事，他为了生计当上主播，就把自己关在家里工作，出来吃面也只是默默地点单，一趟下来和老板的交流最多不会超过五句话。就这样过了四五年，他其实连老板的外号都记不太清楚了。

简茸低头抿了抿唇，拌着面道：“你尝尝，不喜欢的话，我再带你去吃别的……”

吸溜——

简茸抬头，看到路柏沅吸入一大口面，脸颊一侧被撑得鼓起。

路柏沅吃相随意，不邋遢。

葱油面确实好吃，怪不得能让一天直播十三个小时的人每周都出几趟门。

一顿面吃得格外满足，桌上还有一个小木盘，里面放着糖果和口香糖。

两人一人拿了一种，走出餐厅时，外面已经下起了雨。

春雨细密绵长，雨势看着不大，但往外一站，没几秒就要湿透。

两人去隔壁买了一把伞，撑着伞慢吞吞地往出租车候车点走。

这一带房子都旧些，街道也窄，比市区安静，比别墅区多了人气。

路柏沅撑着伞，忽然问：“以前你直播的时候，一直是一个人住？”

简茸说：“嗯。”

“我记得直播前几个月基本是没收入的。”路柏沅顿了一下，说，“你的生活费怎么来的？家里给？”

简茸从来没和任何人说过自己是怎么长大的，所以开口时，他还花了几秒的时间组织语言。

“没，没人能给。”

简茸不是太矫情的人，或许是时间过得久了，他说这些事情时语气很平淡，没有任何委屈或难过的情绪。

“爸妈留了点钱，然后……我边直播边打比赛，那时候的网吧比赛没年龄限制，比赛奖励也一般，很少有现金，基本是套餐饭或者方便面，而且我当时还很菜，最高只拿过亚军。”

路柏沅没有再往前问。他回忆了一下简茸小时候的模样，只记得瘦、矮，因为被网吧老板拒绝，所以脸色很臭。

他当小黄牛跟人讨价还价的时候，看着还有些欠揍。

简茸走出一段路，忍不住问：“你怎么不说话？”

“没有。”路柏沅道，“我在想事情。”

简茸：“想什么？”

路柏沅：“那时候在网吧门口，我怎么没多给你买点吃的。”

其实路柏沅想得比这更多，但他没说。

简茸本来没觉得有什么，但路柏沅这么一提，一股突如其来的情绪冲上脑门。他飞快地眨了几下眼，挥散这种情绪：“你还好没买，不然可能跟入场券一块儿被我打包卖了。”

路柏沅很轻地笑了。

雨越下越大，出租车和网约车全部叫不到，两人只能坐在便利店外的屋檐下等。

对面小型商城的大荧幕放起了某知名运动品牌的广告，广告上的男人此刻就坐在简茸身边，低头发消息让丁哥派辆车来接人。

丁哥是亲自来的。一辆漆黑锃亮的宾利慕尚停靠在街边，引得周围行人注目。

车窗落下，戴着墨镜的丁哥朝他们扬扬下巴。

没等人问，车门刚打开，丁哥自个儿就先滔滔不绝："富哥买了新车，把这车放基地给咱们用了，厉害吧？"

简茸不带任何情绪地说："厉害。"

丁哥说："小兔崽子不识货。"

回到基地，简茸回房洗了个澡，刷牙时随手刷了一下贴吧，想找个喷子聊两句。

喷子还没找着，战队的微信群聊就响了。

P宝的小辅助："P宝的小辅助喊你一起点外卖，烧烤，谁要吃的快来点啦！"

丁哥："？"

丁哥："你是猪吗？下午不是才带你们吃了五千多的日料？"

P宝的小辅助："今天比赛结束那么早，距离我上一顿进食已经过了六个小时，我饿不是很正常吗？"

丁哥："……"

袁谦："我点好了，给我要个特辣。"

P宝的小辅助："好嘞，你放心，这家的辣椒特带劲，艹耳、R，你们吃吗？"

艹耳：“不。”

R：“我吃不了，你们点。”

简茸刷牙的动作一顿，下意识问。

艹耳：“你为什么吃不了？”

十几秒之后。

R：“我吃面的时候太急，嘴唇破了。”

第十章

Soft 直播事故

Take the Crown

翌日，H 服正式更新游戏版本。中单英雄里，卡特琳娜和皎月都被加强了。

乐芙兰被削了一点儿，不过不影响她前中期的恐怖输出。

扎克加强得很厉害，但这打野英雄路柏沅好像不太喜欢玩。

路柏沅喜欢玩的都在禁用名单里。

路柏沅的英雄被禁掉时，他都会抿一下唇，这是简茸以前看比赛的时候发现的小细节。

简茸狼吞虎咽吃完面前的早餐，揉着眼打开了直播。

简茸的粉丝关注数在这段时间蹿到了平台前五，每次开播都会拥进许多人，但今天明显比以往要热闹得多。

昨晚那场 TTC 碾压式获胜的常规赛已经没了讨论度，但负责赛后采访的主持人微博之下仍是战场。

已经有很多外网言论被翻译搬运过来，没一句好话。直到现在，Road 呛声主持人和 Soft 什么时候打 H 服，这两个话题都还挂在热搜的尾巴。

贴吧甚至有人记录，比赛结束后的一小时，简茸直播间在没开播的情况下涨粉十二万，直播间在线人数更是直接冲进了人气排行榜，水友和看热闹的路人在直播间里千盼万盼，盼来了一只“鸽子”。

现在“鸽子”回来了，水友的情绪非常激动。

“我求婚被拒都没你昨天放我‘鸽子’难过。”

“昨晚小白和Qian都开播了，说明TTC没有训练赛，我查了你七个号的战绩，你国服H服都没打，解释吧，昨晚干什么去了？”

“你告诉我，现在有什么事情比你冲H服第一更加重要！”

“昨天H服好几个主播都在狙你，等了一晚上才知道你‘鸽’了，还用翻译器翻译你微博文字的意思，我真的笑死。”

“你不在三天之内上H服第一，真的很难收场。”

“真逗，他口嗨而已，你们以为他真能上去啊？现在H服第一是Master，除非其弃号不打，不然谁上得去？”

“说什么话，你是HT战队的？”

“那人说的实话啊，说Master是世界第一中单没人反驳吧？”

“服务器排位不代表选手实力，OK？冷知识，Road的国服号三个月前是钻五。”

简茸扫了眼弹幕，咬着牛奶的吸管打开网页。

“杀手喝什么牛奶？快点上H服屠杀！”

“你开网页干吗？

“‘嘴唇破了擦什么’……你的嘴唇哪儿破了？”

“嘴唇破了还要查，有病？”

“你跟我遇到的那些破个皮就来挂急诊的病人有什么区别？现在正好休息，你把嘴凑到镜头前让我看看。”

简茸打开手机，把网上说的能用的药膏一口气全买了，一样两管。

下完单，他才打开游戏加速器，说：“有事所以‘鸽’了。”

“什么事……大事，私事，不说。”

“比上H服第一重要。”

弹幕多得吓人，房管都封不过来。简茸看了眼时间：“今天怎么这么多人？平台给我灌瀑布了？”

“大家都是从热搜上过来的。”

“大家伙都等着看你虐杀 H 服的人，你上来给我上网查嘴唇破了怎么办……以前你摔得如狗吃屎，手臂淌血，纸巾一擦继续坐着播，怎么去了趟 TTC 成王子了？”

“Soft 就说了一句上 H 服第一就上热搜了？实火，我很欣慰。”

“热搜？什么热搜？”

在水友的指挥下，简茸打开微博看了一眼，说：“可能是我们教练买的。”

这时简茸的手机响了一声，一直在直播间的丁哥发了条消息来：“我没买热搜，别造我的谣。”

简茸放下手机，说：“别刷屏了，现在开始打。不就‘鸽’了一晚上吗，今天我播一天补回来。”

简茸刚上号，Savior 就给他发了一个组队邀请。

简茸拒绝，还没来得及打字说话，邀请又来了。

他再拒绝，邀请再来。

连续五次后，简茸进了房间，说：“撞位置了。”

“我想和你说话。”Savior 表示，“我可以辅助或上单。”

刚查完他战绩的简茸道：“你上单多菜自己心里没点数吗？”

Savior：“……”

弹幕笑炸了，丁哥的消息火速而来：“人家刚经历完网络暴力，还连跪十三场，你说话就不能温柔一点儿吗？”

简茸看了眼弹幕里在骂他的 Savior 粉和天天来他直播间打卡报到的黑粉，心想现在是谁在经历网络暴力啊。

简茸“啧”了一声，说：“算了，开吧。不过你做好继续连跪的准备。”

他俩现在都在 H 服“演员”狙击名单里，想想都知道今天上分之路有多艰难。

Savior 虽然掉到大师分段了，但他和简茸一样隐藏分高，两人排了半天都排不进去。

Savior 没头没脑地来一句："你很勇敢。"

简茸说："谢谢夸奖。"

Savior 咬字艰难，说："H 国喷子比中国还厉害，你别伤心。"

简茸打断他："就他们？你让他们来找我，我让他们先喷十句。"

Savior："……"

"不是吧，阿 Sir，这也要比？"

"你还很自豪是吗？"

终于排进游戏，简茸还没来得及看自己是什么位置，就听见"噔"的一声，队友禁了个提莫。

Savior 道："这局我退吧。"

简茸皱眉："为什么退？"

Savior 道："我们这边的 AD 是'演员'，之前'演'过我两次了。"

这局简茸是中单，Savior 排到了辅助位。

"一个'演员'就退，多少分够你扣？"简茸选出男刀，"你玩个输出辅助。"

Savior 愣了一下："啊？"

"当中单玩。"简茸顿了一下，说，"抢他兵，抢他头，卖他——会吧？"

"这是要 Savior 跟这'演员'互'演'？这都可以？"

"老套路了，恶人自有恶人磨，国服被 Soft 气死的'演员'一卡车都装不完。"

"这种脏套路……请务必多教'亿'点给我们家小 Savior！他真的好可怜啊，被'演'一星期了！"

对面的玩家明显认出了简茸，开局不到十分钟，简茸中路就被对面打野"照顾"了两次。

但一次没抓死，简茸残血回家，出来依旧把敌方压在塔下打。

敌方打野似乎觉得自己有被冒犯到，于是七级赶忙又来了一波，然后正好看到自家中单被简茸单杀，简茸甚至还逗留了那么零点几秒在塔下给他秀了个图标，然后翻墙走人。

“秀得我头晕，我可以期待一下男刀上赛场吗？”

“答应我，今年全明星 solo 赛你一定要上。”

“怎么回事，别人来 H 服都是冲着玩家水平高过来训练的，Soft 怎么到了 H 服越打越猛了？”

“别乱说话，我的教练在直播间偷看……比赛当然不可能拿男刀，这英雄不符合当前版本的价值观。”简茸说完，打开战绩表看了一眼，质问，“你怎么让这 AD 补了这么多刀？”

Savior“啊”了一声，说：“可是他现在还没‘演’我，等他开始‘演’，我再抢兵……”

“你怎么不等他八十岁再抢？他就算这局不‘演’你，前几次的账呢？”简茸回家出装备，“等你回到高分段可能就排不到这傻瓜了，趁现在，有冤报冤，有仇报仇。”

Savior 迟疑了一下，说：“有冤报冤是什么意思？”

简茸说：“就是他打你一次，你就必须要打回去一次，忍一回就遗憾一辈子，懂了？”

“你在传授人生经验？”

“我查了一下，这 AD 还差两分上宗师，怪不得这局不‘演’了。”

“你怎么还教坏其他战队的人呢，哈哈哈哈。”

“你说这么长一串，Savior 听得懂？”

Savior 懂了。

他在基地里沉思了一分钟，出门后开始抢兵，抢人头，抢经济，任 AD 打任何信号都没用。

简茸在野区阴死对面打野之后，切换视角看向下路，正好看到 Savior

卖队友的一幕。

可能因为没怎么做过这种缺德事儿，Savior满血逃跑的步伐非常生疏。

最后，敌方劣势决定开大龙。

那个AD“演员”游走在龙坑之上，往里放了个眼想看看形势，眼插下去的那一瞬间，“砰”的一声，他人也下去了——在他旁边乱晃的简茸点爆了他脚下的爆裂果实。

“演员”AD掉入龙坑，被敌方五人围殴致死。

在AD无数个问号信号中，Savior操控的大眼仔用大招打掉对面打野的血量，对面打野不得不先丢出惩戒回血。五秒后，简茸翻墙而下抢走大龙，再依着原先的墙体闪现逃走。

一中一辅潇洒离开，只剩下AD的“尸体”和满屏的信号。

游戏结束的前一分钟，简茸说：“打字。”

Saivor：“我说什么？”

“骂人不会？”

“哦，会。”

Savior：Ni shi sha zi！（你是傻子！）

简茸陷入“我怎么能看懂这鸟语”的沉思中。

两秒后，简茸在满屏“哈哈哈”的弹幕中质问：“你骂H国人用拼音？”

“啊。”Savior也傻了一下，“我忘了。”

网友们：“……”

路柏沅是被XIU的语音电话吵醒的。

他眼也没睁，接起道：“说。”

XIU情绪激动：“都十二点了，大哥，还不醒吗？”

路柏沅安静一秒，说：“你退役来我们基地当管理员了？”

XIU说：“Savior已经和你家中单双排两小时了。”

路柏沅：“然后？”

"我叫不走他。他刚学会在别人'尸体'上跳舞，下一步我看是打算学习在泉水里挂机骂人。"XIU深吸一口气，声音虚弱，"求你，在Savior还没被封号之前，你赶紧起床把你家中单带走。"

路柏沅："……"

这场让人满脑感觉"这也行"的直播，以Road披着队服外套进训练室拎走Soft作为结尾。

当天下午，"Soft什么时候打H服"的话题被"Soft直播被Road逮捕"替代，下面紧跟着的话题是"Savior融入我国电竞圈"。

不明路人都抱着"你们电竞圈事真多，什么破事都能上热搜"的心态点进来，看完视频后，又都在评论区求这位蓝发老师的直播平台。

丁哥在这行干了六年，从没遇到过这么离谱的事。

夜宵时间，丁哥叉着腰站在阳台上，拿着电话跟PUD的经理疯狂对线，嗓门大得连隔壁二队都能听见——

"什么叫我们中单带坏你们中单？是，是Soft先动的口，但Savior是三岁小孩吗？人家有自己的想法，他自己愿意这么做，懂吗？"

"我强词夺理？我看是你强行丢锅！这么大个战队还不会保护自己的队员，你看Savior在H服和推锅吧都被骂成什么样了，你这经理干吗了？要不是Soft帮他出这口气，我都怀疑Savior都要原地抑郁！"

"这么算来，你还得感谢我呢，给Soft的学费什么时候打来？"

"哦，对，还有热搜费结一下——你们新中单加入LPL还没上过热搜吧？"

"我没管好我们中单？Soft都俩礼拜没公开骂人了，你知道这多不容易吗？结果你们中单上来直接五连邀请，强行把负能量带到我们基地来！我告诉你，后面的比赛如果Soft发挥失常，全怪你们中单！"

其他人坐在沙发上，小白想笑不敢笑，拿Pine的外套捂在自己脸上憋得肩膀直抖。

Pine 说："你敢把鼻涕蹭上去试试。"

袁谦也不行了，捂嘴小声道："不会骂着骂着约起架来吧？"

"不会吧。"小白说，"简茸跟人吵了这么多次，也没见跟谁在现实约过架啊。"

简茸一口咬碎薯片，说："别说到我身上。"

路柏沅的手机振得嗡嗡响，XIU 的消息就没断过。

XIU："Savior 刚被我们教练训了一顿，这是他入队以来第一次挨训。"

XIU："不过他一点儿不难过，心情比入队那天还好，刚才还在哼歌。"

XIU："那歌还挺出名的，我忘了名字，《我的女孩》看过没？就里面的主题曲，里面那段 rap 我会唱。"

路柏沅怕他聊着聊着发段语音过来，赶紧打住。

R："你跟我说你们中单的事干什么？"

XIU："我就觉得你们中单挺厉害的。Savior 前几天那阵势，我都想让教练找心理咨询师来了。"

XIU："Soft 是不是也得挨骂啊？他没受什么影响吧？"

路柏沅看了眼身边的人。

简茸正跷着腿在吃薯片，打斗地主。

简茸是地主，其他两个农民正疯狂互倒卡布奇诺，把简茸气得直接一个王炸丢下去，最后被两个农民合伙把牌摁死，今日能领取的免费欢乐豆一局消失。

"我去……"简茸低低骂了一句，然后感觉到什么似的转头看过去。

一秒后，他那为了两千多欢乐豆皱得紧紧的眉头骤然松开。

其他人还在偷听丁哥讲电话。

简茸下意识垂下眼皮，盯着路柏沅的嘴唇看了一眼，伤口虽然不明显，但还在。

简茸有点后悔那天带路柏沅去吃面了，小声问："还疼吗？"

路柏沅想了一下才反应过来他在说什么。

其实不疼，要不是丁哥说，他自己都没发现。

路柏沅跟他对视两秒，说："有点。"

简茸把手伸进口袋掏啊掏，掏出三支药膏。

他把药膏塞到路柏沅手里："那你涂点。"

路柏沅好笑地看着三种不同的包装："涂哪种？"

"都有效。"简茸想了想，建议，"不然你一天涂一种？"

那恐怕还没来得及全试一遍，伤口就痊愈了。

路柏沅笑了一下，道："行。"

联盟对 Savior 当"演员"的处罚很快下来了，罚一千美元，不禁赛。

简茸知道这事的时候刚打完一场训练赛。

"还好只是罚款。"丁哥松了一口气。

简茸拆外设打算回去排位，忽然觉得哪儿不对，拿出手机算了一下汇率后发出疑问："为什么只罚他一千美金，到了我这儿都是一万人民币起步？"

"因为他是在 H 服被举报的，所以按照 H 国那边的规矩来……你还好意思问！"丁哥怒道，"你说你好好的非搞什么现场教学，还不教点好的！这次幸好只是罚款，万一给 Savior 吃个禁赛，那这事传出去就是 TTC 的阴谋！我有十张嘴都说不清！"

简茸嚼了两下口香糖，说："那我怎么知道他'演技'这么菜？"

丁哥："？"

"我让他卖队友，是团战打到一半假装掉线，或故意空技能……他自己满血回头就跑，我有什么办法。"

丁哥身心疲惫："你闭嘴吧。这次虽然不罚你，但上面还是口头批评了两句的，今天你就先别直播了，省得 Savior 的粉丝来找你算账，到时候又吵起来。”

联盟的处罚公告在当晚八点就发到了 LOL 官网和微博上。

公告内容跟以往格式相同，像是替换了选手的名字。知道事情来龙去脉的黑子蓄势待发，已经做好掌控评论风向、挑起 TTC 和 PUD 的战争的准备。

可当他们打开评论区——

“我是 PUD 粉，这钱咱们赔得很开心，我的宝贝 Savior 真的好可爱，祝你永远快乐。”

“我已经重播那天的直播回放一百次了，以前骂过 Soft 的话我不道歉，但这次我心甘情愿说一声谢谢。”

“不是吧，不是吧，这年头职业选手公开教人当‘演员’都没人喷了？这是素质问题好吗？！”

“对‘演员’不需要讲素质。”

“Savior 宝宝明天就恢复直播了，我还能看到他和 Soft 一起双排吗？”

“等会儿，怎么回事？只罚 Savior 不罚 Soft？官方看不起人是吗？我告诉你，明天 Soft 处罚通告必须安排上！”

“Soft 最近赚钱多，官方处罚别手软啊。”

“别说了，他已经两天没开播了，微博也没动静，我合理怀疑他已被 TTC 教练暗杀。”

“Savior 好乖啊，希望 PUD 教练能把他看好，别让他再接近 Soft 了，Soft 不是什么好人。”

“确实。没看过傻瓜直播之前，我是召唤师峡谷第一软妹，现在我一人能灭九家门。”

LPL 这两年缺中单，所以当这两位新生代中单在 LPL 扎根以来，水友粉丝就撕得厉害。

今天粉丝们却和和美美，喜气洋洋，甚至还想隔空握个手。

黑子在里面艰难挑拨，一点儿浪没掀起来。

Savior转发了这条微博，道歉的格式非常官方，一看就是有人代写。

当粉丝以为这事就这么过去了的时候，深夜一点，Savior在这条道歉微博下又发了一条评论——

PUD-Savior：我还有件事想和你们说哦，Soft是我遇见过个人能力非常强的中单，打比赛的时候就觉得了，操作很棒！我很想再和他一起玩游戏，他是我除了队员和工作团队以外，最喜欢的朋友，请粉丝们不要攻击他，不然我会特别伤心。复播之后，我也会争取找他打游戏哦！谢谢大家！

小白中场休息的时候刷到了这条评论，并在训练室大声朗诵。

路柏沅正靠在椅子上看PUD上一场常规赛的比赛录像。

他听完这段评论，没什么表情地抬手按了一下快进键。

Pine挑眉："他在干吗？"

袁谦揉揉发疼的手腕，低头边翻女朋友的留言边傻笑，说："悠悠给我发了这条评论，让我跟Savior多学学彩虹屁……"

"下面评论都是啥'为美好友情流泪''LPL中单顶峰相见''TTC、PUD梦幻联动'……啧，他们是没看见丁哥前几天跟PUD经理对线时的阵势，还联动呢，这是世仇。"小白嘀咕半天，转头道，"简茸，你怎么没反应啊？"

简茸根本没仔细听，他正在练补兵，头都不回地问："什么？"

小白道："PUD中单的激情小作文。"

简茸拿起手机看了眼评论。

这段评论跟机翻似的，一看就是Savior本人写的。评论下面还有很多人在提醒他，也不知道在兴奋个什么劲儿。

两分钟后，简茸把手机锁屏反扣到桌面上。

小白一愣：“你不回应一下？”

“回了。”

小白好奇地刷新了一下自己的微博主页，“噔”的一声，简茸刚转发的微博出现在他首页顶端。

TTC·Soft：转发微博。

无情，冷漠，他连一个表情都没有发。

小白在心里心疼Savior两秒，顺手往下一滑，发现他们中单在这几分钟里居然还转了一条微博。

TTC·Soft：好看，支持。

小白：“……”

小白点进去确认了一下。

简茸转的是路柏沅的广告微博没错，还是一个月前发的。

他和这条微博下的网友们一样，更心疼Savior了。

今天简茸的训练赛里小兵漏得有点多，所以晚上一直在练。

终于练到他给自己设下的目标，他很长地松了一口气，然后装作很自然地回头，正好看到路柏沅拿着手机从机位上起来。

路柏沅一只手插兜，察觉到他的视线，问：“怎么了？”

简茸说：“没……我想找你双排。”

路柏沅看了眼墙上的钟，然后道：“有事，等会儿吧。”

路柏沅出去后，简茸往后一靠，没什么精神地瘫在椅子上。

接近季后赛，来约训练赛的队伍越来越多，都快把人打傻了。训练完就复盘，复盘完继续练……

简茸揉了揉脸，有点想吃葱油面了。

他挪动鼠标创建了一个房间，转头问：“双排吗？”

小白反问：“国服？H服？”

简茸道：“你现在是在和未来H服第一说话。”

“不了。”小白㞞得很干脆，“我还想快乐地活着。”

简茸没强求，单排双排无所谓，他只是想着上分的时候顺便练练配合。

他选了位置进入匹配队列，手机忽然振了一下。

R：“来趟茶水间？”

小白余光看见简茸一个人低着脑袋，面无表情地玩手机，突然觉得他们中单也有那么一点儿可怜——要不是年幼时经历了太多，谁想成为一个没人疼没人爱的小喷子呢？被水友骂，被“演员”演，现在还找不到人跟他一块儿打游戏……

小白的心被愧疚和同情包围，几秒后，他做好了反向上分的心理准备，咬牙道：“算了，我陪你排吧——”

简茸倏地站起身来，转身就往外面走。

小白一愣：“你干吗去？不是双排吗？我号都上了……”

“我有事，不带你了。”简茸说，“你自己打。”

小白：“？”

已是深夜，基地客厅的灯都是关着的。

训练室灯火通明，仿佛感觉不到时间，走出房间陷入昏暗的那一刹，他才恍惚记得现在是几时几分。

茶水间里弥漫着咖啡香气，路柏沅靠在台上，一只手撑着桌沿，低着头在看手机。

路柏沅听见动静，抬头道：“过来。”

简茸在电脑前打了一天的游戏，想也知道自己现在的形象有多差。他下意识抓了一下乱七八糟的头发，走到路柏沅面前：“你找我有事？”

路柏沅看着他越抓越乱的头发，好笑道：“我没事不能叫你？”

只是说上一句话，他补两小时兵的疲倦似乎就飞没了。

简茸舔了一下唇，说：“可以。”

“我看你练了一晚上，叫你出来放松一会儿。”路柏沅放下手机说，“明天还有比赛，你打算练到几点？”

简茸说：“再打几局排位就睡。”

路柏沅“嗯”了一声，垂下眼问：“手指酸不酸？”

补刀是最枯燥无味的基本功训练，要不断点击鼠标去让小兵最后一下拿金币，一遍遍练出肌肉记忆，练的时间长了都会感到不舒服。

简茸用法师英雄去练前期补兵，只能普通攻击，伤害又比物理英雄低，所以练了两小时才满意。

简茸习惯性地想逞强。

路柏沅接着说：“我也帮你按按？”

简茸把“没觉得酸”咽进肚子里，垂在一旁的右手下意识蜷了一下。

路柏沅的手有些凉，也可能是简茸自己补了太长时间的兵，手心温度高。

路柏沅握住他的手指，慢慢地从上往下一路按到尾，收回手时指尖都会在指缝里轻轻刮一下。

“舒服吗？”路柏沅仍低着头。

简茸含糊地应道：“嗯。”

路柏沅说：“我乱按的。”

简茸：“……”

……

为了自己的老腰着想，小白决定回房间休息。

他刚走出训练室，就见一楼茶水间的门半掩着，里面亮着灯。

于是他两只手撑在栏杆上，往楼下喊了一句：“谁在茶水间啊——”

无人应答。

“有人吗？”小白继续喊，“嘀嘀嘀……”

门猛地被人拉开，力道不小，撞到墙上还发出一道沉闷的“咚”。

简茸沉默地从里面出来，抬起头，直直地看着小白。

小白："……"

不知道是不是客厅没开灯的缘故，他觉得简茸此时的眼神带了几分阴鸷，非常吓人。

小白无端地咽了下口水，说："你能不能顺便帮我拿一杯牛奶上来？"

简茸盯着他看了几秒，然后冷冷地吐出一句："你等着。"

小白："……"

TTC 接下来要迎战的都不是什么强队，积分低到就算爆冷赢了也没法再进入季后赛，队伍整体气氛都比较颓废，这让 TTC 最后两场常规赛赢得非常轻松。

在 WZWZ 和战虎打完最后一场常规赛之后，这次的春季赛常规赛阶段正式结束。

PUD 以全胜战绩排在第一，TTC 以十四胜一负的战绩排第二。

季后赛是冒泡赛机制，队伍排名前二的战队默认进入半决赛，TTC 有充分的时间准备季后赛。

"下场比赛是十天后，还有点时间。后面的队伍还在争，半决赛要打哪个队伍还说不准，不过能进季后赛的没有弱队。"丁哥看完比赛，关掉直播，"这段时间你们加油练吧，别留遗憾。"

小白咬着冰棍，说："当然，我还惦记着富哥的车呢。"

丁哥点头，忽然想起什么："对了。明天老规矩，我已经安排好车了，你们今天早点睡。"

要出去打训练赛？

简茸这局排位遇到了两个"演员"，打得很辛苦，直到丁哥离开基地都没顾上问，再往后就直接把这事忘了。

所以翌日早上七点简茸被电话吵醒的时候，还有点蒙。

他洗漱完换上队服，背着外设包下楼，然后站在楼梯上跟其他几位穿着休闲服、戴着帽子口罩的队友面面相觑了一会儿。

小白来回打量了他几遍："你干吗？"

简茸一脸茫然："去打训练赛啊。"

丁哥："什么训练赛？"

"不是安排好车……要出去打训练赛？"

大清早的谁都困，听见这句话笑醒了一半。

"我的错，我忘了跟你说……"路柏沅忍着笑说，"富哥定的规矩，打季后赛之前，都要挑一天去烧香。"

简茸："……"

在去寺庙的车上，小白还在笑。

简茸臭着脸说："你笑个屁。"

"不是……你不知道怎么也不问啊。"小白笑得精神了，"还背着键盘下来了。"

简茸说："我懒得问。"

谁能想到 LPL 第一豪门战队还搞封建迷信这一套。

门票丁哥一早就订好了，取票后，一行人进了寺庙。

昨晚简茸排位打到三点，中间睡了不到四小时，此时整张脸上都写着不好惹几个字。

寺庙烟雾环绕，简茸跟路柏沅并肩走在最末，两人都显得兴致缺乏。

尤其是简茸，他双手插兜，满脸困倦，闷头跟着队伍走。

寺庙中央就是一个大香炉，上面已经插满了香火。丁哥拆开刚买的香，一抓一大把分给每个人："来来来，都拜一拜。"

简茸看了眼他手上的香，拒绝道："你们拜吧。"

"哎呀，来都来了。"丁哥把香塞到他手里，"宁可信其有，不可信其无。

拜一拜，随便许个愿，又不会吃亏。”

简茸皱眉：“我不知道许什么。”

“这还不简单，”丁哥随口道，“你就许咱们优势把把水火龙，对手反向空大，对手梦游，对手临到赛前闹肚子只能上替补……”

一声怒喝打断了丁哥的话。

简茸和丁哥同时一怔，回过头去，跟几个熟悉的面孔打了个照面。

PUD 五位选手一脸尴尬地站在他们身后。

“我就知道你这人心术不正，这次被我逮到了吧！”PUD 的经理往左右看了看，从 XIU 手里拿过一把香，举起就道，“反弹！”

丁哥没想到自己难得一句口嗨，还能被当事人听见。

他清了清嗓子：“我就随便一说。”

“得了吧，我还不知道你？”PUD 经理上次打电话没吵赢，这次抓到把柄肯定不会放过，“你诅咒我们空大梦游也就算了，还诅咒我们闹肚子，你这人极其歹毒，蛇蝎心肠！”

简茸低头刚想接过丁哥递过来的香，伸出手却抓了个空。

丁哥也把香攥手上反击：“是，我心肠歹毒，你又是什么好人？”

PUD 经理道：“我怎么了？你又要倒打一耙是吗？”

“那你说，你上这儿干啥来了？求雨？”丁哥一语道破，“我就不信你没诅咒我们输！”

刚在车上教 Savior 许愿“Soft 赛前因骂人被禁赛”的 PUD 经理老脸一红，说：“我当然没有！”

丁哥冷嗤：“敢做不敢说，你算什么中年男人。”

PUD 经理一推眼镜：“你先管好自己，成熟的中年男人是不会教小孩子诅咒别人的。”

简茸无语地听着，眼里的嫌弃非常明显。

这是什么对骂，把这俩人拎起来往他直播间一丢，两分钟不到就能被那群喷子剥层皮。

神奇的是，他憋了一路的起床气好像散了大半。

他刚想往后一步，跟这两人拉开距离，肩膀就被人拍了一下。

路柏沅的眼睛依旧绷成了单眼皮，垂着眼的时候显得有些冷漠。

他把自己的香分成两半，另一半放到简茸手里：“我们先拜，还要去几个大殿。”

大清早的，行人都忍不住往他们这边瞧。

两个中年男人，一个叉着腰一个双手抱臂，你来我往叨叨半天，两人身后各自站着几个年轻的男生，男生们都戴着棒球帽，满脸倦容，脚上都穿着价值不菲的球鞋。

TTC 其余几个成员都一副看热闹的姿态，甚至还想赌一赌谁能吵赢。PUD 这边听得懂的还在尴尬，听不懂的就一脸茫然。

“行了，别人都看着呢。”XIU 顿了一下，开玩笑道，“而且你没见他们中单在吗，你看 Soft 一副随时准备替他教练出头的样子……你骂得过？”

PUD 经理扫了眼 Soft。

Soft 正和 Road 站在一块儿，低着头，从 Road 手里接过香，转头跟着 Road 去炉前烧香了，看着也没有很想为自己教练出头。

PUD 经理冷哼一声，回头把香还回去：“去拜，早点拜完回基地，你们还能再睡一会儿。”

简茸还是没想到要许什么愿，他连过生日吹蜡烛都不搞这一套。

他眼皮沉，学着路柏沅拜了拜，什么也没想，上去把香插好。

身边飘来 XIU 的一句：“你就学着 Soft 那样拜就行。”

他回过头，看到 PUD 几个队员站到了他们身边，同样精神不济。

简茸隐约听见他们队伍的 H 国教练和 98K 竟然也是用中文沟通。

XIU 朝他们抬了抬下巴：“你们怎么也这么早？”

路柏沅捻开手指沾上的灰，说：“习惯。”

刚开始那两年都是富哥带他们来，商人似乎都信这些，说是来得越早心越诚，今年还算晚的了。

袁谦插上香回来，问：“你们是头一回来？”

“这两年都来。”XIU 打了个哈欠，“不过我们以前来得比较晚，所以才一直没和你们碰上吧。”

虽然两位战队经理见面时吵了半天，但上完这炷香后，两人还是臭着脸并肩走在一块儿，聊了一下那场直播事故的后续情况。

其他人跟在他们身后，没怎么交流，本身两队之间也没那么熟，平时也就只有路柏沅跟 XIU 会联系。

简茸身边靠过来一个人。

“Soft。”Savior 叫了他一声，“今天下午打 H 服吗？”

路柏沅眼尾瞥过来，懒懒地扫了他一眼，很快又转回去。

简茸说：“打。”

Savior 眼睛一亮：“那我等你？”

“你等我干什么？”简茸一脸疑惑，“我又不和你打。”

旁边的人：“……”

好残忍。

Savior 倒没多难过，他拿出手机道：“那你加我微信吧，想打了可以找我。”

这次简茸没有拒绝。

加上微信，Savior 顺口问：“头像的猫咪好可爱，是你养的吗？”

这是简茸第一次听见别人说小橘可爱。

他咬糖的动作一顿，脸色明显好了很多：“它是我儿子。”

丁哥和 PUD 的经理从里头走出来：“这殿小，就俩位置，分批进吧，简茸你先去。”

PUD经理顺手拽了下Savior：“你也去，学着Soft就行了。”

简茸还没回过神，帽子就被人摘了。

路柏沅抬手帮他把飞起来的两撮毛顺回去：“去吧。”

两队人在寺庙拜了一圈，终于只剩最后一尊佛像。

大家都明显松了一口气，XIU抬手伸了个懒腰：“赶紧拜，拜完回去我还能再睡两小时。”

简茸顺着声朝他看去，动作一顿。

这段时间天气好，一行人几乎都穿着短袖，只有XIU穿了一件薄薄的长袖，手自然垂落的时候看不见什么，但一旦舒展开来，就会露出他手腕上几张叠在一块儿的止疼贴。

简茸看得有些出神，直到丁哥出声催他，他才默不作声地收回视线。

路柏沅随意拜了两下，起来时发现身边的人还跪着。

他偏头看去，挑了下眉。

一路过来一直都是敷衍地拜几下就起身离开的人，现在正闭着眼，双手合着，动作保持了几秒，然后才弯腰拜了拜。

回去的路途比来时热闹了许多，小白和袁谦在讨论自己鼻孔里全是烟灰的事，Pine开着声音在打斗地主，车里还放着去年LOL的比赛主题曲。

简茸已经没睡意了，他靠在车垫上，转头看着窗外，像在想什么事。

手机振了一下，简茸心不在焉地低头——

R：“刚才你许的什么愿？”

简茸很快反应过来。

今天开的小型商务车，空间小，声音压得再低前面的人都听得见。

艹耳：“说出来就不灵了。”

R：“可以告诉队长，佛祖能理解。”

路柏沅等了一会儿没收到回复，低头打出一行字：“你不想说就算了。”

艹耳：“我许了一个愿望。”

卄耳：“希望队长的手没事。”

LPL两大豪门战队组队去寺庙祈福了。

这个消息很快就传上了网，爆料路人拍摄的照片也全发到了微博上。

因为是偷拍，所以图片比较模糊，几乎没有正脸。

消息一出，水友粉丝们都有些茫然。

这俩战队粉丝都互捶多少年了，已经到了一家输比赛另一家要放鞭炮并在贴吧发红包庆祝的程度……这段时间怎么天天一块儿出现在电竞新闻上？

希望LPL所有战队团结友爱一致对外，还有对此事感到强烈好奇的水友们，立刻杀到了此刻开了直播的Soft直播间——

“是去烧香了。”小蓝毛嘴里嚼着口香糖，正垂眼看着小地图，语气一如既往欠揍，“什么……和PUD？不是很熟。”

“你不是不信这些吗？大年初一都不烧香，前两年过年连播十五天，今天居然跑去寺庙了？”

“不熟，你还跟他们一块儿出门？怎么，人多门票打折是吗？”

“Savior天天在直播间提你，你现在说和人家不熟，你的良心在哪里？”

“抱走Savior，处罚通告出来了，事情也结束了，两家解绑，麻烦你和你粉丝别再提Savior。”

“饭圈混多了吧？谁跟你们绑过？再说我儿子就算真要跟谁捆绑，也轮不到你家Savior，跟Road绑着不香吗？”

“又吵起来了，电竞粉的爱恨真就在一瞬间呗。”

“Soft笑什么呢？”

视频里，一直没什么表情的人吹破泡泡，也不知道看到了哪一条弹幕，抿唇忍了一下，最后还是扬起嘴角笑了。

简茸最开始直播的时候很少笑，只有五杀的时候会动一下嘴角。老水友那时候都叫他臭脸王，还有人开玩笑说自己现实生活太顺风顺水了，才专程来他直播间找不痛快。

后来水友多了，赚了钱日子过得舒服一点儿了，简茸的笑才渐渐变多——不过都是特嘲讽的那种笑，还常常伴着一句轻飘飘的“就这”。

像现在这样春风满面的笑……

“第七次了，开播一小时，这傻瓜无缘无故傻笑了七次。”

“像中彩票了，还得是百万级别的。”

“不像，我合理怀疑他飞去 H 国把前几天骂他的那个喷子揍了一顿。”

“没那么复杂，应该就是脑子出了点儿问题。”

简茸确实一直在看手机，但不是在聊天。

弹幕一提到，他又忍不住低头解锁看了一眼。

上面是他和路柏沅的聊天记录。

“希望队长的手没事。”

当时他打得挺顺手的一行字，回基地清醒之后莫名怎么看怎么不顺眼——直到他直播迟到了两分钟再打开直播间，看见水友满屏幕在刷“希望人没事”。

简茸悟了。

这话没往鼻子前放十炷香熏熏脑子都写不出来。

“我们没约好，和 PUD 是在寺庙碰见的。”简茸岔开话题，“去这么早都能被拍到……怎么认出来的？”

“哦，那个发出来的博主说看到染着蓝头发的小矮个在烧香，一下就认出来了。”

简茸的劫两秒不到就把对面中单秒死，然后切出来把人封了。

到了季后赛，训练赛就排得越满。简茸回基地后直播了两小时，就跟队友一起钻进了比赛房，晚上十二点才出来。

他出来时，穿着黑色吊带裙，染了一头栗色长鬈发的女生跷着二郎腿坐在客厅沙发上，在夜晚十二点仍旧保持着头发丝儿都精致。

是袁谦的女朋友悠悠。

悠悠听见动静，从手机中抬头，朝他们妩媚一笑，所有目光都落在自己胖乎乎的男友身上："打完了？辛苦啦，我给你们带了夜宵来。"

简茸刚靠近沙发，就闻到了她身上好闻的香水味。

"我买了烧烤、炒面和红薯粉。"悠悠把其中一个黑色塑料袋推到简茸面前，"来，你的炸酱面。"

袁谦没乱说，悠悠确实是简茸直播间的粉丝，知道简茸直播的时候喜欢吃炸酱面，每次带夜宵的时候都会单独给简茸带一份。

简茸一开始还不自然，时间长了也就习惯了。

他接过炸酱面，说："谢谢。"

悠悠整个人倚在袁谦身上。袁谦胖，靠着非常有安全感，她的下巴抵在袁谦的肩膀上："我最近学了熬汤，明天熬了给你送来好不好？"

"好。"袁谦说，"我明天啥也不吃，就喝汤。"

小白问："有我们的份吗，嫂子？"

"有。"悠悠细瘦的胳膊在空中比画了一下，"我用这么大的锅给你们熬。"

小白立刻拍马屁："还是嫂子好，再多来几个嫂子，我一年能胖二十斤。"

袁谦道："别急，快了，没准 Pine 明天就给你领一个弟妹回来。"

小白摇头："没戏，就他这面瘫，我怀疑他到三十岁了都是单身老处男。"

悠悠问："你自己谈个女朋友就好了呀。"

Pine 抬了下眼。

小白的头摇得更厉害了："那不行，我要谈恋爱了，我的老婆粉们跑了怎么办？"

丁哥说："你没有老婆粉。"

小白诚实地改口：“那喜欢我和 Pine 的粉丝怎么办？”

“简茸又太小，谈恋爱太早。”小白一圈扫视过去，最后停留在低头吃红薯粉的男人身上，“兜兜转转，还是得指望我哥。”

简茸：“……”

路柏沅抬头说：“你别指望我，我这儿没你嫂子。”

“别想了，我看队长打算退役后才找女朋友。”袁谦吃着女友的爱心夜宵，含糊不清道，“再说了，队长家庭条件这么好，他家里肯定要给他找个门当户对的。”

“对哦。”小白道，“他爸一看就是要求很高的人。”

袁谦道：“说到这儿……我有个家里特有钱的同学，天天相亲，对象都是那些富家千金，结婚那会儿排场大得很。”

小白想起什么，道：“哎，哥，我记得阿姨也给你介绍过女生吧？”

那次是在训练室，路柏沅回消息时不小心点开了语音，他妈那句“有空你跟小姑娘见一面”飘了出来，队里人全听见了。

路柏沅简洁道：“我推了。”

“阿姨肯定还要给你介绍女朋友，”袁谦随口道，“叔叔这么讨厌你打电竞……估计不赞成你找圈子里的。”

“行了，别聊这些有的没的。”丁哥打断这个话题，道，“我这儿还有件正事儿要说。团队最近做了一批新的战队周边，打算等季后赛开始的时候开卖，我明天让人把样品带过来，你们记得抽个时间开直播，宣传一下。”

战队的新周边很快就送到了基地。

电竞战队的周边无外乎就那几样：键帽、鼠标垫、T 恤之类的玩意儿。

简茸第一次看见印着自己 ID 的物件，鼠标垫上还有蓝头发的 Q 版人物，他脸上虽然没什么表情，但还是一个个拿起来看了一遍。

每种都有两份，另一份队员可以自己珍藏或者送朋友亲戚。

作为一个成熟的中年男人，丁哥回去躺了一晚已经缓过神了。

电话里，他跟往常一样对简茸说：“你看到那件T恤没？这段时间你穿着那件衣服直播吧，多多宣传，卖得好你自己也能分得多点。”

简茸没明白他的意思，问：“什么意思？”

丁哥解释：“每卖出一个你的个人周边，你都能拿到分红……你签约的时候到底看没看过合同？”

分红……

简茸看着桌上那一堆小玩意儿，说：“我知道了。”

中午，粉丝们进入Soft直播间，看到主播穿了一身深蓝，比以前直播时穿的衣服要正式得多，甚至戴着顶帽子。

“开直播戴帽子？还压这么低？怎么，你很拽吗？”

“为什么这件衣服上有你的ID？”

“你穿成这傻样到底想干吗？”

简茸趁回城的工夫扫了一眼弹幕，然后别过头，露出帽子右边的ID。

“我的周边。”简茸散漫地问，“看不出来？”

水友们纷纷打出一个问号。

“过几天战队官网开卖周边，还有周边衣服，”简茸忽然站起身来，抬脚一一介绍，“周边裤子、鞋带、袜子……”

一旁的小白被这朴实无华的推销方法震撼了，满脸惊诧地看了过来。

“谁要看你的臭袜子？”

“周边鞋带是什么鬼东西？骗钱？”

“这谁敢买啊，挂着你的ID上街等人揍？”

“你把你ID去掉，我会考虑购买哈。”

简茸不搭理他们的冷言冷语，继续推销：“还有这个键帽，把它安在你的键盘上，你就能跟我一样强，峡谷随便杀。”

“杀不过怎么办？”

“杀不过就投降，还能怎么办？”简茸挪了挪镜头，“还有这个鼠标垫，垫在鼠标下永不漏兵，买就是赚，不买血亏。”

“有增高鞋垫周边吗？我买爆。”

“你叫声大爷，我买十个键帽。”

“别说了，我对童装不感兴趣。”

“我记得这些周边选手都有分红吧，你推销得这么卖力，难道破产了？”

“签约费呢？前两年的存款呢？我给你刷的礼物钱呢？”

简茸补着兵：“我没破产，想多存点钱。”

“存钱干什么……”简茸开大秒死对面中单，随意应了一句，“存给人花呗。”

说话间，训练室的门被推开。

简茸下意识转头瞥了一眼，然后微微一怔。

只见路柏沅拎着早餐走进来，另一只手还拿着一顶周边帽子。

他手里的帽子跟简茸现在戴着的一样，深蓝色，右侧写着一行白色的“Soft”。

简茸扭过头，没发现弹幕已经刷爆了——

“谁？你要拿我的钱去养谁？”

“你还是个孩子啊！”

“你是不是欠揍？”

“停一停！今天我们大家欢聚在这里，是为了听我们从小骂到大的Soft宣传带货他的周边。我也发自内心地祝愿他，周边开卖以后，销量和我的排位积分一样无限归零，货囤到发烂、发臭！”

“我听说他之前和球球拍了一支广告。”

袁谦听见动静也转头看了一眼：“队长，醒了？丁哥发的消息你看了吗……”

丁哥一大早就在群里发了一条通知，让他们这几天多直播，多宣传。

他们这种战队周边分红收益很可观，没人跟钱过不去，一大早四个人全开了直播，就连 Pine 都换上了自己的周边上衣。

路柏沅说：“我看了。”

袁谦看着他手上的帽子，好心提醒道：“拿错了，队长，你手上的是 Soft 的周边帽子。”

简茸只戴了一边耳机，闻言飞快地舔了下唇。

“嗯。”路柏沅言简意赅，“我觉得好看就拿了。”

简茸：“……”

袁谦：“……”

游戏还在继续，简茸转回脑袋认真操作。路柏沅扫了眼他的游戏界面，然后径直回到自己的机位前，开机吃早餐。

“说到这儿，丁哥抽什么风啊？”小白吐槽，“凌晨五点半发的群消息，我昨晚忘了开静音，直接吓醒了……他不是说过要做个健康的中年男人，三十岁以后不再熬夜吗？”

袁谦耸耸肩说：“谁知道呢，可能昨晚他失眠吧。”

清完敌方的野区，简茸按 B 键回城，这才抬眼回应弹幕。

那些八卦的弹幕全被他忽略掉，只回答了关于周边的问题，水友很快就开始刷屏骂他“死财迷”，话题就这么被带了过去。

小白见简茸弹幕这么多，觉得这宣传方式还蛮好用的，正准备学，却见自己的直播间观看人数忽然大跳水，几秒之内嗖嗖掉了四千多。

他大惊失色：“我还没露袜子你们怎么就跑了！哦，我哥开直播了？那没事了。”

路柏沅开直播的那一瞬间，其他《英雄联盟》直播间的观看人数都要跳一下水。别说他们，就是别的 LOL 主播也都已经习惯了。

路柏沅靠在椅子上吃油条，头发凌乱，姿势散漫。

他挂着游戏客户端，点开了电脑版的《欢乐斗地主》，有一搭没一搭地和弹幕上的网友聊天。

“嗯，经理安排的任务，宣传一下周边。”

“每次经理不在，路神的直播画风就特别随意。”

“啊啊啊，哥的周边我买爆！”

“不打游戏吗？”

“我搜了一下，Road 近期排位时间每天不超过三个小时，甚至有一整天都不玩一局的……就这种人配拿联盟第一年薪？真逗。”

“他不配你配？”

“路神的手应该不舒服吧，而且最近所有战队都在打训练赛好吗！队里也就 Soft 冲 H 服第一，所以排位时间长。”

“这么说来，Soft 单排冲分是真快啊，这才几天……马上就要上王者了。”

“周边呢？宣传啊！”

视频中的路柏沅穿的还是平时的衣服，身上也没什么乱七八糟的装饰物。

只见他伸手去探电脑桌上的某件物品。

粉丝都伸着脑袋在期待新周边的款式，直到路柏沅拿出一顶深蓝色棒球帽。

“啊，这……有点眼熟？”

“我退出去确认了一下，这不是 Soft 的周边吗？”

路柏沅抢了地主，在满屏幕的问号里把帽子放回桌上，评价：“配色还行，穿什么衣服应该都挺搭。”

“哥说宣传周边，又没说宣传谁的。”

小白立刻拿起自己的帽子，回头说：“哥，你看看我的帽子，比简茸的款式好看多了！”

简茸飞快地瞥了小白的帽子一眼，冷冷地说：“好看个屁。”

一局斗地主结束，路柏沅看见弹幕在问他为什么还不开始打排位。

“等人，他这局还没打完。”路柏沅顿了一下，道，“我忘了问他愿不愿意跟我双排了。”

话音刚落，简茸游戏界面跳出一行消息。

(好友)Road：Dai wo ma jian shen？（带我吗简神？）

简神……

简茸第一次被这么叫。

他脑补了一下路柏沅的声音，立马打住，飞快回复。

(好友)Softsndd：Dai。（带。）

两个直播间的水友满头问号——

你俩就在一个训练室里，发什么游戏私密聊天？张嘴吼一声不方便吗？其他人是会嫌你们吵还是怎么的？

简茸很快结束这局游戏，两人组队进入匹配队列。

游戏语音里，简茸听见路柏沅还在跟弹幕上的网友聊天：“我帮他宣传周边，他会不会给我分红？不知道，我问问他。”

简茸说：“分。”

路柏沅笑了一声：“算了。卖得好了，你请我吃饭就行。”

简茸拨弄了一下耳机：“请……吃什么都请。”

“葱油面吧。”路柏沅声音自然，“上次你带我去的那家还挺好吃的。”

他们很快排进了游戏。

简茸下意识瞄了一眼聊天界面，想看有没有排到眼熟的“演员”ID——

XIUXIUXIU：……

Savior：Road，Soft！

他们撞上了同样在H服双排的XIU和Savior。

在H服撞车职业选手是很正常的事，在晚上甚至会有十位职业选手或战队青训生排进同一局游戏的情况。

简茸和路柏沅拿的是中单和打野位。

四人相互打了个招呼，然后各自选好英雄，两分钟后，游戏进入读条界面。

简茸正想去倒杯水，路柏沅忽然说了一句："对面下路也是职业选手。"

简茸一愣："是谁？"

"辅助是鱿鱼战队的豆腐。"路柏沅顿了一下，"德莱文是HT战队的AD，Rish。"

听见"HT"，简茸放下杯子坐了回去。

身为H国赛区的最强战队，HT全员游戏分段都高，简茸重新打H服至今，还是第一次碰上这个战队的人。

XIU原本是想放松一局，才让Savior跟他一起走下路的，没想到一来就遇到了去年的冠军AD。

进入游戏后，他立刻打字。

XIUXIUXIU：多抓下，打不过，这家伙还拿的德莱文。

路柏沅这局玩的是梦魇，这英雄要等有大招之后才好抓人。

Road：六级后抓，自己小心，打不过就在塔下等我。

XIUXIUXIU：OK。

XIU原本想的是猥琐补刀，没想到对面打野不当人，三级就往下路走。

简茸正把对面中单压在塔下打，就听见一阵语音播报，他们下路被对面双杀了。

弹幕立刻有一堆人骂PUD菜。

"对面下路德莱文加泰坦，本身组合就凶，再加上对面打野放弃资源三级抓下，他们被抓死很正常。”简茸道，“房管注意一下，带节奏的直接封踢了。”

话音刚落，全屏聊天忽然蹦出一句话。

是 HT 战队的 AD Rish 发的，一句外语，简茸看不懂。

他刚要无视这条消息，对方紧跟着又发了几句，然后 Savior 也回复了。

直到弹幕有看得懂的水友开始激情辱骂 HT 战队，简茸才察觉不对：“他说什么了？这几句话是什么意思？”

水友们还没来得及翻译，路柏沅淡淡开口。

“他问 Savior 还看不看得懂自己的母语……说他来 LPL 赛区之后变菜了，问他 LPL 的钱是不是很好赚。”

直播间的弹幕瞬间炸了。

简茸也冷下表情，说：“这人是有病？”

路柏沅“嗯”了一声：“看着像。”

后面的对话，弹幕都在给简茸翻译——

Rish：听说你去了 LPL，还要去求我们赛区的小队伍打训练赛啊，好可怜啊，Savior。

Savior：队伍是想变强才这样做的，哥。

Rish：LPL 里是不是也是用 H 国语交流？毕竟都是 H 国人啊。

Savior：外援机制是所有联盟中都允许的，哥。

简茸皱眉道：“都被嘲讽成这样了，还一直叫他‘哥’？”

路柏沅解释：“习惯吧，H 国那边注重辈分。”

“唉，其实 Savior 不互动就好了。”

“豆腐就这么在队里看 Rish 嘲讽 LPL 赛区？这还不开‘演’？”

“你以为谁都跟 Soft 一样？我去看了一眼豆腐的直播，他其实也在骂 Rish。”

“啊，这人又说话了，翻译快来！”

Rish：你那边的中单是Soft吗？那个说要上H服第一的自大狂？

Rish：好垃圾啊，听说还在排位中故意玩弄队友吧？Savior啊，你去LPL就是交这些朋友的吗？

Savior：他是很好的朋友，别说了，哥。

“我早就听说HT战队那群人私底下经常嘲讽LPL，现在一看果然是！”

“能举报他吗？”

“他没说什么脏话，就是嘲讽，感觉举报不了，我要吐了。”

“都被嘲讽成这样了，Soft怎么连个屁都不放？”

“他可能在专心打游戏，没看弹幕上的翻译吧。”

只见简茸操控乐芙兰位移扔出锁链，行云流水地用二段技能杀掉对方中单，转身走回自己塔下回城。

然后他一脸平静地缩小了LOL游戏界面，打开网站搜索“翻译器”，目标语言改成H国语，打字——

“打个排位屁话怎么这么多？LPL就是有钱买外援，两个赛区你情我愿的事，轮得到你在这儿喷？再说，这事跟你有关系吗？LPL买谁都买不到你这个菜鸟头上，你首发位站稳了吗，就在这儿当阴阳人？”

翻译成外文后，简茸返回游戏，将话打在对话框上，刚要发送，游戏界面忽然一暗，是梦魇的大招特效。

紧跟着，一道播报响起——

路柏沅开大招飞下路，直接把刚独自上线的Rish单杀了，还用H国语在全屏说了一句话。

弹幕里立刻有人翻译——

Road：闭嘴，废物。

我行让我上

Take the Crown

下

酱子贝 著

长江出版社
CHANGJIANG PRESS

目录 contents

TTC

milk

"我帮你领了一个世界第一中单的名号回来。"
"领对了，那名号现在就是我的。"

第一章

偶像『滤镜』

Take the Crown

丁哥收到的消息之多犹如雪崩，最后打字实在表达不出他的心情，他直接拨了电话过来。

路柏沅清掉野怪回城，接起电话。

“嗯。”

“我们在宣传周边，水友反响还不错。”

“撞车了就聊两句……下午回来？不是要过夜？随你，一路顺风。”

他声音平静，仿佛对面的人在跟他聊“今天晴空万里，我有一点儿想你”，而实际上丁哥现在一句话里能带三个字的脏话。

“哈哈哈，丁哥嗓门太大了，不开扬声我都听得见。”

“还好丁哥没看 Soft 的直播，不然会被对话框里打的那些字气到原地起飞。”

“路神会开麦我是万万没想到……从来没见过路神在公开场合骂过谁。”

“HT 内部的确看不起 LPL，包括战队的工作人员，连 Master 都经常在采访里公开嘲讽，还粉这种战队的怕不是脑子有问题。”

路柏沅成为 LPL 选手以来，从来没公开嘲讽过哪位选手。他年轻气盛的时候是不屑，现在是没必要。

所以 XIU 在听完 Savior 的翻译之后，来回问了两句：“他真这么说的？”“你是不是给我瞎翻译，你知道废物是什么意思吗？”然后，震惊地在二塔停下来打字。

XIU：兄弟？

XIU 听到这话当然也生气，但或许是他在 PUD 待久了，被骂“H 国战队”骂得多了，早已拥有一颗强大的心。更何况为了一个傻瓜说脏话，平白给黑子送谈资，没准还要吃联盟处罚，怎么看都吃亏。

路柏沅扫了一眼 XIU 的消息，刚想说什么，对方又开始了。

Rish：哥，下午好，不要骂人啊。

路柏沅是所有海外赛区中人气最高的 LPL 选手，以前去 H 国打比赛的时候，就算是去 H 国那几个顶尖战队的主场，在观众席依旧能看到大批路柏沅的应援牌。

加上路柏沅连着拿了几年的最佳打野，放在 H 国赛区就是稳稳的前辈人物。

但 Rish 去年刚成为 H 国赛区最强战队 HT 的首发队员，年纪也就比 Savior 大一点儿，心性还是傲的。

Rish：哥，你们之前的中单已经辞退了吗？

Rish：战队要是不好好找中单，真的很浪费你们队伍的配置啊！哥，战队的新中单好像还是不行啊。

Rish：如果我说的话让哥不高兴了，我很抱歉，不过哥今年能打进季中赛吗？我想当面跟哥道歉。

Savior：臭小子，打个游戏还跟前辈互动，你们战队经理没教过你怎么尊重前辈吗？——XIU 哥让我发的，哥。

Rish 不知道是听进去了还是被经理教育了，没继续说话。

“干吗呢？”路柏沅的声音把简茸拽回神，“你在蹲我？”

简茸为了看弹幕上的翻译，在野怪 F6 旁边的草里挂了一小会儿机。

此时，路柏沅操控的梦魇正站在他面前。

“没，我在看翻译。”简茸删掉对话框里的字，动了动鼠标，“你会H国语？”

路柏沅说：“我会一点儿。”

“何止是会一点儿……”袁谦想起什么，“我们夺冠那年就是去H国打的比赛，当时富哥被嫂子拿捏，有点缺经费，H国那边每位翻译负责六个战队，根本忙不过来。我和小白都想好怎么跟人比画‘吃饭’‘你真棒’和‘你脑子坏了吗’了，队长一张口，好家伙，H国语一百级。”

“哇，我当时以为我哥从电视剧里走出来的。”小白立刻插话，“那些本地明星没一个比得上我哥。”

简茸想了一下，夺冠那年，路柏沅好像也就十八岁？

“你别听他们瞎扯。”路柏沅道，“走。”

简茸跟上他，说：“去哪儿？”

“先去拿蓝。”路柏沅看了一眼小地图，跟回老家似的进了敌方的野区，“然后去下路。”

另一头，豆腐觉得他这整个春季赛都在水逆。

春季赛第一场拿出自己的本命英雄被人当孙子杀，从此一蹶不振，怎么打都不对劲，最后整个常规赛就赢了一场，直接跟季后赛说再见。

现在连打个排位赛都不得安宁！

他先是没拿到AD位，被系统自动补位只能打辅助，遇上的AD搭档还是一个H国选手，开局到现在没说过一句人话——要不是他被战队经理红色警告，早就挂机走人了！

这些也都算了。

豆腐抬头看了看自己的战绩，0/4/4。

再打开战绩图看Rish的战绩——1/8/3的德莱文。

Rish一上来就把对面中野得罪了，对面下路直接办起了召唤师峡谷麻将大赛，一上线就四个人在等着，他们这边的打野又是一个不给力的路人，对面几乎一抓一个准，最后只能弃塔跑路。

他恍惚回到春季赛第一场，满脑子都是自己被劫追着索命的画面。

又一次小团战被虐杀，豆腐看着在自己“尸体”上跳舞的人，终于忍无可忍，他打开对话框，愤怒打出拼音——

doufugg：你跳错人了！右边那个才是 Rish！

在他“尸体”上跳舞亮图标的简茸有一秒钟的停顿。

Softsndd：哦，不好意思。

有队友一直不愿意投降，好不容易等到对面推基地，豆腐深吸一口气，抖着手去掏烟。

游戏中，简茸又说话了，还一连发了一长串，不用猜都知道是在骂 Rish。

豆腐把烟叼嘴里，等弹幕里的水友翻译。

Softsndd：季中赛等着。

豆腐吸一口烟，突然觉得这把掉分也无所谓。

Softsndd：你等着我把你打下首发位。

豆腐微微一笑，舒服了。

他吐出一口烟，对直播间里的观众道：“别说，这家伙偶尔也说点人话。”

Softsndd：你的德莱文玩得比你旁边的辅助还菜，在谁面前装呢？

豆腐：“……”

豆腐吐掉烟，早管不得自己身上是什么颜色的警告了，声音响彻整个基地：“Soft，我杀了你！”

丁哥当晚赶回来，抱着谋杀队员的心，拎着奶茶回了基地。

他到基地时，队员们都围在客厅电视机前看比赛，季后赛已经拉开序幕，排位靠后的队伍要争夺跟 TTC、PUD 打半决赛的机会。

“托你们的福，PUD 的经理说一会儿要联合其他战队一块儿给我送一面锦旗，感谢你俩为 LPL 出了这口恶气。”丁哥笑中带泪，泪里含恨，“你们当时不在现场，我没法告诉你们他有多阴阳怪气，我半途好几次想改道PUD基地，最后都忍住了。”

小白体贴地说：“没事，就算你真去了，我们也会想办法捞你出来的。”

丁哥咬牙切齿道：“我谢谢你。”

丁哥走之前还挺放心的，他觉得有路柏沅在，简茸是折腾不出多大的水花的。

没想到路柏沅自己一个大招进去先开了团。

而当事人此刻并没有反悔的意思。

路柏沅靠在沙发上，问：“HT是不是有什么入队仪式？例如入队之前都要接受Master洗脑之类的……”

另一位当事人低头喝了一口丁哥送来的奶茶，问：“什么意思？”

“Master经常嘲讽来LPL打比赛的H国外援……所以H国那些喷子都很捧他。”袁谦解释，“说来也怪，还真就是每个进HT的选手都喜欢搞这套，其他H国战队就没这么多事。”

Pine说：“虽然是这样，但今年还是有LPL队伍去拉拢Master。”

“嗞……今天我们搞这一出，H服和国服的喷子肯定又要自我感觉良好了。”小白皱着脸道，“万一我们季中赛没夺冠咋办？”

“没万一。”简茸冷冷打断小白，“我们能夺冠。”

路柏沅看了他一眼，男生皱眉抿唇，显然还沉浸在打爆Rish狗头的情绪里。

简茸说这种话时总是很有气势，很容易就让人忘记他还是刚入队的新人——

“季中赛……你们春季赛夺冠了吗，就季中赛？”丁哥回过味来，说，“这半决赛都没打完呢！”

袁谦哈哈笑了两声，又忽然想起什么，说：“那这次直播的事，他们俩不会又要被罚款吧？”

小白说：“上次才被罚没多久，再被罚就二连击了。”

“不罚！”丁哥的情绪被他们感染，说，“事是别人先挑的，要罚那Rish也得罚，一块儿罚我也就认了，要只罚LPL不罚H国赛区，我非找水军淹了联盟那群管理……”

电视在直播MFG和UUG的比赛，MFG那位女中单接连发力，这局比赛再次成功带领队伍，帮队伍拿下了第二场的胜利。

女生拿起水杯，面无表情地起身，回到后台准备下一局游戏。

袁谦感慨：“这女中单进步好快，我们最后该不会和MFG打半决赛吧？”

丁哥的注意力立刻被转移，说：“有可能，我觉得不是他们就是战虎，MFG常规赛最后一场打得很漂亮。”

路柏沅问：“录像下载了没？”

战队的工作人员会把每场比赛都下载下来，方便教练们随时翻看。

丁哥说：“下了，不过在手提电脑里，我的手提电脑放车上了。”

“我平板电脑里有。”简茸顺口问，“你要看吗？”

路柏沅意外地挑了下眉，然后说：“好。”

小白满脸惊奇，一副小弟长进了的表情，说：“你还会看录像？”

简茸懒得理他。

其实他不常看录像，但是遇到精彩的对局或是想研究的对手，他还是会专程去下载那一场比赛或排位的录像。

MFG那位女中单就在他近期研究的人选内，不过因为忙着爬H服第一，最近他还没来得及看。

简茸拿了平板电脑下楼，递给路柏沅，说：“在网盘里，第一个视频就是。”

路柏沅点亮屏保，上面是撅着屁股的小橘。

他扯了下唇，问：“密码是什么？”

常年用指纹解锁的简茸顿了一下，他咬着奶茶吸管靠到沙发上，朝路柏沅那边偏了偏身子，说：“四个一或者四个八？你都试试。”

路柏沅输入四个八，屏幕成功解锁。

平板电脑的主人昨晚看完忘了关的界面安安静静地躺在屏幕中。

简茸看着自己昨天不慎打开的“TTC 漫画”，咔的一声，硬生生把奶茶的塑料吸管咬坏了。

电视里解说的声音离他远去。

身边队友的聊天声也离他远去。

当路柏沅的食指点到屏幕上，往下滑动这张画的那一刻，简茸觉得自己即将离开地球。

简茸尴尬极了，他伸手去挡，伸到半空被路柏沅抓住。

路柏沅说：“别动，我看看。”

MFG 和 UUG 的第三局比赛开始，其他人在热烈讨论阵容和预测胜负，没人听得见他们说什么。

简茸抽了一下手没抽出来，于是只能假装镇定地解释：“是有人在评论区下面叫我。”

昨晚他就是嫌这幅画构图太夸张才关平板电脑的，再看一次，更加觉得离谱。

路柏沅看完这张图，顺手点进了这个博主写在文案上的超话。

顶在超话第一条的也是画，路柏沅看着右上方表示账号点了收藏的小星星，好笑道：“这也有人叫你？”

简茸来回抿了好几次唇，最后自暴自弃地说：“我自己逛到的。”

“呲——MFG 这波可以啊，感觉他们上单也有进步。”袁谦别过头来，说，“录像找到了吗？不然微信里给我传一份吧。”

“现在比赛直播呢，急着看什么录像啊，现在这场才是他们最真实的状态。”丁哥回头说，“你们……”

“找到了。”路柏沅应了袁谦一声，然后锁上屏，把平板电脑放到腿边，

“先看直播。”

丁哥那天王老子来了都不怕的气势散得很快，比赛刚结束，联盟工作人员的电话就打过来了。

他连忙接起电话，起身往阳台走：“哎，我正想给你打电话呢……这次的事我一定要好好给你说，不是观众举报的那样，那些黑子从来不分青红皂白……”

袁谦喊着回去训练，小白跟在 Pine 后面，逼他跟自己双排，简茸拿着奶茶起身，吸了两口，发现吸管坏了根本喝不上来。

丁哥的声音从阳台传来：“小路，过来一趟！”

简茸看着所剩不多的奶茶，正想着扔掉，奶茶杯就被人抽走了，紧跟着另一杯还没开过的奶茶被塞到他手里。

路柏沅做完这个动作，才转头懒懒应一句：“知道了。”

简茸回了训练室后，总觉得哪里不对劲。

他连赢两局排位，终于升上了王者，晋级的特效被旁边的小白看见了。

“好消息！好消息！”小白对着自己直播间里的粉丝道，“我们中单上王者了，离 H 服第一又近了一步！啪啪啪！”

他又往简茸电脑桌看了一眼，眼馋地问：“你这奶茶不喝啊？不喝给我吧，别浪费。”

小白意图犯罪的小胖手被简茸打了一下。

简茸拿起奶茶猛喝一口，然后放到了桌子另一边。

“哎，小茸。”身后的袁谦回过头来，说，“那录像不用传我了，我自个儿下载了。”

简茸：“……”

我的平板电脑！

简茸腾地站起身，转头就想冲下楼，然后他透过玻璃门看见路柏沅和丁哥正一块儿往楼上走，两人不知道在交谈什么，路柏沅两只手插兜，右手臂夹着他的 iPad 上了三楼。

“我对他上 H 服第一有没有信心？有啊。我对我们夺冠都有信心，H 服第一算个啥，是吧，简茸？”小白说完扭过头，愣了一下，说，“你干吗？上厕所？”

简茸没应他，只是缓缓坐到座位上，撑着手肘，用双手使劲儿揉自己的脸。

小白一脸纳闷，道：“你尿急就去上厕所啊！”

简茸说：“闭嘴。”

简茸第一次觉得训练时间这么漫长。

打到今天他的目标分数，他终于忍不住拿出手机。

艹耳：“我的平板电脑……你用完了吗？”

R：“你打完了？”

艹耳：“嗯，刚结束。”

R：“你过来拿平板电脑。”

路柏沅的房门留着一条缝，简茸都做好丁哥也在里面谈事情的准备了，结果推门进去，只有路柏沅一个人在。

路柏沅正坐在床头打电话，手机开着扬声，对面是 XIU 的声音。平板电脑放在他腿上，上面在静音播放 MFG 的比赛。

对于职业选手来说，解说没那么重要，开静音一样看得明白。

XIU 正在说 Savior 没受影响，还问他有没有挨骂。

简茸没出声打断，也不好直接把平板电脑拿走，他坐到路柏沅窗边的椅子上，打算等路柏沅打完电话再说别的。

XIU 说：“不过他们俩年纪轻，去理那人也就算了，你凑这个热闹干什么？反正那人怎么都不敢说到你身上的。”

“我不爽就说了。”路柏沅嗓音低沉道，“还有事吗？没有我挂了。”

“你急什么，再聊聊，反正今晚教练不让你训练。”

“我旁边有人。”

XIU：“……”

XIU 飞快挂了电话。

路柏沅把手机丢到一边，说：“这场比赛还剩一会儿播完，等我看完？”

“好。”简茸顿了一下，说，“你抽烟了？”

路柏沅挑眉道：“我在阳台抽了一支烟，问丁哥要的……味道很重？”

连丁哥都愿意给他烟，简茸皱眉道：“联盟怎么说，罚款还是禁赛？他们要罚不也该罚我吗？”

“不罚，我们只是聊到去年跟 HT 那场比赛，瘾上来了。”路柏沅没再往下说，他忽然发觉什么，转头问，“今天你后面那几句……故意的？”

那场游戏到了后面其实没有人再互动了，但简茸在游戏最后还是把 Rish 嘲讽了一顿，路柏沅那句“废物”对比起来似乎就没那么严重了，这样后面如果有黑粉趁机带节奏，也不太会扯到路柏沅头上。

“我本来就想骂他。”简茸想起 Rish 说的话，眼皮又耷拉下来，“以后再遇到这种人你别开麦，我来就行，反正我直播间的水友也习惯了。”

路柏沅安静了两秒，道：“你可能没弄明白。”

简茸从比赛录像里抬眼：“？”

路柏沅道：“我邀你入队，不是为了找个小弟来帮我骂人的。”

简茸：“……”

路柏沅抬眼看他，说：“你以为我今天搭理他做什么？PUD 挨骂跟我有什么关系？”

PUD 自己都不着急，路柏沅自然也不可能去掺这一脚。

但那人说到简茸头上了。

简茸眼皮一跳，说：“我知道，可我有前科，我骂人，那群水友也不会觉得有什么。”

“不是。”路柏沅好笑地说，“简茸，我一直想问……你对我的偶像‘滤镜’是不是有点厚？”

简茸顿了一下，没说话。

他十三岁就被路柏沅帮助，之后看了几年路柏沅的比赛，后来又因为路柏沅进了队伍……怎么可能没有“滤镜”。

实际上，他会想到去直播 LOL 赚钱，也是因为路柏沅那时候宣布自己签了直播平台。

简茸刚开直播的时候有点不好意思，还戴着路柏沅的周边帽子播了几天，虽然大得有点滑稽，但他那时候一直觉得很酷。

路柏沅看他用食指不轻不重地抠椅垫，突然道：“丁哥是在加入战队之后才开始碰烟的。”

简茸一愣，眨了眨眼。

“因为我总是跟他吵架。”路柏沅的声音在安静的房间里显得有些沉闷，“每天都吵，我哪场比赛不参团要吵，不配合参加商演活动也吵，丁哥来的时候挺精神一人，打完 LSPL 一天，一盒烟都不够……”

“我以前在网吧的时候，人小不懂事，游戏玩上头，天天跟人 solo（单挑），说话也没好听到哪儿去，网吧的常客全被我挑遍了。”

简茸问：“你输过吗？”

路柏沅默了一下，说：“号都封了一个了，你说呢？”

简茸皱了下眉，说：“你没再找他打回去？”

“那人搬走了，联系不上……这是重点吗？”路柏沅气笑了。

他的意思是，自己也是从网吧一路摸爬滚打出来的，骂人吵架下人面子这些混事干得不少。

现在的人总喜欢把他捧上神坛，但其实除了家里比较有钱，他和其他的电竞选手没什么不同，一样会在忍不住的时候嘲讽人，只是懒得摆到台面上。要不是丁哥打了电话来，更难听的话他也不是没有。

路柏沅从没想过要在粉丝面前隐藏自己某些性格，也不怕黑子怎么说他，更不需要简茸用这种方式吸引火力挡在他前面。

简茸当然听得明白，但是……

他揉了揉鼻子，说："但我就是不想你挨罚，不行吗？"

路柏沅愣了一下。

"他凭什么让你吃处罚？还有直播间里那些黑子，什么事都能见缝插针地黑，还特喜欢开小号，房管封都封不过来，我又不能用你的名义骂回去，干脆就让他们骂我，我还能还嘴。"

路柏沅听完，细细品了一会儿。

简茸继续道："而且他本来嘲讽的也是我，我骂回去很正常，别人也不会觉得有什么。"

"等等，简茸。"

"嗯？"

路柏沅忍笑问："这是你们喷子帮助别人的方式吗？"

简茸："……"

简茸的脸色很明显臭了两分，好一会儿才硬邦邦地说："算是吧。"

路柏沅没忍住，别过脸笑了。

简茸本来没觉得有什么，但路柏沅这么一笑，他就觉得自己这个做法挺蠢的。

面子挂不下，他看到平板电脑上的视频播放完毕自动暂停，就起身去拿平板电脑，说："看完我拿回去了。"

"不是，"路柏沅抓住他的手腕，说，"我没笑你，就是觉得挺高兴的。"

路柏沅扫了一眼平板电脑，道："比赛看完了，中单还行，不过对线跟你比还是差一点儿。"

不知道谦虚怎么写的简茸点头道："当然，以前打排位我们遇到过几局，她没赢过我。"

"你别给点颜色就开染坊。"路柏沅失笑，轻轻拍了拍他的头，"挺晚了，回去睡觉。”

S市入了晚春，这个月气温直线回升，甚至有两天飙到了二十八度。

天气还没到非开空调不可的程度，不过基地里已经有人在自己机位旁架起了风扇。

在这天下午的训练赛中，WZWZ的辅助用全屏聊天抱怨他们基地的空调坏掉了影响训练，小白回了一串省略号，终于忍不住问出了这两天他一直纳闷的事情。

“大哥，前段时间S市十几度，你穿条短裤打排位抖都不带抖一下，这几天S市都快三十度了……”小白低头看了眼简茸的裤子，“你怎么还天天穿着长裤啊？”

路柏沅闻言，偏头看了一眼简茸的长裤。

简茸道：“不要管队友的生活。”

“我这就是在管自己。”小白理直气壮地说，“这几天太热了，我还想说服丁哥开空调呢，瞧你穿成这样，他肯定不答应。”

简茸很无情地应道：“那你就热着。”

训练赛刚结束，比赛房的门就被人推开了。

丁哥拿着小本本走进来，单刀直入地说：“上次Rish直播事件的处理结果出来了。”

简茸立刻问：“他被罚了没？”

丁哥说：“没。”

简茸的脸色迅速冷掉，没再说话。

“他先嘲讽的，凭什么不罚他啊？”小白关掉训练赛的战绩表，问，“那罚我们中野什么了？”

丁哥说：“我们也没挨罚。”

袁谦皱眉道：“就是谁都没罚？那还算什么处理结果，直接就是不处理嘛。”

“罚了。”丁哥清了清嗓子，“罚了豆腐两万。”

小白：“？”

“一万是直播说脏话……另外一万是言语攻击我队中单 Soft。”

简茸：“……”

大家安静了两秒，然后哄堂大笑。

尤其是小白，笑得眼泪都出来了，说：“哈哈哈，他也有今天！不行，我一定要去他直播间看看他现在的表情，哈哈哈哈。”

“你得了吧，给我安分点。”丁哥敲了一下他的脑袋。

得知路柏沅没挨罚，简茸松了一口气，关游戏的动作都干脆了些。

“还有一件事，”丁哥道，“明天四分之一决赛在我们战队的主场馆办，战虎打 MFG，我可以拿到内场票，咱们要不去看现场？看完顺便带你们下个馆子。”

因为采用冒泡赛机制，季后赛的赛程进展得非常快，一场淘汰一个队伍，几天之后，他们分组下面就只剩最后两个队伍——战虎和 MFG。

这两个队伍中获胜的队伍将直接和他们打半决赛，胜者则获得参加春季赛总决赛的资格。

常规赛结束后就没人出过门，除了睡觉时间，大家几乎扎在训练赛和排位赛里，听见这话，大家登时都激动了。

“去！”小白眼睛一亮，“我能指定馆子吗？”

“不行。别以为我忘了上次你指定的破烂自助餐。”丁哥问，“确定都去是吗？那我找工作人员拿票了？”

Pine 淡淡道：“嗯。”

“能不能多准备一张票？”袁谦问，“我想带悠悠一起去。”

“没问题，自家票还怕拿不到？”丁哥说完，看了眼没吭声的中野，“你们俩去不去？”

简茸其实不太喜欢去现场看比赛，环境太吵，还要仰着脑袋看屏幕，位置如果坐得远，那连双方选手的技能情况都看不清。

路柏沅拆掉鼠标，说：“随便。”

简茸顿了一下，说：“去。”

走出比赛房，路柏沅想到什么，转过头问丁哥：“H 国赛区那边现在什么情况？”

“HT 小组第一，他们赛程比我们晚，半决赛还不知道要打哪个战队。”丁哥说完，压低声音道，“不过我觉得他们夺冠希望比较大，不出意外的话，季中赛应该是他们上。”

路柏沅“嗯”了一声，停下了脚步。

丁哥一脸纳闷，跟他停下，说：“干吗？”

“你先走。”

丁哥顺着他的目光回头看了一眼，正好看见他们中单抱着键盘走出来。

丁哥：“……”

你们是小学生吗？放学还得一个等着另一个？

翌日下午，TTC 一行人准备去看比赛。

因为是去当观众，丁哥叮嘱他们尽量穿得低调一点儿，最好别引起什么骚动。

没一会儿，他们中单穿着普通男生爱穿的白 T 恤牛仔裤，戴着打野的周边帽子上了车。

丁哥微笑地问：“这是 MFG 和战虎的比赛，你戴咱们战队的周边帽子去是想砸谁的场？”

“我只有两顶帽子，一顶这个，一顶我自己的周边。”简茸捏着帽檐说，“不然我不戴了？”

丁哥看了一眼他隐隐露出的两撮蓝毛，闭了嘴。

又过了两分钟，他们打野穿着普通男生爱穿的黑 T 恤牛仔裤，戴着中单的周边帽子上了车。

丁哥说：“怎么，你也只有两顶帽子？”

“就这顶。”路柏沅道，“新周边我忘了拿，剩下的上次带回家了。”

丁哥：“……”

最后，丁哥拦住企图下车拿自己周边帽子去比赛现场打广告的小白，让司机开了车。

事实证明丁哥实在想太多——别说戴了帽子，就是他们穿件大棉袄和戴顶雷锋帽来，都能被导播一眼认出。

他们进入比赛场地后，屁股都还没坐烫，大荧幕上的镜头就给到了袁谦和丁哥，还把袁谦身边坐着的悠悠也拍了一半进来。

在场粉丝先是一愣，然后纷纷出声尖叫，还有人忍不住站起来往他们这儿望。

“我们能看到TTC的选手也来到了现场。”解说甲调侃道，“是来挑半决赛对手的吗？”

解说乙微笑道：“你别带节奏，TTC经理这个赛季承受得已经够多了。”

之后镜头给到了Pine和小白，小白立刻抬手比了一半的心，然后用肩膀撞一旁的Pine，示意他配合。

Pine面无表情地把他的手按回去，压在了座位上。

最后，镜头再缓缓往右移。

简茸和路柏沅入了镜。镜头由上往下拍，两人的帽檐都压得很低，这个角度看不清表情。

“果然，路神和Soft也在……等等，”解说甲顿了一下，说，“他们俩的帽子是不是戴反了？”

解说乙说：“嗯？不过我记得上次S赛总决赛的时候，Soft戴的好像也是路神的周边帽子？”

解说甲轻咳一声，说：“我们的比赛马上要开始了，对了，今年的春季赛总决赛在哪儿办来着？”

解说乙立刻接话：“山城！”

丁哥很想揍人，担心导播搞事给自己镜头，他扯着嘴角，努力假笑。

简茸其实没想摆脸色，只是他嘴唇绷着，加上平时形象不太好，就给人一种臭脸的错觉。

他抬头想看一眼大荧幕。

简茸看到屏幕里的自己和路柏沅，恍惚间像回到了去年S赛总决赛的现场。

不过当时他只是一个意外入镜的路人，他坐在旁边听着TTC几个队员商量看完比赛之后去哪里聚餐，吃哪家的烤串……

当时路柏沅应该也没想到旁边坐着的人看了几年他的比赛，喝过他递来的牛奶，还差点卖了他送的入场券。

镜头终于给回解说席，三位专业解说很快回归正题，开始分析导播给出的今日两个战队的过往阵容和战绩。

五分钟后，MFG和战虎的队员正式入场，简茸看了眼台上的人，MFG今天依旧是那位女成员打首发。

季后赛第一场MFG的首发中单空空表现一般，让这位替补女队员得到了很多机会。

战虎五位老大哥在常规赛期间似乎又增重不少，跟MFG战队那几个小瘦子形成鲜明对比。尤其那位女中单，不知道是不是压力太大，都瘦成了瓜子脸。

不过也正常，替补打首发的机会本身就不多，一场打得不好很有可能就继续回去看饮水机。

解说甲说：“今天MFG一如既往上他们的女将JM啊。”

“JM状态好嘛，这几场表现都很出色，她上很正常。”镜头给到JM，看到女生白净的脸庞，解说乙笑道，“十九岁的女生皮肤就是水灵，往台上一放就是万草丛中一枝花。”

“这位女选手我是有印象的，她以前在一区的ID好像叫JMRoad？后来入队才改成了战队ID。”解说丙嘿嘿一笑，说，“看来JM也是路神的粉丝呢，不过也正常，毕竟是LPL第一打野嘛。正好今天路神也在现场，她打完比赛，两人没准可以交换联系方式什么的。”

路柏沅似有所感，看向简茸。

果然，男生一只手撑着下巴，正扭头看着解说丙的背影。

路柏沅失笑，往他那儿靠了一点儿，说：“你觉得谁会赢？”

简茸收回视线，场上选手在调试设备，还未进入禁选环节：“不看阵容的话……战虎胜率大点。”

虽然MFG换上新中单后配合出色，从常规赛倒数第四一路逆袭来到了四分之一决赛，但战虎这种老牌战队的实力和配合就摆在那里。

面对整体实力在他们之下的战队，又是五局三胜制这种考验选手耐性的比赛，战虎很难翻车。

路柏沅看他抿着唇，问：“你还想跟战虎再打一次？”

简茸毫不犹豫地点头：“嗯。”

之前常规赛那局憋屈的单机小鱼人结束后，简茸连着练了很久的小鱼人，后来在训练赛里也用小鱼人单杀了战虎中单大牛好几次。

但谁都知道战虎在训练赛和正式比赛里的状态完全不同，训练赛单杀十次八次都不能说明什么。

简茸记仇，不服输，在哪儿跌倒就想再从哪里爬起来。

比赛很快进入Ban&Pick（禁用和选人）界面，双方阵容选出来，一眼过去全是中后期英雄。

丁哥看得认真，用本子把两个队伍的禁选情况全部记下来，然后下意识别过脑袋问：“你觉得那名女选手怎么样？”

路柏沅：“？”

“我这几天看了录像，发现她的发条和岩雀都不错。最关键的是，她很会玩保人中单，露露、卡尔玛都能玩，这就是女性玩家的优势吗？”丁哥叹了一口气，说，“我有点后悔当时没把她招进来了，放替补席，没准咱们能试着玩一玩四保一战术，你拿个千珏，袁谦拿个慎，辅助再来个日女之类的，Pine岂不是直接起飞……”

简茸说：“我也能玩露露、卡尔玛。”

“你玩个屁。”小白想也不想道，“上次排位你点错英雄拿了个露露中单，跟你双排的P宝一整局吃了几个盾来着？”

Pine毫无感情地应道：“四十七分五十一秒，三个。”

小白叹气，道：“P宝可怜。”

“你背井离乡来S市这么久,”简茸转头问小白,“吃过这里的拳头吗？”

小白已经被威胁习惯了，他转头刚想说什么，突然看见他哥伸手按在简茸的帽子上，轻松地把满脸不爽的中单按了回去。

比赛很快开始。

第一场比赛，MFG在前期的表现还是有很多亮点的，下路压了战虎十七个补兵，中单更是差一点儿单杀大牛。

简茸看了眼荧幕中一脸平静地回城的大牛，脱口道：“他算好的。”

路柏沅“嗯”了一声，说：“看着像差一点儿，其实大牛选择压线吃那波兵的时候就算准了对方的伤害杀不了他。”

不过没杀掉也没关系，抑制住大牛的发育也是好的。

就在大家觉得MFG这局有希望拿下的时候，二十分钟的一场小龙团战，战虎上单纳尔变大之后，直接把MFG上下路三人全砸在了墙上，大牛的妮蔻紧跟着进场，高高坠落晕住三人，AD操控厄斐琉斯打出爆炸伤害。

一波完美团战扭转局面，MFG被开到的三人连大招都没开出来就直接灰了屏。

最后，战虎杀掉敌方四人，并拿下了属于自己的第二条小龙。

“MFG 这局没了。”丁哥盯着比赛界面说，“春季赛开赛到现在，凡是让战虎拿了前两条龙的比赛，他们都没输过。”

果然，这一波团战之后，场上回到了战虎的节奏。

雪球一点儿一点儿滚起来，等简茸再抬头去看经济，战虎已经领先了 MFG 七千金。

第三十八分钟，前期被压制的大牛单杀敌方中单，战虎五人直奔 MFG 基地，拿下了第一局比赛的胜利。

第二局，MFG 依旧上替补中单，在这次 Ban&Pick 中，JM 拿到了她最擅长的发条魔灵。

路柏沅余光瞥见自家中单皱着眉，饶有兴致地问：“这发条拿得怎么样？”

“战虎的 Ban&Pick 没出过错，”简茸沉默两秒，道，“这手发条不是她拿的，是战虎故意给的。”

简茸话音刚落，大牛选了一个前期非常克制发条的辛德拉。

大牛身为 LPL 资历最老的职业选手，虽然已经过了巅峰期，但他仍旧保持着职业选手该有的实力，前中后期都能打，是真正的全能中单。

再加上他和自家打野默契无间的配合，不到十五分钟，发条的战绩就走到了可怜的 0/3/0，一个需要发育的英雄，到了中期却根本不敢越过河道线去补兵推塔。

这局比赛结束得比预想中还快，第二十八分钟，战虎就推平了 MFG 的基地。

第三局，MFG 终于换上了自家首发中单空空。

可惜仍旧无济于事——这两局的问题出自集体，并不只是出在中单的身上。

三十分钟后，战虎 3∶0 干脆利落地夺得胜利，正式成为 TTC 下一场半决赛的对手。

看完赛后采访，TTC 一行五人起身离开场馆。

因为被粉丝发现，担心引起骚动，工作人员特地上前邀请他们去后台走员工电梯，能直接坐到楼下的停车场。

“这群人平均年龄都过二十五岁了，怎么还能进步得这么快？”丁哥按下电梯键说，“尤其是大牛，我本来觉得他去年就要退役了。”

“应该快了。”袁谦背着悠悠的包，道，“实力再强身体也受不了，我听说他们上中野腰伤都很严重。”

话音刚落，某人的一只手拦住即将关闭的电梯门。

简茸抬起头，看到了神情失落的 MFG 队员们。

两队人皆是一怔。

简茸下意识去看 MFG 那位女中单 JM。JM 头发有些乱，也没顾上打理，虽然脸上没什么表情，但眼眶绯红，里面潋滟一片，应该是哭过，委屈得让人看着就忍不住想安慰两句。

所以刚下班从 MFG 队员身后经过的解说丙停下了脚步，挂上跟比赛时一样欠揍的笑，道：“这部电梯能坐十五个人的，进吧，进吧。哎，JM，你不是喜欢路神吗？正好，可以问路神要个微信什么的。”

这话一出，站在女生面前的 MFG 上单忽然动了动，不露痕迹地完全挡在了她前面。

与此同时，路柏沅感觉到自己身边的人顿了一下，然后侧了侧身子，看向观光电梯的透明玻璃外。

“不了。”

“不用了吧。”

JM 和路柏沅异口同声。

JM 揉了揉眼睛，非常冷静地说：“以前他是偶像，现在是对手了。”

以为她是不好意思，解说丙笑道：“没事啊，选手之间互相加好友很正常的，而且可以聊比赛以外的事嘛！”

简茸很想问问他是不是主业做媒婆副业做解说。

JM 犹豫了一下，可能觉得加个好友也不亏，她抬头征询地看了一眼路柏沅。

“不了，不太方便。”路柏沅随便找了一个借口，在所有人的目光中对她笑了笑，“你打得不错，期待下次赛场上见。”

MFG 战队的人终究没进电梯。

电梯里的人都各怀心思，抬头看了一眼头顶的监控，一路沉默地回到了车上。

车门关上的那一瞬间，所有人都回头看向后座。

此时小白的模样就如同那些狗仔：“哥，你的微信为什么不方便加人？”

袁谦看出了什么，问：“不方便说？”

“行了，这么八卦干什么？你没听出他是闭眼瞎扯的吗？开车呢，你们赶紧坐好！”丁哥回头道，“再过四天就是半决赛了，把你八卦的精力放在怎么打赢战虎上。”

小白无辜道：“我这不是关心我哥吗？”

原本说顺路去吃晚饭，但富哥临时打了电话来，说朋友一家私房菜馆刚开业，他让人打包了晚饭回基地。

于是一行人半路转道回了基地。

半决赛的队伍已经定下，当晚不必说，自然是重温刚才那场四分之一决赛录像下的饭。

“我是真不喜欢和战虎打比赛。”小白看着电视抱怨，“每次都像一拳打在棉花上，像温水里的青蛙，打着打着莫名其妙就劣势了。”

路柏沅靠在沙发上说：“没办法，他们过了巅峰期，如果线上能打出优势，没人想拖到大后期。”

袁谦喝了一口汤，感慨道：“我还是比较怀念他们以前的打法。”

简茸心不在焉听了半天，闻言问：“他们以前是什么打法？”

“跟他们战队名一样。”路柏沅道，“以前 LPL 打比赛，五分钟内不爆发人头都会被弹幕骂菜。”

小白想到了什么，对简茸道：“所以我说你入行晚了。你这种打法放到五年前……不，三年前吧，肯定是明星选手。那时候还不学 H 国人的东西，打架全靠临场发挥。”

袁谦低头在回消息，在吃饭他就懒得戴耳机，收到什么语音干脆直接点出来——

“谦哥，我是石榴。我问一下，小茸跟你在一块儿吗？我给他发了好几条消息没回，没出啥事儿吧？”

简茸从战虎的比赛开始到现在都没看过手机，打开一看确实收到石榴好几条语音。他把语音全部转文字，在等待转换的时间里回了一句“我在”。

石榴的微信电话马上打了进来。

简茸不想打扰其他人看录像，拿着手机去了阳台。

“我是想找你双排，顺便问你有没有空，我打算近期去 S 市玩两天……不过你快打半决赛了吧？我这破脑子。”石榴笑了一下，声音有点远，“就是感觉好久没跟你说话了。”

简茸吹着夜风，说：“上次我拉你双排，你没进来。”

“我知道，我当时在吃饭没看见。”石榴顿了一下，说，“后面我也不好再拉你。”

当简茸还是高人气主播的时候，石榴就经常被讽刺他抱简茸大腿蹭热度，现在简茸成了职业玩家，他再邀请人来打游戏，估计会被骂得更惨。

“没什么好不好的。最近我在打 H 服，你想打双排就微信找我，我开小号回国服跟你打。”

“好兄弟。”石榴道，“我看了下票价，半决赛我去现场给你加油怎么样？”

简茸说：“都行。你真想来的话，票不用买，我这儿应该有赠票。”

简茸感觉到什么，握着手机回头。

路柏沅的手环在胸前，懒懒地倚在门边的墙上，嘴边带着笑，不知在身后站了多久。

小黄牛翻身做主人了，现在都能给人赠票了。

路柏沅挑了挑眉，示意他继续。

石榴没跟他客气：“OK，那我来了联系你。”

“好。”简茸说，“那我先挂了，我这儿有点事。”

“还有，”石榴看了眼日期，说，“你爸妈的忌日快到了吧？你春季赛不是要去山城打吗？来得及赶回来？要不我帮你去看看。”

“不用了，来得及。”简茸垂下眼说，“我自己去看他们。”

挂了电话，路柏沅走到他身边说：“是之前跟你一起去看S赛总决赛的那个主播？”

“嗯。”简茸顿了一秒，说，“直播时候的朋友。”

第二章 Soft『五杀』

Take the Crown

简茸没得到回应，转头看他：“你笑什么？”

路柏沅说：“没，我好像没怎么听你说过朋友的事。”

简茸安静了一下，收回脑袋望向远方的灯火：“我没什么朋友。”

阳台没开灯。路柏沅垂下眼，看着简茸细密的睫毛，说：“直播间不是经常搞活动吗？让主播们组队连麦 PK 之类的，你没认识几个同行？”

“以前我不火的时候会去攒人气骗礼物，有观众了就不去了。”简茸想起什么，不爽地皱了下眉，“有些主播的 PK 惩罚很恶心。”

话还没说完，他的头发被人揉了揉。路柏沅声音慵懒道：“染头发？”

简茸很轻地摇头，说：“这还好。有些会让输家学狗叫，或者连吃一罐辣椒……我遇到过一个人，提的规则是输家开一局游戏去找女玩家，直播骗她联系方式。”

这方面是路柏沅的盲区。他皱了下眉，说：“然后呢？”

“然后我喷了他半小时。”简茸回忆了一下，说，“那时候开了 PK 强退有惩罚，他走不掉。”

路柏沅失笑。

直播还没火的时候，简茸就能把人堵在直播间里骂半小时。

“我的微信加了很多主播，不过都不说话，所以算不上是朋友。”简茸一五一十地说完，“然后和同学没有联系，街坊邻居也不怎么熟。”

路柏沅点头："那你刚刚说要去看谁？"

简茸平静地说："我爸妈。"

"他们在S市吗？"路柏沅道，"我送你去。"

简茸摇头道："不用了，我自己去就好了。"

路柏沅以为简茸在担心被父母发现的事："我的车子可以停在远一点儿的地方。"

"不是。"简茸抿了下唇，说，"过段时间是他们忌日。"

阳台短暂地陷入沉默，隐约还能听见基地里小白的声音。

路柏沅微微一怔，半响才道："什么时候的事？"

路柏沅安静地等了一会儿，觉得还是问急了，说："你不想说也没关系。"

"我没不想说。"简茸舔了下唇，低头看着楼下花园里的草木，又过了几秒，才说，"我十岁的时候。"他的声音有些低，轻易地砸进路柏沅心里。

"他们是发生车祸走的，肇事司机也死了，那人家里很穷，没赔几个钱。"

太久没跟别人提这些事，简茸说得有些乱："然后……我就去跟爷爷住。爷爷身体不行，我爸妈出事后更严重了。过几年他得了肾病，到最后每周都要做透析，撑了两年多。"

他省去所有细节，三言两语说完了自己的童年。

路柏沅不露痕迹地深吸一口气。

他知道简茸当初家庭困难，但没想到会那么糟糕。

他哑声道："那我在网吧看到你的时候……"

"我爷爷刚查出肾病。"简茸觉得自己把气氛搅得太沉重，扯了一下嘴唇，"我不是自愿当黄牛的。"

简茸说完久久没得到回应，伸手薅了一下头发，觉得自己是不是说得有些多了："不过我没事，真的，过去很久了。"

片刻后，路柏沅才“嗯”了一声，他神色严肃，嗓音低低的，融进夜色里。

过了很久，路柏沅突然问：“我当时是不是挺小气的？”

简茸说：“什么？”

“只给你买了一杯牛奶。”

简茸：“……”

简茸一直觉得自己已经越过去了。

家人离开，被赶出店，为了给爷爷攒钱做透析，拒绝了俱乐部的试训邀请，刚开始直播的时候没人看……这两年，他已经可以平心静气地想起这些事。

可路柏沅简单的一句话，却让他心里涌起一股难以言喻的委屈。

简茸缓缓摇头，闷声说：“你当时也没什么钱。”

“你出网吧的时候钱没塞好，我都看见了，一张五块两张一块。”

路柏沅说：“当时我是没什么钱，LSPL 冠军奖金我才分到五千。”

简茸皱眉：“富哥这么有钱，还扣你们奖金？”

“那时候战队困难，得解决租房和网速的问题，我们住的宿舍网络太差，训练赛经常掉线。”路柏沅顿了一下，说，“其他队伍一直觉得我们很菜，直到 LSPL 开赛。”

简茸很喜欢听路柏沅以前打比赛时的故事。

他问：“你打封号战的时候是玩什么输给别人的？”

“皇子。”路柏沅叹气道，“这事过不去了？”

两人的手机同时响起来。

路柏沅拿出手机扫了一眼，是丁哥群发的消息，催他们上楼训练。

消息后面还跟着三个大大的感叹号，像警告，也像隐忍无用的咆哮。

“丁哥催了。”简茸揉揉脸，说，“去训练吗？”

路柏沅“嗯”了一声。

丁哥揉着眉心下楼找人，抬眼看到两人从阳台回来，问：“你们怎么还不上去训练？小白他们想订咖啡，微信叫了你们没回。你们喝什么？就前两次订的那家咖啡店。”

简茸随便报了一种咖啡，路柏沅更随意，说：“跟他一样。”

有了咖啡助阵，今晚大家集体练到了深夜三点。

丁哥跟老婆请了长假，这几天都住基地。路柏沅刚想再开一局就被他拦住了。

丁哥小声道：“行了，你别练了，都打多久了。”

路柏沅看了眼时间，说：“也就四个多小时。”

“放屁，六小时了。”丁哥说，“医生让你一天别练超过三小时，你一下超了两倍，出事算谁的？”

路柏沅看了眼正戴着两边耳机打单排的简茸，道：“医生还建议我退役呢。”

丁哥一下就被“退役”俩字刺到，说什么都不让他再练了。

路柏沅也没再坚持，关掉电脑回了房间，经过简茸身后的时候，还拍拍他的脑袋让他别打太晚。

简茸惯例开直播熬时长，不过今晚他的话有点少。

简茸余光瞥见弹幕里又有人在带“Road 拿高薪搞特殊，每次都第一个离开训练室”这种节奏，他缩小游戏界面退出去，在万千弹幕里找出那个人，连封带踢让人滚了。

路柏沅回到房间后，锁上门，从书柜最底层的旧键盘下拿出烟和打火机，坐到了飘窗边。

路柏沅不常回忆从前，有些微不足道的小事很容易就遗忘在记忆里。就像简茸，他只记得自己给一个小孩儿送过票，票还差点被倒卖，细枝末节完全想不起来。

但是今晚，他记忆中小孩的模样忽然就清晰了。

他比同龄人矮一点儿，头发应该是刚剪过，抱着膝盖坐在地上，撇开被网吧老板气到噘嘴的臭脸不看，是一个看上去很乖的小孩。

他遇到自己之前，被几家店拒绝过？

父母不在，爷爷住院，家里谁照顾他？

吃喝自己能解决吗？

后来的日子一个人是怎么过的？

……

路柏沅把烟灰抖在自制的劣质“烟灰缸”里，觉得不能再细想，不然他可能得偷偷跑出基地再买几包烟。

他一只手夹着烟，登上许久没打开过的贴吧号，点进“Soft 吧”发了一个帖子。

活跃的吧友现在都在看简茸直播，等了半分钟没人回复，路柏沅正想着要不要去微博也发一发，一条微信消息跳了出来。

丁哥发了一张照片，镜头对着窗外，黑夜中那抹白色烟雾非常显眼。

丁哥：“这是啥玩意儿？”

丁哥：“你在抽烟？？”

R：“……”

R 给丁哥转账两万元。

丁哥：“……”

R：“我问你一件事。”

丁哥：“什么？”

R：“你不是有个刚成年的弟弟吗，现在男生都喜欢什么东西？”

半决赛开战在即，训练赛反而约得少了。

四强的队伍马上就要互相碰上，自然不可能在这时候冒着暴露战术的风险约训练赛。其他战队的春季赛已经宣布结束，一大半队伍开始放假。

不过用丁哥的话来说，临时抱佛脚没什么用，每天打打排位保持手感就好。所以这两天里，五名队员就像住在训练室里似的，连晚饭都是阿姨端进来吃的。

“我的饭都凉了。”小白可怜巴巴地跟弹幕的网友聊天，“是啊，这两天我真的练得很辛苦，每天都练十个小时以上，不过我相信付出一定会有回报的——谢谢‘白宝宝辛苦了’的流星。”

身边每天十二小时起步的小蓝毛对这种卖惨骗礼物的行为表示不屑，并发出了冷嗤攻击。

小白恍若未闻，快乐地收着礼物，说：“啊，对了，我们战队的周边是不是今天开卖啊？正好排队，让我去观赏一下我一骑绝尘的销量……”

半分钟后，小白难以置信地凑到屏幕前，说：“个十百千万……天哪，简茸周边的销量怎么这么多？都快赶上我哥的了！他那群粉丝不是信誓旦旦说自己不可能买吗？”

袁谦说：“那群粉丝还说就算他饿死都不会给他刷礼物，你现在打开平台的礼物榜看看，他在前十吧？”

小白感慨：“男人都是骗子。”

袁谦道：“还有上次队长和他互戴周边帽子去看比赛，那广告效果简直了。”

“哥！”小白回过头，大方道，“我送你一顶我的周边帽子吧？”

“不要，没地方放。”路柏沅看了眼小地图，道，“辅助和打野在右草丛，连着中单一块儿杀了。”

跟他在同一局游戏里的简茸说：“好。”

小白撑着脑袋看向身边的人，说：“你这销量……怎么也得请我吃十顿饭。”

简茸说：“请。”

他应得有些敷衍。

路柏沅用瞎子摸眼一个预判命中刚交出闪现的敌方辅助，大招角度正好能将敌方辅助和草里的中野同时踹飞，这让简茸的亚索成功接上了一个爽翻天的大招。

“有 Road 这盲僧在，我玩亚索我也行。”

“好家伙！”

简茸难得觉得自己直播间里的弹幕顺眼。

对面中野辅助没了，当然要顺势拿小龙。

这时，简茸看见自己身边的盲僧突然站着不动了。

简茸的视野固定在路柏沅这儿，说：“怎么了？”

路柏沅的手指缓慢地舒展两下，重新握回鼠标：“没，来了。”

这局游戏赢得很轻松，简茸看了一眼自己的输出数据，满意地关掉了战绩表。

他摘下一边耳机，回头问：“队长，一起进队列吗？”

虽然不能双排，但他们分段高，同时进入排位队列的话，排到一局游戏的概率会很大。

路柏沅说：“不了，你打吧。”

简茸顿了一下，然后抿唇转头，说：“好。”

喷子通常都不擅长掩盖自己的情绪，简茸垂着眼皮，一声“好”听起来都不怎么高兴。

弹幕上都在刷“众所周知，亚索没有亲人也没有朋友”“哈哈哈，人家不愿意跟你玩儿”“路神第一次拒绝你，你好好想想上局犯了什么错误吧”。

当简茸打算翻脸不认人直接关直播时，路柏沅的声音从头顶落下：“明天我再陪你进队列。”

路柏沅离开训练室后，简茸重新进入排位队列。

他掩饰般错开视频摄像头，看向小白的屏幕，扯起嘴角笑了一下。

弹幕安静两秒，然后爆发——

“喷子真好哄。”

“喷子真好哄。”

……

凌晨四点，其他人都睡了，简茸关掉电脑，回房间洗了个澡，刚倒在床上就睡了过去。

可能是越累越睡不好，平时能一觉睡到中午的人，天刚亮就被雨声吵醒了。

这几天简茸睡觉都开着窗，春雨混杂着泥土味钻进来。

他揉揉眼，起身想关窗，忽然听见门外的走廊有动静。

简茸看了一眼时间，早上七点半。

这个时间点，就是打扫阿姨都不会上三楼来。

简茸想起春节期间遭贼的事，顺手拿起衣架，放慢脚步去开门，然后跟副教练对上了。

对方正握着路柏沅的房间门把，见到他也是一愣：“你醒这么早？是我动静太大，吵着你了？”

简茸看了眼他手中的外套，又看了眼对面昏暗的房间：“出什么事了？”

副教练咳了一声，说：“没事……这不是外面下雨了气温有些低，丁哥让我给他们送件外套。”

一股不好的预感涌上来，简茸问：“送去哪儿？”

“就送到他们那儿。”

简茸没了耐心，直接打断他：“他们在哪儿？”

三十分钟后，简茸抱着路柏沅的外套在医院门口下了车。

清晨的医院依旧人满为患，副教练去找停车位，简茸按照副教练的话上了四楼，左转到了医院外科。

路柏沅就坐在外面的长椅上。

他戴着口罩，身上穿着单薄的常服，一双长腿随意屈着岔开，脑袋懒懒地往后仰，正抵在墙上闭眼休息。

简茸看到路柏沅右手腕上缠着的白纱布，脑子“嗡”的一声响，抱着衣服停在原地。

坐惯了舒适的电竞椅，狭窄坚硬的医院椅怎么坐都不舒服。

口罩戴着太闷，路柏沅缓缓睁眼，抓着口罩边缘很轻地拽了一下，看着天花板呼吸了两口新鲜空气。

蓦地，他感觉到有人在看自己，他保持着这个姿势，别过了头。

男生随便披了一件外套，由于穿得太急，衣领是歪的，睡觉压得太死，两撮蓝毛还翘在空中，虽然脸色已经难看了，但怀里的外套还是抱得紧紧的。他站在那儿，安静地看着自己。

路柏沅在心里骂了句脏话，抬直脑袋刚想起身，简茸先走了过来。

一晚上只睡了三个小时，简茸醒来的时候完全是蒙的，他拿着衣架去开门的时候都感觉自己在飘。副教练在车上絮絮叨叨说了一路，一直劝他回去睡觉，听得他脑仁直疼。

直到这一刻，看到路柏沅手腕上的纱布，简茸才真正清醒过来。

“穿外套。”他一开口，声音都是哑的，语气也很生硬。

路柏沅接过外套，抬手刚要穿上。

“慢点。”简茸皱着眉，问，“你的右手能抬吗？”

路柏沅说：“能。”

简茸看着他穿好外套，目光不自觉一直跟在路柏沅的右手上：“疼吗？”

路柏沅轻声道：“弄了麻醉药，不疼。”

简茸心疼地咬了一下牙，没说话。

他隐隐能猜到路柏沅的手有伤，还上网查过，但没查出来是什么伤病，那些骗点击的营销号满篇的“疑似”“猜测”，他一个都不信。

他安慰自己，只要路柏沅没退役，就说明不是什么严重的病。

路柏沅抬起左手拍了拍他，问：“你吃早餐没？”

简茸没表情：“没有。”

路柏沅慵懒地问：“我带你去吃早餐？”

简茸看了眼旁边座位上空了的面包袋，说：“不吃，我不饿。”

路柏沅“嗯”了一声，说：“坐着说？我仰头有点儿累。”

简茸坐下后，拿出手机打开了掌上《英雄联盟》。

路柏沅别过头看他，问：“你查什么？”

只见简茸点进路柏沅的战绩表，滑动到最下面，然后道：“你有手伤，昨天还打了五个小时！”

路柏沅：“……”

路柏沅道：“没五个小时，中间休息了一阵。”

简茸确认了一下，说：“你是说吃饭时间休息的那二十分钟？”

路柏沅安静了两秒，问：“明天就是半决赛，如果是你，你会休息吗？”

简茸顿时沉默。

他不会。

打游戏最靠手感，比赛前几天休息等于找死。

简茸抿着唇，又说：“你可以少练一点儿。”

“职业选手一天练五小时，还要少一点儿……”路柏沅笑了一下，说，“你给队长开的后门是不是太大了？”

简茸的心情依旧很差，只是脸上没再冷冰冰的了。

“医生怎么说？要休息多久？”他顿了顿，声音又低了一点儿，“能治好吗？”

路柏沅是肌肉劳损和腱鞘炎，做了个微创手术。

治疗时医生还说了很多不乐观的话，路柏沅没告诉他，只是简单道：“三天。”

路柏沅说这话时，身边诊室的门被打开，丁哥从里面出来，一听就知道他们在聊什么：“什么三天？医生让你休息一周！”说完，丁哥才发现路柏沅身边坐着的是谁。

他关门的动作一顿，瞪大眼，半晌才道：“你怎么过来了？这……八点？你就醒了？”

“我开门动静太大，吵着他了。”姗姗来迟的副教练摸了一把后脑勺，说，“然后他听说小路受伤了，就非要跟着来，我一开始没肯，他就拿出手机要自己打车……”

“行了，下楼拿药回基地。”丁哥朝他们摆摆手，“现在还早，回去还赶得上睡一个回笼觉。”

简茸根本没睡意，上车后一会儿看窗外，一会儿看路柏沅的手。

“我已经跟赛方的人联系了，告诉他们明天半决赛我们上替补。”丁哥拿着手机敲敲摁摁，“上午十一点你给 Moon 打个电话，让他过来训练，下午我约了两场训练赛。”

副教练“啊”了一声，说：“柏沅确定不能上了？”

丁哥道：“废话，他的手现在没法动，这周都是残的。”

路柏沅感觉到简茸看了过来，皱眉道：“没那么夸张。”

丁哥道：“这是医生的原话好吗！”

“半决赛真让 Moon 打？”副教练有些犹豫，“他比赛经验少，去年的半决赛差点把他的心态打垮。”

“怎么，输了一次半决赛，以后半决赛就都不打了？”

副教练叹一口气，道：“也不是，我这不是怕又输了吗。”

路柏沅说：“不会输。”

简茸道：“谁会输？”

两人异口同声，把副教练说得一怔。

“我相信我的队友。”路柏沅笑了一下，声音平静道，“他们能赢。”

他们刚回到基地门铃就响了。丁哥点开电子猫眼，看到门外的外卖员，疑惑道：“谁点外卖了？”

路柏沅说："我。"

"你不是吃过早餐了吗？"

路柏沅看向简茸，说："点给他的。"

简茸原本打算上楼训练，刚走上两个台阶，听到这句话又回头，闷声往门外走，叫住打算去帮他拿外卖的副教练："不麻烦你……我自己去拿。"

其他人醒来后，看到 Moon 在训练室都挺蒙的，听说事情原委之后更蒙了。

大家蒙完之后，训练赛百分百专心投入。

Moon 和路柏沅不一样，路柏沅野核支援都能玩，Moon 的野核相对而言就比较弱。

不过他的支援能力进步了很多，开团也还行，打一些中层队伍绰绰有余。小白和 Pine 三级直接越塔强杀，一换二奠定了下路优势，袁谦则直接把别人上单压得出不来塔。

表现最明显的还是简茸。

他的打法原本就凶，今天更甚。

"我去。"把视野切到中路看了几眼的小白忍不住道，"人家就打一下小兵，也没有要补，你直接一个点燃挂在人家头上是什么意思？"

小白的话刚说完，简茸轻轻一扭，躲过了妮蔻的禁锢技能，然后操控男刀直接一套熟练的连招打出去，对方的血条瞬间消失，立刻丢闪现想逃，简茸跟闪速度快到惊人，最后一下平 A（普通攻击）按出去，收下了这个人头。

MFG- 空空："哥，我做了什么对不起你的事吗？"

MFG- 空空："如果我有罪，法律会制裁我，而不是让你选出男刀来折磨我。"

MFG- 空空："话说今天路神怎么不在啊？"

Pine 看了眼聊天框，对小白道："比你还不会说话的人找到了。"

“放屁。”小白缓解气氛道，“不管哪方面，我都是最厉害的！”

这场训练赛结束，刚输了四分之一决赛并面临着被换下首发风险的空空更自闭了。

晚上训练时，小白在选英雄的时候拍了拍简茸的肩，以一种老人的口吻道：“你别担心，明天咱们好好打，胜算还是很大的，我们很有经验。”

简茸转过头，重复道：“胜算很大？”

“是啊，我们以前跟战虎打五局三胜没输过。”

简茸说：“明天也不会输。”

小白一愣。

“咱们肯定能赢！”身后的袁谦在排位中抽空举起拳头，“三比零快速了结他们！”

Moon 反复抿唇：“我……我明天一定好好打，用全力打。”

“队长不在就输，那直接解散算了。”Pine 道，“庄亦白别挂机，去做视野。”

“知道了，知道了，你自己身上不是有眼吗？非要我去做？”小白嘟嘟囔囔，“对，咱们一定赢，我一定要去季中赛捶爆 HT 的狗头！”

翌日，路柏沅还是换上了队服，跟他们一起前往赛场。

中午，战队官方就发了微博，告知粉丝，路柏沅因伤病需要休养一周，半决赛将由替补 Moon 出战。

这个微博一发，评论量直接爆炸，比赛还没开始，“Road 受伤缺席半决赛”的话题就率先登上了热搜。

几千条评论没一条乐观的，粉丝担忧黑子幸灾乐祸，前排顺带把 TTC 其余所有队员都嘲了一遍。

被嘲得最严重的是 Moon，其次就是简茸。

Moon 粉丝少，被骂也没什么人帮他反驳，赞有几千个，回评数几乎为零。

骂简茸的那一层就不一样了。

周末，简茸的粉丝们放学的放学，下班的下班，闲在家里等比赛，战斗力实在惊人。他们跟黑子你一句我一句骂了半天，截至目前，那层楼最后的几条评论是——

“他出来打比赛的，一年赚这么多钱被骂几句怎么了？打得不好挨骂不正常吗？”

“嗯嗯嗯，Soft 常规赛拿了六场 MVP 还打得不好？”

“他赚的钱是俱乐部给的，跟你有什么关系？往自己脸上贴什么金。”

“我看了一下你的微博，好家伙，黄金三拿个三杀都要发截图炫耀，就你这水平还看得出别人打得好不好？我看你最近几页的战绩表，你还找了代练啊？游戏里被打哭找代练来顶，现实中自己对职业选手重拳出击，你等着吧，你的号今晚必被封。”

“我错了，不是代练，是朋友帮忙打的，别举报啊。我删评论还不行吗？你们别回复我了。”

……

简茸对网络上的争吵浑然不知。丁哥早有准备，盯着他们一个个删掉了这些手机软件。

他们到达比赛场馆时，比赛直播还没开始，休息室的电视机里在重播上场四分之一决赛结束后战虎战队的赛后采访。

接受采访的是中单大牛，当主持人问他下星期就要迎战 TTC，觉得自己能不能赢时，大牛自信地笑了一下。

“上一次如果 Road 不在，我们就赢了。”大牛耸耸肩道，“实际上，他们队里除了 Road 以外，其余人都很好处理。”

简茸之前就听过这个采访，这次再听没什么波动。他靠在沙发上，专心听丁哥的分析。

“今天要把大牛的卡牌 ban（禁用）了，不然我们下路没法打。”丁哥看向 Moon，“小龙一定要注意，他们打野很会偷龙，他们打团太厉害，一旦让他们拿到龙魂抱团，那我们几乎没有翻盘概率。”

丁哥絮絮叨叨说了一通，才停下来喝水休息。

“大牛哥现在怎么也会说这种话了？”小白两只手抵在脑后道。

Pine 说：“膨胀。”

“还好，这种话你们说得还少了？”袁谦笑了笑，看向路柏沅，“队长，你的手怎么样了？还疼不疼啊？”

路柏沅摇头，说道：“我回去就能拆纱布。”

“不准拆。”丁哥立刻道，“医生说了，你这最少得绑三天。”

“绑着吧。”Pine 说，“恢复得好一点儿，后面还要打决赛。”

小白立刻坐直身体，说：“对！哥，你好好养着，然后带我去 H 国，我一定要当面骂那个 Rish！”

路柏沅一笑，道：“行。那我在这儿躺着，等你们抬我进决赛。”

简茸的嘴唇动了动，最终还是什么都没说。

现在说什么都是空话，等他赢了比赛下来，多的是时间说。

丁哥见队员们都这么放松，松了一口气，直到他看到坐在最右侧的 Moon。

休息室里开着空调，Moon 却在冒汗，男生双手握着放在膝上，一脸紧张和慌乱。

丁哥皱了下眉，刚想上前安慰两句，工作人员忽然推门进来，让他们收拾一下准备上台。

Moon 来回做了几下深呼吸，伸手抹掉额上的汗。

“别紧张。”一道低沉的声音从他身后响起。

Moon 倏地回头，愣怔地看着路柏沅。

“他们打野不会玩野核，你野区不会有压力，如果队伍需要，在对面拿弱势打野时，你可以尝试打一把入侵，不用怕。”路柏沅道，“这不会是你最后一场半决赛，放轻松，好好打。”

Moon看了他很久，然后重重地点头：“好。”

简茸喝了一大口水。

他在心里跟自己说，替补上场打这么重要的比赛，路柏沅身为队长安抚两句很正常。

路柏沅只是说了两句话，Moon就跟活过来了似的，脸也不僵了腿也不抖了。

“走吧。”丁哥整理了一下自己的西装，说，“上台了。”

简茸拿着水杯刚要起身，手臂忽然被身边的人拉住。

路柏沅身上有股淡淡的药味，是纱布里的味道。

路柏沅低下头，低声道：“简神，带我躺赢这一把，成吗？”

休息室里空荡荡的，只有路柏沅靠在沙发上看比赛直播。

两支战队上场，镜头一一给选手特写，最后的特写是简茸。

简茸前额的头发湿了，一绺还贴在额头上。他落座之后，面无表情开始检查设备，打了这么多场比赛，这些流程他已经很熟了。

想到简茸在上场的前一分钟极限冲刺跑去厕所洗了把脸，路柏沅就忍不住想笑。

旁边有镜头在拍，他最终只是扬了几秒嘴角，很快又收回来。

今天，负责解说的依旧是那几位老面孔。解说这一行对年龄的限制不严格，更新换代的速度堪比蜗牛，新解说天天被挑刺，遇到大型赛事都是上老解说。

“我戴着耳机都能猜到解说在说什么。”小白咳了一声，压出男低音模仿道，“Road缺席半决赛对TTC来说算是一个重大打击，不过没关系，我相信Moon这次一定能出色发挥，为队伍贡献自己的力量。”

他话还没说完，脑袋就被本子敲了一下。

丁哥低声骂道："你上来就给我带队友节奏？游戏设备检查好没？"

"哎哟。"小白揉揉脑袋，说，"我这不是缓解气氛嘛。"

队友的声音塞满耳机，简茸低头检查键盘，脑子里还飘着路柏沅说的那句话。

路柏沅要自己带他赢。

简茸抬手使劲儿拍了一下自己的额头，力道之大，清脆一声"啪"传进队友耳麦里。

队友、场内以及看直播的所有观众："……"

小白一脸震惊，道："你干吗呢……压力再大也不必这样。"

简茸没理他，检查完自己的电脑，伸手把额前的头发往脑后撩了一下。

他只是单纯觉得刘海有些长，扎眼皮，但这一幕正好被投送到直播画面中，现场一些组队来的小女生看到这画面都愣了一下，随即小声尖叫。

解说甲说："Soft 是真帅啊，TTC 老板是不是看颜值挑选手的？"

解说乙说："你的意思是 Soft 只有颜值没有实力？"

"你……"解说甲把脏话憋回来，趁镜头不在自己这儿，皮笑肉不笑地对解说乙道，"你不要挑拨我和 Soft，我出事儿了你负责吗？"

解说员三言两语缓解气氛，原本担忧紧张的 TTC 粉丝们刚放松下来，直播画面一切——比赛进入了 Ban&Pick 环节。

这版本的强势英雄被逐一禁掉。

小白说："我哥不在他们就不禁盲僧了。咱们禁吗？"

"不禁，他们想拿就让他们拿，这英雄出了，我们战队没人怕。"丁哥看着本子说，"这局让简茸拿 counter 位。Pine 想打什么？"

Counter 位，即最后一个选英雄的位置，可以看清敌方阵容再决定自己拿什么英雄。

"啊，他们中单锁了流浪？"袁谦一脸震惊，道，"我看错了吗？"

小白也愣了一下，说：“这版本的流浪还有人玩？随便选个卡萨丁、沙皇都比这好吧。”

“大牛是老牌选手了，老牌选手就喜欢玩老牌英雄，再说他以前就是玩流浪出的名，拿它也正常。”丁哥冷静分析，“Pine 拿了 EZ，不然我们打风筝流（远距离攻击消耗敌人）吧？妖姬辛德拉都没了，简茸你拿个发条或者炸弹人？”

简茸说：“流浪前期这么弱，为什么不拿个能压制它的？”

“那你想玩什么？”丁哥冷静地说，“你敢说男刀或者劫，我现在就打电话让拳头把这两个英雄删了。”

简茸没说话，只是预选了蛇女。

蛇女是一个风筝能力以及持续输出能力非常强的英雄，有减速有加速，大招能把目标范围内的敌人石化并眩晕两秒。

但这个英雄的缺点也很明显——她没有位移技能，爆发能力也不高。

这跟简茸平时喜欢玩的英雄大相径庭。

丁哥一愣，刚想问“你会玩蛇女”？话到嘴边才想起来，简茸确实会。

入队前他查过，简茸的英雄池非常深。但是蛇女这玩意儿，他进队后自己就没见他再掏出来过。

“这是比赛，”丁哥确认道，“你有把握能玩好？”

简茸皱眉道：“你在问世界第一蛇女什么？”

丁哥：“……”

简茸锁下蛇女，双方阵容确定，丁哥跟对方教练握手下台。

至此，战虎拿出的阵容是：上单塞恩、打野盲僧、中单流浪、AD 寒冰和辅助机器人。

TTC 的阵容是：上单奥恩、打野千珏、中单蛇女、AD 伊泽瑞尔和辅助牛头。

“从阵容来看，两边都不差。”解说甲“啦”了一声，“但……Soft

的蛇女，你见过吗？”

解说乙摇头：“昨晚我看过他的战绩，二十页，一把蛇女都没有。”

解说丙很坦然：“我见过他之前那把劫后，他再拿什么英雄出来我都觉得正常。”

说话间，比赛正式开始，双方英雄进入召唤师峡谷。

简茸买完装备出门，两方明显都没有要打一级团的意思，只在野区碰了个面之后就各自回到了线上。

另一边，战虎中单大牛忽然“嘫”了一声。

队友问：“怎么了？”

“没。”大牛点着鼠标，惊讶道，“Soft今天居然没朝我秀图标跳舞，我上次采访那么嘲讽他。”

队友：“……”

不止如此，观众们很快还发现了别的。

相较之前，这一局简茸打得格外细节和小心。

比如三级这一波——蛇女在三级是绝对的优势期，简茸瘟毒技能给上敌人之后，立刻用毒牙消耗，大牛转眼少了半管血。

这换作平时，简茸就是有十个闪现都该用完了！

但他消耗完之后，竟然转过身，扭着他的尾巴回去继续补兵，背影平静。

“我要举报，台上这蓝毛是戴着人皮面具的代打，我怀疑Soft可能被TTC经理暗杀了。”

“这孩子可能买了人头小的菠菜了，麻烦查一下，谢谢。”

“就这？这都不追？也太菜了吧？换上我已经单杀大牛了。”

“这波怎么可能上啊？战虎打野就在旁边打F6（野怪）呢，Soft要是真追了，那不管杀没杀掉大牛，自己都得死在那儿。”

跟他对线的大牛同样费解，忍不住问在自己周围潜伏许久的自家打野：“是我‘演技’不够好吗？”

“可能 Road 不在，他就没状态吧。”打野道，“走了，你和他慢慢和谐补兵吧。”

两人在中路和平发育到七级。

简茸从基地出来，道：“小白。”

用牛头在下路勤勤恳恳顶撞敌人的小白应道：“哎。”

简茸言简意赅：“来打他。”

“好嘞！”

小白在敌方下路面前佯装回城，然后从视野盲区绕进野区，直奔敌方中路而去。

兵线进入大牛塔下的一瞬间，小白从后方绕出闪现到大牛身后，在他还没反应过来之前，就用技能把他推到了简茸面前，并贡献上一个点燃——几乎是同一时间，正在补兵的简茸迅速回头跟上自己的大招，晕住大牛并猛地一顿毒牙输出。

“First Blood（第一滴血）！”

两人的配合行云流水，没有一点儿多余的操作。

拿到一血，简茸继续晃着尾巴回去补兵，小白操控着牛头笨重的身躯，慢悠悠找了一个草丛回城。

休息室里，副教练拍手道：“漂亮！”

丁哥连连点头，对身边的人感慨：“这几个月训练赛没白打……不过简茸今天怎么了，打得这么小心？难道他猜到对面打野前六级一直在蹲自己了？”

路柏沅看着电视中简茸兢兢业业补兵的模样，笑了一下没说话。

一血到手，补兵几乎没漏。简茸更新完装备再从基地里出来，打法又变了。

他开始把大牛压在塔下打，对面打野来了几次，都被蹲守在中路附近的 Moon 抓个正着，两人你来我往丢了几个技能，然后无事发生，各自离开。

简茸磨掉中路一塔后，不再跟畏畏缩缩的大牛互相对望，转头当着大牛的面往下路野区走。

“Soft 去野区了，他们要开小龙。”大牛立刻反应过来，“打野过来，我骚扰，你抢试一试。”

队友愣了一下，道：“不会吧？ Moon 十秒前还在上野区呢，下路也在线上，怎么开龙？ Soft 一个人打啊？”

走到半途的大牛一怔，惊觉不对，转身刚想走，突然听见耳机中传来闪现的声音，他还没反应过来，就被简茸一个大招晕在原地。

“TTC · Soft 击杀了 ZH · cattle。”

在上路和塞恩打太极安静发育的袁谦顿了一下，说：“我就说少了点什么。”

Moon 一愣，说：“什么？”

“你没发现吗？”袁谦道，“我们以前的比赛里，六级之前中路基本会传来击杀通报——要么小茸单杀对面，要么他被对面中野围殴致死。”

Moon：“……”

拿了两个人头、五层塔皮和一血塔的简茸成为全场经济最高的人。

而简茸是一个非常知道怎么为自己扩大优势的选手。

简茸知道大牛不会再出来和自己打，开始跟着 Moon 去支援上下路，并跟强盗似的掠夺了所见之处的所有野怪。

蛇女出了增加血量的冰杖后，越塔简直无解，战虎上路被他抓死一次，袁谦这局玩肉开团拿头没用，把人头给了他。而战虎下路三人守塔，看到他也都要往后退。

“不行，再让 Soft 发育，那别想玩了。”大牛打开战绩，忍不住爆了句脏话，“他杀人书十六层了，必须杀他一次。”

杀人书是极其自信的人才会出的装备，完成击杀会获得四层荣耀并增加相应法术强度，被击杀一次则会损失十层荣耀——这装备在简茸这儿属于必出装。

TTC很快拿完第三条小龙，战虎的眼位让他们看到，其他队友都回城了，只有简茸一个人回中路补兵。

“他们的人都回城了，都过来。”大牛冷静地指挥，“强杀，被他换一个也无所谓。”

简茸不知道前方欲来的暴风雨，但处于上帝视角的各位观众都看得非常清楚。

解说甲说：“战虎这是铁了心要杀Soft啊！”

解说乙说：“当然要杀啊，难道还等他杀人书堆满？不过死一次也没关系，看Soft这波怎么操作。他装备好，打得好的话，没准可以换对方两个——来了！”

从正在直播的简茸第一视角可以看见，他在回城的时候移动鼠标看了一下前方视野，可惜小白几分钟前插的眼刚消失，他只能看到一片黑暗。

弹幕上已经在刷——

“Soft安息。”

“让你回家你不回家，让你别出杀人书你非出——”

“五个人直奔他而来，真壮观，死得值了好吗！”

只见战虎的打野盲僧赶在简茸回城的最后三秒位移加闪现，“哼”的一声，把回城中的蛇女踢进了紧急赶到的战虎其余四人中间！

解说甲说：“踢得漂亮！这么看来，Soft是换不掉敌人了——啊？”

解说甲一句话死死卡在喉咙中。

只见简茸被踹出去的那一瞬间，在空中回头就是一个石化大招——战虎四人坐着流浪的传送直通车来的，顾不上站位，他这一大招直接眩晕到敌方四人！

紧跟着，他立刻闪现跟敌人拉开距离——就当大家以为他要逃跑的时候，蛇女转身往四人地上吐了一摊瘟毒。

面对中毒的敌人，蛇女的毒牙伤害将大幅提高！

眩晕的短短两秒里，简茸直接杀掉敌方辅助机器人，其余人也被他的大招和瘟毒消耗到只剩半血。

解说甲说："换了一个，可以跑了——他还不跑！"

战虎四人从眩晕状态中出来，立刻交出自己的技能，但蛇女的瘟毒命中敌人会大幅增加自己的移动速度，简茸在输出的同时不断灵活走位——这走位直接把观众扭傻了。

战虎上单忍无可忍，交出开车大招往他脸上冲。

"噔"的一声，简茸按出免疫所有伤害及控制的金身，塞恩的大招直接扑了个空。寒冰紧跟着丢大招，被简茸一个净化直接解掉，并且简茸回头一口毒牙把寒冰咬死了。

"这他——"一向最镇定的解说乙差一点儿爆粗口，"他这是怎么打出来的？"

解说丙直接站起来了，说："蛇女还在扭！还在扭！他的移速已经到达最高加成！流浪的技能根本碰不到他——这走位！这谁顶得住啊！"

"Double Kill（双杀）！"

"Triple Kill（三杀）！"

这下轮到战虎的人怕了，回头想跑，简茸提起尾巴就追。

"Quadra Kill（四杀）！"

"五杀，有没有？有没有？"解说甲声嘶力竭，"还追吗——追！大牛还想跑，但他怎么可能跑得过满移速的蛇女！"

蛇女挪动着尾巴，吐出最后一口致命毒液。

"Penta Kill（五杀）！"

观众看呆了。

解说们都快跳起来了。

屏幕右下角，男生一如既往地平静，重新按"B"键回城。

两秒后，现场观众的声音掀翻屋顶。

解说甲说：“这是什么反应速度？他为什么这么恐怖？”

解说乙说：“绝地一对五！ Soft 已经杀疯了！”

“牛！牛！太牛了！”解说丙已经喊破了音，“让我们恭喜 Soft 拿到他职业生涯第一次五杀！”

简茸按下回城键的那一刻，耳朵差点被震聋。

小白头皮发麻，道：“哇哇哇，啊啊啊啊啊！”

Pine 道：“好。”

袁谦道：“啊啊啊，呜呜呜呜——”

Moon：“啊——啊——啊！”

在后面听战队语音的裁判还以为自己在听四只远古猿猴打游戏。

简茸不爱跟人打五排，以前秀的时候最多就弹幕吵一点儿，这次也是头一回听见有声的弹幕。

这让他买装备的动作顿了一下，然后道：“再打一波可以拿大龙了。”

“你怎么这么厉害？”袁谦倒吸一口气，“这是我第一次看到有人在半决赛里一穿五！”

Moon 听出他的意思，说：“难道常规赛有过？”

“有啊，Master 在常规赛也一对五过，不过他用的乐芙兰，那英雄比蛇女好秀多了。小茸，你太厉害了！”

小白道：“我全身鸡皮疙瘩都起来了，不信你们让 Pine 来摸我的手臂，真的！”

“你想我被禁赛？”Pine 的语气依旧平静。

第三章 赢下半决赛

Take the Crown

简茸其实心跳得很快，玩游戏玩的就是刺激。

战虎太想杀他了，导致这场五夹一漏洞很多，加上他今天手感奇好。

“逼团。”简茸道，“这波我无敌。”

在简茸打出五杀的那一刻，各大主播直播间、播放着游戏直播的商城广场、游戏群等都被“啊啊啊啊”淹没了，包括后台休息室。

“天哪，他这是怎么打出来的？这就是年轻人的反应速度吗？”副教练已经喊过一波了，现在嗓音不比三位解说员好多少，哑着声说，“就这一波，能直接封神了吧？”

丁哥做了好几个深呼吸，笑着说：“去掉‘吧’。”

副教练在休息室里来回走了很久才冷静下来，然后第一个念头就是：“哥，咱们是不是只跟他签了一个赛季啊？”

丁哥“嗯”了一声。

“现在他的身价能直接上天。”副教练抽出纸擦了擦额头上的汗，“估计很多战队要抢他，那我们得早点跟他谈续约的事儿。”

“你急什么，春季赛都还没打完，再说——”丁哥掰了一个蜜柑塞嘴里，下意识往沙发上看了一眼。

副教练顺着他的视线看去，也看了看路柏沅：“再说啥？”

“再说咱有钱。怎么，富哥胸前那条金链子是白戴的？”丁哥咽下蜜柑，

“而且这机会是战队给他的，你见过哪个战队敢直接把一个主播抬到首发位的？简茸不是那种忘恩负义的人。”

直到导播终于舍得把镜头从蛇女身上挪开之后，路柏沅紧攥的手才终于松开。

他很长地吐出一口气，低头笑了。

简茸很强，他一直知道。只要看几场简茸的直播，就能看出他的手速、反应速度和游戏技巧绝对是新一辈电竞选手中顶尖的。

他唯一的缺点就是打法，冲动自我，肆意随性，这让他看上去和职业赛场格格不入。

但这也是路柏沅最欣赏的一点。

从隔着门板都能听见的欢呼声和刷到卡屏的弹幕能看出来——职业赛场需要这样的选手。

第二十八分钟，TTC 轻松地推掉了战虎的基地，获得了第一局比赛的胜利。

在现场观众的掌声和尖叫中，简茸第一个摘下耳机往后台走去。

刚进休息室，丁哥迎面就是一句：“世界第一蛇女确实厉害。”

“回放！直播回放呢？”小白冲进来道，“我当时买装备呢，没看清！来个回放我再看看！”

“打完再看！”丁哥把刚准备往沙发走的简茸拽回来，“我们来商量下一局的打法。简茸，你后面肯定要被针对，拿个能保命的行不行？”

简茸扫了路柏沅一眼，停下脚步道：“有选择吗？”

中场休息的时间很短，战术还没讨论完就有工作人员上来催上场。

丁哥起身道：“走吧。”

简茸“嗯”了一声，忽然想到什么，拿起自己带下台的水杯，说：“等会儿，我倒点水。”

“饮水机里的水没了。”副教练忙说，“给我吧，我跑去隔壁倒一杯，很快。”

“不用了。”一直在沙发上听他们讨论战术的路柏沅出声，他拿起自己的保温杯，道，“咖啡，从基地带来的。你不嫌弃吧，简神？”

片刻后，LPL新晋简神拿着他队长的保温杯，跟着队友们一块儿朝赛场走去。

解说甲说：“好，我们选手也是很快回到了赛场——不知道是不是蛇女效应，隔了十分钟再看Soft，好像又帅了几分。”

解说乙说：“战虎几位队员的表情还是很轻松的，老选手就是不一样，不会因为一局游戏的胜负影响心态，挺好的。”

“Soft用的保温杯是TTC战队的新周边吧？款式挺好看，”解说丙微笑着帮忙宣传，“我听说这杯子上还印着选手们的签名。”

说到这儿，简茸正好拿起杯子，杯侧的签名露在镜头里，解说丙接着说完：“看，这侧面印着一个……Road？”

三位解说员：“……”

解说丙无辜道：“这波节奏不是我带的啊！”

几秒后，他道：“起码我不是故意的！”

Ban&Pick环节很快开始，对面第一个禁掉了简茸的蛇女。

小白乐了：“简神，这把玩什么？其实我觉得你还能秀，唑——你的男刀我还没在赛场上见过……”

丁哥再次提起本子给了他一下，说：“有卡牌玩卡牌，没有就拿发条。”

最终卡牌被战虎禁掉，TTC有一选权，直接帮简茸锁了发条。

这局跟丁哥想的一样，战虎意识到跟简茸打游戏，要么打支援，要么你就得压着他。

但这局发条清兵线太快，大牛一离开中路就容易亏兵，所以就只能选择后者。

简茸又一次被敌方打野gank（抓人），残血回家，道：“他们打野抓我三次了。”

Moon：“我马上来。”

“别来。”

“啊？”

“对面卡萨丁，来了抓不死。”简茸看了眼小地图，发现自家下路打得很凶，这次又是压在敌人塔下，“你去其他优势路反蹲。别来中路，他们也抓不死我。”

这句话刚说完，敌方打野就赶到了下路。

这时候双方下路已经打起来了，情况对小白他们很不利，不过好在他们血量还算健康，走位也还行，躲了敌方辅助锤石的钩子后，眼见可以勉强逃脱，一支冰箭忽然朝Pine疾驰而来——敌方AD寒冰大招好了。

中了这支冰箭，按距离来看最少眩晕1.5秒。

1.5秒，在三人包夹的情况下都够Pine死两回了。

左边是敌方的打野没法走位，位移技能和闪现还在CD（冷却），Pine的女警眼见就要交代在这儿了。

一道闪现声响起，小白操控着自己的日女冲到了Pine身后，为他挡下了这一箭。

解说甲说：“Bye帮忙挡了一下……虽然日女皮糙肉厚，但Bye现在等级还很低啊，估计也得交代在这儿。”

解说乙说：“没办法，辅助死总比AD死好，Pine这波如果死了，下路炸得更厉害。”

解说丙点头：“是的，对面也交了四个召唤师技能，这波Bye死了的话，也不是很亏……嗯？”

解说丙话还没说完，只见一直闷头在逃命的Pine在他闪现CD好的那一刻，直接回头闪现穿过挡路的小兵，一张绳网果断地扔到了敌方寒冰的脸上。

同时，他因为后坐力往后退了两步，重新和敌人拉开距离。

被女警的绳网命中，女警下一击平砍将触发“爆头”效果——“砰”的一声，Pine这一下暴击直接收下残血寒冰的人头。

解说甲说：“漂亮！辅助换AD，TTC不亏血赚！Pine这波操作也太细致了吧！”

“这闪现估计把战虎的人吓一跳……”解说乙失笑，“不是……TTC的人今天是怎么了？一个个都这么上头这么秀？”

看到寒冰倒地，已经被打死的小白终于可以安心买装备，还不忘掐着嗓音输送自己的彩虹屁：“P宝真帅！P宝牛气！P宝枪神！”

恍惚间，简茸以为自己点了个打着“萌妹”标签的陪玩，差点拔掉自己的耳机。

Pine也被他说得顿了一下，道：“你不要恶心我，买真眼。”

“呜呜，我刚买了个布甲，没钱了。”小白犹豫了一下，说，“要不我撤回买眼吧。”

“不用了。”Pine硬邦邦打断他，“我买了，你闭嘴上线。”

袁谦看出简茸和Moon的无语，在游戏队伍聊天里打字。

TTC·Qian：“这是小白上英雄‘麦克疯’的绝招。”

简茸：“……”

TTC·Soft：“减肥去当‘演员’。”

TTC·Bye：“你在内涵谁胖？”

TTC·Bye：“呜呜呜！”

“打游戏。”Pine冷冰冰地打断他们的“和谐互动”，说，“别烦我。”

这局战虎打得特别小心谨慎，尤其是大牛。

说心态没被影响那都是骗人的，半决赛被人一打五，这换神仙来都要自闭。

双方和平度过了一段时间，终于在第十七分钟爆发了团战。

战虎的打野偷先锋的时候被袁谦抓个正着，双方队员火速赶到现场。

简茸把自己的球给到袁谦的塞恩身上，塞恩一个大招直接肉身开冲，如同一列疾驰的火车，直接把敌方上野撞到了天上。

简茸和小白的大招紧跟而上，Pine站在远处疯狂输出，一场乱斗之后，TTC零换三赢下了这一场团战。

“别急，别追了，我们去拿峡谷和小龙。”袁谦道，“咱们稳扎稳打，别给战虎机会。”

简茸把自己的球收回怀里，转头回野区。

战虎是很会抓机会的队伍。

但是TTC这次明显没有打算给一丝机会，连Soft都不追残血了。

战虎所有人憋着一口气，硬生生把游戏拖到了第四十八分钟，大牛在语音里激励队友：“等着，现在都是一波的事了，我们只要等他们一个失误就能翻——”

他的话没说完，一条击杀通报响起。

他们的AD在打自家野怪的时候被小白抓住并控在原地，然后被跟在小白身后的Pine杀掉了。

劣势后期，C位被抓，战虎败局已定。

第四十九分五十二秒，TTC推掉战虎的基地，拿下第二局比赛的胜利。

……

第三局，战虎掏出了他们熟练至极的战术——半图支援流。

卡牌被禁，没关系，拿岩雀照样打支援，AD寒冰、辅助慎、上单船长、打野梦魇……

而且战虎这局针对的不是下路，而是上路。袁谦被光顾得塔都没法出，加上和Moon配合不够，来了就是买一送一，导致前期敌方上单船长就被喂成了大爷。

小白无语，道：“他们AD玩了三把寒冰了，不腻啊？”

Moon 叹气道："战虎一贯是能赢就行。"

第三局因为上路通关太彻底，第三十四分钟，TTC 遗憾输掉比赛。

至此，比分来到 2∶1。

第四局，袁谦终于受不了了。

"我抗压三局了。"

"我知道。"丁哥拍拍他的肩，问，"刀妹能不能玩？"

这话一出，大家都一愣。

每个职业选手都有自己的成名英雄。

谁能想到，现在每场都在抗压、肉身开团的袁谦，成名英雄是单挑对线无敌、打团能力超弱的刀妹。

袁谦也怔住了："拿刀妹？那谁开团？"

"我开。"小白立刻道，"我拿泰坦，Moon 可以再拿个梦魇，随便开。"

袁谦说道："我一年多没在比赛上拿过刀妹了。"

"你前几天排位不一直在玩吗？"丁哥问，"玩吗？玩就锁，不玩你继续抗压。"

袁谦沉默两秒，一咬牙，道："玩！不杀穿对面，我三天不吃饭！"

简茸这局锁了小鱼人。

解说甲见状，愣道："小鱼人……嗯……上次拿小鱼人打战虎的效果好像不是特别好啊。"

"可能他想前期打出优势吧，"解说乙道，"毕竟大牛这局拿到了他的发条，大牛发条挺强的，前期必须摁住才行……袁谦拿了刀妹？"

解说丙微笑道："说实话，现在 TTC 拿出什么英雄、打出什么团战，我都不会觉得惊讶了。"

这一局，双方的阵容意思很明显：快节奏打慢节奏，看谁能笑到最后。

这个问题很快就有了答案。

第七分钟，峡谷响起两道击杀播报——

TTC · Qian 击杀了 ZH · hubi。

TTC · Soft 击杀了 ZH · cattle。

TTC 上中双路在同一时间完成了对线单杀！

解说甲说："TTC 今天每个人的手感都很好啊！"

"这不是他们的正常水平吗？"解说乙一顿，道，"战虎的打野来抓谦哥了，但是 Soft 和 Moon 跟在他屁股后面。"

袁谦也知道自己快被抓了。

他看到队友正在奔向自己，打消逃跑的念头，继续在原地"演"。

敌方打野挖掘机破土而出，袁谦闪现拉开距离，硬生生在两个人技能下拉扯了六秒——

小鱼人大招从暗处而来，命中敌方上单，两秒之后，鲨鱼破空而出，直接让敌方上单原地去世。

让刀妹拿到前期优势，那谁也别玩了。

TTC 很快采用四一分推战术——中野下辅四人抱团推中路，袁谦一个人在下路带线推塔。

战虎上单去守塔，被袁谦单杀。

战虎野辅赶来支援，被袁谦杀掉一个辅助，然后残血钻进草丛消失不见了。

就这么磨啊磨，磨到第三十分钟，战虎中路小水晶还在，上下二路的小水晶全被袁谦偷掉了。

第三十四分钟，袁谦闪现大招留下战虎二人，简茸小鱼人直接跳到天上往里冲，在没有损失任何队友的情况下打出了一波团灭，宣告了这场比赛的胜利。

不过他们没有急着推战虎的基地。

大牛在赛后采访朝 TTC 开嘲讽的事，大家都还记得。

谁说 Road 不在你们就能赢？

TTC 里有谁是“好处理”的？

LOL 不是一个人的游戏，TTC 也从来不只靠一个人支撑。

Road 在，他们依赖他。

Road 不在，他们就扛起比赛，拿下胜利等他回来。

观众们在直播里看见，TTC 队员们纷纷跑到战虎泉水之外发起了“友好互动”，秀战队图标的、跳舞的、瞎丢技能的……

场面太过热闹，以至于某个小小身影格外突兀。

只见在无数友方小兵中，简茸操控的小鱼人非常兢兢业业地在推敌方水晶，小鱼人的鱼叉一下又一下地往水晶捅，就差在自己脑门上刻上“想赢”两个字。

“我瞎了吗？在乖乖推基地的是 Soft 吗？”

“Soft 你在干吗？你现在应该闪现冲到战虎基地，然后按金身，OK？”

“他真不是本人！人皮面具代打！要我说几遍！”

“Soft 这是在 H 服冲分冲傻了？”

“没赢过？”

……

战虎基地最终被简茸推掉，TTC 以三比一的战绩成功赢下这场半决赛。

握手鞠躬结束，简茸刚回到后台，就看到路柏沅倚在后门旁的墙壁上等着他。

路柏沅身边还跟着一位摄影师，是他们战队的工作人员，负责拍素材然后剪辑成纪录片。

“哥！我们赢了！”小白激动道。

路柏沅点头道：“嗯，打得不错。”

小白说：“你看到我最后那波开团了吗？是不是贼厉害？谦哥真是宝刀未老！”

简茸一句话都插不进，旁边又有摄像机，于是他只能闷头跟在路柏沅身边，不爽地把嘴里的口香糖当作小白嚼。

小白说："还有第二局，P宝那波闪现丢绳网爆头……"

爆个头。

小白："当然，我觉得我那把日女完全没有问题，有我在，他们还想碰到P宝？做梦。"

回到休息室，丁哥上来就一人给了一个大拥抱。

"牛啊。"丁哥扬了扬手中的手机，"多的我不说了，我已经订好餐厅了。虽然还不是总决赛，但这次情况特殊，每个人都打得很好，怎么也得庆祝一下……等做完MVP采访，我们直接过去，今晚不训练了，你们好好休息一晚上。"

赢了比赛太激动，沙发空荡荡的没人坐，大家全部围在门口站着。

路柏沅喝完咖啡怕简茸渴，又把水杯递过去："我没加多少糖，会不会太苦？"

简茸低声道："不苦，好喝。"

周围都是人，道贺的吹彩虹屁的都有。

很快就有工作人员来邀请这场比赛的MVP去做单人采访。

这次半决赛其实每个人都发挥得不错，几乎每个人都能剪出一个精彩操作，就连临危受命的Moon也没拖队伍后腿。

不过要说谁表现得最好，随便拉个青铜玩家都能明确地给出答案。

两分钟后，简茸出现在采访席。

主持人按惯例问了几个关于比赛的问题。

"这次你拿到了职业生涯中的第一次五杀，是不是非常激动呢？"

"嗯。"

丝毫听不出他有多激动。

主持人保持微笑："这次你是为什么想要掏出蛇女呢？在我的印象中，

你好像没怎么玩过这英雄，难道是一直藏着的秘密武器吗？”

“不是。”简茸道，“蛇女前期依赖队友，不打出优势没法玩。我的号运气差，排位遇不到几个好人，比赛又一直在打版本英雄，所以没怎么玩。”

主持人：“……”

“那你有什么话想对战虎说的吗？”

简茸往身后看了一眼，然后道：“他们应该已经回基地了吧？我说了他们能听见吗？”

主持人：“……”

主持人忍住笑，问出最后一个问题：“这次半决赛 Road 没有上场，你的压力是不是比以往都要大？我们也都看到这几局你打得非常小心谨慎，最后一局也是一个人在努力地推基地。”

简茸反问：“推基地不是很正常？”

主持人：“……”

放别人身上是正常，但你自己什么样心里没点数吗？

“今天我打得是很小心，是训练结果，是教练拿着棍子在后面教出来的。”简茸停顿一秒，说，“不过今天我也确实很想赢。”

结束采访，简茸下台的时候，队友都已经在后门等着了，路柏沅的左肩背着他的外设包，正在低头回消息。

简茸刚要走过去，身后忽然传来一道脚步声，他还没反应过来就被人揽住了肩。

“小茸，今晚打得真漂亮！”

简茸倏地回头，这才想起石榴今晚也在现场，因为在训练没法出门，赠票还是他让丁哥帮忙送到石榴手上的。

“你拿出蛇女的时候，我身边坐的那几个粉丝还在说完了，给我乐得……”石榴拍拍他的肩，然后松开他，笑道，“我没记错的话，你当初就是拿蛇女打上的国服第一吧？”

“嗯。”简茸往队友那儿走，“你自己来的？”

石榴跟着他，摇头道：“没，你不是给了我两张票吗，我就带了一个兄弟来，不过他临时有事先走了。”

简茸点点头，走到路柏沅面前，先看了眼他的手，然后才道：“你把外设包给我吧，我自己背。”

路柏沅稳稳站着没动，扫了石榴一眼，明知故问：“朋友？”

石榴是老交际花了，立刻朝路柏沅伸手：“路神，咱们去年在总决赛现场见过，我当时跟小茸一块儿去的……啊，我忘了你握不了手。”

“我记起来了。没事，”路柏沅笑道，“能握手。”

路柏沅的手还缠着纱布，两人虚虚握了一下。

石榴后知后觉地问：“你们是不是有庆功宴什么的？是的话我就不去凑热闹了。”

“不是庆功宴。”袁谦乐呵呵道，“这才半决赛，有什么好举行庆功宴的，就是去吃顿饭。”

“行，你们去吧。”石榴握拳，“决赛加油！”

简茸回过头问：“那你晚饭怎么解决？”

石榴道：“没事儿，S市这么大，饿不着我。”

简茸皱眉，有些犹豫——以前他刚开直播的时候，石榴对他照顾不少，后来石榴来S市都是他接待的。现在他们几个月不见，聊两句就走，他总觉得不好。

路柏沅道：“一起去吃吧。”

简茸一愣，转头看向路柏沅。

石榴也没想到路柏沅会开口邀请自己：“啊？不方便吧？”

“没什么不方便的，”丁哥立刻道，“我订的是包厢，空着呢，一块儿去没事。”

石榴原本就是很外向的性格，既然战队经理都开口了，那他肯定就不会再推辞。

丁哥订的是一家知名饭店，在包厢里就能看江景。

“今天，我允许你们小酌两杯。”丁哥拿起酒杯比画，“就这么大的两杯啊，多了罚钱。小路，你手上还有伤口，你别喝酒。”

石榴拿起酒瓶想给简茸也倒点，简茸刚要拒绝，杯口就被人挡住了。因为手上缠着纱布，他只是虚掩着，没碰到杯子。

路柏沅说：“他喝不了。”

石榴愣了愣，说：“怎么会，他能喝的，我们以前一块儿吃夜宵的时候他都点酒。”

简茸一朝被蛇咬，十年怕井绳，想到上次在路柏沅面前喝酒闹的事，他说：“我回去还要训练，不喝了。”

石榴刚放下酒，路柏沅问：“你们经常一起吃夜宵？”

“我住S市的时候经常一块儿吃，”石榴道，“搬回老家直播后就没那么方便了。”

可能因为简茸没跟队友们提过关于自己的事，其他人都对这个话题挺感兴趣的。

小白正在把那些被删掉的软件重新下回来，说：“你和他认识很久啦？”

“他刚开直播半年的时候，我们在网吧认识的，那会儿他才多大……”石榴感慨，“他也算是我看着长大的。”

简茸觉得这话听起来自己像一个小孩子，木着脸道：“才几年，不算。”

石榴笑了，道：“不算就不算吧。我还记得在网吧看到他的时候，他一边玩游戏一边打字骂人，都把我看呆了。”

袁谦道：“你认识他的时候他就是这发型？”

“没，黑的。别说，他黑头发的时候看着特别显小，所以一开始直播间里的人都以为他是小学生。”

小白“嘿嘿”两声，道：“前几天也有水友说我长得嫩，像小学生。”

Pine 说：“水友是说你的操作像小学生，没有‘长得嫩’这三个字，你不要美化自己的记忆。”

男人喝了酒话就会变多，桌上一个话题一个话题地开始聊。

简茸吃饱喝足，低头掏手机去看今晚收到的未读消息。消息太多了，微信四十多条未读消息，都是那些加了好友但是没怎么说话的主播好友，来祝贺他打进总决赛。

路柏沅正在听石榴说他和简茸最开始双排直播时的事，余光一瞥，看到简茸手机微信上一排下来全是女生头像。

丁哥说喝两杯，最后还是有人喝多了。小白是挂在 Pine 身上回的基地，袁谦直接叫了滴滴，说要先送女朋友回家再回基地。

只有两个不碰酒的人最清醒。

简茸洗完澡出来，把浴巾顶在头上，拿着手机打开路柏沅的对话框，刚犹豫着敲出两个字，一个语音电话忽然接了进来。

简茸飞快接起电话：“怎么了？”

路柏沅问：“你在干什么？”

“我刚洗完澡。”

“我的洗发水用完了，”路柏沅道，“你的借我一下？”

简茸抱着自己的洗发水出发了。

当他到路柏沅房间的时候，对方正低着头在看 iPad。

iPad 屏幕大，简茸扫了一眼，觉得画面有些眼熟。

路柏沅接过洗发水，道：“谢了。”

简茸趁势看清了平板电脑上正在播放的是什么，他惊讶地睁大眼睛：“这视频……你从哪儿找出来的？”

是简茸的直播视频，里面的蛇女 ID 叫“国服第一爹”，是简茸最早的ID，后来这名字被官方和谐了。

这视频怎么说也得有三年历史，而他在直播平台最早的直播回放是去年二月份的视频。

"你的贴吧。"路柏沅把手机关上，"我在里面发了个帖子，有个粉丝把他整理的视频发给我了。"

从简茸直播的第四个月开始，那位铁粉每月都存了四五个简茸的直播录屏。

简茸还是一脸茫然，说："你看这些干什么？"

路柏沅以前就找过简茸的视频，不过当时是为了看技术，近一年的视频已经够他看了。

现在他再往前找，是想看看简茸怎么一个人长大的。

简茸一开始沉默寡言，看到有弹幕会眼前一亮，发现是广告后又垂下眼皮自己生闷气。

他留黑发时确实很乖，遇到女生跟他打招呼，他会不自在地跟人家说"嗯"或"谢谢"。他每顿饭都是在电脑前吃的，包子、方便面、鸡蛋，什么寒碜吃什么。

后来他跟平台签约，还是没什么人气，但好歹有底薪了，他终于变得活跃了一点儿——具体表现在和LOL"演员"互喷中。

人气稍有起色后，简茸开始经常因为被自己水友举报而被封禁直播间五分钟。封完出来他继续对骂，骂完再进去，目前看到的视频最高纪录，他直播间曾经一天被封过十七次。

路柏沅好笑道："我想看自己的队友以前长什么样。"

"不行。"简茸想到自己以前在直播间说过的脏话，转过身脱口道，"有什么好看的？我以前又不是什么好人。"

路柏沅笑了，道："哪里不好？挺可爱的。"

"我一男的可爱什么……"简茸舔了一下唇，说，"反正你别看了，我当时真的不行，我经常跟队友吵架，说的话也难听，还参加过那些什么傻 PK……”

路柏沅道：“你现在就不跟队友吵架了？小白听到这话得气死。”

“那是他活该。”简茸揉了一下头发，含糊道，“我回去睡觉。”

“嗯。”路柏沅忍着笑道，“晚安。”

翌日，简茸打开直播看到弹幕才知道昨晚自己的名字上了微博热搜。

他昨天一对五的操作被某个电竞大 V 剪成片段，Savior、空空等很多职业选手都转了，配文无外乎就是“强”“真顶”之类的，现在转发量已经有三万多条。

路柏沅也转了，配文是简单一句“我中单”。

简茸看得心里满涨，关了手机又是一张拽得不行的脸。

他对弹幕道：“多的话别说，刷厉害就完事了。”

“那波战虎是有失误，但这跟我很强有什么冲突吗？”

“脚本？是，我是开脚本了，我何止开脚本，LPL……全赛区……LOL 这个游戏都是我开的。”

弹幕密密麻麻，难得的都在夸，简茸能看到哪条就回哪条。

突然，一条格格不入的弹幕滑过——

“啊啊啊，我二十秒前刷到微博，博主爆料说 Road 有对象了，是真的吗？”

这条弹幕刚发出来，后面立刻跟了很多——

“你胡说八道什么？我不相信！”

“怎么可能啊？虽然 Road 这个年纪谈恋爱很正常，但他每天都在训练，这段时间还有挺严重的手伤，复健的时间都得挤吧，哪来的工夫谈恋爱？”

“我哥只是一场比赛没有上，那些营销号麻烦不要带节奏哦。”

“啊啊啊，那我是不是还有机会？我还买了总决赛的票，想着混进后台呢。”

“我不信。”

简茸想起来这是路柏沅在电梯里随口扯谎说微信不方便加人的事，看到那条说要去后台的弹幕，担心路柏沅被骚扰，简茸干脆道：“是真的。”

在弹幕里无数个问号中，简茸道：“他是有对象了。”

简茸打开游戏，过了两秒，又补充一句：“他对象脾气不好，刚才说要去后台的那个，你小心点。”

医生来了基地，检查完之后说路柏沅恢复良好，明天可以恢复训练，过几天的总决赛也没问题，前提是一定要注意训练量。

换了干净的纱布，路柏沅进训练室的时候，小白正边玩游戏边对简茸进行拷问。

“你怎么知道我哥对象脾气不好？”

“你知道他对象是谁？”

“你这个行为有点过分哈，就算嫂子脾气真不好，你也不能在直播里说啊，我看你到时候是喝不到新嫂子的爱心汤了。”

训练室的门大敞着，没人发现路柏沅进来了。

简茸看着弹幕上的“哈哈哈”和各种问句，咬牙切齿地说：“没有爱心汤。”

“万一呢？”

简茸翻了一个白眼，刚想说什么，就听见一道椅子脚划过地面的噪声，他回头一看，路柏沅一只手拖着椅子，坐到了他身边靠后的位置。

路柏沅体贴地说：“你练你的，不用管我。”

网友听见路柏沅的声音，弹幕立刻开始刷屏，让简茸开摄像头。

简茸原本就不想开摄像头，路柏沅在就更不会开了，省得这群人看到路柏沅手上的纱布又乱起节奏。

简茸平时坐姿就不规范，椅子总比别人靠后，他往前挪了挪自己的椅子：“你看得见吗？坐过来点。”

路柏沅笑了一下，坐得近了点。

他看着弹幕，问：“你刚才说什么了？”

“我说出去了，”简茸感慨着一个谎要用一百个谎去圆，道，“你有对象的事。”

路柏沅配合道：“不是我自己先说出去的？”

这个无中生有的话题最后是被闻讯提刀而来的丁哥截住的，他紧急叫停简茸的直播，让两人下楼一块儿看比赛直播。

今天是另一场半决赛，PUD 对战本赛季称得上是“小黑马”的战队 KUG。

获胜的队伍就将成为他们的对手，跟他们一块儿站上春季赛总决赛的赛场。

傍晚六点半，TTC 基地的客厅茶几布满菜，一队队员包括两名替补都坐到了电视机前，等着看这场关键性比赛。

袁谦扒了一口饭，说：“你们觉得谁会赢？”

“PUD。”小白不假思索，“反正我打 KUG 的时候没觉得多难。”

KUG 作为两年前刚加入 LPL 的新战队，能挺进半决赛确实了不起。

但他们还是有运气成分在的，险赢 MFG 后分了个好组，强队几乎都在另一边。

小白回头问：“哥，你觉得呢？”

路柏沅刚要说什么，手机铃声忽然响起。

他看了一眼来电显示，眼底闪过一丝惊诧，只丢下句“接电话”便起身朝阳台走去。

客厅的人又闹腾地聊了一阵，直播源终于开启，熟悉的解说员面孔出现在屏幕上。

简茸一抬头就看见解说甲正仔细听着耳麦里的内容，整个人顿了大概三秒。

“啊……那个，有个消息我得和大家说一下。”解说甲舔了舔唇，“刚才收到通知，因为XIU伤病复发，今晚的比赛PUD会派出他们的替补打野。”

袁谦咀嚼的动作一顿，道：“我去。”

“天哪。”一直在玩手机的盒子突然抬头，说，“我刷到一条微博，说是有救护车停在赛场后门。”

“救护车？”小白一脸震惊，道，“XIU不是手伤吗？不……不至于这么夸张吧？”

“何止。”丁哥叹了一口气，说，“XIU是我知道的老职业选手中伤病最严重的，一身都是毛病……你去哪儿？”

简茸头也不回，说：“我吃饱了，去吹吹风。”

简茸还没走到阳台，就闻到了一股烟味。

路柏沅倚在栏杆上，嘴里叼着烟，正低头在看微信中的某个群聊。

他垂着眼皮，目光冷淡，烟都烧出一截白灰了也没顾得上抖。

路柏沅听见动静，回头取下烟，刚要开口。

简茸就抬起手放到他肩膀上，安慰一般生疏地拍了两下。

简茸低声问：“怎么了？”

路柏沅很少向别人表达自己的情绪，包括以前刚进LPL的时候，面对一些没有人品和道德的职业选手，他很多时候连个眼神都不会给，等在比赛里打炸他们，多的废话一句不会说。

再深一层的情绪他就更少表现出来了。

他看着简茸，良久才开了口：“XIU好像没法打比赛了。”

XIU这次是腰伤复发。

他坐在休息室等待比赛开始的时候，突然觉得腰很疼，然后就站不起来了。

腰伤是最难处理的，连随队医生都不敢乱碰，XIU虽然一直说着不用管他，坐一会儿就好，但教练还是果断地叫了救护车。

XIU 最后躺在担架上，被抬上救护车，手上还在给路柏沅打电话，笑着说他们俩是难兄难弟，今年都不配打半决赛。

他们那个老选手群聊得很热闹，跟 TTC 打半决赛那晚一样。

XIU 的语音一条接一条发，直到后面被推去做检查才安静了。

LPL 里，和路柏沅认识时间最长的就是 XIU，虽然他们不在一个战队，平时联系也不多，但两人关系没淡过。包括群里这些已经退役了的老选手，都还是谁有难大家一块儿帮的好兄弟。

简茸靠在栏杆上，说：“他之前伤病不是也很重吗？都坚持下来了，这次……”

路柏沅说：“他们战队管理层很早就想换新人。”

简茸顿了一下，说：“那个替补打野？”

“嗯。”

简茸跟那名替补打野在排位中遇到过。

PUD 签选手的标准就是强，那名打野是 LPL 近年来风头最盛的新人打野，之前有场比赛他用瞎子一秀二，还被一些电竞粉戏称“Road 二代”。

当然，那名打野的粉丝是很抗拒这个名号的。

身为 Road 的粉丝，简茸也不喜欢这个名号。

简茸很理智地分析了一下，虽然 XIU 的打法比那名替补稳，游戏后期作用大，但操作似乎没有新人强。

于是他想了想，说：“没事，XIU 有人气，退役后直播也还可以赚钱。”

路柏沅：“……”

简茸说：“还能开店卖零食，不过现在卖零食好像不是很景气，石榴开过，现在已经倒闭了。”

路柏沅打断他：“简神。”

简茸还是不习惯别人这么叫自己，两秒后才说：“什么？”

路柏沅忍住笑，道：“你如果实在想不到什么安慰人的话，可以不用勉强自己。”

简茸沉默了，扭回脑袋不说话了。

手机微信还在响，路柏沅拿出来看了一眼，随手点开 XIU 刚发的几条语音——

“完了，兄弟，看手的医生也来了，还给我安排了个全身检查。”

“刚刚几个医生围着我，后面跟着一大帮实习的，看得我以为我下一秒就要进 ICU。”

“我觉得我赶不上季中赛了，算了，咱们下赛季再战吧。”

他话里行间丝毫没提退役二字。

路柏沅回了一句：“你别操心，你们本来就打不了季中赛，好好养着。”

“你想过退役吗？”安静很久，简茸忽然问了一句。

路柏沅拿着手机转头，两人对视了几秒。

路柏沅说：“没有。”

老一辈的明星选手似乎都这样，急流勇退从来不在他们的选择中。

当他们加入职业赛场的时候，电竞这一块还是一片荒地。正式选手月薪两千都算高的，很多专业团队都在网吧训练，甚至还有坐公交车去打比赛的战队——在那个年代，出去随便打份工都比当电竞职业选手强。

能加入团队并坚持下来，靠的都是热爱和梦想。

路柏沅经历过抽不起烟的日子，被队友背叛过，也熬过很多个因为伤病疼痛难眠的夜晚，但他从没想过退役。

之前他觉得自己还想打，还能秀，如今在这些前提下又多了一层原因。

简茸揉了一下脸，很轻地“啧”了一声。

路柏沅道：“怎么了？”

“你们夺冠那年，我给丁哥投过简历，过了，他还发短信让我去试训。”简茸抿唇，“我如果那时候去了……能跟你多当几年队友。”

“你这么自信？”路柏沅道，“那时候参加试训的人很多，你来了也不一定进首发。”

简茸的脏话刚到嘴边，头发被人揉了几下。

“不过风水轮流转。”路柏沅笑了一下，说，“现在是我想要跟你多打几年。”

简茸微怔。

夜风舒服地吹在脸上，简茸看着黑夜沉默良久，才道：“我努努力。”

“什么？”

“努力训练，尽量缩短比赛时长。”

比赛时长短一分钟，路柏沅的手腕就能多休息一分钟。

作用可能微乎其微，但除此之外，简茸暂时没想到什么其他的好办法。

里面传来小白和袁谦的呼声，听着像哪位选手秀了什么操作。

简茸丝毫不觉得自己刚才说的话有多狂，他站直身体，道：“进去看比赛吧。”

简茸刚转过身，忽然想起什么，皱眉问：“你哪儿来的烟？”

“丁哥放在餐桌上，我顺手拿的。”

简茸：“……”

第二场四分之一半决赛，PUD 以三比二的战绩险胜 KUG，正式晋级春季赛总决赛，成为 TTC 下一场比赛的对手。

不过由于首发打野的意外缺席，比赛结束后，大家的关注点就完全转移到另一边。

简茸看完比赛回训练室，一刷“XIU 手伤缺席半决赛”热搜下的评论，全是一些他不爱看的——

“传奇落幕……Road 和 XIU 都伤病缠身，感觉 LPL 本土打野快要陨落了。”

“LPL 今年流年不利啊，两大打野全倒了。PUD 还算有先见之明，买了个新秀打野，TTC 就只剩那个垃圾小替补了……我听说 Road 私下会打压替补，所以有点名气的都不愿意加入 TTC，现在看来只能说活该咯。”

简茸靠在椅子上等游戏排队，见到这条评论直接点开快捷回复——我也听说你脑子不好，现在看来只能说活该咯。

“内幕消息，我表姐是 TTC 的工作人员，他说 Road 这个月就会宣布退役，现在 TTC 已经在开始准备退役事宜了！”

简茸懒洋洋地回复——那你表姐挺牛。

简茸排进游戏房间，放下手机刚要选英雄，丁哥的电话就打进来了。

可能是犯过的事儿多了，简茸隐隐有种不好的预感，接电话前先切回去看了一眼微博界面——

TTC · Soft 回复翘摇：那你表姐挺牛。

简茸：“……”

前天他转发周边广告，忘记切号了。

短短两分钟，下面飘出无数评论——

“一个春季赛过去了，Soft 还是冲冠一怒为 Road。”

“呜呜，傻宝贝别说了。”

简茸接起电话，说：“我如果说我不是故意的，你信吗？”

丁哥刚想说“我信你个鬼”，低头一看手机——

TTC · Road 回复 TTC · Soft：练完了？

怎么的，他们还要在别人微博下互动是吗？

丁哥气急攻心，挂了电话去骂那个深夜去医院解绷带上药还不忘玩手机回队友评论的打野去了。

今年春季赛总决赛举办地点在山城，比赛前一日，TTC 众人收拾行李从机场出发。

为了避免被庄亦白嘲笑，在去机场的路上，简茸满脑子都在想一会儿要怎么值机才显得自己不是第一次坐飞机。

不过显然他想多了，值机的事经理来办，他只要上交身份证就好。

刚上飞机，小白就回过头道：“我听说 XIU 这次总决赛上不了。”

为了杀对手一个措手不及，很多战队的首发队员名单都赶在最后一刻才交。

“我觉得也是。”袁谦嘀咕，“前几天他刚被抬上救护车，那阵势，没十天半个月我估计都好不了。”

小白看向路柏沅，说：“哥，XIU 跟你透露什么没？”

“嗯。”路柏沅慵懒地说，“他一直在给我放烟幕弹，说前三局他打，后两局替补打。”

简茸嗤笑一声，问：“你回了什么？”

“我问他能下床了没。”

虽然他说话很没良心，但公务舱登时传出一阵笑声。

来之前，小白在训练赛的队伍语音里把他所知道、查到的当地美食念了八千八百八十八遍。

到了之后，丁哥赶鸭似的把人赶进战队安排的大巴车，拖着大家伙去了海底捞。

这次一块儿来的还有工作人员，包括副经理、副教练和生活助理等，加起来正好坐满一个包厢。

“不是……吃海底捞也就算了，”袁谦毫无食欲，看着面前的锅，“这？清汤和菌菇汤？”

TTC 五人唯一和谐的地方就是饮食习惯，全部无辣不欢，每次外卖一眼望过去红彤彤的，特别喜庆。

丁哥面不改色地下单：“上次半决赛前一天，你们吃了麻辣牛蛙，Kan 比赛前一小时还在喊肚子疼，还没吃到教训？”

袁谦支着下巴，说：“废话，人家那会儿马上要打假赛了紧张，能不肚子疼？”

原本无精打采的一桌人听到这话都忍不住自嘲笑出声，中间还伴随着好几句脏话。时间是最好的良药，当初再怎么接受不了、难受犯恶心，事情过了也就当作笑话一则。

简茸没笑。他之前不在，所以没法跟经历过的人一起感慨然后笑两声，也幸好他不在，不然他现在应该已经因为殴打 Kan 被永久禁赛了。

路柏沅同样如此。XIU 自己受伤也不想对手好过，从下飞机就开始对路柏沅进行精神骚扰，一条条“老朋友，好久没见你玩 EZ 打野了，真怀念”“我觉得你们中单男刀玩得很不错，决赛有想法吗”发过来，路柏沅翻完未读后，直接给他设置了一个免打扰。

第四章
春季赛总决赛

Take the Crown

今晚这顿饭大家吃得还算和谐。丁哥看着无精打采的队员们，心里甚是满意。

别家战队打总决赛前一晚，选手紧张得上厕所的频率直接翻倍，还失眠多梦，第二天上镜，一排过去全是肾虚脸。

他们队员就不会，大比赛经验多了，心态在职业选手里都是顶尖的。

而他们的新队员……

丁哥转头望去，正好看到简茸跟做贼似的拽了一下路柏沅的衣服，然后拿起自己藏在椅子某一角的辣椒调料，从桌下偷偷递给路柏沅。

丁哥：“……”

别说春季赛总决赛，就是明天开打世界总决赛，他们新队员的眉毛恐怕都不会往上挑一下。

然而这安静的美好并没持续多久。

身为一个饭量小容易饱的健康小胖子，小白跟往常一样边咬着牙签等其他人吃完，边打开手机找事情打发时间。

他摸着小肚子想去直播间看有没有职业选手在直播，刚随手点开某个直播软件，就看到平台上方明晃晃挂着横幅广告——

“欢迎 H 国赛区超强战舰 HT 战队全员入驻磨磨直播！今晚八点，所有选手直播正式开启！”

小白在心里骂一声，随手一点，直接被传送进了HT战队AD——Rish的直播间里。

好巧不巧，Rish正在放简茸半决赛蛇女一对五的精彩片段。

因为没找到想看的直播，小白还没来得及戴耳机，一段光听语气就觉得阴阳怪气的H国语言从手机里传出来。

Rish："……Soft……"

在座各位没几个人听得懂他说的话，但全桌人都看了过来。

路柏沅眼神一沉，放下筷子，拿起湿巾擦了擦手。

"你在看谁的直播？我怎么听见简茸的ID了？"袁谦探了下脑袋，看清手机左下角的视频窗口后脱口道，"HT的人怎么来我们这边开直播了？"

丁哥喝了口汤，说："在磨磨直播吧？我听说过，据传还是HT主动联系的。他们一开始联系的是星空TV，星空TV老板知道他们的黑历史，想都没想就拒绝了，然后才去找的磨磨。"

"磨磨老板怎么想的？"袁谦惊讶道，"谁都知道HT内部歧视LPL，导致他们在国内一直没什么粉丝。"

"不需要粉丝。"路柏沅道，"慕强或好奇的人多得是，再说就算是去骂他们的人也是观众，有流量就行，直播平台不靠打赏赚钱。"

丁哥点头，道："而且说实话，国内有很多Master的粉丝，那些人大多原本就讨厌LPL。"

简茸吃完路柏沅刚给他涮的牛肚，才转过头问："那人说我什么了？"

简茸不是玻璃心，路柏沅没打算瞒他。

"'连Soft这种蛇女都能五杀，LPL今年好像变得更差劲更糟糕了，看来往这边输送再多外援也没用啊。大家以后还是多多支持我们HT吧。我们的选手能在你们那边打电竞，你们也可以喜欢我们的电竞战队'……"路柏沅嗓音低沉，一字不漏地翻译出来，"大概是这意思。"

丁哥："……"

职业翻译都没您翻译得自然。

你想看中单进 Rish 直播间发疯对线直说，何必在这儿对我苦苦折磨。

丁哥放下筷子，已经做好拉住简茸的准备。

谁想简茸听完只是无所谓地丢了一句"有病"，用公筷夹起牛肚继续往锅里放。

反倒是小白瞪大眼睛，说："哇，这 Rish 算哪根葱啊，每次对线被我打成那样还好意思让 LPL 粉丝去粉他？多大的脸啊！"

"就是，去年要不是 Kan……还不知道谁是冠军呢。"袁谦皱着眉，啧了一声，说，"晦气。"

"上次在排位里他不也被简茸杀成狗……"小白说到一半，用手肘撞了撞身边的人，满脸疑惑，"你听清我哥翻译的话没？"

简茸说："听清了。"

"那你怎么没反应？"

"我这几个月的处分吃太多，最近一个要等到下礼拜才消除。"简茸理智地说，"再被罚一次就要禁赛了。"

小白："……"

Rish 这一招果然管用，他因为嘴贱在国内一直没什么粉丝，但靠着嘲讽 LPL 各位选手，直播人气噌噌上涨。骂他的居多，房管在心里边骂 Rish 边帮他封人，心里别提多憋屈——当然还有一些没底线的黑子在下面捧他的臭脚，顺着他的话骂 LPL 选手。

总之，直播间里乌烟瘴气，不堪入目。

为了不影响队友们的心情，丁哥让小白关了直播，带着众人回了酒店。

翌日，春季赛总决赛正式打响。

很多观众都还沉浸在 Rish 昨晚的言论中无法抽身，比赛直播源刚刚开启，弹幕就洋洋洒洒飘过一大片——

“HT战队什么时候死？”

“磨磨直播为了流量给HT战队送钱，磨磨直播明天就倒闭！”

“我以前一直是Soft黑，昨晚看了Rish的直播后，突然觉得Soft其实看着也挺顺眼的。”

“祈祷今天是TTC赢比赛，我希望Soft能去H国把Rish按地暴揍。”

“得了吧，Soft进了LPL后就变㞞了，昨晚Rish都嘲讽成什么样了，我不信他不知道，也没见他开麦骂人啊。”

“PUD必胜，Savior宝宝带着XIU哥的期望冲呀！”

“也不知道这次是谁代表LPL去打季中赛，万一输给HT，那就等着被骂死。”

讨论间，直播画面忽然一切，一段录像插播进来——PUD战队的上单98K出现在界面中，他穿着PUD的队服坐在赛场上，身后是空荡荡的比赛场馆。

赛前讲垃圾话环节开始。

赛前讲垃圾话是LPL重大比赛之前的特殊环节。在这个环节里，你可以对你即将迎战的对手进行嘲讽，只要没有脏话、不涉及人身攻击，其余什么都可以说，是为了给比赛增加趣味性的环节。

当然，这不是让两人面对面吵架，而是不同镜头下的你问我答，以切换镜头的形式呈现给观众。

很多选手就是因为在垃圾话环节嘲讽对手太过，输了比赛之后被群嘲到退役。

录像是在比赛日当天录制的，新鲜热乎。第一组出场的是双方的上路。

98K神态轻松，道：“我没什么好说的……Qian还在练我的狗熊吗？”

镜头一切。

袁谦保持微笑，道：“版本改了，狗熊废了，98K今天马上也要熄火了。”

紧跟着是两位AD。

PUD的AD——KK道："希望他打团战的时候不要总是第一个死，这样真的很无趣。"

镜头一切。

Pine说："等你敢跟我打对线的时候再来说大话。"

辅助组。

PUD的辅助敦敦说："Bye上王者了吗？上了？他抱的谁的大腿啊……我没有看不起他的意思，不过他以前一个人单排的时候最高段位好像只有钻一，说实话，我挺心疼他的。"

镜头一切。

小白一下就被戳中痛处，说："那是我不想上！而且王者哪有钻石好玩。还有，你们这场能不能不召唤Savior了？有本事让他在中路跟我们中单对线啊！"

敦敦对小白的暴怒视若无睹："再说Pine每次团战刚开始都被集火秒掉，这其实跟辅助的能力有很大的关系吧？"

小白伸手做了暂停的动作，说："塔下挂机二人组请不要随意挑拨我和我们P宝的关系。"

打野组。

Road坐姿随意，看起来像对这个环节没半点兴趣："今天要上场的打野叫什么？"

"开始录了吗？"临时顶替XIU出场的替补打野紧张道，"路神好……我叫驼驼，希望路神可以记住我，毕竟以后我们会经常在赛场相见。"

镜头转换。

Road散漫一笑，说："在你野区见吧。"

最后，两名年轻稚嫩的中单出现在视频中。

Savior着急地舔唇，说："等等，我想想说什么……啊？开始啦？那……

今晚我会努力让 Soft 消失在我们的滚雪球战术中的。”

下一个镜头，蓝毛不屑地挑眉，说：“让我对 Savior 说垃圾话？他哭了谁负责？”

Savior：“……”

简茸靠在椅上，说：“不过我确实有件事要跟他说——先教我几句 H 国的垃圾话，我下下个礼拜去 H 国时要用。”

说完，观众只见他拿出自己的手机，照着备忘簿念：

“废物 AD 站起来。”

“HT 这种渣滓战队能代表 H 国出战，H 国其余每个战队都有责任。”

“我尊重每一位遵守规则加入 LPL 并认真敬业的外援，也唾弃每一个歧视 LPL 却还要觍着脸来开直播赚钱的垃圾。”

直播源虽然开了，但直播还没有正式开始，前面播放的几个视频是为了热场子和测试直播源的。

这导致经常会出现几个视频反复播放的情况。

“别放广告了，再放一遍垃圾话录像，我还要听。”

“女朋友发短信来说，她爸妈今晚不在家，我让她要么早点睡觉，要么找点儿事干，别来打扰我循环播放垃圾话环节。兄弟们，我做得对吗？”

“广告环节观看人数是以往好多倍……建议今天的广告商都给 Soft 打钱。”

“来了，来了！第四次重播来了，兄弟们！”

“还重播！”休息室里，副教练忧心忡忡，“这个导播是 PUD 粉吧？想多重播几次给联盟那边拱火？万一等会儿打着打着禁赛通知下来了……”

这个环节是选手单独录制的。当时大家都忙着在后台给选手化妆、准备比赛事宜，加上时间紧急录完就拿去剪了，所以除了录制工作人员和录制的选手本人以外，没人知道他们在垃圾话里说了什么。

简茸这番话，他们跟弹幕里刷问号的水友们一样，也是头一回听。

丁哥在沙发上稳坐如山。

风浪见得多了，“队员骂人”这种程度的事在他心里已经被排到了最末。

“没事。”丁哥往嘴里塞了一块西瓜，“这些都是经过审核的，要真不能说，负责人都不敢把这段剪进去。”

Rish 昨晚那番言论都被骂上热搜了，稍微关注一点儿电竞圈的人都能看见。

LPL 管理层自然也看了。

HT 战队以前对 LPL 的冷嘲热讽都在外网上，没法管，但现在那群人都到自家门口欺负了，LPL 那群管理能忍？真当 LPL 没有脾气？

这事儿要放在几年前，两个赛区的选手估计都激情对线八百轮了。

但现在不一样，LPL 已经商业化，谁都不想砸自己招牌，不想损害战队商业价值，更不想因为这事吃处分。

丁哥叹气，心想：垃圾话最后这段说得真好，如果这出头鸟不是他们家中单就更好了。

“垃圾话还能这么说啊？”小白愣愣道，“我学到了。”

话还没说完，他的脑门就被丁哥弹了一下，说：“二十好几的人了，还在叛逆期？就喜欢跟差生学？”

“差生”听见批评，眼皮都不抬，闭嘴嚼路柏沅刚递给他的口香糖。

路柏沅听见这段垃圾话，倒也不是很惊讶。

垃圾话第四次重播结束后，直播终于切进解说席。

路柏沅转头问：“昨晚你不是忍住了？”

简茸吹了个泡泡，自己用牙戳破又拢回嘴里，没什么语气地说：“我睡了一觉，越想越气。”

此刻，在别人看来，简茸就是一个不好惹、脾气差的戾气少年。

工作人员过来提醒他们再过十分钟上台。

丁哥确认队员身体状况都正常后，摆摆手，示意大家上台。

总决赛的赛场比以往的场地都要大，简茸走上台时差点被灯光刺瞎。

在这种状态下，除了队友的背影和台上的设备，其余他什么也看不见。

但观众的欢呼声很清晰，两个战队的粉丝今晚很和谐，安排好了上一秒我喊，下一秒你喊。

在整齐划一的“PUD 加油”“TTC 必胜”下，一道尖锐的女声从前排脱颖而出——

“Soft 加油！去 H 国埋 Rish！”

就在全场哄笑之时，惊奇的一幕发生了。

赛场的大荧幕上以及直播界面中，刚拿着水杯落座，正跟往常一样低头调试设备，还没来得及戴耳机的小蓝毛突然抬手，朝对着自己的镜头比了个拇指。

虽然他什么话也没说，眼睛甚至都没看向镜头，但所有人仿佛都从这个姿势里听见了他的回复——

埋。

这个动作也被身边的队友收入眼底。

丁哥听见现场浪潮般的尖叫声，不禁感慨：“有的人天生就适合吃电竞这碗饭，不论是技术还是性格。”

把简茸这号人物往台上一放，比赛还没开始，观赏性就已经无限提高。

小白羡慕死了，在队伍语音里问：“你能撤回刚刚那个动作吗？这波让我来。”

“我突然想起一件事，”袁谦“嗞”了一声，说，“简茸，你在垃圾话里面说的那些话，Savior 真教你了？”

简茸说：“没。”

Pine 道：“Savior 可能没听懂几个字。”

小白道:“哈哈哈哈,我觉得也是,然后下去找队友给他翻译再被吓死。”

袁谦也笑道：“不过你想学这些话怎么不问队长啊？”

简茸刚想说自己只想骂人并不是真心想学，就听见路柏沅道：“可能他觉得我教得不好。”

袁谦问：“你都没教过，他怎么知道不好？他这几天学几句，以后去H国总用得上。”

路柏沅一笑，跟上来确认设备的裁判示意自己OK了。

爽过那个劲头，小白突然想到了什么，说：“等等，那万一我们季中赛输给HT怎么办？让富哥改造一个地下基地，咱们住到地缝里去？”

现在才反应过来？

丁哥白眼都快翻出场馆了，说：“你们能不能清醒点？你们现在打春季赛总决赛，能不能去H国还不一定呢！”

袁谦坐直身子，转动手腕放松了一下，说：“今天一定要拿下比赛，不然我下半辈子都不敢开直播了。”

小白说：“还开直播？直播退役可以。”

Pine冷静分析：“这次我们全首发，他们首发打野不在，再输是可以退役回去种田了。”

简茸道：“放心，我自己说的话，输了我自己负责。”

丁哥好奇地问：“你怎么负责？”

“我发条长微博骂他们。”简茸一脸镇定道,“这样他们就都来骂我了。”

丁哥：“……”

对线奇才。

袁谦先是笑,然后说:“别说什么自己负责这种屁话……都是一个队的,有事肯定一起扛。”

“是啊，有难同当，有福我自己享。”小白嘀嘀咕咕，“再说我早就看Rish不顺眼了，打完比赛我去偷一件豆腐的队服，到了H国用它来蒙

Rish 的脸，直接堵厕所揍一顿！”

Pine 冷冷道：“语音设备已经开了。”

小白说:“对不起,监听哥哥,这一段你要是放在英雄‘麦克疯’我必死，你积德行善做好事捞小弟一把。”

“噔”的一声，他们进入了 Ban&Pick 界面，春季赛总决赛第一局比赛正式宣布开始。

路柏沅收起嘴边的笑，说：“收了。今天好好打，随便赢。”

一个赛季下来，两个队伍对彼此那些普通套路都很熟悉了，在禁用环节基本没浪费什么时间。

最初三个禁用席，乐芙兰、厄斐琉斯和盲僧被 PUD 摁在禁用区，丁哥也直接禁掉了对方擅长的发条、狗熊和鳄鱼。

这一局 PUD 选择蓝方，并且拥有第一个选人权。

PUD 第一个拿的是打野英雄，男枪。

“我就知道。”丁哥眯起眼，站在路柏沅身后说，“驼驼的英雄池和你差不多，而且他很喜欢玩野核。”

“估计又是我哥的小粉丝。”小白笑道，“毕竟是 Road 二代。”

简茸冷冷道：“他没二代。”

丁哥征求路柏沅的意见：“你想玩什么？”

路柏沅说：“XIU 赛前给我发了短信。”

简茸不满地拧了下眉，说：“他还在骚扰你？说什么了？”

路柏沅笑了一下，说：“他说……要么我输掉，要么帮他告诉这位一直想顶替他首发位置的打野，LPL 有多残酷。”

解说甲说：“好，我们两个队伍的支持率已经出来了！ TTC 战队的支持率是百分之八十二？”

通常同赛区的两个强队相遇，高支持率的队伍都会保持在百分之六十至百分之七十的支持率。

解说乙说：“正常，毕竟 Soft 垃圾话环节一顿操作猛如虎。接下来让我们看看 TTC 二楼会拿什么位置——豹女！打野位！TTC 居然也掏出了一个野核英雄？”

“很意外吗？Road 不就是玩暴力打野出身？在我印象里，这赛季还没人敢拿野核英雄跟 Road 对冲呢。”解说丙笑了一下，说，“Road 的意思是——让我教教这位 LPL 新人野核应该怎么玩。”

TTC 接下来相继锁下了辅助锤石、AD 大嘴。

解说甲纳闷道：“TTC 这阵容我有点看不懂，是要打三 C 吗？那谦哥压力会不会太大了？”

三 C 阵容又称三核心阵容，特点是团战输出非常给力，一条路发育起来都足够打足伤害。

不过缺点也非常明显——前排少，控制少，脆皮英雄过多，容易给对手送机会。

袁谦掏出塞恩之后，解说们几乎确定了 TTC 要打三 C 阵容，并且开始分析战局。

“其实我觉得面对 PUD 拿出三核阵容不是很好打，毕竟 PUD 本身运营很强，虽然 XIU 不在，但 98K 的上辅在团战中作用也非常大。”

“是的，而且 98K 这局拿的是奥恩，如果发育得好，后期他一直顶在前排，TTC 会非常难受。”

“Savior 拿的辛德拉控制也非常足，就看 Soft 会拿什么英雄了，说实话我很怕他掏出个亚索。”

解说的声音戛然而止。

只见 TTC 的五楼出现了一个微笑着的小女巫脸蛋。

TTC 的中单英雄终于出现——仙灵女巫璐璐。

璐璐，辅助英雄。四个英雄技能中有三个分别是给队友加血加盾加速度的，奶妈属性十足，人物形象矮小可爱，常年占据女性玩家心头好前三名。

当然，她的盾技能放在敌人身上可以造成伤害，加速技能放在敌人身上能沉默，Q 技能穿刺飞弹的伤害也不低——这让她同时可以当作保护型中单来使，赛场中偶尔出现，一般都是拿来保 AD、保上单、保打野的。

这英雄打中单的宗旨就是混、㞞，等着后期养老。

有盾有加速有大招，只要你够小心，敌人没法 gank、单杀你。

但同时，你也很难给对线的对手造成超过指甲缝的威胁。

讲道理，这么个奶妈中单英雄出现在赛场上不奇怪，隔壁战虎的大牛就经常拿出来溜达，但——

解说甲说："Soft 拿了个奶妈璐璐？"

解说乙说："等等，我比较好奇他知道这英雄有盾吗？"

"我觉得他是不知道的。"解说丙推了推眼镜，冷静分析，"他和 Pine 双排时玩过璐璐，四十七分钟只给过 Pine 三个护盾……不过没关系，我相信就在今晚，暴力型璐璐即将出现在众人的视野中。请诸位女性玩家搬好小板凳，迎来你们璐璐女儿的全新强力打法。"

暴力型璐璐当然是不存在的。

比赛开始，前五分钟，Soft 的璐璐专心致志补兵，小心翼翼走位躲辛德拉的技能，中路平平静静，无事发生。

解说甲说："啊，我好不习惯。"

解说乙说："我觉得导播也不太习惯，经常切过来让我们看他们俩补兵。"

解说丙依旧固执，说："不，肯定没那么简单，我相信 Soft 体内的暴力因子马上就要鼓噪起来了。"

他的话还没说完，就见 Soft 清完兵后准备回城，回城动画刚进行两秒就被 Soft 自己取消掉，紧跟着，可爱璐璐轻轻一扬自己手上的魔法棒——给路过并满血的 Road 一套加速和盾的"关心满满套餐"。

璐璐给了这两个技能之后，继续原地回城，经过的豹女在原地停留一瞬，手一抬，给正在回城的璐璐加了一口无用的奶，然后隐没进自家野区里。

直播间弹幕先是飘过整屏幕的问号，然后——

“导播怪懂的，看小地图下路四个人都打到头像重叠到一块儿了，他都能切到中路给我们看这个。”

“赛前垃圾话说得像今晚就启程去H国暴揍HT，上了赛场却一把奶妈璐璐。”

三位解说员也一脸蒙。

解说甲说：“啊，这……这……这可能是Soft感应到我们的对话，想用行动告诉我们，他是会给队友加盾的。”

解说乙连连点头，说：“对。而且玩璐璐怎么了，手长技能强对线的时候也挺有意思的，你们看Soft玩得多开心啊！”

解说乙说出这句话的同时，直播右下角的小蓝毛在前往自己中路的途中百无聊赖地切换视角，看了一眼战况激烈热火朝天的下路四人，眼里流露出一丝难得的羡慕。

他再切回自己角色的视角后，终于还是没有忍住，在全国观看直播的一亿多人面前毫不遮掩地张大嘴——打了一个巨大的哈欠。

一半的观众在这一瞬间仿佛看到了上课期间不耐烦的自己。

另一半的观众被他感染，忍不住也打了个哈欠。

奶妈这个职业是有它的可玩性，适合那些救济苍生、心怀天下、舍己为人、有母性光辉的玩家们——只是不包含简茸。

简茸会玩璐璐，是因为小白的招牌英雄锤石被放出来了，他在队伍语音里表达了自己那颗百分之二百想玩的心，被丁哥以“不好保护AD”拒绝了。

Pine这局拿的大嘴是一个没有位移、极其需要队友照顾的英雄。

于是小白口不择言，大胆表示只要简茸拿个保护型英雄，譬如璐璐卡尔玛之类的，那这局绝对稳了。

简茸礼貌询问他是不是活腻了，想去天上和 Rish 肩并肩。

丁哥再三思虑后，居然觉得小白的话有点道理，然后技巧性地问了一下路柏沅觉得中单璐璐怎么样。

路柏沅语气平静道：“都行，三 C、保护都能打，随便玩什么……璐璐和豹女是不是有个同系列的皮肤？”

总之，简茸最后还是妥协拿了璐璐。

TTC 最热闹的一条路熄了火，导致这局比赛直到第十三分钟都还没爆发交战。

“好消息，好消息！”小白在语音里跟演小品似的，“他们下路二人组双招全无，白爷的手指已摁在闪现上，无敌必中夺命钩也已准备就绪，来了就是赚就是捡——前提是你们要给我 P 宝留个人头，不然我们下路不好打，谢谢，谢谢。”

简茸冷嗤一声，那句“我去有屁用，去了给你加盾吗”已经到了嘴边。

路柏沅吃掉刚刷新的三狼，说：“璐璐，来。”

简茸咽下骂人的话，清掉面前的兵，给自己套了一层加速，小女巫两只手握着魔法棒，双脚离地朝豹女那头飞去。

他们去了下路。路柏沅的豹女在上个赛季也是十有八九在禁用位里的英雄，只是这个赛季豹女被削了一刀导致没什么队伍用，但这一刀显然没有影响到路柏沅。

其实严格来说，是对方打野男枪先赶到下路的，不过对方还没碰到小白他们一根头发，路柏沅的标枪就像一颗子弹从草丛里飞了出来，以技能极限距离打在了敌方打野身上——“嗖”的一声，男枪直接被打掉三分之一的血量。

路柏沅身上带着简茸给的加速，从草丛冲了出来，用大招变身成豹子直扑男枪，简茸紧跟在他的身后，先是把男枪变羊沉默，限制他的输出，再用 Q 技能（闪耀长枪）打上减速，男枪直接被路柏沅摁死在地。

“First Blood！”

小白一个钩子精准命中敌方辅助，嘴里叫着：“噢——血条消失术！”

“别鬼叫，”Pine 道，“灯笼。”

下路二人组立刻跟上队友的节奏，杀了对面的打野，路柏沅也没打算走，言简意赅地在语音里吩咐：“越塔，杀下路。”

小白作为在场最肉的辅助，肯定是用自己的肉身去扛下敌方防御塔伤害的，他也早就做惯了这类为队友付出的事。他想着这局有璐璐在，自己怎么也不可能死，可几秒后——

“盾！盾盾盾！简茸，我要没了啊！”

在他最后一丝血量要被防御塔磨光的前半秒，简茸才不慌不忙地给他加上一层盾。

小白好不容易带着一丝血从防御塔下逃脱，对面 AD 见回天乏术，立刻想强行换走一个，首当其冲的就是只有几十血量的小白。

卡莉斯塔在临死之前丢出一个闪现并朝小白丢出一根长矛——

小白尖叫：“他想换我！简茸，大招！大招给我！啊啊啊，我要没了！”

简茸皱眉道：“你别叫了，我的耳朵要炸了。”

就在矛即将戳到小白身上的那一刻，简茸才不急不缓地给小白丢出大招回血变大，勉强救下小白的命。

路柏沅化成人形，朝敌方丢出一截标枪，然后回头离开，在他身后，“嗖”的一声，敌方 AD 应声而倒。

简茸故意拖到最后才给的这两个极限护盾和大招差点把小白送走。

“不就让你玩一局璐璐中单吗……”小白躲到草里回城，哀怨地回头，正好看到简茸给路柏沅丢加速技能，心里更委屈了，“P 宝，我也想要加速。”

Pine 正在回城逛游戏商店，说：“我哪儿来的加速？”

小白说：“我看到你治疗两秒前 CD 好了。”

Pine 说：“你想着吧。”

简茸逗了小白一波，心情好多了，举着魔法棒一晃一晃地回中路，继续补兵发育。

而路柏沅则直接钻进了敌方野区。

解说甲惊叹：“Road太自信了，标枪丢出去直接自信回头。”

解说乙道：“讲道理，我要是从开局到现在只丢空过一次标枪，我比他还自信……没想到Road在缺席一次半决赛之后，手感反而越来越好了啊。”

解说丙已经接受了Soft这局走温情路线的现实。眼见路柏沅的豹女钻进野区，他一脸怜惜地看向PUD的替补打野，说：“男枪刷野本来就没豹女快，现在又被反蹲死一波，下半野区岂不是基本没了……不过没事，遇到的话，一对一，男枪也不是没得打，能躲一下路神的技能就好了。”

最后那句话里安慰的语气非常明显，毕竟谁都知道，当路柏沅掏出野核英雄并在前期gank过程中打出优势的情况下，那么恭喜对面的打野——你的野区没了。

果然，男枪复活出来后只能对着自己的下半野区高歌一首《空空如也》。

此时他已经落后路柏沅一级，打蓝buff（增益）时已经战战兢兢到要把野怪拖到能拖的最偏角度。

他招呼队友：“Savior，来拿蓝吧。”

Savior说：“来惹（了）。”

98K补兵的动作一顿，说：“你不要跟那些网友学这些语气词。”

Savior乖巧地应道：“好的，哥。”

Savior这局对线期玩得很快乐。

跟Soft对线可以和谐地补兵，没有硝烟没有纷扰，这是他做梦都梦不到的事情。他在这一局里找到了前所未有的平静，哪怕他现在正在打的是总决赛。

他的快乐终结在自家蓝buff被后方草里藏匿许久的路柏沅一标枪偷走

的那一刻。

“他一直在我后面？”驼驼大惊失色，“不可能吧？那他刚才怎么没偷袭我？”

98K 立刻想赶过去帮队友，却被袁谦一个技能拦住了。98K 脱不了身，皱眉道：“快走，他想杀两个！”

Savior 反应很快，立刻丢出技能想眩晕路柏沅，路柏沅向左走位躲开，同时丢出标枪，驼驼下意识丢出了自己的移动技能。

“嗖”的一声，标枪戳在驼驼身上，半管血直接消失——路柏沅预判了他的走位。

路柏沅散漫一笑，男枪他太熟了，这个地形能走位的范围就那么一点儿，他闭着眼都知道驼驼要往哪儿走。

“没关系，”Savior 很冷静，用蹩脚的中文说，“我在，不慌，我们把他换掉。”

驼驼知道自己没闪现，这波不可能逃掉，于是他打出自己的所有伤害，配合 Savior 的技能，在临死之前把路柏沅磨至残血。

屏幕骤灰，驼驼松一口气，心想这波他和路柏沅一换一不亏血赚，杀了路柏沅有多余的赏金，接下来自己的野区应该会安全一点儿。

驼驼想到一半，突然听见一道闪现声。简茸及时赶到，给路柏沅补上护盾并沉默 Savior。豹女化成豹子，直扑 Savior 脸上，一个爪击收下了 Savior 的人头，拿到双杀。

他们乘胜追击，杀掉敌方中野后直奔上路。

袁谦看到他们俩来了，毫不犹豫丢出大招冲锋，一阵猛如虎的操作成功把 98K 撞到天上。

路柏沅扑到 98K 身上时血量不健康，简茸想也不想把自己大招丢给路柏沅，往 98K 身上丢沉默和减速，三个人非常干脆地拿下 98K 的人头并推掉上路防御塔。

解说甲说：“一塔到手！TTC这局的节奏是不是太好了？”

解说乙说：“是的。路神玩野核的节奏不用说，我没想到的是Soft居然一直在给盾，要知道盾的技能给到敌人身上是可以造成伤害的，但他还是选择给路神无限续杯。当然这是非常正确的选择，因为路神现在伤害非常爆炸，多存活一秒都是给对手压力！”

解说丙说：“我是觉得Road和Soft如今的配合非常好，一看就知道私底下经常双排练默契。”

这一局，PUD的野核战术非常失败。男枪不仅没帮助到其他路，就连自己的发育都成了大问题，四周没有视野的情况下，他都不敢去吃自家的野怪，生怕打着打着豹女从旁边跳出来。

PUD最值得信赖的上单98K这局玩的奥恩，不是carry（输出）型英雄，前中期又被路柏沅和简茸同时光顾，发育并没有比袁谦好多少；Pine和小白拿的锤石大嘴组合，原本就是威胁性很强的英雄，前期被路柏沅帮了一波之后，很轻松地压着对面打；而Savior因为杀不掉璐璐，也没在简茸这儿占到便宜。

第一波团战在第二十三分钟终于爆发，路柏沅的标枪远程把敌方两人消耗至半血后，袁谦直接开启大招冲向人群，虽然没有撞到人，但成功逼出了对方两个闪现。

“冲冲冲，兄弟们！”袁谦激动地大喊，“中辅没闪现！都被我骗出来了！”

路柏沅说：“漂亮。”

路柏沅趁机切换成豹子形态，闪现冲进人群中敌方AD的身上，一套超高伤害的撕咬直接秒杀！

AD是杀掉了，但路柏沅也冲进了敌方四人中，对方很快反应过来，无数个大招朝路柏沅砸来。“砰”的一声，简茸给路柏沅加上大招把他保了下来，剩下的盾和加速给到了身后的Pine身上。

简茸的加速不仅能增加移动速度，还能增加攻击速度。

小白闪现钩住 Savior 并把自己送到了 Savior 面前，减速给全，并给 Pine 递了一个灯笼。

“P 宝去吧！”小白道，“咬死他们！”

Pine 踩着小白的灯笼冲进战场，配合简茸给的攻速加成和自己的技能，大嘴一张，唰唰唰，张嘴就是一顿乱吐。

“Triple Kill！”

“啪啪啪！”小白嘴动鼓掌，阴阳怪气道，“二十三分钟，恭喜我方 ADC 成功拿到中单护盾一次！”

简茸问：“在比赛里卖队友违规吗？”

“‘表演’痕迹轻一点儿的话，”路柏沅解答，“不会。”

小白说：“监听大哥在吗？这段话麻烦帮我录下来，我打完这场总决赛就要让我们中单因为霸凌队友身败名裂！”

简茸说：“无所谓，我本来就没什么名声，你随便说。”

小白说：“那我哥纵容你欺负我也是一种罪！”

简茸说：“你想跟我打一架直说，总决赛结束直接去厕所。”

小白说：“对不起。”

监听大哥：“……”

这个队伍如果去打世界赛真的没问题吗？

PUD 原本就是劣势，这一场团战结束直接奠定了他们的败局。男枪原本就是前期英雄，非常吃装备，一旦劣势就是一个废物。

第二十五分钟，第二波团战在大龙打响。准确情况是小白想去给大龙做个视野，却被对面误会他们膨胀了要开大龙，五个人直接朝小白杀来，小白转头跑了两秒，突然回头丢出钩子钩中敌方 AD，并冲到人群中放大招，减速留住三个人。

我跑了，我装的。

小白身后浩浩荡荡赶来了他的队友们，连打带揍给PUD吃了一波团灭，直接拿下大龙并推掉了PUD的高地。

第二十八分钟，TTC抱团冲基地。98K想力挽狂澜，大招成功击飞Pine，队友却因为伤害不够没法跟上。Savior闪现想尝试丢大招秒人，谁知刚冲上去就被简茸一个变羊沉默宣布死刑，几秒后就被袁谦击杀。

第二十九分钟，TTC击杀PUD三个C位并推掉了对方的基地，拿下了第一局的胜利。

两队选手下场休息准备第二局比赛，镜头给到TTC的队员时，每个人脸上都是很自然放松的神情。

解说甲说："恭喜TTC拿下第一局比赛的胜利。我怎么觉得TTC每个人今晚都显得特别轻松呢？"

解说乙说："是吧，没有打战虎时那么沉重和压抑。"

解说丙说："那是当然，那会儿Road没上场啊，就像今天的PUD……说来这段时间我看到很多说老将实力、反应退步的言论，实际上，一个战队中有经验丰富的老将也很重要……还有就是，真的不能和Road拼野核，真打不过，反而是XIU这种稳扎稳打后期发力的打野比较容易对付Road。"

众人回到后台后，丁哥先是敷衍地夸了一句"打得不错"，然后立刻开始聊下一局的战术。

他们五个人甚至没时间去沙发休息一会儿，为了听清楚丁哥的话，他们挨在一块儿站得很近，几乎都是肩抵着肩。

简茸耷拉眼皮听着，像强打着精神，最后还是没忍住，打了今晚第二个哈欠。

有人说打哈欠也是会传染的，小白跟着也打了一个，然后袁谦也不受控制地张嘴。

丁哥说："怎么，我给你们捎几个枕头上去？"

简茸其实也不是困，他就是补了几十分钟的兵，到结束都只有一个人头，实在打不起精神，不亢奋，哪怕今晚是总决赛。

他揉揉脸，道："有红牛吗？"

丁哥说："没有，我让人去买……不过这一局肯定来不及了，你坚持一下，这局他们有 counter 位（克制位），不用你打发育了，放心。"

简茸点点头，站直身体道："我去洗把脸。"

中场休息时间不长，很快十位选手就重新上场。短暂的等待后，游戏进入第二局 Ban&Pick 环节。

PUD 那边显然也发现了自己的失误，这一局不再想着跟路柏沅拼野核，掏出了一个偏坦克型的、开团和分割战场能力都很强的酒桶来打野。

"驼驼怎么不拿他的莉莉娅？"丁哥在队员身后踱步，"我查过他排位赛战绩，最近莉莉娅玩得还挺多的。"

袁谦说："那英雄也偏野核，他上局不太行，估计被队长打得有点怵。"

"也是，这些新人选手心理压力其实都挺弱的，驼驼以前打得再好这也是他第一回上决赛。"丁哥说完，余光瞥见自家中单，说，"当然也不是所有新选手都这样，还有个打总决赛都能打困的……简茸，你好点没有？精神点了？"

简茸的语气一如往常："我没问题了。"

丁哥照例征询路柏沅的意见："你想拿什么打野？要不拿把莉莉娅试试？我看你前几天排位一直在玩，战绩也漂亮。"

莉莉娅这英雄刚出来的时候其实不受 LPL 欢迎，所有人的判定都是这英雄不适合上比赛。

可莉莉娅还是很快流行起来了，具体原因是这英雄深受 H 国选手的喜爱，比赛胜率也特别高，于是 LPL 的选手也把她捡了起来。

但莉莉娅在 LPL 中的表现并不突出，胜率甚至没达到百分之三十。

路柏沅说："我不拿莉莉娅。"

胜率不高，说明他们还没钻研透适合莉莉娅这个打野英雄的战术体系，他也没怎么用莉莉娅跟队友练过配合，没必要强拿。

路柏沅最终拿了千珏，他看了眼锁定招牌英雄鳄鱼的98K，道：“这局我主抓上，你们自己小心。”

简茸和丁哥商量了几句之后，锁了自己原本就想拿出来的英雄。

解说甲说：“Soft拿了卡牌，从阵容来看，TTC是想打前中期……不过Savior这局也拿到了他擅长的大后期英雄发条，现在就看Soft前期能不能配合队友打出支援了。”

第二局比赛一开始，简茸跟上局一样，想和Savior和谐补兵。

卡牌的特点是支援能力强，大招可以在半张地图中任意传送，缺点是对线很弱，在没有大招之前只能发育。

但当他拿出这样的对线弱势英雄，Savior也不会傻傻地跟他耗，补兵过程中不断上前用技能磨简茸的血量。

简茸不动如山，任你技能丢我面前耗我血，我回头蓝牌补小兵，回蓝美滋滋。

解说甲说：“Savior又往Soft面前丢球，这波Soft能忍？好，他忍了。”

解说乙说：“我还以为他在上局憋坏了，这局会打得相对激进一点儿。”

解说丙说：“卡牌本身对线就弱，他这个打法是完全正确的。不过现在他有大招，接下来就看他能不能打出支援。”

解说丙话音刚落，上路打起来了。

98K拿到了自己的招牌英雄鳄鱼，加上上一局的失利，想表现的心不比简茸弱多少。所以他一开始的打法就非常凶猛，经常一言不合就上来打一套。

袁谦这局拿的依旧是打团英雄船长，这个英雄有个解除自身控制的吃橘子技能，倒也没那么难受。

袁谦看到自家队长正在往上路靠，立刻开始“演”，装作站位失误诱导鳄鱼上前，98K 被绕后而来的路柏沅直接堵在了中间。

这种夹击换作别人可能没几秒就交代了，但 98K 到底还是操作好，拖了几秒拖到了自家打野赶来。

解说甲说：“上路现在变成了二对二战场！说实话，这波说不准哪边能赢，98K 操作很好，但他的血量已经被磨得很残，同时袁谦蓝量很低，好像放不出几个技能了，这么看，我觉得还是 PUD——”

解说甲话未说完，就见 PUD 每个人的脑门上都出现了一只眼睛——是卡牌的大招。

解说乙说：“Soft 开大了！他刚跟 Savior 打完，血量不到三百蓝量，只够要一个技能，鳄鱼随便一套操作都能要他的命，而且 Savior 就在旁边，这他也敢飞？”

解说丙说：“他有什么不敢的？”

Savior 在队伍语音里及时告诉队友简茸的状态，98K 马上改变主意：“驼，杀 Soft，他这波死了中路直接崩盘。”

驼驼说：“收到！”

卡牌选择的传送地点就在上路战场中，在简茸落地的那一刹那，98K 抓准时机，一套技能打出去。

“噔！”

卡牌的人物形象骤然凝滞变金，成为无法受到任何伤害的对象，98K 这一套打了个寂寞。

解说甲说：“落地秒表！Soft 骗走了 98K 所有技能！98K 这一口血量没能回上，直接被路神点死！驼驼血量尚佳，现在明显还是想换掉 Soft……”

卡牌的 W 技能是切牌，一共有三种颜色的牌，其中黄牌可以眩晕敌人，gank、杀人一般都会用到这张牌。

而切牌顺序则是红、黄、蓝牌，看似很好切，实则不然——它切出来的第一张牌是随机的。

这个技能非常考验玩家的反应速度，经常会有一些卡牌玩家千里迢迢飞下路，然后切出一张回蓝的蓝牌……这跟下来给敌人讲相声是一个性质。

说话间，简茸的金身时间结束，只见他立刻按出 W 技能，头上冒出一张蓝牌——就在大家都还没反应过来时，“唰唰”两声，他的牌迅速被切换成黄牌，并甩在用位移冲上来的酒桶身上，直接让他原地罚站。

直到驼驼死亡的消息弹出，解说们才腾出时间去惊叹这一波操作。

这波袁谦拿了一个人头，后面的对线就会舒服很多。

他满意地回城，笑眯眯地夸赞：“牛啊，小茸。”

相较 TTC 这头的轻松愉快，PUD 那边就沉重得多了。

驼驼小声道：“我的问题，我来晚了，不然能杀袁谦的。”

“的确是你的问题。”98K 说的话是责备字句，但语气却一如往常的平静，“我说了 Road 会来抓我，但你还是执着于那两个石头人，下次不要再犯了。”

驼驼一顿，说：“好。”

“没关系。”Savior 安慰他，“哥就是指出你的问题，没有生你的气，下面好好打。”

简茸在上路也拿了一个人头，这让他支援起来更加轻松。

在他第二次被小白一个钩子抢掉人头后，简茸操纵的卡牌在原地停留了一秒。

这短暂的停留让小白心慌了，说：“怎么了？我这个兢兢业业舍己为人的可怜小辅助不配拿到一个人头吗？我没钱谁给你们做真眼，没装备谁为你们遮风挡雨……”

简茸说：“这几年你都怎么忍他的？”

小白：“？”

Pine 说：“合约期满就换战队换辅助。”

“不可能。”小白一口否决，“你敢背叛我，我就把你摁死在 TTC 的基地里。”

Pine 漏了一个炮车，登时觉得加入他们的交流的自己就是一个傻瓜。

第五章

第一个冠军

Take the Crown

PUD 因为前期各路发育都不好，到了中期一直在避战发育，但 TTC 并不会任由他们拖着，依靠着小龙逼团两波，打出了一点儿小优势。

到了第二十七分钟，发条优势期到来，Savior 一波闪现大招秒掉 Pine 和简茸，帮助队伍艰难打赢一波团战，不过优势依旧在 TTC 那头。

第三十分钟，简茸开大招，配合袁谦秒掉来野区做眼的辅助敦敦，路柏沅看着正在下路补兵的 Savior，果断招呼队友开大龙。

PUD 两名队员赶过来想抢龙，但想在路柏沅手下抢龙，实在太天真了一点儿。TTC 轻松拿下大龙，并把下龙坑想抢龙的酒桶免费送回了基地。

第三十三分钟，TTC 中路逼团，推掉敌方小水晶，并打了一波一换三的胜利团战。

第三十六分钟，PUD 赶去阻止 TTC 拿龙魂。两队在小龙坑附近来回打了近一分钟的团战，袁谦找准时机，给敌人吃了一整个大招，成功拿下三杀并直逼敌方基地。

第三十八分钟，TTC 顶着发条的压力推掉了 PUD 的基地。

至此，双方比分来到 2∶0，TTC 率先拿到本场总决赛的赛点。

连续拿下两场比赛，TTC 的压力几无。

丁哥已经轻松很多，接下来三局中只要再赢一局就能结束本次比赛，他对他的队员们很有信心。

“保持之前两局的手感就好了，PUD下局应该会用全力打，你们每条路自己小心一点儿。”丁哥交代完，适当性地给队员们鼓励，“总决赛要是拿下了，大家回去先放两天假好好休息一下。”

小白惊呼：“才两天？”

“下个月就要去H国打季中赛，你还想休息几天？两天都给多了！”丁哥继续道，“然后富哥之前也说过，拿了冠军，一人送一辆车……他现在在M国看比赛呢，刚给我打电话，说是已经联系好车厂了，剩下的你们自己看着办吧。”

这句话无疑给了队员们最大的鼓励。在前往赛场的路上，小白已经开始考虑自己的车里要放什么味道的车载香水才显得高级。

简茸的肩膀忽然被碰了碰，他转过头。

路柏沅低声问：“你在想车？”

“没，我在想下局比赛的事。”简茸坦诚道，“没驾照，想那个没用。”

路柏沅说：“你打完季中赛去考。”

“看吧……有时间的话，还得挑驾校，烦。”

“为什么要报驾校？”

简茸一怔，道：“不报驾校怎么学开车？”

路柏沅看了一眼在他们旁边晃悠的摄像头，道：“我教你。”

简茸：“……”

“我认识专业的教练，然后我陪你去路上练，你什么时候想学都行，教练车我这边安排。”路柏沅轻声道，“而且我不骂学员，要不要？”

简茸想也没想道：“要。”

路柏沅“嗯”了一声：“那学费……”

简茸立刻问：“多少钱？”

路柏沅好笑地瞥了他一眼。

“我不收你的钱了。”路柏沅道，“打完比赛你给我送两天洗发水，行不行？”

简茸上台之后，拧开杯子喝了一大口水。

游戏进入 Ban&Pick 界面，简茸抓了一把头发，认真坐好。

如同丁哥所说，第三局比赛 PUD 重整旗鼓，拿出了他们这段时间练得最多的团战阵容。

袁谦看了眼对面选的英雄：“莫甘娜？他们不是已经拿了一个辅助洛吗……难道是中单莫甘娜？”

莫甘娜准确来说是一个控制足够的辅助英雄，甚至还有个法术护盾，不仅能抵挡一些法术伤害，还能在指定时间里免疫敌人的任何控制技能。

这英雄也能用来打中单，不过跟简茸第一局的璐璐一样，是一个又尿又养老，只能等团战的英雄。

丁哥在他们身后晃悠：“估计是他们新练的东西。”

小白感慨：“为了队伍，Savior 真的是什么都愿意玩啊。”

简茸冷笑一声。

“不过他还是比不上我们的中单，咱们中单堂堂绝世猛男，却愿意为我哥、为队伍玩奶妈璐璐，这种感人事迹以后必须收录到我们的夺冠纪录片里，这一段篇幅最少给十分钟，还得配上旁白才够。”小白张口就来了一大段彩虹屁，“牛气！”

全队人都笑起来。

路柏沅看着对面相继拿出来的塞恩、女枪和莉莉娅，笑意未收：“你们做好准备吧，他们这局团战阵容很强。”

解说甲说：“驼驼拿了莉莉娅，他这个赛季没怎么上场，大家可能不知道，莉莉娅是驼驼这几个月排位里玩得最多的英雄，不过第一局他的野核发挥不佳，我还以为今天看不到他玩这个了。”

解说乙摇头：“我只想说一局比赛真的说明不了什么。你看 Soft 第一次遇上战虎时，小鱼人被压制成什么样了，但他第二次遇上战虎照样敢拿出小鱼人。讲道理，小鱼人并不是这版本能抬上赛场的英雄，Soft 这就是典型的不争馒头争口气，我非常喜欢他这种风格的选手。”

解说丙赞同地点头，镜头切到面无表情冷静补兵的简茸，他笑道：“说来 Soft 也是本赛季才加入 LPL 的，一上来就直接打进总决赛……有 Road 年轻时那味儿了。而且，我发现不论比赛是赢还是输，至少在表面上，他都非常冷静。”

解说甲保持微笑，道：“那当然。Soft 可是能一人跟几万弹幕‘友好交流’的人才，人家直播的时候什么场面没见过？”

简茸不知道解说员正在讨论自己，他一进游戏，就看到 Savior 在聊天频道里说话。

简茸挑眉：“比赛能打字互动？”

“不骂人就行。”路柏沅道，“有选手第一视角录屏，内容比赛结束后其他人都能看见。”

TTC · Soft：“莫甘娜？”

PUD · Savior：“和谐补兵，哥。”

“他的心态真好，输了两局还能笑。”小白感慨，“换作是我，我恐怕都在想基地搬到地下后我要住哪间房了。”

“不，那是你没看过 Savior 的直播。”袁谦补着兵，说，“他之前被 H 国人网暴的时候，都是边抹眼泪边打出这种符号表情的。”

简茸：“……”

小白：“那他现在不会在我们对面哭吧？”

Savior 当然没哭。

他虽然在某方面承受能力比较弱，但在赛场上，他已经是一个很成熟的职业选手了。

他在 H 国打过的比赛不比 Pine 少，深知在比赛没有结束之前，一切负面情绪都没有意义。

这局比赛PUD准备得非常充分——跟H国战队打训练赛的钱不是白花的。

前期PUD不断避战，简茸用的辛德拉，六级时眼见就要单杀Savior，驼驼在关键时刻出现把人救下，救完就走，甚至没有想过反打，稳得离谱。

其他两路也是安静如鸡。

“98K在跟我和谐补兵……”袁谦面色复杂，“我忽然有点明白第一局比赛时Savior的心情了。”

“他们下路也是，拿出洛这么强势的控制辅助都不出来跟我们打。”小白皱眉，“这是铁了心往中后期拖啊，感觉我们走在他们的节奏里了。”

说话间，莉莉娅被路柏沅单杀。

路柏沅拿到人头，顺便吃掉旁边的河蟹，淡定回城：“找机会，别急。团战我们也能打。”

第一波五对五团战终于爆发，PUD的团战优势发挥出来——队伍这么多个控制在，只要有一个命中，那谁也别想跑。

Savior的莫甘娜率先禁锢住去插眼的小白，辅助洛立刻跟进接控，两下控制抓住了想上来给小白丢治疗的Pine，TTC其余人迅速赶到，Savior抓住时机闪现进人群里放大，成功晕住TTC三人，98K姗姗来迟，开大招进场，小白直到屏幕变灰都没能从眩晕状态中出来。

最后，TTC下路二人组以及简茸都被对面AD女枪的大招强力弹幕收下人头。

第二波团战，驼驼的莉莉娅率先牺牲。

但他在牺牲之前用自己的大招晕到了TTC四个人，队友紧跟而上，打出一波一换四，直接把TTC压至大劣势，PUD其余四人立刻趁机拿大龙。

这种阵容团战本来就不好打，处于劣势状态下就更难了。

最后一波，简茸闪现想找机会秒掉敌方AD，Savior在下一刻立刻跟闪现，并给自家AD套了一个魔法盾，成功抵挡住了简茸的眩晕技能，对面AD立刻闪现逃走。

这个闪现让简茸身陷敌营，最终倒在人群中。

没了中单，TTC就更加没法抵抗了，PUD打出一波团灭之后，拆掉了TTC基地，拿下第三局比赛的胜利，把比分艰难扳到了1:2。

回到休息室，简茸第一句话就是："最后一波我的。"

"跟你没关系。"丁哥冷静分析，"那时候团战已经打不过了，不找机会只能等死，你那波机会抓得很好，他们AD都没反应过来。只是莫甘娜在，没办法。"

"而且PUD又不是什么弱队，虽然他们的首发打野不在，但想零封他们还是难。没事，我们机会很大，现在该慌的是PUD。"

简茸没说话，坐在沙发上盯着地板沉思。

他觉得每次失误都没有借口，如果他手速再快一点儿，在Savior的护盾之前给上技能，或许那一波结果会不一样。

简茸的手被人碰了碰。路柏沅站在他身边，先是用手背贴了一下他的手，然后手腕翻转，露出手心里的糖。

路柏沅问："输一场就难受了？"

"没有。"简茸拿过糖，撕开丢进嘴里，糖果把他的脸颊撑起来，"下一局，我要让他们AD把上局该死的次数补回来。"

第一局的糟糕状态过去，简茸现在手心都在发热。

再一次上场，现场的气氛比之前更热烈——PUD扳回一局，终于让他们萎靡已久的粉丝亢奋起来。

PUD这局明显还是想走上一局的老路，一上来就禁掉了三个打野英雄——盲僧和男枪、豹女这两个野核。

小白忍不住爆了一句脏话："这是不把我们其他路放眼里？"

袁谦道："上局他们打野前期的节奏差点被队长打乱，这局的禁用名单肯定会针对他……可能他们觉得只要我们打野做不了事，他们就能顺利拖到打团战了吧。”

丁哥第一反应就是去看简茸的电脑屏幕。

果然，简茸沉着脸在滑动英雄界面，找到他想找的英雄之后停了下来。

丁哥多的话一句不说，伸手按了一下他的肩，劈头直接问：“你拿了能不能 C（carry，带领队伍取得胜利）？”

简茸一顿，然后咬碎嘴里的糖，道：“这局不 C，我下赛季续约不收钱。”

“别这样。”袁谦立刻道，“你年纪还小，不知道攒老婆本的重要性。”

“我不可能输。”简茸道。

解说甲说：“PUD 的意思很明显，他们就是要打团战。TTC 这边固定的禁用名单是 98K 的狗熊和版本之子维鲁斯，剩下最后一个禁止位我建议给莫甘娜，这英雄的魔法盾太烦了——果然禁了莫甘娜。但这也没办法限制 PUD 这套团战体系啊，没有莫甘娜，Savior 拿出发条照样能打……嗯？”

解说甲正在激情分析，导播镜头突然给到双方打野。

曾经有人在某贴吧开过这样的玩笑，说跟 TTC 打比赛的打野选手们都好惨，野区打不过 Road 就算了，每次镜头同时给到他们时，那简直是公开处刑。

此时此刻，平时比赛中总是没什么表情的男人突然笑了一下。

这让旁边正值青春期满脸痘痕还戴着厚重眼镜的驼驼就显得特别可怜。

“路神真帅。”解说甲咳了一声，说，“好，接下来就让我们看看 TTC 一选会拿什么英雄——乐芙兰！ Soft 的乐芙兰拿出来了！”

解说乙道：“我猜到了，毕竟 Soft 的乐芙兰确实玩得很好。但是在这种对方强行拖后期的情况下，这手乐芙兰真的合适吗？”

简茸很快用行动告诉所有人，自己这手乐芙兰合不合适。

比赛刚进行到七分钟，就在导播把镜头给到上路看两个人小打小闹时，一道击杀播报响起——

Soft 对线单杀 Savior！

击杀镜头回放，大家看到了一个在一塔和二塔中间回城的发条。发条刚被乐芙兰消耗一波，血量只剩一半，就在他即将回城的前两秒，一个身影从身侧的草丛蹿了出来。

前一瞬间仿佛还在补兵的乐芙兰突然一个位移直接砸到发条脸上，然后熟练地一套点燃 QRE（连招）直接把发条带走，手速比解说的嘴都快。

“等会儿，”解说甲一脸震惊，道，“Savior 回城之前把小兵清完了，这个地方根本没有视野啊？ Soft 怎么会知道他在这里？而且是看都没看，一个自信的 W 技能直接踩在了 Savior 脸上。”

这一幕也被因为下路打不起架而摸鱼观战队友的小白看在眼里：“牛，你怎么知道 Savior 在那里？”

简茸言简意赅：“队长给我看过视频。”

没有谁的成功是随随便便就能得到的，路柏沅的平板电脑里有很多比赛视频，平时队员们在看综艺下饭时，路柏沅看的永远是录像。

小白一愣，道：“哥，你这是单独开小灶啊！”

“没开。”路柏沅简单解释，“我看 PUD 视频的时候他在旁边，我顺便跟他提了一句。”

小白皱眉道：“什么时候的事啊，我当时不在？”

简茸道：“关你什么事？来中路给我插个眼。”

小白愣住了，说：“这是你求人办事的态度吗？”

“你不插真眼我怎么去下路 gank ？”简茸问，“不用去了？”

“来了，哥，我给您插两个，一个真眼一个假眼，Savior 但凡有点别的想法你就直接在野区给我摁死他！”

简茸很快就去了一次下路，帮队友把对面的闪现治疗全逼出来后才走。

不过对于 PUD 这种塔下挂机的下路组合来说，没有召唤师技能并不是很重要。

第二十分钟，路柏沅野区单杀驼驼，至此，场上只爆发了两个人头。

解说甲说："嗞，怎么说……虽然TTC现在是优势，但就这点经济领先在团战中其实作用一般，毕竟别人走团战控制流，只要一个队友被对面控制到，那基本也就凉了。"

解说乙说："没错，我能看到TTC的队员们正在试图找机会，现在就看一会儿小龙团战两个战队会怎么处理。"

解说乙刚说完不久，两队的第一波团战终于打响。

两队分别在小龙坑一上一下拉扯牵制，突然，敌方AD寒冰从下方猛地朝Pine射出大招冰箭。

这一箭如果能晕住Pine，那98K会立刻开大招冲进人群撞散队形并找机会秒掉Pine。

可惜，"哐"的一声，旁边正在找时机的小白操控着他的布隆跳到Pine身上，并举起了自己的盾牌，帮Pine挡下这一波控制。

解说们还没来得及夸奖，就听见一道女音播报——简茸击杀掉了对面的寒冰。

"什么东西？"解说甲抓着自己的耳麦，说，"寒冰的站位——他可是站在PUD阵型中间啊！Soft怎么进去杀人的？"

PUD的团战伤害本来就有些欠缺，AD死后果断不再停留，四个人齐齐往后撤。

却见袁谦的船长一挥手，他的大招子弹砰砰砸在PUD选手的脸上，给他们造成伤害并大幅减速。路柏沅操控着千珏紧跟而上，用致残技能彻底扼杀Savior想逃跑的那颗心。

这一波团战，PUD被追死了三个人，而TTC毫发未伤，甚至回到案发地点吃了一条小龙。

方才一切发生得太快，团战结束后，导播立刻给了击杀回放，大家终于看清简茸是怎么秒掉敌方 AD 的了。

他一个人绕到了 PUD 左侧的坡上，然后往下插了一个眼。PUD 辅助甚至都还没反应过来这眼是从哪儿来的，简茸就已经看清对面的阵型，并在下一秒毫不犹豫地点爆裂果实，把自己炸到坡下，再位移冲到寒冰面前，漂亮单杀后直接闪现逃走……

三位解说员默契地沉默了两秒。

前不久还在问“这手乐芙兰真的合适吗”的解说乙说了一句：“Soft 的乐芙兰，永远的神。”

PUD 彻底陷入劣势。

阵容原因导致对线没打过，现在连团战都赢不了，PUD 就只剩最后一条路走——拖后期，全神装，找机会。

PUD 到底还有功底在，TTC 不论怎么打都没法团灭他们，Savior 的发条永远都挺立在塔下，兵线清得特别快，再加上他们的阵容原本就是多控制……这导致 TTC 虽然是优势，但始终推不掉中路的高地塔。

接连清掉 PUD 上下路二塔后，TTC 队员回家补给，只剩下路柏沅在独自吃 PUD 家里的野怪。

这时候，PUD 这边有了一个惊人的举措——他们五个人齐齐朝大龙摸了过去。

解说甲说：“PUD 要偷大龙！”

解说乙愣住了，说：“是的，哎，我觉得……我觉得这波有机会啊！小白刚点的视野已经全部灭掉了，没来得及补，现在 TTC 除了路神以外都回家了——”

解说丙说：“动龙了！”

已经是中后期，PUD 打龙速度不算慢。

解说员和观众们屏息看着 PUD 五名成员在打龙，而 TTC 的队员们才刚刚从家里出来。

大龙血量不断往下掉，百分之七十血量、百分之五十血量、百分之三十……

就在解说甲那句“成了”就要冲出口时，正在回城的路柏沅突然取消了回城动作，然后转身往大龙坑走去。

千珏的占卜之球照亮大龙区，PUD 偷龙被发现了，但是大龙血量太低，根本坚持不到 TTC 其余队员到达。

占卜之球很快被 PUD 的人打掉，大龙区域再次熄灭。

解说甲说：“这……路神难道是想抢大龙吗？”

解说乙说：“怎么抢？没有视野，不清楚大龙血量，跳早或跳晚都是死。”

话音刚落，路柏沅点击爆裂果实，冲下龙坑，只听见一声“嗷”的巨龙咆哮——

TTC · Road 抢到了纳什男爵！

大龙咆哮后的下一秒，全场尖叫！

直播间的弹幕数量激增，直接卡到线路爆炸。

解说员的声音接近嘶哑：“路神牛！”

TTC 的队伍语音同样炸裂。

路柏沅的大招为他拖到了时间，队友们尖叫着赶到现场，PUD 因为打龙状态本来就不好，这下就等于被瓮中捉鳖，关门打狗。

一波大龙打开了局面，PUD 被残忍团灭，TTC 的五个人冲向 PUD 的基地水晶。

在 PUD 水晶爆炸的那一刹那，不知道是谁先用力捶了键盘一下。

尖叫声此起彼伏。

袁谦的脑子“嗡”的一声，他一把扯掉自己的耳机，转头想去拥抱小白。

小白死死抱着 Pine 的脖子：“P 宝啊！”

袁谦吸吸鼻子，又满腔激动地回头想抱刚为他们抢下大龙的队长。

简茸把路柏沅抱得很紧。

简茸只觉得自己浑身的血液都在沸腾叫嚣，把路柏沅的衣服都攥出了皱痕。

战队的工作人员激动地冲上台，无数道熟悉的声音在身后响起，外面“砰”的一声响，金色的雨洒满赛场。

简茸一开始觉得只是春季赛，分量不算重，就算夺冠也没什么大不了。

但此时此刻，他激动得说不出话来。

也不知道过了多久，他才对路柏沅说：“我们赢了。”声音有些抖。

他被人反抱住。

“嗯。”路柏沅说，“我们的第一个冠军。”

袁谦吸吸鼻子，在旁边等队友的拥抱。

他左看右看，两边都没松开的意思。他在房间里无措地踱步一会儿，刚冒出“是不是抱太久了啊”的想法，就被从台下冲上来的丁哥抱住了。

比赛结束后，镜头永远属于胜者，这一幕被摄像机全方位捕捉了。

直播间弹幕短暂地刷了一会儿“TTC 牛”，然后就被这一幕带歪了——

“Savior 哭了，好可怜啊！别哭，PUD，我们明年再来！然后恭喜TTC！”

“Soft 真的要去 H 国埋 Rish 了。”

“抱了好久了，差不多得了。”

“干吗呢？小白你想勒死 Pine 吗？”

最后是丁哥拍了拍他们的肩让他们去捧杯。

简茸的脸蛋因为激动而涨红，眼睛发亮，在去舞台中央的途中舔了好几次嘴唇。

他们五人围着奖杯而立，在席下无数尖叫呐喊和主持人的声音中一起捧起奖杯。

后来怎么下台的，怎么跟其他队友拥抱，怎么把外设塞进包里……简茸的印象都不深了。他觉得自己有那么一段时间是飘着的，直到他坐到赛后的采访席上，才被面前的闪光灯拽回神。

他们五人并排坐着，像世界杯的赛后记者招待会那样隆重。

“今年春季赛阵仗怎么这么大？”袁谦惊讶道，“这是去年S赛才有的牌面啊。”

“别问，问就是LPL一年比一年有商业价值。”丁哥朝记者们微笑，低声道，“行了，马上开始了。”

虽然阵仗大，但问题来来去去也就那么几个，大多是比赛方面的问题，偶尔掺杂几个私人问题。

TTC的队员大都是老油条了，连Pine都已经打过两次S赛，回答问题游刃有余，再加上本质是一群宅男，跟记者面对面聊天远没有对着电脑开直播那么自在，所以大家话都比较少，包括小白，也是中规中矩答了问题就结束了。

到了路柏沅这儿，记者问：“你身为前辈，觉得PUD那名新打野驼驼的表现怎么样？”

路柏沅言简意赅：“不错。”

“比起你的老对手XIU呢？”

“差点。”路柏沅道，“不过如果他再天天发消息烦我不干正事，可能过不了多久就会被新人顶替吧。”

记者没忍住，扑哧笑了一声，又被她憋回来：“好……那最后一个问题，粉丝其实都对你的恋情非常感兴趣，趁着今天高兴，你是不是能给大家透露一点儿？”

路柏沅挑了一下眉。

丁哥强颜欢笑道：“希望大家可以多问一点儿关于比赛的问题。”

轮到简茸接受采访，他两只手随意交握搭在小腹前，按丁哥之前教的说，没什么错漏。

到了最后，记者问：“你和队友们即将代表LPL征战今年的季中赛，也是你第一次参加大型国际赛事，会觉得紧张吗？”

简茸说：“不会。”

“你有没有比较惧怕的战队或者选手呢？比如 HT 战队目前被称为世界第一中单的 Master。”

“没有。虽然我不知道这个世界第一中单是谁评的……”简茸打断她，看向镜头的目光很镇定，“但那个人很快就会改变自己的看法。”

流程复杂，比赛结束的一个半小时后，TTC 才得以坐上回酒店的车。

虽然打了四场比赛，今天起得也还算早，但夺了冠后没人觉得累，亢奋得恨不得车子掉头回场馆再来一场。

庆功宴的地点是某家大酒店的包厢，富哥在半决赛结束那天就订了。按照他当时的话来说，今晚要是赢了，是夺冠庆功宴；输了，就是亚军庆功宴。

大家回酒店洗了个澡，就出发去了饭店。

为了不犯食困，除了有低血糖历史的简茸吃了几块面包，其余人今天都没怎么吃，所以一上菜大家便辣椒拌酒埋头狂吃。

“你们说说这都是什么事，”袁谦举着自己的手机，被辣椒辣得脸蛋涨红，“热搜第一 TTC 夺冠，第二 Soft 和 Road 拥抱，第八 Bye 和 Pine 拥抱，第九袁谦没人抱……”

小白的重点一抓一个准：“我和 Pine 的热搜凭什么在我哥他们下面？”

路柏沅看向丁哥，说：“我们战队是微博热搜包年用户？”

“这就是 LPL 现在的热度。”丁哥喝一口白酒，已经有点微醺，“所以你们看看，看看我眼角的皱纹……有点良心吧，别一天天给我搞事。”

禁酒令暂时被取消，当晚的气氛太好，就连简茸都忍不住喝了两杯。

路柏沅刚想让他少喝点，小白就抢在路柏沅前头道：“你别喝了，上次喝成什么样自己心里没点数吗？今天你可是春季赛冠军，跟上次那样疯疯癫癫被扛出去多难看啊。”

自杀式反向劝酒，路柏沅算是见识到了。

聚餐结束之后，简茸虽然没醉，但也差不多了，连走路都摇摇晃晃眯着眼，看不清人。不过小白更夸张一点儿，他现在的情况就跟夺冠那一刻一样，从出饭店到回酒店，都拽着 Pine 的脖子不放。

这也就算了，他嘴里还念念叨叨："我从小学就喝着啤酒打训练，我的酒量顶呱呱……我怕过谁！上次是谁喝两杯白的就尿遁去了？有本事再碰两杯。"

简茸靠在路柏沅身上，眼睛一眯："来啊。"

然后小白就真的一路跟到了他们的房间。

小白醉了不清醒，动作大，Pine 怕伤着他，只能跟在他身后扶着。

简茸本来就睡眠不够，酒劲上来后头痛欲裂，被路柏沅放上床后就直接闭了眼，迷迷糊糊中感觉有人笨手笨脚地帮他擦了脸和手。

丁哥订的早上十一点回去的机票，所有人翌日九点就被丁哥的电话叫醒了。

简茸觉得自己眼皮上挂着秤砣，连刷牙都闭着眼。

刷完牙之后，他又原地睡了几秒，直到被牙膏沫辣得受不了了才弯腰漱口。

他一抬头，就看到路柏沅倚在旁边站着，满脸好笑地看着自己。

简茸拿着刚洗干净的牙刷，说："我马上好。"

"嗯，我去收拾行李。"

简茸下楼把房卡交给工作人员退房，跟着路柏沅上了队车，一上车就看到小白满脸憔悴地靠在椅子上。

拼酒的人第二天都没什么好下场。

车子往机场开，简茸没了睡意，撑着眼皮盯着窗外看风景。

"一会儿到了机场，口罩什么的都戴上。"丁哥打破沉默，"有几家媒体约了我，都是官方性质的推不掉，不过我给你们挪到下星期了，这几天你们好好休息好好玩……当然，也别玩太过火。”

袁谦回应：“知道了。”

丁哥回头看了一眼，瞧见一脸精神的小白，他讶异地挑了下眉，说：“你的头还疼不疼？”

小白强辩：“不疼，昨晚我也没喝多少。”

“得了吧，都喝成死猪了，还非要闹着跟简茸他们睡一间房，”丁哥道，“也就 Pine 管你。”

小白：“……”

一瓶酸奶被递过来，是他平时最喜欢喝的牌子。

小白转过头说：“哪儿来的？”

Pine 没看他，只是道：“上车之前我去便利店买的。”

小白盯着 Pine 的下颚线看了几秒，低头咬上吸管喝了一口。

Pine 说：“拿着。”

“不。”小白咽下酸奶，说，“早餐我吃得有点撑。”

丁哥忽然想起什么，又扭过头说：“虽然我问这话有点多余……小路，明天你生日还是不开直播吗？”

简茸原本支着下巴在看窗外的景色，闻言脑袋一抬，然后怔怔地转过头。

路柏沅正靠在椅子上补眠，眼都没睁，说：“不开。”

丁哥咕哝了一句“知道了”。

丁哥刚收回视线，路柏沅的衣服就被拽了一下。

简茸再三确定明天的日期后，怔怔道：“明天四月二十九号。”

路柏沅说：“嗯？”

简茸一脸茫然，道：“你的生日不是五月八号吗？”

路柏沅挑了一下眉，说：“你哪儿听来的？”

“网上。”

路柏沅点点头，然后道：“错的。”

简茸：“……”

路柏沅生日从来不开直播，简茸以前也不会去关注什么生日周边的活动，所以他要想知道路柏沅的生日，唯一能想到的途径就是上网查资料。

没想到还是错的。

简茸的计划完全被打乱，昨天在一亿多人观看的采访中满脸淡定的人此时显得有些惊慌失措。

路柏沅看到简茸的表情，伸手拍了拍他的脑袋，忍住笑安慰道：“我不过那些。”

路柏沅的确不过生日，只是丁哥每年都会买一个蛋糕回来，在没训练赛的生日里，路柏沅也会请大家出去下个馆子。

可简茸没有被安慰到，自知道明天就是路柏沅的生日后，他就一直低着脑袋在玩手机，微信消息嗡嗡直振，直到上了飞机，语音广播让乘客关手机，他才舍得把手机调到飞行模式揣兜里。

大家都没休息好，在飞机上睡了一觉，回到基地继续睡。

路柏沅没什么睡意，他简单收拾了一下行李，换了身常服后就去敲简茸的房门。

路柏沅敲了两下没人应，还以为他睡了。

“小茸出去啦。”阿姨正打算去阳台晾衣服，看见这一幕，出声提醒。

路柏沅挑眉道：“什么时候？”

“他一回来就出去了，我让他把衣服换下来给我洗，他还不肯，”阿姨笑了笑，说，“说和朋友约好了，赶时间。”

路柏沅点点头，道：“好，我知道了。”

刚打完一场大比赛，休息日就这么两天，换谁都不乐意再碰电脑。

路柏沅随手给简茸发了一条消息，然后从客厅抽屉里翻出都快起灰的

Switch，连上电视，打起了单机游戏。

一直到其他队友都睡醒，精神抖擞地在沙发上玩手游唠嗑，路柏沅才收到回复。

R：“你去哪儿了？”

艹耳：“我找个朋友。”

艹耳：“之前手机没电了。”

“队长……队长？”

路柏沅刚打出两个字，就被袁谦打断，他抬起头说：“嗯。”

“我们今晚要出去玩，吃顿饭，然后去酒吧，你一块儿吗？”袁谦笑嘻嘻地说，“跟我女朋友，她带几个她的小姐妹，我还约了大牛哥他们……你要不一起来？”

袁谦继续道：“对了，要不要叫上简茸啊？他的年纪会不会太小？说到这儿，他怎么还没回来？”

小白说：“他还小？”

袁谦说：“我打个电话问问他。”

Pine 打断他：“不用问了。”

他举起自己的手机晃了一下，上面是一条刚刷出来的微博：“他在 N 市。”

路柏沅回了简茸一句“好”，然后才去找 Pine 说的那条微博。

他们都没关注石榴，但简茸刚给那条微博点过赞，所以这微博也出现在了他们的首页。

星空 TV 石榴：Soft 厉害！感谢冠军请我吃甜点。

微博的定位居然在 N 市。

照片中，路柏沅等了一下午的人就坐在石榴对面，他身上甚至还穿着队服，戴着路柏沅的周边帽子。餐桌上甜品琳琅满目，一个蛋糕上有爱心有星星，看着都甜腻。

微博下面有两百多条评论，前排几条石榴都有回复。

“我怀念你俩之前一起双排的日子，那段时间我每天看直播都觉得好开心啊。”

星空 TV 石榴回复：我也特别怀念，哈哈。

“什么时候我才能看到你们一起玩游戏？”

星空 TV 石榴回复：我刚问了小茸，他说回去一有空就安排上！

“我还以为 Soft 打职业赛后就不跟你联系了。”

星空 TV 石榴回复：怎么可能！我俩经常聊天的，别乱说啊。

……

“他刚打完总决赛回来，一下飞机觉不睡队服也不换，直接跑到 N 市去了？”袁谦一脸惊讶，开玩笑道，“那他们俩的关系够铁啊。”

路柏沅放下手机，靠在沙发上，拿起手柄继续玩游戏。

袁谦说：“那队长……”

“我不去了。”路柏沅道，“你们玩吧。”

众人离开后，基地只剩下路柏沅。

路柏沅又做了两个任务，就觉得没意思，把电视关了。手机上有很多条推送，都是关于他们战队的新闻，路柏沅在回房间的途中随意看了两眼，进屋后直接摁灭屏幕丢到了床上。

他从抽屉里找出平板电脑，继续播放之前没看完的比赛直播回放。

石榴之前说得没错，他确实在简茸初期直播的时候帮了很多忙。简茸的直播回放中隔几个视频就有和石榴双排的片段，石榴还在直播里帮简茸打广告，简茸当时性格比现在要内敛一点儿，会揉揉鼻子，然后对石榴说“谢谢”。

路柏沅沉默地看着，偶尔听到他们因为一场团灭激动尖叫，简茸的眉毛会很轻地皱一下，很快又恢复原样。

直到平板电脑跳出低电量提示，路柏沅才从这些视频中回过神，抬眼一看，时间已经接近十二点。

他的手机不知什么时候碰到了静音，上面有很多消息，路柏沅全部看了一遍，没有简茸的。

他很重地吐出一口气，把平板电脑接上充电器充电。

然后他听到了敲门声，很轻，而且就两声，像怕自己在睡觉，之后就不敲了，但他看见门缝下的黑影，人也没走。

路柏沅想起前两分钟才在微信群里发蹦迪视频的小白，扔开手机下床去开门。

简茸穿着队服站在门外，帽子被他摘了拎手里，头发几乎被压了一天，乱得像刚跟庄亦白打了一架。

简茸见到他，眼睛一亮。

“我以为你睡了。”

“差不多。”路柏沅看了眼他的头发，说，“你怎么回来的？高铁不是没班次吗？”

“坐车，我去的时候也没高铁，五一放假人有点多。”简茸顿了一下，说，“你怎么知道我去外地了？”

过了几秒，他又问：“你怎么知道没高铁？”

因为路柏沅原本打算去N市找人，然后发现五一假期连个二等座都没有了。

“我看到石榴的微博了。”路柏沅只答了一个问题，“你去N市做什么了？”

简茸猛地想起要紧事，他看了一眼手机，十二点过了几分钟。

简茸把自己手上的袋子递了过去。

路柏沅光顾着看他头发了，才发现他手上还拿着几样东西。

包装袋上面是某个奢侈品牌子的图案，路柏沅接过来，说：“你就为了买这个？”

“算是吧，石榴前几天去国外玩，我让他帮我买的。”简茸解释，“本来我想着他过几天来S市顺便帮我带过来……但我弄错日子了。”

所以他一回基地就立刻出了门，买不到高铁票，只能坐车来回，到了那儿后还匆匆请石榴喝了下午茶算是感谢。

路柏沅的喉结滚了滚，说：“你怎么不告诉我，我开车送你去。”

简茸笑了一下，说：“送礼物之前不都要保密吗？”

路柏沅低低“嗯”了一声，说：“开车过去要多久？”

“三个多小时吧。”简茸说，“司机说本来用不了这么久，但五一假期，高速上车挺多的。”

昨天简茸刚在压力中打完四场比赛，还跟小白喝了一场赌气酒，今早困得刷牙都睁不开眼，然后坐来回近七个小时的车去拿买好的礼物……

路柏沅不露痕迹地做了个深呼吸，一动不动地看着简茸。

没错过路柏沅的生日，简茸一口气松下来，整个人放松了很多。

他倚在门框边，道：“你打开看看喜不喜欢，我……没怎么给人送过礼物。”

路柏沅问：“你没给石榴送过礼物？”

不知道他怎么突然提石榴，简茸愣了一下，说：“送过，直播间的礼物算吗？”

路柏沅笑了一下，没打开袋子：“如果我说不喜欢，你怎么办？”

简茸脸色顿垮，伸出手说：“那就还我……”

路柏沅好笑地往后一躲，拆开礼盒，里头是一条皮带。

路柏沅问：“多少钱买的？”

简茸声音沙哑：“几万。”

“这么舍得。”

“本来我想买更贵的，”简茸做了一个吞咽动作，“比赛没打完，我没奖金，以前的存款又存了定期，没钱了。”

路柏沅摩挲着手里的皮带，扬起唇道：“我很喜欢。”

简茸听见这句话，松了一口气，奔波了一天的疲倦也彻底消失了：“你喜欢就好。那我回去洗澡了，你早点休息。”

简茸第二天是被基地门铃声吵醒的。

他又等了一会儿，确定没人下楼开门之后，满脸烦躁地随便套上一件衣服，顶着一头乱发下楼开门。

门外的女人穿着得体大方，拎着一个品牌袋子和几个保温桶，见到他笑得很温柔。

她道：“小茸你好，还记得我吧？我是柏沅妈妈。我打扰到你休息了吗？”

简茸：“……阿姨好。”

简茸脑子一团乱，半晌才摇头，伸手帮忙接过女人手中的袋子，说：“没打扰，我醒着的……您请进。”

“谢谢。”路妈看他头发凌乱，满脸疲惫，笑了笑没拆穿他，“柏沅这孩子真是的，我给他打了几个电话都没接。”

简茸出来的时候看了一眼，路柏沅的房门开着，房间空无一人：“他不在，可能出门了。”

路妈点点头，随着他朝里面走：“我一大早就让阿姨煲了补汤，你们这段时间辛苦了，一会儿你多喝点。”

简茸把保温桶放到厨房，然后给路妈倒了一杯水。

他原本就不擅长跟长辈交流，现在更是不知道说什么。

路妈问：“你们刚赢了比赛，战队没有安排什么庆功活动吗？”

现在随便抓一个直播间水友或者队友站到边上，都会被简茸这副小学生上课回答问题的模样惊到。

他说："安排了，前天吃了庆功宴，昨晚也出去玩了一趟。"

路妈点头，平时很端庄大方的人此刻也忍不住拐弯抹角地打听："柏沅的女朋友也跟你们一块儿去了吗？"

简茸一怔，道："什么？"

"你别怕，他跟我说了的，他有对象的事。"路妈微笑道，"你应该也见过吧？"

简茸："……"

简茸一时有些茫然无措，不知道该怎么帮路柏沅圆这件事。

"啊，你不想说也没关系，我一会儿再问他就好了。"路妈见他一脸为难，忙道，"你饿了吗？刚睡醒什么也没吃吧？要不现在去喝两口汤垫一垫胃。"

简茸回过神，说："不用，我……"

"嘀"的一声，基地大门被人推开。

路柏沅穿着运动服，戴着口罩帽子从门外回来，浑身汗涔涔的，手里还拿着一个黑色小塑料袋。

路柏沅见到自己的母亲，挑了下眉，说："妈，你怎么过来了？不提前说一声。"

"你还说呢，我给你发了消息，你没回我。"路妈道，"你去哪儿了？一身汗。"

路柏沅摘了口罩走过来："晨跑，我忘了带手机。"

"在这儿。"简茸站起身，拿出手机放进路柏沅的口袋，然后道，"那我先上楼。"

"等等。"路柏沅把黑色塑料袋递给他，"早餐，你拿上去吃。"

路妈这才发现什么："柏沅，你这帽子印的还是小茸的名字呢。"

她又笑着说："是吧？我那天看比赛，小茸好像是这个名字。"

"嗯，这是他的周边。"路柏沅若无其事地继续说，"够吃吗？不够我再给你订一份。”

“够了！”简茸飞快截断他，用在赛场上五杀的手速把袋子系了一个死结，“阿姨，我上去了，你们慢慢聊。”

第六章

Road 生日直播

Take the Crown

简茸上了楼，路妈收回视线道：“你也真是的，一大早手机不在身边，我吵着他睡觉了。”

“没事，他脾气好。”路柏沅又问，“你怎么过来了？”

“我给你送礼物，还有汤。汤炖了很久，喝了特别补，我带了很多，一会儿等你队友醒了让他们也喝点，尤其是小茸，我看他还是瘦。”

路柏沅点头说：“他现在胖点了，只是穿衣服看不出来。”

路妈道：“反正男生还是要壮点好。”

阿姨今天放假，丁哥怕这群冠军宿醉头疼没饭吃，骂骂咧咧地打包了他们平时最喜欢吃的馆子的菜回了基地。

他一进基地就闻到了烟草味，于是他循着味道一直找到阳台，隐约看见路柏沅半边身子。

丁哥连吃的都顾不上放，熟稔地打开付款码冲过去：“你刚拿了冠军就飘了是吗？你现在抽烟连阳台门都不关，一点儿不遮掩，是不是有点不尊重我？”

丁哥走近看到路柏沅身边的女人，剩下的话全咽回肚子里。

在他心目中一直是贵妇形象的路妈此时靠在墙边，嘴里咬着一支烟，一双美眸眯着看向远方，几秒之后才缓缓回头：“这儿不能抽烟吗？抱歉，他也没和我说。”

丁哥安静几秒，把手机丢进口袋，体贴地握上门把，说：“当然可以，您随便抽，不够我这儿还有。我把门关上，方便你们聊。”

两扇门合紧，阳台重新回归寂静。

实际上，在丁哥来之前，这对母子也没有聊太多的话。

路妈跟他对视许久，然后问他有没有烟，他上楼拿了一包下来，两人就来了阳台。

恍惚间，两人都觉得自己回到了几年前。路柏沅说自己要打电竞，而路妈当时连“电竞”是什么都不知道，用手机查了一下，第一条就是某个贴吧里的网络“人上人”言论：“只有不爱学习和懒惰宅男才会选择把游戏当作职业，为了显得专业，还说自己是打电竞的。”

看得路妈当场连抽两包烟。

路柏沅用手机发消息，问简茸吃早餐了吗。

简茸回了两个微笑的表情过来。

路柏沅笑着关掉手机，看身边的人还想点第三支烟，道：“您别抽了，一会儿又上瘾了。”

“嗯，最后一支。”路妈吐出一口烟圈，“你抽空还是常回家看一看，还有你的手……你爸知道你又进医院了，自己在客厅下了一晚上的棋，头发又白了不少。总之你自己心里要有点数。”

路柏沅在心里骂了那些乱拍照片夸大事实的媒体几句，道：“我知道了。”

她想起什么，柳眉轻皱：“对了，刚刚那个小男生……小茸成年了吗？”

“过了十八岁生日。”

路妈挑眉道：“打电竞是不是也太小了？”

“不小，正好。”路柏沅道，“我这年纪，在这行已经算是老顽童了。”

路妈：“……”

路柏沅拿起手机看了一眼消息，是丁哥在群里催他们吃饭：“您留下来吃午饭？”

“不吃了，你爸在家等我。”路妈摁灭烟，半晌才道，“我带来的汤，你给小茸多盛点，那孩子太瘦了。”

今天不训练，大家都懒得下楼，就在三楼的小客厅吃。

这个客厅比一楼的小得多，几个人往那儿一坐就差不多满了，面前墙上挂着幕布，看着还挺温馨的。

只是——

“哥，吃饭呢，你给我们放个‘HT 春季赛精彩击杀剪辑’是什么意思啊？”小白捧着碗，一脸疑惑。

“休息归休息，功课不能落下。”丁哥道，“知己知彼，百战百胜。”

小白：“……”

简茸捧着自己的鲍汁饭，心不在焉地看着幕布，吃了一口又装作不经意地转头，穿过栏杆往一楼看。

袁谦打了一个大大的哈欠，给女友发语音说自己醒了，抬头问：“小茸，你站着干吗？嫌窄？过来坐，我再给你腾点位置。”

“不用。”简茸收回目光，“我不坐。”

“别啊，我看这玩意儿本来就难受，你站我旁边我压力大，感觉你马上就要下拳头揍我，”小白出声道，“来，坐。”

简茸的拳头确实有点忍不住。

是他自己不想坐吗？

路柏沅拎着汤上楼时，大家吃得差不多了。

丁哥刚训完人，抬头问：“阿姨回去了？”

路柏沅看了眼在沙发旁“罚站”吃饭的简茸，很快收回目光：“嗯。”

丁哥点点头，说：“你来得正好，蛋糕我买回来了，现在切了吧，晚上你们一个个都不知道能不能从床上起来。”

对于电竞选手来说，休息等于睡觉。大家每天在电脑前坐着已经够累了，昨晚那一场狂欢也算是用尽了他们所有的精力。

更何况他们明天复训，下周就要去 H 国。

路柏沅看着生日蛋糕上的奖牌，漫不经心地问："又是全球总决赛的奖牌？"

"哪能啊，那个不是安排给简茸了吗？"丁哥微笑道，"这是今年的最佳选手奖牌。"

路柏沅说："哦。"

切了蛋糕喝了汤，其余人就回屋睡觉了，丁哥找简茸要了身份证去抓紧办签证的事，基地热闹不过一小时，又恢复令人安心的平静。

汤熬得入味，简茸一口气喝了三小碗，躺在沙发上时还忍不住打了个饱嗝。

他的手机没电了，正在充，现在正拿着路柏沅的手机在逛微博。

"撑了？"路柏沅在他旁边问。

简茸"嗯"一声，懒洋洋地说："你盛太多汤了。"

他本来没想喝那么多汤，谁知碗一空路柏沅就给他盛汤，不喝光又觉得浪费。

突然，简茸闻到一股淡淡的烟草味，鼻尖动了动，说："你抽烟了？"

路柏沅说："我妈抽的。"

简茸一愣，转头道："阿姨还抽烟？"

"以前她是一个烟棍，现在好点了。"

路柏沅因为身上的烟味决定洗个澡。

简茸也没什么兴致继续刷微博，于是他在得到路柏沅的同意后，打开了路柏沅的游戏本。

简茸担心趴着玩游戏影响操作，没开 H 服，而是上了自己的国服小号想"炸鱼"。

他刚上号没两秒，一个 ID 为“新赛季我一定加油”的人给他发送了组队邀请。

简茸不论大小号都不加陌生人，能进他好友列表的都是朋友。他想不出这 ID 是谁，干脆点了同意。

简茸刚进游戏房间，熟悉的声音就在耳机中响起：“我试着邀请一下吧，Soft 不一定愿意跟我一起，他喜欢单排。我？我也喜欢单排，但和 Soft 或者 XIU 哥排我也喜欢……啊，Soft 进来了。”

简茸看了眼日期：“你们战队拿了亚军不休息？”

Savior：“……”

Savior 因为网暴事件这次假期没打算回国，基地唯一愿意带他出去玩的哥哥此时还躺在床上没法动弹，所以他干脆开直播训练，混一混平台直播时长。

Savior 问：“你怎么不玩大号？”

“我躺着不好操作，炸两把鱼就睡觉了。”简茸懒声问，“你开不开？”

平时训练打多了，昨天一天没打游戏简茸总觉得不自在，所以他难得选了一次补位，想着玩两把辅助催眠一下，结果补位到了打野。

他进入游戏一看，跟他打对线的还是战虎的打野。

简茸玩得最烂的就是打野，打钻石局还能勉强应付，跟职业选手打就有些不够用了。

路柏沅洗澡出来时，正好看到他被对面中野二人在敌方蓝 buff 处围殴致死。

路柏沅看他臭着脸买装备，好笑地问：“这么敬业？”

“我睡不着就打两把。”简茸皱着眉，“这家伙联合队友抓我三次了，一定是故意的。”

路柏沅很轻地笑了一声，随口道：“我给你当代打。”

游戏里出现两道金光，刚赶到中路 gank 的简茸和 Savior 同时点了闪现技能。

对面中单吓得屁滚尿流，还以为自己周围来了十万个敌人，也跟着丢出闪现，然后在公屏发了个问号。

Savior 还处于“我听错了吗”“一定是的”“看来我的中文好像还是不够好”的茫然状态中，耳机里再次响起所有电竞玩家都非常熟悉的声音：“对了，我昨天帮你洗了衣服……”

声音戛然而止。

来 gank 的简茸站在中路久久未动，并在两秒之前退出了队伍语音。

Savior 像不小心戳破了家长秘密的小孩儿，慌乱无措地咬着自己的下唇，眼睁睁看着自己直播间的人数噌噌暴增。

一群如狼似虎的网友顶着“Soft 亲大爷”“Soft 缺德，夺冠不开直播”“Road 全网唯一网恋对象”“Road 未公开女朋友”等 ID 杀进来，弹幕多得 Savior 这个菜鸟无法招架。

两秒后，一个 Savior 为了感谢观众礼物而自动设定的语音播报响了起来，机械女声无情地念道：“感谢‘拒绝代打，衣服在哪儿，让我看看’的一个流星。”

简茸愣了，连屏幕上的游戏角色被敌方中野围殴致死都没有反应。

简茸做事总是冲动不计后果，就像当初他看到路柏沅努力带队友，Kan 则在努力送之后，直接肉身开团在直播里嘲讽 Kan 打假赛。

他能不知道这么说会挨粉丝骂吗？

但他不在意，你骂你的，我嘲讽我的。

唯独在路柏沅身边，简茸很难得地㞞了。

简茸看着在游戏里给自己打问号的队友，懊恼地想，好好躺着不好吗，非手贱去玩什么游戏。

路柏沅看到他慌乱关掉队伍语音，挑了下眉，说：“你在双排？”

“嗯。”简茸用力揉了下脸，半晌后才挤出后半句，“和 Savior……

他好像在直播。”

旁边没了声音。

简茸舔了舔唇，说：“我没来得及跟你说。”

后半截话被简茸咽了回去，他的后颈被路柏沅捏了两下：“弹挂机警告了。”

在《英雄联盟》里，长时间站着不动会有挂机警告，警告后还在挂机会被封号。

但简茸现在哪顾得上这些。他刚想说什么，就见路柏沅坐过来，催他：“进去，让个位置给我，我给你代打。”

简茸头脑混乱，往旁边移动。

简茸这局拿的是盲僧，还是钻石局，所以哪怕对面是战虎的打野且前期有一点点劣势，路柏沅上手操作后仍旧可以帮队友创造各种机会。

当路柏沅在关键团战抢下大龙并直奔敌方基地的时候，对面战虎的打野终于开始请求互动了——

[所有人]zhd：“路神，是你吗？”

[所有人]被单杀就别互动：“嗯。”

随着这个字打出，路柏沅推掉对面的基地，赢下了这局排位赛。

他问：“还玩吗？”

简茸说：“不玩了。”

路柏沅在对话框跟Savior简单说了一声，然后退掉了队伍。

路柏沅关掉电脑，转头看到简茸正拿着手机创建微博小号，挑眉道：“你创小号干什么？我有。”

简茸摇头道：“不用你的。”

这个小号是用来跟骂路柏沅的人吵架的。

简茸把自己的年龄填成二十八岁，免得吵架的时候被人攻击是小学生。

他其实还有一个小号，但那个小号在他和路柏沅的超话里点赞转发过，为了不被黑子抓小辫子，他决定重新创一个。

简茸创好号，带着跟黑子大战三天三夜的准备杀进 TTC 超话，谁知一条微博都还没看清，就被旁边的人带了过去。

路柏沅支着脑袋看着他，道："你现在的表情跟打总决赛的时候差不多。"

简茸不知道自己现在是什么表情，闻言下意识抿了一下嘴唇。

路柏沅问："你不想让人知道我们关系好？"

"不是。"简茸应得很快，他沉默两秒，抬手揉了一下脸，坦诚道，"我不想你被骂。"

"小朋友，我打了六年比赛，你觉得我还会怕被骂？"

现在电竞圈已经算很和谐了，在 LOL 比赛刚起步的时候，直播行业也才刚刚冒头，有些选手的直播间连房管都没有，直播时的弹幕简直惨不忍睹。比赛也上不了体育馆场地，选手和观众席就几步的距离，比赛没打好，摘了耳机就能听见现场观众的嘲讽和谩骂。

"好吧。"简茸眨了两下眼，想起身，路柏沅问："你去哪儿？"

简茸木着脸说："喝汤。"

路柏沅轻笑一声，说："不至于……你先把我这账结了。"

简茸一顿，道："什么账？"

"你说呢？"路柏沅好笑道，"实话说，我最穷的时候有人找我代打，一个分段三千我都没接，刚才头一回做生意，分给您上了 MVP 也拿了，你总不能赖了吧？"

简茸的嘴角抽了一下，沉默了很久，才道："一个分段三千？你好贵。"

晚上八点至十二点是网络流量最大的时间点。

两部手机在床头叮叮咚咚响了好久才有人理。

“TTC 猛男健身俱乐部”里，唰唰跳出几条消息，内容仿佛在打哑谜——

P 宝的小辅助：“。”

Pine：“？”

袁谦：“？”

袁谦：“你们看视频了吗？”

P 宝的小辅助：“现在我正在二十三刷。”

P 宝的小辅助：“可恶！这大好的流量居然便宜了 Savior！”

R：“庄亦白你闲的？”

等到布偶猫的头像跳出来，简茸才反应过来自己用的是路柏沅的手机。

他的风格太明显，蹦几个字都能被轻易认出。

P 宝的小辅助：“你还用我哥的手机？”

P 宝的小辅助：“尊重对方，不翻手机，你不知道吗？”

R：“你管我？”

Pine：“你的备注为什么还没改？”

袁谦：“……”

袁谦：“丁哥怎么不说话？”

Pine：“他早睡了，说今天要养生。”

P 宝的小辅助：“我和 P 宝已经过了那劲儿了。”

P 宝的小辅助：“现实往往比网络刺激得多。”

袁谦：“所以视频是啥情况？”

P 宝的小辅助：“这事很复杂，我私聊跟你说吧，谦哥。”

路柏沅用简茸的手机在玩斗地主，余光扫过去，正好看见简茸正咬牙切齿地在打字。

R：“你就在这里说。”

路柏沅忍住笑，觉得要不是简茸现在还没缓过劲儿来，能提把刀去小白身边看他打字。

P 宝的小辅助：“是你让我在这儿说的啊！”

简茸想砍人，奈何身体条件不允许，又实在想不到什么话能治他。

路柏沅看着简茸把手机砸进枕头里，好笑地问：“不聊了？”

简茸半边脸埋在枕头里，闷声说：“不聊，睡觉。”

翌日清晨，TTC 基地里传出一阵想隐忍却又实在忍不住的咆哮——

“七百三十三天，足足七百三十三天……七百三十三天里，我的手机没关过一次机。只有昨天，为了安排你们的签证我跑前跑后，累到回家把充电器插进手机壳里了没发现，关机了一天，就一天！”

“好家伙，睡醒一百三十三个未接来电，微博两千多条私信提醒，我这辈子收到的私信加起来都没两千条。我睁眼一看，牛，热心群众举报我方打野给人代打。”

“我当时就笑了，谁雇得起我方打野去代打？再说了，我寻思这种是要吃禁赛的事儿没哪个傻子会干，我没想到……没想到……”

路柏沅摇头，嗓音里带着刚睡醒的倦意：“那不会，违规的事儿我从来不做。”

简茸：“……”

丁哥：“……”

眼见丁哥快要站不住了，小白赶紧出声安慰：“哥，你挺住，你还要给简茸跑签证呢。”

丁哥：“……”

丁哥更想砍人了。

“哥，你冷静点，”袁谦咬着苹果开口，“其实这事也没那么严重。”

客厅陷入一阵短暂的沉默。

“真没那么严重，”袁谦道，“你想啊，就两句话而已，说明得了什么？

小白以前更过分，也没见出什么事。”

丁哥皱眉道：“能一样吗？小白什么德行网友们都有数，就算哪天他流出小视频，那群网友估计都觉得是演戏。”

“关我什么事儿？”小白立刻表示不满。

Pine看了一眼手里刚撕开的酸奶，自己仰头一口喝了。

“可是……我答应了金主，今天让小路开直播。”丁哥戴上痛苦面具，“他都一个多月没开直播了,我寻思今天中午正好有两小时自由训练时间，直播也不耽误事儿……”

路柏沅道：“那就播。”

所有人都一愣。

小白立刻劝道：“不是……哥，就今天这日子，就是给你那儿安五十个房管都不一定管用啊。”

路柏沅挑眉道：“我有选择的余地？”

这就是问题所在了。

“没有。”丁哥笑中带泪，“星空TV官博昨天就把宣传发出去了，还搞了个置顶，星空TV最大的宣传位也给你挂了一天。”

所以路柏沅还是得直播。

但丁哥不死心，在经过一番深思熟虑之后，他启用了大招，雇了一群弹幕水军。

堂堂LPL第一明星选手，开直播还要找水军，这找谁说理去。

路柏沅嫌热，开播前去换了一件短袖，进休息室正好看到心不在焉打游戏的简茸漏了个大炮车。

“别压线了，对面打野马上来了。”简茸的头发被路柏沅揉了一下，路柏沅的声音落下来，“你一会儿真不跟我双排？”

简茸“哦”了一声，乖乖操控英雄往塔下走，无情拒绝：“不了……丁哥让我们今天别双排，他也挺不容易的。”

说是这么说，但在路柏沅开播的前一分钟，简茸还是去路柏沅直播间蹲着了。

当然，他开的小号。

简茸刚进直播间就从弹幕里找到了丁哥雇的水军：

“好期待路神的直播啊！”

“期待，我等好久了。”

“快点吧，我已经望眼欲穿了。”

“我觉得这个直播很不错。”

简茸：“……”

好歹也是 LPL 第一豪门战队，就不能找专业一点儿的水军吗？

简茸正在心里吐槽，下一秒，直播开启，路柏沅的电脑桌面出现在视频当中。

同一时刻，直播间的弹幕犹如火山喷发，字一个一个重叠在一起，形成了极其震撼的弹幕效果——

“今天的衣服洗了吗？”

“今天的衣服洗了吗？”

“我觉得这个直播很不错。”

“今天的衣服洗了吗？”

“今天的衣服洗了吗？”

“今天的衣服洗了吗？”

简茸这会儿正在打团战，因为一个走位失误吃了对面的控制，没两秒屏幕就暗了。

他深吸一口气，在屏幕上打字：我的。

队里的辅助立刻回复：没没没，我的，我刚去路神直播间发弹幕了，没来得及给你丢坩埚（辅助装备，解除控制）。

简茸：“……”

因为是中后期，死亡时间几十秒，简茸盯着那些成千上万连着刷了快一分钟的相同弹幕，终于忍不住拿出手机也发了条弹幕：

游客849248：期待，路神能快点开游戏吗？

他刚发出去的弹幕马上就淹没在茫茫弹幕海中。

简茸磨牙，又打字——

游客849248：能不能发点有"营养"的弹幕？你们这样让我们这些想好好看直播的看什么？

这回有个人理他了，还是通过直播间私聊回复的消息。

Soft亲大爷悄悄对你说：你别管我们发什么弹幕，也别管路神播什么内容，爱看看，不看滚。

简茸："？"

简茸点开这水友头像想封人，没找到选项，才想起这不是他的直播间，他开的也不是有路柏沅直播间房管权限的大号。

他在心里告诫自己不能上大号，不能破防，手上给路柏沅发了一条微信消息。

艹耳："直播间可以开全屏禁言，右键评论区，最底下的选项，还能在后台设置禁言时间。"

艹耳："你要是觉得烦，就直接把他们封了。"

路柏沅也没想到这群人这么能刷弹幕，他拿起手机看了一眼消息，回了个"好"，然后放下手机道："你们再刷，今天直播间就得全屏禁言了。"

玩弹幕的以为路柏沅是怕被封直播间，果然消停了一点儿。

"怎么连洗衣服都不能说了？这是直播间违规词？谁设定的？那人难道不洗衣服吗？"

"求求了，开一下视频吧！"

"路神还会开全屏禁言？怎么我印象中路神连封人的事都没干过。"

路柏沅道："我刚学会。"

"是哪个房管教坏路神的？"

"你想多了吧，房管跟路神说不上话的。"

"就那个啊，我可不敢细说，你自己意会吧，我只能提醒你两点，短发，染发。"

"不会自己洗衣服的那个。"

路柏沅听见身后传来一道水杯重重撞击电脑桌的声音，忍笑道："今天打国服吧。"

游戏更新完毕，路柏沅刚登录服务器，丁哥就发消息来让他开视频，毕竟是战队夺冠后队员第一次开直播，平台下了血本宣传的，不开视频说不过去。

路柏沅倒无所谓，他的鼠标移到视频软件的图标上，刚要按下，又突然把鼠标挪开。

路柏沅回过头，喊了一声："简神。"

刚进入新一局游戏的简茸没能看到路柏沅这一操作，这称呼让他过了两秒才反应过来："干什么？"

"丁哥让我开视频，"路柏沅语气如常，"我不太会，你帮我弄弄？"

游戏还在选英雄界面，退出没什么影响，只会扣退出者三分。

简茸想也不想就把这局游戏退了，起身去帮路柏沅调视频。

简茸走到电脑前时，看到路柏沅弹幕满屏都是问号。

他没多想，帮路柏沅打开视频软件，两人同时出现在视频界面里。

围观群众顿时疯了——

"好好好！恭喜！"

"你五杀不开直播，夺冠也不开直播，什么意思？休息两天播不动？"

"宝贝，我给你微博发了一条私信，是我精心计算并挑出来的好物，垫上那个你和 Road 能差不多高。"

字字戳心。

简茸还是破防了。

“调好了。”简茸像傻瓜似的拎着自己的衣领，站直身体问，“我能进你直播间挂着吗？”

路柏沅挑眉道：“随你。”

简茸回到自己座位上，毫不避讳地用大号登进路柏沅的直播间。

“你有空来挂直播间没空开直播？你就算开着不说话也好啊。”

“我怎么有种不太好的预感？”

“Soft，你会变成今天这样都是我的错，平时我没空顾你，我刚刚把洗衣服教程发在你微博了，你有空多看看，以后就别麻烦路神了。”

“他有房管权限！开号进来封人的！我的大号又没了！”

“我就知道他没安什么好心！”

“大家快逃！”

路柏沅看着杀疯了的简茸，动动鼠标把他的直播号升成了高级房管。

高级房管其实也就比普通房管多了一个能改直播间名字的权限，操作比较麻烦，得切换到后台才能设置，一个直播间只能有一个。

路柏沅的意思很明显，就是让他随意封。

简茸虽然封得多，但封的大都是名字里挂着“Soft”ID的号，或者是有简茸直播间牌子的号。

简茸是老权限了，封踢对他和他的水友而言就是一种互动方式，水友们早已习惯，没因为这事闹出什么别的纷争，路柏沅直播间弹幕的风格逐渐正常。

路柏沅进入单排队列，等待期间饶有兴致地看简茸封人，偶尔也回答几个水友问题。

“什么时候去H国……签证没问题的话，应该是下周。”

“跟XIU绝交了没？暂时没有，他昨天想找我代购东西，我没理他。”

“是不是真代打了？”路柏沅念完这个问题，懒洋洋地笑一声，“他不方便玩，我帮着打一局，也没收钱……不算代打吧？”

“昨天生日收到什么礼物？这也要问？”

“叮”的一声，简茸不小心吃掉了 AD 的一个大炮车。

这位 H 服 AD 玩家立刻定在原地，在简茸的游戏人物身上打了无数个问号。

路柏沅道：“皮带。”

“叮”，简茸又不小心吃掉了 AD 刚准备吃的小兵。

简茸最近整 H 服“演员”的事迹在高分段太出名，AD 以为他是在故意针对自己，直接闪现治疗技能全交，送人头回基地挂机了，然后在泉水边愤怒开麦，骂 LPL 和 Soft。

好巧不巧，这局上中辅全是我国玩家。

上路：Soft“演”你了？没事，这局怎么安排他，你直说。

中路则跟对方激情对骂。

简茸：“……”

丁哥此时正在办公室拟定去 H 国要带的工作人员，突然接到了副经理的电话，说他们中野行为极其嚣张。

丁哥闭了闭眼，语气轻缓：“你别管了，我早把直播关了。”

你们爱咋咋的，我反正也不想活了。

今天有训练赛，所以路柏沅的直播没到三小时就关了。

但这不影响他这场直播回放被无数人下载，并经过剪辑、合成，把他和简茸的对话，以及他回答的问题全剪到了一起，然后上传分享给互联网上的兄弟姐妹们，不多时就被顶上了热搜。

丁哥对此没有采取什么措施，他们本身也只是一个电竞战队，眼下他还有更重要的事要做。

下午他一共约了三场训练赛，打完时天色已晚。

今晚外卖由路柏沅请客，外卖员的电话刚好打进来，路柏沅说了一声就下楼去取了。丁哥怕他的手拿不了重物，就跟着路柏沅一块儿下了楼。

小白起身伸了个大大的懒腰，说："不行了，饿得我钩子都不会放了。"

简茸把战绩表关了，道："你以为这样就能为你一整局只中过两次的钩子开脱？"

对于自己最后这局的无数"憨批"操作，小白一点儿不害臊，道："我哥说过，输游戏不能怪队友。"

当晚大家就着季中赛入围赛下饭。

《英雄联盟》季中冠军赛虽然是每个赛区的春季赛冠军都能参与的赛事，但并不是每个赛区的冠军都能直接进入小组赛。

十二个赛区，十二个春季赛冠军，只有六个冠军战队可以打正赛。

而这六个名额中有四个名额是确定的：LPL、H 国赛区、LEC、LCS。

这四个赛区因为在去年的 S 赛中表现出色，所以拥有直接进入季中赛小组赛的资格。

最后剩下的两个名额，就需要其余八支"外卡战队"通过打入围赛的方式去争取了。

外卡战队是指那些 LOL 竞技体系还不成熟的赛区队伍，这些队伍所属赛区整体实力不强，所以冠军的含金量也就不那么高。

简单来说就是：菜的先打。

为了打入围赛，这几支战队提前到了 H 国，现在入围赛已经进行到了第二场：R 国打 T 国。

简茸以前连 LPL 的比赛都不怎么看，更别说外卡战队，所以他只听说过这些战队，正经比赛还是头一回看。

他看到 R 国战队三个人去包围 T 国战队的上路。

T 国战队的打野似有所感，立刻放下手头的野怪往上路赶。

袁谦咽下鸡腿肉，说："这打野意识还行啊……"

袁谦一句话还没说完，只听见“唰”的一声——T 国打野企图闪现拯救被围殴的队友，然后撞了墙。

简茸：“……”

小白埋头狂扒两口饭，说：“精彩！”

路柏沅盘腿坐着。

路柏沅看到简茸满脸都是“这些队伍怎么进的世界比赛”的疑惑，好笑道：“LPL 以前所有场入围赛，一场都没输过。”路柏沅顿了一下，补充道，“包括鱿鱼战队，以前打外卡也是全胜。”

简茸挑着眉，瞬间了解外卡赛区的实力了。

原以为 T 国打野这波拉跨操作已经让前期爆炸，没想到两分钟后，两名打野在野区再次相遇，R 国打野在等级高对方一级的情况下被单杀了。

袁谦道：“但凡出现一点儿失误，这技能都能中一个。”

Pine 垂眼抿了一口咖啡，说：“一年过去了，他们还是坚守本心。”

“别说，我还真想和他们打。”小白笑嘻嘻地说，“多快乐啊。”

“放心吧，有你们打的时候。”丁哥拿着手机从外头进来，“签证的事情搞定了，机票我打算订下周三的。”

简茸吃饭的动作一顿，说：“下周三？这么早？”

“对啊，世界赛当然要提前准备。”丁哥看他表情不对，说，“怎么了？你有事？”

简茸打开手机日历飞快扫了一眼，然后微不可察地松一口气，摇头道：“没事。”

路柏沅的余光扫到他手机日历上的备注，几个字，有点小没看清，只能确定这行字在六号，也就是下周二底下。

简茸关上手机转过头时，路柏沅已经收回视线，重新看向面前这场下饭比赛。

休息日队员们玩得都疯，房门能关两天，黑桃A能摆满桌。

但休息日一过去，每个人就都静下心钻训练室里去了，就连路柏沅也总在违反医嘱的边缘反复试探，直到简茸给他发消息，他才无奈地关电脑。

直到出行前一天，也就是五月六号。

早晨八点，简茸轻手轻脚打开卧室房门。他压了压头上的帽子，猫着腰下楼，想去厨房拿饼干牛奶在路上应付两口，刚走近就闻到了咖啡香。

简茸推开门，看到正在摆弄咖啡机的男人，困倦的眼神逐渐清明，还带着几分愣怔。

路柏沅穿了短袖长裤，后脑的头发还乱着，他听见动静，眼尾一扬，说："醒这么早。"

简茸回过神，说："嗯，我有事要出门。"

路柏沅也刚醒没多久，嗓音有些沙哑："你去哪儿？"

简茸沉默了好几秒才说："看我爸妈，今天是他们的忌日。"

路柏沅原本就有所猜想，闻言也没惊讶。

他点头道："你过来喝咖啡，我给你煮了一杯，喝完我送你去。"

简茸下意识道："来回要三小时呢，不用了，我叫了车。"

"我送你。"路柏沅打断他，"我陪你去一趟。"

爷爷重病的时候没法离开医院，这么多年来，第一次有人陪简茸去祭拜父母。

车子在途中靠边停下，路柏沅下车去买了一束花。

简茸抱着花坐在副驾驶座上，花香浓郁，他动动鼻子，忍不住扭头看了路柏沅一眼。

路柏沅一只手支着方向盘，懒洋洋地问他："你看什么？"

"没，"简茸收回目光，低声说，"我没给他们买过花。"

路柏沅"嗯"了一声，说："以后就知道买了。"

简茸一顿，模糊地应了句"好"，转头看向窗外。

今天日光正好，穿透车窗投进简茸眼底，映亮一片。

简茸虽然没买花，但他在外面买了贡品。

到了墓前，他安静地把贡品摆好，然后叫了一句：“爸，妈。”

简茸每次祭拜都很安静，几乎不说什么话。但今天，他犹豫了两秒，接着说：“我今天带了一个朋友来……”

那束花被放到墓前，路柏沅简单鞠了个躬，说：“叔叔阿姨好，我叫路柏沅，是简茸的队长。”

路柏沅从他手上接过酒瓶，稳稳当当地把酒倒满，道：“第一次见面，我只来得及带一束花，但以后我会陪他常来。请二位放心，我会好好照顾他。”

墓碑有人定期清理，两人把墓碑重新擦了一遍，没费什么劲。

简茸坐在地上，盯着墓碑上的照片看了许久，然后起身说：“回去吧。”

再迟点日上三竿，够折磨人的。

况且简茸认为自己和父母之间并不全靠这一块墓维系着，惦记的人放在心里，那就每时每刻都在。

回到车上时间还早，两人商量了一下，决定顺路去看一眼小橘。

过了冬天，小橘也不必每天都在宠物店待着了，更何况野猫是根本闲不住的。

宠物店店员见到他们，说小橘半小时前才过来骗吃骗喝，让他们在附近找一找。

简茸找到小橘的时候，它仗着自己冬天好吃好喝养出来的一身膘正在和其他野猫打架。

一橘一白两只猫，在地上扭来扭去打得不可开交，偶尔还传出几声嘶哑的猫叫。

路柏沅挑眉，刚想上去解救它，就被简茸抓住手臂拦下了。

简茸说：“让它们打。”他脸上仿佛写着“你打不赢这只白猫，我手上这盒罐头你也甭吃了”。

路柏沅好笑道：“伤了怎么办？”

“本来就是野猫。”简茸说，“这次没打赢，以后都要受这只臭白猫欺负。”

路柏沅看着那两只扭打的野猫，脑中突然代入两个人，忍不住别过头很轻地笑了一声。

简茸皱眉道：“你笑什么？”

“没什么。”路柏沅忍着笑，对那只橘猫道，“宝贝儿加油。”

简茸：“……”

没多久，那只白猫落荒而逃，只留下小橘和地上一片猫毛。

小橘满意地舔了舔自己的毛，然后走到路柏沅脚边，用尾巴使劲儿蹭他，围着他走了一圈，才抬头对简茸敷衍地叫。

简茸：“……”

简茸直接把它从路柏沅那儿提回来，拎着后脖颈道：“你胖得我都拎不动了。”

“喵！”

“那只小白猫的体型只有你一半，打了这么久才赢，你丢不丢人呢？”

“喵喵！”

“你再对我哈气试试，我让你今年都吃不上罐头。”

小橘跟他对视了一会儿，眼珠一转，看向旁边的路柏沅。

路柏沅也蹲着，他一只手支在膝盖上，帽檐下的眼神带着笑：“你别看我，他说了算。”

简茸感觉到小橘重新回头，然后用脑袋顶了顶他的手心。

简茸道：“瞧你这出息。”

翌日，TTC 一行人坐上大巴车出发前往 H 国。

“这次比赛就打两周，”丁哥一脸纳闷，看着小白的行李箱说，“你带两个箱子去是想干吗？”

“我带了很多酱料去，拌饭吃。”小白问前排的人，“谦哥，你的手机怎么一直在响？”

“唉，我女朋友。她和她那些小姐妹们让我帮忙买东西，消息从起床到现在就没断过。”袁谦顿了一下，回头与小白商量，“既然你带了两个箱子，到时候借一个给我放东西？”

“没问题。”小白低头刷微博，刷到了他哥一小时前刚发的广告博。

他心不在焉地滑过，突然皱了下眉，又往前滑——

路柏沅那个从创建微博用到现在的头像换掉了。

新头像是一只被人拎着的橘猫，拎着它的那只手细瘦修长，点开大图，还能看到手的主人一小撮蓝色头发入了镜。

而广告博下的评论——

“这猫真细……不是，这猫真胖。”

“那搓蓝色猫毛还行。”

“Road 能不能帮我问一下，这蓝猫为什么不开直播？”

小白关上评论区，评论“唰”的一声已经五千条了。

到了机场，简茸一下车就看到有粉丝举着他们战队或者队员 ID 的牌子。

粉丝见到他们，抑制住自己的尖叫，小声地叫他们的名字，和他们保持了一小段距离，非常有秩序。

别人都是“啊啊啊，路神”“Pine，看我看我”“小白，你又瘦了”“Qian 比赛加油”。

轮到简茸这儿——

“Soft 你好好打。”

“你要真打不过也就算了，千万别动手，身在国外你就认下𡚸。”

其他人和其他人的粉丝听得哧哧直笑。

“Soft 在国外保护好自己，有事没事就开直播——就那种日常直播，我们陪你唠嗑。”

听起来真像为儿送行。

简茸面色铁青，停下脚步，回头问：“今天工作日，你们都不上班上学？”

“上啊。”为首的男粉“啧”了一声，说，“这不是其他人的粉丝都说要送机，我们一寻思不能让你太丢人，意思一下来号两声，送你进安检就走了。”

简茸：“……”

男粉说：“你也意思一下签个名吧，我好发贴吧告诉兄弟们你顺利走了。”

简茸忍着脏话，深吸一口气，说：“笔。”

男粉递出笔，余光看到旁边的小白给粉丝签了一行很长的字，一眼过去是什么“To 我的宝贝们”“谢谢”“爱你们”。

男粉一思忖，道：“你整一个跟 Bye 一样的，To 什么什么，然后写句话。”

“什么话？”

“随便。”男粉顿了顿，说，“想给 Soft 吧的网友们说的话，高低整两句。”

简茸“唰唰”写下一行，递笔戴口罩，转身进了安检的地方。

Soft 吧里聚集起来的粉丝们亲切地说再见，然后翻过牌子一看——

To Soft 吧吧友：管好你自己——Soft。

这是简茸第一次出国，因为距离近，飞行时间只需要两小时，直到下了飞机听见周围人说着听不懂的话，他才有身在国外的感觉。

简茸这次带了一个背包和行李箱，背包主要放他和路柏沅的键盘，放在行李箱里他怕遇到暴力卸货被砸坏。

他现在背着包，手里推着行李箱，看起来风尘仆仆的。

简茸走了几步，肩膀被人拍了一下，路柏沅在飞机上小睡了一会儿，嗓音有些低沉："我背。"

简茸拒绝他："不用，背包不重。"

路柏沅却没听他的，钩着背包上的带子，一只手提起包，说："脱了。"

简茸怕他这样提久了手疼，犹豫了一下，还是把包脱给他。

过了海关，机场早有负责人在等他们，热情地把他们接上了大巴车。

临近比赛，所有人昨晚几乎都练到三点才睡，刚在飞机上又补了两小时眠，现在更没精神，刚上车就睡熟一片。

只有简茸，虽然他一路过来满脸淡定，但第一次出国，难免还是有些小激动。

虽然他们来得比较早，但赛事举办方还是体贴地给他们提前安排好了房间。

酒店规模不小，房间队员们一人一间，大床房，这次替补带的是打野Moon，他也拿到了属于自己的一间房。酒店有自助餐，还有专门安排的厨师，酒店三楼是给各个赛区战队的训练室。

条件好到所有人都怀疑富哥偷偷给赛方塞钱了。

大家到达酒店分好房间，又花了一下午补觉，直到傍晚才终于像正常人似的在酒店餐厅见了面。

为了保证选手身体健康，菜品都比较素，丁哥不用比赛没那么讲究，拿起小白带的辣椒酱，使劲儿往饭里倒，嘴里念叨着："吃完了我带你们去训练室看看。我刚去随便看了一下，机子质量很好，网络也没问题，这次H国负责人总算有点良心。"

简茸喝了口汤，说："这不是举办方本来就应该做的？"

去年举办的S赛，举办方给其他赛区的选手都是最好的待遇。

"屁咧。"小白提到这个就来气，"我们前几年来H国打比赛的时候，网络卡到游戏都打不了，都把我们逼到网吧去了，过了好几天才修好！吃住条件也很差，我回去后称了一下，瘦了五斤！"

简茸道：“那你怎么不多住一段时间？”

小白道：“你这是人说的话吗？”

几句下来，总算回归到清醒状态。

第七章
出国比赛

Take the Crown

吃完饭，丁哥带着他们去了三楼训练室。

丁哥在电梯里道：“因为咱们来得比较早，其他赛区的选手还没到，训练赛有些难约。我联系了PUD、战虎和几个H国的队伍，不过别人正在赛后休息期，不一定能约到，我尽量吧。今晚就先打排位赛。”

副教练道：“不然我们试着约一下HT？”

丁哥想也不想就摇头：“我们和他们不是能和谐打训练赛的关系……再说HT从来不跟其他赛区队伍打训练赛。”

简茸冷嗤道：“稀罕。”

“就是，”小白伸个懒腰，“搞得谁想跟他们练似的。”

安排的训练室确实还行，每个赛区战队的房间都被隔开，隔音效果很好，机子虽然赶不上基地里的设备，但也够用了。

简茸打了几局排位，他现在在H服排名第三，前面据说是一个工作室的号，再往前就是Master。

分越高，遇到的“演员”也越少。到了这个分段都是有点名气的人，不愿意为了这种事给自己带节奏。

他刚要开下一局游戏，丁哥推门而入，说PUD的人现在正好有时间能陪他们打训练赛。

小白看了眼时间，说：“现在国内都快十二点了吧，他们不休息啊？”

丁哥说：“人家过几天有应对夏季赛的集训，现在都在基地，玩够回来正好有时间打几局。”

简茸没说什么，动动指头加入自定义房间。

PUD 全员都在，包括伤病归来的 XIU。他们春季赛时没怎么打过训练赛，双方都怕暴露战术，现在比赛打完了，反倒能约上了。

因为 PUD 首发队员齐全，今晚的训练赛竟然打得有来有回，四场下来双方各赢两场，对战短的二十二分钟，长的五十二分钟。

四场比赛结束后，双方达成一致，今晚就先到这儿。

但两边队员都没急着退房间——

PUD·XIU:“好气,要是我的腰那天没搞事,今天在H国的就是我们了。”

TTC · Road：“早点睡。”

PUD · 98K：“Qian。”

PUD · 98K：“他们上单跟你一样是抗压选手，所以不要怕。”

TTC · Qian：“谁是抗压选手了？我不是世界第一刀妹吗？”

PUD · 98K：“第一刀妹？ solo（单挑）？”

TTC · Qian：“来！”

两名上单同时退出房间。

小白和 PUD 辅助敦敦一块儿在聊天框吐槽自家 AD 刚才的瓜皮（傻）操作，顺便把 HT 的辅助踩了一通。

简茸嚼口香糖提神，鼠标挪了几下，最后挪到 Savior 的头像上，发起私聊。

TTC · Soft：“1。”

PUD · Savior：“在。”

简茸的手搭在键盘上,半晌才打出一行字:“你和Master打过对线吗？”

PUD · Savior：“在 H 国的时候打过几场，没有赢。”

PUD · Savior：“你没有吗？你们分段很接近。”

严格来说有过一次。

大约一年半前，简茸在 H 服跟 Master 撞过车，被对方单杀了一次，加上队友不给力，那局他们是二十投（提前结束比赛）的。

后来简茸为了直播没怎么玩过 H 服，就算最近回归 H 服，也从来没和 Master 撞过车。

Savior 见他一直没回，又发来好几条消息。

PUD · Savior："他很强，你要小心线上被单杀。"

PUD · Savior："线上压制能力很高，我和他打，不敢补兵。"

TTC · Soft："你和我打敢补兵？"

PUD · Savior："也不敢。"

PUD · Savior："总之加油吧，我希望 LPL 可以赢。"

这四局训练赛打得堪比春季赛总决赛，打得人身心俱疲。训练赛打完，训练室登时空了一半。

简茸戴着耳机在单排，直到以一分之差超过 H 服第二时，他长舒一口气，靠在椅上摘掉耳机，垂眼看了看时间，凌晨四点半。

旁边的机位都空了，他感觉到胃部空了，揉揉肚子起身，低头给路柏沅留言，想让对方明天去吃午饭时叫上自己。

他刚打出两个字，手臂被人轻轻握住。

简茸吓了一跳，倏地回过头。

路柏沅不知从哪儿搬来了一张老板椅，一直就坐在简茸身后，前额头发已经被他自己揉乱，看着像刚睡了一觉。

路柏沅抬起眼皮看他："你打完了？"

简茸蒙了一下，说："你不是回去睡觉了？"

"没，我在看你打。"

简茸的手有些凉，路柏沅起身道："先去我房间。"

出乎意料地，不远处 R 国战队的休息室也亮着灯，里面正好走出来一个个头矮、穿着队服的选手。

对方显然认识他们，对着路柏沅就是一阵鞠躬打招呼。路柏沅点头回应，然后带着简茸上了电梯。

路柏沅的房间乱得很随意，行李箱敞在地上，帽子和平板电脑被丢在沙发上，两双干净的袜子被放在地毯上。

路柏沅把简茸的帽子摘了，问："我给你冲碗面。你想吃什么味道的？"

简茸动作一顿，拧了下眉，说："面？"

"嗯。"路柏沅道，"我刚让工作人员帮忙去超市买了一些。"

简茸眨眨眼，道："你在我后面坐这么久，就想给我冲碗面？"

路柏沅安静两秒，道："不全是。"

一开始路柏沅是怕他练太晚，想叫他一块儿上楼。

然后他看到，在其余人都离开之后，简茸打开了搜索引擎——

"Master 春季赛精彩剪辑。"

"HT 战队选手什么时候打排位？"

"什么时间段能在排位狙击到 Master？"

路柏沅这才想起，这是简茸第一次打世界赛，也是第一次在正式赛场上对上 Master。

比起紧张，简茸更多的念头是想赢。

他们这一行没有什么捷径可以走，想赢就得多练，实力没法说谎，你是什么程度，你在比赛上就能打到什么程度。

所以路柏沅没有打断他的训练。

路柏沅说："所以你想吃什么味道的？"

简茸摇头说："不吃了，我饿着好睡。"

刚说完，他的肚子突兀地叫了一声。

路柏沅好笑地问："你真不吃？"

简茸："……"

方便面最后还是开封了。

吃完面天都快亮了，简茸回房间洗了个澡，带着饱腹感安然入睡。

在 H 国练了几日后，其余赛区的战队终于陆陆续续到达。起初赛区之间还会互相约一下训练赛，但越临近比赛，打训练赛的战队就越少——大家本来只是想摸个底细，也没指望在训练赛里真学到什么。更何况后面有许多采访要做，各战队的时间根本合不上。

转眼到了季中赛开赛前一日。

这天，一张照片在电竞圈引起了不小的波澜。

起因是 R 国赛区某位选手在社交软件上发了一张照片，配文是：被 Road 和 Soft 鼓舞了，强者都这么努力，我也要加倍努力才行呢！啊啊……而且队员的关系看起来真的很好呢，TTC 真的是各方面都值得我学习！

照片里是路柏沅和简茸的背影，来 H 国的首日那晚拍的。

丁哥在训练室念出这条消息时，路柏沅正在吃敌方的野怪。

“看到就看到了。我们明天打哪个战队？”

季中赛正赛只有六支队伍，小组赛以双循环赛制进行单场胜负赛，即每两支队伍之间都要打两场一局决胜负比赛，积分前四名就可以晋级到半决赛。

季中赛赛程很紧凑，每个战队一天两场比赛，五天就能打完小组赛。

“明天打 T 国和 M 国。”丁哥拿出笔记本说，“M 国这次来的是去年的二号种子选手，问题不大，别让他们野辅游起来就成……”

因为 R 国选手拍到的那张照片，简茸和路柏沅因为勤奋练到五点半被网友狠狠夸了一波，还上了国内的热搜。

丁哥原本觉得这是一件好事，万万没想到，这件事最终却成了一个导火索。

当晚，HT 战队 AD 选手 Rish 在他的社交软件小号上发了一条博文：

LPL 这么弱的原因找到了。练习到深夜五点不是很正常的事情吗？值得大家这么夸赞吗？ LPL 选手们平时是有多不努力？这样下去，打比赛当然只能靠 H 国的外援了。

因为是小号，没多少人看见，这条博文起初还没掀起什么波浪，下面也都是一些跟着一块儿嘲笑的评论。

两百条多评论中，只有几条还算清醒，发表了类似“那些网友也只是夸奖自己赛区的选手呀，这没什么关系的吧”“HT 才是真的不努力吧，听说上单打完比赛就去度假了，前几天才回来呢”“好好训练吧，不怕过几天输给 TTC 吗”的言论，但很快淹没在嘲讽中。

但大多数人就是能从上百条评论中揪出自己最不乐意听的话。

季中赛开赛日凌晨三点，Rish 又出现在社交软件中，发博询问：输给 TTC？是这样输吗？

他配上了一张动图。

动图内容是从去年 TTC 对战 HT 的半决赛里剪出来的，图中，HT 的队员正站在 TTC 泉水前，对 TTC 进行虐泉（将敌方堵在泉水里击杀）。

两个赛区之间的关系本来就紧张，Rish 这波开团，可以说点燃了炸药。

一夜间，国内电竞玩家连夜杀到 Rish 的社交软件下开骂，两个赛区的网友吵得不可开交，一场赛区之战就此拉开序幕。

去年 TTC 被虐泉的事本来就是国内玩家们心中的痛，现在又被人重新翻出来，每个人情绪都很激烈，恨不得越过屏幕取 Rish 项上人头。

因为是深夜，买这个时间段热搜的明星不多，加上电竞玩家这会儿最活跃，这事很快就占了好几个热搜位——

“Rish 发动图嘲讽 TTC。”这个热搜后面还有个呕吐的表情。

“翻译网站好卡。”

“Master 点赞 Rish 动图。”

电竞玩家把自己的话全机翻成 H 国语言，熬夜不睡跟 H 国喷子大战三百回合。

“这场比赛 TTC 就三个首发，上全首发不把你的牙打掉？你在这儿嘲讽谁呢？”

H 国网友：“输了就是输了，不管上谁，LPL 输不起？”

“输不起？怎么，难道是赛方觉得你们太弱了，没给你们发奖杯？还是输了比赛 LPL 反悔了，要你重新比赛？”

H 国网友：“那 HT 也是胜者，发一个动图就戳你们的心了，那输比赛的时候你们该多难过啊。”

“是挺难过的，打一群傻子也就算了，队内还有个打假赛的恶心人，真晦气。”

“哎，你们冠军这么牛，怎么还来我们这儿开直播赚钱啊？”

“据说还是全线合约，签了合同就不能在 H 国播了。你们自己的世界冠军自己都留不住？”

“哇，你们看自己赛区战队的直播不会还要来我们这儿看吧？千万别来啊。”

“其他 H 国战队和选手都挺好，怎么就你们 HT 事多呢？”

H 国网友：“你们自己花钱请 HT 去，现在骂什么呢？”

吵了一夜以后的结果是——

H 国网友：“怎么举报有人违规上网？”

天一亮，开始新一天的运作，关于 HT 的热搜被覆盖得七七八八，只剩下最后两个话题。

一个是 Rish 发动图嘲讽 TTC，另一个则是 Soft 怎么还没醒。

这个话题的第一条热门微博是：Soft 怎么还没醒？我已经骂累了，这不该是 Soft 的活儿吗？他能不能赶紧起床办事？

Soft 当然醒了。

实际上，当这场骂战刚爆发的时候，简茸还没睡，只不过他累得洗澡都快闭上眼了，洗完倒头就躺，连回消息的力气都没有，更别说上微博。

这天中午，他跟路柏沅刚走到训练室门口，就听见半掩的门内传来小白的骂声。

小白虽然平时也会隔着屏幕骂路人，但这么激动还是头一回，里面还有好几个明显气急了才蹦出来的词。

两人推开门，小白瞬间闭嘴，训练室里的人齐齐朝他们看了过来。

简茸咬着牛奶吸管，停在原地，说："你们看什么？"

路柏沅坐到电脑前开机，顺手把简茸的机子也开了，然后抓紧在开机这十几秒里闭眼补眠。

小白见他这个反应，眨眨眼抿嘴唇，然后问："你没看微博？"

这一瞬间，简茸火速回忆了一下他这几天有没有干什么。

这几天训练太累，练得也晚。

在无人的训练室里，他就打了一晚上单排。

在记忆中过滤了一遍后，简茸松开眉头，随意拉开自己的电竞椅，懒洋洋地坐下来："没看，怎么了？"

小白瞥了丁哥一眼，不知道能不能说。

丁哥抱臂靠在机位后面的长桌上，表情也不好看。

这事简茸知道后肯定忍不住——别说简茸，就连他自己都差点破防。

现在 Rish 的博文满微博飞，不可能瞒得住，丁哥做了两个深呼吸，把事情简单地说了一遍。

事情说完的那一刻，门外传来一阵喧闹。

TTC 每个人都在自家基地待惯了，没有关紧门的习惯，所以大家一转身就能看见外面的情况。

门外，工作人员正带 HT 的成员前往他们的训练室——HT 的俱乐部不在本地，季中赛期间照样要跟其他赛区的选手住在同一间酒店。

一行人中为首的是 HT 的中单 Master，一个长脸的高个子，他两只手插兜，目不斜视地经过。

然后是上单、打野，两人低声不知道在讨论什么。

最后，就是 HT 的下路了。

Rish 算是新人，年纪不大，一头锡纸烫和满脸痘痘，眼睛小到几乎可以忽略，笑起来更是直接眯成了一条缝。

他跟辅助并肩走着，看到门上贴着的“TTC”字样，立刻通过门缝看了进来，跟简茸对上视线。

Rish 先是一愣，然后很快反应过来，在经过 TTC 训练室门口后，挑衅似的吹了几声口哨。

这一秒，简茸已经在脑子里捶了 Rish 三千下。

起床气包容不了他，他带着“今天不是 Rish 死就是 HT 团灭”的表情，“腾”地从椅子上站起来。

他这一动把其他人都吓坏了。

丁哥说：“你冷静。”

小白说：“杀人犯法。”

简茸还没走两步，就被人拦腰抱了回去。

他气得头上冒火，猝不及防被抱得双脚离地，表情一时间都没能调整回来。

路柏沅把他放回座位，道：“你干什么去？”

简茸道：“Solo。”

“你是职业选手，”路柏沅道，“这个酒店不是你的 solo 场地。”

简茸安静地跟他对视几秒，脸色依旧很臭。

片刻后，简茸别开眼，转动椅子面向电脑，点开了《英雄联盟》客户端。

路柏沅揉揉他的头发，然后回头问：“下午几点去赛场？”

副教练立刻回神：“两点前得到。我们是第一场比赛，揭幕战，再过半小时就出发了……简茸，你别开游戏了吧？万一打不完……”

“打得完。”简茸面无表情地选出男刀，“二十分钟能结束。”

半小时后，TTC众人准时坐上了去比赛现场的大巴车。

安静的车厢里，小白突然冒出一句脏话：“Rish又发动态了！”

袁谦皱眉道：“他有完没完？”

Pine睁眼，说：“他说什么了？”

丁哥赶紧道：“都要打比赛了你还玩手机？别刷了，有什么好看的。”

“念。”路柏沅说。

丁哥：“……”

“他说……”小白顿了一下，还是念了出来，“蓝色好碍眼，不过待在泉水里应该会很好看。”

袁谦道：“有病。”

Pine道：“确实。”

丁哥忍无可忍，拿出手机道：“我现在就问问H国他们赛区是不是不会管束选手……”

路柏沅说：“不用。”

路柏沅看了一眼身边正垂着眼皮吹泡泡的人，竟然很轻微地笑了一下，然后道：“他们不会管，总有别的人帮他们管。”

季中赛揭幕战很快打响，第一场TTC对战T国的LK3战队。

进行了简单的开幕式后，十名成员分别入座。

虽然这一场比赛只是小组赛，但因为凌晨的赛区大战，以及TTC五名成员已经快一星期没有任何私人动态了，今天的比赛在国内观看热度非常高。

比赛还没开始，弹幕就已经开始带各种节奏——

“Soft醒了，但Soft尿了。”

“胡说！这世界上所有人都尿了，Soft也绝对不会尿！”

“没准他已经私下和 Rish 打了十几场架了。”

“别乱想了，真有什么动静我们也该知道了……虽然很憋屈，但其实不予理睬是 LPL 电竞战队的常规处理办法啦，毕竟不能让选手在世界赛期间吃处分啊。”

“什么？这都不开喷？Soft 向职业和资本屈服了？”

“本来就被虐泉了，躺平认嘲不好吗？LPL 确实菜啊。”

“前面的，鱼钓到了，家却没了，值吗？”

“我现在就担心这事会影响 TTC 的发挥……这次世界赛可千万不能输，不然丢死人。”

“我也觉得，这动图出来，谁能忍住不破防啊！”

其实水友们担心得没错，TTC 的队员的确受到了影响。

Rish 那一张动图等于直接给他们加上十层暴怒 buff，今天每一条路都打得特别猛——猛到 T 国战队和 M 国战队都怀疑自己是不是哪里招惹到这支队伍的人了。

比赛过程中，两支战队的选手们不约而同有了以下疑惑——

这野区是我的还是 Road 的？

不是说 TTC 上单是抗压选手吗？他为什么掏出了刀妹和剑姬？

下路这两人在没打野来的情况下三级越塔是真实存在的吗？

TTC 的中单绝对是一个疯子！

简茸在这两局比赛中分别拿出了乐芙兰和佐伊。

今天两场对线，他不是在杀人，就是在去杀人的路上。

和平对线？不存在的。上了线就必须要打，比你先回城就算我输。

简茸猖狂得敌方打野看不过眼来 gank，结果这厮身后必有一个 Road。

两局比赛，每一局对局时间都不超过二十五分钟。TTC 小组赛首日开门红，干脆漂亮地拿下二连胜。

今天比赛的 MVP 自然而然给到杀红眼的简茸。

后台，路柏沅抬手帮他整理了一下衣领，说：“去吧。”

简茸“嗯”一声，转身撞上了丁哥。

简茸原以为丁哥会跟以前一样，叮嘱他好好说话——虽然他通常都不会听。

谁想丁哥只是拍拍他的肩，说：“搞快点，大家伙都饿了，赶着回去吃饭。”

因为举办方是 H 国，负责采访的自然也是 H 国的主持人，在他们身边还配备了一名翻译。

主持人先是按惯例问了几个关于今天比赛的问题，简茸简略地回答。

随后，主持人问：“Soft 选手最期待和哪个战队交锋？”

简茸说：“HT。”

主持人笑了一下，笑容中似乎带着些许骄傲与自满。他点头道：“是因为 HT 战队特别强吗？”

简茸嗤笑一声，说：“不是。”

主持人一愣，刚要继续问，简茸却又开了口：“我只是听说 HT 有位选手自己玩得菜，比赛都靠队友带，下了赛场却非常能叫……也就是俗称的狗仗人势……说实话，我没怎么见过这种人，所以趁着这次机会，想好好跟他见一见。”

翻译是中国人，他抿着嘴唇忍笑，转过头去把这句话翻译给主持人，并好好解释了一下“狗仗人势”是什么意思。

主持人足足呆滞了五秒。

然后他挂着牵强的笑容道：“Soft 真是会开玩笑呢，那目前有什么应对 HT 的战术吗？”

“当然。”简茸笑了笑，说，“都说打狗看主人……我先把他主人端了，看看他还能怎么样。”

几乎在翻译把话复述完的那一瞬间，场内所有 H 国观众都发出了不满的声音，里面掺杂着特意来给 TTC 加油的本国人的叫好声。

幸好今天只是小组赛，来观战的本国人不多，否则就这架势，现场没打几场架都说不过去。

简茸的背脊依旧挺得很直，甚至主持人哑口无言的时候还转过头去，朝他挑了一下眉，仿佛在说“没有要问的了”？

不仅前台观众反应大，后台的休息室也热闹。

HT 战队休息室。

Rish 听完翻译的复述，张嘴就要骂脏话，可惜他刚说两个字，他们上单冷冷的眼神就递了过来。对前辈的尊重让他下意识闭了嘴，过了几秒才后知后觉前面有摄像头。

虽然没人明说过，但 H 国战队有他们默认的一套等级制度，新选手在老选手面前如同小弟。

Rish 刚从二队升上来不久，只敢在别人面前猖狂，在队里，前辈一旦拉着脸，他都不敢多吭一声。

上单靠在沙发上，扯出笑道：“啊，LPL 这是不是有点不礼貌了？”

“也分人，”打野想到什么，嗤笑一声，“之前我们队里淘汰的一个新人，不就去 LPL 一个小队伍了吗？我听说他到了那个队伍之后，全队人都在听他指挥呢，连管理层也是。”

Rish 连忙道：“是的，哥，LPL 就是这样的，能用的选手少，不然怎么每年都有人来我们赛区挖人呢？”

“咔”的一声。

坐在沙发上的 Master 打开铁罐咖啡，站起身，其余人瞬间噤了声。

“你去哪儿呢？”教练叫住他。

“找人，别跟着。”Master 丢下这句，扬长而去。

另一边，TTC 战队休息室。

小白的心情随着简茸每一句话不断起伏，嘴里也忍不住念念有词：“牛。”

“我去。”

“？”

到最后，他忍不住站起来惊呼：“这话是可以说的吗？”

袁谦也被简茸说得震惊了，他愣了两秒，才说：“算了……常规操作，他上台之前我就做好心理准备了。”

“我也做好了呀。”小白道，“但这也太狂了吧！我们小组赛还得跟HT打两场呢，这话一放出来，输一场我们都能直接打包住地缝去了！”

Pine平静地说：“那就赢到夺冠。”

小白动作一顿，低头看他。

Pine想起自己被虐泉的那张动图，去年离场时的愤怒和无力感又回来了。

“我没想过输。”他两只手插兜，半坐半躺在沙发上，“他说的话，也是我想说的话。”

小白一愣，似乎想起什么，片刻后又默默地坐回了沙发上。

丁哥在放简茸去采访之前早就做好了最坏的打算，待电视里的采访结束，他摆摆手，说：“行了，大家收拾一下东西，准备回去训练。”

袁谦拉开自己的外设包拉链，突然想起什么，说：“队长怎么去了这么久的厕所？”

路柏沅从比赛结束之后就没跟他们回休息室。

“哎……”小白道，“谁说我哥去厕所了？”

路柏沅的手机已经快爆了。

简茸刚在全国直播的赛场上扔了一枚炸弹，别人没法到简茸跟前夸，只能找到他这儿来。

私聊倒是少，但选手群全聊嗨了。平时约训练赛才会聊那么几句的群现在全部有 99 条以上的消息。

路柏沅倚在后台入口旁的墙上，帽檐压得都快看不见脸了。虽然身在 H 国，但他依旧引人瞩目，每个人路过都要偷偷看他一眼，还有上来找他要签名的。

他刚往上翻了两页消息，身后传来一声漫不经心的叫喊：“哥。”用 H 国语叫的。

路柏沅回了 XIU 的消息后才慢慢转头。

Master 站在他身后，手里握着咖啡。Master 循着路柏沅的角度往门外看了一眼，正好是采访席的方向。

“我听说你招募了一个很糟糕的中单，居然是真的？”Master 挑眉，“哥，你是真要退役了吗？所以也不在意队伍的胜败了？”

现在哪怕在 LCK，可能都没几个能让 Master 叫“哥”的电竞选手，LPL 就更不用说了，Master 打比赛至今，只主动跟一位 LPL 选手说过话，便是路柏沅。

路柏沅 S 赛夺冠那年，就是踩着 Master 捧杯的。

两人同年踏入世界比赛的赛场，一个冠军，一个八强。

后来 Master 慢慢成长，直到成为 HT 的核心，路柏沅依旧在巅峰期，TTC 仍是一个会让对手连禁三个打野的战队。

还有一个极少人知道的秘密——路柏沅是 LPL 唯一收到 H 国赛区战队邀请的职业选手，而邀请他的正是 HT。

那时候外援规则刚出不久，国内电竞环境还差 H 国一大截，路柏沅拿的虽然是赛区高薪，但放到现在来说根本不够看。HT 当时开的价格也比他之前的价格高。

但路柏沅拒绝得非常干脆，所以这事从头至尾都没流传出去过。

路柏沅扫他一眼，H 国语标准流利：“这不是你能管的事。”

Master 喝了口咖啡，说：“但是哥，他真的很糟糕啊，你们战队也收这么不礼貌的人吗？”

“对有些人不用礼貌。”路柏沅挑眉，“比如你和你队里那几个臭小子。”

Master 嗤笑一声，说：“哥，我好歹叫你一声哥，不用这么说吧？去年哥不在泉水里，真的很遗憾。”

路柏沅的表情没什么变化，说：“是吗？可惜我已经不记得四年前你在泉水里的样子了。”

简茸回到后台时，正好看到 Master 咬牙怒瞪路柏沅的一幕。

路柏沅回过头，见简茸沉下脸走过来，脸色看上去比刚才采访时还要难看。

路柏沅扬眉，伸手想拉他，他却直接走到了路柏沅和 Master 中间，瘦小的身板把两人隔开。

Master 看到小辈下意识收起自己的情绪，面无表情地刚想说什么。

简茸抢在他前面开了口，用没人听得懂的 H 国语言说了句很长的话。

路柏沅：“……”

Master：“？”

这一口胡扯似的垃圾话让其他两人都愣住了。

路柏沅最先反应过来，低头笑了两声。

Master 从头到尾只听懂两个词。

还没一个好词。

Master 见路柏沅笑了，很快反应过来，黑着脸道：“他说什么？他在骂人？”

后面传来一声“Master”，路柏沅回头瞥了一眼，道：“行了，你战队的人在叫你，赶紧滚吧，以后赛场之下不要交流了。”

Master 憋着一身气，又不好在自己战队的小辈面前发出来，瞪了简茸一眼，便转过了身。

待人走后，简茸那一身奓开的毛才慢慢收回来。他回过头，看清路柏沉的表情，拧眉问：“你笑什么？”

“没。”路柏沅顿了一下，说，“你刚才说的那几句话，谁教你的？”

“Savior，他说这些都是H国骂人的话。”简茸迟疑了一下，说，“我说错了？”

路柏沅压着嘴角，道：“没有。”

丁哥打电话来说他们已经提前上了车，催路柏沅他们赶紧去停车场。

回队车的路上，简茸还是没忍住问：“你们刚才聊什么了？他骂你了？”

路柏沅把刚才的聊天简单说了一遍。

简茸说：“四年前？泉水？”

“当时我年轻，第一次进世界赛，太傲气。”路柏沅一笑，说，“打季后赛的时候，我把他堵在泉水里虐了一会儿。”

怪不得Master每次发表针对LPL的言论都要提一下路柏沅。

简茸点头道：“所以他记恨了LPL四年。”

路柏沅失笑道：“应该也不全是我的锅，而且赛后丁哥带我们去道了歉。”

回到车上时，车里正好也在说四年前的那场比赛。

小白说：“你说虐泉就虐泉吧，输了就站着挨打，随便虐。但比赛结束后，还用这事到处嘲讽是什么意思？还搞动图？谁没赢过……不行，我回去就找出四年前我们虐Master的视频，弄成动图放网上去！”

副教练说：“啊……不太好吧？搞事的不是Rish吗？”

袁谦摇摇头，一副“你太天真”的表情：“没Master的洗脑和默许，Rish敢这么猖狂？敢这么给战队惹事？”

“行了。”路柏沅打断他们，“别做自己都看不起的事。”

小白其实也没真想弄，他就是摆弄手机解解气。

“我就知道……现在我的微博首页全是简茸采访的视频。”他感慨，“小组赛采访搞出了总决赛采访的阵势。”

简茸知道自己采访时的两句话又把队伍架起来了。

虽然他已经尽量用自己的立场去表达，但身为 TTC 的队员，他在赛场上的每一个举动，说的每一句话，都和俱乐部、队友脱不开关系。

他一只手撑着脸颊，待丁哥路过他们座位时，他出声把丁哥叫住。

丁哥扶着座位停下，说：“怎么了？”

“我接受采访时说的那些话，”简茸停了一秒，“是不是要罚款？”

丁哥正色道：“LPL 工作人员刚给我打电话，说官方有个采访团队已经在来 H 国的路上了，要全程跟进我们这次季中赛——这代表 LPL 官方没觉得你的采访发言有毛病。官方都没说什么，我有什么好罚的？哦，对了，富哥倒是给我发了消息，说要给战队加比赛预算，那数额像让我顺手把 H 国赛区买下来，当然也没这么夸张，但显然战队老板对你采访时说的话非常满意。”

“微博上的黑子明显变少了，挂其他 LPL 战队头像的电竞粉也在帮我们喷人，所以在大家眼里，刚才那采访也没毛病，当然，如果输了比赛就不一定了。”丁哥一顿，说，“不过咱们这次来 H 国，不都是抱着必赢的决心来的？”

“那肯定！”袁谦接过话，“哎，我刚又看了几遍采访，真爽！三天两头都是 HT 嘲讽 LPL 的新闻，终于轮到咱们搞他们一次！”

Pine 问：“你怎么不多说几句再下来？”

“那主持人不问了，”简茸声音冷淡，“连我话筒的声音都关了。”

车上当即响起一阵爆笑。

车子在酒店门前停下，丁哥拿起自己的背包，收起笑道：“行了，回去训练。托简茸的福，今天其他战队都主动来找我约训练赛，今晚已经排满了……明天就是和 HT 的第一场比赛，大家加把劲儿，拿下 HT 的一血！”

晚饭是助理送到训练室吃的。

虽然今天刚赢了两局比赛，但训练室里没什么喜庆的氛围，每个人都专注地盯着自己的游戏界面，就连小白都不偷偷“摸鱼”吃零食了。

路柏沅练得手腕有些酸。有了之前的经验，他知道这种时候必须休息一会儿。

他挂机游戏大厅，转身看了一眼简茸的游戏界面，左下角的聊天框里正在吵架。

虽然起初只是他们和HT战队的纠纷，但中间有些看热闹不嫌事大的人一顿搅和，两个赛区的玩家算是彻底撕破脸了。

小白也在看他游戏里的骂战，敌方阵营有个H国玩家说话特别脏，连小白都看不下去，说：“你这都不还口？”

简茸道：“没什么好还口的，他又看不懂。”

“用英语啊！翻译器！”

“英语表达不出我想说的话。”简茸单杀掉对面中单，按“B”键回城，“而且现在这群人都盯着我呢……我骂一句出去就会被封号。”

小白道：“那就这么忍了啊？这帮家伙……我这几天是不可能打H服了。”

简茸没什么表情，嗤了一声。

这些人高分段的号都不想要了，就是想把他恶心回国服。

他现在和Master就差一百多分，他不可能回去。

再说了，骂人并不是这游戏最搞人心态的方式。

他掏出“杀人戒”装备，气势汹汹地回中路，肩膀忽然被人拍了一下。

“我给你泡杯咖啡？”路柏沅问

简茸脸上的杀气收了两分，说：“嗯。”

不知道是不是被Rish气得不轻，今天几顿饭简茸都没吃多少。路柏沅知道他要练到半夜，怕他又犯低血糖，打开抽屉，拿出一颗棒棒糖拆了过去。

简茸顿了一下，囫囵塞进嘴里。

路柏沅到隔壁茶水间泡咖啡，身后传来一声叹气声。

“他们这状态是不是太紧绷了？”丁哥小声道，“我今天说的那些会不会给他们太大压力？”

路柏沅头也没回，道：“没压力还打什么比赛。”

丁哥一顿，扯出笑来：“也是。只是这次季中赛，我们的任务那可太重大了。”

“哪次世界赛任务不重大？”

路柏沅拿起咖啡，兜里响起铃声，他拿出手机看了眼来电显示，转身往外走，抬眼瞥见丁哥一脸严肃地在敲手机。

除了队员之外，压力最大的就是丁哥。是他放简茸上的台，虽说那几句话说得特别爽，但后面真有什么，那队里的骂声肯定他来担。而且现在还没和 HT 对上，他就已经因为当初没拦下简茸感到愧疚了。

简茸还年轻，这次比赛如果输了，那几句垃圾话肯定会成为梗，伴随他直到退役。

不过这些情绪他肯定不会暴露在年轻队员面前，饶是在路柏沅这儿，他也努力在绷着。

所以经过他身边时，路柏沅抬起手拍了拍他的肩膀，语气轻松却异常坚定：“我们会赢。”

说完，不等丁哥有什么反应，他接起手机喊了一声“妈”，便往茶水间外走去。

训练室里，小白又结束一局双排。他伸了下懒腰，然后转头看向简茸的屏幕，皱起眉头。

“你们不是大优势吗？”小白看他的战绩表，“你二十一个人头还不推家？你的队友怎么还发起投降？”

“没杀够。”

话音刚落，简茸干脆利落地把之前那个开地图炮的人碾死在高地上。

简茸的队友都是 H 国人，他们想推敌方基地，但简茸不来他们就打不过对面。正好对面有三个人，不肯点投降，誓死捍卫基地，于是对面那傻瓜就只能待在游戏里挨打。

小白头一回见这样的，心想我以前死里逃生了多少回啊，道：“那人一直在喷呢，你怎么不屏蔽他？”

“为什么屏蔽？”简茸动动嘴，把嘴里的糖挪到另一侧，“我就喜欢看他无能狂怒。”

路柏沅带着咖啡回来时，简茸正专心地杀那个人第十六次。

简茸满脸杀气，吃糖的模样都像在抽雪茄。

简茸余光瞥见什么东西伸到了右下角，没来得及分神看，就听见路柏沅问：“还没打完？”

简茸含糊地“嗯”一声，说：“快了，对面说这傻瓜下线了。”

路柏沅点点头，把伸到简茸身边的手机收回来，对着屏幕道：“你看见了？他挺好……这几天训练忙，没什么时间。”

简茸终于杀够了，去拆敌人基地，说：“什么？”

“没有，”路柏沅说，“我在和我妈说话。”

简茸退出战绩页面，再次进入排位队列，说：“哦。”

几秒后，简茸“咔”一下咬碎嘴里的糖。

他倏地转身，正好看到路柏沅挂断视频，把手机丢进口袋里。

简茸蒙了两秒，说：“你挂了？”

“嗯。”路柏沅解释，“我妈看了采访……还看了点评论，就问了你两句。”

简茸说：“所以你刚刚把手机伸过来……”

路柏沅说：“我说你在忙，她不信，我就让她看一眼。”

简茸：“……”

他伸手，抓了一下打排位赛过程中被自己薅得不成形的头发，表情从震惊转向茫然。

简茸的五官其实还是有些稚嫩，不说话的时候跟那些同龄人差不多，当然，要比大多数人帅一点儿。

简茸咽下碎糖，说："就这样挂了……不太好吧？"

路柏沅把咖啡放到桌上，小声说："没事，她不在意这些。"

简茸有些愣神，游戏排进对局都没发现，还是路柏沅帮他按的确定。

"别想了。"路柏沅按摩似的捏了一下他的后脖颈，"你专心打，到了 H 服第一就别玩这号了，我还在等你开小号带我上分。"

一旁偷听已久的小白直接咳出了声。

他脸上的笑都藏不住，忍不住转头揶揄："哥，你混分啊？"

简茸都还没来得及反驳，路柏沅就怡然自得地应了："是啊。"

简茸："……"

袁谦扑哧一声笑出来，笑完后纳闷道："哎，不是，我就搞不懂现在这些人。带自己的朋友上分怎么了？关系好谁不想一块儿玩游戏啊？弱的一方就是混分狗了？我又不是带不动……都什么风气。"

路柏沅重新打开游戏，赞同道："就是，简神带得动我。"

简茸："……"

"朋友双排上分我是无所谓，我就恶心那些找代练的，在自己的分段玩儿不快乐吗？"小白道。

Pine 道："说别人之前看看你自己。"

"我怎么了？我就找你。"小白说完，顿了一下，"好吧，以前我是找过一个蓝头发的，那人家现在有更好的朋友了，不肯带我排了呀。"

简茸说："滚。"

五人一块儿练到早晨六点，吃了顿早餐后入睡，再醒来面对的就是和 HT 的第一场比赛。

从两支战队目前的实力来看，他们这两场小组赛其实输赢都无所谓，不出什么意外的话都能进入淘汰赛。

但是网友不这么想——

“一局都别输！TTC 给我冲死 HT！”

“为了这场比赛，我在这儿蹲了半小时……”

“来了，请问这就是今年季中赛的总决赛现场吗？”

“曾经有一个一天直播十三个小时的蓝毛放在我面前，我没有珍惜，直到他加入 LPL，一个月播不到十三小时我才追悔莫及，尘世间最痛苦的事莫过于此。如果上天可以给我一个再来一次的机会，我会对他说五个字——输了游回来。”

“这个在线人数？TTC 营销队吗？一场小组赛一亿多热度？这直播间全是水军？”

“活人，PUD 粉。”

“活人，战虎粉。”

“活人……豆腐粉。”

……

“别说了，这次季中赛，我们都是 TTC 的路人粉。”

“别刷了！选手上台了！”

“不知道是不是我昨晚把紧张用光了。”小白坐下来，喝了口咖啡，说，“我现在特别冷静。”

简茸说：“打个小组赛，你打算多激动？”

“嗯，托你的福，现在我们在打的是世纪大战，”小白顿了一下，说，“……的第一场。”

简茸：“……”

“检查设备，”路柏沅道，“别瞎聊，有人在听。”

后台正戴着监听设备的工作人员：“……”

小组赛没那么多仪式，大家刚跟身后的裁判表示设备没问题之后，面前的电脑立刻切入 Ban&Pick 界面。

两边的中单英雄池都深，两名教练显然都没有要针对中路的意思，就看哪个战队有首选权，另一个战队就必须把乐芙兰禁了。

因为简茸是第一次和 Master 对上，对线情况还不好说，所以依照这几天开会的结果，他们这一局决定把重点放在中上两路。

TTC 这边一选帮袁谦拿了刀妹，而 HT 一楼先是锁了中规中矩的 AD 烬，到二楼时，解说都还没开始分析局势，一个英雄头像便显露出来并立刻被锁定!

场内观众愣了一下，随即爆发欢呼——

“卢锡安？”袁谦一脸震惊，“这……卢锡安走上路还是中路啊？”

路柏沅扫了一眼 Master 的英雄头像，说：“中路，他们上路不会这些花里胡哨的东西。”

丁哥说:“我看 Master 排位玩过卢锡安，没想到他居然在比赛拿出来。”

第八章

对战 HT

Take the Crown

卢锡安原先是 AD 英雄，但因为目前版本各大常用的中单英雄都发育偏慢，线上弱势，这个前期爆发伤害高、有位移且前中期杀坦克如切菜的英雄就被搬到中上路来恶心人了。

LPL 三名解说也被这个卢锡安弄得眉头紧皱。

解说甲顶着身后 H 国观众的掌声和尖叫开口："卢锡安……一个非常棘手的英雄。前期他可以压制大部分中单，这一手拿得确实意想不到。"

解说乙点头："但也不是太难应对，卢锡安过了前中期就没什么用了，TTC 战队只要把节奏往后拖就行，Soft 可以拿团战英雄，譬如沙皇、发条，卡萨丁也不错……"

话音刚落，TTC 的中单英雄亮了出来。

一个戴着面具的忍者，影流之主——劫。

"团战英雄？"解说丙差点拍桌子，模仿着简茸说话的方式回答，"你们是在看不起我 Soft ？对面要认尿选个后期，那我可能会考虑跟着拿一个后期。但你掏出一个卢锡安，那不好意思，拔刀吧。"

解说甲从震惊中回过神，说："那……选劫跟卢锡安打对线也不是不可以，但是 Soft 还没有锁定，到底会不会选劫还说不准。"

劫选定。

在场人数不多的华人观众大声欢呼——昨天 HT 那波操作太突然，想来观战的华人买不到票，今天现场依旧没什么 TTC 的应援。

两个中单英雄一出来，这局游戏注定不可能和平。

两支队伍同时上线，在对局的前十分钟里，导播的镜头几乎一直在中路——中路这两个人实在是太能搞事了！

上路在和平发育，他们在打架。

野区在对刷，他们在打架。

下路在互相试探，他们还在打架。

解说甲说："Master 位移冲到跟前直接打出一套全伤害！ Soft 血量很危险，不错，Soft 利用影分身逃走了！"

解说乙说："Soft 趁 Master 用技能清兵的 CD 时间直接冲到 Master 身上开大了！一套连招全部命中！ Master 血量消失，能单杀吗？——唉，Master 闪现躲掉最后一个技能，差一点儿！"

解说丙说："双方都看彼此很不爽啊，兵线都不吃又开始消耗了吗？——不！他们要打！他们全忍不住了……又差一点点！两边都有点急了！"

直到这两个人来回试探几百回合之后，解说们骤然醒悟。

解说甲说："这两人对线打的架，加在一起都快比昨天一整天比赛里中单对线碰撞多了吧？"

解说乙说："但要说损失……两方都没有，没有单杀、兵线……也都没漏多少？"

解说丙说："他们是在打架？他们是在击打我的心脏。"

发弹幕的人也在疑惑——

"你俩当这是击剑？打个要害就退了？耍人玩呢？"

"一顿操作猛如虎，抬头一看 0/0/0。"

"等等，我们是在期待 Soft 单杀 Master ？这两年的比赛有哪个中单能单杀 Master ？"

“别说谁单杀 Master 了，我统计过，这两年跟 Master 对线过的中单，在比赛排位中都被 Master 单杀过。”

“巧了，Soft 也是，请问哪个 LPL 中单没被 Soft 单杀过？”

“冷知识，Soft 这是第一年打比赛……”

“LPL 中单难道要站起来了？”

“以前我就觉得 Soft 对线很强，这场比赛让我体会得更透彻了，真的，打得真精彩。”

“我想看他们对线一万年。”

对线一万年是不可能的。

当两名中单战况胶着的时候，其他路已经战报连连——

路柏沅的男枪三级抓上，露个脸就把 HT 上单的闪现逼出来了。七级，袁谦用刀妹打出一波自己都不相信能打出来的操作，直接把 HT 上单摁在地上，完成了非常极限的对位单杀！

之后，路柏沅入侵敌方野区，把对面打野赶回家之后直接往下路赶，绕后包掉了 HT 的下路二人组，打了一波一换二，为下路奠定了基础。

当 Master 面无表情地掏出装备打算跟简茸继续拼命的时候，队伍里传来了队友的声音。

“哥。”打野小声道，“小龙不拿了吧？”

Master 这才发现，Pine 操作的小炮领先他们 AD 二十刀，身上还有两个人头。

下路的劣势让他们在这波小龙团根本不占主动权。

Master 从情绪中抽身，切换视角看了看自己的队友——上路被刀妹压制，打野在拼命维护自己的野区，下路更是连吃兵都困难。

他皱眉，恍然明白他们已经处于下风。

另一头，袁谦喜气洋洋道：“哈哈哈，没了 Master 的比赛也太轻松了吧！”

在之前的 Ban&Pick 环节。

简茸在看到卢锡安头像出来的那一刻，他心里的想法确实和解说丙当时说的一样——在他面前掏出这种对线英雄，那确实就是在看不起他。

这如果是他的第一场职业比赛，那他已经秒选了。但他昨天才给战队带了一波节奏，心里难得存着几分良心。

他刚想问丁哥自己拿什么英雄，路柏沅先开了口。

“你想玩劫吗？”

全队人都愣了一下，只有丁哥挑了一下眉，立刻明白了什么。

简茸道：“劫？”

路柏沅道：“或者潘森、飞机、男刀……”

简茸打断他：“劫。”

路柏沅语气平静，是以队长的身份在问他：“你拿了劫能不能拽住 Master？不要求你单杀他，打得他没时间顾其他路就行。”

简茸直接锁了劫，然后问：“你看不起我？”

路柏沅笑了一声，换上点燃，说：“没，我不想给你压力……使劲找他打架，拖着他，我们就赢了。”

去年那场比赛实在给了 HT 太多自信。

他们忘了，HT 这支队伍是从 Master 成长之后才逐渐起来的。后来 HT 换了下路，这下路双人组根本没什么比赛经验，也不是简茸这样的游戏天才，队里的打野更是被路柏沅甩了十条街。

换作其他队伍，HT 其他路可能还能打出优势，但遇到 TTC 这样的老牌战队和路柏沅这样擅长给队友创造机会的打野——HT 的胜利必须依靠 Master 的支援和团战统治力。

没想到一向沉稳的 Master 自己先破了防，掏出一个中后期爹不疼娘不爱的卢锡安。

路柏沅在草丛蹲到敌方打野，直接一套爆发伤害眼也不眨地带走，他道："下路，我过来放先锋，推完下一塔去拿小龙。这局稳了，早点结束早点吃饭。"

小白说："好嘞！"

第十六分钟，第一波团战被小白的锤石一个闪现钩子打响！袁谦立刻闪现开大留下敌方下路二人组，Pine的小炮直接冲到人群里大胆输出！HT辅助好不容易把Pine控住，一个更可怕的输出——男枪一个跳跃冲下来，直接开始清洗战场。

而HT需要的英雄及救兵Master，正被简茸堵在路上。

说来也奇怪，直到团战打完，这两个脆皮居然还在中路互相试探，全部残血但没死。

第二十五分钟，Master创造机会在野区单杀了迷路的Pine，简茸也不甘示弱，把Rish按在地上捶。

两边AD至此独身不过河界，就差在自己名字上写"你们的战争别拖上我"。

第二十七分钟，TTC成功逮住来插眼的辅助，击杀之后直接开大龙。

HT打野当即想抢，在龙坑上徘徊许久后，冲下龙坑被路柏沅拿到人头。

至此，优势拉大。TTC众人不慌不忙，回家补给后拿下小龙的龙魂，五人齐心朝HT的高地进发。

……

直到第三十二分钟，HT的基地爆炸，现场的H国解说员和观众们都还处于一脸蒙的状态中。

简茸摘下耳机，舞台离解说席这么远，他都能听见LPL解说员的激情呐喊。

这场比赛的MVP给到了路柏沅。

昨天的赛方在采访环节疯狂搞事，今天的赛方唯唯诺诺，连几个必问的问题都不想问。

主持人牵强地笑着说：“今天的对决感觉怎么样呢？”

路柏沅：“很轻松。”

主持人：“……”

主持人抿了下唇，说：“今天的战术是之前就安排好的吗？针对Master的战术？用劫牵制他？”

“当然有研究战术，”路柏沅顿了一下，说，“拿劫……牵制是一方面，另一方面是觉得我们中单可以打出优势。”

“可是并没有打出优势啊，两边势均力敌……”主持人话一顿。

路柏沅散漫一笑：“是吧。”

说到这儿，国内直播弹幕已经开始欢声笑语了。

是的，我们赛区入行不到半年的中单新人Soft，确实和你们赛区培养了六七年，被称为世界第一中单的Master势均力敌。

简茸回到后台，在去停车场的途中拽了一下路柏沅的衣服。

简茸小声问：“你刚才采访说什么了？”

“我……”路柏沅一顿，说，“休息室没翻译？”

“丁哥不让翻译告诉我。”提到这个，简茸的脸登时就臭了，“他说怕我膨胀。”

路柏沅说：“他想多了。”

简茸刚想说“就是”，路柏沅接着道：“你还能更膨胀？”

简茸说：“……滚。”

路柏沅好笑地问：“你叫我滚？不带我上分了？”

车子到酒店停下，大巴车上靠得很近、戴同一副耳机的两个男生仓促下车。

今天赢了比赛，想采访他们的记者很多。丁哥担心影响队员的比赛情绪，一个没答应，不过有些按捺不住的记者已经来门口拍照了。

五人沉默地下车，肩抵肩回酒店，连房间都没回，直奔三楼会议室复盘。

副经理给他们订了外卖，是比萨，拿起就能吃，复盘时能直接用餐不耽误事儿。

丁哥在会议桌前连续说了一个多小时，终于快到尾声："明天的比赛他们肯定围绕 Master 打，简茸对线的时候小心野辅 gank。"

简茸说："嗯。"

小白有气无力地哀叹："我们不是今天刚跟 HT 打完吗？怎么明天又是他们？"

"打完明天，就是淘汰赛……或者总决赛才能碰上了，"丁哥用力地拍了拍小白弯下的脊梁，"今天闪现钩人不挺牛的吗？怎么现在萎了？"

"没萎。"小白说，"我就是有点累。"

他们这几天的训练量实在超标。

丁哥理解地点头："你们再坚持几天，其他战队想这么累都没机会……都吃完了没？吃完走了，回去训练。"

小白之前一直觉得什么"电竞最佳年龄"很不靠谱——他哥都二十好几的人了，不照样还是赛区大魔王吗？

但此时此刻，他累得躺在电竞椅上等复活，转头看见正把键盘敲得噼里啪啦响，背脊挺直、满脸精神的简茸……

小白服老了。

这就是年轻人的精气神吗？

又赢下一局，简茸看了一眼排行榜，他和 Master 的分差还是一百多分。

Master 最近也在打排位，但不知道是不是机制作祟，两人还是没有排进同一局游戏。

分越高，排队时间越长。简茸在队列中等了五分钟都没动静，靠在椅子上拿出了手机。

他还是很好奇路柏沅在采访时说了什么。

路柏沅的采访视频在首页就有，都不用去搜。简茸谨慎地从兜里拿出手机的耳机插上，才打开视频。

下面有粉丝临时赶制出来的粗糙字幕。

他们的队服以舒适为主，虽然设计的图案和选择的颜色都很酷，但它仍是一件简单的T恤，休闲宽大，简茸一直觉得这衣服跟小学生校服没什么区别。

但路柏沅身形高挑，穿什么都好看。他一只手背在身后，另一只手拿着麦克风，安静地等主持人发问。

主持人西装革履，满头发胶，站在路柏沅身边却仿佛矮了一个头。

路柏沅和主持人的交流甚至用不着翻译，这也是简茸听不懂的原因。

简茸低着头，沉默地看完这个视频。

视频结束之后，简茸还有些愣怔。片刻后，他抬起手把视频往回拖了几十秒——这个举动，他一共反复了十来次。

小组赛第三天，TTC再次对上HT。

在这之前，TTC的战绩是全胜，HT只输了一场，两个战队暂时位列第一、第二。

主持人简单地介绍流程后，双方队伍上台检查设备，裁判确认完毕，游戏进入Ban&Pick界面。

这一场比赛，Master明显吃到了教训，一上来就拿出了他的常用英雄佐伊，简茸和丁哥商量几句以后，拿了对线强势的辛德拉。

下台之前，丁哥再三叮嘱："你打不过就发育，中后期找机会做事。前期对线劣势也不用慌，咱们阵容不差，加油！"

阵容选定后，双方教练握手下台。

半分钟后，游戏正式开始。

HT这次非常针对路柏沅的野区，开局下路二人组就帮自家打野硬抢了路柏沅的buff，打野的目标也很明确——把Master养起来，让他的强势期来得更加早一点儿。

Master 发育良好，趁简茸回家的空当，去上路支援并成功拿下袁谦的人头。

虽然开局就被抢 buff，但路柏沅从来都是一个会把自己从劣势拽出来的人。第六分钟，他从 HT 打野手下抢下了小龙，并把对方下半野区吃了个干净。

第二十分钟，双方经济基本持平，赛局焦灼。

就在第三条小龙刷新之时，战局终于被简茸划破了一道口子——

简茸预判了 Rish 的位置，在视野盲区直接一套伤害把 Rish 秒死！

“漂亮。”路柏沅说完，操控着皇子一个闪现击飞敌方野辅，并把两人牢牢框在大招中。

“我来了！我来了！打！我闪现跟控！”小白激动地大吼，“P 宝直接冲！”

Pine 没有一丝犹豫，立刻冲上去想收割，袁谦也找好站位准备为 Pine 抵挡敌人的伤害——

就在这一刻，屏幕灰了。

在场十位选手的屏幕全部灰了。

上面只有一个蓝色进度条和五个大字——游戏暂停了。

简茸疑惑地拧眉，刚要开口，耳机里传来裁判的声音：“不要交流！游戏暂停期间队员禁止交流！”

裁判道：“我询问了一下，是 Rish 选手的设备出了问题，请大家耐心等候，应该马上就能重新进入比赛。”

于是简茸就只能干坐在座位上等。

五分钟。

十分钟。

二十分钟——

镜头内，简茸的脸色越来越臭，前额的头发已经被他抓乱。

LPL几位解说也满脸不解，相互尬聊，弹幕里更是全屏问号——

“什么毛病暂停这么长时间？”

“都快半小时了，选手的手感都要跑没了！”

“在打关键团战的时候，也能暂停的吗？”

“我刚站起来喊了几声，就熄火了？”

“我都等得没耐心了，更别说选手。”

“我看Soft都要提键盘砍人了。”

“啧，怎么说呢，我有种不好的预感。”

弹幕不停地刷新，二十三分钟后，比赛终于重新开始，屏幕上正在倒计时。

可当选手们回到游戏，观众们更蒙了——

游戏画面中没有激烈的团战，Road还没用大招框中两人，Rish也还在活蹦乱跳。

直播中，解说甲声音低沉，带着几分不甘和恼怒，强颜欢笑地开口：“我们接到赛方的通知，因为Rish选手的游戏出现了一些bug（漏洞），赛方决定使用‘时空断裂’（比赛暂停，时间倒退）将比赛回溯至该bug出现的前八秒。”

“所以刚才那波单杀和开团被宣布无效，让我们继续期待这场比赛接下来的发展。”

全场哗然。

弹幕爆炸。

游戏恢复的那一瞬间，小白终于没忍住，在语音里怒吼一句脏话。

他们顶着压力打了这么久，好不容易抓到一个机会，直接被这个暂停搞没了。

“什么bug？这不该跟我们说明情况？一个字都不解释是什么意思？”

袁谦也怒了，道，“说暂停就暂停，说开始就开始？这比赛规矩是 H 国人定的？”

“不是 H 国人定的。”Pine 冷冷道，“但他们是这次的主办方。”

简茸看到 Rish 提前开溜，脸色沉如锅底，咬牙切齿地盯着 Rish 的背影。

“别乱。”路柏沅嗓音沉稳，里头同样包含着情绪，“做一下小龙视野，Rish 应该不会再单走了，谦哥有传送就去带上路，团战你看形势再决定要不要传过来。稳住，还有机会，保持手感。”

大家这几天都是在电脑前熬过来的，怎么可能因为暂停的这二十三分钟就失去手感。

对于 TTC 队员们来说，打击他们最深的还是即将到手的大优势，甚至可以说是即将到手的胜利。

带着不甘、不服、愤怒等各种负面情绪，自然打不好比赛。

比赛第四十一分钟，HT 五人吃力地推掉 TTC 的基地，拿下了这场小组赛的胜利。

现场观众大都在尖叫欢呼，丝毫不在意自己赛区的队伍是靠什么赢的。

而国内的直播间早已炸锅。

每天不厌其烦在互相抬杠的电竞粉们在这一刻前所未有地团结。

从暂停开始，直播间就没几条能看的弹幕——骂赛方、骂 HT、骂 H 国……什么都有，直到比赛结束都还在密密麻麻地刷着。

就在这些眼花缭乱的弹幕中，比赛镜头给到了他们自家赛区的战队。

赛方也不知道是不是故意的，给了简茸一个大特写。

屏幕中，一向张狂的男生面无表情地坐着，他的手还搭在键盘上，久久未动。

如果仔细看，会发现男生的眼眶有些泛红，眼里水雾似乎只存在了一秒，又被他自己咬着牙硬生生地憋了回去。

这一个镜头，直接击破了 LPL 电竞粉丝们的防线。

比赛结束后，直播间在线人数不减反增已经是 TTC 战队比赛直播的常态了。

不过这次和以往不一样，以往大家都是为了看 TTC 的赛后采访，而这一回——

“重赛原因在哪儿？ bug 是什么？不给个说法？回放剪辑看了十遍没发现 Rish 有任何可以触发时间回溯的理由！”

“我气疯了！ Soft 以前说职业选手被五个战队粉丝逮着喷、说 Kan 打假赛直播间被爆破、比赛输给 PUD 被一群人阴阳怪气骂菜上热搜都没有哭过！气死我了！”

“就是！他被骂矮人国国王都没哭过！”

“TTC 全员消极，小白看起来也快哭了，好心疼。”

“输了就哭？”

“你傻吗？这是因为输比赛哭的？这是被恶心哭的！”

“Road 脸色也不好，上一次看他这副表情还是在去年半决赛的后台。”

……

简茸也没想到自己会气红眼。

如果他是一个气球，现在估计在半空爆炸了，炸裂开的橡胶都能弹出大气层。

这是简茸第一次遇到这种情况。刚才袁谦在语音里给他简单解释过，这功能在近几年其实很常见，上一次触发是 M 国的比赛，原因是 M 国战队的辅助大招放不出来，这种大 bug 是肯定得用时光回溯的。

但从比赛暂停直至结束，赛方没有给予他们台上这五个选手任何关于时光回溯的解释，只有一句简单的“出了 bug”。

出了什么 bug？能出什么 bug？

Rish 技能按不出来？没这说法，因为他不到两秒就把 Rish 秒死了，他甚至计算过，那个时间 Rish 的闪现还在冷却，而他自己的闪现还捏在手上，换而言之，不论Rish当时使用了什么英雄技能，这家伙都得死。

简茸不是输不起，是不服。

眼见就能二连杀HT，能把Rish那家伙赢得一个屁都嘣不出来……

太憋屈了，太难受了。

但他不可能在HT面前哭，不可能在现场这群HT粉丝面前哭，更不可能在赛场上哭。

所以他硬生生把那一点儿生理性眼泪憋回去，憋得眼睛都疼了。

路柏沅察觉到了他的情绪。

有情绪很正常，不论简茸独自野蛮生长了多久，他现在也还只是一个刚接触赛场的新人选手。

赛场和直播不一样，就算所有人都认为这场对局不公平，他们也不能在赛场上直接翻脸骂人，连游戏结束后点举报都做不到。

路柏沅刚想出声提醒他去握手，他却倏地站起来。

刚才镜头里红了眼的男生已经恢复如常，只是眼皮依旧绷着。

简茸感觉到路柏沅的视线，说："我没事，去握手。"

这个镜头正好被赛方故意给的特写捕捉到。

正在激情共喷HT的粉丝们纷纷一顿——

"这个导播的镜头真……漂亮！"

"我气得连夜订了去H国的机票，我不在现场，什么人都敢欺负Soft！"

"这不巧了吗，我也刚买机票。"

"本来我还觉得Master有那么一点儿强者的傲气在，现在看啥也不是。"

大家走完流程下台，还没走进休息室就听见了争辩声。

丁哥和赛方的人已经争了快一小时了。

"行——行！就算我承认你这个什么视野缺失bug，但我们队员在的草丛里没有插眼！Rish 根本不可能看到我们队员在里面！他照样得死！这种 bug 影响团战结果吗？它根本够不到触发时光回溯的条件！什么裁判！”丁哥一只手叉腰，气得脸都红了，对旁边的翻译说，“你把我的话全部翻译给他们！我要求重赛！”

丁哥看到队员们回来，气势汹汹地挥手：“辛苦了，你们打得很好，拿着你们的外设包上车休息，我骂完他们就来！”

路柏沅扫了赛方负责人一眼。

他这一眼看得负责人有些心虚，抿了一下唇，甚至做好了接受他问责的准备。

但路柏沅什么也没对他说，只是收回视线对丁哥道：“他们不会重赛。”

“我知道，”丁哥仗着面前这厮听不懂，道，“我也没想着能把他们说服重赛，我就是想骂人……算了，走吧，一群傻瓜，我不跟他们浪费时间。”

今天这场比赛着实在圈里引起了一场大地震。

几乎是在比赛结束的一瞬间，舆论在全世界的电竞圈开始爆发。

先是 HT 的粉丝在外网阴阳怪气——说简茸只会放大话，实则奇菜无比；说 Road 实力大减，巅峰不再；再说 TTC 粉丝输不起，输了比赛就喷。

但这次显然没有之前那么多路人帮他们说话了，甚至许多人发博询问官方什么时候出关于这次时光回溯的公告。

比赛结束后的一小时，LPL 选手纷纷发博——

PUD · XIU：太脏了，真的太脏了。虽然只是一场小组赛，但我认为 H 国赛方需要给出一个解释。

PUD · Savior：不应该是这样的。

PUD · 98K：等公告。

MFG · JM：真的气死我了！

战虎大牛：输不起的到底是谁？也是老队伍了，怎么越混越难看呢？

YY- 豆腐：什么垃圾 HT！什么垃圾 Rish！我排位的时候就觉得这家伙菜到抠脚，辅助他能把我气出宇宙，没想到在比赛上还敢搞这些小动作，脑袋跟西瓜一样大，里面装的全是水？

这些言论被人搬到外网，很快，HT 粉丝就把“TTC 输不起”改口成了“LPL 输不起”。

可当他们阴阳怪气到最高潮时，其他赛区竟然也冒了头。

先是 M 国排名第一的 HOH 战队的中单发了一张他们和 TTC 打训练赛时的房间截图，配文“每一场游戏都很尽兴”。

M7 战队打野则是发了一条“谁掉进了时空裂缝之中”的博文。

而曾经在训练室外的走廊遇见多次的 R 国战队的小辅助则是发文说：“真是残忍！以这样的方式输了比赛，但 TTC 对我来说一直都是很强大的存在，虽说发这条博文好像很任性，但无论如何还是想把自己的心情表达出去！”

甚至 H 国春季赛的亚军战队 LLC 也发了“失望”和“哭泣”的表情包。

职业选手们的发声，让更多人关注起这一场比赛。

训练室里，袁谦心满意足地关掉手机，抬头禁英雄：“HT 官博下面的评论都不能看了，真是报应。”

“我到现在都没想通，”小白皱眉，“一场小组赛而已，输赢影响都不大，HT 有必要这么恶心人吗？恶心得我今天的晚饭都吃不下。”

“有必要。”丁哥从手机中抬眼，“有人给我透露了个消息，有个 H 国挺大的代言在谈 HT，听说本来都要谈合同了，上场小组赛 HT 输给咱们，让 H 国的粉丝感到不满，那个公司就开始犹豫了，我估计……他们这次比赛之前就定了目标，只准赢不能输。”

Pine 说：“现在闹成这样，他们还能拿代言？”

“不能，那个公司已经去接触 H 国春季赛的亚军了。”丁哥顿了一下，说，“除非 HT 这次季中赛能夺冠。”

简茸拆掉敌方基地，冷冷打断丁哥：“他们能夺冠，我生吃豆腐。”

其余人：“……”

小白脑子里居然有画面了，他皱起脸道：“倒也不必。”

路柏沅活动了一下手指，说：“赛方公告什么时候出？”

丁哥摇头，说：“还不知道，应该就这两天，这事儿影响大，他们估计也得想想措辞。”

简茸停留在游戏房间界面，觉得怎么练都不得劲。

对线的人都太弱了，根本不够打，对完线还要给拉跨的队友收拾残局。

他想了想，拿起桌上的手机。

今晚简茸收到了很多条安慰的消息，他都言简意赅地回个“谢谢”，就结束了对话。

此刻，简茸笨拙地翻找出从来没用过的群发功能，打出一行字，然后在收信人那里钩出好友列表中所有 LPL 中单选手。

后半夜，路柏沅收到了一条消息——

XIU：“你们中单也太狂了吧。”

路柏沅回头匆匆扫了一眼简茸，简茸正襟危坐，一如既往地认真跟人对线。

R：“什么意思？”

XIU：“？”

XIU：“你不知道？”

XIU：“你家中单今晚约了 LPL 其他十五支队伍的中单 solo。”

XIU：“你就说离不离谱？”

路柏沅失笑。

是离谱，也确实是简茸做得出来的事。

R：“然后呢，几个人同意了？”

XIU：“一开始是都同意了，现在 LPL 哪个队伍会拒绝你们啊。”

XIU：“五个多小时后，其余十四个队伍的中单都退了。”

R：“剩下那个是？”

XIU：“我们中单。”

XIU：“他们 solo 一小时了，Savior 在你家中单的直播里学会了几句脏话，从刚才自言自语骂到现在就没断过。”

R：“谁赢得多？”

XIU：“我觉得输赢不重要，主要是他们两人在切磋中的成长，再说了 Soft 和 Savior 也不是一个类型的中单，这没法分高下的，你说是吧？”

路柏沅嗤笑一声，放下手机，继续开始下一局游戏。

简茸跟 Savior 一直 solo 到深夜三点半。

最后是 Savior 电脑被不知名队友抢，对方还发来一句：我们明天还有训练赛，你折磨别人去吧。顺带一提，你们队长中单玩得也挺好，不然你找他 solo 去。

就路柏沅那双手，平时多练一小时简茸都心疼，自然不可能让路柏沅陪他 solo。

他跟 Savior 道了别，退出来自己创房间打算单排。

“先等会儿。”路柏沅一只手覆上他的手背，操控着鼠标取消排队。

路柏沅松开他，站直身体道：“抬手。”

简茸乖乖抬手，一脸疑惑，仰起头问：“做什么？”

路柏沅撕开膏药，贴在了简茸手腕上。

简茸立即道：“我不疼。”

“明天会酸，贴着。”路柏沅的掌心覆在上面，把膏药摁牢，“你为什么突然找人打 solo？”

简茸仰头看着路柏沅，沉默两秒后说：“我想赢。”不止想赢比赛，更想赢 Master。

比赛结束到现在，简茸难得反思了一下自己——如果他对线的时候就把 Master 打爆，那后面那波团战回溯多少次都没用。

对线的时候，他好几次都能单杀 Master。

如果每次都只差一点点，那只能说明他还不够强。

简茸仍看着路柏沅，说：“你刚打职业的时候就能把他堵在泉水里虐……”

路柏沅莞尔一笑，说：“我一直没跟你说，丁哥觉得虐泉不尊重对手，所以队内这两年有规矩，虐泉要罚款。”

简茸说：“我有钱。”

“行，”路柏沅失笑，扫了一眼他的游戏房间，说，“我陪你 solo 一会儿？”

简茸果断拒绝：“不用。”

路柏沅道：“我今晚没练多久，一直在看录像，训练时长还没超。”

“不是。”简茸收回脑袋，盯着游戏屏幕点开始，“跟你 solo……我打不了。”

小白说：“我看你比赛的时候给我哥加速套盾挺顺手的啊。”

简茸：“……”

“可不是我故意偷听啊。”小白立马澄清，摘掉一边耳机佯装要递给简茸，“正好切歌，不信你听。”

简茸深吸一口气，说：“滚。”

路柏沅忍着笑，揉了揉简茸的头发，转身要回机位继续训练。

小白装腔作势：“哥，人家也打了一晚上，手腕也有点疼。”

路柏沅丢了一张膏药在他桌上。

小白说：“哥，我不方便，你要不顺便帮我贴膏药。”

简茸问：“你哪里不方便？手断了？断臂少年身残志坚打电竞？”

小白说：“对不起。”

赛方的公告是在小组赛的最后一天发出的。

赛方给出的理由和当时在后台告知丁哥的理由一致，说是 Rish 地图视野缺失，裁判认为这个 bug 严重影响了接下来几秒的比赛走向，在征得双方战队同意之后，赛方使用时空断裂将游戏恢复至二十一分十八秒。

除一纸公告外，再无任何解释。

这个公告显然有些苍白，发出来不仅没有平息众怒，反而愈演愈烈。Rish 那条虐泉的动图原本还死撑着不愿删，出了这事后被骂得狗血淋头，Rish 直接连小号都注销了。

但注销了没用——

“去年 TTC 出了意外，导致两名首发队员下场，你趁人病要人命，过去半年里在采访、纪录片、社交软件明里暗里开赛区炮，现在轮到你们自己战队用这种垃圾手段赢下比赛，那就是新账旧账一起算。”

“你小号没了，那就找大号，找战队官博，总之别想好过。”

舆论压力太大，不过一夜，国内直播平台、电竞设备代言纷纷表示将与 HT 解约，国内为数不多的 HT 粉也跑了大半。

HT 内部已经偷偷炸了锅，另一方当事人反倒风平浪静，该训练训练，该比赛比赛，没有多给赛方或者 HT 哪怕一个眼神。

因为太过愤怒，最后两场小组赛被 TTC 轻松拿下，两场比赛时长均不超过三十二分钟。

至此，小组赛赛程全部结束，积分排名前四的队伍将直接进入四进二半决赛。

打完小组赛，丁哥直接以“赛前并未提前说明”为由拒绝了 H 国赛方私下单人采访的请求，并带着队员们径直离开。对这种没有底线的主办方，没有丝毫商量的余地。

大家回到酒店时天色已暗，酒店的自助餐厅就只有他们在。

丁哥喝了一口橙汁，道：“我们自己赛区的采访都得排队，凭什么他们一开口咱们就得去？这种私人采访就是给他们官博带流量的，上不了全国直播，谁同意谁傻。再说了，这赛方不是HT亲爹？找他们儿子采访去。”

袁谦点头道：“HT这次是真的得不偿失。”

“在征得双方战队同意之后，赛方使用时空断裂……”小白正在看赛方公告，看到一半，他皱着眉问丁哥，“哥，你同意了吗？”

“我怎么可能同意！我只同意了暂停，后面的时空断裂就是来给我下个通知！”丁哥摆摆手说，“算了，别提了，倒胃口。”

Pine慢条斯理地切开牛排，看着手机上的比赛直播：“HT今天状态很差，跟HOH打了四十七分钟还没结束，而且是劣势。”

小白抬头道：“我们打HOH的时候用了多久？”

袁谦道：“三十分钟出头吧。”

路柏沅把刚剥好的蟹腿放到简茸碗里，扫了一眼Pine的手机界面，说：“这个时间段没劣势，都是一波团战的事。”

简茸把蟹腿吃干净，想起什么似的抬眼问：“如果HT赢了，那我们积分一样，是不是还要打加赛？”

“今年不用。”丁哥放下筷子，说，“今年排名前二或者并列第一的队伍不会在半决赛碰面，由第三、第四名的队伍抽签决定各自的对手。”

袁谦一愣，道：“就算HT这场比赛输了，他们也是积分第二，意思……我们半决赛只能对上第三第四名？”

丁哥点头道：“对。按目前的积分排名来看，应该是R国和Z国。”

简茸小声道：“便宜他们了。”

路柏沅说：“什么？”

“让他们有机会打总决赛，”简茸冷冷地重复，“便宜他们了。”

路柏沅说：“说不准。万一他们输给了R国或Z国，折在半决赛……”

这个可能性直接让简茸黑了脸。

路柏沅忍笑道：“那我就去帮你约他们五对五？”

简茸转头看他，有些疑惑：“怎么约？”

路柏沅莞尔一笑，说：“你想怎么约？如果想闹大一点儿，就在网上直接通知他们官博？说不来是孙子？”

简茸：“……”

其余人扑哧笑出声。

只有丁哥笑不动，说：“你是想搞HT还是想搞我？行了，别管其他队伍，我们先把自己的半决赛打好，明天抽签后天比赛，这几天辛苦点别松懈，打完季中赛我给你们放长假。”

赛程紧凑的好处就是，选手和观众都能够一直沉浸在比赛的状态中。

小组赛刚结束没两天，半决赛紧接而来。经过抽签，TTC半决赛的对手是R国的KWY战队，而HT将迎战的是Z国赛区的M7战队。

半决赛首日是TTC对阵KWY的比赛。

赛方在做最后的设备检查，两个队伍一块儿站在后台入口处等待上台。

简茸嚼着口香糖，两只手插兜，在听路柏沅和丁哥低声聊战术。

小白突然凑上来，小声道：“哎，隔壁战队是不是一直在看咱们？”

简茸皱了下眉，转头看过去。

R国战队的队服色系是樱花粉。

五个穿粉色队服的男生正在用看偶像的眼神看着他们这一边，尤其是他们队伍的辅助，直勾勾盯着简茸。他染着灰白色头发，眼睛特别大，对上简茸的眼神先是下意识躲闪，几秒后又转过头来，紧张又羞涩地跟简茸招了招手。

简茸：“……”

两秒后，他举起手，很僵硬地挥了挥。

“KWY战队的人好像都挺矮的？”小白朝左右看了看，“他们居然没一个比你高。”

简茸说：“你跟我去隔壁休息室。”

小白说："不好吧，我们马上上台了。"

简茸说："揍你用不了多久。"

小白："……"

赛方通知队员上场，R 国战队的辅助在经过他们身边时，鼓起勇气对简茸说了几句话。

小白说："他说的啥？"

简茸摇头道："我听不懂。"

主持人介绍完 KWY 战队之后轮到他们上场，简茸和路柏沅并肩走在末端。

"哥哥比赛请加油，我会关注你在比赛中每一个精彩操作的，今天就请多多指教……"路柏沅的声音飘下来，用两个人才听得见的音量说，"那小辅助说的。"

简茸："……"

"哥哥真受欢迎。"路柏沅微笑着，学着那个辅助低声道，"我也会关注哥哥在比赛中的精彩操作……"

路柏沅话还没说完，就被简茸打断。

"那你好好看着，"简茸眼睫垂着，没什么语气地说，"看哥哥怎么带你赢。"

或许是因为 KWY 战队辅助天天在社交软件里整活，今天的比赛直播弹幕是近期比赛里最和谐的一次——

"KWY 战队进步真快，入围赛的时候还在和 T 国菜鸡互啄，这会儿都能到半决赛挨打了，感动。"

"据说他们辅助是 Soft 迷弟，有一套 Soft 的周边。"

"我刚刚去看了他们辅助的第一视角，真的一直在切屏看 Soft。"

"为什么你们都在说 KWY 那个辅助？当我路神不存在？路神的第一视角也一直在看 Soft！"

Pine 拿下对面下路二人组人头的下一秒，响起了简茸单杀敌方中单的语音播报。

打得过于轻松，小白回城："KWY 现在虽然比入围赛的时候强一点儿，但能打进半决赛……还是离谱。"

袁谦解释："运气好，他们打 Z 国的时候 Z 国选手闹肚子，打 M 国的时候 M 国首发中单一只手受伤上替补，捡了两分……硬是把 M 国战队挤掉了。"

两边实力过于悬殊，一场半决赛被他们打成了娱乐局。

单方面碾压当然不是娱乐局，有意思的地方在于——KWY 这几位选手的心态是真的好。

路柏沅抢了敌方打野的野怪，敌方打野跑到路柏沅打不着的地方，给路柏沅跳了一段舞。

一场团战结束，KWY 被团灭之后，五人齐齐丢出举白旗的游戏图标。

这种轻松的氛围让平时天天在别人"尸体"上跳舞回城的简茸经过他们"尸体"时都小心翼翼的，尽量不踩他们。

当简茸路过敌方辅助"尸体"的时候，辅助突然给他亮了一个阿狸比爱心的图标，看起来卑微又可怜。

而简茸停在他身边两秒，回敬了一个路柏沅冠军皮肤的图标，随即转头离开。

一个半小时的比赛结束，TTC 以 3∶0 的战绩赢下了这一场半决赛，获得了通往季中冠军赛总决赛的门票。

第九章

总决赛

Take the Crown

回顾这次季中赛，TTC一路势如破竹，除去那场被“阴”的小组赛之外，是全胜成绩，这让LPL的观众们对TTC这支联盟老牌战队又有了崭新的认识。

他们赛区的代表战队TTC的上单Qian抗压能力一绝，还可以在关键时刻站出来扛起比赛。

下路二人组配合默契，Bye的保护和开团能力极佳，让Pine在AD版本弱势的情况下照样可以打出队伍所需要的输出。

Road从踏入赛场至今，一直站在联盟顶峰。他不仅是TTC队伍的核心与支柱，同样还是公认的世界第一打野、人气最高的选手以及LPL的牌面。

而新中单Soft是一个人见人怵的“莽夫”。

他年少、轻狂、无畏。他的打法凶狠，在比赛之外还给这支队伍注入了无限活力，能凭借一己之力把以前最官方最体面的TTC管理层给逼疯。

就在半年前，所有人都认为TTC的辉煌时刻已经过去，纵使Road实力依旧，但敌不过伤病拖累，假赛事件使战队名声一落千丈，中野的两名替补也不堪其任……

而此时此刻，TTC再次成为LPL玩家心目中最强的战队。

电竞粉们还沉浸在TTC夺冠有望的喜悦当中，偏偏有些恶心人的东西就是要冒头打搅所有人的心情。

HT 战队在短短两天内就失去了 LPL 赛区所有代言及收入，钱包元气大伤，管理层颇有点破罐破摔的味道，在 TTC 拿下半决赛的当晚，HT 的官博发出了这么一条博文。

LOL HT：真羡慕依靠狗屎运抽到弱队打进总决赛的队伍。不过，依靠运气是走不远的，这个战队和它的粉丝什么时候才能明白这个道理呢？

翻译网站再次被 LPL 粉丝们挤爆。

爆破组准备就绪，刚打算朝 HT 官博开炮，突然，一个刚创建不久，顶着“TTC MID-Soft”认证的国外社交软件新账号出现在众人的视野里。

TTC MID-Soft：有在这儿当阴阳人的时间不如去想想还能编什么 bug 出来暂停回档比赛，免得连半决赛都打不赢。我还等着跟你们队里那五位时空断裂怪再打一场，好告诉你们菜鸟回档一百遍也还是菜鸟。

这是 TTC 自季中赛开赛以来第一次正式“回应”HT。

这个简单粗暴的回应让许多国外电竞粉和职业选手都愣住了，毕竟就连那些特别开放敢说的选手也不敢这样嘲讽人，再怎么整活顶多弄一张图或是阴阳怪气，不会直接点名，更别提直接点名对方的战队官博。

倒是国内的电竞粉比较冷静。

原本抱着键盘准备上阵冲锋的喷子们又抱着键盘回到了自己的电竞椅上，甚至往后一靠，嗑起瓜子，并在简茸的新社交账号下开始指指点点。

“嗨，Soft，这点小事需要你亲自来？好好训练就完事了，别的事用不着你管。”

“你这个小文盲还会开通这个东西？”

“看认证，应该是 TTC 管理员帮他开的，丁哥心真大啊。”

“可能是蓝毛拿刀架在丁哥脖子上，让丁哥给他开的号吧，丁哥也不容易。”

“你去 H 国这么多天了，也不上微博给我报平安，骂人你倒是跑在头一个！”

“宝贝总决赛加油！赢了一起狂！输了你自己扛。”

“我在H国了，总决赛的票也买了，座位是9排3A，你夺了冠记得下来跟我打招呼。”

“臭蓝毛，开个新账号不关注TTC官博也不关注队友，就关注了Road那个十年不发一条推文连密码都不一定记得的僵尸号。”

“什么，Road在这儿也有号？求指路！”

……

以上以及剩余的几千条评论，简茸一条没看。

他发完这条博文之后，就把手机丢到一边训练，还抽空对旁边看评论傻乐的小白道：“HT要是再叫，你告诉我。”

HT是没心思再回应了。

不知道是队员自身心态出了问题，还是被简茸这波精神攻击打穿了头脑，HT的半决赛打得异常艰难。

实际上HT在春季赛就险些翻车，最后是以3∶2的成绩拿下的冠军，但那是面对H国赛区另一支崛起的强队，所以大家都觉得3∶2并不能说明什么。

直到这次半决赛，HT面对M7战队再次交出3∶2的答卷，虽然是赢了，但LCK赛区的粉丝们还是有了紧张感——TTC在小组赛打M7那可是全胜战绩！TTC甚至在比赛当中没落过几次下风！怎么轮到你们这儿就赢得这么难？那次小组赛真的是依靠时空回溯才赢的吧？

这种言论越来越多，再加上H国赛区其他队伍的粉丝在火上浇油，HT可谓腹背受敌。

季中冠军赛总决赛当日。

现场座无虚席，观众来自世界各地，每个人都有自己想要支持的战队。

部分观众手里还拿着属于某支战队的应援物，甚至还有人在自己的脸上贴上了战队的队标。两家战队的灯牌高高挂起，成了黑夜中最美的景色。

三名 LPL 解说员也终于从窄小的解说席搬到赛场左侧的解说台。

比赛尚未开始，三名解说员在向观众们介绍完两支战队的情况后唠起了嗑。

解说甲说："托 TTC 的福，咱们终于有个宽敞的地儿啊。"

解说乙点头："这次回去我一定要好好减肥，不然以后解说席都容不下我了。"

这次的赛方是真的吝啬，也不知道是哪家公司承办的场地，小组赛时其中一个解说席小得站三个人都挤。

"不说解说席，你是该减减肥。"解说丙扶了一下耳麦，把刚听到的通知告知屏幕前的 LPL 观众们，"哦，接到赛方的通知，我们这次总决赛是没有'赛前垃圾话'这个环节的。"

"不会吧？不会有战队连赛前垃圾话都不敢录吧？"

"他们㞞了！他们㞞了！"

"HT 别想跑，冠军赛后采访照样捅你腰。"

"怎么还不开始？我等半小时了！"

弹幕热热闹闹地刷，只见镜头一切，给到观众席。

全息影像开始播放，舞台上，《英雄联盟》女英雄厄运小姐提着自己那两把大型手枪，扭着屁股，风情万种地朝观众走去，高跟鞋的脚步声响在观众们耳畔，每近一步，大家的心情就亢奋一分。

她站定之后，轻启红唇，用魅惑至极的声音对观众们念出自己的英雄台词："Fortune doesn't favor fools（命运不眷顾傻瓜）."

下一秒，她放肆大笑，对着全体观众放出了她的大招，子弹呈扇形喷发出来的那一瞬间，灯光师也开了大，黄色的光点不断从观众头顶掠过，造成了子弹扑面的效果，礼花随之绽放在夜空，给予观众们最震撼的视觉效果。

两个战队选手自左右两边出场，那一刻，全场观众都站了起来，高声呼喊着他们所支持的战队名字。

简茸到自己一会儿要坐的机位之前站定。

他两只手背在身后，安静地看着眼前正在为他们加油呐喊的观众。

来赛场之前，丁哥还在给他们打预防针，说这次总决赛毕竟不在自己的主场，一会儿可能会出现自家欢呼声掌声被压制的情况，也可能他们压根就没有掌声，让他们记住国内有最少一个亿的人在看他们比赛，所以千万不要被现场的氛围所影响。

但此时此刻，来自他们赛区的观众们正高举着属于他们战队的队标，几乎占满了观众席右侧——也就是他们比赛时要坐的座位方向。

他们高呼着“TTC”，甚至要盖过主场 HT 战队的应援声。

在刺眼的光芒中，简茸看到了一个熟悉的应援牌，上面写着“我们在，好好打”。

这个灯牌他见过，是在他打第一场比赛的时候。那时所有人都不看好他——一个靠直播为生、为了直播效果只知道对线、眼中无队友的独行侠有什么资格代表一个战队，甚至代表一个赛区去打比赛？

直播间的水友当然也担心，他们发私信边骂他边让他再好好想想，说直播这条路虽然没打职业赛辉煌，但好歹饿不着他。

但简茸从来不听他们的话，没多久就进了队。这群人依旧骂骂咧咧的——不过在骂完他之后，转头又去骂那群黑子，骂到直播号微博号全被封，换个号又从头再来。

自春季赛小组赛到季中赛总决赛，这个牌子一路跟着他到了 H 国。

从直播间到《英雄联盟》电视台，他的水友们一路跟着他到了赛场。

简茸紧紧盯着那块牌子，仿佛听到了举牌人的呐喊，他深吸一口气，又深吸一口气，然后在解说介绍到自己的时候，他对着那个灯牌的方向稍稍扬起了下巴，用嘴型无声地念了一句：“傻瓜。”

不止那个举牌的粉丝通过大荧幕看清了，这个口型也被镜头传达到其他人眼里。

熟悉他的粉丝都不用思考就解出了这一声“招呼”，弹幕顿时被“傻瓜骂谁”“臭 Soft 没素质”“白养你十八年”等句子所淹没，壮观至极。

台上十名选手得到裁判的示意，走到自己的机位前坐下。

简茸戴上耳机的那一刻，周遭所有欢呼声被屏蔽在外，他的世界只剩下队友的声音。

不多时，第一场 Ban&Pick 开始。

两边依照原先的想法，都没怎么禁中单英雄，HT 禁掉了路柏沅擅长的两个打野，以及 Pine 最拿手的厄斐琉斯。

路柏沅略一思忖，道：“一选给简茸。”

“可以。”丁哥立刻给出建议，“乐芙兰在外面，可以抢，简茸，这个给你能不能 C？”

“拿。”简茸的手心因为激动而滚烫，脸上却始终是死小孩那一副高冷的表情，他的语气冷淡却坚定。

“给我什么英雄，我都能 C。”

乐芙兰的头像刚出来，所有观看直播的观众心就踏实了一半。

“乐芙兰！根据统计，自整场春季赛以及季中赛开赛以来，Soft 的乐芙兰胜率是，”解说甲顿了一下，然后铿锵有力地说，“百分之百。”

解说乙点头：“没错，虽然会有这么高的胜率是因为到了比赛中后段乐芙兰一直被敌方按在禁用名单里，但这也说明 Soft 的乐芙兰绝对是世界顶尖的水平！”

现场观众在欢呼，直播间里在刷弹幕，H 国解说在分析 HT 应该谨慎一些禁用乐芙兰。

而 TTC 的战队语音里——

在路柏沅拿下千珏，袁谦拿到凯南之后，丁哥在语音里问："再来个前排，拿个泰坦吧，稳点，有意见没，小白？"

"拿。"小白用非常低沉的语气道，"给我什么英雄，我都能C。"

紧张的气氛被小白一击打破，所有人都扑哧笑了出来。

简茸的眉头抽动了一下，说："庄亦白你是学人精？"

小白点头，说："我是的呢。"

简茸面无表情道："那你拿个琴女C给我看。"

琴女，脆皮软辅，在该版本是下水道英雄，虽然不强，但许多女生爱玩。

"那不行，"小白一本正经道，"我是没关系，主要我家P宝啊，他看见这个英雄就晕。"

简茸："……"

袁谦："哈哈哈，妙啊。"

Pine说："我这把单下。"

路柏沅调整符文，说："你真晕？"

Pine说："不晕。"

"他晕不晕我不知道，我是马上要晕在台上了，"丁哥忍无可忍道，"赶紧选！"

双方英雄选定，TTC方选择的阵容为：凯南、千珏、乐芙兰、滑板鞋、泰坦。

HT方阵容为：武器、皇子、马尔扎哈、烬、日女。

解说甲说："HT明显就是想让TTC先亮出中单英雄自己再选。马尔扎哈的被动技能是一个大护盾，而且这英雄有压制有沉默，其实非常克制乐芙兰，这一局Soft对线应该不太好杀。"

解说乙先是点点头，几秒后才发觉不对："不太好杀？"

这几天一直在观战简茸打游戏且看得非常上头的解说甲轻咳两声，说："口误，抱歉，是不太好打。"

“说到这儿……Soft 选手也在今天凌晨 3 点 27 分完成了他在直播中的承诺——他以王者 1587 分成功登顶 H 服，成了目前的 H 服第一。”解说丙微笑着为观众插播完这个消息，继续道，“那么让我们期待 Soft 选手今日的第二次登顶！《英雄联盟》季中冠军赛总决赛的第一场对局，马上开始！”

解说员话音刚落，双方教练握手下台，镜头给到每一位选手，场地灯光交错，大荧幕切换到游戏界面，随着“砰砰”几声回城音效，十位英雄同时出现在召唤师峡谷。

大家都以为今天导播又会把视角锁在中路，没想到刚升二级，下路就开始频繁摩擦。

Rish 一开始在外网内涵 LPL 的时候，HT 管理层以及其他队员们都是睁一只眼闭一只眼的态度——他们一向如此，不止看不起 LPL，还看不起 H 国许多小队伍。因为 H 国大多数队伍在后台看到他们都得鞠躬喊“哥”，他们自大惯了，不差这一条博文。

但事情发展到现在这个程度是谁也没想到的。HT 连失几个合作和代言，甚至在谈的工作也几乎全部崩盘，在这个情况下，大家头一个埋怨的肯定是最先惹事的那个人——

Rish 这几天被管理员约谈、被队友教育针对，过得实在难受。

所以今天的比赛，他必须证明自己，必须打出一点儿模样。

“这 Rish 是不是有毛病？”小白嘀嘀咕咕，“兵都不补来砍我？砍我一点儿血条是能得五十金币还是能爆我一千点伤害？我是一个巨肉坦克，他能不能尊重一下人？ P 宝，他还砍我！他顶着小兵都要砍我！我不把他脑袋钩下来我不姓白！”

Pine 已经懒得纠正小白的姓，补完这个炮车跳跃向前，言简意赅：“打他。”

话音刚落，小白果断闪现丢钩子——直接按住了 Rish 的脑袋，并利用自己的被动技能把 Rish 禁锢在了原地。

Rish 的站位其实还算谨慎，但小白是老钩子手了，知道哪些刁钻的角度能钩到人。

Rish 珍惜自己的闪现，硬是撑到最后一丝血才肯丢出来逃命，可就在他闪现的下一秒，Pine 紧跟着闪现并丢出一支长矛——

“First Blood！”

“漂亮！”小白走到别人塔下亮狗牌，“P 宝厉害！P 宝最强！P 宝世界第一艾迪西！”

第一滴血的音效和这个狗牌刺激到了 HT 其余队员的神经。

HT 队内语音原本一潭死水，开局五分钟几乎没有交流，看到 Bye 在下路防御塔亮出的图标，HT 上单狠皱了一下眉，语气不悦道：“你怎么回事？开局五分钟被单杀？你专心一点儿啊，又想拖累整个队伍吗？”

Rish 做了个深呼吸，头皮发麻地说：“我的错，哥。但我刚刚那个位置不应该被钩到的啊，是不是又有 bug 了？”

他话音刚落，Master 冷冷开口：“上线，补兵。”

HT 打野道：“是啊，别说了，好好吃兵吧，等 Master 打出优势，别想着出风头了。”

Rish 见 Master 都开了口，不敢再多说：“知道了，哥。”

Master 又吃了简茸一波伤害，脸色沉得厉害。

他这英雄应该是克制乐芙兰的，但从开局到现在，他不断地被乐芙兰消耗，反而是自己被压制得补兵都束手束脚。

Soft 又进步了。

能在短短几天让与他对线的人感觉到他的强大，是一件非常恐怖的事。

再这么打下去，别说打出优势了……

八级，Soft 躲开他的虚空沉默，一套连招突到他的脸上，利用爆发把他磨至三分之一血量，他一咬牙丢出闪现，对方的锁链却依旧拷到了他的身上——Soft 预判了他的闪现。

两个赛区的解说员和观众都被这一幕刺激得提起了心脏，但 Master 这波太靠近塔下，最终还是成功以丝血逃脱，H 国解说员捏了一把汗，LPL 解说员拍腿直呼可惜。

Master 回城，沉默几秒后突然开口："来抓中。"

这话一出，原本在语音里小心翼翼交流的下路二人组直接噤了声。

Rish 有些蒙，他忍不住切到中路看了一眼，正好看到半血的乐芙兰以胜利者的姿态在补兵。

Rish 加入 HT 一年半，跟 Master 一起打比赛一年，从来没听 Master 主动开口让打野去帮中路，还是在敌方打野没有针对中路的情况下。

乐芙兰似有所感，当 Rish 视角锁定他时，秀了一个 TTC 的战队图标。

Rish 一个激灵，立刻把视角切回下路。

真邪门!

解说甲说："HT 打野又来了，这是第四次来抓人了吧……这波 Soft 没闪现有点危险啊。"

解说乙说："Soft 还在跟 Master 对拼，不得不说，这两人对线是真的好看！"

解说丙说："谁也不服谁呗。但我个人觉得 Soft 在对线方面还是占了优势的，而且是在英雄被对方克制的情况下，对面还是 Master……太强了，真是年轻人的冲击。"

解说甲说："嗯，毕竟 Soft 也是单挑遍了 LPL 的男人。"

解说乙说："这你也知道？"

解说甲说："大家不都知道了吗？空空发微博说的，真顶。"

解说乙说："真顶。"

解说丙说："别顶了！ HT 打野到了！"

只见 Master 毫不犹豫地闪现大招把简茸压制在原地，打野皇子闪现紧跟两个连招把简茸挑到空中直接开大！

技能全交！杀心已决！

当简茸只剩下最后一丝血量的时候，HT 打野在语音里道："哥，人头给你……"

话音未落，又是一道闪现声——

路柏沅的千珏一个闪现冲进战场，并在脚下放出大招赐福——敌我双方生命值在百分之十以下的生灵在大招区域内将免疫所有伤害及治疗效果，这下成功救下了残血的简茸。

在简茸被抓的前两波里，路柏沅偷掉 HT 无数野怪，帮袁谦打出一波大优势，帮下路越了一次塔。

他现在手握两个人头，挂着全场最高等级突围而入，几下就把 Master 点得不得不躲进路柏沅的大招之中。

解说甲说："路神大招时间结束！Soft 获得治疗效果，然后立刻突到 Master 脸上收下这个人头！"

解说乙说："皇子发育比路神差太多了，只能逃命，但路神会让你走吗？一个 E 技能致残减速直接让你留下！"

解说丙说："然后——嗯，把人头让给了 Soft。"

解说甲说："嗯，常规操作，让中单人头很正常，毕竟双杀嘛。"

解说乙说："让 Soft 人头也很正常，毕竟是队友嘛。"

解说丙说："对的，让我们来看这波击杀回放！首先是 Soft 被对方中野两个闪现 gank，然后已经做好反蹲准备的路神一个队友情之闪救下 Soft……"

HT 下路对线火拼被反教育，上路放养不成狂被抓，中路双闪强抓被反蹲……

至此，游戏节奏被 TTC 全面掌握。

下路塔破后 TTC 双人组不再留恋，直接去中路推塔等机会开团。四人在中路把 Master 越了一波之后，抱团拿小龙、拿先锋、入侵野区……

第二十五分钟，一波小团战打完，TTC 漂亮地打了一波一换三，简茸拿了两个人头，再补给出一波装备之后，以单杀敌方打野的方式告诉对面所有人——乐芙兰起来了。

乐芙兰起来了，有的人就要遭殃了。

在简茸打 H 服的这段时间，H 服高分段很多 AD 看到对面中单拿出劫、男刀、乐芙兰这种英雄就冒冷汗。尤其是进入游戏看到对面还顶着一个“Softsndd”的 ID，那别问，问就是想在泉水挂机。

Rish 在 H 国青训、比赛多年，从来没这么惨过。

补兵被杀，团战被开，站在队伍最末都能被不知道从哪里冒出来的乐芙兰两招秒死——乐芙兰甚至从来没给他上过点燃。

这一天，在电脑前观看比赛的鱿鱼战队某位无关人士深沉地点燃一支香烟，回想起自己被 Soft 所支配的恐惧。

直到路柏沅推掉 HT 的基地，TTC 拿下第一场比赛胜利时，Rish 的战绩是 0/7/4，再死一次直接超鬼。

LPL 观众欢呼，H 国观众傻眼——

他们知道这次季中赛 HT 的状态一般，也知道 TTC 的状态极佳，但怎么会一条路都打不出优势？就连 Master 都被对面压制了？

这个疑问不止观众有，就连在赛场中的 HT 队员们也同样想不通。

被杀得脑袋发晕的 Rish 茫然地摘下耳机，跟着队友回到后台，走了几步后，跟同样刚下台的 TTC 队员们打了个照面。

Rish 下意识往人群中最显眼的那个发色望去。

Soft 两只手插兜，走在 Road 身边，神态轻松，似乎低声在和 Road 说什么。

忽然，Soft 似有所感，侧头瞥了过来。

他们只对视了一眼，就被 TTC 经理用身体强行打断。

但就一眼，Rish 还是看清了 Soft 眼里的不屑、轻蔑还有嘲讽，他甚至从这个眼神中感应出了对方未说出口的那一句——垃圾。

Rish 阅读理解做得其实还不够到位。

如果眼神有声音，他在那一刻或许可以听到八国语言的“看个屁”“真菜”以及“怎么什么垃圾都能到互联网上瞎叫”。

前面有摄像头在拍，路柏沅看到身边人像狼崽似的望着 HT 的方向，失笑着抬手把他的脑袋扳了回来。

TTC 的第一场胜利来得比想象中简单，夸张一点儿来说，甚至打出了一股天下无敌的气势。

LPL 的解说席和直播弹幕里都像过年，解说们满面春风地看导播回放上一局的精彩击杀以及团战，直播间的房管也是头一回在国际赛总决赛能这么闲地跟观众一块儿加油。

而人与人的悲喜并不相通。

距离 LPL 解说席不远的 H 国解说席，三名解说员面色沉重，挤不出一点儿笑容，只能不断地给选手打气，分析上场赛况时眉头紧皱。左侧坐满 H 国观众的观众席也格外安静，HT 的应援牌被暂时放在了地上。

其实输一场比赛不可怕，HT 打春季赛总决赛的时候那一场三比二也是惊心动魄、险象环生，但至少那时每场比赛都是有来有回的拉锯战。

可从刚才那一场比赛来看，简直就是一边倒。

HT 被 TTC 全面压制。

解说甲说：“今年 TTC 的状态实在是太好了……不止是中路，下路二人组的配合明显更加默契，上路开团抗压能力依旧惊人，野区更不用说——”

解说乙说：“野区一直都是我们 LPL 的。”

解说丙忍着跟两名解说一块儿吹的冲动，克制着兴奋道：“TTC 打得非常漂亮，也希望 HT 战队不要气馁，调整好心态，下一局能发挥出应有的实力。”

中场休息时间很短，LCK 的观众和解说员还没从第一场的失败中走出来，音乐响起，休整过后的两支队伍再次登台。

HT 五名队员的表情比之前下台时还要凝重。差点被杀超鬼的 Rish 一路低着头看地面，双唇紧抿。Master 一如既往面无表情，拿着水杯独自走在队伍最前面。

而 TTC 这边——

袁谦喝着咖啡上了台，小白凑到 Pine 身边小声说了两句，两人一块儿落座。

路柏沅依旧穿着外套——场馆里不冷，场上成员只有他一个人穿着外套，衣袖都拉到了手腕附近。他神色冷淡，坐到机位上之后戴上耳机，只是一个特写就引来了全场观众的尖叫，就连那些自己主队刚失利心情极差的 HT 粉丝也都忍不住紧盯大荧幕。

上局的 MVP 嚼着口香糖上台，神情比刚才赢了比赛下台还要拽。简茸有薅头发的习惯，打一局游戏头发就乱了，刚被化妆师逮着整理了半天。

简茸刚戴上耳机，就听见小白兴奋地说：“我刚刚偷看了一眼大荧幕，HT 这帮人现在的脸色是真臭啊，哈哈哈哈！”

Pine 说：“你不要一副小人得志的嘴脸。”

小白说：“我是大人得志！”

丁哥用本子很轻地敲了一下小白的脑袋，提醒他不要说太多，毕竟监听员还在听。丁哥道：“你俩记住我刚才在后台说的毛病，别太激进，他们玩蓝色方很喜欢打下路四包二……这局放松打，别有压力，我估计他们好几个队员心态已经崩了，咱们稳着肯定赢。”

袁谦耸耸肩，说：“我没压力，真的。打 98K 我或许还会慌，HT 的上单跟我一卦的，老抗压选手了，我开团抗揍肯定比他猛。”

路柏沅惯例检查自己的设备，感觉到旁边人灼灼的目光，他转头好笑地问："你看什么？"

简茸看着他的手腕，问："手疼吗？"

中场休息时间非常短，听完丁哥的简单复盘和叮嘱就得匆匆上台，简茸没找到机会问。

这段时间训练很紧，路柏沅手上的膏药贴就没有断过，今天早上更是直接往上贴了三张，路柏沅不想让观众担心，特意用长袖外套遮着。

路柏沅道："不疼。"

简茸拧眉道："嗯。"

几秒后，路柏沅笑了一声，食指磨了磨鼠标左键："真不疼……别看了，简神，镜头拍着呢。"

于是观众们就看见大荧幕上的蓝毛皱眉看着某处许久，又皱眉收回了目光。

解说们还没来得及分析 Soft 在看什么，大荧幕画面一切，进入了第二局游戏的 Ban&Pick。

因为这一局首选权在对面，丁哥想也没想道："这局我们禁乐芙兰，别让 Master 拿。"

简茸道："我怕他的乐芙兰？"

"我怕，我怕。"袁谦边说边把乐芙兰按进禁用池。

两支战队近期打了多场比赛，禁用环节没用多少时间，很快，双方阵容出炉——

HT 方阵容为：船长、酒桶、卡牌、寒冰、牛头。

TTC 方阵容为：奥恩、艾克、皎月、烬、日女。

解说甲说："HT 这阵容……这局 TTC 下路要非常小心才行。"

解说乙说："其实这手卡牌放得不好，Master 的卡牌游走非常强势，他最开始就是玩卡牌出名的。"

解说丙说："没办法。维鲁斯版本之子，红色方天然亏一个禁用位，乐芙兰和鳄鱼也禁得没毛病。我比较好奇的是打野艾克，好像很久没见路神玩过了。”

解说甲说：“艾克也算是野核，就是比较吃资源和操作，不过路神玩没毛病，他有这本事。”

解说乙说：“那中单皎月什么说法？”

皎月女神在本次季中赛的选择率为 0，因为前期超级兵、没控制、没 AOE（范围线技能），这是这个刺客 AP（魔法伤害）英雄第一次站上季中赛舞台。

解说丙说：“没说法，你看到 ID 没？Soft，他掏个提莫出来打中单我都不怕——我这话没有看不起提莫的意思。”

解说员和观众们表示对自家选手掏出来的阵容非常放心，觉得这肯定是 TTC 暗地里苦练的新战术。

而队伍语音中——

“丁哥让你拿个后期中单吓死他们，不是吓死我们。”小白看着自己身边的皎月女神，满脸怀疑地问，“你会玩这英雄吗？”

简茸嚼着口香糖，口出狂言：“我拿她上国服第一的时候你还在白金混分。”

小白一脸震惊，道：“放屁！死小孩！我打职业赛的时候你还不知道在哪儿喝奶呢！”

简茸刚要回击回去，就听见路柏沅忽然在语音里笑了一声。

然后他才后知后觉，庄亦白打次级联赛总决赛的时候，自己确实在网吧门口喝奶。

简茸闭了嘴，安静地上线补兵。

皎月这英雄虽然刚加强过一次，但前期其实还是没办法对敌人造成什么威胁的，尤其对面卡牌算是一个手长英雄，Master 打得也很仔细，卡牌这英雄爆发不高但消耗皎月还是没什么问题的，所以简茸在六级之前只能依靠 Q 技能（新月打击）去吃兵。

中路突然转变风格，导播都有点不习惯，总是把镜头切过来几秒再离开。

简茸看到卡牌升到六级，回城后提示：“卡牌有大招了。”

很快，观众们就从大荧幕中看见 HT 打野悄悄靠近 TTC 下路一塔后面的草丛，卡牌也往下路赶。

而此时路柏沅刚在上路帮袁谦抓出对方上单的闪现，他在草里回城，看了一眼空荡荡的中路，道：“下路小心。”

P 白二人也嗅到了危险的气息，两人一块儿往后撤。

可惜没用。

因为怕被抓，下路的兵线一直都靠近 TTC 的塔下，这让 HT 不用等推兵线的时间就能直接越塔。草后冒出敌方打野酒桶，卡牌大招特效也出现在五人头顶，船长大招从天而降，牛头直接闪现顶着塔伤把 Pine 控到天上，两人根本无处可逃。

小白到这种时候就十分冷静：“换一个，杀 AD。”

Pine 一言不发地努力输出，但这一套打法 HT 私底下不知道练了多少次，他们甚至猜到了 Pine 的想法，寒冰丢了一个大招直接往后走——

“Double Kill！”

双杀被 Master 拿到。

Pine 说：“我的错，没换掉他们 AD。”

“你没问题。越塔是他们拿手的套路，让你杀掉一个那他们算是白练了。”路柏沅趁机入侵敌方野区偷资源，冷静道，“没事，往后拖，我们中后期好打。”

下路一旦劣势，就等于失去了小龙的主动权。

因为卡牌前期大优势，身上还带着一个传送，开始不断到上下路做事，吃掉小龙之后还配合打野把峡谷先锋吃了，Pine 两级内被抓死两次，这局

TTC 下路已经走远了。

虽然路柏沅帮下路反蹲一波并吃了一个辅助的人头，但对目前的形势来说，TTC 依旧处于下风。

解说甲说：“这卡牌真的是无处不在……TTC 下路根本不敢出塔，这一手卡牌放得确实有点糟糕。”

解说乙说：“说实话，这局 TTC 有点悬。节奏完全在 HT……或者说是卡牌手上，Master 带节奏太快了，偏偏 Soft 这局拿的是一个支援能力相对较弱的皎月。”

解说丙说：“其实皎月发育不差的，没死过，补兵比卡牌多，但现在距离皎月的强势期还有点远，TTC 如果想翻盘，只能找机会了。”

这个机会说实话并不好找，毕竟他们面对的是以稳闻名的 H 国赛区的战队。

HT 知道怎么在每分每秒里扩大自己的优势。

HT 四人抱团推中路，拿小龙从不晚点，先锋连拿两只……很快，HT 推掉了 TTC 上下路二塔以及中路高地，并找机会在野区埋伏杀掉了落单的小白和袁谦，五个人毫不犹豫地朝大龙走去。

解说甲说：“这个大龙我觉得不能给啊，给了就要被一波推了吧。这局我觉得……差不多了。”

解说乙说：“那有什么办法，现在 TTC 就只有中野 AD 三个人活着，还要守家呢，只能让路神去抢大龙试一试……你看，Soft 都回城了，应该是打算放大龙了……嗯？”

解说乙话还未说完，就见刚回城的皎月直接原地传送——传送目标是路柏沅刚在小龙坑上方插的真眼。

解说丙说：“啊？这是什么意思？如果抢龙的话，路神一个人去就行了吧？这传送留着带上下路的兵线不是更好吗？”

所有人都以为简茸这个传送是抢龙去的。

所以当简茸传送落地并用连招直接冲进龙坑时，三名解说员都惊得差点跳到解说台上。

HT 的人提前做了视野，早就商量着要杀在龙坑处徘徊的路柏沅，可就在牛头想推开路柏沅的那一刹那，路柏沅直接一个闪现加位移跟在简茸身后冲进人群！

简茸 Q 技能命中敌方四人，并借着敌方上单位移下龙坑，然后闪现到 HT 的中野 AD 身边，一个大招拉中三人！同一时刻，路柏沅极限走位躲开敌方寒冰射过来的大招，冲进了自己制作出来的时间场中，将三人眩晕。

一秒后，皎月女神的月光倾注在艾克的时间场中。

下一刻，路柏沅一个 Q 技能丢在大龙身上，然后算准血量，一个惩戒——

TTC · Road 抢到了纳什男爵！

“Trible Kill！”

解说甲说：“漂亮！路神抢到了大龙！Soft 三杀！翻了！这局翻了！”

解说乙说：“来了！这是血条消失术！”

解说丙说：“这两个人的技能丢得都太极限了！这套伤害直接爆！”

话音未落，屏幕暗掉。

大荧幕上又是众人熟悉的那五个字——游戏暂停了。

观众愣怔，解说员呆滞。

裁判上前和申请暂停的 Rish 沟通。

虽然隔得很远，导播也没有给 TTC 队员席镜头，但坐得近的观众可以看见 TTC 五位队员一脸镇定地靠在椅背上，就连上次气得红了眼的 Soft 也只是面无表情地继续嚼着他的口香糖，甚至还左右活动了一下自己的脖子。

场内观众过了好几秒才反应过来。

最初，只是 LPL 观众举着 TTC 的应援牌不断发出嘘声，用力地表达对这个暂停的不满。

过了一会儿，场内其余的玩家，包括一部分HT粉丝也开始发出声音。

输团战可以，输比赛也可以，但输了就暂停真的不行，是自己喜欢的战队也不行。

直播间弹幕更是直接占满整个屏幕——

“你当自己打篮球呢，还搞技术暂停？”

“要打打不打滚！Soft是去打比赛的，不是去受气的！”

“大炮已经架好了，再搞一次时空回溯，我直接炸HT基地。”

“哇，我上头了，我真的第一次看比赛看到自己面红耳赤，Rish真有你的。”

……

就在弹幕即将把直播间服务器撑爆的前一刻，LPL三名解说员听到耳麦里的消息，长舒一口气。

解说甲说：“Rish选手觉得自己游戏跳ping（网络不稳定），但经过赛方检测，并没有发现什么问题，所以赛方给Rish选手一个警告。”

解说乙说：“这……我的心脏要跳出来了。”

解说丙说：“我也是，多的不说了，希望Rish选手以后喊暂停可以再谨慎一点儿。”

游戏出现重新开始倒计时。

再次进入游戏，刚刚赶到大龙坑的小白一个愤怒闪现大招将HT上路留下，配合队友的伤害，让简茸拿到了四杀。

这一波大龙团战，直接让TTC死而复生。简茸和路柏沅等级终于跟上敌方中野，装备也重新更新一波。

TTC五人带着自己身上的大龙buff直奔远古龙。

刚跟HT的人打上照面，袁谦果断一个大招开团，召唤羊直接击飞站位不佳的HT下路二人组，简茸一个连招上去直接让Rish原地升天……Master的黄牌给到简茸身上，HT其余人立刻冲上来想杀，却被路柏沅的时间场摁在原地，简茸毫不犹豫，一个金身让自己免疫所有伤害，路柏沅冲进战场直接把 Master 切死。

最后由 Pine 的大招收尾，减速了想逃走的 HT 辅助，小白一边嚷着“臭傻瓜还想跑”一边把人晕在原地。

机械的女声无情地宣布 HT“ACE（团灭）”。

TTC 五人直接冲向 HT 基地，他们连兵线都不等，袁谦的奥恩像一台坦克似的顶在前面，承受着无数防御塔的伤害。

第四十五分钟，TTC 在 HT 选手们复活的前一秒推掉了 HT 的基地，完成翻盘，并把比分拉到了二比零，成功拿到了这次总决赛的赛点。

“我当时离拿起键盘砸 Rish 脑袋就差那么一点点。”

TTC 休息室里，小白叉着腰，隔着门板对 HT 战队休息室的方向指指点点：“要不是我怕砸伤人耽误比赛，我非……”

Pine 伸手把他拽到沙发上，道：“你别吹牛了。”

“还真别说，当时暂停跳出来的时候……”袁谦看向沙发另一头，“我确实做好了拉架的准备。”

简茸感觉到队友的目光，看着电视上的数据分析，道：“我没那工夫。”

暂停的那几分钟里，简茸满脑子都是——如果再次时光回溯，那么这波大龙团他要怎么开。

打是一定得打的，他们熬了四十多分钟，就等 HT 这支稳得不行的战队去摸大龙。

虽然队伍年纪最大的袁谦在游戏中期已经在语音里安慰他们，说这局输了也没关系，比分一比一，他们的胜算依然很大。

但简茸一局都不想输，他只想从 HT 头上踩过去，不给他们哪怕一点儿挣扎的机会。

“HT 今天比我预想中还要差劲，除了 Master，其余人都打得不好。

尤其是 Rish，第一局还算有点好胜心，第二局直接成了工具人，怕死不敢输出，除了大招一无是处。”丁哥道，“咱们乘胜追击，争取三局把他们送回家！”

电视中的赛后数据复盘环节结束，路柏沅从沙发上起来。

简茸仰起头问：“你去哪儿？”

路柏沅很随意地用手轻揉了两下他的头，说：“厕所。”

上完厕所，路柏沅在盥洗台洗手，听见身后传来一阵脚步声，紧跟着是一声熟悉的“哥”。

路柏沅抬起头，在镜中跟 Master 对视了一眼，关上水龙头，说：“嗯。”

Master 刚在休息室把队友训了一通，脸色很差。他点燃一支烟，说：“哥，还是这么强。”

路柏沅没应，他继续道：“本来今年我想跟哥好好打一场，可是我的队友真的太垃圾了……其实比起跟哥当对手，我对跟哥在同一个队伍打比赛更感兴趣，可惜哥当初没答应我们经理，真的非常遗憾……来一支吗，哥？”

路柏沅抽出纸，说：“不用。”

Master 点点头，沉默两秒后又自顾自道：“不过其实也不是没有机会。”

“LPL 好几支队伍一直在邀请我，虽然队伍实力都很烂吧，但是价格开得很高。哥和 TTC 的合约不是也快到期了吗？”Master 吐出一口烟，半开玩笑似的说，“不然哥跟我一块儿转会吧，我们可以拿两年冠军，到时候哥就可以风光退役。”

“我们？”路柏沅微微挑眉，很轻地嗤笑一声。

Master 一顿，刚要说什么。

“我自己就能拿冠军，”路柏沅问，“为什么要带你？”

Master 微愣，笑容收了大半：“先不说比赛还没打完，哥，这次是我们队伍状态不好……”

“而且你怎么会觉得，”路柏沅打断他，疑惑道，“自己值得我去转会？”

吹捧听多了，Master 狠吸一口烟，笑容都要挂不住了，道：“我忘了，哥现在和队里的中单关系很好，我也只是随口一说。”

“这跟私事没关系。”路柏沅把纸扔进垃圾桶，简单道，“我只是认为，我们队伍的现任中单比你强。”

Master 被堵得差点心梗，闻言他瞬间沉下脸，刚想反驳。

“你很自信，但也很普通。”路柏沅在他前头开口，经过他身边时，丢下一句话，“抽完烟就回去，不要耽误比赛开始的时间。”

路柏沅刚走出两步，就碰到了准备去厕所找他的简茸。

而路柏沅身后还跟着追出来想要跟他再辩论几回合的 Master。

Master 一看到简茸，想起这人在社交网站上说过的话，辩论的心思也没了，带着一身烟味径直离开。

已经没有回休息室的时间，在去赛场入口的路上，简茸问：“他找你事了？”

他语气挺拽的，仿佛路柏沅只要应一句“是”，他立刻就能去 HT 休息室找人算账。

就是他嘴里含着一颗路柏沅刚塞的糖，说话有些模糊不清。

“没有。”路柏沅顿了一下，笑道，“好像是我给你找了点儿事。”

简茸一脸疑惑地看他。

路柏沅总结：“我帮你领了一个世界第一中单的名号回来。”

简茸怔了好几秒才明白他话里的意思。

他们周围都是工作人员和摄影机，简茸克制着，双手插兜，往路柏沅那边靠了一点儿。

虽然很想忍着，但他眼里的高兴和自信还是没藏住。

上台的前一刻，简茸偏了偏身子，跟路柏沅肩抵着肩挨近。

“领对了。”简茸说，“那名号现在就是我的。”

第十章

强者永存

Take the Crown

选手重新上台入座。

最后一局比赛，全场观众在看到选手的那一刻都忍不住起身欢呼，现场热闹得甚至让人分不清观众到底在喊哪个战队。

“咱们 LPL 粉丝真牛。”刚落座，袁谦就忍不住在语音里道，“明明是 H 国的主场……我居然觉得是自己队伍的应援声更大。”

丁哥说：“确实牛，你不知道票有多难抢。总决赛门票开卖那天，热搜上还有个话题是‘我抢爱豆门票都没这么努力过’。”

小白说：“我哭了，你们呢？”

“哭有用？”Pine 检查设备，道，“你别给观众演一出《爱丽丝梦游仙境》就行，我替他们谢谢你。”

小白道：“你别跟旁边那个蓝毛学坏！”

简茸说：“关我屁事。”

因为拿到了赛点，他们的交流要多轻松有多轻松。

路柏沅莞尔一笑，说：“观众们是不容易……所以这场比赛好好打，让他们票超所值，满意而归。”

进入第三局 Ban&Pick。

三名解说员喊三比零已经喊累了，因为太过激动，其中两名解说员嗓音甚至有些发哑。

解说甲道：“好，那么马上进入我们今天第三局的比赛！双方选手重整旗鼓，再次出发！”

解说乙道：“两边的禁用名单大致上还是没怎么变，不过 TTC 这局把卡牌给禁了，HT 也禁掉了乐芙兰。”

解说丙说：“但是路神的男枪放出来了，我觉得可以先抢——抢了！”

袁谦帮路柏沅锁了男枪之后，对面立刻选出了中单发条。

解说甲说：“你们说这局 Soft 会拿什么？”

解说乙说：“打发条……小鱼人？卡萨丁？这两个英雄都蛮合适的。”

解说丙忍了又忍，还是忍不住问：“你们说他会不会拿出个劫或者男刀？”

解说席再次沉默两秒。

这两个在赛场上提出来都像在开玩笑的英雄……

解说甲说：“那应该还不至于吧？”

解说乙说：“其实也不是不行，但说实话，这两个刺客都很难去单杀发条。”

解说丙说：“反正 2∶0，没压力！我绝对相信 Soft 的线上实力，我觉得 TTC 的教练和队员肯定也和我一样！”

解说甲说：“谁能想到呢，有一天我们会在赛场上讨论一名选手会不会玩劫或者男刀。”

解说甲话音刚落，TTC 的中单英雄选出来了。

当然不是男刀，也不是劫。

一个皮肤黝黑、眉头紧皱的英雄头像出现在众人视野中。

解说甲说：“卢锡安！”

解说丙说：“我觉得能拿！卢锡安打发条是绝对占优势的！”

解说乙说：“卢锡安这英雄比较考验选手的能力，我没记错的话，Master 在小组赛就拿过卢锡安，当时 Soft 玩的是劫吧？两人打得有来有回的，那场比赛特别好看。”

说话间，卢锡安被 TTC 队伍选定。

解说甲斩钉截铁地说：“相信我，这场比赛肯定会更好看。”

双方阵容很快确定。HT 这边的阵容是上单船长、中单发条、打野酒桶以及下路烬和牛头。

而 TTC 这一边，袁谦拿到了他的刀妹，中单卢锡安，打野男枪，下路则是拿到了寒冰和辅助腕豪。

游戏开始，双方出现在各自的泉水。与此同时，两边队伍的 OB（观战）视角也再次开启。

TTC 本场的 OB 直播视角给的是简茸，而 HT 的 OB 视角已经连续三场给到他们的中单 Master。

但这两个直播间的观看人数却是天差地别。

Master 的直播间人数只有简茸视角直播间的六分之一，里面大都是一些没什么营养的弹幕。

而简茸的 OB 直播间——

“好卡！星空 TV 老板这么有钱，为什么不改善一下线路？卡死我了！”

“来了，兄弟们，欢迎来到当前版本最强卢锡安现场教学现场。”

“最强卢锡安？我笑了，是没看 Master 小组赛那一场拿卢锡安吗？那才叫最强教学好吗！走位和输出都是一流，虽然 HT 战队最近人人喊打，但操作摆在那儿，有眼睛的人都懂。无所谓了，反正现在在弹幕吹 Soft 就对了，就瞎吹呗，硬吹。”

“HT 粉为何千里送人头？”

“嗯嗯，Master 这么牛，那场比赛为什么没赢啊？”

“别问，问就是 bug。”

“别问，再问下去小心时空给你回溯到小组赛。”

……

游戏进行到第四分钟，中路在打架。

第四分四十三秒，中路在打架。

第五分二十秒，中路在打架。

导播不断切着镜头，忍不住在心中感慨，是了，这才是 TTC 对战 HT 的正确打开方式。

虽然这一局的架几乎都是 Soft 挑起来的。

卢锡安是绝对的前中期英雄，不在线上打出压制，那这一手卢锡安拿得就毫无用处。

简茸当然不可能跟一个发条对刷发育，几乎是技能好了就上去换血。简茸走位好，发条的技能很难打中他，几轮换血下来明显是简茸比较赚。发条血量只剩最后一小截，但就是迟迟不回家。

只有上帝视角的观众们才看得清，Master 不回家是因为 HT 的打野酒桶近在咫尺。

路柏沅帮谦哥打出了对面上单的闪现，转头钻进对方野区，看到对方的红 buff 居然还在，路柏沅立刻道："中单小心，他们打野应该在中路。"

简茸道："好。"

小白趁回城的间隙往中路看了一眼，说："你还不走？"

简茸不仅没走，甚至走位靠前，几乎要逼近敌人塔下。

就在这时，残血空蓝的发条突然给简茸亮了一个 HT 战队的图标。

这个图标一出，小白就知道他们的中单是不会走了。

几乎在下一刻，埋伏已久的敌方酒桶直接一个 E 闪（在 E 技能位移的途中使用闪现）想把简茸撞起来，然后被简茸一个位移技能漂亮躲过。

提心吊胆了许久的解说甲瞪眼说："Soft 躲开了！他为什么可以躲开？酒桶明明卡在他的视野盲区……这反应到底是有多快啊！"

就在解说甲傻眼之时，游戏中，一道金色的闪现灯光随之亮起——被

gank 的卢锡安不仅没有逃，反而闪现到了残血发条的面前。

Master 心一跳，立刻交出自己的闪现，可惜为时已晚。

就在他闪现的前一刻，卢锡安最后两发子弹已经出膛。

“First Blood！”

解说甲嘶哑着喊：“牛！”

解说乙道：“牛！”

解说丙道：“恭喜 Soft 完成单杀！”

这一套操作似乎就在眨眼之间，大家都还在回味简茸那一波谁也想不通的盲躲 E 闪，卢锡安就已经取走发条的人头并消失在敌方野区。

酒桶当然不可能就这么放过他，紧跟着追到野区，迎面撞上了赶来帮忙的男枪。

在路柏沅的帮忙下，简茸拿到双杀，然后顶着 88 点血量回到中路。

大家都以为他还要清一波兵线再回城。

但简茸走到中路之后，却站着不动了。

看比赛的观众不明所以，几名解说员也莫名其妙。

而在“季中赛总决赛 OB 视角 TTC 选手 Soft”直播间里的观众们，眼睁睁看着简茸操控卢锡安在中路站定，然后打开了对话框。

[所有人]TTC · Soft：?

[所有人]TTC · Soft：Pause ?

需要暂停吗?

这句话发出去的下一秒，直播间弹幕空了一半。

大家都有着相同的第一反应——截图。

然后是铺天盖地的惊叹。

“牛！”

“我爽了，我直接爽飞。”

“这是真牛！ Soft 好争气，我现在浑身起鸡皮疙瘩。”

“Rish 现在应该非常想穿越回去把向 LPL 第一阴阳师发起挑战时的自己掐死。”

“好家伙，我看 Soft 直播几年了，头一回看他用 ABCD。”

“这个单杀真帅，那波盲躲 E 闪别说是 Master，就连我都没有反应过来。”

“Master 的脸色太精彩了吧，导播好坏啊，这时候还给 Master 镜头，哈哈哈哈哈。”

屏幕左右下方是两队的中单特写。

Master 脸色阴沉，被单杀的那一瞬他甚至不轻不重地砸了一下鼠标，HT 队伍语音再次像被封印，无人吭声，下路两名新人更是连呼吸都放轻了一些。

几秒后，队里的上单用口型骂了句脏话。

在 H 国，谁敢这么嘲讽挑衅他们?

偏偏他们还不好反击——不说自家中单刚被单杀，这场比赛的局势也因为这次中野失误发生变化，他们此刻已经处于劣势。

今天这场比赛，输家只能闭嘴。

而刚完成单杀并且直接在世界赛开麦嘲讽的蓝毛脸上没什么表情，把面前的兵线清完之后回城。

TTC 此时的队伍语音跟直播间弹幕有得一拼，全是“牛”，其中自然是小白的嗓门最大，就连 Pine 也连着无音调地喊了两句。

路柏沅扫了一眼对话框，扬唇：“单杀奖励，下个 F6 你拿。”

简茸原本绷着脸，闻言嘴角动了动，说：“嗯。”

袁谦道：“队长，道理我都懂，但你在路上吃我这么多兵，转头把自己的野怪让出去哄 Soft，这不合适吧？”

“哪里不合适？”路柏沅挑眉，“上路的兵线我凭本事吃的。开局帮你打出一波闪现，再一波反蹲，还不够还你那波兵？别太贪心。”

袁谦：“……”

小白说：“牛牛牛！”

简茸装酷，嗤了一声：“单杀而已。”

“你居然会英语！”

简茸：“……”

“你什么时候学的？这几个字母一定记得很辛苦！你该不会用笔写在手上吧？”

“你再叽叽歪歪？”

小白嘿嘿一笑，说：“我错了，单杀最牛！”

这波双杀打开局势，简茸拿的英雄对线本身就非常凶猛，拿了这两个人头之后就差在额头上刻一个“狂”字。

发条是一个在对线上难攻易守的英雄，因为清兵线的效率很快，所以只要守在防御塔下认㞞，很难被打“爆”。

可惜这局他遇到的对手并没有这么讲道理。

简茸一个位移躲过朝他而来的魔球，再次把一套爆发伤害全打在Master身上，Master一咬牙，决定退回到塔下。

简茸却在技能冷却好之后还在往敌方塔下靠。

Master说：“他急了，有机会。快点过来抓，这次好好操作……”

话未说完，男枪在他身后出现。

而HT的打野此时心态已经崩了大半——他的野区全空了，上下走了一圈，他只吃到了蛤蟆和石头人。

敌方中野的等级已经超过他们一级半，而此时比赛甚至还不算进入了中期。

简茸在塔下拉扯着丢出自己最大的输出，然后一个位移躲开Master的大招——因为这个空大，路柏沅这波绕后就更加肆无忌惮。

路柏沅位移上前丢出火药弹，紧接着丢出大招爆破弹，并利用后坐力离开防御塔的攻击范围，干脆拿下 Master 的人头。

刚准备来帮队友 gank 的 HT 打野姗姗来迟，在野区跟刚击杀自家中单的男枪迎面碰上。

HT 打野看了一眼对方的等级，再看了一眼自己……最后无奈丢出一个 E 技能（肉弹冲击），往反方向逃了。

这一个逃跑，引起了现场观众的一阵嘘声。

现在这个局势在所有人意料之外。

说实话，H 国的粉丝们在经历了前几天的小组赛后已经做好了输决赛的心理准备，毕竟今年的 TTC 势头实在太猛，可是上来被一波二比零打蒙也就算了，这可是第三局！决定胜负的第三局！按理说不该是一场绝地反击、殊死搏斗的对局吗？开局 HT 队伍主心骨、H 国中单之壁 Master 被单杀是什么情况？还没二十分钟就被 TTC 的中野压了一级半是什么意思？越塔之后别人进你野区，你看了转头就跑又是怎么回事？

H 国解说员抹了一把汗，试图安抚自家赛区的粉丝们："没有关系，虽然 HT 目前处于劣势，但队伍阵容是非常好的，开团、坦克和 AOE 都有，比赛中后期无疑是我们比较有利！而且这局我们拿到了发条魔灵，魔灵可是 Master 的拿手英雄，只要在团战好好发挥，努力消耗，好好使用他的大招……"

"给你拿发条又能怎么样，难道你还在指望发条去打后期吗？"

另一头，LPL 的解说甲无缝衔接上这句话，两方在不知情的情况下营造了有趣的隔空对话。

中路这两场架把解说甲的脖子都看红了，说："你们搞清楚，就算你们 Master 的发条后期再猛也没用！这局 TTC 如果能让你把比赛拖到后期，我小甲原地退役！"

其余两名解说员原本也激动着，闻言立刻冷静下来。

解说乙说："那倒也不必。"

解说丙说：“你先从解说台上下来，导播已经在警告了。”

中路优势奠定，有简茸这尊脾气不好的大佛在中路站着，Master 在没有闪现的情况下就连在塔下吃兵都要战战兢兢，HT 打野也一直在中路附近徘徊等机会。

而路柏沅抓准时机，拿了红 buff 便往下路走。

Pine 立刻把兵线推到敌方塔下，路柏沅一到位，小白操控着腕豪直接闪现越塔就是一个连招，直接顶着塔擒住 Rish 并将其摁倒在地，路柏沅和 Pine 紧跟上伤害，拿下了 Rish 的人头。

路柏沅的伤害非常高，小白顶了两下塔伤这场 gank 就结束了，三人安全撤退。

小白吹了一声口哨，说：“我生平最恨的月份就是二月，因为只能打 Rish 二十八天。”

路柏沅说：“你前天单排不是刚被他打掉十七分？”

小白说：“那是因为我排到了一个玩得比丁哥还烂的 ADC！”

中、下路顺风顺水，前两条元素龙被 TTC 收入囊中，袁谦拿到了自己拿手的刀妹，上路也一路压着敌人的补刀。

要说 H 国的队伍其实是非常擅长拖比赛节奏的，但 Master 被 Soft 单杀的那一瞬间，说实话，队里其余四人的心态已经全面崩盘，对线时束手束脚，敌人强推中路二塔时更是只知道后退。

Master 拧紧眉头，道：“都怕怎么打？我一个发条站在队伍最前是吗？酒桶的大招是要留着炸我吗？开团都不会了？是打算打完这次比赛就退役？”

HT 打野做了个深呼吸，说：“知道了，哥。”

于是下一波，在 TTC 五人抱团推上路二塔时，酒桶看见简茸用掉了位移技能之后，找准机会丢出了自己的大招——成功地把卢锡安、男枪和刀妹全部炸回了 HT 塔下。

Rish说：“漂亮！开得好，哥！”

辅助牛头带着Master的魔球直奔简茸而去，就在Master开大的那一瞬间，简茸身上出现一道白圈——不到一秒的时间里，简茸使用出水银装备自带的“净化”以及闪现，解除牛头的控制并拉出一段距离躲开了Master。

大家都还没看清他是怎么逃离的，Master就已经放出了一个空大。

Master直接心梗。

Pine不再给他输出的机会，一个大招冰箭稳稳将没有闪现的Master眩晕在原地。袁谦顶塔上前，直接对着Master开大招，路柏沅用烟幕弹将酒桶致盲，然后配合袁谦的伤害，几秒间就拿下了Master的人头。

小白看着在努力输出的Rish，一个R技能（叹为观止）把他砸到地上，疑惑道：“这人是在刮痧呢？”

路柏沅两枪把Rish点死：“确实。”

Master看着面前灰掉的屏幕，忍着砸键盘的冲动，从牙缝里挤出声来，质问辅助：“你明知道他有水银，为什么这么急着上去撞他？我的球在你身上，就应该让酒桶先上去逼出他的水银……”

可惜再说这些都无济于事。

双C死得太快，HT其余人没输出没状态只能往后退，但袁谦显然没打算放过他们，刀妹闪现加Q（利刃冲击）把人留下，路柏沅和简茸同一时间位移上前输出。

今日，无情的女声第二次在比赛场馆中响起：“ACE！”

解说甲激动得一只腿又攀到了解说台上。

H国解说员抿唇摇头，不住叹气。

TTC推完上路高地后直接折返拿下大龙，双方至此来到一万经济差。

除非TTC全员失误，不然这局胜负已定。

第三十分钟，TTC五人抱团推中。HT辅助背水一战，闪现想开唯一没有位移技能的 Pine，被 Pine 同样丢闪现躲开。

路柏沅抓住机会，闪现丢出烟幕弹减速因为想上前输出导致站位不佳的 Rish，一套技能加平点直接把 Rish 击杀。

HT 再次陷入少人的情况，只能往后退，门牙塔团战时 Master 被袁谦强开，简茸熟练地打出所有伤害，Master 再次灰屏，没了清兵线的发条，HT 再无挣扎的资本。

在最后一个队友死去的前一秒，Rish 复活了。

Rish 站在泉水中，看着自家光秃秃的基地和堵在泉水外站着不动，状态极佳的 TTC 五人。

Rish 察觉不对，眉头一皱，下意识往泉水里头缩。

有用吗?

只见小白直接闪现冲到 Rish 身后，用大招把 Rish 往泉水外一带，然后点出为了这一刻所准备的秒表，免疫掉敌方泉水的伤害——Rish 被送到了 TTC 其余人的可攻击范围内。

简茸 QW 连招加连击伤害丢出，袁谦上前帮小白顶伤害，Pine 冰箭齐发，在袁谦和小白退出敌人泉水的那一刹，路柏沅射出大招爆破弹。

“ACE！”

完成虐泉的下一秒。

[所有人]TTC · Soft：Rish？ Rubbish（垃圾）。

简茸转身点掉了 HT 基地的最后二十滴血，HT 基地水晶随之炸裂。

解说甲哑声嘶吼：“比赛结束！让我们恭喜 TTC 以三比零的战绩零封 HT 战队，获得了本次季中冠军赛的总冠军！”

简茸摘下耳机，听见场内的 LPL 粉丝高呼“TTC”，甚至压住了 H 国解说员的声音。场馆内灯光全开，慷慨激昂的音乐响彻赛场。

在队友的咆哮声和笑声中，路柏沅给了简茸一个激动的拥抱。

因为这个拥抱，简茸在比赛中的戾气后知后觉地往回收。在观众们的呼喊声中，他紧绷了大半个月的神经终于松懈下来。

工作人员冲上台拥抱为战队带来荣光的队员们；小白想把 Pine 抱起来转几圈，因为力气不够只能放弃；袁谦跟副教练抱得死紧，哽咽着问他女朋友怎么没上台来……

丁哥边激动地抹眼泪边带着哭腔说："牛，真牛……你们先松开……打得太好了……我还想再开心两天……要领奖杯了……千万控制一下自己……"

好说歹说终于把人劝开，TTC 队员在工作人员的指引下前往赛场中间，金色的奖杯静静地屹立在那儿。

在五人捧杯的那一刹那，"砰"的一声，无数金色彩带从天而降。

奖杯被队员轮流换着拿，最后落到了简茸怀里。

按照比赛的流程，这会儿要做一个非常简单的小采访。主持人带着翻译上台，因为现场观众太热烈，当翻译说第一句的时候，简茸没能听清楚。

于是翻译重复了一遍："主持人问你有没有什么想说的话，夺冠感言之类的……"

简茸点点头。他几乎没有思索，举起奖杯对着镜头、对着全世界，坚定有力地说："LPL 最牛。"

采访流程是一人一句，大家都累了，有简茸在前面打样，后面接着的人发表感言也就不再废话。

Pine 接过麦克风，言简意赅："我们赢了。"

小白抓着 Pine 的手，把麦克风递到自己嘴边："大家好，这里是世界第一辅助腕豪在跟大家说话……"

Pine 说："你拿麦克风就好好拿，不要抓着我的手。"

小白说："小气。"

袁谦把麦克风从下路二人组手中抢过来，他抹了一下眼泪，说："我虽然也很想像他们一样帅，说两句就过……但我还是想多啰唆几句。去年年底我收到很多私信，当然很多是安慰我希望我加油的留言，但还是有一小部分说我不适合这个版本让我退役……在这儿我想说，我必不退役，我不是抗压性选手，我是全能选手，我还能适应七八九个版本，会打到我打不动为止……然后我要感谢我的队友、我的战队、我战队的工作人员、我的老板、我的父母、我的粉丝，以及我的女朋友。我爱你们，悠悠我爱你。”

导播的镜头给到袁谦的女朋友悠悠。

女人满眼含泪，鼻尖通红，对着镜头高举着自己男朋友的应援手幅。

最后是路柏沅。

他接过麦克风的时候，面前的观众全部站了起来，甚至还有 H 国观众从兜里掏出一张路柏沅的小海报高高举起。

《英雄联盟》目前有很多明星选手，但能在所有赛区都拥有高人气的选手少之又少。

Road 绝对是人们能想到的第一位全联盟高人气选手。

出道即巅峰，“世界第一打野”的名号至今未掉，“版本更新”从来不影响他的操作，是 LPL 最令人安心的存在。

路柏沅对着镜头一笑，嗓音因为疲惫微微发哑：“下半年我会继续努力，我们的目标是大满贯。谢谢大家。”

路柏沅想还麦克风，主持人忙道：“就说完了吗？路神，大家都非常期待你的发言，可以再多说一点儿吗？”

路柏沅挑眉，重新看向镜头。

于是几秒后，他又开口：“感谢战队，感谢队友。”

他在全场的起哄声中，把最后的话说完：“LPL 最牛。”

……

季中赛直播结束，水友们都还停留在夺冠的喜悦中，直播间的人数减少得非常慢，大家喊完“牛”就一块儿骂 HT，骂完 HT 又开始吹自己喜欢的选手。

直播间的人热闹散去，微博又开始狂欢。

因为和HT战队的恩怨闹得过大，今晚微博上的热搜词可以说是被TTC承包了。

热搜第一理所当然是“TTC夺冠”，热门上互动数最高的微博是——TTC小崽子们吃好喝好：恭喜TTC夺冠，小崽子们这段时间压力实在太大了。

“真的，可以打开战绩表查询一下TTC五名队员这段时间的H服排位记录。下午晚上都没战绩，那明显是TTC的训练赛时间，晚上九点开始，每个人每晚的排位记录最少是五个小时。”

“练五小时的是Road，他有手伤，加上训练赛的时间……五小时绝对是超时的了。其他人的训练时长更久。”

“谦哥冒着失去女朋友的风险抛弃嫂子独自单排到深夜，Pine不玩AD露露，小白也不玩辅助以外的英雄了。”

“那要这么说，Soft就……十年如一日吧。”

确实，简茸以前在国服杀人，后来去H服杀人，完了还嫌不够，约架似的去找LPL其他中单单挑……无情杀手。”

“他们真的很拼，心疼队员们，今晚可以好好休息了！”

……

就在“心疼TTC”这个词条刚晃晃悠悠蹭上热搜的尾巴时，突然，大家微博首页刷出了一条官方直播提示——

TTC · Bye：我在星空TV开启了直播，房间号1188，分类是“休闲区户外娱乐”，快来看我啦！

正在狂刷“心疼”的粉丝们：“？”

开直播？

休闲区？

户外娱乐？

粉丝满脸疑惑，点进这个链接，一进去就是小白的自拍。

他明显喝了酒，脸蛋和眼底都红红的，周围声音嘈杂，动静能直接把耳机党逼疯。

小白紧紧盯着镜头，说："可以了吗？你们看不看得到我啊……嗝。能看到的朋友扣个18341331373……"

"？"

"你想要挨揍吗？"

"你们看不到啊，看不到算了，你们听吧。"小白镜头一转，给大家看他现在所处的环境。

大家看到了一个布置精致的宴会厅，看到了丁哥和Pine、袁谦和他女朋友，以及TTC众多工作人员们。

当然，最瞩目的还是一堆堆空酒瓶和满桌的礼物。

从包装上看，电脑、手机、iPad……各类奖品都有。

"是啊，我们连夜回S市了。"小白努力看清屏幕上的弹幕，"为什么这么急……因为待在H国也没什么事要做，当然是能多早回来就多早回来了。"

"现在正在开庆功宴！你们看这些礼物，据说老板今晚光是礼物就准备了这个数……"小白对着镜头比了个三，磕磕巴巴地说，"哦，对了，老板还给我们每个人都买了一辆车，哈哈哈，是我这辈子第一辆车！你们没有吧？哈哈哈！那还只是春季赛冠军的礼物……啊，我好羡慕自己。"

"气得我起床订了一份蛋炒饭外卖。"

"我刚刚发了什么微博？我在心疼TTC的队员？"

"月薪两秒前到账了，5193.8元，还没这里面一台手机贵。"

"庄亦白这算窜分类了吧？他凭什么在户外娱乐开播？我能把他举报掉吗？"

说是这么说，小白的直播间却依旧坚挺着。

小白的摄像头乱晃，大家看到丁哥脱了西装外套，穿着一件白衬衣，拿着麦克风边摇头边深情地唱：“男人好难，做人好难……几十岁了还是提心吊胆……”

还未唱完，身边的人不知道说了一句什么，丁哥倏地停下歌声扭头：“什么？”

“他真在所有人频道骂人了？”

“呵呵，你骗我，他打中文 HT 那群人能看懂？”

“什么……英文？他会？”

“呵呵，我不信。”

“走开，别给我看图，肯定是你临时瞎修的，他怎么可能这么搞我。”

最后，丁哥盯着副经理递过来的图看了足足两分钟，放下麦克风，拿着手机大步走出了宴会厅。

“我看哭了。”

“唱得真挚，戏目感人，我眼眶湿润。”

“这个流星是刷给丁哥的。”

“怎么没看到我哥和 Soft 啊？”

“拍一下路神，拍一下路神，拍一下路神！”

“能让 Soft 入镜给我整两句吗？我给你刷五个星海。”

“我哥啊，我哥刚才说他累了，休息去了。”小白盯着屏幕说，“简茸？也去休息了……五个星海？真的假的？”

对方立刻刷了一个星海，说：“定金。”

“算了，我刚从老板那儿拿了一个大红包，不稀罕。”小白摇摇食指说，“我不是见钱眼开的人。”

因为队员们参加完庆功宴后各有计划，丁哥没有安排队车，让大家睡醒各自回基地。

回到基地后，简茸连行李都没收拾，倒头继续睡。

他这一觉睡到天黑。

Pine 回了趟家，袁谦和女朋友约会去了。下午五点，TTC 训练室里只有一个人影。

小白因为瞎开直播挨了一天的训，苦巴巴地给自己泡了一杯不加糖的咖啡，刚端起来抿了一口，听见训练室门打开的声音，他下意识转头看过去。

然后他跟活"阎王"对上了视线。

"阎王"穿了一件长袖高领上衣，虽然睡了一整天精神了点，但眼皮底下还是有些发青。

小白眼见简茸打开电脑，愣愣地问："你要开直播？"

简茸拆开一包小饼干，丢了一块进嘴里："嗯。"

"你干吗这么勤奋啊？"小白一脸惊讶，道，"你清醒一点儿！我们昨天才夺冠！你现在就该找一部电影，调节座椅靠背，安逸享受你的冠军人生……"

"不。"简茸嚼着小饼干，说话模糊，"我要赚钱。"

"你已经很有钱了。"

"不够。"

小白瞪大眼说："怎么，你要学坏？你要花天酒地？"

简茸没回答，他打开直播软件，打出一行直播标题：我来了，随便播播。

一套熟悉的开播流程走完，简茸挂着《英雄联盟》客户端进入排队通道，在等待的时间里懒懒往椅子上一靠，自顾自地开口。

"今天打国服，H 服打腻了。"简茸打开弹幕助手，缓缓扫一眼，"之前那个说我上不了 H 服第一的家伙还在不在？"

简茸看着弹幕，一一回答水友的问题："昨晚为什么没参加庆功宴……我参加了，太累了，走得早而已。"

"为什么穿高领……冷。二十五度的气温，庄亦白开着十八度的空调。"

"路神去哪儿了……少管选手的私生活。"

弹幕上的问题很快刷了满屏——

“傻宝贝怎么这么快就复播了，打完比赛不休息？”

“什么时候再开水友赛？我好久没打 Soft 了。”

“昨天我看 Bye 的直播酸死我了，Soft 拿了多少夺冠奖金？”

“这次季中赛怎么没玩亚索？”

“你打完比赛没跟 Rish 后台约架？”

“休息，打排位又不累，顺便开个直播赚钱而已，播一会儿就吃饭去了。”简茸选出劫，调整符文，“水友赛有空了开吧，最近对殴打路人没什么兴趣。”

“教练说亚索和我，赛场上只能留一个。”

“跟 Rish 约架？我比赛里能随便打他，为什么要因为他去吃禁赛？”

说话间，简茸单杀对面中单，回城出装备。

“我第一次来这个直播间，原来私底下 Soft 也这么狂啊。拿个季中赛冠军而已，不知道的以为 S 赛三连冠呢。还吹什么第一中单，操作比我还菜，要不是 Master 被队友拖累，有你秀的份？”

刚夺冠就看到这种弹幕，不论是路人还是粉丝都觉得晦气，刚打字要喷回去。

简茸说：“S 赛三连冠？少了，我起码能拿四五回吧。”

“哈，素质没多少，吹牛倒是厉害。”

“我哪有你敲字厉害。”简茸嗤笑道，“自己是什么玩意自己心里没数？我在白金局炸鱼都炸不到你，怎么，你关了游戏一进直播间就成人上人了？”

那人还没回答，简茸趁着对方中单回城的空当，挂在塔下抽空出来，把那个喷子升成了小房管，还给对方开了一个说话的权限：“来，开麦聊会儿，正好这局我打得无聊。”

简茸看着弹幕说：“他直播间资料写了游戏 ID ？我看看段位，皮都不脱干净就来当喷子，难不成真是一个傻瓜……不屈白银二？真牛，能带我上分吗？”

简茸话还没说完，对方就火速离开了直播间，在几秒内清空了资料并脱掉了自己的直播间房管马甲。

“哈哈哈，我要笑死了。”

“直接升房管……这是什么操作？”

“这事 Soft 在星空 TV 没整改前经常干，哈哈哈哈。”

不久，训练室的门被人推开，紧跟着一个白色塑料袋被放到他的电脑桌上。

路柏沅看着他的衣领，好笑地问：“你不热？”

简茸摇头，瞥了一眼塑料袋说：“去超市了？买了什么？”

“你的牛奶，阿姨这几天休假，冰箱空了。”路柏沅看了一眼他电脑右上角的直播时间，“还要播多久？XIU 在群里约吃饭，大牛他们都去。”

简茸说：“我打完这局游戏就下播。”

路柏沅回房间换衣服，游戏结束，简茸直面弹幕上的激情谩骂，道：“下播了……少拿时长唬我，这个月打季中赛没时长任务，下播就不刷礼物……随你，我有钱。下个月一号复播，到时候抽水友玩水友赛，走了。”

XIU 组的饭局，熟悉的选手全叫上了，地点在当地一家贵得出名的烧烤店。

他们坐在店内后院唯一一张露天餐桌上，跟前面的客人隔了一张帘，又不用担心吵着其他人。

今日，TTC 只有中野辅有空，自三人走进后院那一刻起，XIU 立刻嚷嚷：“老板们来了！”

Savior 一脸疑惑，道：“老板？这家烧烤店是 TTC 开的吗？”

“不是，”XIU 说，“但今晚是他们请客。”

路柏沅拉开椅子说："无所谓，夺冠高兴，你们随便点。"

大牛说："服务员！再给我上三份牛肉！"

著名抠神庄亦白原本是想来蹭吃蹭喝的，闻言惊恐地转头："哥……"

路柏沅说："我请。"

小白于是跟着大牛一挥手，说："还要两份牛小排！六个生蚝六个扇贝给我加满蒜蓉！再来一份腰子给我中单兄弟补补！"

简茸忍无可忍，道："闭嘴。"

桌上的人乐成一片，十几二十岁的男生笑声爽朗，整个烤肉店都仿佛热闹起来。

组团来吃烤肉那就不是纯粹吃肉的，服务员抬了一箱啤酒上来，还有几瓶不同牌子的 R 国烧酒。

XIU 给简茸倒了一杯啤酒，路柏沅也没拦，反正自己在这儿，这段时间也不用训练，不喝过头就行。

大牛喝了几杯酒，说起话来肆无忌惮："要我说，HT 就是支傻瓜战队。换作是我，我都忍不到总决赛那天，早把 Rish 摁地上了。"

98K 抿了一口酒，说："这几年他们在 H 国的风评也不好。"

Savior 点头道："是啊，好像自从 Master 前两年变强打出成绩以后，HT 就变得非常自大，而且 Master 是真的很不喜欢 LPL，但我不明白为什么。"

XIU 摇头道："这你就不知道了，这事要怪啊，就得怪我旁边这位兄弟……人家刚出道就被他虐泉，留下心理阴影很正常。"

路柏沅把烤好的牛肉放进简茸碗里，说："别扯我。"

"不知道是不是版本问题，我看 H 国的队伍今年的春季赛打得都好菜，"XIU 给自己倒了杯酒，说，"如果 S 赛他们还这么搞……今年 S 赛四强没准能有三支咱们 LPL 的队伍。"

S 赛部分规则已经公布，今年 LPL 依旧只有三个入围 S 赛的名额。

小白咽下牛肉，问："哪三支队伍？"

大牛道：“那还用问？TTC，PUD，还有我们战虎。”

空空立刻从食物中抬头，说：“什么意思？那我们MFG呢？我们今年也很强的好吧。”

“哎哎哎，别吵，你们夏季赛再争。”XIU道，“反正都一样，今年S赛冠军我们战队先预定了，后面亚季军你们随意。”

简茸正看着路柏沅给他碗里添的腰子不爽，闻言冷嗤：“一群连季中赛都没打进的队伍在预定什么？”

小白立刻开口附和：“就是！”

“哎，你这小孩怎么说话的。”XIU放下酒杯，说，“要不是哥哥腰出问题，总决赛没能上场，季中赛轮得到你们去？”

路柏沅挑眉，轻飘飘地应他：“说实话，你和你们队那位替补没区别。”

“你放屁！”XIU一拍大腿，道，“我如果上场，你敢那样入侵野区？简茸能这么快乐地发育？”

路柏沅好笑道：“年纪大了，失忆了？你的野区不就是我的野区吗？”

“我发育？”简茸朝Savior扬扬下巴，“你问问你们中单，他敢出塔吗？”

Savior一脸震惊，涨红着脸说：“我听懂了！我敢，我现在佐伊天下第一！你不要太骄傲！”

小白冷静地点头：“我知道了，下次遇到你们就禁佐伊。”

Savior：“……”

“禁什么？”简茸捏着酒杯，问，“我怕他？”

XIU气得直点头，嘴里喃喃：“好好好，你们等着，夏季赛我不把你们打自闭……”

“等着呢。”路柏沅说，“希望到时候我们可以在野区见一面，你千万别躲。”

一顿烤肉吃得剑拔弩张，烤肉店老板吓得专门找两个服务员在后院门口盯着，想着一旦动手就立马报警。

但显然是他们想多了。

这帮人吃饭的时候嘴里喊着打打杀杀恨不得立刻弄死对方，一吃完饭，又开始勾肩搭背喊起“兄弟”。

“你们先回去。”路柏沅站在店门外，道，“我和简茸随便走走。”

小白一脸蒙，说：“那我呢？我跟你们一块儿走走吧。”

“你胡说什么，”XIU 揽住小白的肩说，“我送你回去，我们 Savior 没喝酒，他能开车，直接捎你回基地。”

小白说：“可我吃得也挺撑的，消消食也好。”

“消什么食啊，就撑着回去，你的脸胖点可爱。”XIU 不由分说，把人架着走，“走了，走了。”

夜色已深，这个路段人影稀少，两人走在街边，影子被路灯拉得很长。

简茸喝了不少酒，又在里面闹了一阵，实在上头，在夜风的吹拂下走路都仿佛有些飘。

所以直到看到对面马路的体育馆后，简茸才后知后觉，这附近的景象非常眼熟。

几秒后，简茸转过身，看到了自己身后的网咖。

网咖叫“比目鱼网咖”，招牌上还有两条比目鱼。

简茸当时就是坐在这两条奇丑无比的比目鱼下面，仰头瞪着给他递票的路柏沅。

他正出着神，网咖大门被人从里面推开，路柏沅拿着一瓶牛奶走出来。

简茸有些恍惚，静静地看着路柏沅。

有那么一瞬间，他觉得自己回到了从前。那时候的他觉得连世界都好像是孤独的。

然后路柏沅出现，给了他一张门票。

虽然是六月天，但到了夜晚还是有些冷。

路柏沅出来时伸手碰了一下简茸的脸，探了探他的体温，说：“你的胃难不难受？喝点牛奶。”

简茸稍稍仰着头，没应答。他的脸颊被酒精染红，眼底仿佛比头顶的路灯还要亮。

路柏沅察觉到路人正看向他们这边，摘下自己的帽子戴到简茸头上，好笑道：“发什么呆，小黄牛。”

“我都忘了……”简茸哑声说，“这里离你打 LSPL 的体育馆很近。”

路柏沅说：“正常。你去问庄亦白，他可能都不记得自己打过 LSPL 了。”

简茸：“……”

路柏沅想到什么，笑道：“里面还是当年那个网吧老板，我进去的时候他在看你的单杀剪辑。”

“嗯。”简茸吸了吸鼻子，感慨似的说，“他以前拒绝我的打工请求时凶得要死。”

路柏沅扬扬下巴，说：“那你进去凶回去？”

简茸回头看了一眼，这一眼看了很久。

许久，他收回目光，道：“算了，放老板一马。”

“回俱乐部吧。”

路柏沅扬了扬嘴角，伸手把他的帽檐往下又按了按，道：“好。”

“比目鱼网咖”外行人稀少，连经过的车都只有寥寥几辆。

两个男生在暗处说话，高个子的男生抬手挡着另一个人帽檐里露出来的发色。

“比目鱼网咖”内灯光明亮，键盘声阵阵。

网咖老板看完“怪物新人 Soft 春季赛和季中赛精彩击杀剪辑”之后觉得自己又行了，满腔热血地打开了电脑里的《英雄联盟》客户端，直接进入游戏排队队列。

在等待的时间里，他顺手刷了一下微博，刷出了“英雄联盟赛事”几个小时之前发布的微博——

英雄联盟赛事：我们是冠军！恭喜 TTC 电子竞技俱乐部以三比零的比分战胜 HT 战队，获得了本次英雄联盟季中赛的冠军！同时也恭喜 TTC · Soft 当选决赛 MVP！恭喜 TTC · Road 当选季中赛全场 MVP！

不畏变迁，强者永存！TTC 这支值得我们信任的老牌战队在经历无数历练与挫折之后，再次扬帆起航！

英雄联盟赛事：关于 TTC 队员简茸（ID：TTC · Soft）在季中赛决赛时对对手发表不当言论的处罚公告。

— 正文完 —

番外一

高素质网民

Take the Crown

季中赛结束后半个月，夏季赛紧接着打响。

夏季赛开幕赛当天，比赛下午三点开始，简茸应平台要求开直播充当解说员。

他刚开播不久，直播间的人气就直冲平台第一。

当凑热闹的路人和粉丝冲进直播间的时候，看见男生顶着一头刚睡醒都还没来得及整理的乱发，咬着牛奶吸管问旁边的人：“今天哪两只小鸡对啄来着？”

小白：“……”

小白说：“PUD 和战虎。”

简茸“哦”了一声，说：“那我先去上个厕所，他们一局保底四十分钟。”

小白满眼怜惜地看了一眼他的电脑屏幕，说：“XIU 和大牛昨晚不是在群里给你发了红包，让你离他们的比赛远点吗？”

其实那两位的原话是：“明日停播费，拿着钱滚。”

简茸解释：“平台给的红包比较大。”

“因为钱，连兄弟都能背叛？”小白问，“平台给了多少？”

简茸把手伸到电脑下方，随意给小白比了个数。

小白倒吸一口凉气，道：“兄弟算个屁！”

简茸闷笑一声，没继续跟他贫。

三名解说员一阵唠嗑后，终于进入了比赛的 Ban&Pick 界面。

知名非专业气人解说员二郎腿一跷，开始了他的比赛分析。

“PUD 禁了卡牌、维鲁斯、乐芙兰……乐芙兰？没必要，大牛的乐芙兰白金水平。你们以后排位如果遇到他玩乐芙兰，直接秒，别犹豫，否则掉分别怪我没有提醒你们。”

“战虎摁掉泰坦、发条、卢锡安？这一手卢锡安禁得毫无道理，现在 AD 卢锡安已经不是主流了，98K 也不喜欢玩这种类型的上单……中单玩？Savior 会玩卢锡安？”

“战虎拿了辛德拉，Savior 拿佐伊……谁更强？不知道，都差不多，技能能中全靠缘分。”

“你悠着点说，这两家粉丝太多，我喷不过来！”

“主播天天哗众取宠，一个冠军嚣张成这样也是头一回见，这些粉丝也不是什么好东西。”

“骂主播可以，骂他粉丝干什么？”

“两人开场五分钟技能空了百分之八十，我寻思 Soft 也没说错吧。”

“什么垃圾玩意儿，不会解说就关直播，别瞎蹭，OK？”

“我好久不关注 LOL 了，这家伙怎么人气这么高了？破主播还在阴阳职业选手？你行你上啊，真逗，我看你这辈子也就混混直播过日子了。”

“你这是不关注 LOL？你这是去山洞过了半年吧，兄弟？”

“来我直播间叫我关直播？您哪位啊？星空 TV 易老板？”简茸靠在椅背上，懒懒道，“您爱看看不看滚，怎么的，还要我远程控制您的桌面帮您把直播间关了？”

“你行你上……”简茸嗤笑道，“我周四打战虎，周五打 PUD，有空常出洞看看，看我到底行不行。”

“房管封那些发广告的就行，其余不用封。今天直播间不封喷子，我有空。”

PUD 和战虎的比赛前二十分钟几乎都是发育期，简茸抽空看了一眼弹幕，正好看到一条——

“苦茶：为什么都在骂人？不喜欢这个主播的直播方式可以不看，主播在现实中很有礼貌，其他观众不要用糟糕的词汇攻击主播。”

“不都是他一直在攻击我们？”

“我一时分不清这人是真心实意还是在阴阳怪气。”

“我突然想起 XIU 前几天在直播里说过，以前他去跟 Road 打听新中单，Road 说是挺乖的一个小孩子，XIU 死活猜不到，哈哈哈哈哈哈哈哈。”

“苦茶：我是认真的。再有一些人身攻击的词汇，我会建议主播拿起法律手段保护自己。”

简茸直播多年，头一次见到这种风格的水友。

这时比赛中正好爆发一场小团战，简茸回过神，点了全屏打算仔细看好好解说，训练室的门就被人推开了。

路柏沅刚做完按摩，身上松垮地披了一件队服外套。

他揉了揉酸疼的脖颈，转头把简茸头上翘起的头发按回去：“你怎么没回我消息？”

简茸道：“我在直播，没听见手机提示。”

路柏沅扫了眼他的电脑屏幕，挑眉道：“XIU 拿的人马？”

简茸道：“嗯。”

路柏沅点头道：“他的人马逃命挺厉害的。”

路柏沅回到自己的机位开机，简茸伸了个懒腰，继续解说。

“这一波团 98K 开得还可以，Savior 佐伊晕中战虎的 AD，这波团战虎应该凉了。”

“不会吧，你不会以为真有人来你直播间是来听解说的吧？”

“我听说昨晚你跟路神打了一局 solo？请解说一下当时的情况。”

“你昨天用了什么英雄？”

简茸道：“你从哪儿听来的消息？第一中单的事你们少管。”说完这一句，简茸低下头去看刚收到的手机消息。

R：“我妈找我帮她开了一个直播间账号，如果哪天她在你直播间乱发奇怪的弹幕，直接封了就好。”

艹耳：“？”

艹耳：“阿姨的直播账号叫什么？”

R：“我忘了。”

R：“绿茶？红茶？乌龙茶？”

简茸愣住了，缓缓地转头看向弹幕。

“苦茶：我没有精力同你们说这么多，再继续辱骂下去，我定与你们法院相见。”

“我吓哭了，苦茶你真牛。”

“主播打得菜，没素质，内涵其他战队选手还不让说？还法院见，这年头学生这么牛吗？”

“这语气不像学生，像校长。”

“苦茶打字太慢了，能不能快点？跟上大家的速度，OK？”

“苦茶你闭麦吧，Soft 不需要你这种粉。”

简茸反手就把骂苦茶的和这个说不需要这种粉的封了。

在“你不是说好不封人”和“封喷子就算了，你封你大爷是什么意思”的质问中，主播的摄像头忽然关闭。

水友们刷了三分钟的问号后，视频才终于重新开启。

刚才邋里邋遢衣领凌乱的电竞宅男没了。

坐在镜头前的男生发型齐整，穿上了队服大衣，拉链规规矩矩拉到胸前，背脊挺直，面容精神，系条红领巾可以直接去隔壁学校升旗。

“我什么时候说过不封人？”简茸直接失忆，认真地说，“维护干净友爱的网络环境是我们每位网民的责任，希望大家能够规范用词、和谐相处，与我一起做高素质网民。”

“苦茶：说得很对。”

“？”

“你退网就是对构建美好的网络环境的最大贡献。”

“所以素质这两字跟你到底有什么关系？”

“苦茶：你身为知名主播，也要把正能量与正确的价值观传递到每一位观众心里。”

“希望大家不要再说脏话了，房管封人也是很辛苦的。”简茸在满屏问号中微笑道，“那么让我们来看一下这一波团战。Savior选手的佐伊丢出催眠气泡——很遗憾没有命中，并被敌方中单晕住击杀，非常可惜，但我们相信这不是Savior选手的真正实力，他下一波一定会发挥得更好。”

“那这一场团战是战虎占据优势——98K选手闪现击杀大牛选手扭转局面，大牛选手居然会选择这个站位也是让人意想不到，其实往龙坑外走一走或许会更好……不过没有关系，大牛是一位非常出色的后期选手，让我们继续期待他接下来的操作。”

小白摘下耳机，惊惧地拍了拍他的肩膀。

简茸道：“有什么事？”

小白道：“你是谁？虽然你人很好，我非常喜欢你，但过两天我们战队就要打比赛了，我还是希望你能把我们中单的灵魂换回来，打完再换走也没关系。”

简茸道：“你能安静一点吗？有些打扰到我直播了。”

小白：“……”

这一场直播耗尽了简茸这辈子的耐心与演技，刚下播他就回房间自闭去了。

路柏沅坐在他床头，隔着被子揉他的脑袋。

路柏沅对电话那头的人道：“妈，你以后少去他直播间。”

简茸倏地拉下被子，一脸震惊地看着他，用口型道：我没关系。

电话那头的路妈逛着商场，道："我没有呀。今天我一整天都和你代姨在外面逛街呢。"

路柏沅道："苦茶不是你的号？"

"是我的号，但我……"路妈一顿，恍然大悟道，"哦。应该是你爸看的，我跟他说过直播账号的事，他还装出不感兴趣的嫌弃德行。"

路柏沅一顿。

衣袖被拉了拉，路柏沅低下头，看到简茸睁大眼，用微不可闻的气音问："阿姨说什么了？"

那些水友这么骂她，她生气吗？

路柏沅挂了电话，说："没有。"

简茸说："那……"

路柏沅伸手把他直播时打理好的头发弄乱，问："简神最近什么时候有空？"

简茸愣了一下，说："打完比赛吧……怎么了？"

"没。"路柏沅莞尔一笑，道，"我想请简神再去我家吃顿饭。"

番外二 大满贯

Take the Crown

S 赛半决赛依旧在 S 市体育中心举行。

场馆内座无虚席，呼声阵阵，场面阵势力压以往每一场半决赛。

今夜被粉丝称作“LPL 不眠夜”，因为争夺决赛席位的两支队伍都来自 LPL 赛区，手心手背全是肉，谁赢谁输都心疼。

他们分别是今年的夏季赛冠军、LPL 今年的一号种子 TTC 战队，以及除 TTC 战队外 LPL 全年积分最高的二号种子 PUD 战队。

这两支 LPL 强队在去年转会期都经历了人员变动，经过半年的磨合，队员之间已经默契十足。LPL 粉丝们原本都在期待着他们能够会师全球总决赛，可惜抽签结果不尽如人意，最后只能用“LPL 保送决赛”安慰自己。

夜晚十一点，场馆外行人裹紧大衣匆匆路过，馆内气氛高涨热闹非凡。粉丝们高举自己手中的横幅疯狂欢呼，“TTC”和“PUD”交叠在一块，分不清谁的呼声最高。解说员已经破音无数次，他们喊得血脉偾张、面色涨红。

这是 S 赛半决赛第五场的第四十三分钟。

二比二这个比分挂在顶端的屏幕上，刺激着每个人的心脏，这四十三分钟内毫无尿点，没有哪支战队想拖时间，但你来我往的交锋还是让这场比赛走到了大后期。

最后一场大团战在四十五分钟以 TTC 大胆开大龙为契机，在大龙坑正式打响。

Soft 隐藏新粉解说甲当时就想拍桌子。

这种双方五五开的局势，不是谁开大龙谁玩完吗？

果然，PUD 做的视野看到了 TTC 开大龙，Savior 立刻操着他那口流利中文在队伍里咆哮：“开了，开了！他们忍不住开龙了！他们结束了！哥哥们，快过来呀！”

98K 说：“我先进场。他们中单呢？”

XIU 说：“他们中单估计在龙坑附近哪块草里阴着，辅助去搞个眼看乐芙兰位置，大家都来，我今天必把对面那打野打服。”

98K 青钢影直接进场开团，可就在他下去的那一瞬间——

正在打龙的 Pine 突然操控自己的寒冰往后退，一个预备已久的晕眩大招直奔龙坑顶上的 Savior。

路柏沅男枪一个位移上了龙坑，在晕眩时间内配合袁谦船长的大招拿下 Savior 人头。

小白紧跟而上，说：“你们不给我留个助攻？什么人啊，你们都是……算了，我等 98K 上来，看我世界第一日女把他晕得不要不要的。”

Pine 说：“菜鸟辅助，不保 AD。”

袁谦道：“终于要结束了，我的手心全是汗。”

PUD 的辅助插眼插出一个敌方中单乐芙兰，简茸直接绕过这辅助，闪现直接冲到敌方 AD 面前，PUD 的 AD 甚至都还没看清是个什么玩意儿，自己的屏幕就灰了。

……

Savior 在死前最后关头丢出了自己能丢的所有伤害，配合 XIU 的伤害击杀了简茸。

可惜于事无补，TTC 最终靠着他们的精湛演技演了 PUD 一道，漂亮地打出一波一换四。

TTC 立刻抱团推中，直奔 PUD 基地。

路柏沅看了一眼简茸的复活倒计时，道："谁拿了你人头？"

简茸靠在椅背上，臭着脸看自己队友拆敌人基地，闻言道："XIU。"

于是 PUD 此刻唯一存活在场的 XIU 刚出泉水想挣扎守家，转眼就被路柏沅追着打回基地，最后被路柏沅一个大招拿下人头。

这场 LPL 巅峰之战就此画下句号。

TTC 以三比二的战绩战胜 PUD，在观众们山呼海啸的呐喊声中，TTC 选手起身去隔壁握手。

Savior 说："今天我差点单杀你了。"

"你还在梦里？"简茸跟他握手，挑眉，学着他的语气道，"那波我打野来了，跟你演戏呢，你真以为能消耗我这么多血？"

Saivor："……"

XIU 看到路柏沅就气不打一处来，他咬牙切齿地握住路柏沅的手，低声怒骂："我招你惹你了，你生日我还给你送了四千多块的上衣，我给我队友的生日礼物价格都没超过一千，你就这么报答我？你这……你是人吗？"

路柏沅微笑地松开他的手，说："你碰我中单了。"

XIU："……"

S 赛半决赛结束后，又到了 LPL 其余战队全放假，TTC 战队独自加班的环节。

另一个决赛席位被 H 国赛区战队 HT 拿下，再过两天全球总决赛即将开战。

"累死……"三点，最后一局训练赛结束，袁谦伸了个懒腰，关电脑后顺手打开响了半天的 LPL 战队微信讨论组，立刻来了精神，"群里又开始了。"

小白打了个哈欠，掏出手机说：“让我看看。”

MFG-空空:“不训练好寂寞哦,兄弟们,有人激情连麦打欢乐麻将吗？”

YY-豆腐：“我。”

MFG-空空：“不了吧，你打麻将太菜，我不想送豆。”

战虎大牛：“都醒着呢？”

MFG·JM：“牛哥还不睡吗？”

战虎大牛：“我刚陪老婆。”

PUD·XIU：“大牛注意一点，群里还有小孩子。”

战虎大牛：“哪儿来的小孩？你怎么还不睡？”

PUD·XIU：“TTC中单不才十八岁？我们在酒吧嗨皮，今晚酒水都是老板买单。”

战虎大牛：“我忘了，他十九岁了吧……Savior还会去酒吧？”

PUD·98K：“他喝多了，在发酒疯。”

战虎大牛：“Savior这么会扭？人不可貌相啊！”

PUD·XIU：“这种时候就很心疼某些人了，他们恐怕还在训练吧？好惨哦，心疼。”

战虎大牛：“心疼。”

MFG-空空：“心疼。”

小白一撸袖子。

TTC·Bye：“是呢，我们还在为勇夺全球总决赛冠军奖杯而努力哦。好羡慕你们，天天吃喝玩乐不需要训练，感受不到全LPL希望承载于一身的压力，也没有找上门的代言太多不知道挑哪个作为自己夺冠奖励的苦恼T-T。”

PUD·XIU：“？”

MFG-空空：“？”

PUD·98K：“啧。”

TTC · Qian：“你们在酒吧啊？真好。我也跟我们老板说了，夺冠去酒吧庆祝庆祝得了，他非不肯，非要组织什么 D 国豪华半月游。”

战虎大牛：“我屏蔽了，你们呢？”

MFG- 空空：“我带豆腐打麻将去了。”

PUD · XIU：“我再等等，我看这几个家伙还能‘凡尔赛’到什么程度。”

TTC · Pine：“有没有推荐的修车厂？春季赛老板送的车擦了一道，想补漆。”

战虎大牛：“连 Pine 都……这战队还有救吗？”

MFG · JM：“睡觉了。”

PUD · Savior：“靠近墨水的人心脏都是黑的。”

TTC · Bye：“你们战队的中文老师真牛。”

PUD · XIU：“那可不……怎么，‘凡尔赛’完了？你们战队不还有两个秀王吗？”

TTC · Bye：“他们打完训练赛就去休息了。”

……

路柏沅看着这段对话，低低地闷笑一声。

坐在他身边低着头，正认真捧着他右手帮他上药的简茸闻声抬了一下头，说：“你笑什么？”

“没。”路柏沅把手机丢到一边，说，“敷好了？”

简茸看着路柏沅手腕上被包得奇奇怪怪的纱布，伸出手指把溢出来的那点药草抹掉，皱着眉迟疑道：“好像……不太好。”

路柏沅看了一眼自己的手腕，忍笑道：“简神，在包粽子？”

简茸的眼皮耷拉下来，说：“我说了我不会包，你非要我来。”

他说着想把路柏沅的纱布拆了，路柏沅一躲，说：“别，我逗你呢。”

简茸摇头道：“包厚了，你晚上睡觉不舒服。”

“不会。”路柏沅说，“暖和。”

简茸：“……”

最后还是没重新包扎，简茸再三确定包严实了，才起身去厕所洗手。

路柏沅看了一眼右手缠了几大圈的纱布，别开了眼，正好简茸丢在被褥上的手机响了。

来电显示是“烦人别接”。

路柏沅挑了下眉，对浴室道：“简神，手机响了。”

浴室里有水声，简茸往手上搓肥皂，干脆地应道：“你接。”

路柏沅接起电话。

“简神晚上好，这么晚了，我没打扰你休息吧？”那头的人像怕简茸挂电话，说话跟放鞭炮似的快，“是这样的，你还记得我吗？我是 KPS 战队的经理。我深夜打扰你是想告诉你，经过我们战队内部开会讨论，战队老板愿意在签约费上再加五百万，总共就是一千九百万，对比 TTC 给你的待遇……想必不用我再多说。不知道你有没有意愿再往下深谈呢？或者你什么时候有空，我们可以见一面。”

路柏沅捻了捻手指，没吭声。

那头以为简茸松动了，于是再接再厉：“我知道你在 TTC 是想跟 Road 一起打比赛，但你仔细想想，Road 还能再打几年呢？”

“再说了，你和 Road 应该也不是只有在战队才能有交集的关系吧？我以朋友的立场跟你说句贴心话……你可以先在我们战队打几年，等钱赚够了，你以后的生活也多一层保障，你说是吗？”

“马上就是转会期了，给你留的时间其实不多了……”

路柏沅道：“他在忙。”

电话那头的声音戛然而止。

“他的生活还算是有保障，不劳您费心。”路柏沅看了一眼时间，说，“转会期马上到了，贵队着急我能理解，但请以后不要在晚上九点以后再给选手打电话，会影响我们选手休息。”

那边的人已经恨不得钻地缝去了，说：“好……好的。”

“还有事吗？”

“没……没了！打扰到你们休息非常抱歉！再见！”

简茸擦着手出来，说：“谁打来的？”

路柏沅放下手机，说：“KPS 战队经理。”

简茸闻言立刻皱起眉，道：“又是他？他烦不烦……”

“他给你提了五百万，一千九百万……”路柏沅莞尔一笑，说，“你不动心？”

“我要那么多钱干什么，”简茸被窗缝钻进来的冷风冻了脖颈，瑟缩了一下，道，“铺床上能取暖？”这话说出口，简茸自己都心虚。

毕竟他以前可是为了那点破礼物和人气，愿意天天玩 PK 直播的臭财迷。

但现在他确实不缺钱，而且比起钱，他更想跟路柏沅一起打比赛。

全球总决赛的当天，体育馆被光辉女郎用魔法棒点亮。

现场观众拉好应援幅，解说员狂嗑喉宝，在直播间等待的粉丝已经备好啤酒、炸鸡和烤串。

TTC 休息室里，上下辅三人看着桌上的果盘，中间的西瓜块上还插着一个小牌子，上面写着一行歪歪扭扭的字：LPL，H 国。

是 HT 战队特意送过来的。

小白说：“什么东西？ HT 明目张胆给我们投毒？”

袁谦道：“应该不至于。”

Pine 抬眼，说：“他们战队不是换了一个经理吗？应该是看季中赛我们被 H 国赛方搞了一手，他们战队和 LPL 赛区恩怨又深，怕被报复，才送来这些东西。”

小白说：“他们脑补能力够丰富的。”

“砰”的一声，丁哥风风火火推门而入，面色严肃凝重。

小白看了眼他的脸色，说：“怎么了？”

“没。”丁哥双手插兜，说，“我去跟赛方核对了一下简茸的处罚记录……”

Pine挑眉道：“他要被赶出LPL了？”

“倒也没那么夸张……”丁哥来回踱步，“但是，他在这两个月内再搞事吃处罚……明年春季赛就要被禁几场常规赛了。”

袁谦：“……”

小白面色为难道：“要不毒哑他两个月？”

“先保证他今天不搞事再说别的吧，”Pine张望两眼，“他人呢？”

“厕所……没事。”丁哥叹道，“我让小路去跟他说了。”

总决赛开场结束之后，大荧幕开始播放选手们一个比较简单的赛前采访。

HT战队因为在LPL赛区好感败光，播放他们采访片段的时候几乎没有观众在看。

轮到TTC这儿——

Pine道：“上面说什么？”

主持人的声音不会出现在采访中，只是用字幕表示：随便说几句，比如打完比赛有什么打算，或是有什么事想做的？

Pine撑着下巴顿了两秒，说：“夺冠后的打算？上分。”

主持人：“……”

轮到小白说话：“夺冠后的打算是吗？”

主持人道：“不是，那是Pine选手的问题。”

小白道：“我打算跟在Pine屁股后面混分，摸摸H服前十，想带爸妈去旅游，也不知道老板会不会报销，这采访我老板能看见吗？哦，我还想去C市喝奶茶，队里很多人都喝过，就我和简茸没有，我要赶在他之前喝一回，以后就能跟其他人一块儿嘲笑他了。”

主持人：“……”

袁谦道：“夺冠后的打算？我想休息一段时间，然后带女朋友到处玩玩，然后还想多练一些强势的上单英雄，我有预感，下个版本将是上单的真正崛起，其他路全部是弟弟。”

主持人说：“好的，谢谢。”

简茸说：“考驾照。”

主持人说：“为什么？”

简茸顿了顿，说：“如果要开车去很远的地方……可以跟另一个人换着开，不会累。”

主持人：“？”

简茸保持沉默。

主持人说：“你说完了？”

简茸说：“嗯，我暂时就这个打算。”

主持人说：“我谢谢你。”

路柏沅说：“夺冠后的打算……目前的计划是带队友吃顿饭。”

主持人说：“你和队友的关系这么好吗？”

路柏沅笑了笑，说：“是很好。”

主持人说：“我冒昧一问，路神，你家和TTC基地离得远吗？回去需要用到什么交通工具吗？”

路柏沅挑了下眉，说：“不堵车的话……开一个半小时的车就能到。”

主持人说：“那平时来回一趟也要三四个小时呢，多一个人轮流着开车会更好哦。谢谢你接受我们的采访，期待你们能够获得好成绩。”

这一个采访细节无数，网友们在打“加油”的同时，还不忘插播一句“主持人辛苦了”和“谦哥快跑”。

某位工作人员在完成自己的工作后长舒一口气，去厕所洗了把脸出来，突然听见隔壁无人经过的杂物间传来一阵低声交谈。

她听声音觉得耳熟，没忍住靠在墙边，偷偷往那儿看了一眼。

只见他们LPL门面、世界第一野王Road正拦着他们队伍的中单，垂眼缓声问：“一会儿队伍语音和夺冠采访，你知道该怎么做？”

那位第一次上场就把自己的喷子形象钉死在观众心目中的暴躁中单Soft抿唇低下头，揉了一把自己的脸蛋，说：“知道，我不骂人……一定不骂人。”

……

最终，TTC战队以三比一的战绩击败HT战队，夺得全球总决赛总冠军。

至此，TTC今年一共拿下了春季赛冠军、季中赛冠军、夏季赛冠军以及总冠军，在一年内就完成了H国强队HT花了三四年都未达成的，真正意义上的英雄联盟职业比赛大满贯。

第四局拆掉HT战队基地的那一瞬间，TTC五名选手从座位上蹦起来用力拥抱，金色的雨落下，烟花划破夜空，三名解说员都蹦到了解说台上。

网吧、学校甚至居民楼在这一瞬间被尖叫声覆盖，直播间被弹幕撑炸，论坛贴吧发帖几秒后就被挤到第二页，微博所有话题广场都是“TTC牛”。

五名选手披上国旗，对着镜头，对着全世界的观众高举他们手中的奖杯。

观众们将永远记得这一幕。

聚光灯下的五人互相揽肩，有笑有泪。

他们的比赛状态、他们眼中那份对电竞的赤诚与热爱，无一不在告诉所有人——

这只是一个开始，他们会把这面鲜艳的国旗永远披在身上，然后带到世界各处，每一个电竞舞台上。

番外三 转会风波

Take the Crown

TTC 实现大满贯后，激动万分的电竞粉在直播间盼啊等啊，期盼能出现像季中赛夺冠后没几天 TTC 全员就开了直播的快乐场面。

可惜，一周过去，无事发生。

有些粉丝坐不住了，纷纷跑去 TTC 官方微博下面提问：

“你们队员该不会因为天天炫富被绑架了吧？现在都没人开直播，没道理啊。”

“别人也就算了，Soft 直播界劳模，唯一的梦想就是赚光我们的钱，居然在人气最高的时候停播了一周？！”

“小白也不见了，怀念每天看他抱 P 宝大腿的日子。”

“P 粉哭泣，照这个情况来看，我起码得过一个月才能看见我老哥了。”

“应该放假了吧？ Bye 在 S 赛决赛采访时不是说打完比赛要带爸妈去旅游吗？估计还没回基地呢……”

“嗞……吃撑了，这家餐馆还不错……余松。”

“江余松？”

Pine 回神，从手机中抬眼看向自己的朋友。

他今天刚离家回到 S 市，晚上就被几个老友约出来吃饭。

“我们打算去酒吧玩玩，一块儿去？”朋友拍他肩膀，“反正你戴上口罩，没人认得出你。”

Pine 一只手插兜，嘴里叼着一根烟，刚要拒绝，手机自带的铃声忽然响起。

他看了一眼来电显示，抽出手来夹着烟，接通后懒懒地“嗯”了一声。

熟悉清脆的嗓音划破夜晚宁静：“呜呜呜，P 宝——快来！！！”

一晚上没怎么说话也没什么表情波动的男生挑了下眉，很快又恢复原状。

身边的好友都要怀疑是自己眼花。

Pine 吐出烟，问：“在哪里？”

小白停下丢牌的动作：“在打牌，我给你发定位。”

“还有谁在？”

小白：“我，简茸，XIU 和我哥。”

之后，XIU 自个儿打了辆车回基地。

十二月初，夜晚的寒风吹得人骨头都疼。

小白问路柏沅：“哥，你车停哪了？”

路柏沅道：“你们自己打车回去。”

眼看他们中野一起离开，小白哈出一口白雾，转头看到 Pine 正在用软件叫车，他赶紧伸手去戳 Pine 的手机屏幕，把排队取消。

Pine 任他乱按，转头问：“干什么？”

“我们晚点再回去吧？”小白揉揉肚子，“我饿了。”

Pine 皱眉：“没吃晚饭？”

小白嘟囔道：“我打得太认真了，就吃了两口。你饿吗？哦，我忘了你今晚和朋友约饭……那还是回去吧，我回基地再订外卖。”

小白说着又伸手想去戳 Pine 的手机，然后被 Pine 抓住，挪开。

Pine 把手机软件关了，淡淡道：“想吃什么？”

小白：“你不是吃过了？”

“没吃饱。”

小白眼睛弯成月牙：“那哥哥请你去吃对面那家日料！特别好吃！”

Pine 安静地看了他两秒：“哥个屁，才几岁？”

小白得意道：“别管我几岁，反正永远比你大两岁。”

Pine 嗤笑一声，转身刚要往斑马线走，小白不小心碰到了他的手。

“欸，我刚就想说了，你手怎么这么冷啊？你这种年轻人火气不该特别旺吗？没事，等会儿去店里就不冷了。”

在路灯的映衬下，Pine 锋利的五官都似柔和了几分。

小白抬头看了一眼红绿灯，“啊”了一声，拽着 Pine 往前走：“快，绿灯了！”

日料店里有暖气，两人将外套脱了挂在包间的衣柜里。

小白盘腿坐着，咽下鲜美的生鱼片，整个人都像活了过来：“你这次怎么才回去几天就又回来了？”

Pine 喝了口茶，平静陈述：“你太烦了。”

他回家三天，庄亦白一天三个电话，早上问他醒了没，中午问他吃了没，晚上问他有空打游戏没。

于是昨晚，在把父母送上回老家的飞机后，他就订机票回了 S 市。

“早知道能把你烦回来，我一天给你打七个电话，我一个人待在基地都快无聊死了。我爸妈实在太过分，宁愿跟那什么破夕阳红旅游团去玩儿，也不肯带他们的宝贝儿子……咳，咳咳……”

小白话未说完就被芥末狠狠呛了一道，他用手背捂着嘴使劲儿咳嗽，慌里慌张地倒茶，却发现茶壶中的茶烫到没法入口。

他下意识朝 Pine 伸手，一杯晾凉了的茶被递到他手中。

Pine 刚想提醒什么，就看见对面的人端着茶杯，仰头一口把茶喝光了。

小白眼睛都咳红了，平复下来后一抬眼，湿着眼控诉：“P 宝，这家店想谋杀世界冠军。”

Pine：“……”

Pine抬手把茶倒满：“你是笨蛋？吃饭都能呛到？”

“这是对你宝贝辅助该有的语气吗？”小白把杯子还给他，“你怎么都不吃？”

吃不下。

Pine看着面前的刺身拼盘，几秒后才动筷，随手夹了一片最小的。

小白这才满意了，刚打算大吃特吃，搁在桌上的手机嗡嗡响起。

小白看了眼来电显示，接通后直接点开扬声器，含糊地喊了一声：“妈——”

庄妈妈问：“干吗呢？”

“吃饭。”

庄妈妈“哎哟”一声：“先别吃了，你赶紧去机场一趟。”

小白：“妈，天大地大，吃饭最大……”

“别说这些屁话。”庄妈妈道，“人家女孩子的飞机马上要在S市落地了，你现在赶紧过去，还来得及！”

Pine咀嚼的动作变慢。

小白也怔了一下：“什么啊？”

“就你李叔叔家的女儿，过年介绍给你的那个——”

“那个相亲对象？”小白皱眉，“妈，我都跟她微信聊好了，我们没看对眼……”

“微信聊能聊出什么来？”庄妈妈坚决道，“反正我已经跟李叔说好了你去接机，你要是不去，人家女孩就只能一个人在机场等着了。”

挂断电话，小白烦躁地叹了一口气。

“相亲对象？”

小白抬头，对上Pine的目光：“啊……我没跟你说过？”

“我妈不知道被街上那个媒婆灌了什么汤，年初的时候非要我去相亲……不过那女生还挺好说话的，我说暂时不想谈恋爱她也就没再找我了，我还以为这茬儿过去了……”

Pine 的食指无意识地点了点茶杯：“人怎么样？”

“没见过，她朋友圈也没对我开放。不过我妈给我看了照片，其实还挺好看的。”小白摇头叹气，“可惜那时的我心里都是 LPL 未来三十年的发展规划……”

“规划完了？”

小白一愣：“……差不多吧？”

Pine 点头：“意思是现在有时间去规划别的了？”

小白拿着筷子眨眼，还没来得及问“您具体是想我去规划些什么呢”，手机又“叮”了一声。

妈：“落地时间 22∶20，T1 机场，小姑娘的电话是 1××××……”

小白抬头看了一眼时间，脱口说了句脏话。

他纠结了一会儿，最终还是匆匆起身，扯下外套随便套上：“P宝你吃吧，我得去趟机场，飞机还有二十分钟就落地了……你慢慢吃，一会儿我给你报销！想吃什么随便点！对了，这家店的烤鳗鱼特别好吃，你一定爱吃，我点了一份，一会儿你尝尝，我就先去机场了，这么晚让一小姑娘在机场我不放心，万一出什么事我得负全责……”

小白一边叨叨一边穿鞋，刚要站起来，才发现自己大衣的帽子被抓住了。

他回过头，对上 Pine 的视线。

男生单眼皮轻轻垂着，眼神与平时无异——都没什么情绪。

小白一怔，眨眨眼：“怎么了？”

Pine 没说话。

小白的大衣帽子带着一圈绒毛，跟他本人一样，很柔软。

小白等了一会儿，手机又“叮”地响了一声。

随着这道轻声脆响，Pine 松开手，拿起身边刚脱下的围巾扔给他：“冷，戴着去。”

包厢门关上，半分钟前还热热闹闹的包厢忽然就冷了下来。

Pine 垂眼看着桌上颜色鲜艳的刺身，一直没有动筷。

几分钟后，桌上手机亮起——

P 宝的小辅助：“P 宝，我上车了。”

P 宝的小辅助：“呜呜，我的日料——”

P 宝的小辅助：“今晚本世界第一辅助好像没法冲 H 服前十了，我妈非要我带那女生去吃顿饭，你多吃点，把我那份也吃完！”

直到那头消停，手机屏幕熄灭，Pine 才有了动作。

他撑着膝盖起身，穿好大衣离开包厢前往前台结账，留下身后一桌精致冰凉的日式料理。

小白的相亲对象是刚过二十岁的女生，目前就在 S 市念大学。

小白一直没明白对方才二十岁为什么就被家里人叫出来相亲，当然，用他妈的话来说就是“交个朋友”。

女生绑了麻花辫，穿着白色羽绒服和一条粉白 JK 裙。

女生也仔细打量了一下他。

和照片上看的差不多，甚至要更瘦一点儿——说实话，小白这身材根本算不上胖，只是脸上肉多，长得还特别白，所以总给人一种肉嘟嘟的错觉。

小白垂着脑袋盯着女生的腿看了两秒，在女生感到害羞下意识想搓手指的时候，他抬起头道：“姑娘，今天五度，你光着腿不冷啊？”

女生顿了两秒：“我穿了袜子的，肉色，晚上不容易看出来。”

小白恍然大悟：“厉害。”

女生：“……”

小白带着女生去了离她学校较近，他们战队也常去的一家烧烤店。

花了两小时化妆，连嘴唇都精心涂抹过的女生看着面前大铁盘中的几十串羊肉串：“……”

小白拿起一串，发现对面的人一动不动：“你不吃吗？”

“我……也不是很饿。”女生道，“我没有耽误你训练吧？”

“我今天不训练。”

小白答得敷衍，他心里还记挂着那一桌日料……还有 Pine 抓他帽子时的眼神。

他忽然想起 Pine 刚入队的那时候，比他们队霸中单入队时还跩。简茸好歹还理人——虽然都是骂人的居多。

Pine 就完全地，把所有人隔绝在他的世界之外。

一个人吃饭，一个人上分，一个人出门——除了训练的时间，几乎不跟他们说话。

天生活泼爱热闹的庄亦白不太能理解这一类人。

所以他试着去理解。

他们是队伍里最需要培养默契的下路组合，所以他靠近，他主动，他强行闯进 Pine 的世界。

“哥哥？你有听见我说话吗？”

小白从思绪抽身，发现女生正歪着脑袋看自己：“抱歉，你说什么了？”

女生于是把自己的话再重复一遍：“你平时不训练的时候都在做些什么呢？”

小白：“打 LOL。”

女生：“……那不就是训练吗？”

“不一样。训练的时候我们要打高分局，打训练赛，还不能玩别的位置。不训练的时候就能瞎玩，我经常和P……和队友去‘炸鱼’，就是去玩低分段，还能换着位置玩，娱乐为主。”

女生没太听懂：“不还是玩游戏吗？不会觉得无聊？”

小白也莫名其妙：“为什么会无聊？”

话音刚落，他兜里的手机忽然响起。

发消息的人是他直播间前任房管小姐姐，小姐姐给他当了两年的房管，上半年升职了，但他们仍保持着朋友关系。

房管姐姐：“白！！！”

房管姐姐：“你在干什么？！”

房管姐姐：“人呢？”

这阵势让庄亦白不禁怀疑自己的直播间被封了 999 年。

P 宝的小辅助：“我在呢。”

P 宝的小辅助：“在外面吃烧烤，怎么了？我直播间炸了？！”

房管姐姐：“没有。”

小白松了一口气。

房管姐姐：“比那严重一万倍好吧？！江余松叛变了！而你居然还在吃烧烤！！！”

这口气又被他吸回来。

P 宝的小辅助：“什么意思？”

房管姐姐：“P 宝在直播打游戏。”

P 宝的小辅助：“他开播啦？都没跟我说。”

房管姐姐：“嗯。”

房管姐姐：“他和女陪玩在打双排，怎么会跟你说呢？”

小白愣了两秒，随即嗤笑一声。

要不是他知道 Pine 的双排车比清北还难上，他差点就信了。

别说双排车，Pine 就连游戏好友都没加几个人，以前解说甲找他要好友 OB 位（观战位）都连续发了一周的消息才加上，找陪玩什么的更是天方夜谭……

“老板喜欢玩什么 AD？”

“老板我声音会不会太大？”

“老板我可以玩猫咪吗？”

千万人气的主播终于有了动静，不过也只是闷闷地“嗯”了一声。不过这一声足以让人确定他的身份，是本人没错。

“好的老板，那我选啦。”

小白低头看着手机屏幕上的星空 TV 直播软件，脸被打得啪啪疼。

Pine 的确在直播，也的确是在和女陪玩双排。

女陪玩游戏段位非常高，能和 Pine 大师分段的号双排，还是御姐音，每句话里都带着慵懒的撒娇意味。

来相亲的女生也听到了女陪玩的声音，表情变得有一些微妙。

小白知道在这种场合下看直播不太好，所以他动动手指——把直播声音关小了。

Pine 没有开摄像头，他比往日更沉默，大多时候都是女陪玩在说话。

女陪玩非常敬业，遇到这样的老板也不冷场，自顾自带着气氛。Pine 偶尔出声，就只有“上”和“退”。

小白用小号看的直播，弹幕上全是——

“欢迎大家来到大型叛变现场。”

“为什么不开摄像头？”

“白呢，怎么背景里也没他的声音啊？”

“消停一点儿哈，这是 Pine 的直播间，给陪玩小姐姐一点儿面子，玩梗适度。”

“我就纳了闷了……豆腐、98K 和其他职业选手也经常直播找女陪玩，Pine 偶尔找一次怎么了？别骂陪玩小姐姐，别带节奏。”

小白微微张着嘴，恍然。

对啊，男生找女陪玩多常见，怎么到 Pine 这儿，自己就觉得不可能呢？

Pine 今年 21 岁，当然会想找女生一块玩，甚至以后会谈恋爱……

小白瞥到直播上方的开播时间，微微一顿。

Pine 的开播时间是 22∶27。

没记错的话，自己离开餐馆的时间是 10 点整，从餐馆回他们基地起码要二十分钟，那就是说……在他走后没多久，Pine 就跟着离开了。

那一桌日料呢？打包带回基地了？

“你怎么也不吃了？”

小白抬头，看着面前的烤串突然没了胃口。他停顿好几秒后才说：“我来之前吃了点日料，有些吃不下了。”

“那会不会太浪费。”女生愣了愣，提议，“不然你打包带回基地给队友？”

小白点头：“好。”

女生抬手把服务员叫来，道：“把这些都打包。”

小白对服务员道：“再帮我重新烤二十串羊肉，十串牛肉，再烤份猪脑花，多放辣椒，也一块打包。麻烦用锡纸包好，谢谢。”

女生瞪大眼：“你有很多个队友在基地吗？”

“没，就一个。其他人都约会去了。”小白笑了笑，“不过我队友吃熟食喜欢吃热的，这些太凉了，他不会碰的。”

小白把女生送回学校后，就马不停蹄地叫了辆车回家。

他坐在后座中间，一只手撑着驾驶员的座椅，道：“麻烦您开快点，这儿限速六十码，您开个四十五码，也太慢了，大哥。”

司机一踩油门：“好嘞，赶时间吗？”

“是啊。”小白着急地说，“再晚点我打包的烧烤就快凉了！”

司机：“……”

到基地的时候小白隔着锡纸摸了摸。还好，还是烫的。

训练室虽然开了窗，但还是被烟味占满。里面只有键盘鼠标的敲击声，男生静静坐在电脑前，一声不吭地操作着游戏界面上的人物。他身上还穿着便服，额头前的头发有些乱，键盘旁放的烟灰缸里都是烟蒂。

他们第一次见面的时候 Pine 也是这副模样。

Pine 是通过试训进队的，最初训练的地点和他们一队队员不同，于是小白在试训第一天的深夜，偷偷下楼看了一眼。

Pine 那时比现在更瘦，穿着单薄的白色短袖，昏暗的训练室里只有他、电脑的声响和满室烟味。

“孤独”是小白对他的第一印象。

电脑后面的窗户半掩，冷风把脸颊刮得生疼。

打赢一波团战，Pine 听着耳机里女陪玩的夸赞声，拿起烟盒想再抽一根烟，肩膀忽然被人拍了拍，他下意识转头，对上了庄亦白的眼睛。

“脸都凉成这样了还开窗？”小白皱眉，“不冷啊？”

Pine 把烟放回去：“不冷。”

小白摸了摸他的脖子，“嗞”了一声：“凉死人了你。”

他脱了围巾给 Pine 围上，转身去关窗：“我看你十点半就开播了，那些日料是不是都没吃？不合口味？怎么不打包回来，好浪费。”

还没等 Pine 开口，小白就举了举手上的袋子，得意道：“不过没关系，哥哥给你带了烧烤。”

Pine：“……”

“我让老板用锡纸包的，还热着呢。”小白顿了一下，“干吗？不想吃？”

Pine：“想。”

小白满意了，并在心里夸了一波机智打包的自己：“那我去厨房拿个盘子装着吃，方便。”

小白把手机搁在 Pine 的电脑桌上，拿起烧烤要往外走，听见 Pine 刚摘下的耳麦中传出女陪玩的声音后又停下脚步。

他抿了抿唇，半晌才回头试探地问：“那等我把烧烤拿回来……我们边双排边吃？”

Pine 看着他被冻得通红的耳朵，说：“好。”

桌上手机振动，Pine 垂眼看去，是小白的手机，手机屏保是他勾着自己脖子强行拍的合照。

仓鼠吧唧：“哥哥，我到宿舍了！”

仓鼠吧唧：“其实在见面之前我就看过你的比赛啦，虽然游戏看不懂，但赛场上的你真的很可爱很帅。下次见面换我请你吃饭吧……”

仓鼠吧唧：“谢谢你送我回学校！”

小白五音不全地哼着歌回来了：“P 宝，可乐雪碧你要喝哪一种？可乐被那臭蓝毛放冰箱了，有点凉，不然你喝雪碧？”

“都行。”Pine 拿起他手机递过去，“有消息。”

见小白笑着打字回复，Pine 无目的地移动了一下鼠标，顺手把自己的麦克风闭了。

“怎么样？”

小白仍看着手机：“什么？”

Pine 说：“那女生。”

小白把手机挪开看他，一脸高深莫测：“我第一次看到真人比照片好看的女生。”

“那恭喜了。”

小白继续回消息，闻言撇嘴：“但怎么说呢，我和她……”

Pine 打断他，道：“她叫你哥哥？”

小白肯定地说：“对啊，她比我小嘛，才二十岁。”

Pine 把视线放回游戏。

在他们对话的几分钟里敌方已经点了投降，游戏结束，电脑屏幕重新回到桌面。

直播间里都是关于小白的弹幕，Pine 不常回应弹幕，他随意一瞥，正好看到一条“庄亦白这小崽子还挺会疼人”。

“老板你真的好强啊，比职业选手还强……我跟你打游戏像是在抱你大腿上分，哈哈！”女陪玩笑道，“我是不是该付你上分费？”

丁哥帮他接了一个正规陪玩平台的工作，这位女陪玩是官方特意给他安排的，当然知道他是职业选手，这些吹捧的互动都只是在演戏。

Pine 说：“不用。”

“嘻嘻，那谢谢老板小哥哥带我上分。咱们再来一局？”

Pine 的鼠标原本已经挪到退出队伍的按键上，想到平台给出的任务，犹豫了一会儿：“嗯……”

小白回完消息，放下手机：“好了，我马上上号……”

看清 Pine 屏幕上的游戏界面，小白一怔：“你怎么又开了一把？不是说好了我们双排？”

“不排了。”Pine 买装备出门，“我和她还要再打一会儿，你自己玩吧。”

小白：“……”

小白：“你说话不算数啊？”

Pine 说：“嗯。”

小白坐到自己机位上，开机，上游戏，并在心里暗暗发誓江余松如果不哄他三天三夜，他以后也不要跟这个言而无信的人双排了。

不玩就不玩！爷自己单排！

他很有骨气地打开排位按钮，刚要进入单排队列，一条对话框迎面弹出来——

XIU：“哈哈哈！你的 AD 不要你了！”

自认是世界上最有骨气的男人被这一句话扎了下心。

Bye：“……你在看他直播啊？”

XIU：“我们 AD 在看，开的外放。”

XIU：“没关系，别伤心。Pine 和妹妹打游戏，你也可以跟妹妹打游戏。”

庄亦白干瘪地回了个“哈哈”。

一个组队邀请弹出来。

XIU："来，进队，正好缺个人。"

Bye："队里怎么有四个人？"

XIU："我叫了三个陪玩妹妹，上车起飞！"

小白想了想还是进队了。

XIU 叫的陪玩声音都很好听，一声声"白哥"和"世界第一辅助"叫得非常甜。

然后小白选了个诺手去上路当孤儿，他挂在草丛里等敌方上单上线，游戏视角不断乱晃。

他心里的碎碎念如果有声音，那江余松恐怕都要被烦死了——

这 AD 为什么不吃我带回来的烧烤？

跟陪玩打游戏比我带回来的烧烤重要？

几分钟后，小白还是在确定 Pine 在打团战没法分心的情况下，偷偷用小号潜进了直播间。

陪玩小姐姐仍然敬业地在尬聊。

"他居然敢碰我 AD，可恶！我一会儿一定帮你报仇！"

"啊啊啊，老板快跑！他们打野来啦！完了，跑不掉了……可以打！反杀！漂亮！老板你太厉害了，你是我遇到过最厉害的老板了！"

"老板考不考虑打职业？我可以提前预支一个签名吗？我要当你头号迷妹！"

"老板等等我，我还有三秒复活啦！"

小白手贱地切屏去看直播。

Pine 没说话，但他的 EZ 停在了原地。陪玩小姐姐甜甜地说了一句"谢谢老板"，然后操控猫咪坐到了 Pine 的肩膀上。

再切回来，他被对方锐雯单杀了。

XIU 叫的这三个陪玩段位都不高，不过很会聊，队伍语音里充满了欢声笑语，Pine 直播间里响着陪玩小姐姐的彩虹屁，只有小白孤独地走在去上路挨打的路上。

本来就是娱乐为主的车队，加上他一直分心，上路打了三局没一局是优势，他们一路连跪，而他隔壁那个人已经排位四连胜了。

XIU 阴阳怪气道："兄弟你上单是一直都这么强吗？"

小白："我的，今天坑了。"

XIU："没事，匹配而已嘛……不过你今晚好像有点沉默啊。咋的，输牌不高兴？不是有金主帮你结了账嘛。"

小白正想说什么，XIU 又乐呵呵一句："不过你金主现在在给其他人消费呢。"

小白："……"

直播间里传来一道闪现的声音，紧跟着陪玩小姐姐道："呜呜，老板居然闪现救我，我的心动男嘉宾出现了……老板我多送你一小时，我们再打一会儿吧？"

Pine："嗯。"

"老板真好！"陪玩小姐姐道，"老板，我们要不先加个微信？以后你有需要随时找我，我推了其他老板来陪你玩。"

Pine："嗯。"

游戏结束，小白看着"失败"两个大字和自己 1/10/3 的战绩，心里全是"我真菜，我为什么能打出这种战绩？我是废物吗？我要不明天就退役吧，反正战队里也没有什么值得我留恋的了，我这么多年的 AD 也已经跟别人跑了，我留在这个基地到底还有什么意义……"

XIU 也在自家 AD 的外放音箱里听到了这个对话，道："真稀奇。以前我在后台看到有女粉找 Pine 签名，他都不愿意签，现在连女陪玩微信都加上了……你们战队粉丝难道又要多个嫂子？"

小白丢下一句"谁知道呢？不玩了，我下了"，然后关了游戏。

今晚不适合打游戏，早睡早舒心。

小白起身的时候装作不经意地往旁边瞥了一眼。

Pine 已经脱了围巾。他拿着手机在通过陪玩小姐姐添加微信的好友请求，小白视力好，看到了小姐姐的自拍头像，是精致漂亮的脸部特写。

还看到了小姐姐给 Pine 发了一个卖萌的表情包。

庄亦白忍着停留在 Pine 身后偷看他和小姐姐会在微信聊什么悄悄话的冲动，潇洒冷酷地转身离开训练室。

门关上，训练室一片静谧。

Pine 对着战绩页面发了两秒钟的呆，然后起身把面前的窗户重新打开，拿出烟点上。

女陪玩又发来一条消息："P 神！我平时陪玩走的就是这个风格，会不会吵着你？"

Pine 咬着烟，懒懒打字："不会。"

女陪玩："那就好，我们继续吗？"

Pine 看了一眼他们双排的时间，距离陪玩平台给他的任务还差最后两小时。

趁今晚一块应付掉完事。

他没有再回复，直接动动手指重新进入游戏队列。

片刻，他拿起旁边被人一路护着送回来，到现在已经凉透了的烧烤，默默地往嘴里塞。

翌日小白醒来时觉得手酸，转头一看，他捧着手机睡了一晚上。

他看直播看睡着了。

他揉揉眼睛，看了一眼 Pine 的下播时间。以前直播超过三小时都会嫌烦下播的人，昨晚播到了凌晨三点半。

庄亦白是出了名的乐天派，多大的烦心事睡一觉基本也就过去了，就像Kan打假赛被赶出战队那一回，他知道这个消息的头一天犹如丧神附体，第二天又满血复活准备开始迎接新赛季。

但这一次，他睡一觉醒来，觉得天还是灰的。

他盯着镜子里的自己，一边刷牙一边咬牙想，一定是因为江余松不吃他辛辛苦苦带回来的烧烤，还不和他双排，他才会这么烦。

他走出房间时听到楼下有动静，探出身子往下望。

Pine和丁哥就坐在客厅沙发上，两人低声不知道在聊什么。

小白走到一楼时只听到丁哥说一句："你好好考虑。"说完还伸手拍了拍Pine的肩膀。

丁哥见到小白下楼，叮嘱他有空开直播混混本月时长就匆匆离开。他们现在还在休息期，但年底这个时间段是各战队管理层的忙碌时刻，丁哥打算退下教练的位置专心负责战队运营，目前正在给他们谈几个经验丰富的老教练。

丁哥走后，Pine从沙发起身，问他："吃早餐吗？"

小白在原地愣了一下，心想：我俩在冷战好吧？我昨晚的气还没消呢。

"阿姨不在，我给你做。"Pine停在他身边，"还是你想吃外卖？"

小白："你给我做。"

吃着Pine做的番茄蛋面，小白觉得勉强可以原谅他一点点。

他咽下面条："刚刚丁哥让你考虑什么？"

"没。"Pine是单眼皮，面无表情的时候总是显得冷漠又帅气。

和Pine说了两句话，庄亦白那点烦闷似乎就跑没了。其实仔细想想也不是什么大事，不就是找了个陪玩吗？不就是没打排位吗？他被简茸骗的次数难道还少了？

自我开解完毕，庄亦白放下筷子，用纸随意把嘴擦干净后，把脸凑到Pine面前："江余松，你看我眼睛底下。"

被点到名的男生吃面的动作一顿，抬起眼来看他。

Pine眼皮很薄，眸色漆黑，这双眼睛似乎从没把什么人或事装进去过，偶尔几点光亮映衬进去，稀星朗月，庄亦白被看得一怔。

Pine问："看了，然后呢？"

小白猛地回神："你……你没看见我的黑眼圈？"

Pine说："没看见，很白。"

"……"小白顿了一下，"反正我昨晚没睡好。"

Pine挑了下眉。

小白陈述："因为你辜负了我的烧烤，还因为其他人'鸽'了我的双排。"

一提到这个，Pine又想到昨晚那冰凉干瘪的夜宵。

"你不知道我昨天有多可怜。"小白细数自己的委屈，"打牌连跪；好不容易吃顿日料被我妈逼着去接机；为了给你送热腾腾的夜宵，我连话都没跟那女生聊几句，一路上催着司机演绎《速度与激情》；回到基地你对我的夜宵爱答不理、'鸽'我排位，连XIU都嘲讽我……"

眼看他越说表情越委屈，Pine皱了下眉，很快又松开，最终还是开口："昨天的烧烤……"

手机铃声打断了两人的对话。

Pine顺着声音看过去，庄亦白的手机有来电，备注是"仓鼠"。

小白对他说"等等"，然后接通电话。

"喂？"

"早醒了，不训练的时候我通常都醒得很早……今天？有空啊，怎么了？"

"去游乐场？"

小白愣了一下，原本想拒绝，抬头看到Pine靠在椅背上，正抱着双手看着自己。

他恍然想到，自己和Pine认识这么久了，好像从来没有一起去这种娱乐性质的场所玩过。

小白犹豫了一下，问：“你那边几个人？”

“还有一个闺密？那我带一个朋友一块去行吗？男的，我队友。”

得到回答，小白笑着说：“好，那行。两点？好……下午见。”

挂了电话，小白兴冲冲地说：“P宝，我们今天出去玩吧？”

Pine安静几秒：“谁的电话？”

“仓鼠。”小白顿了一下，解释，“就昨天我去机场接的那个女生，她说她那有别人送的VIP免排队券，约我一块去游乐场。”

Pine点点头，拿着自己的碗筷起身。

小白也起身：“你刚刚想说什么？昨天的烧烤怎么了？”

Pine把碗筷放进洗碗池，转身朝楼上走：“没怎么。”

“哦。”小白跟上他，Pine的步伐有点快，他小跑两步才追上。

他习惯性地抬手去搂Pine的脖子，看了眼墙上的钟：“从这去学校接她们也要半小时，你去换件衣服我们就出门吧？”

“我没说要去。”

小白一怔，很快又道：“为什么？你不想去？你之前不是跟我说你从来没去过游乐场吗？哥哥这就带你去玩……那边风景好，我们还可以让人帮忙拍个照，我的微博背景和手机屏保也该换了……”

小白的微博背景和屏保一直都是他和Pine的合照。

一开始他是觉得拍得好看才换上去的，后来一直没换下。

Pine忽然停下脚步，小白也跟着停下来。

Pine问：“你去约会，我为什么要跟着？”

小白愣住：“也……不算约会啊，就是一块出去玩……”

“你的微博背景和屏保是要换了。”Pine音调平平，“为什么一直用那张照片？”

小白被问得一顿：“那张照片挺好看的，而且粉丝也喜欢啊……”

Pine打断他：“我不需要这种性质的粉丝。”

小白：“……”

“以前不需要，现在也不需要。”Pine淡淡道。

小白心底一沉，道：“你朝我撒什么起床气……”

“没有。”Pine转头看他，平静道，“你现在也不需要用那种方式吸粉了吧。”

小白哑然。

其实他一开始也没想过真的要用这种方式去吸粉，他只是单纯觉得好玩——逗Pine很好玩，看Pine偶尔露出无奈的表情也很好玩。

好玩又有收益的事情为什么不做？

“还有你微信的名字也改掉。”Pine说，“取这种名字，不合时宜。”

小白觉得喉咙有些干涩：“我没觉得不合时宜。”

“我觉得不好。”

他抓着小白的手，将他的手从自己脖子上挪开。

第一次被Pine撇开手，小白站在原地茫然地看他。

“去吧，别让她等。”Pine拍拍他的肩，敷衍地鼓励道，“好好玩。”

游乐场的空气中带着棉花糖的甜香。

小朋友手握糖果牵着妈妈的手满脸开心；同龄人并肩而行欢声笑语；情侣亲密依偎，还有几对情侣当作周围人不存在似的，明目张胆地接吻、亲耳朵……

全世界似乎都很快乐，只有庄亦白穿着厚重羽绒服，双手揣兜坐在长椅上发呆。

他看着远处闪闪发光的摩天轮，脑子里飘飘荡荡的都是Pine今天说的话。勾肩搭背用合照当屏保这种事关系很好的朋友也会做啊，有什么可奇怪的？

别看庄亦白现在在心里应得一茬一茬的，站在江余松跟前的时候屁话说不出来。

他试图去分析江余松是不是生气了，但他想了很久……江余松好像从来没对他生过气，有的时候被他缠烦了也只是皱下眉，很快又恢复如常。

不过……

小白仰头靠在椅背上，对着天空呼出一口白雾，然后拿起手机举到自己面前，点开星空TV，进入Pine的直播间。

屏幕漆黑一片，Pine没有开播。

既然不开播，为什么不跟他一起来游乐场？

"哥哥。"

小白慢吞吞抬起脑袋看向前方两个娇小可爱的女生，还是一副咸鱼瘫的姿势："玩好了？这么快。"

"因为不用排队，"女生眨眨眼，"我们接下来打算去玩海盗船，你……"

"我不去了，你们去吧。"小白立刻道，"我继续帮你们看包。"

女生有点失望地"啊"了一声："真的不去？"

她一旁的闺密看不下去了："你什么都不玩，为什么还要答应跟仓鼠来游乐场啊？"

小白其实是想推掉来着……

他原本想打电话告知对方，谁知对方发消息来说她们已经出门了，就在校门旁的奶茶店等自己。

于是他只能抱着当司机的想法过来了。

前段时间才在江余松耳边咋咋呼呼说要一起去玩蹦极的人面不改色道："抱歉，我恐高。"

两个女生玩得还算开心。因为有免排队券，她们把游乐场里出名的大项目全玩了一遍，玩到尽兴时已经是傍晚七点。

他们随便应付了晚饭，在游乐场烟火时间之前赶到了城堡。

城堡前就是人挤人，小白站在两个女生身后帮她们挡开身后拥挤的人群，心不在焉地听她们聊天。

听是在听，但内容根本没进脑子。

周围每个人都高高举着手机，只有他格格不入。

他的衣服忽然被拽了拽，女生提醒他：“要放了——”

砰——

几道烟花从城堡各处升空，五彩斑斓地在庄亦白眼前炸开。

他怔怔地仰着头，几秒后，也随大流地掏出了手机。

小白连按快门，拍了十多张照片。

拍完之后他打开微信，找出最常聊天的对话框，从几乎一样的十几张照片中精挑细选五张，在发送出去的前一秒顿住了。

他的微信名还没改，现在去找江余松就显得有点……丢人。

我是暂时没想到什么酷炫跩炸天的微信名，绝对不是死皮赖脸不改，他想。

小白退出照片发送界面，聊天框里是他和Pine之前的聊天。他们聊天总是他发的话比较多，还长，Pine的回复简短得像是什么上级领导。不过他发的每条消息都能得到回复。

在聊天页面纠结半天，小白最终还是退出了这个对话框，但发图欲望强烈，他干脆随便在好友里找了个人把照片一股脑全发了过去。

那边回得倒也快。

卄耳：“？”

卄耳：“发错人了？”

P宝的小辅助：“没有，就是想把这漂亮的画面分享给我的好朋友。”

卄耳：“不感兴趣，以后别发。”

小白：“……”

烟花是飞到我脑子里爆炸了吗？我为什么会把这么美的图片发给这种男人？

看完烟花秀，两个小姑娘说晚饭没吃饱——游乐场景区里的东西又贵又难吃。

他们随便找了家海底捞。

女生们聊得火热，小白心不在焉地涮着鸭肠，直到被点名——

“白哥，”仓鼠闺密往桌前凑了凑，眼巴巴看着他，“我能不能跟你打听点消息？”

小白：“嗯？什么消息？”

“当然是关于LOL转会期的，”女生眉眼弯弯，“其实我是PUD的粉丝啦……我想问今年XIU哥会退役吗？98K应该是要继续跟PUD续约的吧？下路会有变动吗？”

LOL转会期一般在十一月中旬开启，持续一个月。在转会期期间，电竞职业选手可以从一家俱乐部转移到另一家俱乐部，联盟也会开放办理相关注册手续的窗口。

但眼见半个月过去，各大俱乐部却毫无动静。无关痛痒的替补二队倒是宣布了几个选手，没引起什么关注，大家想知道的重磅消息还被俱乐部压着，都等着在转会期快结束时搞个大新闻。

“……人家俱乐部都还没放出风声的事，我不好说的。”小白顿了一下，“不过有件事倒是可以说。XIU哥不会退役，他还想再打一年。”

“XIU真厉害！”女生高兴地喝了一杯酸梅汁，继续八卦，“Road在总决赛采访说过他不退役了，那应该还是留在TTC；你和Qian和TTC的合约也还没到期……Soft呢？他只和TTC签了一个赛季吧？我听说好多家俱乐部在谈他！”

小白挑眉笑了笑。

那可不，有点资本的俱乐部除了PUD外一个没落，全往他们中单跟前靠。就他所知，开价最高的已经喊到了三开头八位数。

这对刚在赛场出道一年的选手来说是天价。虽然富哥开的价格也不低，但跟最高那个比还是差了点……毕竟很多俱乐部背靠大公司，都指望着简茸去给他们的战队带流量带人气带成绩。

但没用。

有钱算什么？他们简神不缺钱。

女生从他反应中窥知了一些，点头喃喃："那 TTC 这赛季只有 AD 位置有变动。"

"嗯……啊？"

涮了半天鸭肠刚要享受胜利果实的小白张着嘴抬头："什么变动？谁变动？我们 AD……谁说我们 AD 要动？！"

……

小白连大衣都顾不上穿，拿起手机匆匆出了餐厅。

这种电话不方便在其他人面前打，他找了个角落拨号，耸着肩膀被冻得哆嗦。

丁哥没接电话，他又打到了路柏沅那儿，快挂断的时候才被人接起。

"哥，什么情况啊？"一阵寒风刮过，小白说话都在发抖，"为什么有人爆料 Pine 要转会到 MFG？你听说这事了吗？丁哥就这么任由那些人造谣博眼球……"

路柏沅说："听 Pine 提过。"

小白一顿，整个人跟被冻僵似的："Pine……跟你提过？提过什么……"

"可能会离队的事。"路柏沅把泡好的咖啡放到简茸手边，察觉到小白的沉默，他眉梢一挑，"他没跟你说？"

风灌进衣襟袖口，小白浑身都冷透了。但他仿佛毫无知觉，拳头松了又紧，反复好几遍。

"没。"他哑声道，"确定了吗？那……那我们下赛季的 AD……"

"丁哥在谈，目前的预想是二队的 AD 小鱼，青训队里也有不错的，其他战队的话，丁哥比较看好豆腐。"

小白都懒得去想豆腐进队会不会跟简茸勾肩搭背，直接左转进派出所了。

怪不得连屏保和背景都要自己换掉。

路柏沅听着电话那头的风声，似有所感地垂下眼，道："还没确定，不过如果没记错，今晚 Pine 应该去 MFG 基地跟他们经理详谈了，估计这几天就能有结论。"

小白眼睛都被吹痛了。

他做了个深呼吸，伸手揉了一下眼睛："……哥，战队为什么不留他啊？我们不刚一起拿到冠军吗？他为什么非要走……"

"MFG 开的价格不错，战队也愿意围绕下路打。Pine 很年轻，也很有野心，想去不奇怪。"

"……"

感觉到小白的情绪，路柏沅垂下眼，平静地安抚他："时代不同了，选手转会是很常见的战队变动。转会以后还是朋友，只是不在一起训练打比赛了，不用太伤心。"

Pine 从 MFG 基地出来时已经是凌晨一点。

坐上车，他拿出手机想再看一遍两小时前随手刷到的，内容为"在游乐场撞见 Bye 和他女朋友了，Bye 还帮女朋友拎包，好甜哦"的微博，按了两下却发现手机不知何时早就没电关了机。

回到基地，Pine 没急着进去，而是靠在墙边拿出烟，安静地抽起来。

庄亦白不喜欢烟味，虽然从来没在自己面前开口提过什么意见，但他每次抽烟的时候，那人都会离自己远一点点。

烟抽完又过了半小时。Pine 转身打开基地大门，脱鞋进屋。

基地一片昏暗，只开了几盏廊灯。

以至于他看见自己房门口有一团模糊的黑影时，在原地停留了一秒才继续往前走。

男生讨债似的坐在他房门口，只穿了一件单薄的里衣，正低头捧着手机一遍遍拨电话，扬声器里不断响着“对方已关机”的提示音。

Pine 用小腿碰了碰他的膝盖。

专注手机的庄亦白抬起头，眼里还是拨不通电话的烦躁和焦虑，他们对上视线的一刹，小白紧皱的眉头缓缓松开，然后再重重拧起来……

Pine 刚要开口，就听见“咚”的一声。

庄亦白丢掉手机，直接扑上来紧紧抱住了他的腿。

Pine：“……”

Pine 伸手想把人拉开，低头看到庄亦白抱得死紧。

“江余松，你不是人。”

被点名的人登时顿在原地，手悬在对方头发上空，脸上难得出现了慌乱和无措。

庄亦白哭了。

小白其实已经哭过一阵了，只是说话还有鼻音：“我含辛茹苦、勤勤恳恳这么多年，你就这样对我。”

小白抱住他的腿后又想流眼泪。

许久，他才听到头上落下一句：“怎么坐这儿？”

小白声音闷闷地：“等你。”

Pine 大概猜到他听说了什么：“不会回房间等？”

“怕蹲不到你。”

“要是我不回来呢？”

“……”

小白小声说：“不会，你再怎么着……也要收行李。”

停在半空的手继续往下伸，但还是怕手凉，没敢真的碰到他。

Pine：“起来。”

小白：“我不，你说清楚。”

Pine 打开房门：“进去再说。”

小白动也不想动：“我不。”

掉在地板上的手机响了一声，Pine 垂眸扫了一眼：“你手机。”

这倒提醒了小白：“为什么不接我电话？怕我耽误你签合同？”

“没电关机了。”Pine 道，“在口袋里，不信自己拿出来看。”

小白不说话了，默默又抱紧了一点儿。

Pine：“再不松开，一会儿谦哥回来会把你拍下来。”

小白：“……”

Pine：“然后发给简茸。”

小白：“……我起不来。”

他稍稍松手，抬起头，眼眶红红的：“坐太久了，我腿酸。你扶我一下。”

小白被扶起来的时候，吸了吸鼻子：“你抽了好多烟啊。”

Pine：“嗯，离远点。”

“我又不嫌你。”

进屋关门。Pine 把人扶到沙发上，抽出两张纸递给他：“别哭了。”

“没哭，玩累了眼睛酸。”小白狡辩完又觉得这句话鬼都不信，于是改口，“哭怎么了？全世界都知道我的 AD 要跑路了，只有我自己不知道，我还不能哭吗？”

Pine：“……”

他看着 Pine 换衣服。Pine 的身材看着瘦，其实他很有力气，抬手时还有起伏的肌肉线条。他们体重明明差不多，自己甚至比 Pine 重几斤，但每次他发酒疯的时候 Pine 都能轻轻松松把他扛走。

手机消息还在响。小白没管，也没看，他一直盯着 Pine，直到对方转过身来和他对上视线。

小白开口：“MFG给你开多少签约费？”

Pine：“两千万。”

“……MFG老板发财了？”小白忽然想起什么，坐直身道，“P宝，MFG花高价买你肯定没钱再买其他队员了，等你进了基地一看，四个菜鸟！而且他们战队的辅助多菜你不是不知道，你排位遇到他不都直接秒退的……”

Pine淡淡道：“MFG换老板了。”

“？”

“一家电商买了他们战队，除了中上这两个位置，其他队员全换了。”Pine把打火机随手扔桌上，“买了个H国的辅助。”

小白嘴唇动了动，片刻才又憋出一句：“那又怎么样？现在LPL哪个战队的配置比我们战队好？MFG人员重组肯定还要练配合……”

“是要重新练。”Pine轻描淡写，“他们下赛季围绕下路打，以前的战术大都用不了了。”

“……”

TTC厉害的选手太多了，MVP都靠抢，资源很少偏向哪一条路。Pine如果去了MFG就是团队中心，能得到最多的资源，受到最全面的保护，比赛成绩先不说，以Pine的操作和实力，下路绝对能打得顺风顺水……

都是职业选手，他知道MFG开的这个条件有多诱人。

小白想不到什么别的留下他的理由了。他垂着眼皮，坐在门口打不通电话时的那股难受又重新漫了回来。

Pine安静地看着他，见他不开口，才问：“不想我走？”

小白想也没想：“废话。”

“为什么？”

小白被追问得一怔：“……我们一起打了这么久的比赛，关系这么好，我肯定舍不得你走……”

“我不在之前呢？”Pine 淡声道，“TTC 前任 AD，他走的时候，你也这么哭了？”

小白话说到一半被打断，他嘴巴微张，愣愣地看着 Pine。

TTC 上任 AD 走的时候他哭了吗？

没有。

那 AD 跟他从青训到夺冠搭档了三年半，相处得也不错。分别的时候他虽然觉得不能再一起打比赛了很遗憾，但也替对方能拿到更高的签约费而感到高兴。

Pine 拧开矿泉水瓶仰头喝了一口，小白想了想道：“那时候年纪小，以为分开之后还能一起玩游戏。但他去了其他战队后，别说玩游戏了，我换账号后连游戏好友都没有加上……”

“我不会。”Pine 像是跟他商量，“训练以外的时间，你想打游戏随时可以叫我，我不会删你好友，换号的时候也会加你。”

“……”

“这样行了吗？”

“……不行。”

“为什么？”

小白皱眉：“哪有那么多为什么？因为我跟你关系更好，还想跟你打比赛，想跟你一起吃饭一起聊天，我就是不想你去别的战队……”

电话铃声打断了他的话。

Pine 垂眸扫了一眼来电显示，从桌上拿起手机丢到小白怀里：“你的仓鼠。”

小白吐出一口气，过了好几秒才按下接听。

“喂。”他声音有点低，“没，我没事，只是没看到消息……我衣服在你那儿？”

小白愣了两秒，才想起来自己的羽绒服落在餐厅了：“我给忘了……

你拿回宿舍了？好，下次我有空再找你拿。”

女生客气地感谢他今天愿意当司机，并表示自己玩得很开心，小白心不在焉地敷衍：“开心就好……我？我也挺开心的……”

挂断电话，小白忽然想起什么，倏地抬头道：“富哥这赛季是不是给你开了一千七百万？”

Pine 安静看着他，没说话。

“不然这样，”小白舔舔唇，下意识伸手去抓他衣服，“我去跟富哥商量，我少拿三百万签约费，让富哥给你开两千万……”

“别胡说。”Pine 后退一步，衣服从小白手中挣脱出来，“很晚了，回去睡觉。”

“我没胡说八道，”小白站起身，“或者你还嫌少？那我少拿五百万，我说认真的。”

“五百万？”Pine 道，“老婆本不要了？”

小白以为他动摇了，立刻道：“没那么快娶老婆，而且我还有存款呢……”

Pine 从衣柜随便拿出一件衣服：“出去，我要洗澡。”

“等等，还没聊完！”小白跟上去，在他耳边喋喋不休。

“你该不会已经和 MFG 签合同了吧？”

“所以你之前为什么不告诉我？要不是仓鼠她们提到这事，我是不是得等你搬出去那天才知道？”

“你说话啊。”

Pine 看着他发红的眼尾，抿了一下唇，最后只说了一句：“傻子。”

小白一愣，好半天才找回声音：“干吗骂人啊？”

Pine：“……”

小白还要说什么，Pine 突然后退一步，淡淡丢下一句：“回你房间。”

说完，Pine 拿着换洗衣服，在小白愣怔的注视下转身进了浴室。

浴室门关上，Pine 在原地停留了几秒，直到听见外面的关门声后才终于有动作。他垂下眼，沉默地脱掉衣服，走进淋浴房随手抬起开关，冰凉的水淋在发间，过了十几秒才逐渐转热。

洗完澡，他随手把浴巾搭在湿透的头发上，走出浴室看到自己沙发上有个人。

小白趴在沙发上，拿着手机却没看，整张脸都低着。

水声太响，Pine 没听到他回来的动静。

听见脚步声，小白转过头来。他说："你这澡也洗得太久了。"

Pine 安静两秒，才道："不是让你回房间？"

"我就要待在这儿。"小白刚回房间换了件睡衣，他从沙发上坐起来，道，"你头发还在滴水。"

Pine 随便用浴巾擦了两下，再抬头，小白已经轻车熟路从抽屉拿出吹风机。

"过来，"小白盘腿坐在沙发上，拍了拍旁边的位置，"哥哥帮你吹。"

Pine："不用。"

小白没跟他啰唆，直接起身拽他。Pine 皱着眉任由他拖着坐下。

Pine 有次发烧就是因为洗了头没吹干，那时候基地没暖气，他对着窗坐着打了一晚上排位，第二天直接高烧陷入半昏迷。

自那以后，小白经常强制性地帮他吹头发。

吹头发过程中没人说话，小白站在沙发边，手法娴熟。

男生的头发很容易吹，没一会儿就干了。

手机响了两声，Pine 拿起手机看了一眼，然后把手机丢给他："找你的。"

小白纳闷地低头看。

XIU："P 宝的小辅助，可以啊，谈恋爱了都不告诉哥哥们？游乐场好玩儿吗？"

XIU："人呢？"

XIU：“P 哥哥，叫一下你的辅助。”

什么乱七八糟的？

小白疑惑地点开 XIU 分享的视频，谁想这视频居然自动定位到了一分多钟之后。视频里的他正帮在玩旋转茶杯的仓鼠拎包。

Pine 表情一顿，立刻撇开视线起身。

小白关了手机就跟着起来：“你去哪儿？”

Pine：“倒水。”

小白：“这视频你看过啦？”

Pine 很轻地“嗯”一声。

小白低头回了消息。

P 宝的小辅助：“我没谈恋爱啊，我不想玩项目，就只能帮她们看看包。”

P 宝的小辅助：“LPL 事业需要我，我怎可在儿女情长上面浪费时间！”

小白想起什么，叹了一口气：“我本来是想带你去玩的，你来 S 市不是从来没去过那个游乐场吗？”

Pine 把蜂蜜水塞给他。

小白喝了一口，Pine 转身去床上拿 iPad，他捧着杯子跟过去。

“你把 MFG 经理的微信给我。”

Pine：“干什么？”

“问他们缺不缺辅助。”

Pine 一怔，随即皱眉：“别闹。”

“没闹，我说真的。”小白道，“我和战队的合约还有一年，我明年就能过去。只要我保持今年的状态，他们开的价格也不会低。”

Pine 沉默两秒：“不是说过想一直留在 TTC？”

“现在也想啊。”小白点点他的屏幕，帮他丢牌，“但 MFG 的基地离我太远了，我还是想跟你一块打比赛。”

Pine 抓住他乱打牌的手：“不用。”

小白皱眉："怎么不用？我偏要……"

"我不去 MFG。"

小白怔住，呆呆地看着他："什么意思……你拒绝他们了？"

"嗯。"

"那今天怎么谈这么晚？我还以为你们意向合同都签了……"

"他们经理一直留我。"

小白点点头，眨眼："为什么又不想去了？"

"全华班比较舒服。"Pine 淡淡解释，"不想和 H 国辅助练沟通，麻烦。"

小白"噢"了一声，帮他总结："你还是觉得我的辅助更好。"

Pine 安静了很久，久到小白都要开启下一个话题了，他才闷着嗓音飘出一句："嗯。"

他起初只觉得庄亦白很烦。

说话烦，靠近了烦，笑起来也很烦。他不明白世界上怎么会有这么话痨的男生，每天都精力过剩，永远是训练室里最吵的那一个。这人还特别喜欢靠近自己，给多少冷脸都赶不走。

这种烦人的日子过了半年，直到有天他发高烧，被送去医院。

在病床上醒来时，庄亦白正在烦医生，缠着医生念叨"他什么时候能退烧？""他不会烧傻了吧？""我和他是搭档啊，他傻了我可怎么办？"

凭本事把医生烦走后，庄亦白转身跟他对上了视线。

他当时还没来得及说什么，庄亦白突然快步走上前来，焦急地跟他贴了贴额头，然后皱着眉对他喃喃："怎么办啊，你还是好烫。"

那一刻，一向孤僻的江余松，萌生了想跟这个人做一辈子朋友的想法。

番外四

你进来，外面冷

Take the Crown

“Shut down（被终结）！”

冰冷的女声在耳机里响起。简茸看着眼前变灰的界面，摘下耳机扔在桌上，拿起牛奶猛喝了一口。

“不会吧，不会吧？不会真有职业选手在全地图看不见人的时候还脸探草丛吧？”

“退役吧，你这水平就够当个三流主播。”

“啧，菜得我出去都不好意思说自己是你大爷。”

“怎么？”简茸打开游戏商店，懒洋洋地说，“最强王者那几千号人全聚在我直播间了？让我看看。”他点开一个狂刷弹幕的观众的资料，看到资料里绑定的游戏账号，嗤笑了声，“哦，黑色玫瑰不屈白银……是挺不屈。”

“……你这是侵犯上帝的隐私！”

“你们扒我直播间小号侵犯隐私的时候怎么没这么能说？”简茸动动鼠标，“我早猜到了草里有人……以为只有他们中野，谁知道来了五个。”

“狡辩有一套的。”

“咦？小傻子不是说圣诞节停播，要出门玩儿吗？”

“今天怎么没和 Road 双排？”

看到这个弹幕，简茸忍不住看了眼桌上的手机。

他原本和路柏沅商量好，今天一起出门过圣诞。谁知路柏沅手头的代言临时有宣传拍摄需要他配合，中午就订了机票走了。

看时间，应该快到了……

十分钟后，他不知道看了多少遍的手机屏幕终于亮了起来。

小橘爸爸："我到了。"

下一刻，一条该直播间大老板才能拥有的横幅嚣张地弹出在直播窗口的顶端——TTC · Road 骑着南瓜马车进入了 TTC · Soft 的直播间。

简茸正在激情举报队友，横幅出现的那一刹，他打字的声音随之停止，两秒后，他把举报栏里的小作文删了，简简单单地写上一句：代打上来的，太菜，建议封号。

路柏沅刚坐上来接送的车。看到简茸的举动，他牵了牵嘴角，切到微信又发了一句。

小橘爸爸："在去拍摄的路上。你播，我挂着听。"

简茸挂着游戏，拿起手机认真地回复了几句，抬头就看到弹幕正在不停刷。

"怎么？大爷圣诞节陪女朋友逛街都抽空看你直播，是来看你玩手机的？"

"挂机耗时长，举报了，等着超管来抓你吧。"

"Road 在直播间看着你都敢挂机？我看你是胆儿肥了！"

"回条消息而已，你们烦不烦？"简茸不舍地放下手机，"没挂机，故意等一会儿再进队列，不然又排到那几个傻子。"

进入新一局游戏，简茸习惯性地看了一眼本局队友的 ID。

P 宝的小辅助进入聊天窗口。

简茸："……"

简茸转头瞥了一眼旁边人的电脑屏幕，确定庄亦白分到的位置是"上单"之后，他挪动鼠标："这局秒了。"

旁边偷听许久的小白当即摘下耳机："简茸！你什么意思！"

“你看看你自己玩上单的战绩，两页红，我直播间里那些菜鸟看了都直摇头。你也不想明天那些电竞营销号的文章标题内容都是‘TTC 中辅强强联手为艾欧尼亚王者分段玩家倾情赠送圣诞大福利’吧？”简茸道，“你能不能跟你的 AD 去双排，别害人。”

“你以为我不想？要不是 P 宝今天有别的训练任务，我又正好月底赶时长，我才不出来单排受这委屈呢！”

简茸懒得听他废话，鼠标都挪到关闭按钮上了。

庄亦白：“不是吧，不是吧？你连我都带不动？就这么怕输？输不起？”

简茸冷笑：“激将法有用？”

“我可没激你。”庄亦白双手抱胸，气定神闲地扔出一句，“算了，你秒吧，我也觉得你带不动我……毕竟像 Savior 那样能带我的上单连赢三局的 LPL 中单，这年头也没几个了。”

两分钟后，TTC 中辅顺利进入了同一局游戏。

简茸买好初始装备出门：“上路少送几个。”

“看不起人？”庄亦白道，“你看着，我这局人头经济绝对比你高。”

简茸“嗯”一声：“反正吹牛不花钱。”

“……不信你跟我赌一局，你这局人头要是比我多，我游戏名字改一礼拜的‘Soft 是大爷’；如果我人头比你多……”

“行。”没可能的事没必要听完，简茸直接打断他，“准备买改名卡吧。”

游戏进行到七分钟，简茸轻轻松松把敌方中单折磨到残血，他看准时机，直接交出闪现准备拿下对方人头——游戏界面卡住不动了。

简茸：“？”

他转头看了一眼庄亦白的屏幕，庄亦白操控的鳄鱼还生龙活虎地在上路挨打，两秒后，庄亦白游戏界面上出现了简茸游戏人物被击杀的消息。

简茸：“？？？”

简茸游戏崩了。

跟庄亦白连的是同一根网线，用的是同一个牌子的电脑，进的是同一局游戏，他游戏崩了，庄亦白还在上路挨打。

直到游戏结束，简茸都没能重新进入这一局游戏。

这局游戏的最后战绩，简茸 0/1/0，庄亦白 1/6/4。

“承让承让。”庄亦白抱拳道，“以一个人头惊险取胜，真不好意思。”

两个直播间的弹幕全都笑疯了。简茸不可置信地看着他：“这也算？”

“怎么不算？”庄亦白说，“你难道想在这几十万直播间观众面前赖账？那以后观众们会怎么看你？”

简茸毫无负担地耸了耸肩：“无所谓……”

“我哥也在直播间！你难道想在我哥面前赖账？那以后在我哥心目中，你就是一个说话不算话的男人！”

简茸：“……”

挂在直播间里的路柏沅突然被提到也没反应，不知道是没说话还是已经在进行拍摄工作了。

半晌，简茸磨牙：“……我不改 ID。”

“没让你改 ID，”庄亦白得逞地笑了，“你陪我玩个双人游戏就行。这游戏我之前答应了粉丝要玩儿的，但 Pine 不肯陪我，我拖了粉丝好久了。”

简茸看了一眼时间，他这个月的直播时长够了，干脆道：“行。现在玩，早开早结束。”

十分钟后，简茸电脑桌面多了一个游戏图标。

红色背景，一张女人的脸，如果仔细看，还能看到她眼角那一滴红色血泪。图标下面四个大字：墓色医院。

庄亦白：“你选哪个人物？记者还是摄影师？”

简茸：“……”

没得到回答，庄亦白扭过头来，看到他游移的鼠标：“你该不会怕了吧？不敢玩恐怖游戏？胆子这么小？”

“怎么可能……”简茸舔了下唇，目光乱飘，“我怕个屁。”

庄亦白：“那你赶紧注册进队啊。”

简茸点开游戏，耳机里传来阴森森的背景音乐，偶尔还伴随着女人低低的呜咽。

简茸：“……”

他关小了音量。

“哈哈哈哈哈，你就是怕鬼！！！”

“这是最近最火的恐怖游戏，Savior 昨天刚玩过，三小时通关了，看不出来，Savior 平时呆呆笨笨的，一点儿都不怕这些东西。”

“人不可貌相。你看这傻子天天嘴里放炮，现在尿成啥样了。”

“谁尿？我会怕这些？”简茸不自觉地微微挺起胸膛，“我平时都是看恐怖片下饭，知道吗？”

游戏开局三分钟，简茸被突然出现的“鬼影”吓得整个身子向后倒，电竞椅随着他狼狈地朝后移动。

简茸心如鼓擂，却面无表情：“脚滑了一下。”

十七分钟，不断的敲门声在耳机里响起，单声道，似乎真的有人在他身后剧烈敲门。

简茸摘下耳机，声音带着轻抖：“吵死了，不戴了。”

三十分钟，“鬼”直接来了一个贴脸杀。

简茸整个人猛地抖了一下，以迅雷不及掩耳之势缩小掉这个游戏界面。

“？？？”

“哈哈哈，傻子吓得眼睛都快合上了，哈哈哈！说真的，胆小咱就算了吧？盲人打游戏没必要，真的没必要。”

“牛，我连鬼长什么样都没看清，界面就被缩小了，这就是手速实力。”

“算了吧，承认自己尿没那么难，别玩了。”

“算了吧，虽然连豆腐都把这个游戏通关了，但你要是实在不行就关了。”

“算了吧，不就是以后被说 LPL 第一屃人吗？你被骂的还少了？多一个骂名不痛不痒。”

简茸：“……”

简茸脸色惨白，坐回原位：“刚才演的。没吓到。节目效果。我骗你们干什么？你看现在你们不都在给我刷弹幕？说了是演的……玩，怎么不玩？继续。”

庄亦白忍笑忍得快疯了：“真继续啊？你别硬撑，虽然这是你输给我的，但如果你真撑不住那我去找 Savior 一起玩儿也行……”

简茸：“继续。”

三个小时通关的游戏，因为简茸的各种暂停，硬生生玩到了五个小时。

他的蓝发已经被自己揉乱，脸色难看，看到弹幕说还剩下最后两个关卡，他忍不住偷偷地吐了一口气。

“前方高能！！！”

“最后这个贴脸杀非常恐怖！我看了一个多星期没睡好觉！！”

“救命！我也记得这里，这游戏之所以这么火全靠最后这几个惊悚点了！！！”

“来了！要来了！”

“你干脆闭眼吧！眯着不难受吗？”

简茸一咬牙，坐直了身子，瞪大眼，握紧拳头准备迎接这个游戏的最后一击。

“啊！！！”凄厉的女声从耳机里响起，简茸的世界黑了下来。

一只大手捂住了他的眼睛。

简茸听着耳机里女鬼的惨叫，有些微微发怔。

手的主人刚从外面进来，手心微凉，身上带着寒风的气息。

庄亦白看到来人，惊讶地叫了声：“哥。”

“嗯。”直到荧幕上的恐怖场景消失，路柏沅才把手拿开。他揉了一把简茸的头发：“不训练，在这干什么？”

简茸还蒙着：“训练结束了，就……玩点别的。”

“玩到手机也不看了？”

游戏太刺激，简茸真的没顾上看手机，他拿起手机看了眼，路柏沅几个小时前给他发了消息，让他别玩这个。

“……我没听到提示音。”简茸回神，转头问他，“你怎么回来了？”

路柏沅走到自己的机位前：“在那边没什么事，拍完就回来了。”

简茸呆呆地应：“哦。”

路柏沅脱了围巾和大衣，发现那边的人还在看自己：“发什么呆？”

“啊，没。”

“还不把这游戏关了？”路柏沅道，“来双排。”

简茸直接退了游戏：“好，马上。”

恐怖游戏通了关，庄亦白心满意足地靠在座位上。他看着游戏界面，突然想到什么，转头拽了一下 Pine 的衣服：“P 宝，P 宝。”

Pine 练着补兵，没回头：“说。”

“这游戏太吓人啦！我今晚都不敢一个人睡觉了！”庄亦白双手合十，“你收留一下我吧。我睡你沙发。”

Pine 停下，看了他一眼。

“我一定安安静静地睡！不打扰你！好不好？我真的会怕得睁眼到天明，那明天的训练就泡汤了，下个月的比赛也完了，到时候全网喷子都骂我……”

“……随你。”

“好人一生平安！”

训练结束。袁谦洗完澡躺在床上，盯着天花板看了一会儿。

几秒后，天花板出现了他今天不小心瞥到的，那个女鬼的面孔。

自小最怕这些东西的袁谦心脏猛地一跳，倏地从床上坐起来。

吓人。

太吓人了。

不行，再这样下去，是他睁眼到天明。

袁谦看着手机里女朋友半小时前给自己发的“晚安”，犹豫了一下，还是打消了叫对方陪他视频的念头。

要不跟小白一样，找个人一块睡？

他打地铺也行啊！

找队长吧，队长的房间正好大一点儿，睡地板也睡得舒服。

打定主意，袁谦利索地从床上起来，抱起枕头被子就拧开了门——然后被走廊里的身影吓得一个哆嗦。

外面只开了一盏廊灯，袁谦惊恐之余又仔细看了一眼。

还好，不是女鬼。

是他队长。

简茸握着门把，一脸震惊地看着自己门外，穿着睡衣抱着枕头的路柏沅。

“可以吗？那画面太吓人了，我到现在都没忘。”路柏沅一脸平静地说出这句话，“我睡地板就行。”

“……”简茸拉开门，“可以……你进来，外面冷。”

路柏沅走进房间，门关上。

徒留袁谦抱着自己的被子枕头在风中凌乱。

他看了看简茸的房门，又看了看 Pine 的房门。

为什么？

为什么？！

基地不让外人留宿这个规定是针对我的吧？！